TORE RENBERG

VON ALLEN SEITEN

ROMAN

Aus dem Norwegischen
von Elke Ranzinger

WILHELM HEYNE VERLAG
MÜNCHEN

Die Originalausgabe erschien unter dem Titel
Angrep fra alle kanter
bei Forlaget Oktober, Oslo

*Sollte diese Publikation Links auf Webseiten Dritter enthalten,
so übernehmen wir für deren Inhalte keine Haftung, da wir
uns diese nicht zu eigen machen, sondern lediglich auf deren
Stand zum Zeitpunkt der Erstveröffentlichung verweisen.*

Unter www.heyne-encore.de finden Sie das komplette
Encore-Programm.

Weitere News unter www.heyne-encore.de/facebook

Verlagsgruppe Random House FSC® N001967

Redaktion: Leena Flegler
Umschlaggestaltung: Johannes Wiebel / punchdesign, München
Umschlagabbildung: Johannes Wiebel, unter Verwendung
eines Motivs von photocase.de (pollography)
Satz: Schaber Datentechnik, Austria
Druck und Bindung: GGP Media GmbH, Pößneck
Printed in Germany

ISBN: 978-3-453-27145-6

www.heyne-encore.de

You're the same kind of bad as me

TOM WAITS

Oktober

1 Benzin am Gravarslia

Die Temperaturen sanken.

Von einem Oktobertag zum anderen war es Herbst, und für die Leute im Vestlandet hieß es ab jetzt wieder frieren. Die Luft wurde frischer, sie stach auf der Haut, und Wolken trieben über dem Gandsfjord. Zeit, sich einen Schal um den Hals zu schlingen, Zeit, die seit letztem Winter im Keller verstaute Jacke rauszukramen, die knielange, die richtig warm hält, und Rikki und Ben kotzte es verdammt an, dass sie sich die Ärsche abfroren, als sie an diesem Montagabend mit Kiwi-Einkaufstüten und einer Plastikflasche bewaffnet zwischen den paar Bäumen am Gravarslia hockten und Benzin schnüffelten. Während sie darauf warteten, dass sie der Kraftstoff anheizte, ruhte ihr Blick auf dem Jahrmarkt, der unten am Maxi-Markt-Parkplatz stand wie ein bunter Geburtstagskuchen, entzündet in der Dunkelheit von Sandnes.

Rikki rutschte die Tüte zuerst aus der Hand, und langsam glitt er rückwärts ins Gras. Endlich kam das Gefühl, dass die Zunge hinter seinen kreuzbissigen Kauern zu einer fetten Sohle wurde. Endlich kapitulierte die Kieferklemme, sackte der Vorbiss in Richtung Boden, und in der Mundhöhle machten die Zähne sich quasi locker. Rikki seufzte, und auf seinen aufgesprungenen Lippen breitete sich ein schiefes Grinsen aus. Ein paar Sekunden lang versuchte er, den oberhalb der Baumwipfel funkelnden Sternenhimmel zu betrachten, dann gab er auf und konzentrierte sich lieber auf das Karussell in seinem Kopf.

Kurz darauf sank neben ihm sein jüngerer Bruder Ben ins Gras, auch ihm hatte das Benzin ganz schön eingeheizt, doch er machte die Augen nicht zu. Er riss sie auf, sie strahlten. Seine feminin weiche Gesichtshaut glühte glimmerbraun, seine ozeangrünen Augen funkelten mit dem Sternenhimmel um die Wette, und seine vollen Lippen waren leicht geöffnet.

»Hörst du Musik, ey?«, murmelte Rikki.

»Musik?«, kam es nach einer langen Pause von Ben.

»Mhm?«

»Musik, Musik, Musik«, wiederholte Ben, und sein Blick fraß sich wie ein schnappender Mund von Stern zu Stern.

»Ja, Musik. Hörst du 'ne Musik, ey?«

Bei einem Stern hielt Ben inne und liebkoste ihn regelrecht. »Neein ... Ich hör Hubschraubergeräusche ... Musik?«

»Jaa ... Hörst du keine Musik?«

Ben schüttelte langsam den Kopf und streckte die Zungenspitze nach dem Stern aus, leckte ihn sauber. »Nein, ich hör keine Musik.«

»Ich hör Musik«, murmelte Rikki mit noch immer geschlossenen Augen. »Faithless.«

»Hm.« Ben nickte. »Ich hör Faithless nicht.«

»Ich schon. Und zwar verdammt laut. Mit verdammt viel Bass.«

»Mhm.«

»Dieses, äh ... ›God is a DJ‹«, nuschelte Rikki.

Mühsam stemmte Ben den Oberkörper etwas hoch und betrachtete seinen abgeschossenen großen Bruder. »Läuft nur in deinem Kopf«, sagte er, tätschelte sich leicht die

Wangen und zupfte den vom Herumliegen im Gras total verkrumpelten Hoodie zurecht.

»Mmmmmmhm, meinem Kopf, scheißgut.«

Mit Schwung wuchtete sich Ben in die Hocke und stand auf. Seine Beine zitterten, die Muskeln schwächelten. Er kramte das Feuerzeug und eine Prince aus der Hoodietasche und sog die kalte Luft durch die Zähne. Die Flamme des Feuerzeugs warf ein zitterndes Licht auf seine reine Haut. Ben nahm einen tiefen Zug, das Benzingas fickte noch immer sein Sehvermögen, hoffentlich beruhigte es sich bald.

»Eigentlich gehen wir nie auf den Jahrmarkt«, stellte er fest.

Rikki hörte nicht, was sein Bruder sagte. In seinem Kopf spielte gerade Faithless. Jetzt war Konzert. Gigantische Scheinwerferkegel glitten über seinen Gehirnhimmel. Ohne Kopfhörer im Körper deepen Technogroove zu erzeugen, das war echt pyro.

Ben trat auf dem Plateau drei Schritte nach vorn, vor die Eichen mit den dicken Wurzeln, blieb breitbeinig stehen und sah zum Jahrmarkt hinunter. Ein Blitzen und Blinken, monoton, beschwörend, wie eine abstrakte Installation. Ein gotischer Geräuschbrei stieg zu ihnen herauf, ein Durcheinander aus Schreien von Kindern, die in rotierenden Tassen lauthals kreischten, von Jugendlichen, die zwanzig Meter in die Höhe katapultiert wurden und sofort wieder in die Tiefe stürzten. Maschinendröhnen, Kolbenschläge. Ben klemmte sich die Zigarette zwischen die Schneidezähne und schob den Unterkiefer leicht vor und zurück.

So war das oft. Während Rikki sich mit Benzin richtig zudröhnte, war Ben nur die ersten Meter mit am Start. Es kam schon vor, dass sie zum Beispiel auf einer Party landeten und Rikki wie immer alles voll ausreizte, während sich Ben gegen Mitternacht ins nächtliche Dunkel verdrückte, herumstand, nachdachte und mit dem Mond eine rauchte.

»This is my church«, hörte er von hinten.

Ben nahm noch einen Lungenzug und schnipste die Kippe in die Nacht. Er drehte sich um, sein Bruder lag ausgestreckt wie ein Engel mit Hoodie unter dem Baum.

»This is my church«, wiederholte Rikki, und sein Lächeln reichte jetzt fast bis zu den Ohren.

»Jedem seine Kirche, Rikki«, flüsterte Ben.

Er wandte sich wieder dem glitzernden Jahrmarkt zu, der seinen Augen so gut gefiel, als wäre sein Blick ein kleines Kind und die Farben dort unten eine Babyrassel.

Bis Ben sechs gewesen war und Rikki sieben, hatte kaum jemand die zwei Söhne von Melissa Dahle und Frank Martin Digervold unterscheiden können. Sie hatten in ihrem Garten oben in Trones gespielt, wie Jungs es eben tun, also laut, und waren einander im Aussehen ähnlich gewesen. Im Sommer 2003 änderte sich das. Klein Bens Blick bekam plötzlich eine Schärfe. Er ging auf Distanz zur Welt, vor allem zu seinem Bruder. Wenn Melissa den beiden morgens Klamotten raussuchte, weigerte er sich, das Gleiche wie Rikki anzuziehen. Wenn es Zeit war fürs Abendessen, setzte er sich möglichst weit von seinem Bruder weg ans entgegengesetzte Tischende. Wenn Rikki weinte, lachte Ben. Wenn Rikki rannte, stand Ben still. Mehr und mehr musterte er seine Umgebung, er sah die Leute an, als schätzte er sie ab, wie ein Erwachsener, von Kopf bis Fuß. Wen er aber mit dem größten Interesse betrachtete, war sein großer Bruder Rikki. Als nähme er dessen Maße, Größe, Breite, Umfang, Tiefe und stellte all das sich selbst gegenüber. Als bildete der kleine Kerl seine Persönlichkeit förmlich im Kontrast zu der von Rikki aus. Als empfände er es als Beleidigung, einem anderen Menschen mal so ähnlich gewesen zu sein.

Im selben Sommer veränderte sich auch Bens Aussehen, und jetzt wurde es leicht, die beiden zu unterscheiden. Bens Augen wurden anders, das Haar bekam einen anderen Glanz, die Haut einen anderen Teint. Er sah zusehends der Familie mütterlicherseits ähnlich, worüber Melissa sich freute, denn in der Dahle-Familie hatte man extrem intensive Augen, rosige Haut und war bekannt dafür, schöne Kinder in die Welt zu setzen.

Was da aber sonst noch in Ben heraufzog, verwirrte sie. Sprach man mit ihm, antwortete er nicht. Er starrte einfach mit einer auffälligen, fast schon überheblichen Geistesabwesenheit ins Leere. Irgendwelche strahlte er eine unbehagliche Einsamkeit aus, war seltsam in sich gekehrt, und an manchen Tagen schien es ihr schon an der Grenze des Unnatürlichen, dass er so selten, ja so gut wie nie Angst hatte.

Rikki hingegen, der hatte Angst. Und während Ben nach und nach Gestalt annahm, bewunderte Rikki seinen kleinen Bruder immer mehr. Für ihn waren Bens Finger aus Eisen und die Hornhaut in Bens Augen aus kugelsicherem Glas. Anscheinend war in Ben eine Fabrik am Werk, eine, die ihn zu einem furchtlosen Superhelden umbaute. Rikki wünschte sich, auch so zu sein, er stand vor dem Spiegel und bat seinen Körper, doch vielleicht auch bald dem von Ben zu ähneln, aber sein Körper wollte und wollte einfach nicht. Rikki war ein grobes Stück Holz, und sein Geist blieb schlicht. Er entwickelte nichts von der Schönheit seines Bruders und noch weniger von dessen Exklusivität. So wirkte Ben nach und nach abstrakt und quasi übervoll, Rikki aber begreiflich und vorhersehbar. Er bekam Pickel und furchige Haut, die Stimme wurde raspelig, und alles an ihm erinnerte an die Familie väterlicherseits, wo sich alle anhörten, als hätten sie gegen den Sturm angebrüllt, seit sie aus dem Mutterleib geplumpst waren.

Ein Schwätzer war er sowieso, als schlechter Schüler sollte er sich bald erweisen, und wie fast alle Digervold-Männer hatte er keine Geduld. Ein gewöhnlicher und taktloser, riesiger Schlaks. Das Schlimmste aber waren seine Zähne. Die sahen aus, als hätte man ihm den Mund aufgesperrt, dann die Zähne in den Schlund geschleudert, und wo sie auch gelandet waren, hatten sie direkt Wurzeln geschlagen.

Von einer Zahnspange für den Jungen konnte Melissa aber lange träumen, denn einen größeren Geizkragen als Frank Martin Digervold hatte es am letzten Ende des Gandsfjord noch nie gegeben. Wir verbessern jetzt also die Natur, hä?, hatte Frank Martin nur gefragt. Und du willst dann bald Botox, oder wie? Und einen neuen Vorbau?

Wenn sie die Zähne dieses Waldtrolls in Ordnung bringen wolle, dann müsse Rikki schon selbst dafür aufkommen, meinte Frank Martin und zog seinem Sohn die Kosten für die Spange vom Taschengeld ab, das er sowieso schon bis auf die Knochen abgespeckt hatte, als Strafe für jeden Abend, an dem Rikki und Ben zu spät nach Hause gekommen waren, dampfhirnig vom Benzin.

Kate wiederum, dachte Melissa, lief kettenrauchend durch das Haus in Trones, das Frank Martin eigenhändig gebaut hatte, und fluchte, weil ihr Mann wieder einmal bis halb zehn Uhr abends arbeitete und ihre beiden Drecksjungs immer noch nicht nach Hause gekommen waren, ja, Kate müsste ich sein. Mit einem eigenen Salon an der Storgata in Bryne, *Kate's*. Drei Angestellte, Meisterbrief statt Schuldbrief, Inkassobrief, Aids-Brief oder was für Scheißbriefe man eben so bekommen konnte, wenn sich das Leben gegen einen gewendet hatte wie gegen Melissa Dahle, 42, Mutter von drei Kindern, manisch-depressiv, Kinderpflegerin aus Ganddal auf Berufsunfähigkeitsrente und Sammlerin von so kleinen japanischen Püppchen, die sie in riesigen Mengen bei eBay kaufte und mit denen sie das Haus überflutete.

Der dümmste Fehler ihres Lebens sei gewesen, einen Digervold zu heiraten, erklärte Rikkis und Bens Mutter immer. Der zweitdümmste Fehler ihres Lebens, fügte sie dann hinzu, sei gewesen, einen Typen zu heiraten, der enorm viel Geld verdiene. Und dann zerschmiss sie einen Teller oder warf einen Apfel nach ihren Söhnen, während sie schluchzend weiterwetterte. Denn wer würde schon einen Mann verlassen, der enorm viel Geld verdiente? Zu guter Letzt brüllte sie dann, der drittdümmste Fehler ihres Lebens sei gewesen, einen Typen zu heiraten, der enorm viel Geld verdiene und so viel schwarzarbeite, dass er bald schwarz wie ein Neger sei, der aber so eisern auf seinen Kronen hocke, dass niemand je auch nur einen Schimmer davon zu sehen bekomme.

Rikki und Ben – an jenem Abend hasenherzig von etwas zu viel Benzin – waren mit ihrer Mutter nicht bei allem einer Meinung, fanden aber beide, dass ihr Geschrei und Geheule, wenn sie sich mal aus dem Bett mühte, nervte.

»Magst du Mama lieber manisch oder depri?«, fragte Rikki immer wieder.

»Ich mag sie grundsätzlich nicht«, antwortete Ben dann.

Ben dachte oft an Geld. Kaum dass er alt genug gewesen war, um zu verstehen, dass man Geld brauchte, um sich was anschaffen zu können, brachte er ihm Ehrfurcht entgegen wie einem König und begann, sich danach auszustrecken. Abends im Bett schloss er bewusst die Augen, und hinter seinen Augenlidern füllte sich sein ganzer Kopf mit imaginiertem Geld, mit Münzen, Scheinen, Ziffern und Größen, und er liebte, was er da sah.

Er war ein versonnener Junge. Die Lehrer sprachen Melissa darauf an, als sie selbst gerade bemerkte, dass an ihrem Jüngsten irgendwas merkwürdig war. Er wirke oftmals, als sei er nicht ganz anwesend, beschrieben sie, ja manchmal scheine er sogar ganz woanders zu sein als die anderen. Frank Martin winkte unwirsch ab und kommentierte Melissas Vorschlag, mit Ben mal darüber zu sprechen, sie sollte verdammt noch mal dem Jungen ja keine Flausen in den Kopf setzen. Man wird, was man tut, das war sein Motto, beendete Frank Martin das Thema.

Dass Ben etwas in der Ferne entdeckte wie an jenem Abend am Gravarslia, kam oft vor. Dann heftete er den Blick aus seinen grünen Augen an irgendwas weit draußen und versenkte ihn mit träumerischer Miene quasi im Horizont. Bens Lehrerin in der dritten Klasse, eine feinfühlige Dame mit einem Schal in den Haaren und großen Ohrringen, die irgendwann das staatliche Schulsystem zugunsten der Rudolf-Steiner-Schule verließ, hatte mal bei einer Elternsprechstunde gesagt, was auch immer Ben ansehe, scheine sein Gehirn zu öffnen, um es dann mit den Gehirnpfoten zu durchwühlen.

»Mein Gott«, hatte Frank Martin Digervold geantwortet, »sind wir hier jetzt im französischen Fernsehtheater?«

»Kirche«, murmelte Rikki im Gras, »Kirche ist scheißgut. Wär da nicht das ganze Jesuszeug, würd ich ständig in die Kirche gehen.«

Ben antwortete nicht. Er sah weiter zum Jahrmarkt. Das Schimmern auf seiner glimmerbraunen Haut veränderte sich ständig, und wer weiß, woher diese eigenartigen Farben kamen, von den Jahrmarktlichtern oder von dem, was in Ben vor sich ging. Der Benzinkick, der immer nur kurz andauerte, war jetzt weg. Keine Sterne mehr zum Schlürfen. Nach einer Weile zündete er sich eine weitere Prince an und blickte zu seinem Bruder.

»Was haben wir eigentlich vor, Rikki?«

Auch aus Rikkis Kopf verflüchtigte sich das Benzin allmählich. Er stemmte sich hoch auf die Ellbogen und betrachtete Bens breiten Rücken. Der wiegte leicht hin und her – was für ein imposanter Anblick: eine dunkle Silhouette vor einem Abendhimmel.

»Shit, Bruder, du siehst aus wie ein Sheriff. Was meinst du denn mit *vorhaben*?«

Um Bens Kopf waberte Zigarettenrauch. Sein Blick glitt von dem prächtigen Riesenrad, das unwiderstehlich anziehend durch die Dunkelheit leuchtete wie eine sich langsam drehende Zaubermaschine, zu seinem Bruder.

»Das läuft so nicht«, sagte er.

»Hä?«

»Es läuft nicht.«

»Das Benzin?«

»Nein, nein.«

»Faithless?«, hakte Rikki nach. »Was meinst du?«

Ben drehte sich weg, wie magnetisch wurde sein Blick sofort wieder vom Jahrmarkt angezogen. Ein dreifüßiges Fahrgeschäft mit blinkenden Lichtern schoss eine Gruppe Menschen in den Himmel, sie waren mit Sicherheitsbügeln an dem Gerät festgeschnallt, aber in Bens Fantasie öffneten sich die Bügel plötzlich und schleuderten die Menschen, diese Wichte, in die Dunkelheit.

»Ich meine, dass wir was machen müssen«, sagte er.

»Was denn? Warum sollen wir denn was machen? Machen wir nicht sowieso immer was?«

»Wir müssen Geld ranschaffen. Eigenes Geld. Wir müssen irgendwas werden.«

Ein schmerzhafter Seufzer löste sich in Rikkis Brust. Er stand auf und bugsierte seinen langen Körper neben seinen Bruder.

»Jetzt hörst du dich an wie Papa«, sagte er. »Werd dies, werd das, mach dies und das und den und den Scheiß auch und verfickt noch mal nicht das oder das. Uns geht's doch gut, Mann?«

Ben nahm einen langen Zug von seiner Zigarette.

»Nein, uns geht's nicht gut.«

»Mir geht's gut.«

»Nein, tut's nicht. Du glaubst nur, dass es dir gut geht.«

»Hä?«

»Wir sollten Onkel Rudi anrufen«, sagte Ben ruhig.

»Yeahright«, platzte es aus Rikki heraus. Er riss die Arme in die Luft, und schlagartig war seine Birne klar, so als hätte der Name des Onkels in seinem Kopf eingeschlagen wie ein Chinaböller.

»Spitzenidee.«

»Ich mein's ernst«, sagte Ben mit klarer Stimme.

»Yeahright«, wiederholte Rikki. »Gib mir 'ne Kippe und hör auf, Scheiß zu labern.«

Ben richtete die ausgeträumten Augen auf seinen großen Bruder.

»Ich mein's ernst«, wiederholte er und hielt Rikki eine Zigarette hin.

Rikki zündete sie sich an, die Flamme spiegelte sich in zwei geröteten Augen.

»Fuck, Ben«, sagte er und schüttelte langsam den Kopf.

»Ich mein's ernst.«

»Hab ich kapiert.«

»Onkel Rudi hat Kontakte, Onkel Rudi kann uns was zum Arbeiten geben. Wir können was werden, wir brauchen nicht weiter hier oben am Gravarslia liegen, eine Flasche nach der anderen durchziehen, Faithless im Kopf hören und nichts werden.«

»Mir gefällt Faithless im Kopf und nichts werden.«

»Das sagst du nur wegen unseres Vaters«, sagte Ben und schnipste seine Zigarette in die Dunkelheit. Die Glut drehte sich wie der Glühfaden einer Glühbirne und vermischte sich mit den Lichtern des Jahrmarkts.

»Ja und? Wenn wir mit Rudi sprechen, dann gibt's Schläge.«

»So what? Schläge gibt's sowieso.«

Rikki zuckte mit den Schultern. Auch wieder wahr. Wenn sie nach Hause kamen und ihre Mutter im Wohnzimmer rumstapfte, rauchte und schrie, dass Frank Martin da mal sehen konnte, was aus dem Leben in diesem Haus wurde, wenn er jeden Tag zwölf Stunden am Arbeiten war, und wenn sie weiterkeifte, dass Jungs ohne eine väterliche Hand nun mal so werden würden, dann holte Frank Martin aus und brüllte, dass er ihnen die väterliche Hand gern zeigen konnte. Und dann verfolgte er Rikki um den Wohnzimmertisch, bis er ihn erwischte und verdrosch, dann baute er sich vor Ben auf, der nie vor ihm abhaute, schlug ihm mit der flachen Hand ins Gesicht und fragte, ob das der Dank dafür war, dass sie schuldenfrei in einem großen Haus in Trones leben konnten, mit den weltbesten Möglichkeiten auf ein anständiges Leben.

Also, Schläge gab es sowieso.

Die Tracht Prügel aber, die auf die Brüder wartete, wenn ihr Vater herausfand, dass sie mit Rudi Kontakt aufgenommen hatten, an die dachte man lieber nicht. Ging es nach ihrem Vater, hatte Rudi eine solche Schande über die Familie gebracht, dass man sich schämen musste, Digervold zu heißen: *Gnade dem, der es wagt, auch nur ein Foto von diesem Drecksköter anzuschauen!* Zuletzt hatten sie ihren Onkel vor drei Jahren bei der Beerdigung ihrer Uroma gesehen. An dem Tag hatte es pausenlos in Strömen geregnet, und nachdem die meisten Begräbnisgäste die Kapelle verlassen hatten, spannte Frank Martin seinen Regenschirm auf und marschierte auf Rudi zu. Der stand da, heulte und stierte rauchend auf die Gräber in Eiganes. Ihr Vater spuckte Rudi geradewegs ins Gesicht und sagte, Großmutter würde sich bei einem so ekelerregenden Enkel wie Rudi im Grab umdrehen. Rikki und Ben sahen den Spuckebatzen an der Wange des Onkels hinabgleiten und fanden die Aktion echt krass. Als sie dann in ihrem Opel über die Schnellstraße heim nach Sandnes fuhren, drehte Melissa ihren Hexenschädel Richtung Rückbank und meinte zu ihnen, ihr Vater hätte mehr spucken sollen, denn allein der Gedanke, mit einem kriminellen Typen verwandt zu sein, der psychotische Pornos drehe, sei so ekelhaft, dass sie fast spüren könne, wie an der Innenseite ihres Gehirns der Schleim nach unten rinne. Kate hatte daraufhin das Gesicht zur Scheibe gewandt, draußen war das Kvadrat-Einkaufscenter vorbeigerauscht, sie hatte, angewidert von ihrer Familie, das Gesicht verzogen und war auf der Stelle in ihre Wohnung nach Bryne gefahren.

»Ich hab Onkel Rudi immer gemocht«, sagte Rikki. Er sah seinen Bruder verstohlen an. »Wir knallen uns nicht noch 'ne Runde Benzin rein, oder?«

Ben rührte sich nicht. Er fragte sich, wie viele Sterne wohl dort oben waren und ob stimmte, was Onkel Rudi mal gesagt hatte, als Ben noch klein und die Familie noch vereint gewesen war: dass jedes Mal, wenn ein Mensch stirbt, ein neuer Stern am Himmelszelt entzündet wird.

Nach einer Weile schüttelte er den Kopf.

»Nein. Schluss jetzt mit Benzin. Bin mir nicht sicher, ob uns das so guttut.«

»Ich mag die Musik, die ich höre«, schmollte Rikki, »ich mag den Hubschrauber in meinem Kopf, und ich mag alles, was ich da zu sehen krieg.«

»Ja«, sagte Ben, »aber das ist nicht echt.«

»Hä?«

»Echt. Es ist nicht echt.«

»Echt genug für mich.«

»Für mich nicht.«

»Scheiße.« Rikki fasste sich an den Kopf. »Dann mach ich damit jetzt allein weiter?«

»Rikki, hör mal. Heut hab ich Sterne gegessen.«

»Haha.«

»Gestern bin ich in ein fünf Meter tiefes brennendes Loch gestürzt.«

»Haha.«

»Da gibt's nichts zu lachen.«

»Aber das ist doch lustig.«

»Du musst lernen, dass nicht alles, was lustig ist, auch zum Lachen ist.«

»Hä?«

»Ich hab da unten in dem Erdloch gelegen, und ich hab gebrannt. Während die Flammen angefangen haben, mein Gesicht abzulecken, und meine Haut kurz vorm Schmelzen war, hab ich einen Menschen gesehen. Der hat oben an der Kante gestanden und zu mir runtergeschaut.«

»Shit.«

»Das war ich selbst, Rikki.«

»Hä?«

»Ich hab oben am Rand gestanden und auf mich selbst runtergeschaut. Verstehst du?«

»Nein.«

»Nicht so wichtig. Der Punkt ist, weder die Sterne noch die Flammen waren echt.«

»Ist doch egal. Du hast es doch gespürt. Hast es gesehen. Wie in 'nem Film, nur umsonst.«

»Ich will lieber die Welt sehen«, sagte Ben.

Rikki verdrehte die Augen. »Du musst immer so scheiß-poetisch sein. Werd du mal Dichter, fang mit dem Fliegen-fischen an und setz dir 'ne Baskenmütze auf.«

Ben schloss die Augen. In der Grundschule war er ge-mobbt worden, weil er so gute Gedichte geschrieben hatte, sein Lehrer hatte sie der Klasse laut vorgelesen, und alle Mädchen hatten sie sauschön gefunden, aber die Jungs hatten ihn deswegen verprügelt, wie auch dafür, dass er mit verträumtem Gesichtsausdruck rumgelaufen war und geglaubt hatte, was zu sein.

»Gut«, sagte Ben nach einer ganzen Weile. »Bist du dabei?«

Rikki zuckte unsicher mit den Schultern.

»Find's seltsam, dass sie Brüder sind. Papa und Rudi, mein ich. Die sind so scheißverschieden wie Country und Metal.«

Ben antwortete nicht. Rikki betrachtete die Silhouette seines Bruders, der weiter über Sandnes schaute.

»Oder Dance und Klassik«, versuchte er es noch mal.

Ben antwortete nicht. Er machte ein paar Schritte näher an den Rand des Plateaus heran, weg von seinem Bruder.

Durch Rikkis Körper schoss so was wie ein Kältepfeil. Er kannte das. Seit er denken konnte, war das so. Wenn sein Bruder sagte, sie sollten etwas tun, wenn sich sein Bruder mit seinen ozeangrünen Augen in etwas hineinträumte, wenn Bens Haut glühte, dann hatte Rikki keine Wahl. Denn ihm war klar, ohne seinen Bruder war er nichts, ohne seinen Bruder lag dann er tief unten in einem brennenden Loch in der Erde und verbrannte, und niemand, nicht mal er selbst, stand oben am Rand und schaute zu ihm runter.

»Ja, Ben«, flüsterte Rikki und stellte sich neben Ben, »ich bin dabei.«

2   Kind des Regenbogens

Wie ein alter Gaul mühte sich der Transporter den steilen Auglendsbakken hoch. Rudi fältelte die Oberlippe wie eine Serviette und sah durch die Windschutzscheibe des Hiace, draußen tanzte ockerfarbenes Laub durch die Luft, wer unterwegs war, lehnte sich beim Laufen gegen den Wind. Er schüttelte den im Fahrzeugtakt wippenden Kopf.

»A-ah«, sagte er laut, um Accept zu übertönen, und trommelte mit dem Stinkefinger aufs Armaturenbrett des Hiace.

Jan Inge schaltete runter, um den Anstieg überhaupt zu schaffen.

»Rudi, es gibt Dinge, mit denen kennst du dich ganz einfach nicht aus.«

»Yeahright«, sagte Rudi.

»Und das ist so was, womit du dich ganz einfach nicht auskennst«, fuhr Jan Inge fort.

»Pff!« Rudi schnaubte.

Jan Inge drehte »Son of a Bitch« leiser. Dann schob er die Unterlippe über die Oberlippe und versuchte, maestro auszusehen, indem er die Mundwinkel nach unten zog. In letzter Zeit hatte er häufiger darüber nachgedacht, wie wichtig es war, so rüberzukommen. Besonnen und entschlossen, mit dem richtigen Führungsstil. Denn worum seine Gedanken jetzt schon länger kreisten und was er Rudi und Cecilie bald mal eröffnen musste, erforderte enorme Bestimmtheit.

»Nope«, rief Rudi und trommelte erneut mit dem Stinkefinger aufs Armaturenbrett. »Nicht deiner Meinung. Garnischgarnisch.«

»Ja, gut«, sagte Jan Inge und packte das große Lenkrad wie ein Lastwagenfahrer, dachte er zumindest, um den Transporter quasi den Hügel hochzuschieben, vorbei an Kristianlyst und der Rudolf-Steiner-Schule, wo die ganzen verdrehten Künstler ihre Kinder hinschickten, »sei du mal nicht meiner Meinung, aber ich bin ja nun mal der Chef dieser Firma, und du bist bei mir angestellt ...«

»Pff! Angestellt?«

»Ja, angestellt.«

»Hab ich irgendwann mal irgendwelche Papiere bekommen? Wo ist denn mein Vertrag? Wo ist die Gewerkschaft?«

»Rudi, please! Hör auf zu sticheln und tu nicht so, als würdest du nicht begreifen, worüber ich spreche ...«

»Sticheln?! Wer ist denn hier der Judas? Du bist doch der, der stichelt, rumcheft, spaltet und schwanzt! Nur weil ich Warzen im Hirn hab und weniger Schulerfahrung als du.«

Jan Inge zählte innerlich bis zehn – sollte er darauf eingehen oder nicht? –, atmete ein, atmete wieder aus. Mariero Moving ist gerade im Dienst, sagte er sich. Anstand also.

»Wir haben beide wenig beziehungsweise keine Schulerfahrung«, sagte Jan Inge mit neutraler Miene, als sie gerade die Hügelkuppe erreichten und der Kurve nach Norden folgten. Ein kriegerischer Himmel erhob sich um den Ullandhaugturm im Süden, und der Wind blies an diesem Vormittag mit voller Kraft.

»Ich bleib bei meiner Meinung.« Rudi verschränkte die Arme. »Wir werden dafür nicht extra bezahlt, und meistens ist es nur Gequatsche.«

»Gequatsche?«

Jan Inges Gesichtsausdruck sollte Rudi zeigen, dass er jetzt wirklich Blödsinn redete.

»Ja, Gequatsche«, wiederholte Rudi. »Richtiges Quatschgequatsche. Rumstehen und rumlabern, was zu tun ist. Blabla Illustrierte, und ach so, ja, Frau Holmestrand, Sie bitten also darum, dass wir vorsichtig mit dem Büfett sind, weil Sie das von Ihrem Muschileckergroßonkel aus Lillesand geerbt haben. Fühlt sich einfach so wasted an, Jani. Ich bin mehr so der Macher. Du weißt schon. Carpe dieng.«

»Diem«, murmelte Jan Inge.

»Hm?«

»Nichts.«

Jan Inge bremste ab. Er setzte den rechten Blinker und bog in den Auglendsdalen ein, und der Transporter holperte auf der Zufahrt zu der Siedlung mit den schwarzweißen Reihenhäusern aus den Siebzigern über eine Bremsschwelle.

Rudi beugte sich vor zur Windschutzscheibe.

»Hier war ich echt noch nie. Da wohnst du seit vierzig Jahren in einer Stadt, und dann gibt's da 'nen Hügel mit Straßen, wo du noch nie warst. Welche Nummer wohnt der Typ? Søllesvik?«

»Sølleland«, korrigierte ihn Jan Inge. »Neununddreißig.«

Das Lenkradleder scheuerte an seinem fetten Bauch, der zwar durch Trainingseinheiten und strenge Ernährungsdisziplin in letzter Zeit kleiner geworden war, aber lange nicht so klein, wie er es sich wünschte.

»Der Macher? Du?« Jan Inge sah grinsend zu seinem besten Freund und musterte ihn mit seinen kleinen Blaubeeraugen. »Du bist ein echter Laberer, das bist du.«

»Ja, ja«, sagte Rudi und schnipste beidhändig mit den Fingern, »aber ich labere *beim Machen*. Das ist der Unterschied zwischen mir und anderen Labersäcken. Ich betreibe Multitalking.«

»Meinst du jetzt nicht Multitasking?«

»Mein ich das?«

»Glaub schon«, antwortete Jan Inge, um nett zu sein, obwohl er genau wusste, dass er recht hatte.

»Na gut. Dachte immer, das heißt Multitalking. Ist auch scheißegal, wie es heißt, ich kann's jedenfalls verdammt gut. Labern und gleichzeitig machen.«

»Ich glaub nicht, dass das mit dem Begriff gemeint ist«, entgegnete Jan Inge.

»Hör dir mal zu, Jani!« Rudi schüttelte den Kopf. »Wie oft haben wir darüber schon gesprochen! Du hast verdammt noch mal einen Riesenhaufen topmenschlicher Fähigkeiten, du hättest leicht Professor werden können, hättest du andere Freunde gehabt als mich und Tong und alle möglichen Ratten aus der Rogalandkloake ... aber dass du immer redest, als hättest du mehr Ahnung als jeder andere, das geht so einfach ...«

»Rudi, hör ...«

»Unterbrich mich nicht! Ist nicht mehr in Mode, raff das mal! So hat man früher geredet, Priester und Lehrer und so. Ist nicht mehr cool. Untenauf sein ist jetzt cool. Raff das endlich! Du verletzt die Leute, wenn du so weitermachst und glaubst, du wärst was. Also, voll in Ordnung, dass du ja wirklich etwas *bist* – da herrscht absolut

Topeinigkeit drüber, dass du verdammt viel smarter bist als wir –, aber da kommt nicht gerade Topstimmung auf, wenn du damit rumprotzt. Weißt du, woran mich das erinnert? Das erinnert mich an diesen Psychologen, zu dem man mich in der Grundschule geschickt hat, nachdem Remi und ich in der Cafeteria was gesnitcht hatten. Der Arsch quatschte, als wüsst er allen möglichen Dreck über mich. Fragte, ob mir die Nähe von Erwachsenen fehlt. Nähe?, hab ich gefragt. Willst du, dass ich dir einen blase? Scheiße, was für ein beschissener Typ. So knapp davor, der Schwuchtel das Zäpfchen rauszureißen.«

»Rudi, Rudi, Rudi.« In Jan Inges Stimme war viel Luft. Er seufzte. »Wir haben doch darüber gesprochen.«

»Was?«

»Deine Ausdrucksweise.«

»Ahsch. Weiß schon.«

»Du wirst Vater.«

»Daddy Digervold.«

»Du bist jetzt über vierzig. Höchste Zeit, dass du mal dran arbeitest. Kommunikation.«

»Ja, ja, ja«, brummte Rudi, »aber dein ganzes Mojo mal so über Scheißnacht zu verändern ist echt verdammt schwer.«

»Ist mir schon klar«, sagte Jan Inge nachsichtig, »deshalb haben wir ja auch Geduld mit dir.«

»Dschieses«, sagte Rudi. »Du redest, als wär ich so 'n Problemkind. Als wär ich der Loonie überhaupt – was denn, hab ich 'nen Buckel? Bin ich Eddie the Head? Tropft da Sabber aus meinem Mund?«

»Eine Inspektion«, sagte Jan Inge nachsichtig und um seinem Freund klarzumachen, dass mit dem Quatschgerede jetzt Schluss sei, »bei einer Inspektion geht es um

Kundenpflege und Effektivierung. So was verstehst du nicht, du Kind des Regenbogens.«

»Kind des Regenbogens?«

»Ja. Du bist ein Kind des Regenbogens.«

»Hm.« Rudi ließ sich in den Sitz zurückfallen.

»Komische Vorstellung, wenn man genau darüber nachdenkt.«

»Findest du?«

»Wie der Regenbogen vögelt und Kinder kriegt.«

Rudi sah Jan Inge bewundernd an.

»Fuck, ich frag mich echt verdammt oft, wo du das hernimmst, Bruder.«

»Aus dem Himmel in meinem Kopf«, sagte Jan Inge, lehnte sich zu der riesigen Windschutzscheibe vor und ließ den Blick von Hausnummer zu Hausnummer schweifen. »Und bei einer Inspektion dieser Firma hier geht es darum, dass wir bei den Häusern, die wir besuchen, gern den Extradurchblick haben.«

Rudi schnipste und setzte ein schiefes Lächeln auf. »Haha.«

Jan Inge grinste vertraulich zurück. »In dieser Firma begutachten wir einen Safe gern im Voraus, um es mal so zu sagen.«

»Haha.«

Rudi wieherte förmlich bei der Erinnerung an jenen legendären Nachmittag vor beinahe zehn Jahren, als die Inspektion einer Fjordvilla in Vaulen ihnen den Code für die Alarmanlage und den ganzen Kram beschert hatte und sie in derselben Nacht ganz einfach noch mal hingefahren und direkt in ein Jahreseinkommen spaziert waren.

Als Jan Inge ein weiß-braunes Haus mit der Nummer neunundreißig sah, stieg er auf die Bremse.

»Fuck«, sagte Rudi kopfschüttelnd, »du hast so verdammt recht, brother of patience. Ich bin ein multitalkender Idiot aus Tjensvoll, und ich muss alles tausendmal hören, bevor ich's intus hab, und dann plumpst es ein paar Sekunden später trotzdem wieder raus – also, what's the point mit mir, also, so überhaupt. Mal abgesehen von meinem Schwanz« – Rudi fasste sich in den Schritt –, »denn der funktioniert ja absolutely perfect.«

Jan Inge manövrierte den Hiace in die Einfahrt und ärgerte sich darüber, wie vulgär sein bester Freund war und dass höchstwahrscheinlich auch keine Aussicht auf Erfolg bestand, aus einem so groben Rindenstück einen Menschen zu machen. Er parkte und zog die Handbremse.

Ja.

Rudi dazu zu bringen, bei seinen Plänen mitzumachen, würde noch ein hartes Stück Arbeit werden.

Durch die Windschutzscheibe sah er, wie eine Eingangstür aufging und ein zerzauster Männerkopf erschien.

Rudi hatte keine Ahnung, worüber Jan Inge so nachdachte. Er spürte ein Kribbeln im Schritt und holte sein Handy raus.

Sind im Auglendsdalen und sehn uns nen Job an. Inspektion weißte. Bin grad verdammt geil. Denk an dein Arsch, muss aber ackern. Bist echt so psychosexy, dass dem Papa der Schädel klickert. Tausend Prozent Looooove vom Bruderherz und ne Million von mir. Hoff, dein Bauch is wieder besser. Auf mit dir und hopphopp nen Kaffee. Liebe dich, meine Sexfabrik. Grüß das Baby. Sag ihm, sein Papa freut sich voll zu sehn, wie es aussieht. See you! Knutsch, Rudi Rudischwanz.

Der Zauskopftyp nannte sich Kjell Arvid Sølleland, murmelte was von Scheidung und Scheißschlampe und zeigte währenddessen auf die Möbel, die tags darauf in seine neue Wohnung in Kvernevik gebracht werden sollten.

»Kann mir nicht leisten, das Haus zu behalten.«

Er verzog den Mund.

»So kann's gehen«, sagte Rudi und stellte sich vor, Cecilie würde ihn verlassen. »Mein Mitgefühl, Mann. Wieder bei null anfangen.«

»Null, ja«, sagte Kjell Arvid, »Sie sagen es.«

»So, dann haben wir's«, warf Jan Inge ein, »wir kommen also morgen und holen die markierten Möbel.«

Der Zauskopftyp nickte. Dann kam ihm ein Gedanke, und er legte den Kopf leicht schräg. Sah Jan Inge an.

»Sie, ähm ... ja ... Sie sind doch hier der Boss, oder?«

»Richtig«, sagte Jan Inge, nicht ohne sich sichtlich darüber zu freuen, wie deutlich man ihm den Chef ansehen konnte.

»Jawohl, ja ... Wär's okay für Sie, wenn wir das cash machen? Ähm ... schwarz?«

»Entschuldigung?«

Jan Inges Blaubeeraugen wurden dunkler.

»Ja?«

Sølleland zog die Augenbrauen in die Höhe.

»Sagen wir mal, ich hätte diese Frage nicht gehört.« Jan Inge pochte resolut mit der Schuhspitze auf den Boden.

»Schwarz«, schnaubte Rudi, »na, danke auch. Typisch Leute wie du, Søllesvik.«

»Ähm ... land«, sagte der Mann. »Sølleland.«

»Dschieses!« Rudi schnaubte. Willst du jetzt auch darüber noch streiten? Mein Gott. Und wie würde diese Gesellschaft aussehen, SølleLAND, wenn keiner Steuern zahlen würde? Hm? Tsch! Wer hätte dann für die neue Tjensvollkreuzung bezahlt? Oder für deine Leber, falls du dir die wegsäufst? Hm? Willst du das bezahlen? Hä? Du?«

Baff stand Sølleland vor den zwei Kriminellen und blickte von einem beleidigten Gesicht zum anderen.

Rudi drillte ihm dreimal den Finger in den Solarplexus.

»Du, Sølleland. Trinkst du? Ehrliche Antwort jetzt. Siehst fast wie jemand aus, der ein paar Koskenkorva runterstürzt, wenn du rumhängst und deine einzige Gesellschaft TV3 ist, weil du dich ganz einfach so bescheuert aufgeführt hast, dass deine Frau Reißaus genommen hat. Hä? Vielleicht solltest du mal bei den AA anrufen?«

»Ich …«

»Oh, hold the fuck up, du Schwindler! Ich will nichts mehr hören«, unterbrach ihn Rudi, fuchtelte mit den Armen und haute dabei eine Vase vom Büfett. Sie krachte zu Boden und zersprang in tausend Stücke. »Jetzt schau dir das an«, sagte Rudi und sah Sølleland vorwurfsvoll an, »jetzt schau, wozu du mich da gebracht hast.«

»Lieber Himmel«, sagte der Mann mit einem schnellen Schritt auf Rudi zu, »ich? Jetzt mal im Ernst, die Vase hatte ich von meiner Großmutter!«

»Deiner Großmutter? Ha! Ja, dann willst du also ihr jetzt die Schuld geben? Echt mieser Stil, Søllesvik! Alte und Kranke in deinen ganzen Schlamassel reinzuziehen! Was denn, willst du ihnen jetzt auch noch ihren Rollator wegnehmen? Willst du bei der Altersvorsorge auch nicht mehr mitbezahlen? Beim Gedanken an dich dreht sie sich doch im Grabe um!«

»Sie ist nicht tot … Lieber Himmel, was sind Sie für ein Wahnsinniger! Sie ist in …«

»Wahnsinnig! Hast du das gehört, Jani?«

»Tut uns vielmals leid«, griff Jan Inge ein und stellte sich resolut vor Rudi.

»Ja, die dürft ihr erstatten«, sagte der Zaushaartyp sachlich zu Jan Inge. »Ich zieh es von der Bezahlung ab. Die ist fünftausend wert, diese Vase.«

»Fünftausend!« Rudi fuchtelte wieder mit den Armen und schob sich an Jan Inge vorbei, stand erneut direkt vor Sølleland. »Ich glaub, du hast Grütze im Hirn, Mann!«

»Fünftausend«, wiederholte Kjell Arvid.

»Du, jetzt reiß dich aber mal zusammen«, sagte Rudi.

»Entschuldigung?«

Unnachgiebig ging Rudi einen Schritt auf ihn zu. Jetzt standen sie Gesicht an Gesicht.

Jan Inge sah, wie sich Rudis Genick versteifte, als würde eine Eisenstange hindurchgeschossen werden. Die Ohren vergrößerten sich quasi, die Lippen schwollen an, und die Adern unter der Haut wurden dicker.

Jan Inge verschränkte die Arme und ließ der Sache ihren Lauf.

Rudis Blick war jetzt der eines Tiers, die Wut pulsierte durch seinen Körper, und er versetzte dem Mann einen Kopfstoß gegen die Nase. Blut strömte über Gesicht und Kleidung, und Sølleland ging in die Knie, brüllte und fasste sich ins Gesicht.

Genervt schüttelte Rudi den Kopf und hievte sämtliche Muskeln wieder dorthin, wo sie hingehörten. Sein Blick fiel auf den Wohnzimmertisch, wo ein aufgeklappter Laptop stand.

»Weißt du, was«, sagte er, »in unserer Firma sind wir echt anticomputer, für uns sind Computer so was wie Dauermenstruation, aber dieses Gerät da, das nehmen wir jetzt mit. Und du kannst dann darüber nachdenken, wie du Menschen so behandelst. Ist Scheiße noch mal nicht verwunderlich, dass du geschieden bist, weil du bist eindeutig kein Mann der Liebe.«

Rudi nahm das Gerät, im selben Moment wachte es aus dem Ruhemodus auf, und der Bildschirm wurde hell. Rudi starrte auf den Laptop in seinen Händen. Runzelte die Augenbrauen. Seine wulstigen Lippen öffneten sich, und ihm klappte das Kinn nach unten, denn da flimmerte jetzt eine Pornoseite.

»Nein!« Er stampfte auf dem Boden auf. »Jani!«

»Was ist?«, fragte Jan Inge und kam schnell zu Rudi.

»Kannst du das glauben?« Rudi stellte das Gerät zurück auf den Tisch.

Jan Inge betrachtete die Seite. Zwei asiatische Mädchen, die auf einem fluffy rosafarbenen Teppich saßen. Die Mädchen waren jung, nackt, und sie knutschten.

»Schau dir diese nordkoreanische Nuttenschweinerei da an«, sagte Rudi und schüttelte heftig den Kopf. Dann blickte er zu dem Mann, der vor Schreck immer noch auf den Knien kauerte.

»Oh nein oh nein oh nein.« Jan Inge schnalzte mit der Zunge.

»Und dazu reibst du dir die Nudel? Du hast ja echt überhaupt gar keinen Respekt vor Frauen!«

»Du Armer«, sagte Jan Inge, und in seinen Schläfen tickte es sachte.

»Scheiße verdammt, du musst dich echt mal zusammenreißen«, sagte Rudi.

»Oh uff oh uff«, kam es von Jan Inge, und ihm wurde immer wärmer.

»Weißt du, was?« Rudi spuckte dem Mann ins Gesicht. »Das ist echt unglaublich enttäuschend.«

»Hä?«

Die Spucke glitt an Søllelands Wange hinunter.

»Was für eine Partei wählst du?«

»Hä?«

»Tu nicht so, als könntest du kein Norwegisch. Was für eine Partei wählst du?«

»Na ja … ich … also, meistens die Høyre.« Sølleland wischte sich die Spucke mit dem Pulloverärmel weg. »Manchmal auch die Arbeiterpartei. Oder Fortschritt.«

»Siehst du«, sagte Rudi und trat dem Mann gegen den Kopf.

»Aaaaaauuu!«

»Du musst die Christliche Volkspartei wählen.«

Rudi trat dem sich am Boden windenden Mann in den Bauch. »Du musst Frauen respektieren, Mann!«

»Aaauuuu!«

»Sie sind das Schönste, was wir haben!«

»Aaaaaaiiiiii!«

»Sie sind Sonnen! Sie sind Sterne! Sie sind verdammt noch mal echt fantastisch!«

»Aaaaaauuuuuuuu!«

»Du bist ein Scheißtier! Du musst die Christliche Volkspartei wählen!« Rudi trat dem Mann in den Rücken. »Sprich mir nach! ICH WERDE DIE CHRISTLICHE VOLKSPARTEI WÄHLEN!«

»Ich w-w-w-erde die Christliche Volkspartei wählen …«

»LAUTER!« Rudi trat dem Mann erneut gegen den Kopf.

»Ich werde – *aaaauuuuuu* – die Chr-chr-christliche Volkspartei – *aaaaiiii* – wählen!«

»LAUTER! UND OHNE STOTTERN!«

»ICH WERDE DIE – *AUUUUUUU* – CHRISTLICHE VOLKSPARTEI WÄHLEN!«

»SAG: FRAUEN SIND SONNEN UND STERNE!«

»FRAUEN SIND SONNEN UND STERNE!«

»SO MUSS SICH DAS ANHÖREN, SØLLELAND!«

»Kind des Regenbogens«, flüsterte Jan Inge, und er schien Rudis Fuß beim Treten wie in Zeitlupe zu sehen. Und der Fuß machte weiter und immer weiter, selbst als Rudi schon aufgehört hatte, trat der Fuß die ganze Zeit weiter, bis die erlösende Gnade sich erwies, als wäre sie des Herrn eigene wunderbare, himmlische Extremität.

Eine gute halbe Stunde später kamen die beiden Freunde aus der Herrenumkleide im Elixia-Fitnessstudio in der St.-Olavs-Passage. Ein bisschen Training passe jetzt gut, meinte Jan Inge, nach diesem befreienden Erlebnis bei Kjell Arvid Sølleland. Rudi stand dieser ganzen Trainiererei, die Jan Inge der Firma zurzeit verordnete, eigentlich skeptisch gegenüber, aber das ergab für ihn Sinn: Sich dieses Erlebnis rauszuschwitzen war womöglich positiv.

Jan Inge wirkte wie ausgestopft, wie er so im grellen Fitnessstudiolicht durch die Gänge schlurfte. Die kleinen Puma-Sneakers erweckten nicht gerade den Eindruck, als könnten sie den massigen Körper tragen, und so sah er eher wie ein Elefant auf zwei Beinen aus. Sie liefen am Solarium und am Spinning-Saal vorbei, Jan Inge in seinem engen *The-Shining*-T-Shirt, einer ausgewaschenen grauen Jogginghose und einem weißen Schweißband um die Stirn, Rudi in schwarzem Slayer-Shirt, schwarzer Jogginghose und schwarzen Adidas-Latschen, die langen Haare in einem Pferdeschwanz.

Unterwegs hoch zum Trainingssaal im ersten Stock wirkte Rudi zwar nicht so ausgestopft wie Jan Inge, aber genauso fehl am Platz, dürr, bleich und voller Tätowierungen, wie er war.

»Schon 'ne Antwort von Cecilie?«, fragte Jan Inge, als sie oben angekommen waren.

Rudi checkte sein Handy und schüttelte den Kopf.

»Schläft wohl«, sagte Jan Inge.

»Da wett ich drauf«, sagte Rudi. »Frauen brauchen ihren verdammten Schlaf, wenn wir ihnen mit unsrer riesigen Liebe einen Braten in die Röhre geschoben haben. Ist nur natürlich.«

Jan Inge zeigte keinerlei Anzeichen von Nervosität, als er wie eine fette Ente in den Saal voller Fahrräder, Rudergeräte und Laufbänder watschelte. Schon beeindruckend, wie ihn die Atmosphäre hier nicht aus der Fassung brachte. All diese bedrohlichen Geräte, all die Menschen mit glänzender Haut und schneeweißen Zähnen, bestimmt fuhren die Porsche und tranken morgens, mittags und abends Bier und hatten Mitleid mit Leuten, die in einem anderen, von der Eurokrise betroffenen Land lebten, und all das perlte ab wie Tau vor der Sonne ihres Selbstvertrauens. Jan Inge zupfte nur mit derselben stilbewussten Sicherheit sein Stirnband zurecht und zeigte zu zwei Rädern, die in der vordersten Reihe frei waren und wie missgebildete Pferde wirkten.

Er nickte einer jungen Frau zu, sie war circa achtzehn Jahre, hatte Pippizöpfchen, ein rosarotes Top, und um ihre hüpfenden Brüste verlief ein feiner Schweißrand.

»Herrlicher Tag für ein bisschen Sport, oder?«

Jan Inge suchte sich ein Fahrrad aus, setzte sich darauf und studierte die Einstellungen auf dem Display.

»Na dann, ja«, sagte er, »dann trainieren wir uns mal ein paar Kalorien ab.«

Rudi blieb vor seinem Fahrrad stehen. Starrte aufs Display, als wäre es ein Feind. Beugte sich vor und kniff die Augen zusammen. »Was bedeutet denn das da? Body fat, recovery, calories … fuck!«

Rudi zog dem Sattel eins über. Schön und gut, dass sie ein Stückchen höher hinaufwollten, schön und gut, dass Jan Inge mit Pioniersmiene rumlief und Ideen im Kopf hatte, wie sich quasi alles verändern sollte, nur weil da ein Kind unterwegs war, und dass er innerhalb eines Monats auf neunzig Kilo runterwollte, dass sie Rohkost essen, ihre Schlafgewohnheiten und alles Scheißmögliche ändern sollten, aber das hier, viermal pro Woche ins Fitnessstudio gehen – und dass Rudi auch noch mitkommen musste, der sowieso dünn wie ein Lineal war –, das war völlig falsch.

Jan Inge wuchtete seinen schweren Hintern vom Sattel, schlenderte zu seinem Kumpel, legte ihm die Hand auf die Schulter, stellte am Display das Gerät für ihn ein und zeigte ihm, wie einfach es war. Lächelte.

»So. Jetzt heißt es nur noch losradeln. Und hör auf, so jähzornig zu sein. Du wirst Papa, weißt du. Cecilie liegt gerade zu Hause, isst Eis, kotzt und spürt das Regiment der Frauennatur, da heißt es für dich jetzt, ein Mann zu sein.«

»Ich hör dich, Lance Armstrong«, sagte Rudi schmollend und strampelte lustlos los.

Voll unerschütterlichem Vertrauen in die Zukunft stellte Jan Inge die Füße auf die Pedale.

»Dieser Vergleich«, sagte er, »war ein bisschen unappetitlich. Bei dem ganzen Doping von Armstrong. Ein unehrlicher Typ. Ich dope nicht und bin ein ehrlicher Typ. Und wenn wir gerade schon dabei sind, dann muss ich dir noch zu Sølleland vorhin was sagen, das mit den Sonnen und Sternen, also das ist dasselbe. Die Sonne ist ein Stern.«

Rudis Mund war total ausgetrocknet, die Zunge fühlte sich an wie ein Stück Pappe.

»Dschieses.« Er seufzte. »Manchmal, Jani, ist es Scheiße verdammt noch mal unmöglich, mit dir zu sprechen, du bist quasi bei jedem Satz wie ein Richter. *He! Falsch! Du hast einen Fehler gemacht! Das heißt nicht schwul, das heißt homosexuell!* Sonnen, Sterne, Lance Armstrong! Sofuckwhat! Bald kann ich mein Maul gar nicht mehr aufmachen, weil alles, was ich sage, sowieso nur falsch ist! Willst du, dass ich in die Abendschule geh und 'nen Kurs mach? Geht's darum? Schämst du dich für mich, geht's darum?«

Jan Inge strampelte ein paar Aufwärmrunden, ohne Rudis Gejammer zu kommentieren. Offenbar hatte sein Kumpel einen dünnhäutigen Tag. Meistens war Rudi froh darüber, etwas Neues lernen zu dürfen, meistens bewunderte er Jan Inges Wissen eher, als dass es ihn beleidigte. Aber an manchen Tagen war es einfach nur mühsam.

So war das wohl mit werdenden Eltern, dachte Jan Inge nicht ohne ein wenig Neid.

Sie werden empfindlich.

Vielleicht besonders, wenn sie kriminell sind.

Da können sie offensichtlich besonders sensibel werden, weil kriminell zu sein heißt, rechtlos zu sein. So viel Unsicherheit. So viel Verlegenheit. Diese Elternabende im Kindergarten, zu denen man muss. Dieses Gemeinschaftsaufräumen mit anderen Blaskapellen- oder Pfadfindereltern, das unvermeidbar ist. Dieses Näherrücken an die Gesellschaft, von der man sich distanziert hatte.

Aber, sagte er sich, das Ganze betrifft auch andere Familienmitglieder.

Onkel, zum Beispiel. Auch ein Onkel kann sensibel werden.

Insbesondere ein Onkel mit Plänen.

Kompliziert.

Noch ein Grund, mit dem rauszurücken, was er auf dem Herzen hatte.

Jan Inge schloss die Augen und mochte, wie seine Gedanken strömten. Er strampelte schneller und erhöhte gleichzeitig auf dem Display den Widerstand. Das Fahrradgefahre setzte ihm ganz schön zu. Die imaginäre Steigung, die ihm das Gerät vorgaukelte, wurde für ihn real. Jan Inge sah vor sich den Riesenberg, dem er sich gerade stellte, verschlungen, hügelig, umgeben von Büschen und Bäumen, überstrahlt von einer mächtigen Sonne, und dachte: Hier kommt dein Onkel, ein Mann des Horrors und der Liebe, ein Mann mit Plänen.

Neben ihm hatte Rudi beim Radfahren mittlerweile den Dreh raus. Er saß total locker im Sattel, Po und Beine arbeiteten hervorragend zusammen, ein guter Tretrhythmus, und der mürrische Ausdruck war seinem typischen leichten und glühenden Enthusiasmus gewichen.

»Läuft super hier«, raspelte Rudis Reibeisenstimme durch den Saal.

Jan Inge lief der Schweiß in Strömen, ihm war leicht eng in der Brust, und sein Kopf kochte.

»Großartig«, presste er atemlos hervor.

Rudi ließ den Lenker los und stützte die riesigen Hände in die Hüften, als hätte er bei der Tour de France mehrere Hundert Meter vor allen Konkurrenten die Ziellinie überquert.

»Ah.« Jan Inge verzog das Gesicht, zweifellos rang er um Atem. »Wir ... ups, Sportler sein ist echt anstrengend«, keuchte er, »Richter ... Es geht mir ... ein bisschen nah ... wenn du so was sagst ... Ich bin doch nur ein einfacher Onkel ... Shit, ah, ganz schön ... anstrengend ... Also, Richter, ich mein doch ni... Ah ... nicht, dass ich ...«

Rudi nahm die Hände von den Hüften und klatschte die imaginären Zuschauer entlang der Radstrecke ab, formte dann mit Daumen und Zeigefinger der linken Hand einen Ring und rammelte den rechten Zeigefinger hinein.

»Gracias! Thankyouthankyou! Tour de Fuck! Grand le Dick!«

Jan Inges Beine und Oberarme zitterten. Seine Zähne klapperten irgendwie, und er konnte kaum noch atmen. Aber da galt es wohl durchzuhalten, über den Berg zu kommen, wie sonst beim Erzfeind des Trainings auch, dem Essen, mit dem Jan Inge die Erfahrung gemacht hatte, dass er, wenn er satt war und trotzdem ganz einfach noch mehr in sich reinschaufelte, eine Grenze überschritt und immer weiteressen konnte, forever.

Rudi wurde langsamer und sah zu Jan Inge, der schwer keuchte.

»Alles okay, Bruder? Hab das Gefühl, du quälst dich ganz schön. Sollen wir nicht einfach sagen: Callitaday, reicht erst mal, dieses Aufneunzigrunter gehen wir Schritt für Schritt an?«

Jan Inge biss die Zähne zusammen und schüttelte den Kopf.

»Du weißt, Rudi«, stieß er nach einem hastigen Einatmen hervor und strampelte heftig weiter, »ich bin keiner, der aufgibt, dieser Onkel ist kein Schlaffi ...«

»Nein, nein ...«

»Ich hab große Pläne«, sprach Jan Inge weiter, sein Atem begann sich zu stabilisieren, die Beine zitterten weniger, »und du musst einfach wissen, ja, Rudi, du bist in sicheren Händen, du und das Baby und Cecilie«, fuhr er fort und zog bedeutsam die Augenbrauen hoch, während Rudi den nächsten scharfen Spurt einlegte.

»Ja, Jani.« Rudi schmunzelte. »Du bist echt so verdammt on, muss man dir lassen. Und du knabberst schon länger auf was rum. Yessir. Du grübelst und chefst. Echt super. Aber du weißt schon, zu viel davon ist nicht gut? Das fickt dir den Schädel, die Augen werden klein, und du kriegst Ablagerungen an den Nerven, und dann sitzt du auf einmal rum und spielst Geige oder whatnot.«

»Haha.« Jan Inge musste lachen, und mit einem Mal stach es in seiner Brust, ihm wurde schwarz vor Augen, aber dem gab er nicht nach und redete atemlos und heftig strampelnd weiter. »Dass du an meine Gesundheit denkst, ist nett, aber es gibt da was, worüber ich mit dir sprechen muss ...«

»Jaha?«

Zwei Elixia-Trainerinnen halfen Rudi dabei, Jan Inge auf dem Weg runter zur Umkleide zu stützen, nachdem er vom Fahrrad gekippt war. Der fette Mann war schweißüberströmt, er schnaubte und japste, als würde er erdrosselt, hinterließ auf dem Boden eine Tropfenspur, und als sie ihn zu der Bank neben den Spinden geschafft hatten, sackte er erst mal zusammen. Dann stürzte er vier Gläser Wasser in sich rein und erholte sich allmählich wieder, nickte bloß, als die Trainerinnen zu ihm sagten, wie toll es sei, dass er sich dafür entschieden habe, seinen Lebensstil zu ändern und etwas gegen sein Übergewicht zu tun, und murmelte »Ja«, als sie sagten, er müsse geduldig sein und es Schritt für Schritt angehen, und zuckte mit den Schultern, als Rudi meinte, dass er genau das auch gesagt habe, dass es um Geduld gehe. Diesen Fehler machten viele, bestätigten die Trainerinnen, zwei junge Frauen mit polierter Haut, glänzenden Wangenknochen und strohblonden Haaren. Die Leute kämen mit einer Riesenenergie hier rein, und dann gingen sie es zu hart an und bekämen Entzündungen und so.

»Ist nur mein Asthma«, sagte Jan Inge, »das muss sich erst dran gewöhnen, dass ich mich in einer Veränderung befinde.«

Sie duschten lange.

Jan Inge mit geschlossenen Augen, Rudis waren offen. Er wusste zwar nicht, ob Jan Inge es seltsam fand, so miteinander zu duschen, also, schon irgendwie ziemlich schwul, aber er war froh, dass er sie beide schonte, indem er die Augen zumachte, während er sich die Haare schamponierte und das warme Wasser über seinen hügeligen Körper lief.

So viel, dachte Jan Inge hinter seinen geschlossenen Augenlidern und stellte sich ein schickes Haus am Fjord vor. Die Sonne brennt durch frisch geputzte Fenster. Eine ziemlich dünne Frau im Sessel stillt ihr neugeborenes Baby. Eine etwas ältere, mollige, elegante Frau wuselt herum, wischt Staub und spricht ruhig mit den Pflanzen und Menschen. Ein großer Mann mit Metal-Tattoo erzählt Witze und hält die Laune hoch. Und mittendrin er selbst, Jan Inge, der Denker aus Hillevåg, der neue Jan Inge, gut trainiert und straff, immer auf Zack, mit einer gut laufenden Firma.

So viel, dachte er und sah zu Rudi, ich hab so viel auf dem Herzen.

»Rudi?«

»Mhm?«

»Ich muss dir was sagen.«

»Hab ich kapiert. Deshalb steh ich hier ja stumm wie ’ne Auster.«

»Wir müssen nach dem Duschen am Solastranden spazieren gehen. Gesprächszeit.«

»Shit. Also rückst du mit irgend 'nem Mist raus?«

»Möglicherweise wirst du das so empfinden«, sagte Jan Inge. »Aber eigentlich ist es die Lösung für all unsere Probleme.«

»Hm.« Rudi seifte sich im Schritt ein. »Wenn du so redest, werd ich echt nervös.«

»Musst du nicht«, beschwichtigte Jan Inge.

Rudi versuchte, an etwas anderes zu denken. Er lauschte dem Rieseln des Wassers in der Dusche. Er betrachtete die Pfützen auf dem Fliesenboden. Er richtete den Blick auf die Schlösser an den Spinden. Aber nichts half.

Jan Inge machte ihn nervös.

Das Einzige, was ihm Sicherheit geben konnte, lag in seinen Händen.

»Hm«, sagte Rudi und schäumte die Seife auf, »dass dieser Schwanz ein Kind gemacht hat. Fantastisch.«

»Kind des Regenbogens«, flüsterte Jan Inge, sodass nur er es hören konnte.

3   Rikki und Ben gehen auf den Jahrmarkt

Im Lauf des Abends sanken die Temperaturen weiter. Die Brüder froren an den Beinen, und Rikki sehnte sich nach mehr Benzin, weil aber sein Bruder so was wie einen Zaun darum errichtet hatte und er nicht gerade darauf brannte, nur wegen des Benzinfeelings außerhalb dieses Zauns zu landen, beherrschte er sich. Rikki war nämlich ein Großmaul, aber auch ein Hänfling, und war er einsam, schrumpfte er ganz in sich zusammen. Weit vor seinem sechzehnten Geburtstag hatte er erkannt, dass er unmöglich allein sein konnte, ganz im Gegensatz zu seinem Bruder, der an diesem Abend fünfzehn war und allem Anschein nach am liebsten allein. Schon lange bevor Rikki alt genug gewesen war, darüber überhaupt nachzudenken, hatte er gespürt, dass er von einer Person auf Erden vollkommen abhängig war, und zwar von Ben Dahle Digervold, und es war ein schmerzhafter Tag gewesen, als er kapiert hatte, dass dies nicht auf Gegenseitigkeit beruhte.

Irgendwann verschwindet Ben vielleicht einfach, weg von ihm, wie ein Pollenkorn im Wind, und kommt nie mehr zurück.

Rikki brauchte Benzin, und was hier abging, fand er ziemlich scheiße. Der Blick des Bruders machte ihn nervös, wie er so statuenmäßig in die Nacht hinausglotzte, machte ihn nervös, und die weiße Kälte, die nach dem

Ende des Benzinkicks in ihm aufgezogen war, machte ihn ebenfalls nervös. Er dachte kurz darüber nach zu fragen, ob sie dann vielleicht auf Imprägnierspray umsteigen könnten, Pål Ole Hana hatte damit angegeben, oder einfach nur auf Farbe oder Kleber, ließ es aber bleiben, weil er kapierte, dass Ben es ernst meinte.

»Eigentlich gehen wir nie auf den Jahrmarkt«, sagte Ben nach einer Weile.

»Hast du das nicht schon vor 'ner Stunde gesagt?«, fragte Rikki, ziemlich froh darüber, dass sein Bruder endlich wieder mit ihm sprach. »Hab ich das geträumt, oder hast du das schon vor 'ner Stunde gesagt?«

Ben nickte.

»Dacht ich's mir doch«, sagte Rikki.

Ben nickte wieder.

»Also, willst du auf den Jahrmarkt, willst du das damit sagen?«, wollte Rikki wissen.

Ben nickte zum dritten Mal.

»Und woher willst du das Geld dafür nehmen? Jahrmarkt ist echt arschteuer, und ich mag so Kaffeetassen oder Scooter oder so Wirbelzeug nicht. Davon wird mir schlecht.«

Bens Träumerblick war jetzt echt umwerfend, Rikki glaubte fast, sein Bruder wäre zu einem Gemälde mutiert.

»Weiß ich«, sagte Ben.

»Was?«

»Dass dir davon schlecht wird und wir kein Geld haben.«

»Ja? Und?«

Ben sah seinen Bruder an, seine Augen waren klar wie poliertes Glas.

»Wir werden Rudi zeigen, dass wir würdig sind«, flüsterte er.

Rikki runzelte die Augenbrauen. »Wie, würdig?«

»Würdig«, wiederholte Ben.

»Ich kann doch keine Fremdwörter«, murmelte Rikki und rieb sich die kalten Hände. »Red so, dass dich auch ein Beta aus Trones versteht.«

»Würdig bedeutet, wir sind good shit«, erklärte Ben.

»Sind wir aber nicht«, entgegnete Rikki. »Wir sind nur zwei Idioten, die nach den Sängern von den Cars benannt wurden, weil unser Vater in den Achtzigern Vorsitzender vom Cars-Fanclub war.«

»Heute redet keiner mehr von den Cars«, sagte Ben. »Hab kein Problem damit.«

»Ja, ja. Also was? Was ist das mit diesem Würdigzeug?«

Ben zeigte auf den Jahrmarkt, der sich immer noch bunt drehte, und erzählte dabei, was ihm in der letzten Stunde gedämmert hatte. Es war von den Kerzen auf diesem Kuchen in der Ferne aufgestiegen, während zwischen Rikkis Schädelwänden Faithless *this is my church, this is where I heal my hurt* gesungen hatte.

Ben erzählte seinem großen Bruder, dass nur noch an unglaublich wenigen Orten cash gezahlt wurde, aber weil der Jahrmarkt aus Osteuropa stammte, wo das Internet fast noch nicht angekommen war und es kaum Visa-Karten gab und die Leute so verzweifelt waren, dass sie für Geld alles taten, und weil solche Jahrmärkte von Businesstypen betrieben wurden, von Kriminellen, einer Art Mafia, lag dort unten ein Haufen Cash.

Rikki hörte ruhig zu, er sagte »Jaha«, und er sagte »Okay« und fragte vorsichtig, worauf Ben eigentlich hinauswollte, obwohl er das schon allmählich ahnte.

Ben erzählte weiter, und Rikki konnte sehen, wie sein Bruder strahlte, als er sagte, das Tivoli dort unten, das würde bald schließen, in einer halben Stunde oder so, und da war scheißviel Geld.

»Rechne es dir aus, Rikki«, sagte er, »wenn vierhundert Menschen da waren und jeder von ihnen zweihundert Kronen ausgegeben hat, wie viel Geld ist da dann?«

»Achtzigtausend«, sagte Rikki schnell.

»Hehe.« Ben lachte. »Im Kopfrechnen warst du schon immer ein Crack, echt, Rikki.«

So warme Worte von seinem Bruder zu hören tat Rikki gut. Er zuckte linkisch mit den Schultern und vergaß sogar für einen Moment das Benzin.

»Und«, sagte er, »woran … also … denkst du da so?«

Ben ging direkt vor seinem Bruder in die Hocke. Er legte ihm die flachen Hände auf die Knie und sah ihm in die Augen.

»Wir gehen auf den Jahrmarkt«, sagte er mit leicht dämonischer Stimme. »Wir erwürdigen uns einen Platz bei Onkel Rudi und dem Videojungen. Wir ziehen uns die Kapuze über den Kopf, und dann suchen wir nach dem Wagen, in dem diese Jahrmarktleute hocken, und dann überfallen wir sie.«

»W-w-wir was?«

»Weißt du«, sagte Ben, »die hocken da rum und spielen Poker oder schauen sich lowlife Pornos im Netz an. Die wittern Frieden, nicht Gefahr.«

»Wir ü-ü-überfallen den Jahrmarkt?«

Ben nickte.

»Ich seh's genau vor mir. Wir treten die Tür ein und sagen: Das ist ein Überfall.«

»Oh fuck. Aber, also, scheißfuck, womit überfallen wir sie denn? Wir haben ja nicht gerade Knarren, oder?«

Ben verstärkte den Druck seiner Hände und presste Rikkis Beine in den Boden.

»Bist du dabei?«

Spucke schäumte um Rikkis Weisheitszähne.

»Achtzigtausend?« Seine raspelnde Stimme klang wie die eines Schwans.

»Wahrscheinlich sogar mehr.«

Ben kramte seine Prince-Schachtel hervor, nahm sich selbst eine und gab eine Rikki.

»Achtzigtausend« – Rikki schob sich die Zigarette in den rechten Mundwinkel –, »ganz schön viel Geld.«

Ben hielt seinem Bruder das Feuerzeug hin und drehte am Rädchen.

»Mehr«, sagte er. »Wahrscheinlich sogar mehr.«

»Und wie soll Rudi davon erfahren?«, flüsterte Rikki und genoss die schwachen Dämpfe des Feuerzeuggases mehr als das Nikotin. »Ich mein, nehmen wir einfach den Bus nach Hillevåg, tauchen mit achtzigtausend vor Rudis Tür auf und erzählen ihm, das haben wir gerade auf'nem ungarischen Jahrmarkt gesnitcht, legen es ihm vor die Füße und fragen, ob wir vielleicht würdig sind?«

Ben sah seinen Bruder an. »Fast.«

Rikki rümpfte die Nase. »Wie, fast?«

»Wir rufen ihn an und bitten um ein Sit-down.« Ben ging zu einem Busch und hantierte an einem Ast herum.

»Ein Sit-down?«

»Mhm.« Ben erhöhte den Druck auf den Ast. »Dann treffen wir ihn und erzählen ihm, dass wir was haben, was er will. Und dann sind wir würdig.«

Der Ast knickte ab. Ben hielt ihn Rikki vor die Nase.

»Findest du, der sieht aus wie 'ne Pistole?«

Sie trotteten vom Gravarslia hügelabwärts zum Jahrmarkt, beide in knöchelhohen schwarzen Converse. Die Kälte stach im Gesicht, und sie zogen sich die Kapuzen tief in die Stirn. So waren die Haare versteckt, und die Augen lagen im Schatten.

Als Rikki und Ben noch klein gewesen waren, waren in Sandnes Jahrmärkte immer auf dem Ruten-Parkplatz aufgebaut worden. Nur gehörten für die Brüder Jahrmarktbesuche nicht gerade zum Alltag, denn etwas Alberneres, als Geld auszugeben, um sich in einer Kaffeetasse im Kreis zu drehen oder Bälle in ein Loch zu werfen, um dann bestenfalls einen Stoffteddy nach Hause zu schleppen, den niemand brauchte, konnte Frank Martin Digervold sich nicht vorstellen. Verschwendung, sagte er zu seinen Söhnen immer, ich kenn nichts Schlimmeres als Verschwendung, wollt ihr mit dem Schnellzug in Richtung Hölle? Die Brüder müssten wissen, dass irgendwo in der Zukunft Alter, Gicht und Gebisse warteten, gebrochene Oberschenkelhälse und Kriminelle, die einen an einem dunklen Herbstabend zusammenschlagen; all das würde sie gegen Ende heimsuchen, ganz gleich, ob sie es sich vorstellen konnten oder nicht, sie sollten also von Herzen froh über einen Vater sein, dessen Versicherungspapiere in Ordnung waren und der ein bisschen Geld auf die Seite geschafft hatte, sollte eines Tages der Teufel um die Ecke schlüpfen. »Und das wird er«, predigte er ihnen, »da könnt ihr euch drauf gefasst machen, denn in diesem Leben gibt es nur eine sichere Bank, und zwar, dass es nicht gut enden wird.«

Wenn Rikki und Ben zwei Dinge über ihren Vater aufzählen müssten, dann wären das sein Geiz und seine Überzeugung, dass es nicht gut enden wird. »Also, das wird nicht gut enden«, sagte er, wenn sie am Heiligabend den Braten in den Ofen schoben. »Also, das wird nicht gut enden«, sagte er, als Rikki damals zu Sandnes Ulf zum Fußballtraining wollte. »Also, das wird nicht gut enden«, sagte er, als Kate ihr Kinderzimmer lila streichen wollte. »Und also, das, ja, das wird nicht gut enden«, sagte er, als

Ben in einer warmen Sommernacht im Juni 2007 fragte, ob er unter freiem Himmel schlafen dürfe.

»Und was glaubst du, wie das enden wird?«, murmelte Rikki und tastete nach dem Stück Holz in seiner Hoodietasche, von dem Ben gesagt hatte, es dürfte in seinem Bewusstsein nichts anderes sein als eine Pistole.

»Jetzt hörst du dich an wie unser Vater«, sagte Ben und hielt am Rand einer Reihenhaussiedlung an. Zwanzig, dreißig Meter entfernt stand ein Typ im Blaumann und wusch im gelben Laternenlicht seinen BMW.

»Ich hab nicht gesagt, dass es nicht gut enden wird«, motzte Rikki.

»Ich kann's an deiner Stimme hören«, sagte Ben, und als der Mann an dem BMW zu ihnen rüberschielte, presste er kurz die Zähne aufeinander. »Kapuze runter«, sagte er dann hastig und streifte seine Kapuze nach hinten.

»Hä?«

»Kapuze runter«, blaffte er.

»Okay. Scheißkapuze.« Rikki seufzte und setzte die Kapuze ab.

Sein Bruder hob die Hand und winkte dem Autowaschtypen zu.

»Was machst du da, verdammte Scheiße?«

Statt zu antworten, dirigierte Ben Rikki die Straße entlang und gab ihm zu verstehen, das müsse er selbst herausfinden.

Auf Höhe des Maxi-Markts, nur mehr ein paar Meter vom Jahrmarkt entfernt, flüsterte Ben, bis die Leute verduftet und die Lichter gelöscht seien, würden sie sich hinter dem alten Fretex-Gebäude verstecken, und da kapierte Rikki, dass es bei diesem BMW-Typen darum gegangen war, keine Aufmerksamkeit zu erregen. Und er dachte wie so oft, selbst wenn er im Kopfrechnen gut war, war doch seine Auffassungsgabe scheißlangsam; ein weiterer Grund, sich so nah wie möglich an seinen Bruder Ben zu halten.

Sie rauchten die Prince-Schachtel leer, und jede fünfzehnte Sekunde schob Rikki den Kopf vor und spähte Richtung Jahrmarkt, der von Minute zu Minute leerer wurde. Ganz schön viel los, dachte er und stellte sich achtzigtausend in cash vor und wie sie damit nach Hause liefen und das Geld dann fix wie sonst was in der Garage in diese Kiste unter der Arbeitsbank legten, diese eine Kiste mit dem ganzen Schrott und dem alten Dartspiel, das ihr Vater vor Jahren mal auf einem Flohmarkt gekauft hatte. Während sie warteten, schwadronierte Rikki über den Unterschied zwischen Trance und Rave, denn auch wenn er vielleicht keine Ahnung von Fremdwörtern oder Politik und so 'nem Dreck hatte, wusste er doch ziemlich viel über Musik, fand er. Rikki erklärte seinem kleinen Bruder, dass man im Trance mehr Gefühle finden konnte, während Rave am besten war, wenn man Bock auf Party hatte und alles einfach explodieren sollte.

Ben rauchte und musterte ab und zu Rikkis aufgesprungene Lippen, die einer sprechenden verbrannten Erdkruste glichen. Dann waren die letzten Jahrmarktbesucher gegangen, und er legte die Hände aneinander, hob sie vor den Mund und pustete Wärme hinein, zog sich dann die Kapuze wieder über den Kopf und sagte: »Rave mochte ich noch nie.«

»Typisch«, sagte Rikki, »willst irgendwie nie dabei sein, Mann.«

»Zur Not vielleicht ein bisschen Trance«, sagte Ben, bevor er hinzufügte: »Eigentlich mag ich insgesamt keine Musik. Hab ich die Wahl, bin ich für Stille.«

»Typisch«, wiederholte Rikki und zog sich ebenfalls die Kapuze über den Kopf, »immer extra anders. Nein zu Ja und Ja zu Nein.«

Etwas bange, dass das jetzt womöglich zu heftig rausgekommen war, und völlig verängstigt, dass Ben vollends verstummen könnte, sich von ihm entfernen und eines Tages einfach seines Weges gehen und niemals zurückkommen würde, schob Rikki die Hand in die Tasche und tastete nach der Pistole, die in seinem Bewusstsein bloß ein abgebrochener Ast blieb. Er lächelte, und um nur ja nicht ihrem Vater ähnlich zu sein, sagte er: »Sollen wir's jetzt durchziehen, Mann? Achtzigtausend?«

Die verlassene Stimmung auf dem Jahrmarktgelände erinnerte Ben an das Gruselfeeling in alten Westernfilmen, die sein Vater gern guckte, wenn er ausnahmsweise mal gute Laune hatte und sich einbildete, die Familie müsse sich vor dem Fernseher versammeln. Die Fahrgeschäfte standen einsam und verwaist herum wie kurz nach einer Katastrophe, einem tiefen Dröhnen aus der Unterwelt, einer Auslöschung, einem Inferno, das die Stromversorgung unterbrochen, die karnevalsmäßigen Farben beseitigt und die Menschen vertrieben hatte, zurückgeblieben waren nur die Skooter auf der Fahrfläche wie verwachsene Schuhe, der mit abgerissenen Jahrmarkttickets und aufgerissenen Schokopapierchen übersäte Erdboden, das große Riesenrad, das in der Luft hing wie eine gigantische, mit kleinen Körben geschmückte Fahrradfelge.

Die Brüder hielten sich dicht beieinander und ebenso dicht bei den abgeschlossenen Buden, wo die Dunkelheit am dichtesten und die Deckung am besten war. Sie machten kleine Schritte, achteten darauf, nicht über

Kabel zu stolpern, als sie am Drop Zone vorbeikamen, das die Leute mindestens zwanzig Meter in den Himmel katapultierte und wieder nach unten stürzen ließ.

Ben blieb stehen, spähte in alle Richtungen, und Rikki wartete geduldig. Nach einer Weile zeigte Ben nach Norden, und Rikki sah, was sein Bruder meinte: Ein Stück entfernt von den Fahrgeschäften standen ein paar Wohnwagen in Reih und Glied.

»Okay«, sagte Rikki, »kapiert.«

»Psst«, kam es von Ben.

Sie näherten sich den Wohnwagen, in den meisten brannte kein Licht. Nur bei einem waren die Fensterquadrate an der Längsseite gelb erleuchtet. Kann das eine oder das andere bedeuten, dachte Ben: ein leerer Wagen, in dem jemand vergessen hat, die Lichter auszumachen. Eine Pokerrunde. Eine Stripperin. Ein Typ, der fernsieht. Es ist noch nicht mal sicher, dass sich das Geld dort befindet, kann genauso gut in einem der dunklen Wagen sein, wo vielleicht jemand schläft.

Ben zupfte Rikki am Ärmel, um ihn zurückzuhalten. Er sah seinen Bruder für einen Moment eindringlich an, dann flitzten sie hinter ein Fahrgeschäft mit bunten Gondeln, über denen jeweils so was wie ein Ballon stand, der aussah wie ein Heißluftballon aus alten Zeiten.

»Drei dunkle Wohnwagen«, flüsterte Ben kaum hörbar.

Rikki nickte neugierig.

»Und einer mit Licht.«

Rikki nickte wieder.

»Was glaubst du?«, wollte Ben wissen.

»Was meinst du mit was glaubst du?«

»Wo das Geld ist und was in dem hellen Wagen.«

»Shit, weißichdochwohlnicht«, gab Rikki barsch zurück.

»Schhh!«

Ein Stück entfernt knallte eine Tür, ohne dass die Brüder sehen konnten, von welchem Wagen das Geräusch gekommen war. Schwere Schritte hallten über den Asphalt, und eine derbe Männerstimme brummte: »Verfickte Tschetschenen!«

Im Schutz des Ballonfahrgeschäfts hielten Ben und Rikki den Atem an und gingen hinter dem tellergleich geformten Fuß in die Hocke.

Die Schritte auf dem Asphalt kamen näher. Ben konnte hören, wie Rikkis Puls härter schlug, was sonst nur vorkam, wenn die Schläge ihres Vaters stärker wurden.

»Verdammte Scheißtschetschenen.«

Der Tschetschenenhasser war jetzt nur noch ein paar Meter von ihnen entfernt. Seine wütenden Schritte hielten inne, und die Brüder spürten, wie das Ballonfahrgeschäft leicht schaukelte. Der Mann hatte sich nur wenige Meter weiter hingesetzt. Sie konnten ihn atmen und vor sich hin murmeln hören. Er zündete sich eine Zigarette an, der Wind blies den Rauch zu ihnen, und soweit es für Rikki erkennbar war, rauchte der Typ die gleiche Marke wie die beiden Brüder – Prince. Er fing Bens Blick auf und zog die Augenbrauen hoch, als wollte er fragen: Was jetzt?

Ben legte zwei Finger an die Lippen.

»Fucking tschetschenische … Scheiße!«

Der Mann stand auf. Er trat gegen das Ballonfahrgeschäft, und die Brüder spürten, wie das Fundament bebte. Gleich darauf sahen sie seinen Rücken, als er sich auf einen der Wohnwagen zubewegte. Auf den mit Licht. Ben packte Rikki am Unterarm. Fünfzehn Meter vor der Wohnwagentür blieb der Mann stehen. Er griff in seine Tasche. Wollte er jemanden erschießen? Nein, war bloß ein Handy. Der Mann rief eine Nummer auf. Wartete.

»Hallo, du, hier ist Tødden. Hör zu, es geht um deinen Scheißtschetschenen. Das geht nicht mehr. Hä? Nein, sag ich, das geht verdammt noch mal nicht mehr. Ich? Scheiße, nein. Ich? Scheiße, was glaubst du denn? Scheiße, nein, sag ich!«

Rikki und Ben sahen einander an.

»Hä?«, kam es wieder von diesem Tødden. »Hör mal, bist du taub? Ich hab doch gesagt, ich nehm bestimmt nicht … Hä? Scheiße, nein. Ich hab … Hä? Nein! Du hast das Ganze angeleiert … Hä? Nein, sag ich, hör mir jetzt zu, der ist am Abkratzen! Ja, sag ich. Ja! Dschieses!«

Der Mann drosch mit der rechten Faust so heftig gegen die Wohnwagentür, dass der ganze Wagen durchgeschüttelt wurde.

»Weißichdochwohlnicht! Ich hab den quasi nur zwischen die Finger gekriegt! Hä? Ja, aber ist mir doch scheißegal, ob du in Haugesund bist, ist mir doch scheißegal, ob du verdammt noch mal in Murmansk bist! Du setzt dich jetzt sofort in deinen Mitsubishi, und dann bretterst du verdammt noch mal so schnell wie möglich hier runter und kümmerst dich darum, denn wenn nicht, erzähl ich Du-weißt-schon-wem Du-weißt-schon-was. Der ist am Abkratzen!«

Der Tøddentyp legte auf, und Rikki sah Ben verschreckt an. Drüben am Wohnwagen drehte der Mann wütend am Türgriff und schlüpfte durch die Tür.

»Fuck.« Nervös rieb sich Rikki die kalten Hände. »Was geht denn da ab?«

Ben antwortete nicht.

»Du …« Rikki schluckte. »Ich glaub, wir hauen lieber ab, hm? Das wird jetzt doch etwas, na ja, heftig, hm?«

Ben richtete den Oberkörper gerade auf.

»Ben? Wollen wir nicht einfach abhauen? Das Ganze war doch sowieso keine Topidee, dieses Würdigsein und der Überfall, hab das Gefühl, das würd sowieso nicht gut enden.«

Ben spähte über den Rand des Ballonfahrgeschäfts.

»Ben?«

Wie ein Welpe neigte sein kleiner Bruder den Kopf leicht seitlich und fixierte weiter den Wagen, in dem der Mann vor einer knappen Minute verschwunden war.

Bens Augen bekamen diesen abwesenden Schimmer, als wären sie leer und voll zugleich.

»Das ist perfekt«, sagte er nach einer Weile.

»Hä?«

»Das ist perfekt.«

»Was ist da perfekt?«

»Das da ist perfekt«, flüsterte Ben. »Dieser Tødden da soll hier abschließen und ist wegen irgendwas auf diesen Typen in Haugesund wütend, sie sind also aus dem Lot, die ganze Gang, und dann kommen wir, und die haben keine Chance.«

»Fühlt sich für mich gar nicht perfekt an, Ben«, entgegnete Rikki.

Aber Ben hörte ihm nicht zu, Ben ging einfach los. Der Jahrmarktplatz schien ihm mit einem Mal von einem gottlosen Tornado erfüllt zu sein, von nackten Kindern mit Stümpfen statt Armen, er hörte himmlische Schreie, hörte unterirdisches Gelächter, und er umrundete das Fundament des Ballonfahrgeschäfts. Er zog sich die Kapuze tief in die Stirn, alles an ihm strebte vorwärts, nichts konnte ihn noch aufhalten.

Scheiße, dachte Rikki, konnte aber nichts tun. Also schob er beide Hände in die Taschen und befühlte die

Pistole, versuchte angestrengt, nichts anderes zu denken als: Pistole, aber der einzige Gedanke in seinem Kopf war: Also, das hier, das kann ganz schrecklich enden.

Ben blieb vor der Tür stehen, wartete, bis Rikki zu ihm aufgeschlossen hatte, und hob die Hand an den Türgriff.

Etliche Jahre zuvor hatte Ben schon einmal so dagestanden. Sie hatten auf Vaters Nachttisch zwei herrenlos herumliegende Hunderter entdeckt, eine total unerhörte Situation, zum ersten und letzten Mal in ihrer gesamten Kindheit, sahen sie Geld herumliegen. Zu gut, um wahr zu sein, dachte der damals elfjährige Ben, saß im Kinderzimmer unter dem *Spider-Man*-Poster, das sie von Kate zu Weihnachten bekommen hatten, und überlegte. Drehte sich zu seinem Bruder um. Das sei perfekt, erklärte er ihm. Sie müssten die zwei Hunderter bloß nehmen. Da protestierte Rikki, aber Ben hatte sich schon entschieden. Niemand würde sie verraten können. Das Geld? Sie hätten nie irgendwelches Geld gesehen. Abgesehen davon könnten sie sonst auch ihre Mutter beschuldigen, die war ja sowieso krank. Oder Kate, weil ihr Vater die nie schimpfte, nicht wie sie beide. Es war perfekt. Also schlichen sie auf den Flur, Ben vorneweg, blieben lautlos vor der Tür zum Elternschlafzimmer stehen und lauschten auf Geräusche aus dem Wohnzimmer. Sein Bruder griff nach der Türklinke, drückte sie so vorsichtig wie möglich nach unten, aber dann plötzlich – es war unfassbar! – umklammerte eine riesige Faust seinen Nacken, presste seinen Kopf nach unten und schleifte ihn über den Boden, und es ist echt unfassbar, hatte Rikki später gemeint, als sie einander im Bad verarztet hatten, echt unfassbar, wie ihr Vater so verdammt schnell auftauchen konnte, als wär er ein Panther.

Ben wandte sich zu Rikki um und hauchte tonlos: »Eins, zwei, drei!«, dann riss er die Tür auf, sprang hinein und schrie: »Okay – das ist ein Überfall!« Den Ast unter dem Pulli hielt er wie eine Pistole. »Schnell, schnell, dann passiert keinem was!«

Im Schein eines drecksgelben Lichts sahen sie den breiten Rücken des Typs, der sich Tødden genannt hatte. Er stand mit hochgekrempelten Ärmeln vor einer kleinen Kochnische und wrang einen Lappen aus. Blutrotes Wasser tropfte von seinen Händen. Im Wagen roch es nach Eisen und Rauch. Auf dem Ecktisch stand ein kleiner weißer Fernseher, da lief eine Episode *Sons of Anarchy*. Der bullige Mann drehte sich zu Rikki und Ben um. Auf seiner Stirn stand Schweiß, und als er die Brüder in der Türöffnung stehen sah, schüttelte er den Kopf.

»Ach du Scheiße«, entfuhr es ihm, und er seufzte.

Hinter dem Mann lag auf einer Matratze ein kreidebleicher Junge. Er war vermutlich ein paar Jahre jünger als Rikki und Ben, vielleicht zwölf, dreizehn, und hatte nichts an außer dreckigen Boxershorts. Der Junge krümmte sich zusammen, seine Haut wirkte dünn wie Papier und für das spitze Skelett nicht weit genug. Er wimmerte und presste sich zwei rot verschmierte Hände auf den Bauch. Sein Gesicht war schmerzverzerrt, Augen und Lippen nur Striche.

»Dschieses«, seufzte dieser Tødden, fuhr sich mit dem blutigen Handrücken über die Stirn und schüttelte wieder den Kopf.

»Das ist ein Überfall«, wiederholte Ben und zog die Wohnwagentür ran, während Rikki beim Anblick des blutenden Jungen erschrocken zurückwich.

»Ach du liebe Scheiße«, wiederholte der Mann. Erneut schüttelte er den Kopf. Er wirkte erschöpft. Dieser

Tødden hatte einen Vollbart, war enorm dick, hatte lange, zu einem Hippiezopf zusammengebundene Haare und eine Brille an einer Kordel um den Hals.

Mit schnellem Griff packte Tødden Bens Gesicht. Die große Hand wurde zur eisenharten Klaue und drückte zu, und mit der anderen Hand fischte er den Ast aus Bens Hoodietasche. Rikki rührte sich keinen Millimeter. Wie angenagelt stand er an der Wohnwagenwand und sah zu, wie der Bruder vom Blut an Tøddens Händen rot wurde, er sah den kleinen Jungen auf der Matratze am Boden, der nicht mal die Kraft hatte, die Augen zu öffnen, sondern nur dalag und sich den Bauch hielt.

»Dafür hab ich verdammt noch mal keine Zeit«, sagte Tødden, ohne den Griff um Bens Gesicht zu lockern. »Seht ihr nicht, dass ich hier mitten in einer Sache stecke? Scheiße noch mal, ihr erinnert mich echt an die Siebziger, lauft und besorgt euch auf dem Ruten-Parkplatz 'nen Blowjob und flitzt nach Hause und hört Grateful Dead. Was glaubt ihr denn, wie's mir geht, wenn ihr hier reinkommt, während der scheißarme kleine Scheißtschetschene da liegt und verblutet, unterernährt und arschgefickt und was weiß ich alles – aber wo sind wohl seine Eltern, glaubt ihr? Nicht da. Und wo ist der beschissene Dreckskerl, der ihn sich gekauft hat, glaubt ihr? Gleich da! Und jetzt verschwindet, verdammt. Und hört gut zu, was ich euch jetzt sage: Wenn ihr auch nur einer lebenden Seele erzählt, was ihr hier gesehen habt, dann liegt bald ihr auf so einer Wohnwagenmatratze und verreckt.«

Rikki zitterte. Ben presste die Lippen aufeinander.

»Okay?!«

Tødden ließ Bens Gesicht los.

Ben machte eine kurze Schmerzensgrimasse, schloss die Augen und atmete schnell durch die Nase ein.

»Das ist ein Überfall«, sagte er vollends ruhig, nachdem er die Augen wieder aufgemacht hatte, die jetzt fast wie ozeangrüne Neonstrahler leuchteten.

»Ach nein, ist es nicht«, sagte Rikki und latschte auf seinen Bruder zu.

»Doch, ist es«, sagte Ben ganz ruhig.

Tødden wrang den Lappen aus, so gut es ging, und trocknete damit die gröbste rot schimmernde Nässe von den Händen. Hob die Brille von der Brust, setzte sie auf und musterte Ben.

»Willst du es noch mal sagen?«

»Das ist ein Überfall«, sagte Ben ruhig. »Wenn du uns nicht das Geld gibst, das heute hier auf dem Jahrmarkt eingenommen wurde, dann erzählen wir der Polizei, was wir gesehen haben.«

Tødden sank auf den Küchenstuhl neben dem Fenster. Sorgfältig setzte er die Füße nebeneinander, sah zum Fernseher, wo gerade ein Streifenwagen hinter zwei Bikern auf schweren Maschinen eine Straße entlangraste. Er schüttelte den Kopf und zündete sich eine Zigarette an. Prince. Er schüttelte so lange den Kopf, dass Rikki sich fragte, ob ihm der Kopf wohl gleich abfallen würde, dann fingerte er an einer Plastikblume in einer Vase auf dem Küchentisch, und es war echt scheißimponierend, wie Ben den Hippie mit den blutigen Händen einfach weiter fixierte.

Nach einer Minute drehte Tødden den Kopf und musterte sie. Jetzt brauch ich echt Benzin, dachte Rikki, denn das hier fühlt sich verdammt noch mal so an, als würd ich gleich umgebracht.

»Na gut«, sagte Tødden. »Ihr könnt hier mal helfen.«

Er stand auf und bat Rikki, die Hand des Jungen zu halten, während Ben sachte den Lappen gegen dessen

Bauch drücken sollte, um den Blutverlust zu stoppen. Rikki setzte sich neben den Jungen, nahm die kleine Hand, sah die feinen Wimpern wie Schmetterlinge flattern, und irgendwo da drinnen gab es was, das an Leben erinnerte. Auch Ben tat, was Tødden von ihm wollte, nahm den Lappen und presste ihn auf den Bauch des Jungen.

Tødden murmelte irgendwas Unverständliches und ging zu einem Safe, der ganz hinten im Wagen stand, rupfte zehntausend Kronen in Hundertern und Zweihundertern heraus und sagte, das sei der Deal – zehn für sie und der Rest für ihn.

»Ich arbeite sowieso nicht weiter für diesen Kindermörder, der da aus Haugesund anrauscht«, sagte Tødden, »den abzuziehen ist also ein wahres Vergnügen.«

»Zehn für uns und der Rest für dich?«, wiederholte Ben.

»Pass auf«, warnte Tødden.

Ben nickte.

»Wie viel?«, fragte Rikki, nachdem die Brüder sich eine Prince geschnorrt und sich von dem tschetschenischen Jungen quasi verabschiedet hatten.

»Was meinst du?«, fragte Tødden, während er mit ihnen zur Wohnwagentür ging.

»Ich meine, wie viel ist nach so einem Tag in der Kasse von so einem Jahrmarkt?«

»Geht dich nichts an«, sagte Tødden.

»Also, angenommen, da kommen fünfhundert Leute, und jeder gibt zweihundertfünfzig Kronen aus, dann sprechen wir doch von hundertfünfzigtausend.«

»Hast du mich nicht gehört?«

Tødden brachte Rikki mit einem Blick zum Schweigen. Er betrachtete noch mal den nervenstarken Kumpanen des ungehobelten Jungen. Der hatte die Tür aufgemacht, stand ruhig da, die Hände in den Taschen, und schien sich selbst zu erforschen.

»He, du. Wie heißt du eigentlich?«

Ben ließ ein paar Sekunden verstreichen, ehe er antwortete.

»Ich heiße Ben«, sagte er schließlich. »Sag schöne Grüße. Und dass ich Ben heiße.«

4   Veränderung my ass

Nachdem sie Ende September bei Pål Fagerland eine böse Schlappe kassiert hatten – ein katastrophaler Einbruch inklusive ihres ersten Mords und ihrer ersten Beerdigung –, waren für das Trio aus Hillevåg hellere Zeiten angebrochen. Jan Inge, Cecilie und Rudi hatten die Niederlage geschluckt, einem Arbeitskollegen das Gesicht weggepustet zu haben, hatten die Pumpgun verstaut und sich darauf geeinigt, lieber nach vorn zu schauen als zurück. Jan Inge hatte ihnen erklärt, dass es in Ungarn ein Sprichwort gebe, und das gehe so: »Wenn man im Regen steht, wächst man.« Rudi hatte nachgefragt, was er damit meine und wie es komme, dass er so viel über ungarische Sprichwörter wisse, woraufhin Jan Inge erst durchgeatmet und dann gesagt hatte, das sei lediglich ein Bild dafür, dass man unter Gegendruck wachse, und dass er, im Gegensatz zu Rudi, sich das eine oder andere im Fernsehen ansehe, zum Beispiel Dokumentationen über alte europäische Großmächte wie eben Ungarn.

Unter Gegendruck zu wachsen war bestimmt total nice, hatte Rudi gesagt, aber manchmal könnte man Gegendruck nur mit Fäusten begegnen, wie an diesem Tag, als ein cocky Frischling mit Lederjacke und Moped vor der Tür gestanden und gedroht hatte, mit seinem Wissen über einen gewissen Abend bei Pål Fagerland zur Polizei zu gehen. Er war schrecklich badboyhübsch und hatte so tiefe Augen, dass Cecilie geglaubt hatte, hineinfallen zu müssen. Bevor aber noch jemand hatte fragen können, was er denn gegen sie in der Hand hatte, packte Rudi Daniel William Moi am Genick und schleppte ihn in den Garten, drückte das Gesicht des Achtzehnjährigen tief in den Dreck über Tongs Grab und herrschte ihn an, er solle verdammt noch mal das Weite suchen, einen Shit wisse er, und wenn sie auch nur einen winzigen Mäusepieps von ihm hören würden, dann würde er in der Hölle schmoren.

Als Daniel daraufhin die Stimme senkte und erzählte, dass er ein Mädchen überfahren und getötet habe und deshalb von der Polizei gesucht werde, dass er nirgends hinkönne und dass er den Mund halten werde, wenn er und sein Homie Dejan einen Job bei ihnen bekämen, da schlug ihm Rudi in den Bauch und sagte, er solle sich auf seine dreckige Suzuki schwingen und sich so weit weg verziehen, bis kleinerlei Stavangerdialekt mehr zu hören war.

Sie sahen zu, wie der Junge sich auf sein Moped setzte, und waren der einhelligen Meinung, von dem würden sie nie mehr was sehen und hören. Die Hillevåg-Gang brachte ihr Gemeinschaftsaufräumen im Garten zu Ende, füllte zwei Container mit altem Plunder und putzte zum ersten Mal seit den Neunzigern die Fenster.

Jan Inge freute sich auf den Frühling, wenn sie Gras auf Tongs Grab würden säen können, und Cecilie wachte jeden Morgen bei Sonnenaufgang auf: voller Verblüffung und voll von der heimlichen, kribbelnden Freude, die nur Frauen erleben dürfen, wenn sie die Augen aufschlagen, weil sie neues Leben in sich spüren. Cecilie hörte Heavy-Balladen, und ein weicher Zug legte sich um ihren Mund, und auf ihrem Gesicht tauchte ein warmes Leuchten auf, das weder Jan Inge noch Rudi je zuvor gesehen hatte. Dieses Licht ließ ihr Gesicht erblühen wie der Frühling die Blumen, es war leicht durchsetzt mit frischem Altrosa und ebenso frischem Kükengelb und kam allem Anschein nach aus dem Inneren der Frau.

Nachdem Jan Inge einige Tage verwundert gewesen war, dass sie so aussehen konnte, so durchstrahlt von Glück, fiel ihm endlich ein, woran sie ihn erinnerte. Er ging in die Küche, wo sie gerade ein Brot mit Käse und Paprika aß und Zeitung las – so wäre sie seiner Ansicht nach ein perfektes Motiv für einen großen Maler, am besten einen Impressionisten –, und fragte: »Weißt du, an wen du mich erinnerst?«

Cecilie gluckste – wo kam dieses Lachen her?

»Nein, keine Ahnung.«

»Papa«, sagte Jan Inge und schenkte ihnen beiden Kaffee ein. »Schon seit ein paar Tagen denk ich, dass du mich an irgendwen erinnerst. Und es ist Papa. Seine verpeilte Freude.«

Cecilie lächelte ihren Bruder mit leuchtenden Augen an.

»Steht dir gut«, sagte Jan Inge und strich ihr unbeholfen über den Handrücken.

»Echt?« Cecilie kicherte.

Jan Inge nickte und setzte sich ihr gegenüber. »Du darfst nur nicht so unbekümmert werden, dass du komplett wie er wirst, denn wo das hinführt, weißt du ja. Dann macht dir nichts mehr was aus, und du glaubst auf einmal, du kannst einfach dein Kind verlassen, nach Amerika gehen und sein Leben leben.«

»Glaubst du, Papa lebt dort sein Leben?«, fragte sie.

»Alle leben wohl ihr Leben«, erwiderte Jan Inge.

»Kleiner Philosoph«, sagte sie und lächelte ihren Bruder an. »Nein, du«, fügte sie hinzu, streichelte ihren Bauch und hob die Kaffeetasse zum Mund, »ich mag Van Halen und Aerosmith, aber ein Leben in Amerika hat mich noch nie gereizt.«

Die Hillevåg-Gang schraubte ihre Firmentätigkeit hoch und die Einbruchsfrequenz runter. Mariero Moving zog mehrere Umzugsaufträge pro Woche durch, sie fuhren mit dem Transporter los, holten Kisten und Möbel, füllten den Wagen, und ihr Leben als Gewohnheitskriminelle war weit weg. Jan Inge pochte darauf, sich jetzt bald mal Internet zuzulegen, aber Rudi protestierte und sagte, in der Sekunde, in der sie vor dem Internet klein beigeben würden, könnten sie genauso gut in der Hölle einchecken.

Im *Stavanger Aftenblad* lasen sie mehrere Artikel über den brutalen Raubüberfall in Madla, waren erleichtert, dass die Polizei bei dem Fall von keiner Spur berichten konnte, und warfen die Zeitungen noch am selben Tag weg. Das Auge des Gesetzes schien sich nicht auf sie zu richten, nichts an dem Fall deutete auf sie hin. Niemand stand vor ihrer Tür, kein Auto verfolgte sie, kein Telefon klingelte. Tommy Pogos Eifer und der seiner Projektgruppe »Wiederholungstäter« war anscheinend abgekühlt. Das oben bei Pål war Jan Inge zufolge so dermaßen krass gewesen, dass man im Lagårdsveien 6 nicht in ihre Richtung dachte. Modus Operandi, hatte er gesagt. Deutet nicht auf uns hin. Und wenn noch niemand aufgetaucht ist, heißt das, wir haben keine DNA hinterlassen. Es heißt, die Spurensicherung hat nichts gefunden. Das haben wir von unserer Gründlichkeit.

Ruhig blieb es auch vonseiten Daniel William Mois. Das Trio in Hillevåg schloss daraus, dass sie ihn wohl erfolgreich verschreckt hatten.

Dass jetzt eine Schwangere im Haus war, erfüllte Jan Inge mit Bewunderung und einem gewissen Respekt. Er fand es unpassend, »in diesen zarten Umständen« Horrorfilme anzusehen, also unterbrach er seine Filmstudien und ersetzte den Horrorfilm der Woche durch den Familienfilm der Woche. So gab es jetzt *West Side Story* und *Superman* und *Der verrückte Professor*. Rudi knallte weniger mit den Türen, senkte die Stimme und stand morgens früher auf. Ohne dass er dafür etwas tat, wurde sein Körper geschmeidiger und weicher, und seine sonst vor allem und jedem rumfuchtelnden Hände schienen verstanden zu haben, dass da was in der Luft lag, was nach runderen Kanten verlangte.

Jan Inge liebte, was gerade geschah. Er las Bücher über Humanismus und Konfliktlösung, er lief mit priesterlicher Miene herum, dann wieder entdeckte man ihn in irgendeiner Ecke des Hauses mit großväterlich hinter dem Rücken verschränkten Händen, wie er nachdenklich nickte und dabei die dünnen Lippen bewegte.

»Über irgendwas denkst du nach«, bemerkte Cecilie und war dabei umhüllt von ihrem neuen Leuchten.

»Wie immer«, erwiderte Jan Inge.

»Über irgendwas denkt er nach«, sagte Cecilie abends beim Schlafengehen zu Rudi.

»Wie immer«, erwiderte Rudi und streichelte ihren Bauch in der Hoffnung, unter seinen langen Fingern bald Leben spüren zu können.

»Hätte nie gedacht, dass das mal passiert«, flüsterte Cecilie, und in einem Auge bildete sich eine Träne.

»Was meinst du, Baby?«, fragte Rudi.

»Freude«, sagte Cecilie. »Dass ich mal Freude spüre.«

»Ha«, sagte Rudi und lehnte sich zu ihr rüber, »ich geb dir gleich Freude.«

»Schön langsam«, sagte Cecilie. »Lass den Moment mal kurz andauern, hm?«

»Dauernversauern«, sagte Rudi.

Cecilie sah ihn an.

»Glaubst du daran?«, flüsterte sie.

»Hä, was, an was glauben?«

»Dass es für uns einfach so sein kann? So ... gut?«

An dem Tag, als sie Kjell Arvid Sølleland verprügelten und Jan Inge im Elixia vom Fahrrad kippte, war es niederschlagsfrei.

Noch eine Veränderung.

Seit Monaten hatte es geregnet, in diesem Teil von Westnorwegen sogar so stark, dass die Leute schon nicht mehr verstanden, wie ihre Häuser so viel Wasser abwehren und der Boden unter ihren Füßen so viel Flüssigkeit aufnehmen konnte. Die Innenstadt rund um die Domkirken und den Kongsgård war menschenleer, und wenn ausnahmsweise mal ein Tag wie dieser kam, an dem der Himmel nicht nur massiven Regen zu bieten hatte, dann blies der Wind den Rogaländern ins Gesicht. Er heulte, schrie und fetzte, er zerrte und zog wie besessen an den Leuten.

Am Solastranden war der Wellengang heute hoch und heftig. Ein wilder, kühler Wind aus Nordwest peitschte über das Meer, er rief die Wassermassen zum Kampf auf, und sie stürmten wie schäumende Münder in Richtung Strand, liefen aus, sobald sie brachen, wurden zurück in Richtung Horizont gesogen, nur um gleich wieder zum Angriff überzugehen.

Jan Inge und Rudi parkten vor dem Strandhotel. Als sie die Türen des Volvo zuschlugen, war Jan Inges erster Kommentar, dass das Hotel richtig schön nach Vergangenheit roch, wie es so dalag, zwischen die Sanddünen platziert, weiß und windig. Der Wind peitschte Rudi ins Gesicht, und er musste die Luftstrudel runterschlucken, antwortete aber dennoch, wenn es nach Jan Inge ginge, wäre doch alles, was nach Vergangenheit roch, schön.

Sie trotteten los in Richtung der Dünen. Jan Inge zog den Reißverschluss bis oben zu und erwiderte, dass das Hotel auch was hatte, das ihn an alte Filme erinnerte. Rudi fuchtelte mit den Händen herum und meinte, alles habe irgendwas, was Jani an irgendwelche Filme erinnere, und dem konnte Jan Inge nur zustimmen.

Die Freunde vergruben die Hände in den Taschen und stapften vorgebeugt mit einiger Mühe durch den Sand. Die Mähne flatterte Rudi um den Kopf, und er erinnerte an einen Metal-Gitarristen aus einem Musikvideo. Jan Inge tanzten die dünnen Haare um die Glatze, und statt an einen Metal-Gitarristen aus einem Musikvideo erinnerte er an einen Buchprüfer in irgendeiner Komödie, und was seit Wochen in ihm simmerte, musste jetzt endlich raus.

»Du weißt, Rudi«, hob er an, »wir sagen nicht gern das K-Wort.«

»Das K-Wort?« Rudi spuckte aus. »Das K-Wort können wir nicht ausstehen.«

»Aber in letzter Zeit denk ich …«

Rudi knöpfte seinen obersten Jackenknopf zu und prustete gegen den Wind. »Scheiße, genau, was Cecilie und ich gesagt haben, du knabberst in letzter Zeit auf was rum, fuck, IjustaboutKNEWit.«

Jan Inge blieb stehen. Bückte sich und hob ein Stück Treibholz auf.

»Rudi«, sagte er und sah seinen Freund an, »wir müssen das K-Wort zu uns selbst sagen.«

»Ach ja?« Jetzt blieb auch Rudi stehen, und um nicht wie ein Idiot rüberzukommen, hob auch er ein Stück Treibholz auf und spielte damit herum.

»Wir sind kriminell, Rudi.«

Rudi riss einen Span von seinem Stück Holz. Zuckte mit den Schultern. »Wenn du in letzter Zeit über irgend so 'nen Drecksscheiß nachgedacht hast, will ich es gar nicht hören.«

»Worüber ich nachgedacht habe«, sprach Jan Inge weiter, »ist, dass wir zu uns selbst sagen müssen: Wir sind kriminell, und wir müssen uns fragen, ob wir uns vorstellen können, als Kriminelle in Rente zu gehen und zu sterben.«

Rudi schleuderte den Holzspan weg und richtete seinen Blick auf Jan Inge.

»Ich glaube«, fuhr Jan Inge fort und räusperte sich, »wir stehen an einer Wegscheide.«

»Wegscheide?«

»Die Dinge haben sich verändert, Rudi.«

»Veränderung my ass.«

»Es geht dabei nicht nur um Alter und Würde, Rudi.«

»Red so, dass ein Paki aus Tjensvoll dich versteht.«

»Respekt«, sagte Jan Inge – und damit hatte er Rudi. »Humanismus.«

»Dschieses, Nelson Mandela, d…«

»Es geht nicht nur darum, ob wir Lust darauf haben, rechtlose, kriminelle Rentner zu sein, die Seelachsfrikadellen kaufen und auf kein normales Arbeitsleben zurückblicken können, wenn wir in ein Alter kommen, wo die Erinnerungen das Einzige sind, was wir noch haben. Es geht darum, ob wir das überhaupt *schaffen*. Erinnerst du dich daran, wie wir angefangen haben?«

»Oh Mann, und ob.«

»Das waren gute Zeiten für Brüche.«

»Oh Mann, war 'ne gute Zeit.«

»Unterbrich mich nicht ständig, sei so nett. Denk zurück. Die Achtziger. Goldene Zeiten. Da war das Umsetzen von Waren ganz leicht. Die Stadtvillen waren voll mit begehrtem Zeug. Wir gingen auf Serieneinbrüche, kamen mit massig Geld nach Hause.«

»Oh.«

»Wir haben Autos gesnitcht, als wären sie Luft.«

»Oooh.«

»Wir sind in Hotels reinspaziert und mit den Taschen voller Uhren und Schmuck wieder raus.«

»Ooooooooh.«

»Und am allerwichtigsten: Alles war umsetzbar. Und jetzt? Als wir im August auf der Party draußen bei Buonanotte waren, hast du gesehen, wie viel Zeug bei ihm rumstand? Und warum? Bei ihm läuft's nicht. Sogar bei Buonanotte läuft's nicht. Andere Zeiten, Rudi.«

Rudi presste sich zwei Finger an die Stirn. »Scheiße, verdammt, ich hasse andere Zeiten.«

»Aber du lebst in ihnen, Mann. Und du musst dich adaptieren.«

»Red so, dass ein einfacher Gauner dich versteht.«

»Tu nicht so, als würdest du mich nicht verstehen. Die Leute wollen keine gestohlenen Fernseher mehr. Sie kaufen lieber neue. Werkzeug? Geklautes Werkzeug zu kaufen ist peinlich. Die Leute haben schon alles. Die Sache ist ganz einfach: Die Leute haben zu viel Geld. Mit fünf bekommen Kinder ein iPad. Wir wohnen in der reichsten Stadt der Welt, und wer sind die Verlierer? Die Junkies? Nein. Die geistig Behinderten? Die Alten? Nein, Rudi. Um all diese Gruppen kümmert sich die Sozialdemokratie. Die Verlierer, mein altes Pferd ...«

»Pferd?«

»Ja, Pferd, wie du so dastehst, erinnerst du mich an ein Pferd. Ist wohl der Wind.«

»Dschieses, jetzt auch noch ein Pferd ...«

»Die Verlierer sind wir.«

»Fuck.«

»Die Kriminellen.«

»Hab das Wort nie gemocht, als wären wir in der Welt nichts wert.«

»Ja, wir sind die Verlierer des Ölrace. Und Cash, wovon wir abhängig sind, Cash verschwindet. Ich beobachte die Entwicklung schon seit einer ganzen Weile, sie geht nur in eine Richtung. Heutzutage ist Datenkriminalität gefragt. Der altehrenwerte Stil, in ein Haus zu spazieren, eine Mikrowelle oder irgendwelches Silberzeug rauszuholen und umzusetzen, ist vom Aussterben bedroht. Das machen jetzt die Rumänen und Litauer, die laden den Kram in ihre Trailer und rollen zurück nach Osteuropa.«

Rudis Arme hingen schlaff nach unten. Seine Gesichtshaut sah erbärmlich aus, sie war förmlich auf das Knochengerüst darunter gesunken. Die Augen wirkten noch kummervoller. Er richtete den Blick auf den Horizont. Folgte der Raserei der Wassermassen.

»Scheiße, ist das kalt«, seufzte er und stieß mit der Schuhspitze in den Sand.

»Ja. Komm«, sagte Jan Inge. »Wir müssen in Bewegung bleiben.«

»Jetzt hörst du dich wie ein Indianerhäuptling an«, bemerkte Rudi und ging ein paar Schritte.

»Bin ja auch so der Typ«, sagte Jan Inge und folgte ihm.

»Ist echt verdammt hart«, gab Rudi leise und im heftigen Wind kaum hörbar zu, und Jan Inge dachte, dass er seinen Freund selten so tief unten gesehen hatte. »Da verwendest du ein ganzes Leben darauf, was aus dir zu machen, und dann kommen die und nehmen es dir weg. Glaubst du, so fühlen sich Rentner?«

»Ja.«

»Ist doch scheiße, wie die Gesellschaft die Alten behandelt.«

»Wir haben es schon lang kommen sehen, Rudi. In diese Richtung läuft es nun mal. Und wir müssen aufhören, bevor es zu schlimm wird. Bevor wir unbrauchbar werden.«

Rudi blieb stehen und stampfte hart in den Sand, während er vor Kälte zitterte.

»Fuck, ich hass das«, sagte er und kramte die Zigarettenschachtel aus der Tasche, fischte eine Zigarette heraus und suchte nach seinem Feuerzeug.

»Aber das tu ich doch auch.«

»Ich hab so Lust zu heulen.«

»Nur zu.«

»Haha.«

»Ich find's nicht zum Lachen.«

»Na dann.« Rudi seufzte. »Versteh ich dich richtig? Sagst du, dass wir aufhören sollen, krumme Dinger zu drehen?«

Jan Inge fischte einen Zettel aus der Brusttasche seiner Windjacke. »Hier«, sagte er, »ich hab eine Liste.«

»Sagst du, dass wir aufhören sollen, krumme Dinger zu drehen?«, wiederholte Rudi und fand sein Feuerzeug.

»Ja, das sag ich.«

»Oh Gott.«

»Ja, ja.«

»Verfickte Scheiße verdammt.«

»Sprich nicht so unanständig.«

»Du sprichst doch unanständig, ich fluche nur.«

Jan Inges Mund war trocken. Zum zweiten Mal an diesem Tag hatte er das Gefühl, Rudi sei ein Kind.

»Und um es dir zu erklären«, sagte er und zügelte den Drang, mit ihm wie mit einem Kind zu schimpfen, »und auch um dir klarzumachen, auf welche Weise wir unsere Weide wechseln, hab ich hier eine Liste erstellt, eine Liste über Aufwendungen.«

»Geld Geld Geld«, sagte Rudi, der ziemlich Mühe hatte, in dem böigen Wind seine Zigarette anzuzünden, »da wohnen wir hier im reichsten Land der Welt und die ganze Zeit dieses verfickte Gerede über Geld. Wenn das mal nicht Ironie ist, dann hab ich alles missverstanden.«

»Du hast überhaupt nichts missverstanden, mein Freund.«

»Ich hass Ironie.«

»Hör jetzt zu«, sagte Jan Inge und schleuderte das Stück Treibholz weg, »hör dir die Liste an.«

Rudi hatte sich halb abgewandt, hielt die Hand wie eine Schale vor die Flamme, und als die Flamme für ein Sekündchen stand, schaffte er es, die Zigarette anzumachen. Seine Beine zitterten. Veränderungen, die ganze Zeit diese Scheißveränderungen. Wenn's nicht das Internet war, dann war es was anderes. Er sog den Rauch tief in die Lunge und sah Jani an.

»Ja, gut, raus mit der Scheiße.«

»Kinderzimmer«, sagte Jan Inge. »Es geht dabei ja nicht zuletzt darum, dass du Vater wirst. Und ich Onkel. Wir müssen dem Kind was anderes bieten als unser Krähenschloss und unseren Lebensstil. Ist ja schlimmer als bei Sozis, und die staubsaugen nicht mal. Schlimmer als bei Hippies, und du weißt, wie die sich aufgeführt haben, da hat sich keine Frau auch nur die Achseln rasiert.«

Rudi nickte. Dagegen war nur schwer zu argumentieren.

»Zweihunderttausend«, sagte Jan Inge.

»Zweihunderttausend!« Rudi haute es fast um. »Dschieses! Willst du da drin 'ne Warmwasserheizung und ein Designerbett installieren? Dream on!«

»Rudi, hör mir zu und nicht Aerosmith.«

»Haha, lustig!«

»Ich hab das gründlich durchgerechnet, ich hab sämtliche Ausgaben eingerechnet, Strom, Kosten für den Schreiner, Rohre, alles, du brauchst also nur zuzuhören.«

»Ohscheißgott.«

»Und lass den Herrn da raus.«

»Nein, Dschieses …« Rudi gab auf. Außer zuzuhören, konnte er tatsächlich nichts tun.

»Kinderzimmer«, hob Jan Inge mit seiner im Wind flatternden Liste erneut an. »Zweihunderttausend. Diverse Kindersicherungen im Haus. Zehntausend. Diverse Kindereinrichtungen im Haus. Dreißigtausend. Dränage des Anwesens. Einhundertundzwanzigtausend. Neue Badezimmer, sowohl oben als auch unten. Vierhunderttausend.«

»Jetzt reiß dich mal zusammen, da draußen gibt's auch Secondhand. Da gibt's noch immer ehrenwerte Schwarzarbeit. Da gibt's einen Buonanotte in Fogn, egal, wie stark der Umsatz sinkt. Es gibt andere Arte…«

Jan Inge hob die Hand, um ihm Einhalt zu gebieten. »Vollständige Überholung des Kellers. Zweihunderttausend. Neues Auto. Zweihunderttausend. Renovierung und Aufrüstung des Büros. Einhunderttausend. Fensteraustausch im ganzen Haus. Dreihunderttausend.«

Rudi schüttelte den Kopf. »Also mal ehrlich, worauf willst du hinaus?«

Jan Inge sah ihn lange und sanft an. Dann drehte er sich um und gab damit das Kommando, zurück zum Auto zu gehen. »Worauf ich hinauswill? Dass diese Liste hier noch länger wäre. Alles in allem beläuft sie sich auf mehrere Millionen. Worauf ich hinauswill? Dass wir ernsthafte Geldprobleme haben.«

»Ja, weil du dir einbildest, wir müssen auf Schloss Skaugum wohnen.«

»Nein, Rudi«, sagte Jan Inge streng, »weil die Branche im Wandel ist. Weil die Stadt, in der wir leben, zu reich ist. Weil wir die letzte Unterschicht sind. Weil das Haus, in dem wir wohnen, eine Ruine ist. Weil du ein Kind kriegst, und das kann nicht mit schimmelgeschädigtem Herzen und Asbest in der Lunge aufwachsen. Für uns heißt das, jetzt oder nie.«

»Fuck«, sagte Rudi und warf die Zigarette weg, die augenblicklich vom Wind gefangen wurde, hinter ihm verschwand, und schon war sie weg. »Und die Lösung für diese Geldprobleme soll sein, keine krummen Dinger mehr zu drehen?«

»Ja«, sagte Jan Inge. »Mit einem Twist.«

»Glaub, du brauchst 'nen ganzen Sack voll Twists. Wir kriegen verdammt noch mal nie hin, vier Millionen zusammenzukratzen oder wie viel wir deiner Rechnung nach brauchen, um keine krummen Dinger mehr drehen zu müssen.«

Sie näherten sich dem Strandhotel und kletterten die Sanddünen hoch. In Jan Inges Knie wummerte es. Heute hatte er sich geschunden. Oben, wo man den ganzen Strand überblicken konnte, blieb er stehen. Dann sah er von den Wellen zu Rudi.

»Ich weiß«, sagte er. »Und deshalb werden wir einen letzten Job machen, bevor wir keine krummen Dinger mehr drehen. Wir werden so massig viel Geld einstreichen wie nie zuvor. Und dann ist unsere Zeit mit dem K-Wort vorbei. Mariero Moving wird ein bedeutendes, renommiertes Umzugsunternehmen und unser Leben als Einbrecher eine Erinnerung aus alten Zeiten.«

Während Rudi seinem besten Freund zuhörte, heftete er den Blick an einen Frachtkahn weit draußen auf dem Wasser. Auf die Entfernung sah er wie ein kleines Spielzeugboot aus. Der müsste eigentlich abheben, überlegte Rudi, abheben und mit dem Wind davonfliegen. Er dachte nach, und seine Pupillen huschten hin und her. Jetzt. Oder nie. Er könnte gehen, er könnte Jan Inge sagen, genug war genug. Er würde jetzt Cecilie und das Kind mitnehmen und nach Budapest oder Athen oder Tromsø ziehen und dort, wo die Wirtschaft schlechter war und es dementsprechend Arbeit für sie gab, allein was aufziehen. Oder er konnte dem Meister vertrauen.

Rudi nickte langsam. »Gut. Du meinst …«

»Ja«, sagte Jan Inge. »Ich meine.«

»Du meinst also, wir sollen unsere Grundprinzipien brechen und einen bewaffneten Überfall durchziehen.«

»Ja.«

Der Frachtkahn zog langsam nach Osten. Über ihm wechselte der Himmel unaufhörlich die Farbe.

»Und was überfallen wir?«, fragte Rudi auf dem Weg zum Parkplatz. »Ich mein, bevor wir forever Umzugsleute werden?«

»Darüber«, sagte Jan Inge und suchte mit zitternden Fingern in der Tasche nach dem Autoschlüssel, »bin ich mir noch nicht ganz im Klaren. Um das auszubrüten, brauch ich noch etwas mehr Zeit. Aber es kommt. Ich bin dran.«

»Normalerweise zweifle ich ja nicht an dir«, sagte Rudi, »aber ich sag das jetzt geradeheraus: Ich hab bei der ganzen Sache verdammt noch mal echt Zweifel.«

Fröstelnd wie Hunde, kamen sie beim Volvo an. Die Kälte hatte sich in ihre Körper gefressen, nagte wie ein Wintermund an den Knochen. Jan Inge steckte den Schlüssel ins Schloss und drehte um, seine Finger waren ganz blau.

Rudi konnte weder seine Skepsis noch das Thema abschütteln und seufzte. »Es ist also sozusagen so, dass du und ich dann hinter diesem Überfall stehen würden? Von was für einer Art Überfall reden wir eigentlich? Toska toppen – ist das der Plan?«

Jan Inge zog die Tür des Volvo auf, sie quietschte und kreischte und rief ihnen in Erinnerung, dass ein neues Auto zu den ersten Dingen gehörte, die sie brauchten, sobald sie massig viel Geld in die Hände bekamen.

»Was wir als Erstes tun müssen«, sagte er, »ist rekrutieren.«

»Fuck«, sagte Rudi vom Beifahrersitz aus und fischte sein Handy unterm Hintern hervor, das hatte dort gelegen, seit sie auf dem Parkplatz angekommen waren. »Rekrutieren ist riskant. Hast du selbst immer gesagt.«

»Stimmt«, kam es von Jan Inge. Er stellte den Rückspiegel ein und steckte den Zündschlüssel ins Schloss. »Aber so sieht's nun mal aus. Wir brauchen eine Mannschaft von rund zehn Leuten, glaub ich, um das hinzu-kriegen.«

»Oh«, seufzte Rudi und sah auf sein Handy. »Mein Ge-fühl ist da echt ganz badbadbadBAD.«

Lächelnd legte Jan Inge ihm die Hand auf die Schul-ter. »Du kannst mir vertrauen. Ich werd den besten Plan machen und die allerbesten Leute versammeln.«

Rudi legte den Kopf leicht schief, und die Beleuchtung des Handydisplays erhellte sein Gesicht.

Angestrengt starrte er auf das Gerät hinab.

Verzog das Gesicht.

»Fuck!«, sagte er, tippte hektisch auf dem Ding herum, und seine Augen schwollen zu brennenden Sonnen an.

»Hm?«

»Ohfuckfuckfuck«, schluchzte Rudi auf, seine Augen füllten sich mit Tränen, sein verschreckter Blick richtete sich auf Jan Inge.

»*Was?*«

»Fahr!«

»Was ist los?«

»Sitz verdammt noch mal nicht nur da, fahr los!«

»Ja, ja.« Jan Inge ließ den Motor an und trat auf die Kupplung. »Herrgott, ich fahr ja schon, was ist los?«

»Fahr, verdammte Scheiße!«, schrie Rudi und hämmerte mit beiden Fäusten aufs Armaturenbrett. »Chessi ist im Krankenhaus! Ich hab hier vierzehn entgangene Anrufe und eine SMS von irgendeinem Arzt.«

»Arzt? Hä? Arzt?«

»Das Baby!«

Unter den Reifen spritzte der Kies, der Wind peitschte über die weite Ebene am Flughafen Sola, und die Wellen jagten gegen den Strand. Rudis Herz zerbarst in winzige Stücke, und Jan Inge packte das Lenkrad fester und legte auf dem Weg nach Stavanger sein ganzes Gewicht aufs Gaspedal, sein Gesicht war bald übersät von lila Flecken, einer nach dem anderen erschien auf seiner Haut, so wie damals vor dreißig Jahren, als Bruder und Schwester in der Abflughalle am Flughafen gestanden und zugesehen hatten, wie ihr Vater abflog.

5 Elisabeth aus dem Springarstien

Kopfschüttelnd trat Tommy aus dem Aufzug in die Tiefgarage des Polizeipräsidiums Stavanger am Lagårdsveien 6. Verdammter Christer Fuckmannweghier!

Der Leiter der Projektgruppe »Wiederholungstäter« war in Zivil, trug eine dunkelblaue Levi's 501, einen schwarzen Tiger-Pullover mit V-Ausschnitt und eine graue Jacke von Lyle and Scott. Blau-weiße Pumas. Die Sache, zu der er unterwegs war, ließ ihn nicht einen der schwarz-weißen Dienstwagen ansteuern, sondern den Schlüssel auf seinen eigenen 2009er Chrysler 300C Kombi richten. Ein doppeltes gelbes Blinken über dem Betonboden. Für Tommy Pogo gab es nur Amerikaner.

Er sank in den Ledersitz und atmete aus. Seine Arme waren so kraftlos, sie konnten kaum seine Hände zum Lenkrad hieven.

Tommy hatte noch immer an dem Fall zu knabbern, den er den ganzen Vormittag lang durchgesehen hatte. War Sache der Mordkommission, aber weil darin mehrere Wiederholungstäter verwickelt waren, die nun mal in seinen Zuständigkeitsbereich fielen, war eine Kopie auf seinem Schreibtisch gelandet. Eine klassische Geschichte, und wie so viele klassische Geschichten eine hässliche Geschichte mit einem komplett banalen Ausgangspunkt. Druffigelaber und Krawall. Eine bekannte

Adresse. Ein nächtlicher Streit in einem Wohnhaus draußen auf Hundvåg hatte sich zu einer Schlägerei entwickelt und mit dem Tod eines jungen Mannes, zwei Schwerverletzten und der Vergewaltigung einer Siebzehnjährigen geendet. Einer der Verletzten hatte den Mord gestanden, der andere die Vergewaltigung. Beide waren alte Bekannte seiner Abteilung, der Vergewaltiger ein heikler Bekannter von Tommy Pogo selbst.

Christer Henning Folkvord aus Tjensvoll. Einundvierzig Jahre alt. Drogenabhängig. Kriminell.

Tommy schob den Schlüssel ins Zündschloss. Ätzende Übelkeit sank von seiner Brust in den Bauch. Dieser Teil seiner Vergangenheit hatte lang geschlummert, erwachte jetzt aber wegen Christer wieder zu verfluchtem Leben. Dass Christer eines Tages mehr tun würde, als zu dealen und Heroin zu spritzen, hatte niemanden in der Projektgruppe »Wiederholungstäter« sonderlich überrascht, was er nun aber tatsächlich getan hatte, machte es für Tommy kompliziert.

Verdammter Christer Fuckmannweghier.

Er fuhr auf den Lagårdsveien.

Tommy war eigentlich unterwegs zur Trafostation in der Sørmarka, um einen seiner Informanten zu treffen, Melvin Gausel, aber Christer ging ihm einfach nicht aus dem Kopf.

Vor drei Monaten erst hatte er seinem Sohn von Christer erzählt, und Ulrik hatte sich schlappgelacht, als er den Spitznamen hörte.

»Fuckmannweghier? Echt jetzt? So hieß der?«

Was seine Vergangenheit betraf, war Tommy seinen Kindern gegenüber immer offen. Wenn er sie ihnen nüchtern präsentierte, würden sie es verstehen, meinte er. Ingrid meinte, Tommy überschätze sie, insbesondere Ulrik.

Der fand die Geschichten der Tjensvoll-Gang nämlich lustig.

»Fuckmannweghier? Ja, so hieß der.«

Irgendwann im Sommer hatten Tommy und Ulrik gemeinsam auf der frisch gebeizten Veranda gesessen und Bris getrunken. Die Stimmung zwischen Vater und Sohn war locker. So eine Stimmung kam nur auf, wenn die Frauen nicht da waren. Entspannt blinzelten sie in die hoch stehende Sonne. Kia und ihre Mutter waren beim Einkaufen, es hatte fünfundzwanzig Grad, und ein angenehm kühler Wind wehte.

Tommy richtete sich auf. »Oder, na ja«, sagte er, »natürlich hieß er nicht so, aber wir haben ihn so genannt, seit er zwölf war, deshalb weiß kaum jemand, wie er eigentlich heißt.«

»Cool.«

Dann ließ Tommy Ingrids Sorgen Sorgen sein und erzählte, wie Christer Henning Folkvord in der Nacht zum 27. Juli 1983 gejapst hatte, als vor seinen Augen das Schaufenster des Videoladens zerbarst und die Scherben über den Asphalt splitterten.

Tommy sah Ulriks Augen leuchten, während er ihm von der dunkelblauen Nacht erzählte, warm und schwül, und wie Christers Lachen die Luft erfüllt hatte, als der Explosionsrauch im Laternenschein in den Himmel gestiegen war.

»Shit«, sagte Ulrik, »ihr habt den Scheiß einfach gesprengt.«

»Ja, so sieht's wohl aus«, sagte Tommy.

»Wow.«

»Ist nichts, worauf man stolz sein kann. Klar, oder?«

»Ja, ja«, sagte Ulrik, »aber ist ja schon auch ziemlich krass.«

84

Tommy nickte und erzählte weiter. Wochenlang hatten sie an Bomben herumgebastelt, im Wald am Ullandhaug rumgehangen und mit Schwarzpulver, Chinaböllern, Colaflaschen, Unkrautvernichtungsmittel, Nägeln, Schrauben und Benzin experimentiert. Nacht für Nacht waren Christers Fischaugen kurz davor gewesen, ihm quasi aus dem Kopf zu springen, weil er einfach nicht genug davon hatte kriegen können.

»Weißt du«, sagte Tommy und schenkte seinem Sohn nach, »wir hatten Polizeifunk.«

»What?« Mit dem Glas in der Hand sah Ulrik seinen Vater ungläubig an.

Tommy lachte. »Das ist jetzt nichts, worüber du mit jemandem ...«

»Nein, nein, Dschieses ...«

»Wir sind direkt durchs Fenster rein, haben die im Rahmen baumelnden Scherben runtergetreten, Regale umgestoßen und die Kasse geleert. Wir haben mitgenommen, was wir tragen konnten, und sind so schnell wie möglich den Hügel zum Vannassen hoch. Dort haben wir uns an die Mauer gesetzt und den Polizeifunk abgehört. Nach zwanzig Minuten ging es um uns.« Tommy legte die Hände an den Mund und sagte mit Megafonstimme: »Einbruch am Tjensvolltorget.«

Ulriks Kopf schaukelte hin und her. »Awesome. Und dann?«

Tommy nahm die Hände wieder runter.

»Tja«, sagte er und räusperte sich, »das war's dann.«

An der Stelle machte er Schluss.

Er sagte nicht, dass es am nächsten Morgen in der ganzen Stadt rumort hatte – *haste gehört, man hat den Videoladen beim Tjensvollcenter in die Luft gejagt* –, er erzählte ihm nicht, wie sich alle nach ihm umgedreht hatten, als er über den Schulhof ging – und er erzählte auch nicht, wie er mit der erregenden Aufmerksamkeit umgegangen war, mit dem Gefühl, etwas erreicht zu haben, ja, jemand zu sein: Tommy Pogo, dreizehn Jahre alt, hatte bloß mit den Schultern gezuckt und gesagt, Filme seien im Kino sowieso am besten.

Tommy betrachtete seinen Sohn, der mit nackten Beinen, kurzer Adidas-Hose, Viking-Trikot und offenem Mund dasaß. Er war hübsch, so hübsch wie Tommy selbst: echt handsome, selbst Hunde drehten sich nach ihm um.

»Viele von denen, die am Center rumhingen, haben es später dann aber geschafft«, sagte Tommy und richtete sich auf. »Aber ein paar ist es echt schlecht ergangen. Sehr schlecht.«

»Aber viele haben es geschafft«, sagte Ulrik. »Solche wie du, Papa. Du hast es geschafft.«

»Hab ich. Ich hab mich distanziert, und das weißt du.«

Sein Sohn grinste.

»Was?«

»Hehe.«

»Worüber lachst du?«

»Es hat dir gefallen, Papa.«

»Ulrik. Bitte, echt.«

»Musst zugeben, es hat dir gefallen, Papa.«

Gefallen? Hatte es ihm gefallen, so gut wie Christer? Ihre Geschichten waren völlig unterschiedlich. Die von Christer war ein Klassiker. Geschiedene Eltern, Triefnase, tintenblaue Augenringe. Für ihn war Zerstörung pures Adrenalin gewesen. Alles hatte sich darum gedreht, das Jetzt zu verstärken. Er hatte aus purem Spaß Zeug in die Luft gejagt. Bei Tommy war das anders gewesen. Er war klug, er war schön, sogar die Hasenscharte, die sich von

86

der Nase zur Lippe zog, machte ihn outstanding. Für ihn war es darum gegangen, etwas zu erreichen. Es war fast schon sein Ehrgeiz gewesen, all das zu tun, ohne aktenkundig zu werden. Am nächsten Morgen aufzustehen, in die Schule zu gehen und die anderen darüber reden zu hören, was nachts wieder passiert war.

Ulrik nahm einen großen Schluck.

Der Vater betrachtete ihn. Das konnte er ihm nicht erzählen. Dass er mit dreizehn so was wie kriminellen Ehrgeiz verspürt hatte.

»Aber wie kam er denn nun zu dem Namen?« Ulrik stellte das Glas ab und lachte. »Fuckmannweghier.«

Tommy lächelte. »Na ja, das hat er quasi ständig gesagt.«

»Gesagt?«

»Mhm. Er hat es gesagt, als wir in dieser Nacht das Fenster gesprengt haben – *Fuckmannweghier!* –, er hat es gesagt, wenn wir eine Schularbeit schreiben sollten – *Fuckmannweghier!* –, und so hat er irgendwann den Namen bekommen. Christer Fuckmannweghier.«

»Das ist echt schräg. Ich will auch so einen Namen. Ulrik Shitistdersmooth.«

Nein. Das konnte Tommy Ulrik nicht erzählen. Dass es eskaliert war. Dass es nach und nach um Geld und Status gegangen war. Wie heftig es gewesen war. Dass er es geliebt hatte.

Bis er eine Grenze überschritten hatte.

Tommy boxte seinem Sohn gegen den Musikantenknochen.

»Hehe. Ulrik Shitdrischtderlos.«

Ulrik boxte zurück und bleckte seine makellos schöne Zahnreihe.

»Hehe. Tommy Wasfüreinloser.«

Tommy fuhr auf dem Lagårdsveien nach Kilden, nahm dort den Haugåsveien zum Kreisel in Åsen und bog auf den Auglendsveien ab. In ihm rumorte noch immer dieses Unbehagen, und er konnte sich kaum auf das Treffen mit Melvin konzentrieren. Ulriks erwartungsvoller Gesichtsausdruck schwirrte ihm im Kopf herum. Als wäre seine Neugier im Licht dessen, was Tommy heute über Christer gelesen hatte, irgendwie falsch geworden. Er hatte Ulrik mit Leichtigkeit und Distanz von ihm erzählt, aber jetzt wog der Gedanke an ihn auf einmal bleischwer.

Er machte Musik an. Eine Springsteen-CD. *Best of.* »Born to Run.«

Tommy war mit seiner Vergangenheit eigentlich im Reinen, wie unangenehm also, dass das jetzt passierte. Er sprach gern von der Tjensvoll-Gang. Bei seinen Zuhörern verlieh ihm das Autorität und Glaubwürdigkeit. Er hielt Vorträge über Bandenbildung, unter anderem in quasi vorbeugender Mission an Schulen, und erzählte, es sei ja nun nicht gerade so gewesen, dass sie sich die Tjensvoll-Gang genannt und sich ein T auf den Rücken tätowiert hätten. Die Medien hätten den Namen erfunden, die Medien oder die Bullen. Dann sah er den Schülern direkt in die Augen und erzählte von der Gewalt, mit der er anderen begegnet war, er erzählte von der unerklärlichen Wut, die ihn in der Jugend überfallen hatte, und diese Wut war mit einem Baseballschläger in der Hand nicht kleiner geworden, sondern daraus eher erstanden.

Er hatte immer alle Karten auf den Tisch gelegt, bei seiner Bewerbung an der Polizeischule, bei all seinen bisherigen Anstellungen und gegenüber jedem Kollegen. Er war zwar nicht vorbestraft, wollte aber auch nichts verheimlichen. Er verfügte über Erfahrungen, die er und die Dienstbehörde heranziehen konnten. In den Achtzigern war er Mitglied einer der berüchtigtsten Gangs Norwegens gewesen. Er kannte die Strukturen dieser Milieus, warum sie entstanden, woraus sie bestanden und wie sie zerschlagen werden konnten.

Von außen betrachtet, waren Tommys Kenntnisse und Erfahrungen ein Plus, aber im Inneren sah man es etwas anders. Eine innere Justiz, wie sie beispielsweise in Gefängnissen wie Åna die Regel war, derzufolge die Stellung von Gefängnisinsassen anhand der jeweiligen Taten festgelegt wurde – ganz unten auf der Rangliste standen Sittlichkeitsverbrecher –, existierte auch bei der Polizei. Für viele in der Behörde war Pogo ein faules Ei. Manche fanden gar, Leute wie er dürften nicht Polizisten werden. Zwar war Pogo nie aktenkundig geworden, aber er hatte eine Vergangenheit, und mit der prahlte er unter dem Deckmantel, sich davon zu distanzieren. Er war aalglatt, und er hatte strafbare Handlungen begangen. Wann immer sich auf der Wache ein Leck auftat, sah bei der Suche nach dem Maulwurf jeder in Tommys Richtung. Tommy wusste, wie sie dachten, er war als Polizist umstritten, das war ihm bewusst. Seiner Meinung nach war das ungerechtfertigt, aber er hatte sich entschieden, damit zu leben.

Er spürte ihre Blicke, er wusste, was die Kollegen hinter seinem Rücken sagten: Das ist kein Polizist, das ist *Tommy Pogo*.

Die Geschehnisse von damals – was waren die eigentlich für ihn?

Nicht Bösartigkeit, kein Gesellschaftsproblem, nicht Politik, nein, es waren Erinnerungen. Das Leben, das er gelebt hatte. Gesichter und Ereignisse. Menschen, Kumpels. Rudi mit der Raspelstimme und dem Monsterschwanz, der megadünne Christer mit den Cowboy-O-Beinen und den vorstehenden Fischaugen, Fresi mit der Brandwunde auf der Wange, dann Janka Schlagholz, der immer *Stirb, du Homo* sagte, wenn sein Vater ihn bat, Hausaufgaben zu machen, und jeden zusammenschlug, der sich ihm in den Weg stellte. J-J-Janne D-D-Dobro mit den schwarzen Vogelaugen. FickeRikke, deren Lippen immer leicht geöffnet waren und die so gern vögelte, dass sie eine ganze Generation befriedigte. Wenn die Mädchen aus ihrer Klasse sagten, sie sei billig, kicherte Rikke Helgevold aus dem Morgedalsveien, kicherte und sagte, besser billig als geizig, und wenn einer sagte, sie halte den Schulrekord im Vögeln, zuckte sie mit den Schultern und meinte, bald hielte sie auch den Weltrekord. Daiå mit der großen und der kleinen Titte und dem Speedfreak von einem großen Bruder. Und dann noch eine Menge teilzugehöriger Leute aus Haugtussa, Tjensvoll und Madla. Manche waren nur ein, zwei Wochen dabei, auf Exkursion ins Unbekannte, ehe sie Paranoia bekamen und in ihre ölimprägnierten Einfamilienhäuser unten am Fjord zurückflitzten. Andere blieben bis zum bitteren Ende.

Der Untypischste in der Gang war Tommy Pogo aus dem Jupiterveien. Ihm fehlten die traditionellen Merkmale, er kam nicht aus einer dysfunktionalen Familie wie die meisten anderen Mitglieder der Gangs, die schon bald in jedem zweiten Stadtteil in Stavanger und in ganz Norwegen auftauchen sollten und die alle auf einem Nährboden derselben Zusammensetzung gediehen: Scheidungen, Alleinernährer, eine einfallsreiche Langeweile aufgrund mangelnder Freizeitangebote, starke Geburtsjahrgänge in Neubaugebieten mit Reihenhäusern, Wohnblocks und Hochhäusern. Tommy hingegen war Sohn eines Schreiners, der in seiner Freizeit E-Gitarren baute und an alten Verstärkern schraubte, eines Schreiners mit Vollbart und Unterarmen wie Kampfkeulen, und er war Sohn einer Zahnarzthelferin, die fast schon unfassbar schön war. Er war helle, gut in der Schule und für vier Dinge bekannt: seine Hasenscharte, eine spektakuläre Wut, den Spitznamen »Tampon« und ein Lächeln, das Frauen ins Schwanken brachte und von etwas träumen ließ, was er ihnen nie würde geben können.

Einen Großteil der Achtziger war er Mitglied der Tjens-voll-Gang gewesen, bis er dann quasi ins absolute Gegenteil umschlug. Mit einem Mal drehte er Länder und Städte büffelnd an einem Globus herum, saß Lexika lesend in seinem Zimmer, redete nicht mehr mit seinen alten Freunden, und ein paar Jahre später schloss er die weiterführende Schule mit Bestnoten ab. Weil er immer clever gewesen war, konnte er sich einer unbescholten weißen Weste rühmen und auf die Polizeischule gehen. Selbst erklärte er das auf die einfachste Weise: Ich hab mich zusammengerissen. Ich bin erwachsen geworden.

Nur glaubten ihm das nicht alle, weder im Präsidium noch damals, als es geschah. Viele teilten die Ansicht, es müsse einen anderen Grund geben. Hatte es vielleicht irgendwas mit dem Tag zu tun, an dem er Kross-Remi verprügelt hatte? Oder mit Elisabeth aus dem Springarstien?

Während er den Auglendsveien entlangfuhr, kaute Tommy auf seinen Gedanken herum, als wären sie verdorbenes Essen.

Lass gut sein, sagte er zu sich selbst.

Sind doch bloß Erinnerungen, die an dir nagen.

Ist nur Christer.

Bist nicht du.

Du bist jetzt ein anderer Tommy Pogo.

Ein paar Minuten später setzte Tommy den Blinker und bog links zur Trafostation am Rand der Sørmarka in den Stranddalsveien ein. Nicht viel los hier, genau wie wohl am frühen Morgen des 5. April 2004, als Alf Henrik Christensen eben hier mit den Fluchtwagen gewartet hatte – nicht ahnend, dass auf dem Domkirkeplassen gerade alles schieflief und einer von Tommys Kollegen beim Nokas-Überfall erschossen wurde.

Tommy erinnerte sich noch gut an Klungland. Ein anständiger Kerl. Guter Polizist. Er schnitt eine Grimasse, sah die altrosa Trafostation und bremste ab.

Auf dem Parkplatz parkte eine silbergraue Volvo-Limousine, wahrscheinlich ein 2008er, und daneben stand der füllige Melvin Gausel. Schwarze Baumwollhose, braune Lederschuhe, ein weites weißes Hemd, Goldkettchen um den Hals, nass gekämmte Haare.

Tommy stellte seinen Wagen ab. Ein paar Meter entfernt nickte Melvin und watschelte auf Tommys Chrysler zu. Tommy winkte den Ganoven heran und stieß die Beifahrertür für ihn auf. Der Oktoberwind pfiff herein.

»Tampon«, begrüßte ihn Melvin. Als er sich setzte, schwankte das Auto unter seinem Gewicht. Bei seinem alten Spitznamen lächelte Tommy höflich. Wie er den hasste. Aber keine Chance, ihn loszuwerden, das hatte er kapiert. Ein frischer Duft von Seife, Deo und Haarpflegemittel machte sich im Wagen breit.

»Wie steht's?«

»Super«, sagte Melvin.

Melvin war nicht der Typ, der sich einfach nur hinsetzte, wenn er irgendwohin kam, oder ruhig dastand, wenn er jemanden traf. Er heftete sich an alles, registrierte alles. Bei Melvin saß gewissermaßen alles lose. Wie ein so zappeliger Mann eine so große Konzentrationsfähigkeit aufbringen und so präzise Arbeit machen konnte, hatte Tommy schon immer überrascht. Ein guter Einbrecher brauchte Festigkeit und Fingerspitzengefühl, doch Melvin war inkonsistent, verwirrend, schwer zu fassen, und jetzt hatte er auch noch geheiratet. Fredrik Melberg, einer von Tommys besten Kollegen bei der Spurensicherung, hatte vor ein paar Tagen beim Lunch erzählt, er habe sie draußen in Randaberg gesehen. Mahima aus Asien, winzig, winzig klein wie ein Insekt, und Melvin, fett und verzwickt, mit boxhandschuhgroßen Händen. Schrulliges Paar, hatte Fredrik gesagt.

Melvin grapschte sich das Foto, das unter der Sonnenblende klemmte, und fummelte lachend mit seinen molligen Fingern daran herum.

»Schöne Menschen, deine Familie«, stellte er fest.

Melvins Lippen wurden schmal, und er fuhr sich mit der Linken durchs frisch gewaschene Haar, das Foto behielt er im Schoß.

»Denk oft daran«, sagte er und klopfte im Takt der Silben mit dem Bild auf seinen Oberschenkel, »dass du Polizist geworden bist. War nicht abzusehen.«

»Ich hatte nie was gegen die Polizei«, sagte Tommy und sah, wie das Bild seiner Lieben an Melvins Oberschenkel gerieben wurde.

»Du immer«, sagte Melvin. Das knarzende Lachen perlte vom Leder im Auto ab.

Tommy sah durchs Fenster zu den wogenden Fichten hinter der Trafostation. Der schneidende Oktoberwind riss an den Wipfeln. »Sie haben einen Spitzenjob gemacht.«

»Wer?«

»War einer der Hauptgründe, dass ich auf die Polizeischule bin: wie die Polizei uns damals behandelt hat.«

Tommy bemerkte, wie seine Stimme den Klang bekam, den sie auch bei den Vorträgen vor Schülern hatte. »Gute Menschen. Paulsen, erinnerst du dich an Paulsen?«

»Ein Ehrenmann, dieser Paulsen«, sagte Melvin.

Tommy schüttelte den Kopf. »Aber es war eine üble Zeit, Melvin. Die Achtziger.«

»Ich hab die Achtziger geliebt.« Melvin fletschte seine gelben Zähne.

»Ja.« Tommy verdrehte die Augen. »So sieht's wohl aus.«

»Phil Collins. Maradona. Tina Turner. Gary Lineker. Madonna. Scheiße, sag nichts Schlechtes über die goldenen Zeiten. Alles war erlaubt. Alles passierte. Da kam das Video auf, verdammt noch mal. Und weißt du noch, wie die Frauen aussahen? Die waren total wild, Mann. So losgelassen. Scheiße verdammt, war das Wahnsinn. Und mit einem Mal scheißviel Geld, Kokain auf dem Klo im Cobra. Yuppiezeit, gib's mir.«

»Ja, aber du bist auch ein kranker Typ, Melvin. Für Jugendliche gab's kein Freizeitangebot, wir sind bloß rumgestreunt und haben nichts gemacht, und die Polizei hat uns wohl besser als unsere Lehrer und Eltern verstanden.«

Melvin reagierte nicht darauf, und Tommy ließ es dabei bewenden. Bisher quatschten sie nur rum. Aber so lief das. Tommy und Melvin trafen sich, meist am selben Ort zur selben Zeit, ohne ausgesprochene Absichten, ohne protokollierte Absprache. Niemand hätte je laut ausgesprochen, dass Melvin Informant und Pogo sein V-Mann-Kontakt war. Es geschah einfach nur.

Wir reden nur ein bisschen.

Du erzählst mir was, Melvin.

Ich hör dir zu.

Es kann dir zugutekommen.

Melvin nahm Tommys Familienfoto wieder hoch.

»Bulgarien«, sagte Tommy. »Im Sommer. Sunny Beach.«

Melvin nickte auf das Bild hinab und kniff die Augen zusammen. »Wie alt ist sie, deine Tochter? Kia? Ist die im Rollstuhl, hm?«

»Mhm.«

»Sorry, echt. Geht in die … Neunte? Zehnte?«

»Achte.«

»Schönes Mädchen. Und er da?«

»Ulrik«, antwortete Tommy kurz angebunden.

Mit einem Seufzer steckte Melvin das Bild zurück unter die Sonnenblende. Dann schob er die Hände in die Jackentaschen, wühlte darin herum, zog eine Streichholzschachtel heraus, entnahm ein Streichholz, knipste den roten Kopf ab und steckte es sich zwischen die Zähne.

»Hier stand Alf Christensen mit den Fluchtwagen«, sagte er.

»Und hier hat die Nokas-Gang die Überfallwagen abgefackelt.«

»Ja.«

»Warst du dabei?«

»Du?«

»Haha.«

Tommy schüttelte den Kopf. »Im Urlaub.« Er zuckte mit den Schultern. »Weiß nicht, ob ich darüber froh oder traurig sein soll. Lanzarote.«

Das Gespräch befand sich im Leerlauf.

Tommy ergriff die Chance und sah zu Melvin hinüber. »Und was treibst du so zurzeit?«

»Nicht viel«, antwortete Melvin. Er kaute auf dem Streichholz und wetzte die Füße über die Fußmatte. »Und dann diese Scheiße mit Christer, oder?«

»Du hast also davon gehört.«

»Was glaubst du denn? Ich hör alles, Tommy. Das weißt du.«

Tommy Pogo spürte, gleich würde kommen, was Melvin erzählen wollte.

»Schlägerei, Mord, Vergewaltigung«, sagte Melvin. »Fuckmannweghier. Diesmal dann also nicht.«

Tommy zuckte mit den Schultern. »Ist nicht mein Fall«, sagte er, »scheint aber ziemlich eindeutig zu sein.«

»Und die Sache in Madla?« Bewusst oder unbewusst versuchte Melvin, Zeit zu schinden. »Komisch, dass ich davon nichts gehört hab.«

Tommy sah ihn an. »Du meinst den Überfall?«

Melvin nickte. »Stand ja groß in der Zeitung. Pål Fagerland, hieß er nicht so?«

»Doch«, sagte Tommy. »Ja, macht uns ziemlich zu schaffen. Sowohl er als auch seine Töchter waren zwecks Aussage bei uns. Man hat ihn windelweich geprügelt, er hat gerade so überlebt. Bleibt behindert, wahrscheinlich für den Rest seines Lebens. Er konnte nur erzählen, dass eine Gang bei ihm eingebrochen war, sie waren maskiert, haben das Haus verwüstet und ihn zusammengeschlagen.«

»Hm.«

»Fredrik und die Spurensicherung haben nichts gefunden.«

»Ich sollte wissen, wer das war«, sagte Melvin. »Es nervt mich, wenn ich nicht den Überblick habe.«

Tommy konnte sehen, wie Melvin sich auf seinem Sitz wand. Ihm schwante, dass mit dem Small Talk bald Schluss war. Bald würde was Hörenswertes kommen.

Melvin zupfte das zerfaserte, nasse Streichholz aus dem Mund und betrachtete es.

»Du«, sagte er nach einer Weile.

Tommy blieb ganz ruhig. Jetzt.

Melvin drehte das Streichholz wie ein Juwel. »Ja«, sagte er, »ich bin da auf was gestoßen.«

Tommy setzte die Schneidezähne auf die Unterlippe, schubberte damit über den Bartansatz.

Melvin hob das Streichholz vors Gesicht und kniff ein Auge zu. »Hab gestern Geggi getroffen.«

»Den Driller? Ist er raus aus Åna?«

»Sonst hätt ich ihn wohl kaum getroffen«, entgegnete Melvin.

Tommy war schon oft in einer solchen Situation gewesen. Er hatte einen Riecher dafür, wann Informanten was erzählen wollten. Das waren fundamental unehrliche Leute. Oft kamen sie mit Dreck, oft mit Lügen, mit Gelaber, das nur dazu da war, das Milieu aufzumischen, zusammengesponnene Geschichten. Aber manchmal war ihre Petzerei wertvoll. Tommys Job war dann, ruhig dazusitzen. Melvin den Eindruck zu vermitteln, dass er was Wichtiges erzählte. Dass diese Situation wichtig war. Dass Tommy Pogo Melvins Mann war.

»Du weißt, dass Geggi mit diesem Tong eingesessen hast«, kam es von Melvin.

»Dem Kumpel von Jan Inge und Rudi«, fügte Tommy bestätigend hinzu. »Dem Koreaner.«

Melvin nickte.

»Die Hillevåg-Gang«, sagte Tommy. »Tong kam ja gerade raus.«

Melvin nickte wieder. »Geggi auch.«

»Okay?« Tommys Finger wurden warm, und er rieb die Eckzähne übereinander. Sein Adrenalinpegel stieg.

»Na ja …« Melvin zögerte erneut. »Es ist also so, dass Geggi …«

Tommy versuchte, ihn nicht anzusehen.

Lass ihm Zeit. Kein Druck.

»Geggi«, fuhr Melvin fort, »hat gemeint, da läuft was.«

»In Hillevåg?«

»War nur, was er gesagt hat. Dass Tong aus Åna raus ist und dass da heftige Sachen laufen.« Dann grinste Melvin. Seine Goldzähne glänzten. »Scheiße auch«, sagte er, »ist sicher nur Drecksgerede. Die haben noch nie was Großes gedreht.« Er sah Tommy an. »Deshalb habt ihr sie wohl auch nie erwischt, oder?«

Tommy schob sein Kinn hin und her und schenkte Melvin ein schiefes, aber zustimmendes Lächeln.

Seine Gedanken nahmen Fahrt auf. Die Hillevåg-Gang. Tong war rausgekommen. Er selbst hatte sie vor ein paar Wochen am Stokkavannet getroffen. Was Melvin erzählte, schien nicht unrealistisch zu sein. Tommy wusste, dass Melvin nicht eben viel für Jan Inge, Rudi und Cecilie übrighatte und es ihm sicher nicht schwerfiel, sie zu denunzieren, auch wenn ihm Melvins Motivation dafür nicht ganz klar war.

»Was Großes …«

Tommy ließ die Worte in der Luft hängen, um zu sehen, ob Melvin sie aufschnappte und noch mehr für ihn hatte.

Hatte er nicht.

Melvin wischte über das Armaturenbrett, als wäre seine Hand ein Lappen. Er zog den Reißverschluss seiner Jacke auf, und das Goldkettchen fiel auf die schwarz behaarte Brust. Er schwitzte im Halsgrübchen.

Tommy neben ihm zog die Augenbrauen kraus.

Es hatte funktioniert. Tat es jedes Mal. So waren Bullen gestrickt: Sie liebten Informationen, sprangen unter Garantie darauf an.

Ein wenig zog es in der Brust, wie immer, wenn er Bekannte verpfiff, ganz egal, wie wenig er sie mochte, aber diese Idioten aus Hillevåg hatte er wirklich noch nie leiden können. Sie brachten ihn um den Verstand. Sie hatten eine Menge Profijobs im Bezirk gemacht und ihm selbst dabei im Weg gestanden. Während seiner Zeit als Chef der Kvernevik-Gang hatte er bei ein paar Gelegenheiten mit ihnen zusammengearbeitet, und das war verdammt mühsam gewesen. Jan Inges Unsinnsgerede, Rudis Gelabere, der schweigende Koreaner. Tong strahlte bei der Arbeit eine Wahnsinnsruhe aus, nichts machte ihm Angst, aber irgendwas an dem Typen war derbe psycho.

Melvin hörte Tommys Atem. Er ging schneller.

Mehr brauchte er ihm nicht zu geben. Das reichte schon aus, um sie auszuschalten. Diese Idioten aus Hillevåg. Was er sonst noch wusste, behielt er intelligenterweise erst mal für sich. Viele Jahre Erfahrung hatten Melvin gelehrt, dass man nie all seine Karten auf einmal ausspielen durfte. Selbst dann nicht, wenn es das Klügste zu sein schien. Informationen, wusste Melvin, waren der Schlüssel zu allem.

Daniel, der Arme, dieser sexy kleine Räuber, wusste das noch nicht. Er hatte die ganze Geschichte preisgegeben.

Melvin hatte ihn vor einigen Wochen aufgelesen, als der Junge gerade dabei war, den Zaun um ein Lager in Dusavik zu zerschneiden. Aha, hatte Melvin gesagt, während er die Taschenlampe auf ihn richtete. Daniels Hände hatten gezittert, er hatte schwarze Schatten unter den Augen, und man konnte ihn kaum ansehen, so dünn war er. Die Haare waren steif wie Stacheln, hatten in den vergangenen Wochen jedenfalls garantiert keine Dusche abgekriegt. Die Klamotten waren verdreckt, die Jeans wie festbetoniert an den Beinen, die Fingernägel krumm wie Eulenkrallen. Die Augen lagen tief in den Höhlen, ein winselnder, verschreckter Blick. Der Junge war wie eine Katze zusammengezuckt und mit geballten Fäusten und fauchend auf Abwehr gegangen, aber Melvin hatte bloß gesagt: »Ruhig, ruhig«, und war näher gekommen. Ganz richtig bemerkt. Dieser schmutzstarrende, stinkende Junge, der sich an einem erbärmlichen Lagereinbruch versuchte, war schrecklich niedlich.

An diesem Mittwochabend im Oktober hatte Melvin ihn mit nach Hause genommen. Er hatte zu ihm gesagt, dass er mit ihm nach Randaberg kommen könne. Was zu essen kriege. Ein Bett zum Schlafen. Und wenn er arbeiten wolle, könne Melvin das für ihn regeln. Er nahm ihn zu sich wie einen Lehrjungen. Und Daniel war lernwillig. Er war ein verletzter Vogel, irgendwas in seinem bisherigen Leben war fürchterlich schiefgelaufen, aber darüber wollte er nicht sprechen. Vor Kurzem, erfuhr Melvin, war seine Freundin gestorben. Was ist mit ihr geschehen? Daniel wollte es nicht sagen. Allerdings war die Polizei hinter ihm her. Und wenn die mich findet, hatte er gesagt, dann bin ich tot.

Ein seltenes Stück Holz, dieser Junge in Lederjacke. Keine Drogen, keine Akte. Daniel war klug und düster. In ihm war eine verheerende, blutige Gewalt zu erahnen, irgendwas an ihm sagte, wenn er irgendwann mal zu den Waffen griffe, würde es in seiner Umgebung allen echt richtig schlecht ergehen. Aber anscheinend gelang es ihm bisher, die Messer stecken zu lassen. Schwieriger war da schon dieser Serbe, den er im Schlepptau hatte. Dejan. Der Typ spielte mit seinen Würfeln und hatte am ganzen Körper Narben, grinste mit seinen fauligen Zähnen, und erst denken und dann handeln war bei ihm gar nicht drin.

Melvin hatte gerne Jungs um sich. Wenn Mahima beim Karatetraining war, ließ er Daniel und Dejan im Wohnzimmer rumhängen und *Breaking Bad* glotzen. Dann tranken sie Tuborg und knabberten Sørlandschips, und eines Abends – sie sahen gerade, wie Walter White und Jesse Pinkman in einem Wohnwagen in der Wüste Meth kochten –, fragte Daniel, ob Melvin Rudi und Jani kenne. Wenn Daniel sprach, starrte Melvin immer dessen junge, volle Lippen an. Er seufzte und sagte Ja, leider kenne er Jan Inge und Rudi, und dann erzählte Daniel, dass er einen von ihnen, den Langen, Rudi, im Wald gesehen habe, und zwar im Gespräch mit dem Typen, der da verprügelt worden war. Nur ein paar Tage vor dem Überfall. Und irgendwas daran war komisch gewesen. Wie, komisch?, fragte Melvin. Na ja, so viel hatte er nicht hören können, antwortete Daniel, aber sie hatten wohl irgendwas geplant.

Dann hatte Daniel sie aufgesucht. Armer Dummkopf. Er hatte gefragt, ob er für sie arbeiten dürfe. Er war süß wie ein Karamellbonbon, dachte Melvin und lächelte in sich hinein, als er sich vorstellte, wie Rudi den Jungen in den Dreck geschleudert und gesagt hatte, er solle verdammt noch mal verschwinden. Melvin verstand das. Klopft jemand auf die Art an deine Tür, nimmt man ihn nicht auf. Aber worum es in Daniels Geschichte eigentlich ging, war schwer zu sagen.

Unterm Strich wäre es kein Fehler, würden die Idioten aus Hillevåg aus dem Milieu verschwinden. Sollten Tommy und der Lagårdsveien 6 herausfinden, dass die Hillevåg-Gang dahintersteckte, dann würde es nicht in seiner Brust ziehen. Melvin wollte ihnen nur einen kleinen Startschubser geben. Nicht die ganze Geschichte. Die brauchte er vielleicht eines Tages selbst. Das Wichtigste für Melvin

war, sich Räume zu verschaffen, in denen er selbst ungestört arbeiten konnte. Pogo dazu zu bringen, den
Blick so weit wie nur möglich von seinem Rand der
Welt abzuwenden. Damit hätte er sich für die Zukunft
ein gutes Blatt besorgt, und vielleicht würde Tommy
Pogo sogar wieder die Brieftasche aufmachen, wie letzten Winter, als Melvin ihm Infos über eine Ladung Heroin im Bikermilieu gesteckt hatte. Melvin wusste genau,
dass die wahren und hier und da unwahren Geschichten,
die er Pogo lieferte, ihm keinerlei Amnestie verschafften,
aber ebenso wusste er, dass sie ihm eine gewisse Position schenkten. Abhängigkeit. Ihn würde Pogo als einen
der Letzten schnappen, weil Pogo nämlich genau wusste,
dass er Melvin Gausel mit seinem Judasmaul brauchte.
Mit Tommy konnte man arbeiten. Er war auf unehrliche Weise ehrlich. Ein guter V-Mann-Kontakt. Kein Para-
grafenreiter, kein Cowboy, er arbeitete, ohne seine Chefs
allzu eng einzubinden, und traf eigenmächtige Entscheidungen.

Und am besten konnte Melvin das hinkriegen, indem
er den Blick der Polizei auf die Hillevåg-Gang lenkte.

Etwas Großes, hatte Melvin gesagt.

Eine gute Lüge. Die vielleicht sogar wahr war.

Aber Daniel William Moi wollte Melvin ihnen nicht schen-
ken. Den süßen Jungen wollte er für sich selbst. Melvin
mochte Frauen, er mochte erwachsene, große Frauen, er
mochte die zierlich kleine Mahima aus Asien, aber was
er *brauchte*, waren Jungs. Nicht Kia hatte er auf dem Foto
bewundert, nicht über Kia hatte er mit dem Finger gestrichen, nein, über den süßen Jungen, Tommys Sohn.
Ulrik.

Melvin richtete sich im Autositz auf. Er blickte hinauf
zur Trafostation.

»Der Nokas-Überfall«, sagte er. »Das war mal eine Gang, die was Großes wollte.«

Tommy nickte. Melvin schob die Autotür auf.

»He, Melvin«, sagte Tommy ihm beim Aussteigen hinterher.

»Ja?«

»Wir hören voneinander, ja?«

»Ja, machen wir«, sagte Melvin, »tudelu, grüß die Hillevåg-Gang und deine Kinder und pass auf dich auf.« Dann schlug er die Tür hinter sich zu.

Melvins silbergraue Limousine fuhr den Hügel hinunter. Tommy Pogo drehte den Zündschlüssel herum. Die Springsteen-CD sprang wieder an – »Thunder Road«. Auch wenn das für ihn der stärkste Song überhaupt war, schaltete er die Musik aus. Er musste denken. Tommy griff nach einer Kaugummipackung und nahm zwei Stimorol.

Melvin. Scheiße, was ein Typ. Macho und feminin, fett und leichtfüßig. Wo holte der nur seine Moral her? Tommy Pogos Erfahrung zeigte, dass die meisten Kriminellen – mal abgesehen von den Heroinjunkies – moralische Menschen waren. Sie arbeiteten nach Regeln, erklärten ihre Handlungen auf moralische Weise und schützten sich mit eigenen ethischen Reflexionen. Aber Melvin war schwer greifbar. Seit ziemlich genau einem Jahr war er jetzt Tommys Informant, hatte sich als immer wertvoller erwiesen, war zuverlässig und nie unter Drogen, im Milieu hoch angesehen und hockte auf Informationen über vieles, was in der Gegend los war, und keiner würde ihn je verdächtigen, eine Quelle für die Polizei zu sein. War er aber. Schlimmste Rattenart. Größter Denunziant im Distrikt. Manchmal dachte Tommy, mit Melvin war es wie mit Christer Fuckmannweghier, den das Spiel mit dem Feuer so unglaublich kickte, als wünschte er sich, gegrillt zu werden, während er das Gesetz brach.

Er zog seinen Notizblock heraus. Schrieb: »Melvin Gausel: Sagt er die Wahrheit? Hillevåg-Gang: Was geht da vor?«

Dann fuhr er vom Parkplatz hinaus auf den Stranddalsveien.

Die Gedanken machten sich frei.

1983.

Am Tag nach dem Überfall hatte Tommy mit seinen Eltern beim Abendessen gesessen. Es hatte Spaghetti mit Hackfleisch und Zwiebeln gegeben. Die Mutter las einen Artikel aus dem *Stavanger Aftenblad* vor. *Vandalismus und Überfall letzte Nacht in Tjensvoll. Dahinter stecken Jugendliche von hier, mutmaßt die Polizei, die mit Sorge die Entwicklung des Stadtteils beobachtet.* Tommy hörte ein leichtes Zittern in der Stimme seiner Mutter, er hörte seinen Vater über das Scheißpack reden, und er genoss es. Einfach dazusitzen und zu wissen, dass er hinter dem Ganzen steckte, ja, er, Tommy Pogo aus dem Jupiterveien.

Ja, er, *Tommy Pogo*, hatte das geschafft.

Er hatte etwas erreicht.

Er *war* jemand.

Sieben Jahre später sah das alles ganz anders aus. Der Name Tjensvoll bedeutete Ärger. Eine Wolke aus Furcht und Schrecken stand über dem ganzen Stadtteil. Die Gang jagte all den Mittelstandseltern Angst ein, Kinder mussten nach Einbruch der Dunkelheit zu Hause bleiben, Eltern verbaten ihren Teenagern, zum Tjensvollcenter zu fahren. Die Medien sowie die Polizei hatten ihre Suchscheinwerfer auf die Gang gerichtet, Artikel in der *VG* verschafften ihr nationale Aufmerksamkeit, und die Wohnpreise blieben stabil niedrig.

Ja, und zu jener Zeit überschritt Tommy Pogo die Grenze. Da war geschehen, worüber er nie sprach. Was sein Leben in Stücke zu reißen vermochte. Und woran Tommy Pogo wieder erinnert worden war, als er erfahren hatte, dass Christer draußen auf Hundvåg eine Frau vergewaltigt hatte.

1989.

Eine Freitagnacht mit dünner, nasskalter Luft, Nebel so dicht, als lägen in der Luft schwerelose, dicke Regentropfen. Seit dem Nachmittag hatten Christer und Tommy Kleber geschnüffelt und sich so viel Schnaps eingefahren, wie sie vertrugen, und jetzt waren sie wasted. Sie waren so wasted, wie sie überhaupt werden konnten, so wasted wie ihre Leben.

Elisabeth, begann einer von ihnen, schwer zu sagen, wer. *Hehe,* sagte der andere, *Scheiße, ja, Elisabeth, verfickte Scheiße, Mann, is die verdammt geil. Haha,* sagte der andere, *fuck, was fürn Arsch. Hehe,* sagte der andere, *Scheiße, wir gehn da jetzt rauf, sie is immer allein, weil ihre Mama scheißscheißspät im Cobra arbeitet.*

Oh nein.

Verpiss dich, Erinnerung.

Tommy und Christer stolperten hinauf nach Haugtussa, traten unterwegs ein paar Autospiegel ab, torkelten in den Springarstien, stießen Mülleimer um und standen schließlich vor Elisabeths Haus. Die Augen der Jungen waren gerötet, ihr Blick alkoholwild. Sie brachen durch die Terrassentür ins Haus ein, *hehe, Scheiße, ey, da is ja offen,* und grinsten, als sie über den weißen Teppich liefen. Tommy fluchte, er war mit dem Fuß gegen die Ecke des Glastischs vor dem weißen Fernseher gestoßen, und sie hörten ein Geräusch, eine Stimme, als sie die Treppe zu ihrem Zimmer runtergingen: *Haha, jetzt fragt die sich hundertpro, ja, wer da kommt.*

Oh nein.

Verpiss dich, Erinnerung.

Die beiden betraten das Zimmer von Elisabeth aus dem Springarstien. Mit weit aufgerissenen Augen stand sie hinter der Tür, die nackten Füße sahen in der Dunkelheit aus wie Milch. Elisabeth trug ein hellrosa Zelt-Shirt mit SIF-Handball-Aufdruck, und ihr Blick flackerte hin und her, die Angst stand ihr ins Gesicht geschrieben, und sie kreuzte die Arme schützend über ihren Brüsten.

Tommy und Christer nahmen sie nacheinander. Sie wechselten sich damit ab, wer sie vögelte und wer ihr ein Kissen auf den Mund drückte, damit sie nicht schrie.

Tommy fand es fantastisch.

So was Irres war in seinem ganzen Leben noch nie passiert.

Am nächsten Tag wachte er bei grellem Tageslicht auf, weil das Herz wie eine Faust in seiner Brust hämmerte. Er hörte, wie sein Vater im Keller eine alte VOX AC-20 ausprobierte. E-Gitarren-Sound gellte durchs Haus, und Panik stieg in Tommy auf. Er duschte eine Stunde lang, und am Nachmittag besoff er sich oben bei Janka im Hockeysvingen. Janka erzählte, Kross-Remi sei in Elisabeth aus dem Springarstien verliebt. Der sei megageil auf sie, fügte er hinzu, und habe ernsthafte Pläne, diese Blume zu pflücken.

Später am Abend verabschiedete sich Tommy von Janka. Er fand Remi auf dem Bolzplatz der Madlamarkschule beim Balltricksen, denn Remi glaubte, er würde später mal Stürmer bei Viking werden. Tommy lief auf ihn zu und rief ihm zu, sie hätten was zu reden.

»Reden?«

»Ja«, sagte Tommy und starrte Remi in Grund und Boden. »Reden.«

Sie liefen die Pferdekoppel hinterm Bistro hoch.

»Also, das fühlt sich nicht gerade nach Reden an, Tommy«, stellte Remi fest.

»Absolut richtig gefühlt«, sagte Tommy und bugsierte Remi bis zur Kuppe. »Du lässt die Finger von Elisabeth«, sagte er dann.

»Elisabeth?«

»Wenn du die Finger nämlich nicht von Elisabeth lässt,« gab Tommy nur zurück, »dann stopf ich dir das Maul mit Steinen und tret dir ins Gesicht, bis es auseinanderbricht.«

Dann verprügelte er Remi, bis der nicht mehr stehen konnte.

Vom nächsten Tag an war Schluss. Tommy vergrub sich in seinem Zimmer. Er zwang seine Wut in eine Kiste und machte sie nie wieder auf. Wenn jemand an der Tür klingelte, öffnete er nicht. Wenn jemand nach ihm rief, reagierte er nicht.

Es hieß, Tommy Pogo sei jetzt ein Schisser.

Aber niemand sprach über Elisabeth aus dem Springarstien, sie war quasi verschwunden. Tommy fing ein neues Leben an. Er kärcherte sein Gedächtnis, bis er sich nicht mehr daran erinnern konnte, wie Christer ein Kissen auf Elisabeths Mund gedrückt hatte, während er selbst dabei gewesen war, sie zu vögeln, und zugleich hörte, wie Christer ständig dasselbe Wort flüsterte: *Fuckmannweghier.*

Zweimal hatte Tommy sie im Erwachsenenalter gesehen.

Das eine Mal stand sie zehn, vielleicht fünfzehn Meter von ihm entfernt beim R.E.M.-Konzert im Viking-Stadion. 2005. Sie hatte blonde lange Haare, sie war schön, und sie lachte, vor allem sah sie nett aus. Bei »Everybody Hurts« sang sie mit, ein Mann hatte die Arme um sie gelegt. Ihren alten Vergewaltiger sah sie nicht.

Das zweite Mal war vor knapp einem Jahr gewesen. Tommy war über die Straße gegangen, um bei Magasin Blå für Weihnachten gepökelte Lammkeule zu kaufen, denn ohne gepökelte Lammkeule von Idsøe kein Weihnachten, sagte Ingrid immer. Auf der anderen Seite des Zebrastreifens stand Elisabeth aus dem Springarstien. Sie trug eine Einkaufstasche von Vanessa, und unter ihrem dichten Pony leuchtete violetter Lidschatten. Sie sah ihn direkt an, aber er konnte den Blick nicht deuten, ob er ihr leidtat, ob sie wütend war. Tommys Nacken wurde wie von einer riesigen Hand nach oben gezogen. Aber nichts geschah. Wortlos gingen sie aneinander vorbei.

»Elisabeth aus dem Springarstien«, flüsterte Tommy damals wie jetzt.

6 Hand Gottes

Die Brüder liefen durch die Dunkelheit nach Hause, und die Temperaturen hörten einfach nicht auf zu sinken. Rikki krallte die Zehen in den Schuhen ein und fragte Ben, was er eigentlich von Onkel Rudis Film halte, und Ben antwortete, dass er das nicht so ganz beurteilen könne, weil er den Schauspieler kenne. Aber dass Onkel Rudi ganz gut spielte, und auch wenn man sein Gesicht nicht zu sehen bekam, hatte er den Style doch drauf. Rikki pflichtete ihm bei. Diese Wolfsmaske, sagte er, die mache das Ganze nur krasser – wie er da im Wald die Frauen verfolgte, einfing, am Boden hinter sich herschleifte und dann in dem Bus fickte.

Es wurde immer kälter, die Sterne über ihren Köpfen schienen sich zu vervielfältigen, hinter ihnen der Jahrmarkt mit seinen Fahrgeschäften wurde in der nächtlichen Dunkelheit immer kleiner, nur das Neonschild am Maxi-Markt warf etwas Licht über die Gegend und ließ Sandnes so sich selbst ähneln. Und Rikki meinte mit dem überirdischen Gefühl, die Taschen voller Geldscheine zu haben, jetzt könnten sie Rudi klarerweise anrufen und sagen, dass sie würdig seien.

»Genau das können wir«, meinte Ben und fügte dann hinzu: »Aber dieser Film von Onkel Rudi – darüber sprechen wir nicht, wenn wir ihn beim Videojungen treffen. Verstanden?«

Nein, davon verstand Rikki nichts, nahm aber an, so musste das wohl sein, denn Ben hatte bestimmt auch da einen Plan.

Fast schon daheim, hasteten sie den Hügel nach Trones hinauf. Es war ziemlich spät, und das Spiel war für sie längst aus, selbst Nachspielzeit und Verlängerung. Mit jeder weiteren Minute wuchsen jetzt die Wut ihres Vaters und die Hysterie ihrer Mutter, besser also, sie kamen schnell rein. Als sie ihre Straße erreichten, wurden sie langsamer, brachten ihren Puls runter, und Rikki sagte, dass das jetzt Scheiße noch mal schwerer sei, als die zehntausend zu beschaffen. Ben nickte und sagte, dass es einfach blitzschnell und unglaublich leise gehen müsse, dass sie versuchen müssten, durch die Nachbargärten ungesehen in die Garage zu kommen.

»Das klappt im Leben nicht«, sagte Rikki.

»Doch«, entgegnete Ben, »alles klappt, wenn die Hand Gottes mit dir ist.«

»Ist sie das? Die Hand Gottes? Mit uns?«

Ben sah sich hastig um. Niemand auf der Straße. Kein Licht in den Häusern. »Ist sie.«

»Woher weißt du das?«

»Weiß ich einfach.«

Dass Ben dies und das einfach wusste, damit konnte Rikki etwas anfangen, denn so war das schon ihr ganzes Leben lang, und Ben hatte immer recht. Also schlichen sie durch die Nachbargärten und drückten sich zu Hause an der Garagenwand entlang, schlängelten sich um die Ecke zur Vorderseite, für die Eltern immer noch unsichtbar, die wahrscheinlich drinnen auf und ab tigerten, zumindest ihr Vater, denn sein Auto war da, ihre Mutter saß wohl eher kettenrauchend auf dem Sofa und schmorte in ihrem eigenen Zorn.

Das Garagentor knarzte und quietschte, und höchstwahrscheinlich war es jetzt nur noch eine Frage von Minuten, wenn nicht Sekunden, bis ihr Vater mit seinen
prügelnden Krallenhänden auftauchte. Rikki und Ben
sprinteten hinein, ließen das Deckenlicht lieber aus und
zogen das Tor hinter sich zu. Dann flitzten sie ans hintere Ende der Garage, bückten sich, um die Kiste unter
der Arbeitsbank rauszuziehen, und holten gleichzeitig
die Geldbündel aus den Taschen.

Sie stutzten kurz. Da lag gar kein altes Dartspiel und
anderer Schrott drin, sondern eine rote Tasche unter einem
schwarzen Filzteppich.

»Was ist das?«, fragte Rikki. »Hab ich noch nie gesehen.«

Bens Nacken spannte sich an, er griff nach dem Reißverschluss. Machte die Tasche auf. Sie war voller Bargeld.
Unmengen norwegischer Geldscheine, mit Gummiringen
zu Bündeln zusammenfasst, Tausender über Tausender
über Tausender.

Ein himmlisches Kribbeln verbreitete sich in Bens Brust
und Bauch, wie beim Aufzugfahren. Er hob den Blick,
presste die Zähne aufeinander. Rikki konnte seinen Blick
nicht von der Tasche abwenden. Konnte keinen klaren Gedanken mehr fassen. Sein Mund öffnete sich wie
ein Fischmaul, er glotzte auf die Scheine und flüsterte:
»Scheiße, Scheiße, Scheiße, Scheiße.«

Zehn Sekunden vergingen, zwanzig.

Bens Blick hing in der Luft, und seine Augen glimm-
ten wie aufgeflammte Glühbirnen. Dann schnalzte seine
Zunge, die Lider klapperten, und er drehte sich zu seinem
Bruder um.

»Dein Geld her«, flüsterte Ben und zog den Reißverschluss der Tasche zu, versteckte sie wieder unter dem

Filzteppich und schubste die Tasche dorthin zurück, wo sie gelegen hatte.

»Mein Geld her?«

»Idiot. Geld her jetzt«, fauchte Ben und nahm das Geld, das Rikki ihm verdutzt hinhielt.

Draußen knallte eine Tür. Schritte trampelten über den Beton.

Ben packte seinen Bruder und zog ihn hinter sich her, befahl ihm lautlos, sich neben das an der Garagenwand lehnende Fahrrad stellen. Rikki tat wie geheißen und sah zu, wie Ben zu seinem eigenen Fahrrad eilte.

Dort beugte er sich zu dem eingewinterten Rasenmäher hinunter, hob ihn an, stopfte das Geld darunter und nickte Rikki zu.

»Was zum Teufel treibt ihr eigentlich?«

Die Stimme ihres Vaters.

»Kapiert?«, flüsterte Ben. Seine Augen glitzerten.

Rikki schüttelte den Kopf. »Was meinst du?«

»Kapierst du's nicht?«

Rikki sah, wie sich auf dem Gesicht seines Bruders ein fantastisches Lächeln ausbreitete.

»Wir stellen nur die Fahrräder ab«, rief Ben und wiederholte flüsternd und mit demselben Leuchten in den Augen: »Kapierst du's nicht, Rikki?«

Rikki schüttelte noch mal den Kopf. »Das wird nicht gut enden.«

Das Garagentor ging auf, sie starrten auf die Silhouette ihres Vaters. Von hinten angeleuchtet, konnten die Brüder bloß die Umrisse einer dunklen Gestalt erkennen, aber sie wussten, was kommen würde. Sie konnten schon spüren, wie die Hand ihre Wangen traf und die Pranke im Genick sie nach unten drückte, sie spürten schon jetzt den blutwarmen Atem des Vaters am Ohr, aber Ben wusste zugleich, dass die Hand Gottes mit ihnen und nicht mit ihrem Vater war, und er erinnerte sich daran, wie sie vor vielen Jahren mal bei Onkel Rudi übernachtet hatten, weil ihre Mutter damals in der Klapse und der Vater rund um die Uhr bei der Arbeit gewesen war. Rudi hatte ihn und Rikki ins IKEA-Restaurant und zu allem möglichen tollen Zeug eingeladen, und sie hatten den Tag in Rudis altem Volvo unter einem brennenden Himmel beendet, waren wie die Teufel über die Forussletten gerast, und Rudi hatte das Fenster runtergekurbelt und geschrien: »Hey, underagers! Wisst ihr, was Großmutter immer gesagt hat? Lebt wild, lebt voll Freude und tut Gutes, dann werden Berge und Hügel euch zujubeln, und alle Bäume der Erde werden euch beklatschen!«

7 Oh ja, gern

Als Tommy vor einem Jahr das neue Mitglied der Jagdgesellschaft zu Gesicht bekommen hatte, war er erst mal
jäh stehen geblieben und hatte kurz den Kopf geschüttelt. Der Statoil-Ingenieur Leif Rangbar Idsøe war nach
zwei Hüftoperationen zum Aussteigen gezwungen gewesen, und da hatte Helge Ombo Melvin rekrutiert. Die
beiden kannten sich von einem Tresen in Stavanger, wo
sie sich dann und wann den Ärger wegtranken.

Am ersten Tag der Schneehuhnjagd im letzten Jahr
also flatterte Melvin vor dem Landschulheim in Knaben
aus Helges Volvo, landete mit seinen Quadratlatschen
in wasserdichten Goretex-Stiefeln auf dem Parkplatz, war
aufgeputzt mit einem grün-braunen Jagdoutfit plus sig-
nalfarbener Mütze, Jagdrucksack mit Außennetz und 12er
Jagdgewehr, alles funkelnagelneu, drehte sich dreimal um
die eigene Achse, sah mit spähenden Blicken über die
alte Bergwerkstadt, die Sandgrube und die Berge rings-
herum und stellte fest: »Fantastisch. Warum war ich bis
jetzt nie auf Jagd?«

»Weil du ein Spinatschwanz bist«, brummelte Helge in
den Kofferraum seines Volvos hinein, zerrte seine viel gebrauchte Jagdausrüstung raus und wies die zwei Setter,
die bellend und schwanzwedelnd um ihn rumscharwen-
zelten, zurecht: »Lenin! Mao! Aus!«

Tommy Pogo war mit dem dritten Mann ihrer jetzt sechs Jahre bestehenden Jagdgemeinschaft gekommen, Elmer Tonstad, einem keckernden Hühnerbauern Anfang fünfzig. Er hatte sich auf einen Tag unter freiem Himmel in den Bergen gefreut. Aber als er dann Melvin Gausel auf den Parkplatz kullern sah, klappte ihm die Kinnlade runter, und ihm wurde klar, er hätte mal besser fragen sollen, wer denn das neue Mitglied in der Jagdgemeinschaft sei, anstatt es einfach dabei zu belassen, dass Helge erklärte: »Jemand, den ich im Cardinal getroffen hab.«

Kurz nach seinem enthusiastischen Ausbruch drehte Melvin den Kopf und begegnete Tommys Blick. Im selben Augenblick, da die beiden einander wiedererkannten und verstanden, in was für einer Situation sie gelandet waren – ein Ermittlungsbeamter und ein Einbrecher in ein und derselben Jagdtruppe –, entschied jeder der beiden für sich, den anderen nichts zu verraten.

»Melvin Gausel, hallo.«

»Tommy Pogo.«

»Freut mich.«

Ein kurzer Blickwechsel, ein gegenseitiges Einverständnis, und die Jagd konnte beginnen.

Mit Rucksäcken ausgestattet und von keuchenden Hunden angeführt, wanderten sie von der Bergwerkstadt den Hügel zum Ufer des Store Knabetjønn hinunter, vorbei an Stølen und auf den Kvinavegen, ehe sie sich an den steilen Anstieg über den Moserinden in Richtung des Schneehuhnreviers im Finndalen machten. Sie hatten einfachen Proviant dabei, sie hatten Funkgeräte, und im Jägermilieu sah man der diesjährigen Schneehuhnsaison zuversichtlich entgegen. Große Bruten waren gemeldet worden, und der Tag bürgte mit schönem Wetter und einem weithin blauen Himmel über den Heiden bei Knaben für eine gute Jagd. Wie so oft unter Jägern redeten sie über Vögel, Hunde, das Wetter, den Wind, Munition und Trophäen vergangener Saisons. Helge fluchte, weil Mao in letzter Zeit schwächelte und weil seine Exfrau ihn richtig ausnahm, sodass er sich bald weder Snus noch den Gewerkschaftsbeitrag würde leisten können: Das sei dann also der Dank dafür, sagte er, dass man die ersten vier Jahre mit den Kindern zu Hause geblieben sei, während sie sich an der NTNU hochstudiert habe. Dieser verfickte Staatsfeminismus. Wer habe denn bitte nun eine kleine Wohnung in Tasta und wer das große Haus in Våland? Mann Mann Mann! Wer würde denn jetzt auf seine Kosten vierzigtausend im Jahr steuerfrei scheffeln und Mieteinnahmen von zwölftausend steuerfrei im Monat haben? Mann Mann Mann! Pass bloß auf mit den Muschis, sag ich immer zu meinem Sohn, pass bloß verdammt auf, dich nicht in Muschis zu verfangen.

Melvin und Helge verstanden sich gut. Sie hatten sich aufeinander eingegroovt, aber Tommy würde nur zu gern Helges Gesicht sehen, wenn er rausfand, dass der neue Mann in der Jagdgesellschaft ein hoch profilierter Berufskrimineller war und der geschickteste Einbrecher der ganzen Region. Denn auch wenn Helge vielleicht etwas von seinem linksradikalen Glauben verloren hatte, dann doch nicht sein gnadenloses Rechtsverständnis, und für Helge war jeder Mann, der keiner ehrlichen Arbeit nachging, nichts weiter als ein verfluchter Rowdy, der an die Wand genagelt und abgeknallt gehörte.

Irgendwann, während die vier Männer um die fünfzig über den Moserinden hinaufstiegen und der Schweiß von mancher Stirn tröpfelte, ließen sich Tommy und Melvin etwas zurückfallen. Vor sich hörten sie Helge dozieren:

über den korrupten Machtapparat der Arbeiterpartei, über verlorene Ideale der Parteispitze, wie disgusting das Leben in einer Gesellschaft sei, in der *Let's Dance* wichtiger sei als geschichtliches Wissen, und sie hörten Elmer Tonstad über jeden Satz von Helge keckern. Mit ausreichend Abstand zu den anderen und während die Herbstfarben mit der Sonne um die Wette funkelten, lächelte der zappelige Melvin Tommy an und sagte: »Na, Tampon, was hältst du davon?«

Tommy warf Melvin, der mit einer Patrone rumspielte, einen flüchtigen Blick zu.

»War teuer, die ganze Ausrüstung«, sagte Melvin, als Tommy nicht antwortete. »War so 'ne Eingebung«, fuhr er fort, »als Helge da in der Bar von dem Gefühl von Freiheit, Natur und Männlichkeit auf der Jagd geredet hat. Scheiße, Melvin, hab ich gedacht, du bist jetzt fünfundvierzig und machst dasselbe wie mit sechzehn.« Melvin lachte und zeigte mit beiden ausgestreckten Zeigefingern auf Tommy. »Zeit, was Neues auszuprobieren, hm?«

Ein paar Meter vor ihnen blieben Helge und der keckernde Elmer Tonstad stehen. Helge drehte sich um.

»Hat mal jemand Schokolade? Troika? Twix? Caramello? Snickers?«

Sie zuckten mit den Schultern, keiner von ihnen hatte Schokolade dabei, Helge fluchte und ging weiter.

»Willst du nicht mal was sagen?«, fragte Melvin, sobald die beiden anderen ein Stück vorausgewandert waren.

»Wir können gemeinsam auf die Jagd gehen, Melvin«, sagte Tommy ganz ruhig, »aber wir sprechen dabei nicht über …«

»… Berufliches?«

Melvin warf die Patrone zwischen den Händen hin und her, und an seinen Wangen schwabbelte das Fett.

»Nenn es, wie du willst«, sagte Tommy.

Jetzt blieb Melvin stehen und griff nach Tommys Jackenärmel. Sein Gesicht und sein Körper entspannten sich zusehends. Die zwei anderen waren mittlerweile außer Sichtweite.

»Tommy«, sagte Melvin unaufgeregt. »Ich hab einen Vorschlag.«

»Melvin«, sagte Tommy ebenso gefasst, »nimm die Hand weg. Ich kann keinerlei Vorschlag annehmen. Wir sind bei derselben Schneehuhnjagd gelandet, das ist alles.«

»Ich kann dir Informationen liefern«, sagte Melvin und ließ Tommys Jacke los.

Vor einem Weidengebüsch stieg ein Schneehuhn auf. Instinktiv griff Tommy nach seiner Flinte, kniff die Augen zusammen, um den vor der Sonne flatternden Vogel zu beobachten, und er sollte Nein sagen, Nein, Melvin, da bin ich raus, aber stattdessen kam aus seinem Mund: »Okay?«

»Informationen«, wiederholte Melvin.

Tommy überlegte drei Sekunden lang. Das war nicht legal. Man konnte keinen Informanten aus dem eigenen Bekanntenkreis rekrutieren. Aber scheiß drauf, es war einfach zu gut. Musste ja keiner wissen.

»Zwei Wochen«, sagte Melvin.

»Was meinst du damit?«, fragte Tommy.

»Zwei Wochen«, wiederholte Melvin. »Für die nächsten zwei Wochen guckt niemand in meine Richtung. Danach liefere ich dir so 'nen Berg Heroin, wie du noch nie gesehen hast. Schlagzeilen in der Zeitung, Pogo. Gute Statistik.«

Die drei Sekunden waren um.

»Niemand kriegt für irgendwas Amnestie, Melvin. Glaubst du, ich bin bescheuert? Aber lass es mich so sagen: Wir gehen jetzt auf die Jagd, du erzählst mir, was du weißt, dann meldest du dich aus dieser Jagdgesellschaft wieder ab, und wir sehen uns in zwei Wochen wieder.«

Melvin grinste breit. Die Sonne schien auf sein riesiges Gesicht.

»Und die Flinte da«, sagte Tommy und zeigte auf Melvins Waffe, »die lieferst du im Lagårdsveien ab.«

Melvin schnaubte.

»Oder ich komm und hol sie mir.«

»Ist ja gut«, sagte Melvin. »Aber erst knallen wir ein paar Schneehühner ab, Tommy.«

Tommy fuhr vom Treffen mit Melvin an der Trafostation in die Stadt, allmählich ließ der Minzgeschmack des Kaugummis nach. Er schob sich den Ohrstecker ins Ohr und rief auf dem Handy eine Nummer auf. Es klingelte zweimal, dann hob jemand ab.

»Hier ist Grace.«

»Hast du fünf Minuten?«

Wenig später stand Tommy in seinem Büro im dritten Stock des Präsidiums Stavanger und drehte an den Lamellen der Jalousie. Die Sonne brannte durch die nach Westen ausgerichteten Fenster, schien auf die pappkartonfarbenen Wände und das in die Jahre gekommene Mobiliar, fiel in feinen Streifen über den Schreibtisch mit dem Familienfoto und den Bergen an Akten und Notizen neben dem Computer. Je steiler die Lamellen standen, umso fahler wurde das Licht im Büro, und dann hörte Tommy vor der Tür Schritte. Leicht, effektiv. Wie immer hielten sie abrupt inne, und er konnte Grace regelrecht vor sich sehen, für einen Augenblick in Habachtstellung, ehe sie sich einer Situation stellte.

»Hallo, Tommy.«

Sie trat ein.

»Schön.« Er streifte sie mit einem flüchtigen Blick. »Sehr schön.«

Sie hatte gepflegtes kurzes Haar, große wache Augen, ein markantes Gesicht, volle straffe Lippen. Für eine Frau hatte sie auffällig breite Schultern, was ihr erhebliche Autorität verlieh, die Brüste waren mittelgroß und saßen stramm unter der Polizeiuniform.

Grace Myrtle Bangsgaard war vor vierzehn Jahren nach Norwegen gekommen. An der Universität in Kopenhagen hatte sie sich in einen norwegischen Chemiestudenten verliebt, die beiden zogen nach Norwegen, heirateten, acht Jahre später bekam Grace die norwegische Staatsbürgerschaft. Sie jobbte erst bei Wach- und Schließgesellschaften, schaffte dann die Polizeihochschule, aber nicht länger die Ehe mit ihrer Jugendliebe. Die Beziehung ging in die Brüche, doch Grace blieb trotzdem in Stavanger, denn eins war für sie keine große Prophezeiung: Während das restliche Europa auf das aufflackernde Finanzkrisenlicht zuraste, würde es dieser zähe Ölflecken schaffen.

Grace startete ihre Karriere im Präsidium Stavanger als einfache Ermittlungsbeamte, wurde aber schnell in ein Team für Aufklärung und Observation versetzt; das ergab sich ganz von selbst, denn Tommy Pogo und die anderen hatten sehen können, wie träge ihr Kopf in der nun mal zähen Ermittlungsarbeit funktionierte, wie wenig sie gegen Langeweile, Wartephasen und Büroarbeit gewappnet war und wie viel Adrenalin durch ihren hitzigen Körper pumpte, sobald sie draußen arbeiten konnte. Dort konnte sie stundenlang auf der Lauer liegen und warten. Im Büro jedoch schaffte sie das nicht mal, bis der Kaffee durchgelaufen war.

Tommy schob die Tür hinter Grace zu.

»Was ist schön?«, fragte sie.

»Na ja, dass du kommen konntest«, sagte er und vermied jeden weiteren Blick auf ihren Körper. Der hatte einfach eine viel zu große Anziehungskraft auf ihn, genau wie ihr leicht unbeholfenes Dänisch-Norwegisch und der Mund, aus dem diese Unbeholfenheit floss. Die Lippen. Die klaren Augen. Die Wangenknochen. Ihm war nur zu bewusst, welche Wirkung sie auf ihn hatte, und er hatte sich selbst gesagt, das dürfe nicht weiter genährt werden, diese Grenze werde er nicht überschreiten. Er wusste, was Sache war. Er war scharf auf sie. Er wollte sie ausziehen. Er wollte sie nackt sehen. Er wollte ihre Brüste mit seinen Händen umschließen. Er wollte sie zwischen den Beinen küssen. Das war alles, was er wollte. Aber er würde dieses Gefühl nicht stärker werden lassen. Deswegen hielt er schon seit einigen Jahren Abstand zu Grace, weswegen diese wiederum annahm, dass Tommy Pogo sie nicht mochte, und das ärgerte sie, denn er hatte keinen Grund, so schroff zu sein. Aber sie ließ sich auch nicht ins Bockshorn jagen. Grace Myrtle war Profi bis zu den Zähnen, ihren strahlenden Kopenhagener Zähnen.

Er setzte sich an seinen Schreibtisch, Grace nahm auf der anderen Seite Platz, schlug die Beine übereinander, reckte das Kinn. »Womit kann ich dir helfen, Tommy?«

Mit deinem Körper.

Er faltete die Hände vor dem Bauch. »Ich hab mit Melvin gesprochen.«

»Okay«, sagte Grace, »was ist los?«

Ich will mit dir schlafen.

Er rieb die Daumen aneinander. »Tja«, sagte Tommy, »er hat angedeutet, dass wir eine spezielle Adresse im Auge behalten sollten.«

»Aha. Und um was genau geht's?«

Um deinen Körper.

Tommy schluckte und sah zu dem Foto neben dem Computer. Ein ganz ähnliches hatte Melvin im Auto begrapscht. Er betrachtete seine fantastische Frau, die er über alles auf der Welt liebte, betrachtete seine Kinder, die er ebenso sehr liebte, und verfluchte, was Grace Myrtle mit ihm anstellte.

»Die Hillevåg-Gang«, sagte er.

»Rudi, Jan Inge, Cecilie?«

»Melvin meint, die hätten was Großes vor.«

Die Muskeln um Graces Augen spannten sich an.

»Was Großes?«

Tommy zuckte leicht mit den Schultern. »Ich weiß auch nicht mehr als du. Fahr raus und schau mal, was sie so treiben.«

Grace veränderte ganz leicht ihre Sitzhaltung. »Soll ich mich offen zeigen?«

Oh ja, gern.

»Nein, noch nicht.«

Oh ja, gern.

»Noch nicht«, wiederholte Tommy Pogo. »Wir beschatten sie erst mal. Und dann heizen wir ihnen ein.«

8 Rikki und Ben gehen nach Stavanger

»Shit«, flüsterte Rikki und zog die Bettdecke bis unters Kinn, »jetzt hab ich's kapiert.«

Sie lagen in ihren Stockbetten, Ben oben, Rikki unten, denn Rikki hatte Höhenangst, genau wie sein Vater, der ebenfalls unten gelegen hatte, als er und sein Bruder Rudi sich in den Siebzigern ein Zimmer geteilt hatten. Ein wenig Rücksicht habe noch niemandem geschadet, und überhaupt, »ich bin verdammt noch mal nicht aus Geld gemacht«, hatte Frank Martin nur geblafft, als die Jungs angedeutet hatten, sie könnten sich jeder ein eigenes Zimmer vorstellen. Herrjesus, wie anspruchsvoll die Kinder von heute doch waren.

»Shit«, wiederholte Rikki, auch wenn Ben von oben einfach nicht antwortete, »jetzt hab ich's kapiert. Ben? Bist du da? Hast du Schmerzen? Ben?«

Ja, ihnen beiden taten der Rücken und der Hintern weh, nachdem Frank Martin sie mit dem dunklen Ledergürtel verprügelt hatte, der unten im Keller an einem Haken hing, als so was wie eine Erinnerung an das jederzeit Erwartbare. Der Gürtel brannte und ritzte ganz schön, fand Rikki, war aber in jedem Fall besser, als wenn ihr Vater die Fäuste gebrauchte.

Rikki hörte den ruhigen Atem seines Bruders: gleichmäßige Züge wie eine Formation bedächtiger Wellen, und so wie die Dunkelheit der Nacht Rikki kleiner machte, gewissermaßen Jahre von seinem Alter abzog und ihn wieder in einen kleinen Jungen verwandelte, tat dies der Atem seines Bruders ebenfalls.

»Ben? Schläfst du?«

Stille.

In Rikkis Bauch machte sich eine altbekannte Kälte breit, wie immer, wenn die Nacht kam, aber nicht der Schlaf. Wenn die Augen den Blick bereits ein, zwei Stunden durchs Zimmer haben kreiseln lassen, ohne Ruhe zu finden, wenn er sich selbst tausendmal gesagt hatte: *Schlaf jetzt, Rikki, schlaf, Scheiße, schlaf!* Wenn sein Blick auf dem Liverpool-Poster von Spieler zu Spieler gewandert war, die Mannschaft von 2006/07. Das Poster hing seit fünf Jahren an der Wand.

So war das immer. Allein im Dunkeln liegen, Ben atmen hören und spüren, wie sich nächtliche Angst anschlich. Sich so klein fühlen, dass es fast peinlich war. Steven Gerrard an der Wand half ihm da auch nicht. Sollte er sich trauen, noch was zu sagen? Vielleicht würde er Ben aufwecken, vielleicht würde Ben dann wütend.

»Ben? Bist du da?«

Stille.

»Ben? Ich kapier's doch jetzt.«

Stille.

»Ben? Kannst du dich noch an früher erinnern, als Mama gesund war? Ist ziemlich lang her, hm?«

Stille.

»Erinnerst du dich an Papa damals, Ben? Wenn er abends hier reinkam und für uns gesungen hat? *Who's gonna drive you home tonight.* Ist jetzt irgendwie ein ganz anderer Vater, find ich.«

Noch immer nur derselbe gleichmäßige Atem dort unterm Dach.

»Hallo? Ben? Ich kapier's jetzt also. Ben?«
Rikki streckte sich und spitzte die Ohren.
»Ben? Das ist Papas Geld, oder? Ich kapier's jetzt, deshalb hast du es einfach in der Tasche liegen lassen, und
deshalb hast du unser Geld und nicht das andere Geld
genommen, weil es Papa gehört, und wenn er sieht, dass
es weg ist, dann schlägt er uns windelweich, oder? Ben?
Oder? So ist es doch?«
Rikki stellte sich Ben vor, wie er dort oben mit wachen
Augen lag, die in der Dunkelheit leuchteten wie zwei Glüh-
würmchen, überhaupt war Bens ganzer Schädel eine Art
superintelligenter Insektenkopf. Und was er sich vorstellte,
stimmte. Ben schlief nicht. Ben lag auf dem Rücken, lag
waagerecht da, mit erweiterten Pupillen und leicht anein-
anderreibenden Eckzähnen, und sein Körper leuchtete,
als läge unter der Bettdecke eine Lampe in Form eines
Menschenkörpers.
»Ja«, sagte Ben.
Rikki lächelte stolz, und sofort verlangsamte sich sein
Herzschlag. »Was ich auch kapiert hab«, flüsterte er,
echt glücklich darüber, dass er etwas ganz allein herausgefunden hatte: »Papa hat es jetzt woanders versteckt,
oder?«
»Er hat das Geld aus der Tasche entfernt, ja. Das stimmt.«
»Ha.« Nachdenklich schüttelte Rikki den Kopf. »Er
arbeitet schwarz, oder? Er hat verdammt viel Geld – wie
viel hat er, glaubst du? Glaubst du, da gibt's noch mehr?
An anderen Orten? Glaubst du, das ganze Haus ist voll
mit Geld? Ben? Papa hat verdammt viel Geld, so ungefähr wie Onkel Dagobert, und er arbeitet schwarz, oder,
Ben? Und …«
»Rikki«, flüsterte Ben, »red nicht so viel. Ich muss
denken.«

»Ja«, flüsterte Rikki und hatte wie viele Male zuvor das Gefühl, selbst wenn er in einem Gespensterhaus mit einem Teufel als Vater und einem Zombie als Mutter lebte, konnte er abends trotzdem sicher ins Bett gehen, weil über ihm, quasi schwebend unter der Decke, Ben lag und für sie beide dachte.

»Ja«, flüsterte er und zog die Decke noch ein Stück höher. Dann drehte er sich zur Seite und machte die Augen zu. »Du musst denken, Ben.« Ein kindliches Lächeln glitt über sein Gesicht und schien Rikki ganz und gar zu verschlingen. »Du musst denken«, flüsterte er, so leise er konnte, »und ich muss schlafen, und dann wachen wir morgen auf, und ich bin mir sicher, dann hast du rausgefunden, was wir machen. Denk nach, Ben. Tu's. Denk.«

»Gute Nacht, Rikki.«

»Gute Nacht, mein Ben.«

»Nenn mich nicht so.«

»Okay, okay. Aber du bist mein Ben.«

»Nenn mich nicht so.«

»Versprochen.«

Während des Frühstücks am nächsten Morgen wurden sie von Frank Martins Blicken schier durchbohrt. Oben im ersten Stock lag Melissa und schlief, geplättet von diesem schwarzen Leben, das niemals hätte beginnen dürfen und das niemals enden würde. Rikki und Ben aßen brav wie zwei gescholtene Hunde ihre Branflakes, und keiner von beiden machte den Mund auf, bis ihr Vater mit dem Transporter auf die Straße gebogen war, nachdem er zuvor gesagt hatte, er würde sie in ein Kinderheim schicken und dafür sorgen, dass sie ihren Nachnamen änderten, sollte er noch einen einzigen Abend erleben, an dem sie zu spät heimkamen. Und Kinderheim sei das Gleiche, wie in der Hölle aufzuwachsen, hatte Frank Martin gesagt, das würde nicht gut enden.

Als nichts mehr zu hören und ihr Vater auch sicher außer Sichtweite war, schob Rikki seine Schale mit Branflakes ein paar Zentimeter in Richtung Tischmitte und stand auf. Er ging ins Wohnzimmer zu dem Aquarium auf dem Sideboard. Beugte sich vor, näherte sich den Fischen, legte den Zeigefinger ans Glas, betrachtete die ruhigen Bewegungen, die kecken Farben, fuhr mit dem Nagel über die Scheibe und flüsterte: »Hallo, Rikki hier. Habt ihr gut geschlafen?«

Nachdem er nach den Fischen gesehen hatte und sich sicher war, sie hätten *Ja, Rikki, wir haben gut geschlafen* geantwortet, lief er zurück in die Küche. Ben saß mit aneinandergedrückten Knien, kerzengeradem Rücken und dem Löffel in der Hand da. Er aß langsam, wie er es immer tat. Die Augen lagen tief in ihren Höhlen.

Rikki setzte sich auf seinen Platz.

»Hast du gut geschlafen, Ben?«

Ben führte den Löffel zum Mund. Den Goldfischen nicht ganz unähnlich, fand Rikki, als sein Bruder den Mund aufmachte.

»Ich mag es nicht, dass du mit den Fischen im Aquarium redest.«

»Okay, Ben«, sagte Rikki und blickte beschämt nach unten – beschämt, weil er ein Fischmaul in Bens Gesicht gesehen hatte.

»Und ich mag es nicht, dass du mit mir genauso redest wie mit deinen Fischen im Aquarium.«

»Okay, Ben«, sagte Rikki und presste die Eckzähne aufeinander, ärgerte sich, dass er für Ben so ein Idiotenbruder war.

Gerade als Rikki fragen wollte, ob Ben zu Ende habe denken können, was sie am Vorabend im Stockbett besprochen hatten, ging die Küchentür auf, und ihre Mutter schlurfte herein. Es war sofort sichtbar, heute steckte sie in einem Tief. Die Arme hingen an ihren Schultern wie tote Zweige, fand Rikki. Die Beine waren drauf und dran, jeden Moment unter ihr nachzugeben, dachte Ben, und in seinem Kopf schrillte eine Sirene. Sie wussten beide, dass es nur einen einzigen Menschen gab, an dem sie noch behutsamer und auf Zehenspitzen vorbeigehen mussten als an ihrem Vater. An ihrer Mutter.

Melissa beachtete ihre Kinder nicht mal. Als steckte sie gar nicht drin, glitt ihr Morgenmantel hinüber zur Küchenzeile. Leise vor sich hin murmelnd, schob sie den Brüharm der Kaffeemaschine zur Seite. Noch leiser murmelnd, nahm sie den Filter heraus und trat aufs Mülleimerpedal. Mit dem menschenmöglich leisesten Murmeln überhaupt ließ sie den nassen Filter in den Mülleimer fallen.

»Hallo, Mama«, sagte Rikki und erntete von Ben sofort einen tadelnden Blick. Er wusste, dass er sie nicht ansprechen sollte, zuletzt an einem Tag wie diesem und zuallerletzt am frühen Morgen, aber Rikki konnte einfach nicht anders.

Der bedrohliche Körper rotierte los. Unendlich langsam drehte Melissa sich um die eigene Achse, als wäre sie mechanisch. Dieses mitgenommene Gesicht, es sah plötzlich so alt aus und die Haut wie ein grobes Stück Rinde. Die eigentlich schönen haselnussbraunen Augen lagen wie zwei tiefe Jauchegruben in ihren Höhlen, die Lippen waren an mehreren Stellen gesprungen, an den Rändern klebten Lippenstiftreste. Nach gefühlt einem halben Leben hatte sie die Bewegung vollendet und stand jetzt reglos da. Rikki konnte kaum atmen, nur noch hastige, flache Züge schlüpften durch seine Lippen. Ben richtete den Blick auf die Mutter. Ihn schien das kaltzulassen.

»Draußen geht Wind«, sagte sie.

»Ja«, antwortete Rikki, zwar froh, dass sie normal wirkte, aber mehr zu sagen wagte er dennoch nicht.

Melissa sah durchs Fenster in den Garten.

»Viel Wind«, sagte sie.

»Ja«, wiederholte Rikki.

»Lang her, dass ich so viel Wind gesehen hab«, sagte sie.

»Ja«, sagte Rikki.

»Ich muss mich übergeben«, sagte Melissa.

»Ja, Mama«, sagte Rikki und sprang auf. »Ich helf dir.«

»Lass mich in Ruhe, du drogenabhängiger Drecksbengel«, fauchte Melissa und verließ die Küche, ohne die Tür hinter sich zuzumachen. Kurz darauf hörten die Brüder ein gutturales Geräusch aus dem Bad und dann, wie die Mutter mit beiden Fäusten gegen die Toilettentür trommelte und schrie: »Ich werd dir den Teufel an den Hals hetzen, Frank Martin Digervold!«

Was ihre Eltern anging, wollte Rikki einfach kein dickes Fell wachsen. Egal wie lange das jetzt schon so lief, die Hoffnung in seiner Brust erlosch nie. Die Hoffnung, dass seine Mutter eines Tages wieder wie früher werden könnte, wie in seiner Erinnerung, als sie vor ihm in die Hocke gegangen war und ihm ins Ohr geflüstert hatte: *Rikki, zwar biste nicht grad Klassenbester, ja, aber Mamas Liebling bleibste immer.* Die Hoffnung, sie würde eines Tages durch den Garten laufen, in einem knielangen gelben Sommerkleid und mit einem Strauß Lilien im Arm. Die Hoffnung, ihr Vater könnte eines Tages zur Tür hereinkommen und vor sich hin singen. *You might think I'm crazy to hang around with you, but all I want is you.* Er könnte lächeln, sowie sein Blick auf die Mutter draußen im Garten fällt, zu ihr hinlaufen und rufen: *Verdammte Scheiße, was bist'n du auch so verflucht schöööööön, Melissa Dahle.*

Bei Ben war es das Gegenteil. Er hatte sie einmal geliebt. Sowohl Mama als auch Papa. Hatte sie geliebt und war von ihnen abhängig gewesen. Aber das war verschwunden. Er konnte es nirgends mehr spüren. Dass er ihr Sohn war. Dass er sie lieben sollte. Er wartete nur darauf, dass die Zeit verging und er endlich abhauen konnte.

Ben fragte sich oft, ob er eigentlich jemanden liebte.

Fühlte sich nicht so an.

Ben fand, dass das Wort – *lieben* – wie abstrakte Poesie klang, und an manchen Tagen bedeutete es für ihn das Gleiche wie Horror, wie Säbel, wie Grab. Er erwischte sich oft bei dem Wunsch, nicht zu lieben. Fand es unwürdig. Schwach. Widerlich.

Aber womöglich, dachte er, womöglich liebte er Rikki. Ohne Rikki verstand er sich selbst nicht, das war ihm klar.

»Setz dich«, sagte Ben zu seinem Bruder. Rikki war aufgestanden, er sah in Richtung ihrer Mutter, lauschte ihrer Stimme.

»Setz dich«, wiederholte er.

»Ja, Ben«, sagte Rikki und glitt auf seinen Stuhl zurück. Sein Blick jagte noch immer suchend Melissa hinterher.

Ben lehnte sich vor und sah seinen Bruder an.

»Hör zu«, sagte er mit ruhiger Stimme. »He, Rikki, schau mich an, wenn ich mit dir spreche.«

Widerwillig drehte Rikki sich um.

»Die Hand Gottes ist mit uns«, sagte Ben langsam. »Ist das jetzt bei dir angekommen?«

Fragend legte Rikki den Kopf schräg.

»Wir haben zehntausend Kronen vom Jahrmarkt gestern«, fuhr Ben fort und nickte zu dem Beutel zwischen seinen Füßen.

Rikki nickte. Wärme breitete sich auf Rikkis Wangen aus.

»Und wir wohnen in einem Haus voller Geld.«

Rikki nickte wieder. Seine Lippen waren leicht geöffnet, die Miene heiterte sich auf.

»Wir schleichen jetzt auf Zehenspitzen aus diesem Haus«, fuhr Ben fort, »und wenn wir es das nächste Mal betreten, dann kommen wir nicht zum Abendessen. Dann kommen wir mit Rudi und Jan Inge, und wir kommen, um dieses Haus auszurauben.«

Rikki nickte zum dritten Mal, strahlte jetzt fast schon, nur seine Stirn glänzte verräterisch.

»Verstehst du das, Rikki? Wir hauen hier ab. Und zwar für immer.«

Rikki nickte ein viertes Mal. Dann huschte ein Angstschimmer über sein Gesicht, verdunkelte die Stirn, und seine Lippen zitterten leicht, als aus dem Badezimmer wimmernde Schluchzer an sein Ohr drangen.

»Ja, Ben«, sagte er, aber sein Blick glitt zur Klotür.

»Schau mich an!«

»Ja, Ben.«

Rikki schluckte und sah zu seinem Bruder.

»Pack einen kleinen Rucksack«, sagte Ben. Rikkis Augen erinnerten ihn an Mottenkugeln. Er stand auf.

»Wie klein?« Rikkis Mundwinkel bebten.

»So klein es geht.«

»Zahnpasta?«

»Ja, Rikki.«

»Zwei Paar Schuhe?«

»Nein, Rikki.«

»Aber … wohin gehen wir denn, Ben?«, fragte Rikki und sah sich in der Küche um, in der er sein ganzes Leben lang gefrühstückt hatte.

»Weg«, sagte Ben.

»Aber das wird nicht gut end…«

»*Nie wieder!*«, blaffte Ben Rikki an, seine Augen blitzten, und er richtete den Zeigefinger auf seinen Bruder. »Sag das *nie wieder*. Sonst mach ich dich fertig und vergesse, dass ich dich je gekannt habe.«

Rikki starrte zu Boden und schluckte.

»Ja, Ben«, flüsterte er. »Können wir Benzin mitnehmen?«

»Nein«, sagte Ben. »Mit Benzin sind wir fertig.«

»Und die Fische? Können wir das Aquarium mitnehmen?«

»Nein, Rikki.«

Rikki schniefte, und jetzt spürte er die Nervosität in seinem Gesicht, in den vielen kleinen Muskeln, die aus der Reihe tanzen wollten. Er war sich nicht sicher, wie gut ihm das Ganze gefiel. Irgendwas war mit Ben passiert. Vor ein paar Wochen war noch alles in Ordnung. Aber dann hatte Ben diesen seltsamen Blick bekommen und vorgeschlagen, sie könnten zum Benzinschnüffeln ab jetzt zum Gravarslia rauf. War es der Jahrmarkt, der ihn magisch anzog? Schwer zu sagen. Als sie noch beim Fußballfeld und Spielplatz unten an der Roald Amundsens gate gesessen hatten, war alles in Ordnung gewesen. Dort hatte Rikki sich sicher gefühlt, im Schutz des alten Pfadfinderheims, das unten weiß, oben rot gestrichen war, wobei die Farbe mittlerweile so verblichen war, dass sie wie viel zu dünner Saft aussah, wie der, den ihre Mutter ihnen immer gemischt hatte, als sie noch klein gewesen waren, weil ihr Vater puren Fruchtsaft für Verschwendung hielt.

Das stillgelegte Pfadfinderheim war für Rikki so was wie ein Zuhause gewesen. Zwei Stockwerke, ein flaches Pultdach aus fahl weißem Wellblech, Teerpappe an der Front. In den Fenstern hässliche, alte Gardinen, im Erdgeschoss weiß-pissgelb gemustert, im Obergeschoss dottergelb, braun und sandweiß. Tiefe Schnitte und Kratzspuren in den Holzpaneelen, kaputte Außenleuchten, an der Tür ein verblichenes Plakat der Pfadfinder Norwegen, ein lächelndes Mädchen, das eine Wurst hochhält. *Verbrannte Würstchen seit 1907.* Was für ein scheißperfekter Ort. Überwuchert und verwachsen, voller Büsche und Sträucher. Irgendwann mal hatten irgendwelche Leute all das hergerichtet und schön gemacht. Sie hatten an das Pfadfinderheim geglaubt. Dann hatten sie ihren Glauben verloren. Jetzt kümmerte sich niemand mehr darum. Was für ein superguter Ort, um sich wegzustehlen, rumzuhängen, zu schnüffeln und zu trinken, an die bald völlig mit Grünzeug zugewucherte Rückwand gelehnt oder mit dem Rücken an der verschlossenen, von Sonne und Jahren ausgeblichenen Tür, die Rikki als Zwölfjähriger mit einer Schwanzzeichnung getaggt hatte.

Zertretene Bierdosen, Kronkorken, Plastik und Abfall.

Das waren Zeiten. Ja, da hatte sich alles sicher und gut angefühlt. Dann hatte ihr Vater herausgefunden, wo sie sich jeden Abend herumtrieben, hatte sie mit dem Gürtel geschlagen und gesagt, sie seien eine Schande für ganz Sandnes, und dann war Ben gekommen und hatte gesagt, sie würden stattdessen jetzt zum Gravarslia gehen. Und alles hatte sich verändert.

Rikki schniefte wieder. »Aber … aber, Ben, wie sollen wir denn klarkommen?«

»Pack jetzt. Mama hat sich wieder hingelegt, hörst du.«

»Aber, Ben, ich meine, wie sollen wir kla…«

»Wer Geld hat, kommt klar.« Ben bückte sich nach dem Beutel.

Vorsichtig zog er das Bündel Tausender heraus. Er hielt es wie eine Mutter ein Neugeborenes und betrachtete es mit Zuversicht und Wärme.

Dass es zu Fuß von Sandnes nach Stavanger so wahnsinnig weit war, hatte Rikki nicht geglaubt. Und das ließ er seinen Bruder auch wissen, und zwar nicht nur ein Mal, während sie an jenem Oktobertag von der neureichen Bauboomstadt in die altreiche Ölstadt unterwegs waren. Der Wind machte es ihnen schwer, er wehte quasi von allen Seiten und schleuderte ihnen Salzwasser, Staub und Kiesel in die Augen. Am Anfang der Tour sagte Rikki noch mit einem gewissen Enthusiasmus, *Fuck, wie verdammt weit man nach Stavanger läuft*, später kam es mit einer Art gewissen Nachdenklichkeit, *du, nach Stavanger läufste echt scheißweit*, und als sie sich dem Jåttåvågen und der Bohrinsel beim Viking-Stadion näherten, sagte er erschöpft: »Mein Gott. Ben. Dass man von Sandnes nach Stavanger so weit läuft. Dass es wirklich so weit ist. Und dass wir zu Fuß gehen, wo wir eigentlich so viel Geld haben. Das ist ridiculous.«

Ben sparte sich den Blick zu seinem Bruder, wiederholte aber, was er schon in den vergangenen Stunden auch gesagt hatte, dass man sie nicht sehen durfte, nicht jetzt. Als Rikki meinte, die Chance, bemerkt zu werden, sei größer, wenn man entlang der Bahnlinie Sandnes-Stavanger laufe, als wenn man in einem Zug oder Bus sitze, wiederholte Ben, wie falsch Rikki liege. »Sobald wir ein Zugticket kaufen, hat jemand persönlich mit uns Kontakt. Wir werden gesehen, von Kameras, Spiegeln, Menschen. Aber hier draußen am Fjord sehen uns nur die Berge und Straßenköter, mal abgesehen von Gott, aber der ist mit uns, Rikki.«

Rikki grunzte. Sein Bauch tat ihm weh. Und er fror. Und er hatte den verdammten Gegenwind satt. Und er war hungrig und durstig, und er hatte Blasen an den Füßen.

»Was glaubst du, wie es Mama geht?«, fragte er vorsichtig.

»Weiß ich nicht«, antwortete Ben mit stoischer Miene, »und interessiert mich auch nicht.«

An einem Felsvorsprung am Jåttåvågen blieb Ben stehen. Sein Blick schweifte im Halbkreis herum, hinaus über den Fjord, hinüber zu den Bergen des Lifjell.

»Dein Handy«, sagte er und streckte die Hand aus.

»Nimm dein eigenes«, motzte Rikki.

»Funktioniert nicht mehr«, sagte Ben und fischte das iPhone aus der Tasche, das der Vater ihm nicht hatte kaufen wollen. *Klar, eh, wirf dein Konfirmationsgeld nur für so nen Buhei raus, wennde so bescheuert bist, gilt auch für dich, Rikki.*

Ben lief ein paar Meter runter ans Ufer. Er hob den Arm, zielte in Richtung Sonne und warf das Telefon ins Meer.

»Dschieses! Wasverd…«

»Dein Handy«, fiel Ben ihm ins Wort.

»Du hat echt dein iPhone ins Meer geworfen, Mann! Bist du total …«

»Es funktioniert nicht mehr«, wiederholte Ben und streckte erneut fordernd die Hand aus. »Je weniger Spuren wir hinterlassen, umso besser. Dein Handy jetzt.«

»Mannomannomann«, ächzte Rikki, kramte sein Handy aus der Tasche und gab es seinem Bruder. »Aber wehe, du wirfst es auch ins Meer. Wen rufst du an?«

Ben ging in die Hocke und scrollte durchs Adressbuch. Dann hielt er inne und tippte auf einen Namen. Fuhr mit der freien Hand durchs kalte Wasser und lauschte. Nach einer Weile räusperte er sich, stand wieder auf, von seiner Hand tropfte Salzwasser.

»Rudi?«

Rikki beobachtete, wie das Salzwasser vor den Füßen seines Bruders auf den Felsen tropfte.

»Onkel Rudi?«

Bens Kiefer waren heftig in Bewegung, und in seinen Augen leuchtete es.

»Hallo, hier ist Ben.«

»Ben?«, kam es überrascht vom anderen Ende.

»Ja, Ben.« Er wechselte von einem Fuß auf den anderen und tippte mit der Schuhspitze gegen einen Stein. »Du weißt schon, der Sohn von dei…«

»Ben! Scheiße, ich glaub, dir müssen echt die Eier in die Speiseröhre gerutscht sein!«, rief Onkel Rudi aufgebracht.

»Rudi, ruhig, ich …«

»Du kannst mich verdammt noch mal nicht anrufen«, unterbrach ihn sein Onkel. »Was glaubst du denn, was dein psychotischer, kindermisshandelnder, familienfeindlicher horseshit von einem Vater sagt, wenn er rausfindet, dass du mich anrufst – und hast du 'ne Ahnung, was das heut für ein Tag ist? Weißt du, an was für einem beschissen kranken Tag du anrufst? Weißt du, wo ich gerade bin? Ich bin aufdemweginskrankenhaus, um mein Kind zu retten! Cecilie hat drei Stunden lang geblutet und mich vierzehnmal angerufen, und ich hab Scheiße noch mal jetzt keine Zeit für dich, nephew. Ben, Dschieses.«

Bens Kiefer beruhigte sich während Rudis Redeschwall. Irgendwie konnte er hören, was gesagt wurde, und irgendwie auch nicht. Er roch Salzwasser und lauschte der Stimme seines Onkels, und diese Stimme schenkte ihm Freude und Kraft und einen Glauben an die Zukunft, deren Konturen er immer deutlicher vor sich sehen konnte.

Während Ben dem aufgewühlten Onkel zuhörte, wirkte er auf den von der Seite glotzenden Rikki, als massierte er mit dem Gaumen die Zunge. Bei Ben konnte man nie wissen. Und so nah dran, seinem Bruder den Rücken zu kehren, war Rikki noch nie gewesen. Aber egal, wie kalt seine Beine waren und wie angesäuert er war, war ihm doch klar, das war keine Möglichkeit, also blieb er stehen, auch wenn er sich vorstellen konnte, den Kopf des Bruders in den Fjord zu tauchen.

»Rudi«, sagte Ben, als der Redefluss am anderen Ende verstummt war. »Ich verstehe, dass es dir dreckig geht. Krankenhaus? Das ist derb. Aber lass es mich so sagen. Rikki und ich sind von zu Hause abgehauen. Wir sind auf dem Weg von Sandnes nach Stavanger. Für uns gibt's keinen Weg zurück. Du bist unser einziger Weg. Glückwunsch zum Vaterwerden, das wirst du spielend hinkriegen. Ist bei dir zu Hause offen? Wir kommen jetzt, wir sind bei Jåttå.«

»Ben!«

Ben zog durch die Nase hoch, sammelte Spucke und schickte sie mit dem Wind über den Fjord.

»Okay, bis dann. Ich muss auflegen.«

»Ben! Hör zu! Fuck, Benno! Bist du verdammt noch mal krank im Kopf? Hör zu! Hallo! Be…«

Ben hatte aufgelegt. Er drehte den schlanken Körper in Rikkis Richtung, der langsam den Kopf schüttelte und keine Ahnung hatte, was er sagen sollte. Gespenstisch, wie Bens Augen exakt die gleiche Farbe wie der Fjord hatten, seine Haut exakt die gleiche Farbe wie die Bäume hinter den Bahnschwellen und seine Lippen exakt die gleiche Farbe wie die Sonne am weiten blauen Himmel.

»Sorry«, murmelte Ben.

Dann holte er weit aus und warf auch Rikkis Telefon ins Meer.

9   Geld gespart ist Geld verdient

Rudi starrte auf das Telefon in seiner Hand wie auf eine Granate, während Jan Inge in der Sechzigerzone am Thai in Røyneberg Vollgas gab.

»So ist meine Sippe«, sagte er und schüttelte den Kopf, als hätte sich eine Schlange in seinen Haaren verfangen. »Diese Sippe ist so voll mit krassen Typen, wir sollten einen Zirkus aufmachen. Hast du das gehört? Das war Ben, ich meine, der Sohn von meinem – fahr, Mann!«

»Ich push doch schon auf neunzig«, fauchte Jan Inge resigniert und stieg fester aufs Gas. Er beschleunigte auf hundert, und sie erreichten die Ebene, von der aus man zum Auglendstunnel und über die Sørmarka blicken konnte. Das raue Herbstwetter schien bald einem klaren Himmel weichen zu wollen.

»Du rufst jetzt sofort deinen durchgeknallten Neffen an«, wetterte Jan Inge, »und sagst ihm, er soll ja wegbleiben. Von zu Hause abgehauen? Lieber Gott, wer ist denn nicht ein- oder zehnmal von zu Hause abgehauen. Die sollen sich unterstehen und vor unserer Tür aufschlagen. Wir können nicht einspringen, wo das Jugendamt versagt. Hast du gehört?«

Rudi seufzte. »Kümmere du dich ums Fahren, ja, dann kümmere ich mich um die Sippe.« Auf seinem Nokia-Handy, das er für 299 Kronen bei Clas Ohlson gekauft hatte, rief er die Anrufliste auf, suchte den letzten entgegengenommenen Anruf heraus und wählte die Nummer.

Der gewünschte Teilnehmer ist vorübergehend nicht erreichbar.

»Ben!«, brüllte Rudi ins Telefon. »Benno! Leg dich nicht mit deinem Onkel an!« Er verdrehte die Augen. »Das regele ich später. Verlass dich drauf, dass ich diesen Neffen so was von regeln werde, wie man einen Neffen nur regeln kann. Und jetzt fahr!«

Und dann – sie hatten gerade den Tunnel hinter sich gelassen und sausten die Schnellstraße bis zur Abfahrt bei Bekkefaret entlang –, dann begannen Tränen über Rudis Wangen zu laufen. Als hätte dieser Mann noch nie geweint. Jan Inge schaltete einen Gang zurück und sah, wie sich Rudis Brust hob und senkte, wie die Tränen das furchige Gesicht seines besten Freundes nass machten, es waren so viele Tränen, dass sich in Jan Inges Vorstellung Rudis Haut über den Schädelknochen auflöste wie ein durchweichtes Papiertaschentuch, und er hörte, wie Rudi auf dem Beifahrersitz wie ein Hund heulte.

»Aber, Rudi, du …«

»Mein Kind«, schluchzte der große Mann, »ich will mein Kind nicht verlieren!«

»Rudi, du kannst der Medizin vertrauen«, sagte Jan Inge und merkte selbst, dass er sich nicht gerade überzeugend anhörte.

»Uff«, seufzte Rudi, »glaub, ich sollte jetzt ›Nothing Else Matters‹ hören.«

»Ja«, sagte Jan Inge, »Metallica ist eine gute Stütze.«

»Hast du die im Auto?«

Jan Inge kramte durch den CD-Haufen in der Autotürablage.

»Ja, die ist bestimmt irgendwo.«

»Never opened myself this way«, sagte Rudi leise.

»Life is ours, we live it our way«, sagte Jan Inge ebenso leise.

»Nothing else matters«, sagte Rudi noch leiser.

»Stark«, sagte Jan Inge.

»Ich hab verdammt noch mal seit echt vielen Jahren Scheißlust auf so 'n Kid«, stammelte Rudi.

»Sicher, sicher, und jetzt kriegst du's.«

Rudi faltete die Hände, die Tränen flossen, und er machte die Augen zu.

»Lieber Vater im Himmel«, flüsterte er und schluckte Rotz und Wasser, »jetzt stehst du mir verdammt noch mal zur Seite, hörst du? Wenn nicht, verlierst du in deiner Mannschaft einen Spieler. Hörst du?«

Wie sich herausstellte, kostete es ein Vermögen, am Krankenhausparkplatz zu parken. Rudi trocknete die Tränen und hämmerte mit der Faust aufs Armaturenbrett des Volvo. Begegnete die Gesellschaft wirklich so ihren Steuerzahlern – mit Geldforderungen! –, wenn man mit seiner krebskranken Tochter auf dem Arm aus dem Bombenregen angehumpelt kam? Diese Gesellschaft, sagte er, die sei so verfickt zusammengeschraubt, dass sie eines Tages auseinanderfallen werde wie ein Rentner mit multikler Sklerose. »Tipler, nicht tikler«, entgegnete Jan Inge, und fragte, ob sie dann lieber beim Prix am Bekkefaret parken sollten. Dort konnte man eine Stunde lang umsonst stehen, und keiner überprüfte, ob man drinnen Kartoffeln oder Bier einkaufte oder in Wirklichkeit ein paar Meter weiter im Krankenhaus war. Jan Inge könnte Rudi ja einfach vor dem Krankenhaus absetzen und zum Supermarkt rüberfahren. Wie sich das für ihn anhören würde?

Rudi rieb sich die verheulten Augen und sagte, dass er keine Ahnung habe, wie er ohne Jan Inges Scharfsinn durch dieses Leben kommen sollte. »Du denkst an alles, echt«, schniefte er und schob die Beifahrertür auf, schlängelte sich aus dem Volvo, und Jan Inge sah zu, wie dieser Turm von einem Mann, so schnell er nur konnte, zum Haupteingang der Uniklinik Stavanger rannte.

»Geld gespart ist Geld verdient«, flüsterte Jan Inge vor sich hin, als er in den Kreisverkehr beim Schrebergarten Våland fuhr und über die krassen Bremsschwellen beim Prix holperte und der Unterboden am Straßenbelag entlangschrammte.

»Geld gespart, ja«, flüsterte er noch mal, als er neben dem Eingang parkte.

»Geld verdient«, flüsterte er weiter, und jetzt brauchte er einfach irgendetwas, um seinen plötzlich überfallartigen Hunger zu betäuben.

Jan Inge eilte in den Laden, nahm sich einen gelben Rollkorb und steuerte die Lebensmittelabteilung an, er konnte ganz einfach seinen Blutzucker in Ordnung bringen und zugleich für den Tag einkaufen. Sich zu verhalten wie in der Restaurantbranche war eine seiner Regeln. Im Fernsehen hatte er nämlich mal einen Kellner gesehen, der meinte, Regel Nummer eins sei, nie mit leeren Händen unterwegs zu sein. Immer mit mindestens einem Teller oder einer Tasse. Jan Inge gefiel diese Denkweise. Sie war mit der Philosophie verwandt, auf der jeglicher Horror basierte: immer auf der Hut zu sein. Die Automatisierung der Effektivität, Dinge im Augenblick ihres Erscheinens direkt anzupacken. Lief man an einem Teller vorbei, nahm man ihn mit. Lief man an einem Geschäft vorbei, kaufte man ein. Sofort.

Nicht morgen. Nicht später. Sofort.

»Geld gespart ist Geld verdient«, murmelte er, und sein Blick schweifte durch das Geschäft, wie immer, wenn er einen Raum betrat. Um die Zeit waren kaum Leute zum Einkaufen unterwegs. Der eine oder andere Rentner schlurfte an der Gefriertruhe entlang. Eine Mutter mit zwei Kindern im Kinderwagen stand an der Brotschneidemaschine und starrte zur Decke, während die Maschine das aufgeschnittene Brot ausspuckte.

»Geld gespart ist Geld verdient.« Binnen kürzester Zeit flutschte ihm dieser Satz ein viertes Mal über die Lippen, doch diesmal hielt er dabei inne, denn das ganze Geld und das Sparen, Ausgaben und Einnahmen, das nahm allmählich den gesamten Platz in seinem Kopf ein. Da war er hier, und ein paar Hundert Meter entfernt lag seine über alles in der Welt geliebte Schwester und kämpfte um ihr Leben, und vor wenigen Wochen hatte er als Mörder debütiert – was leichter zu verdauen gewesen war, als er sich das im Vorhinein hätte vorstellen können.

Einen Freund zu erschießen.

Wie schrecklich sich das anhörte.

Und wie leicht es war.

Das Leben war also bis an den Rand voll mit Gegensätzen und Dramatik.

Aber *worüber* Jan Inge nachdachte, *wofür* er sich genuin interessierte, das waren weder Morde noch Geburtskomplikationen.

Sondern Geld.

Jetzt musst du auf der Hut sein, Jan Inge, ermahnte er sich, denn das riecht schwer nach Gefühllosigkeit.

Half aber nicht.

Das Geld eroberte ihn.

Der Gedanke an Geld.

Viel Geld.

Massig viel Geld.

Irgendetwas war in den letzten Wochen kolossal eskaliert, das wurde ihm schlagartig klar, während er drei Bananen von einem Sechserbüschel abriss – sie waren schließlich zu dritt und nicht zu sechst, und Geld gespart ist Geld verdient hieß auch, nicht mehr einzukaufen, als man brauchte. Wie viele Bananen landeten nicht im Lauf eines Jahres unverzehrt im Müll dieses Verschwenderlands Norwegen. Seit er klein gewesen war, hatte er Business betrieben. Einen Kleinbetrieb. Und er hatte es geschafft. Er hatte nie geglaubt, viel oder sehr viel Geld wäre wichtig. Er hatte immer geglaubt, wenn er nur schaffte, dass es rundlief, wenn er nur tiefstapelte und seine Leute aus dem Gefängnis raushielt, war das schon ganz großartig.

Wenn es ums Geld ging, hatte er einfach keine großen Ambitionen gehabt.

Aber jetzt.

Alles hatte sich verändert. Horror, Metal und Country waren in den Schatten getreten. Das Geld ins Licht. In das hatte er sich ganz einfach verliebt. War das die Midlife-Crisis? Er würde dünn werden. Er würde reich werden. Er würde Onkel werden. Er würde … ein anderer werden? Er dachte an Geld, Tag und Nacht, und konnte davon nicht genug kriegen. So als hätte auch er endlich entdeckt, was der Rest dieser filthy reichen Gegend schon vor Langem verstanden hatte: Geld ist das Wunderbarste auf der Welt, denn Geld macht dich frei, Geld macht dich groß, und wenn alle anderen echt viel Geld haben, ist es schrecklich, derjenige zu sein, der wenig hat.

Jan Inge beschlich auch noch ein anderes starkes Gefühl. Er wollte dieses Geld für sich. Oh, es war ein Sog, eine Freude, ein Begehren. So nackt war es, das schöne

Geld. Jan Inge wollte derjenige sein, der es hatte, der entschied, wofür es ausgegeben wird, und er wollte kolossale, unverbrauchbare Mengen davon. Was ging da vor
sich? War Jan Inge Haraldsen drauf und dran, geizig zu
werden, obwohl er doch immer so großzügig gewesen war?
War er drauf und dran, ein Ebenezer Scrooge zu werden,
den kannte Jan Inge gut, denn Dickens' Geizkragen war
sowohl im Comic- als auch im Horrormilieu berühmt
als eine Art Urfigur des Egoismus. Ja, war nicht Dickens'
Weihnachtsgeschichte in vielerlei Hinsicht das Größte, was
je geschrieben worden war? Und geschah mit Jan Inge
vielleicht gerade das Gleiche, was mit Scrooge geschehen
war? Wurde er von der infamen Macht des Geldes über-
mannt? Und wann hatte das begonnen?

Es hatte an dem Tag begonnen, als er sich gesagt hatte:
Wir brauchen massig viel Geld.

Eine Million. So als Hausnummer.

Warum nur eine?

Warum nicht fünf?

Er hatte seine Gedanken dem Großen geöffnet.

Denn was konnte ein Mann mit Geld nicht alles aus-
richten?

Was konnte ein Mann mit Geld nicht alles erobern?

Beverly. Oh Beverly.

Hat man sich erst mal auf die Jagd nach Geld be-
geben, gibt es keinen Weg zurück, dachte Jan Inge und
legte eine Banane wieder weg, schließlich bekam Cecilie
ja im Krankenhaus etwas zu essen. Und wenn er so darüber nachdachte, wahrscheinlich auch Rudi, also legte
er noch eine Banane zurück und steuerte auf die Rote
Bete zu.

Das Letzte, was Cecilie heute Morgen gesagt hatte.

»Denkst du an Rote Bete, Jan Inge?«

Wie schön sie gewesen war.

»Und Leberwurst, Jan Inge?«

Er griff nach einem Glas Roter Bete. Und dann flackerten mit einem Mal seine Lider, ein Schrillen sauste durch seinen Kopf, fühlte sich an wie eine Art Speer, ihm schoss das Blut in die Finger, und sein Atem schob sich stoßweise höher und höher.

Das Glas glitt ihm aus der Hand und zerschellte am Boden. Sofort war Jan Inges Kleidung übersät von dunkellila Saftspritzern.

Geld, dachte Jan Inge. Ich liebe Geld.

Und wenn ich für Geld Liebe empfinde, dachte er weiter, während die Flüssigkeit in seine Klamotten sickerte, dann kann von Gefühllosigkeit nicht die Rede sein.

10 Steven Gerrard

Als die Brüder zum Badeplatz Vaulen kamen, flaute der Wind ab, und ein hellblauer Himmel zeigte sich über dem Gandsfjord. Die Sonne stieg, wärmte die Köpfe der zerzausten Jungen, und das Sonnenlicht wurde vom Sendemast auf dem Lifjell reflektiert. Rikki sah den Strand unter seinen wunden Füßen, und für einen Augenblick stellte er sich vor, er wäre ein ganz normaler Junge, mit einer normalen Mutter und einem normalen Vater. An einem Sommertag. Ein Eis in der Hand, in Badehose, raus ins Wasser.

»Kann mich nicht erinnern, wann ich das letzte Mal so weit gegangen bin«, maulte Rikki und löschte die Gedanken an ein anderes Leben wieder.

»Du bist noch nie so weit gegangen«, sagte Ben.

»Kriegen bestimmt Muskelkater.«

»Ja, bestimmt«, sagte Ben, »Muskelkater und Blasen an den Füßen.«

Einige Minuten später trafen sie auf die zweigleisige Trasse am Lyngnesveien, der Regionalzug aus Süden näherte sich und schob sich mit tiefem Schwerpunkt zielstrebig über die Bahnschwellen. Der Anblick gefiel Ben. Er blieb stehen.

»So muss es sein, Rikki. Denn jetzt werden wir unsere Körper verändern.«

»Hä?«, brüllte Rikki gegen den vorbeifahrenden Zug an.

Das Dröhnen des Zugs verhallte. Ben streckte Rikki die Zigarettenschachtel hin. Viele waren nicht mehr übrig, und Rikki schnappte sich eine und schob sie sich zwischen die Lippen.

»Wir werden stark«, sagte Ben.

»Shit.« Rikki ballte die Fäuste und spannte die schlaffen Muskeln an.

»Ich mein es ernst.«

»Ja, du meinst alles Mögliche ernst«, sagte Rikki und zündete sich die Zigarette an.

»Das stimmt nicht«, sagte Ben.

»Hä?«

»Ich mein nicht alles Mögliche ernst, ich meine sehr präzise Sachen ernst.«

»Ja, ja, sorry.« Rikki seufzte.

»Wir werden stark«, wiederholte Ben, zündete sich ebenfalls eine Zigarette an und ließ seinen ozeangrünen Blick über den Fjord schweifen. »Wir werden Onkel Rudis beste Männer.«

»Shit, du hast Pläne«, sagte Rikki und gähnte.

»Du weißt doch, Steven Gerrard?«, sagte Ben.

Beim Namen seines Lieblingsspielers wurde Rikki sofort wieder munter. »Was ist mit ihm?«

»Was glaubst du, wie der so gut geworden ist?«

»Benzin?« Rikki lachte und ging am Wasser entlang weiter. »Worauf wartest du? Willst du da rumstehen und entspannen, oder was?«

Ben lächelte und kniff die Augen leicht zusammen. Dann nickte er zufrieden und betrachtete den Rücken seines Bruders. Der war nicht schlaff, nicht sorgenvoll gebeugt, sondern lebendig, vorwärtsgerichtet. Genau dort wollte er Rikki haben. An genau diesem Punkt, wo sein

Bruder leicht wurde wie ein Ballon, sorglos und munter. Und wie kam man dahin? An diesen Punkt, an dem Rikki nicht ängstlich war, nicht klein, nicht skeptisch und weder dem Vater noch der Mutter glich? Indem er Spaß hatte. Dann war er unüberwindbar, dann war er zu Todesverachtung fähig.

Muss ich mir merken, dachte Ben und ging hinter seinem Bruder her: Er ist wie ein Kind.

Wie er jetzt flink voranschritt, das gab Ben Zuversicht für all das, was geschehen sollte. Ja, danach hatte er schon immer gesucht: wie er seinen großen Bruder in Gang bringen konnte. Und zwar in die Richtung, die Ben vorschwebte – so, dass Rikki funktionierte. Denn egal, wie langsam seine Auffassungsgabe auch war, wie schwach die Gefühle, wie ängstlich, gab es doch nicht viele, die so gut funktionieren konnten wie Rikki, sofern man ihm nur den Faulenzer austrieb, den also quasi parkte. Wenn einem das gelang, dann ähnelte Rikki zusehends dem, was Ben brauchte.

Einem Soldaten.

Sie kamen am Bahnhof Mariero vorbei, wo kurz zuvor der Zug angehalten, Passagiere ausgespuckt und neue an Bord genommen hatte. Auf dem Bahnsteig stand ein Junge und tippte auf sein Handy ein. Er hob den Kopf, sah zu Rikki und Ben, die am Ufer entlang von Stein zu Stein stiegen. Ben wandte mit einer hastigen Bewegung das Gesicht Richtung Fjord.

Das musste er verinnerlichen. Immer sehen. Nie gesehen werden. Und Rikki musste er das ebenfalls beibringen. Durch die Welt gleiten. Überall sein. Alles erreichen. Aber nie bemerkt werden.

»Hey, Rikki!«, rief er, als sie das Ufer verlassen und die Bahnschwellen kreuzen mussten, weil die Gleise hier zu nah am Fjord entlangführten. Sein Bruder drehte sich um, sein Gesichtsausdruck war froh und leicht.

»Was ist?«

Ben machte eine knappe Kopfbewegung und zog die Augenbrauen in die Höhe. Wie ein gut dressierter Hund kam Rikki sofort an. Ben fixierte ihn mit den Augen und griff in seine Innentasche. Rikki lächelte. Immer noch ganz Hund. Würde er gleich ein Leckerli bekommen? Was hast du denn da, Ben? Was hast du denn da in der Tasche, Ben?

Ben ertastete den Griff und lächelte. Machte eine Pause, eine Kunstpause, denn je mehr er sich so verhielt, umso besser schien es Rikki zu gehen. Dann zog er die Hand heraus, hielt sie ausgestreckt nach vorn und zeigte Rikki das Butterfly.

»Scheiße, Mann … Du hast ein Messer?«

Ben legte es sich in der Hand zurecht. Trickste ein bisschen herum. Der Stahl blitzte im Sonnenlicht und warf weiß leuchtende Splitterstrahlen in alle Richtungen.

»Wo hast du das denn her? Dschieses. Sind die nicht illegal?«

Für ein paar Sekunden flippte Ben mit dem Messer vor dem Gesicht seines Bruders herum, dann klappte er es wieder zusammen.

»Mein Gott«, sagte Rikki – schwer zu sagen, ob er erschrocken oder beeindruckt war. »Du hast ja trainiert, Mann. Du hast ja, also quasi, fuck, du kannst das ja.«

»So gut wirst du auch werden«, sagte Ben und klopfte seinem Bruder auf die Schulter.

»Haha«, gab Rikki sarkastisch zurück. »Du darfst gern der Waffenchef sein. Ich kümmere mich um die Frauen.«

Ben strecke die Hand aus, nahm Rikkis Faust, bog sie auf und legte dem Bruder das Messer in die Hand.

»Fühl mal, wie schwer es ist«, flüsterte er.

Rikki schluckte.

»Fuck«, sagte er mit belegter Stimme. »Wo hast du das her?«

»Vom Ruten-Parkplatz unten.«

»Fuck. Wann warst du denn ohne mich beim Ruten?«

»Als du krank warst«, sagte Ben und sah Rikki in die Augen. »Vergangene Woche.«

Rikki betrachtete das Messer, und der Atem seines Bruders kam seinem Gesicht immer näher.

»Besser«, flüsterte Ben.

»Hä?«

»Besser, Rikki. Du sollst besser werden als ich.«

Rikki hob das Messer auf Augenhöhe. Sein Blick glitt darüber. Ein schönes Messer, schwer, am Griff mit irgendwelchen japanischen oder chinesischen Zeichen verziert, megascharf. Rikki drehte es langsam herum, ließ die Sonne quasi den Stahl ablecken. Besser, hatte sein Bruder gesagt. Besser. Als Ben. Er schluckte wieder.

»Ist so ein Kontakt, den ich hab«, sagte Ben ruhig.

»Kontakt?« Rikki sah vom Messer zu seinem Bruder. »Wir haben also Kontakte? Reicht Tødden nicht?«

»Tødden ist ein guter Hippie. Aber der deckt nicht alles ab.«

»Und wer ist dann dieser Kontakt?«

Ben schüttelte den Kopf. »Kann ich nicht sagen.«

»Du kannst nicht?«

»Du hast viel zu lernen«, sagte Ben.

Rikki seufzte. »Das sagen sie in der Schule auch immer. Hat aber nie geholfen.«

»Versuch, dir einfach nur eins zu merken«, sagte Ben. »Wenn du was Gefährliches weißt, wird es umso gefährlicher, je mehr Leute davon wissen.«

»Und woher verdammt soll ich wissen, was gefährlich ist und was nicht? Ich bin in so was nicht gut, Ben. Das weißt du.«

»Du hast mich«, sagte Ben. »Du fragst einfach immer mich.«

Rikki kniff die Augen zusammen, als würde ihn die Sonne blenden. Er wollte nicht, dass man ihm ansah, dass er einen Kloß im Hals bekam und ihm die Tränen in die Augen schossen, wenn sein Ben so etwas zu ihm sagte. »Du meinst« – er räusperte sich –, »wenn du mir erzählst, wer da dein Kontakt ist, dann hast du Angst, dass ich dich verpfeife, wenn mich irgendjemand gefangen nimmt und mir Stromkabel an die Eier klemmt, und du dann deinen Kontakt da verlierst?«

Ben legte den Arm um seinen Bruder. »Rikki, bevor es so weit kommt, hab ich denen, die dir wehtun wollen, längst die Haut abgezogen.«

»Wie bei den Indianern.«

»Wie bei den Indianern. Na ja. Ungefähr das mein ich.«

Rikki fühlte sich rundherum nice und boxte seinen Bruder gegen die Schulter.

»Das nennen die Amis dann wohl eine Need-to-know-Basis, oder?«

»Sehr gut.« Ben boxte zurück. »Da hast du's.«

Rikki klappte das Messer aus, voller Stolz, dass er die Basis des Ganzen verstanden hatte. Er fuhr vorsichtig mit einem Finger über die Klinge, und ja, da brauchte es wenig, ja fast nichts, um sich daran bis aufs Blut zu schneiden.

»Da hab ich's?«, wiederholte Rikki beinahe hochnäsig. Dann machte er einen möglichst großen Ausfallschritt, streckte den rechten Arm in Richtung eines imaginären Gegners und grinste.

»*Die, MoFo! Die!* Hab ich's, Ben?«

Ben antwortete nicht. Er ließ den Blick umherschweifen. Sie waren bis Nedre Vaulen gekommen. Weder er noch Rikki kannte sich in dieser Gegend wirklich aus. Sie waren nicht oft in Stavanger. Wie die meisten Leute aus Sandnes waren sie dem großen Bruder Stavanger von klein auf mit Misstrauen begegnet. Das lernte man so in Sandnes – und ganz ähnlich machten es die Leute aus Stavanger mit Oslo oder meinetwegen Leute aus Göteborg mit Stockholm, man dachte: Pöh, die glauben, sie seien was Besseres.

Selbstverständlich waren sie viele Male in Stavanger gewesen, sie hatten ihre Uroma besucht, solange die noch gelebt hatte, oben in Tjensvoll, aber die zentrumsnahen Stadtteile kannten sie kaum. Soweit Ben jedoch sehen konnte, war Nedre Vaulen kein Armenviertel. Hübsche Einfamilienhäuser. Frisch gestrichen, gepflegt. Große Gärten. Trampoline für die Kinder, Lauben. Teure Autos. BMW, Porsche, Range Rover.

Es war mitten am Tag.

»Hey, Mister Bigtimeloser! Waitin' round to die?«

Rikki machte ein paar alberne Tanzschritte und schwenkte erneut das Messer in Richtung eines imaginären Feinds durch die Luft.

Es war perfekt.

»Gib mir das Messer«, sagte Ben.

»Hä?« Rikki hielt inne.

»Gib mir das Messer.«

Rikki zuckte mit den Achseln und gab ihm das Messer zurück. Bens schönes Lächeln war verschwunden. Alles, was Rikki so sicher, froh und unbekümmert gemacht hatte, war weg. Stattdessen war da jetzt wieder der komplizierte Ben, der unheimliche Ben, der unvorhersehbare

Ben. Oh, so war es immer. Immer, immer, immer. Seit er denken konnte, lief das so, und das machte ihn scheißnervös. In Rikkis Mund schäumte es, und sein Oberkörper sackte in sich zusammen.

»Komm«, sagte Ben, ohne seinen Bruder anzusehen, und bog in ein Gässchen ein.

»Was machen wir denn hier? Onkel Rudi wohnt hier doch gar nicht. Ben? Hallo, was machen wir denn hier? Kennst du hier jemanden? Hallo, Ben? Was machen wir denn hier?«

Bens Kopf drehte sich beim Gehen, als liefe er auf Schienen und als wanderte das Gesicht vollautomatisch von rechts nach links und wieder zurück. Nach ein paar Schritten blieb er vor einer großen, weiß gestrichenen Villa mit glänzenden Dachschindeln, Kehlbalkendach und verziertem Frontbalkon stehen. Rundherum führte eine Form geschnittene, dichte Hecke, und hinter dem schwarzen schmiedeeisernen Tor konnte man vor dem Eingang breite Säulen sehen.

»Wir müssen den Dreh rauskriegen«, sagte Ben leise und spähte zu dem großen Haus.

»Hä?« Rikki trat näher.

»Wir üben ein bisschen«, sagte Ben, noch immer ohne seinen Bruder anzusehen.

»Was meinst du?«

Statt zu antworten, zog er Rikki durch das Tor hinter die Hecke, die das Haus vor Blicken schützte. Er hielt ihn am Jackenaufschlag fest und sah hoch zu den großen Fenstern – das Haus wirkte menschenleer –, er inspizierte den Garten, und an einer Treppe, die zu einer Kellertür führte, blieb sein Blick hängen.

»Du hast Angst, Rikki«, sagte er und ließ seinen Bruder los. »Aber die Angst brauchst du nicht.«

»Hä?«

Er lotste Rikki schnell zu der Treppe. Führte ihn runter zur Kellertür, wo sie gut verborgen stehen blieben. Ben stellte den Rucksack auf dem Betonboden ab. »Nur die Angst steht zwischen dir und all deinen Wünschen.«

Rikki schluckte und fand Ben gerade irgendwie nebulös. Ben bückte sich zu seinem Rucksack, griff hinein und fand nach einigen Sekunden, wonach er suchte.

Rikki fühlte sich überhaupt nicht wohl. Er wollte weg von hier, er wollte nach Hause, selbst wenn das Schläge, Tritte und einen Anschiss von ihrem Vater bedeutete. Er vermisste seine Mutter, entweder war sie in einem Hoch und raste wie die wilde Sonne, oder sie war in einem Tief und kotzte sich die stachelige Dunkelheit aus dem Leib. Aber Ben war jetzt in Fahrt, in einer absolut unaufhaltsamen Fahrt. Was trieb er da nur? Er kramte im Rucksack herum. Falls er was zu essen suchte, nur her damit, denn Rikki hatte so was von Hunger, dass er fast alles hätte essen können.

Ben zog schließlich etwas aus dem Rucksack. Rikki beobachtete ihn genau.

»Handschuhe?«

»Red nicht so viel, bitte, und red nicht so laut.«

Ben stand wieder auf. In den Händen hielt er zwei Paar Handschuhe und zwei Sturmhauben.

Rikkis Handflächen waren schlagartig schweißnass und die Zunge staubtrocken. »Du meinst das echt ernst«, flüsterte er.

»Rikki«, flüsterte Ben zurück, »denk an Steven Gerrard.«

»Okay?«

»Was siehst du? In Steven Gerrards Gesicht?«

»Ähm … Na ja …«

»Sieh genau hin.« Ben griff Rikki an die Schulter und packte fest zu. »Mach die Augen zu.«

»Dschieses, Ben, ich flipp gleich aus wegen dir.«

»Mach die Augen zu. Steven Gerrard. Sieh sein Gesicht.«

Rikki schluckte zweimal und schloss die Augen. Er kniff sie fest zu, presste die Zähne aufeinander, und nach ein paar Sekunden sah er ihn vor sich. Steven Gerrard.

»Siehst du ihn?«

Er sah einen Fußballplatz. Er sah Stollen. Muskulöse Waden. Schnelle Füße auf dem Rasen. Er sah Steven Gerrards rotes Trikot. Die Acht. Er sah sein Gesicht.

»Wie sieht er aus?«, fragte Ben.

»Tja ... Er hat die Augen offen.«

»Mhm. Und weiter?«

»Er runzelt die Stirn. Er blinzelt irgendwie.«

»Weiter?«

»Er ... Ben! Ich seh's! Ben! Er ... er ... irgendwie ... Scheiße, Ben, er ... Ich weiß nicht, wie ich's sagen soll, irgendwie, er, Scheiße, er ...«

Rikki riss die Augen auf, und sein Blick traf direkt den seines Bruders.

Ben nahm die Hände von Rikkis Schultern und nickte. Dann reichte er ihm ein Paar Handschuhe und eine Strumpfmaske. In Rikkis Bauch machte sich ein seltsames Gefühl breit. Als wäre der Bauch ein Moor, und in dem Moor stünden eine Menge Vögel. Als würden die plötzlich wild mit den Flügeln losschlagen. Er nahm Handschuhe und Maske entgegen.

»Was machen wir denn jetzt, Ben?«, flüsterte er und befühlte den Stoff.

»Hab ich dir schon gesagt«, sagte Ben tonlos.

»Üben?«

»Ja. Üben. Zieh Maske und Handschuhe an.«

Rikki schluckte. »Also, aber«, sagte er atemlos, »Geld haben wir doch, Ben.«

»Darum geht's hier nicht«, entgegnete Ben und zog sich die Maske übers Gesicht. Nur seine kühlen grünen Augen waren noch zu sehen.

»Worum geht's denn dann, Ben?«, fragte Rikki kleinlaut und zog sich seine Maske über.

»Die Haare.«

»Hä?«

»Stopf die Haare unter die Maske.« Ben deutete auf Rikkis Kopf. »Der springende Punkt. DNA.«

»Scheiße, Mann. Dachte, damit uns niemand wiedererkennt. DNA. Fuck. Du hast das echt im Griff, Ben.«

Rikki stopfte jede noch so dünne Haarsträhne unter die Sturmhaube.

»Rikki«, sagt Ben leise.

»Ja?«

»Jetzt machen wir den nächsten Schritt.«

»Ja? Aber … Was, wenn jemand kommt?«

»Es kommt niemand. Die Hand Gottes ist mit uns«, sagte Ben und streifte sich die Handschuhe über.

»Aber … Was, wenn die die auch haben?«, fragte Rikki und zog ebenfalls seine Handschuhe an.

Ben holte das Messer aus der Tasche. Hielt es Rikki hin. Hielt es ihm so lange hin, dass Rikki keine Chance hatte. Er musste es nehmen.

»Wir haben ein Messer«, sagte Ben.

Rikki spürte das Gewicht des Messers in der Hand und lächelte schief. Das Lächeln entsprang seinem linken Mundwinkel und zog sich hinauf bis zu den Muskeln des linken Auges.

Und mit einem Mal fiel Ben auf, wie sehr Rikki mit diesem Lächeln ihrer Mutter ähnelte, ihrer Mutter, wenn sie gesund und zu Scherzen aufgelegt war, so wie vor langer Zeit. Diese sentimentale Erinnerung war bedrohlich, schnell schob er sie beiseite, kramte einen Hammer aus dem Rucksack und drehte sich zur Tür um.

»Hör zu«, sagte er. »Das sind die Regeln.«

»Okay.«

»Du folgst mir.«

»Okay.«

»Wir sprechen nicht.«

»Okay.«

»Wir gehen auf Teppichen, falls es welche gibt. Und wir gehen leise.«

»Okay. Ist das quasi das Einbrecher-Abc?«

»Wir fassen da drinnen nichts an – außer was wir mitnehmen. Hast du das verstanden, Rikki?«

»Aber was, wenn es eine Alarmanlage gibt?«

»Das finden wir gleich raus«, sagte Ben und drehte sich zur Tür. Dann hob er den Arm und schlug den Hammer direkt über die Türklinke flach aufs Glas. Das Glas zersprang und rieselte auf den Betonboden. Eilig schlug er die noch im Rahmen steckenden Scherben ab und streckte dann die Hand durch das Loch. Sekunden später war das Geräusch eines aufschnappenden Schlosses zu hören.

Rikki keuchte.

Die Vögel stiegen vom Moor auf. Flatterten jetzt durch seinen ganzen Körper.

11 Bis ganz beschissen Stavanger mitsingt

»Das ist meine Frau! Ich kann ohne sie nicht leben! Das ist mein Kind! Ganz egal, wer der Vater ist!«

Rudi stürmte durch die Flure im zweiten Stock der Uniklinik Stavanger. Fast hätte er eine junge Frau auf dem Weg nach draußen über den Haufen gerannt – typisches Lesbenweib, schoss ihm durch den Kopf, und er warf ihr einen verdutzten Blick hinterher: burschikose Kleidung, burschikoser Haarschnitt, überhaupt total burschikos. Bewegt sich nicht einen Millimeter, wenn da ein Mann angerannt kommt.

Hinter Rudi her trippelte eine Krankenschwester mit einer großen roten Achtzigerjahrebrille auf der Nase, einem weißen Kittel und hellblauen Crocs. Ihre Hände steckten beim Laufen in den Taschen, und vor ihrer Brust baumelte ihr Mitarbeiterausweis an einem Band.

»Herr Digervold, ich ...«

»Digervold mich nicht!«, knurrte Rudi. »Wo ist sie?«

»Wenn Sie nur mal kurz ...«

»Nurmalkurz mich nicht!«, fauchte er und blieb an der Kreuzung zweier Flure stehen. Sah sie mit feuchten Augen an. »Bitte, sag mir, wo sie ist. Es geht um Leben, und es geht um Tod.«

Die Krankenschwester machte den Mund wieder zu und nickte kurz. Dann nahm sie die Hände aus den

Taschen und zeigte auf eine Tür gleich links. »Da drinnen liegt sie«, sagte sie. »Sie können reingehen. Sie schläft aber vielleicht. Und das soll sie auch. Seien Sie also ein bisschen behutsam. Sie hat viel Blut verloren.«

»Und das Kind?«, fragte Rudi mit gebrochener Stimme.

»Können wir noch nicht sicher sagen«, sagte die Schwester, »wir warten noch auf ein paar Testergebnisse. Hören Sie aber nicht auf, daran zu glauben.«

Rudi schloss für ein paar Sekunden die Augen, dann griff er nach den Händen der Krankenschwester. »Diese Gesellschaft ohne so Mütter Teresa wie dich, da würd alles so verdammt den Bach runtergehen, da darf man gar nicht dran denken«, sagte er. »Weiter so – und immer schön Christliche Volkspartei wählen!«

Dann ging er rein. Ein Einzelzimmer mit dünner Krankenhausluft, in der ganz schwach Zahnpastaduft hing. Die Vorhänge waren zugezogen und schützten vor dem grellen Sonnenlicht. Am anderen Ende des Zimmers direkt am Fenster ein einzelnes Bett mit stahlblankem Bettgestell. Daneben ein Ständer, ebenfalls aus Stahl, und an diesem Ständer hing einer dieser durchsichtigen Beutel, die Rudi öfter mal im Fernsehen gesehen hatte und die ihm ernsthaftes Bauchgrummeln bereiteten.

Er trat an Cecilies Bett.

Bei ihrem Anblick wurden Rudis Knie weich. Einer ihrer Arme ragte unter der Bettdecke hervor, um das Handgelenk lag ein Plastikbändchen, fast wie bei den großen Festivals, dachte Rudi. Solche Bänder hatte er schon Dutzende Male am Handgelenk seiner Freundin gesehen. Nur ging es dabei nie um Leben und Tod, sondern um Heavyballaden, und sie war meist betrunken und glücklich und reckte die dünnen Arme in die Luft und sang mit W.A.S.P. oder Twisted Sister in irgendeinem Kaff in Schweden, Finnland oder Deutschland.

In ihrer Ader steckte eine Nadel, die mit einem Schlauch verbunden war, der wiederum zu dem Beutel am Ständer führte.

Bleich ist sie ja immer, dachte Rudi, aber jetzt sieht sie aus wie Eis.

Er zog einen Stuhl ans Bett und sank darauf nieder. Vorsichtig bewegte er sein Gesicht an Cecilie heran, hielt beinahe den Atem an. Anscheinend bemerkte sie seine Anwesenheit nicht, und er wollte nicht den dringend benötigten Schlaf stören.

Aber anfassen musste er sie. Er musste die Liebe an seinen Fingern spüren. Also legte er vorsichtig Cecilies Hand auf seine.

»Mein Mädchen«, flüsterte er.

Er beugte sich noch näher zu ihr, so nah, dass er ihren schwachen Atem hören konnte.

»Ich bin's, Rudi«, sagte er.

Nach einigen Minuten, in denen nichts geschah, aber alles gefühlt wurde, kam die Krankenschwester mit der Achtzigerjahrebrille herein und durchquerte leise das Zimmer, so leise, dass Rudi sie überhaupt erst bemerkte, als sie ihn an der Schulter berührte. Er fuhr zusammen und hob den Blick.

»Du bist echt wie Prinzessin Diana«, sagte er.

»Nein, bin ich nicht«, widersprach sie, und ein kurzes Lächeln entschlüpfte ihr.

»Die hatte den Kopf auch so wie du geneigt«, erklärte Rudi. Dann sah er zurück zu Cecilie. »Warum ist das passiert?«

»Mit Sicherheit können wir so was fast nie sagen, wie man es auch dreht und wendet, eine Schwangerschaft ist eben ein Risiko.«

Rudis Kinn sank auf die Brust. Er atmete schwer. »Das ist die Scheiße an diesem Leben«, sagte er. »Nichts kann einfach nur so sein, wie es ist.« Er sah wieder hoch. »Bist du bei Facebook?«

Die Krankenschwester stutzte für einen Moment, zog die Augenbrauen bis über die Brillenränder hoch, dann sagte sie: »Ja … Aber … Ja?«

Rudi nickte. Lange.

»Mhm«, sagte er ernst. »Sind jetzt alle.«

»Ja«, sagte sie, »so ist es jetzt halt.«

»Das erinnert mich daran, wie ich mich damals als kleines Kind in Tjensvoll gefühlt hab«, sagte Rudi. »Du weißt schon. Wenn alle wo waren, nur du nicht.«

»Hm. So hab ich darüber noch nie nachgedacht.«

Rudi atmete tief ein und dehnte den Nacken, sodass die Knorpel knackten. »Manchmal hab ich das Gefühl, das Internet ist daran schuld, an allem«, sagte er. »Vor dem Internet waren die Sachen stabil.«

»Herr Digervold«, die Krankenschwester legte ihm die Hand auf die Schulter, und sofort erinnerte sie noch mehr an Diana, »wir sind jetzt nicht auf Facebook. Wir sind *hier*, okay? Wir werden auf sie aufpassen. Cecilie muss wahrscheinlich ein paar Tage bei uns bleiben. Bis sich ihr Zustand stabilisiert hat. Und Sie müssen jetzt ein Mann sein.«

Bei ihrer Anweisung sah er aufmerksam hoch. Von diesem Kommando angestachelt – einem Kommando, das er schon einmal gehört hatte, und zwar von seinem großen Vorbild im Leben, seiner Großmutter –, musterte Rudi das Gesicht der Krankenschwester. Sie war leicht mollig, oder vielmehr hatte ihre Haut diesen bestimmten Touch, der ihn denken ließ, dass darin noch Reste eines Überschusses lagerten, als hätte sie als kleines Kind zu viel Muttermilch abgekriegt. Ihre Augen, die sich hinter der großen roten Brille fast schon versteckten, waren schön, offen wie Sommerfenster und groß wie Limetten. An der rechten Wange hatte sie ein teebraunes Muttermal, und ihre Nase war ein winziges bisschen schief und hatte einen markanten Knick über der Nasenwurzel.

»Ein Mann?«

Sie nickte.

»Ein Mann«, wiederholte Rudi, griff vorsichtig nach Cecilies Hand und kaute dabei auf dem Wort herum, als probierte er, was er da im Mund hatte.

Die Schwester nickte wieder.

»Und was bedeutet das?«, fragte er.

»Was das bedeutet?«

»Ja?«

Die Schwester wechselte von einem Fuß auf den anderen und dachte nach. »Na ja, für meine Begriffe bedeutet das, unerschütterlich zu sein«, sagte sie nach einigen Sekunden. »Geduldig.«

»Sonst noch was?«

»Jaaa«, sie verlagerte erneut das Gewicht, »zuverlässig, würd ich sagen.«

»Ich bin eigentlich nichts davon wirklich.« Rudi seufzte und ließ Cecilies Hand los, woraufhin die Krankenschwester auf ihn zutrat, sich vorbeugte, seine Hand nahm und sie zurück auf die von Cecilie legte.

»Aber Sie können es versuchen«, sagte sie.

Rudi warf einen Blick auf ihren Dienstausweis. Ein offenkundig nicht ganz neues Foto. Trude Merenyi.

»Hallo, Trude«, sagte er. »Ich mag dich von Sekunde zu Sekunde mehr. Wo kommst du her? Wer bist du? Strickst du für deine Familie Socken, wenn es auf Weihnachten zugeht? Bist du eine Nachtschwärmerin? Eine Vogelkundlerin? Besuchst du am Sonntag das Haus des Herrn? Hast du jemanden, den du liebst? Gibt es einen Mann in deinem Leben?«

Die Schwester lachte. »Ja«, sagte sie, »Trond Ivar.«

Rudi schnipste mit den Fingern. »Trond Ivar. Und was macht er?«

»Er ist Geologe.«

»Stabil«, sagte Rudi und nickte in Richtung ihres Ausweises. »Hör ich gern. Pass gut auf Trond Ivar auf.«

»Mach ich.«

»Du, Trude, magst du Aerosmith?«

»Eigentlich nicht. Sind mir zu soft. Wieso?«

»Da ist Cecilie nicht deiner Meinung«, sagte er leise und kreiselte mit dem rechten Zeigefinger vorsichtig über die Fingerknöchel seiner Liebsten. »Sie liebt Aerosmith. Und Vanilleboller. Und Zigaretten. Und wenn sie hier rauskommt, kriegt sie ein Tablett voll Boller und so viel Zigaretten, wie sie nur will, und dann spielen wir ›Amazing‹, bis ganz beschissen Stavanger mitsingt.«

Er sah zu Cecilie.

»Hörst du, Baby?«

Als Jan Inge zur Tür reinlatschte, sah Rudi hoch. Eine Weile hatte er mit geschlossenen Augen Cecilies Hand gehalten, ohne die Umgebung wahrzunehmen. Wie lange? Wusste er nicht. Er wünschte sich, er dürfte noch länger so dasitzen, seinem Gefühl nach brauchte sie das, um wieder zu Kräften zu kommen, und er selbst brauchte es definitiv auch.

Jan Inge steuerte auf ihn zu. Er war mit einer lilafarbenen Soße eingesaut. Wie Malerstreifen bedeckten Spritzflecken die Hosenbeine und den umfangreichen Bauch, aber Rudi war zu keinem Kommentar fähig. Jan Inge setzte sich zu ihm an Cecilies Bett.

»Wie geht's?«

Rudi zuckte mit den Schultern. »Weiß keiner.«

»Und dir?«

»Weiß auch keiner.«

Jan Inge strich Cecilie eine Haarsträhne aus der Stirn. Dass Jan Inge jetzt an ihr rumfingerte, fühlte sich für Rudi falsch an, aber er verkniff sich einen Kommentar.

»Wir müssen daran glauben«, sagte Jan Inge und lehnte sich im Stuhl zurück. Verschränkte die Hände über der Brust und wiederholte: »Glauben.«

»Hm«, sagte Rudi, »bist schon der Zweite, der das heut zu mir sagt.«

»Ach ja?«

»Mhm. Fühlt sich so an, als sollt ich gerade in der Kirche sein.«

»Ja, heftig«, sagte Jan Inge, »aber alles zu seiner Zeit. Der Herr ist geduldig.«

»Ja«, sagt Rudi leise, »er ist ein ziemlich geduldiger Typ.« Er schniefte. »Ganz anders als ich.«

Jan Inge war unruhig. Er spürte ganz deutlich, er war gerade nicht richtig anwesend, quasi nicht ganz in der Situation. Sein Kopf war voll Geld, die Kleidung voll Rote-Bete-Saft, zu viele Veränderungsgedanken hämmerten ihm gegen die Hirnwände, und er kämpfte damit, jetzt so bei seiner Schwester zu sitzen und nicht in einer angemessenen Weise Angst um sie zu haben. Er sollte in Tränen ausbrechen. Er sollte Panik schieben. Aber das war nicht, was er fühlte. Im Aufzug hier hoch war er mit seinem Spiegelbild konfrontiert worden. Ein bleicher, fetter hässlicher Mann. Glatze, schlaffe Haut, untrainierter, kaum inspirierender Körper. Wie ein erfolgreicher Geschäftsmann sah er jedenfalls nicht aus. Und als er auf dem Weg zu Cecilies Zimmer an einer Warteecke vorbeigekommen war, wo eine junge Frau auf der weinroten Sitzgruppe die *VG* gelesen hatte, hatte er instinktiv den Bauch eingezogen und sich gewünscht, unsichtbar zu sein. Die junge Frau hatte ihn so gut wie gar nicht beachtet und dann burschikos die Beine übereinandergelegt – im Grunde war sie überhaupt ziemlich burschikos gewesen: kurze Haare, kühle, schöne Augen –, und Jan Inge hatte unwillkürlich über Vielfalt nachdenken müssen. Wie vielfältig das weibliche Geschlecht doch war. Cecilie. Sigourney Weaver. Beverly Hinna. Angela Merkel. Eine burschikose Frau auf einer Sitzgruppe.

Jan Inge wollte das nicht. Er fühlte sich seiner eigenen Zerstreuung wegen schlecht. Er musterte Rudi. Lederjacke mit Metal-Aufnähern. Schwarze Jeans. Auch Rudi sah nicht aus, als arbeitete er in einem erfolgreichen Betrieb.

Rudi hielt Cecilies Hand fest in seiner, und so wirkten die beiden wie ein gutes Gemälde, das bestimmt einen Käufer finden würde, hinge es als Kunstwerk an der Wand und wäre nicht die Wirklichkeit.

»Hey, Kumpel«, flüsterte er und versuchte, sich zusammenzureißen.

Rudi blickte auf. Rot geränderte Augen. Ängstlicher Blick.

»Hey, Bruder.«

»Hast du Angst?«

Rudi biss sich auf die Lippe und nickte.

»Sie muss wahrscheinlich hierbleiben, oder?«

Rudi nickte wieder.

»Und …« Jan Inge räusperte sich. »Ich meine … Jambolena … Steven …« Er deutete auf Cecilies Bauch. »Glaubst du immer noch, dass es ein Junge wird?«

»Ja«, sagte Rudi, zog Rotz hoch und richtete sich halbwegs gerade auf. »Bald wissen wir's sicher. Aber ein Mädchen wär auch willkommen. Sogar wenn es lesbisch ist.«

Jan Inge legte seinem Kumpel die Hand auf die Schulter. »Du bist ein wahrer Menschenfreund, echt, Rudi. Dieses Kind kann schweineglücklich sein, dich zum Vater zu haben.«

»Du weißt doch, ich bin humanistisch, obwohl ich christlich bin«, sagte Rudi.

»Weiß ich.«

Rudi schielte verstohlen zu ihm rüber. »Was hältst du eigentlich von Lesben?«

»Was meinst du?« Jan Inge zog den Stuhl näher ans Bett.

»Na ja, ist wohl eins der vielen Dinge, die sich ein werdender Vater fragt«, erklärte Rudi. »Du fragst dich, ob das Kind gesund ist, ja. Ob das Kind ohne irgendwelche Defekte zur Welt kommt, ob es zurückgeblieben oder taub ist oder, ja, lesbisch oder schwul.«

»Also, das, na ja, das sind vielleicht etwas unschöne Vergleiche«, kommentierte Jan Inge.

»Ja, ja«, Rudi seufzte, »ich bin eben nicht der Denker von uns beiden. Ich sag nur, was ich denke. Dass werdende Eltern solche Gedanken haben, ist bestimmt nicht ungewöhnlich.«

»Nein, ist sicher weitverbreitet«, sagte Jan Inge. »Was glaubst du, werden die so geboren, oder werden die erst so?«

»Tja, schwer zu sagen …« Rudi strich mit den Fingern vorsichtig über Cecilies Hand. »Als ich jünger war, hab ich davon geträumt, von zwei Lesben gevögelt zu werden«, sagte er leise.

»Davon träumen viele Männer«, sagte Jan Inge ebenso leise.

»Ist mit der Zeit verschwunden.« Rudi hob Cecilies Hand an seinen Mund. Küsste ihren Mittelfinger. »Damals waren vier Titten quasi das Abgefahrenste, was ich mir vorstellen konnte.« Er legte ihre Hand an seine Wange und machte die Augen zu. »Und gern auch, dass die Mädels miteinander knutschen. Aber jetzt, jetzt kann ich mir nichts mehr vorstellen, wo nicht ein Schwanz involviert ist. Am liebsten mein eigener.«

»Hm.«

Rudi drehte sich zu seinem Freund um. »Aber über so was redest du ja nicht gern«, sagte er. »Ich weiß schon.«

»Nein, ist für mich nicht ganz einfach«, sagte Jan Inge.

»Du findest, das ist zu viel, du wirst quasi schüchtern, wenn wir zu viel über so was sprechen.«

»Stimmt.«

»Seltsam. Ist bei mir genau umgekehrt.«

»Ja«, sagte Jan Inge. »Da sind wir ziemlich unterschiedlich.«

»Du und Frauen«, sagte Rudi, »das ist ein Mysterium.«

»Ich bin ein Brunnen ohne Boden.«

»In vielerlei Hinsicht, ja.«

»Hm.«

»Also so geboren, oder werden sie so?«

»Na ja, ich nehm mal an, das Umfeld trägt seinen Teil dazu bei.«

»Nehm ich auch an. Und Jambolena, falls sie zur Welt kommt, wächst ja nun nicht gerade in einem Umfeld auf, das zu lesbischen Aktivitäten auffordert.«

Jan Inge und Rudi sahen Cecilie an. So still und weiß, wie sie da vor ihnen lag, hatten sie beide das Gefühl, dass allein ein Blick sie schon zerbrechen könnte.

»Sie hat Blut verloren«, flüsterte Rudi. »Ziemlich viel.« Jan Inge schluckte.

»Ich muss jetzt angeblich ein Mann sein«, fuhr Rudi mit bebenden Mundwinkeln fort. »Aber ich hab das Gefühl, ich brech auseinander.«

Jan Inge war jetzt wesentlich anwesender als noch vor ein paar Minuten, anwesend und nicht ironisch oder zerstreut, und das war eine Erleichterung. »Du?«, sagte er leise. »Willst du sie nicht einfach schlafen lassen? Du weißt schon, Schlaf ist am besten.«

Rudi zuckte mit den Schultern. »Doch, vielleicht.«

»Ich hab was zu essen gekauft.« Jan Inge stand auf. »Wir können heimfahren und was kochen, und dann können wir das Haus in Angriff nehmen. Oder willst du lieber zu Patrioten auf ein paar Rinderleckereien? Bei Patrioten waren wir schon ewig nicht mehr.«

»Nein, nein«, sagte Rudi, »will heut lieber nicht in 'nem Lokal sitzen.«

»Einverstanden«, sagte Jan Inge. »Daheim essen. Putzen, aufräumen, renovieren. Vielleicht mit dem Kinderzimmer anfangen? Teppiche raus, die alten Tapeten runter? Für die Zukunft.«

Rudi schluckte und sah zu seinem Kumpel hoch. Dann stand er auf, legte beide Hände an Jan Inges Kopf, drückte ihn und kämpfte mit den Tränen.

»Für die Zukunft, mein Präsident«, flüsterte er.

»Du weißt«, flüsterte Jan Inge und sah sich verstohlen um, als fürchtete er Überwachungskameras, »wir haben viel zu besprechen.«

»Weiß ich.«

»Wir müssen rekrutieren.«

»Müssen wir.«

»Massig viel Geld.«

»Massig.«

»Für die Zukunft.«

»Die Zukunft.«

»Konntest du das mit deinen Psychoneffen regeln?«

Rudi schüttelte den Kopf. »Seh ich so aus, als hätte ich Zeit dafür gehabt?« Er drehte sich um und tastete mit dem Blick Cecilies Gesicht ab. »Ich bin mir auf einmal sicher, dass es ein Mädchen wird. Und wer weiß, megalesbisch vielleicht.«

»Du scheinst dich an den Gedanken zu gewöhnen«, stellte Jan Inge fest. »Wär es für dich auch okay, wenn Steven schwul wär?«

Rudi schüttelte den Kopf. »Daran muss ich wohl noch ein bisschen mehr arbeiten.«

»Aber du weißt, was man sagt«, sagte Jan Inge.

»Was?«

»Eltern. Was sie sagen.«

»Nein?«

»Man liebt seine Kinder, sagen Eltern, egal wie sie werden.«

»Fuck, tu ich echt jetzt schon, Mann«, gestand Rudi.

Sie schlichen aus der Tür und liefen wachsamen Auges den Flur entlang zum Aufzug. Auf dem Weg meinte Jan Inge, dass es wohl in ganz Norwegen kaum einen sensibleren Menschen gebe als Rudi, und als die Lifttüren aufglitten und sie einstiegen, antwortete Rudi, dass er das

Gefühl auch habe. Aber leicht, sagte er, während sie in Richtung Erdgeschoss fuhren, leicht sei das nicht, die ganze Zeit so unglaublich sensibel zu sein. Jan Inge klopfte Rudi auf die Schulter und meinte, dass Rudi das schon ziemlich gut hinbekomme.

Als die Lifttüren sich zur Eingangshalle hin öffneten, registrierte Jan Inge, wie eine Gestalt durch den Haupteingang der Klinik auf die Straße eilte, und mit einem Schlag breitete sich in seinem Bauch dieses altbekannte, widerliche Gefühl aus, gerade etwas Wichtiges gesehen zu haben, ohne momentan schon zu verstehen, dass es wichtig war.

12 Moods of Norway

Vorsichtig lief Rikki hinter Ben durch das Haus. Er hielt das Messer in der Hand und wusste nicht, ob er sich damit sicherer oder unsicherer fühlen sollte. Nirgendwo war Licht, die Vermutung seines Bruders war wohl richtig, hier war niemand zu Hause. Alles aufgeräumt und sauber, und eins war klar, hier wohnten Leute mit Geld. Vielleicht hatten sie sogar eine Haushaltshilfe, dachte Rikki, eine Polin fürs Saubermachen wie bei Gustav Stangeland aus seiner Klasse. Dort war es wie hier. Kein Staubsaugerschlauch schlängelte sich durchs ganze Zimmer. Keine Pizzakartons von Dolly Dimple's auf der Treppe. Keine Schuhe im Eingang.

Nachdem sie den Keller durchquert hatten – einen Keller mit Fußbodenheizung und einem aberwitzig großen, rundum marmorgefliesten Bad, einer Waschküche, einem Kühlraum und einem Schlafzimmer, wo wohl ein Mädchen wohnte, denn dort hingen Poster von Justin Bieber, Selena Gomez und Leonardo DiCaprio an der Wand –, gingen die Brüder ins Erdgeschoss hinauf. Rikki zeigte kichernd auf die Familienfotos über dem Treppengeländer. Auf einem stand ein kleiner Junge mit Topfschnitt und Hüftknick an einer Stromschnelle und hielt einen Lachs in die Höhe. Ben lachte nicht mit, er legte nur einen Finger an die Lippen und bedeutete Rikki, so vorsichtig wie nur möglich auf jede Stufe zu treten und die Klappe zu halten.

»Ist das echt so scheißnötig«, flüsterte Rikki. »Ist doch keiner da.«

»Tu, was ich sage«, wies ihn Ben flüsternd zurecht.

Rikki zuckte mit den Achseln und murmelte: »Sure thing, boss.«

Als Rikki und Ben durch die Treppenhaustür in den Flur im Erdgeschoss traten, stand direkt vor ihnen der Junge von dem Lachsfoto. Er war wohl so fünfzehn, sechzehn, ungefähr im selben Alter wie Rikki und Ben. Auf seiner glatten Stirn glänzte Schweiß, und mit der Rechten hielt er zitternd eine Bratpfanne in die Höhe, mit der Linken ein iPhone. Er trug eine blaue Björn-Borg-Unterhose mit rosa Bund und an den käseweißen Füßen rote Crocs, obenrum ein buntes T-Shirt der weibischsten Kleidungsmarke der Welt, zumindest wenn es nach Rikkis und Bens Vater ging, der ein paar Wochen zuvor in der *Dagsrevyuen* einen Beitrag über das Erfolgsduo von Moods of Norway gesehen hatte.

»Shit«, entfuhr es Rikki.

»Du legst jetzt das Telefon weg«, sagte Ben und sah den Jungen durchdringend an.

Der Junge vom Lachsfoto schluchzte auf, als er das Telefon auf einen Stuhl an der Flurwand plumpsen ließ. Hinter ihm stand eine Tür einen Spaltbreit offen.

»Ist hier noch wer?«

Ben spähte durch den Türspalt ins Zimmer. Auf dem Boden kostbare Teppiche, an den Wänden Gemälde – alles hier stank nach richtig viel Geld. Er trat näher an den Jungen im Moods-of-Norway-Shirt heran, und der schüttelte mit ängstlichen Augen den Kopf.

»Bist du dir sicher?«

»J-j-ja.«

»Rikki«, sagte Ben, »das Messer.«

Ohne den Kopf zu drehen, streckte Ben die rechte Hand aus. So musste das sein, kapierte Rikki: Ben kommandierte, er selbst lieferte, und er fand, das hatte einen gewissen Style. Wenn das so lief, konnte er liefern. Er legte seinem Bruder das Messer in die Hand. Ganz ohne hinzusehen, trickste Ben kurz mit dem Butterfly rum, bevor es gekonnt in einem festen Griff landete. Dann führte er es an die Brust des Jungen, setzte die Klinge unterhalb des Ausschnitts an und schlitzte mit einer schnellen Bewegung die Vorderseite des T-Shirts auf.

Rikki keuchte noch vor dem Jungen.

»Bist du dir sicher, dass nicht noch wer da ist?«

Jetzt bewegte sich die angelehnte Tür hinter dem Jungen. Eine Frau in den Dreißigern kam langsam heraus. Aufgeblasene Lippen, hohlwangiges Gesicht, dem Aussehen von Wangenpartie, Jochbeinen und Teint nach vermutlich osteuropäisch. Ungarn? Serbien? Rumänien? Sie trug lediglich einen weißen Slip und ein weites T-Shirt mit der Aufschrift »Vagina Fan Club«.

»Balder«, sagte sie ruhig und, wie Ben es sich schon gedacht hatte, mit einem osteuropäischen Akzent. »Ich klär das.«

»Aber ich, ich …«, stotterte der Junge und schniefte, ließ dann die Bratpfanne sinken und warf der Frau einen hilflosen Blick zu.

»Hast du nicht gehört?« Die Frau hatte die Stimme erhoben.

Jetzt wandte sie sich an Rikki und Ben. Verschränkte die Arme – über zwei tollen Titten, wie Rikki feststellte, während er das Kinn vorreckte und gleichzeitig einen Schritt zur Seite trat. In dem Zimmer, aus dem die Frau gekommen war, stand eine Kamera auf einem Stativ, und er konnte undeutlich das Fußende eines Betts erkennen.

»Was ihr wollt?«, fragte die Frau und sah Ben an.

»Braucht ihr Messer?«

Ben ließ das Butterfly sinken, klappte es aber nicht zu. Er hatte bereits, lange bevor Rikkis Blick auf Kamera und Bett gefallen war, seine Schlüsse gezogen. Alles an der Frau roch nach Porno. Lippen, Haare, Blick, Titten. Sie war der Boss hier. Und wahrscheinlich war der Moods-Junge der Sohn des Hauses. Wahrscheinlich hatte er seinen Eltern erzählt, er sei krank, und höchstwahrscheinlich machte er das hier, um sich noch mehr Geld zu beschaffen, als er ohnehin hatte. Aller Wahrscheinlichkeit nach war hier ein banales Webporno-Projekt am Start. Live. Jetzt.

Falls sie im Moment von Rikkis und Bens Einbruch in den Keller auch live on air waren, hatten die Brüder jetzt ein Problem. Und falls die Kamera noch immer lief, war ihr Problem noch viel größer. Doch höchstwahrscheinlich war nichts davon der Fall. Der Lachsjunge wollte schließlich nicht entlarvt werden, so viel war klar.

»Wie war dein Name noch mal?«, fragte Ben ruhig und zeigte auf den Jungen.

»Balder«, kam es kleinlaut aus dem bleichen Mund.

»Balder. Balder, ja«, wiederholte er. »Die Kamera, Balder. Bring sie mir.«

Der Junge suchte den Blick der Frau, sie nickte, und er eilte in das Zimmer. Genauso schnell kam er wieder zurück und drückte Ben die Kamera in die Hand.

»Wem gehört die?«

Die Frau nickte.

»Mhm«, sagte Ben und richtete das Messer nun auf die Frau, während er Rikki die Kamera hinhielt. »Check die«, forderte er ihn auf.

»Hä?«

»Check die«, wiederholte Ben genervt. »Spul zurück und check, ob da was auf der Kamera ist, was auf uns hindeutet.«

»Ach so, ja«, sagte Rikki, »sorry, Be…«

»Klappe!« Bens Augen blitzten.

Shit, dachte Rikki und zuckte zusammen. Keine Namen. Er schluckte, nickte Ben zu und tippte auf dem Display herum.

»Und?«

»Ui, aha«, sagte Rikki.

Der Junge kniff die Augen fest zu.

»Wow!« Rikki starrte auf das Display. »Ist das … Scheiße, das ist … Ach du Scheiße!«

»Ist da was?«

»Ach du Scheiße!«, sagte Rikki noch mal und sah mit hochgezogener Augenbraue zu der Frau.

»Hey!« Ben schnipste vor dem Gesicht seines Bruders mit den Fingern. »Konzentrier dich! Ist da was oder nicht?«

»Nein«, sagte Rikki mit heiserer Stimme und sah erneut verdutzt zu der Frau.

»Was ihr wollt?«, fragte sie.

»Mal sehen«, sagte Ben, bückte sich zu seinem Rucksack und holte ein Seil heraus.

Mit dem Seil in der einen und dem Messer in der anderen Hand dirigierte Ben den Moods-Jungen und die Osteuropäerin in das riesige Wohnzimmer. In einer Ecke stand dort ein glänzend schwarzer Baldwin-Flügel, in einer anderen eine teure Sitzgruppe, in der Mitte befand sich der Fernsehbereich mit zwei großen Sofas und einem Glastisch. Ben deutete zu der Sitzgruppe, wo er das Paar Rücken an Rücken platzierte und aneinanderfesselte. Rikki glaubte, ziemlich deutlich zu hören, wie sein Bruder dabei vor sich hin murmelte: »Das wollt ich schon immer mal machen.«

»Und jetzt? Was ihr jetzt tut?« Die Frau, die in dem Video auf Rikki einen ziemlichen Eindruck gemacht hatte, funkelte Ben herausfordernd an. »Du bist Boss, du da?«

Ben sagte nichts.

»Wie alt du bist? Hä? Du bist da hinten schon trocken? Hä? Du hast Steifen bekommen?«

Ben sagte noch immer nichts. Als er mit dem Fesseln fertig war, holte er zwei Geschirrtücher aus seinem Rucksack – dieser Rucksack überraschte Rikki zusehends und ließ ihn sich sekündlich sicherer fühlen, denn einen Bruder zu haben, der an alles dachte, war ziemlich gut.

Als Nächstes band Ben der Frau und dem Jungen die Geschirrtücher um den Mund. Dann nahm er wieder das Butterfly.

»Muss übereinstimmen«, sagte er und sah die Frau an. Und dann schnitt er auch ihr T-Shirt auf.

»Guck her«, sagte er zu Rikki und deutete auf ihre Titten. »Was meinst du? Hm?«

»Da guck ich lieber hier«, sagte Rikki und fummelte wieder an der Kamera herum. Spulte zurück. Hielt den Clip an. Drückte auf Play. »Das da – dacht nicht, dass das geht«, murmelte er. »Die hat ja … Also, wenn ich da seh, was ich glaube zu sehen, dann hat sie …«

»Guck jetzt her«, wiederholte Ben, und sein Bruder sah gerade rechtzeitig hoch, um mitzukriegen, wie Ben das Messer über die Haut der Frau zog. Sie schrie, verstummte aber sofort, als sie kapierte, dass Ben nicht daran dachte aufzuhören, im Gegenteil, wenn sie ihr Schreien nicht einstellte, würde er noch tiefer schneiden. Rücken an Rücken mit ihr saß der Moods-Junge, dieser verlorene Porno-Enthusiast Balder, der sein Leben auf YouPorn,

Pornhub und RedTube verbrachte, seit er mit zwölf einen eigenen Mac bekommen hatte, und zitterte und heulte. Und Rikki stand einfach nur da, glotzte und sah zu, wie sein Bruder der Frau irgendwas in die Schulter ritzte.

»Ach du Scheiße!« Rikki trat näher. Blut rann an ihrem Arm hinunter. »Nice«, stellte er fest. »Ist das ein B?«

Ben trat einen Schritt zurück. Nickte für sich selbst.

»So«, sagte Ben. »Balder?«

»J-j-ja?«

»Spielst du hier Klavier?«

»J-ja, ich und Mama. Vierhändig.«

Ben nickte.

»Macht schön damit weiter«, sagte er. »Wir sind dann hier fertig.«

»Kann ich den Film mitnehmen?«, fragte Rikki und schwenkte die Kamera.

»Nein«, sagte Ben. »Kannst du nicht.«

»Dann einen Apfel«, sagte Rikki und sah zu der Obstschale auf dem Tisch.

»Einen Apfel, ja«, sagte Ben, machte den Reißverschluss seines Rucksacks wieder zu und schulterte ihn. Richtete sich die Kleidung. Baute sich breitbeinig vor der Osteuropäerin und dem Moods-Jungen auf. Musterte sie. Lange. Ließ den Blick wieder zu seinem Messer schweifen. Nach einer halben Ewigkeit räusperte er sich.

»Vieles, was ich hier sehe, deutet auf Menschen hin«, bemerkte er ruhig, »die ein Leben leben, das sie eigentlich nicht leben wollen. So haben wir auch gelebt. Aber seit heute ist das anders.«

Rikki wollte gerade zu Ben sagen, sie dürften nicht vergessen, aus diesem Reichenhaus irgendwas mitzunehmen, kapierte aber noch im selben Augenblick, deswegen waren sie nicht hier.

Noch einen Moment später sauste das Messer durch die Luft. Es schlitzte die Handfläche des Jungen auf, schnitt sich durchs Fleisch und blieb vibrierend stecken, als es auf festen Grund stieß.

Sie waren hier, um zu üben. Und jetzt hatten sie geübt.

»Lebt wohl«, verabschiedete sich Ben, und um die Klinge quoll Blut aus der Hand, bevor er das Messer mit einem schnellen Ruck wieder herauszog, »lebt voll Freude und tut Gutes, dann werden Berge und Hügel euch zujubeln, und alle Bäume der Erde werden euch beklatschen.«

13 Scheißpogo

»Pogo.«

»Hallo, ich bin's.«

»Seh ich.«

»Wo bist du? Bei der Arbeit?«

»Was? Nein, auf dem Heimweg.«

»Okay.«

»Was hast du?«

»Ich bin mir nicht ganz sicher, was ich gesehen hab.«

»Bist du nie. Lass hören.«

»Erst hatte ich Schwierigkeiten, sie zu finden. Ich bin nach Hillevåg raus. Hab gewartet. Niemand kam, niemand ging. Kein Auto auf der Straße. Ich bin ausgestiegen. Das Haus war leer, aber es war offen, also bin ich rei…«

»Ach herrje.«

»Ich war vorsichtig!«

»Grace.«

»Chill mal.«

»Und dann?«

»Das Haus sah aus!«

»Tut es schon immer.«

»Das mein ich nicht. Überall war Blut.«

»Blut?«

»Erst hab ich gar nicht kapiert, was das war. Eine Blutspur durch die Küche ins Bad, eine im Flur, Blut von der

Haustür bis zur Küche, blutige Abdrücke an den Wänden. Dann bin ich in Cecilies Schlafzimmer. Da war Blut im Bett …«

»Okay …«

»Handtücher lagen am Boden rum. Ich hab gedacht, da ist wohl jemand im Krankenhaus gelandet.«

»Ja, gut, aber man spioniert nicht allein rum, und wir gehen auch nicht zu irgendwem rein, ohn…«

»Und ich hab recht behalten. Ich bin ins Krankenhaus hochgefahren. Wie's sich herausgestellt hat, ist Cecilie schwanger.«

»Ach herrje.«

»Es gibt Komplikationen.«

»Hm.«

»Ja. Sie liegt im zweiten Stock. Es ist ernst.«

»Schwangerschaftskomplikationen sind nicht illegal. Was ziehst du also für Schlüsse daraus?«

»Bin mir nicht sicher.«

»Doch, bist du. Das hör ich dir an.«

»Warum redest du immer so mit mir?«

»Wie, so?«

»Als wär ich ein Kind.«

»Tut mir leid, wenn sich das für dich so anfühlt. Lass hören. Was hast du gesehen?«

»Okay.« Grace schloss die Tür zu ihrem Haus in der Brønngata 96 auf, das sie nicht weit vom alten Viking-Stadion entfernt gemietet hatte. Sie ging hinauf in den ersten Stock, wo sich Wohnzimmer und Küche befanden. Dort im Flur zog sie die engen Schuhe aus und wackelte mit den Zehen, setzte sich auf den Hocker vor dem Spiegel, betrachtete sich selbst, legte sich den rechten Fuß auf den linken Oberschenkel und massierte die tauben Zehen.

»Ja?«

Scheißpogo, dachte Grace. Dieser Ton – er sprach mit ihr wie ein Vater, der böse auf seine Teenagertochter ist. Als sie im Präsidium in Stavanger gerade angefangen hatte, war er ihr mit Charme und Freundlichkeit begegnet. Sie wiederum hatte schon bald begriffen, dass Pogo hausintern umstritten war, einige Kollegen waren wegen seiner Vergangenheit nachhaltig skeptisch, aber in Grace' Augen machte sie aus ihm erst einen echten Menschen. Tommy war ein schöner Mann, gut gebaut, mit funkelnden Augen und einer Hasenschartennarbe, die sich unter den Bartstoppeln versteckte. Und er hatte sich fast ebenso schnell als der gewiefteste und interessanteste Mann im Haus erwiesen, war kühn und intelligent, genau ihr Typ. Aber von einem Tag auf den anderen hatte das plötzlich aufgehört, und in der ganzen Stadt war Tommy Pogo derjenige, der sie am schlechtesten behandelte, und das nervte sie ungemein, sogar mehr als der ewige Wind und der Dauerregen in Stavanger.

»Ich glaub, da ist was in Bewegung«, sagte Grace, stellte den rechten Fuß zurück auf den Boden und wechselte zu dem anderen.

»In Bewegung?«

»Ja.« Sie zog die Socke aus, drehte die Fußsohle nach oben.

»Bewegung«, hörte sie Tommy noch einmal sagen – mit einem unerwarteten Ton in der Stimme, als würde er seine Strenge ausnahmsweise mal ablegen, und Grace beschlich das seltsame Gefühl, er könnte sie mit dem Fuß in der Hand dasitzen sehen. Tommy Pogo, dieser Typ mit dieser unfassbar schönen Ehefrau, der gelähmten Tochter, dem hübschen, seltsamen Sohn, dem Blick, der auffällig nicht in ihre Richtung ging.

Was ist nur mit dir, Tommy Pogo?

»Bewegung, Grace«, wiederholte Tommy mit dunkler Stimme.

»Mhm.«

»Übrigens«, wechselte Tommy das Thema. »Was anderes. Du hast nicht zufällig von jemandem gehört, der seine Opfer mit einem B signiert?«

»Was?«

»Da ist gerade so 'ne Anzeige reingekommen. Ein ziemlich spezieller Einbruch draußen in Vaulen. Bloß dieser Gewaltakt. Kein Diebstahl. Zwei junge, maskierte Männer haben dort ein Fenster eingeschlagen und ein Pärchen, das gerade einen Porno gedreht hat, einer Art Folter unterzogen. Einer der Einbrecher hat der Frau ein B in die Haut geritzt.«

»Nein, davon weiß ich nichts.«

Grace hörte Tommy am anderen Ende atmen. »Bleib dran«, sagte er zu ihr.

»Woran?«

»Der Hillevåg-Gang. Rudi, Jan Inge. Cecilie. Beschatte sie die nächsten Tage. Verdeckt. Und gib Bescheid, wenn du Melvin dort siehst.«

»Melvin?«

»Ja. Oder jemand anderen. Den du nicht kennst.«

»Okay.«

»In Bewegung«, wiederholte Tommy. Irgendwie sprach er das Wort unnormal langsam aus. »Und damit meinst du was anderes, als dass da ein Kind unterwegs ist?«

Grace zog auch die zweite Socke aus, ging in die Küche und nahm ein Glas aus dem Oberschrank am Herd. Drehte den Wasserhahn auf. Ließ das kalte Wasser laufen. Füllte ihr Glas. Setzte es an die Lippen. Trank.

»Hallo? Grace? Bist du noch da?«

»Logo«, sagte Grace. Ihre Wangen waren ganz heiß.

14 Kids today

Gegen Abend war der Himmel über Stavanger außergewöhnlich wolkenlos, und die Wipfel der Bäume ruhten reglos und still. Die Temperatur stieg leicht an, und die Antwort der Leute auf das schöne Wetter war, Terrassentüren und Fenster aufzureißen, als wäre es Sommer und nicht Herbst. Gegen acht Uhr, als die Dunkelheit den Tag geschwärzt hatte, bogen zwei Jungen in Jan Inges, Rudis und Cecilies Straße. Der eine war etwas größer als der andere, linkisch und grobschlächtig, trug einen Rucksack und sah aus, als würde er jeden Moment umkippen. Die Schritte des anderen waren fest, auch er hatte einen Rucksack geschultert, er war etwas kleiner als sein Bruder und fürchterlich schön. Beine, Rücken und Arme der beiden waren mächtig beansprucht, denn an diesem Tag, an dem sie die Entscheidung getroffen hatten, mit der Vergangenheit zu brechen und die Zukunft willkommen zu heißen, waren sie weit gegangen.

Ben blieb stehen und blickte zu einem heruntergekommenen Haus ganz am Ende der Straße. Welche Farbe es einmal gehabt hatte, konnte man nicht mehr recht erkennen. Grau? Blau? Die Bretter waren morsch, der Anstrich blätterte ab, die Dachrinnen baumelten von der Dachkante. Um den hinteren Teil des Grundstücks stand burghoch eine ungepflegte Hecke.

»Hier«, sagte Ben mit nachdenklichem Gesichtsausdruck.

»Wow«, sagte Rikki. In seiner Erinnerung war Onkel Rudis Zuhause nicht so abgeranzt.

»Hm.« Offenbar dachte Ben über irgendwas nach, worüber er noch nicht reden wollte.

»Lang her, dass wir hier waren«, stellte Rikki fest, »aber war das beim letzten Mal auch schon so krass trash? Na ja, sieht ja auch irgendwie gemütlich aus«, fügte er hinzu, »was anderes als Papas Scheißstress.«

»Ist lang her«, sagte Ben, ohne sich dazu zu äußern, ob er es nun gemütlich fand oder nicht. »Wir waren seit Uromas Beerdigung nicht mehr in Stavanger, nicht seit dem großen Zerwürfnis in der Familie.«

Rikki sah immer noch zu dem Haus hinüber, und mit jeder Sekunde kam es ihm gemütlicher vor. Sich mit so was anzufreunden fand er nicht schwer. Dass was auf halb acht stand, dass etwas die Form verlor.

»Das große Zerwürfnis«, sagte Rikki. »Hört sich dramatisch an.«

»Es ist dramatisch«, sagte Ben und marschierte auf das Haus zu.

»Wenn das Zerwürfnis nur jetzt mal nicht größer wird«, murmelte Rikki.

Ben überhörte, was sein Bruder da murmelte, und blieb vor der Haustür stehen. Gab sich einen Ruck. Hob die Hand zur Klingel, streckte den Finger aus. Wartete. Sah zu seinem Bruder.

»Und, glaubst du, das wird nicht gut enden?«, fragte er.

»Nein«, sagte Rikki schnell.

Ben klingelte.

Kurz darauf hörten sie im Haus ein Trampeln. Das musste Rudi sein. So stampfte sonst niemand. Auf Rikkis Gesicht machte sich ein großes Lächeln breit, er freute sich auf das Wiedersehen mit seinem Lieblingsonkel. Ben hob das Kinn. Die Tür ging auf, und ihr riesiger, hässlicher Onkel stand vor ihnen. Er trug ein Metallica-Shirt mit dem Aufdruck »And Justice For All« und eine schwarze Jeans, war barfuß und kaute auf einem Stück Pizza herum.

»Rudilein! Long time no fucking see!« Rikki grinste, was das Zeug hielt, streckte die Arme aus, um sie seinem Onkel um den Hals werfen. Aber Rudi schüttelte den Kopf und gebot mit erhobener Hand Einhalt. Dann leckte er sich mit der Zunge die Zähne sauber, zog die Hand zurück und verschränkte die Arme.

»Jungens, Jungens, Jungens«, sagte er streng, und sein linker Zeigefinger tippte dabei auf den Bizeps.

»Rudilein«, wiederholte Rikki mittlerweile leicht verunsichert.

»Jungens, Jungens, Jungens«, wiederholte Rudi und tippte weiter. Dann packte er sie am Nackenfell, zerrte sie in den Flur, schleifte sie über den Boden, in jeder Hand einen, fluchte wie sonst was, meinte, das sei eine beschissene Art und Weise, sich nach so langer Zeit wiederzusehen, und belehrte Rikki und Ben, wie fucked-up im Kopf sie sein müssten, wenn sie allen Ernstes glaubten, sie könnten einfach so klingeln, während er gerade einen roughride hatte, wie doppelt fucked-up sie waren, wenn sie sich einbildeten, für die Familie würden bessere Zeiten anbrechen, sobald dieser Bluthund von einem Vater wie ihrem herausfand, was sie gerade trieben.

Er zog sie ins Wohnzimmer und schleuderte sie mit dem Kopf voran aufs Sofa.

»Onkel Rudi …« Rikki schluckte. »Sorry, also, wir …«

»Sprich nicht mit mir. Halt dein Scheißmaul und sei froh, dass du noch lebst.«

Jan Inge schlurfte mit einem Donald-Duck-Heft in der Hand aus dem Bad. Er blieb stehen und nickte, schob sich das Heft unter die Achsel und machte den Gürtel zu. Dann legte er den Comic ins Bücherregal und stellte sich vor die zwei Jungen.

»Hm.« Er musterte die beiden mit seinen Blaubeeraugen. »Das sind also Rikki und Ben.«

»Sie gehen gleich wieder«, grollte Rudi und stellte sich neben Jan Inge.

Ben rappelte sich hoch. Rikki blieb eingerollt wie ein Igel und nach der Strafpredigt seines Onkels immer noch kurzatmig in der Sofaecke liegen.

»Mein Gott.« Rudi verdrehte die Augen. »Macht nur weiter so.«

Ben stand auf. Den Rucksack ließ er auf dem Sofa. Mit festen Schritten und regloser Miene marschierte er in einem Halbkreis um die beiden herum zu den großen Fenstern zum Garten. Blieb dort stehen und sah hinaus.

»Kids today«, schnaubte Rudi und schnalzte mit der Zunge.

Jan Inge betrachtete Bens schweigenden Rücken.

»Da hast du's«, fuhr Rudi fort. »Höflichkeit lernst du nicht im Internet, nein.«

So was hatte Jan Inge schon mal erlebt, wenn auch nicht sehr oft: wie ein Mensch einen Raum betreten konnte und ihm binnen weniger Sekunden seinen Stempel aufdrückte. Die früheste Erinnerung dieser Art betraf seinen Vater. Bei dem war es genauso. Wann immer er ein Zimmer betrat, veränderte das Zimmer seinen Charakter. Alle im Raum wurden wie magnetisch von ihm angezogen. Wenn jemand anderes ins selbe Zimmer kam, bemerkte das keiner. Aber sein Vater? War der anwesend, veränderte sich alles.

Jan Inge musterte Ben.

Einer, der den Raum verändert.

Er neigte den Kopf leicht zur Seite.

Schwer zu prophezeien, auf welche Weise dieser junge Kerl den Raum verändern würde – ob zum Hellen oder zum Dunklen. Jedenfalls war er gnadenlos, durchscheinend. Im Gegensatz zu seinem wirschen, linkischen Bruder, der überhaupt ein schwächliches, ungehobeltes Kind zu sein schien. Auch Ben war über den Boden geschleift und aufs Sofa geschleudert worden, nur sah man es ihm nicht an. Es war einfach an ihm abgeperlt. Während sein zerfurchter Bruder dalag wie ausgepeitschte, zitternde Haut, war Ben aufgestanden, als wäre nichts gewesen. Er war durchs Zimmer spaziert und hatte Jan Inge einen flüchtigen Blick zugeworfen, einen ozeangrünen Blick, den Blick eines Eingeweihten. Er war sozusagen zum Fenster geschwebt, und da schaute er nun in den Garten hinaus.

»Keine Manieren«, schimpfte Rudi, »Herrlordjesus.«

Eine Art bekehrter Rudi, dachte Jan Inge.

»Rikki«, kam jetzt von Ben. »Wärst du so gut und würdest unseren Rucksack aufmachen?«

»Ich …« Rikki räusperte sich. »Sollen wir nicht einfach wieder nach Hause gehen?«

Rudi wollte schon auf Ben losgehen, der immer noch so wunderbar arrogant am Fenster stand, doch Jan Inge hob sofort die Hand und warf ihm einen strengen Blick zu, also hielt sich Rudi im Zaum.

»Rikki«, wiederholte Ben, »kannst du bitte den Rucksack aufmachen, um Jan Inge zu zeigen, was wir ihm mitgebracht haben, und ihn fragen, ob er unser demütiges Geschenk akzeptiert.«

Ben drehte sich dafür nicht einmal um. Er hörte Rikkis leises Murmeln, das Schaben seiner unsicheren Hände, ein Rascheln und Schaufeln. Das Öffnen eines Reißverschlusses.

Ben war zufrieden. Rikki hatte schon was gelernt. Langsam drehte er den Kopf, fing den fragenden Blick seines Bruders auf. *Hab ich das jetzt gut gemacht?*

Drüben am Sofa beugten sich Jan Inge und Rudi über den Rucksack mit dem Geld vom Jahrmarktüberfall.

Ein Raum mit vielen Geräuschen, dachte Ben und betrachtete dabei Jan Inges schwabbelndes Nackenfett.

Dschieses, was für eine Scheiße haben die Jungs nur jetzt angestellt, dachte Rudi beim Anblick des Geldes.

Ich will Benzin, dachte Rikki und rieb die Fingerspitzen gegeneinander.

Fühlt sich an, als hätte ein Problem eine Lösung gefunden, dachte Jan Inge und liebkoste die Scheine mit dem Blick. Dann drehte er sich um und spähte zu diesem wunderkrassen Jungen hinüber, der mit verschränkten Armen und schier selbstleuchtend vor den großen Fenstern stand.

Jan Inge räusperte sich und streckte die Brust raus. »Ben?«

»Ja?« Ben schaute weiter in den Garten.

»Ich könnte mir vorstellen, dich und deinen Bruder zu einer Kleinigkeit zum Essen einzuladen«, sagte Jan Inge. »Ein Abendessen? Ihr seid weit gelaufen. Ihr müsst hungrig sein. Unser Kühlschrank ist leider im Augenblick nicht übervoll, weil wir wegen einer traurigen Familienangelegenheit ein bisschen aus dem Lot geraten sind … Tja, also, es geht um meine Schwester, sie ist schwanger, liegt aber mit Komplikationen im Krankenhaus, egal, das Leben muss weitergehen. Eine Kleinigkeit zum Essen? Wie wär's mit was zu essen?«

Ben drehte sich um.

»Sehr gerne«, sagte er. »Wir wissen das zu schätzen, Rikki und ich. Wir könnten wirklich was zu essen vertragen.« Dann drehte er sich zu Rudi und nickte seinem Onkel mit ernstem Gesichtsausdruck zu. »Tut mir leid, das mit Cecilie. Aber du packst das, oder?«

Rudi und Rikki waren während der kurzen Unterhaltung zwischen Jan Inge und Ben nebeneinander auf dem Sofa gelandet. So wie sie da saßen und nicht genau wussten, was hier gerade vor sich ging oder wie sie sich dazu verhalten sollten, wirkten sie wie zwei knorrige Wurzeln. Aber als das Gespräch auf Cecilie kam, sah Rudi für sich einen geeigneten Punkt, um einzusteigen.

»Ja«, sagte er, »das Ganze ist aber echt das Härteste, was ich je erlebt hab.«

»Es wird alles gut werden«, versicherte Ben. »Die Hand Gottes ist mit euch.«

»Hä?« Rudi runzelte die Stirn.

»So Zeug sagt er immer«, erklärte Rikki. »Die Sache ist aber – er hat recht.«

Jan Inge deckte den Tisch gern richtig schön. Essen in Gemeinschaft schuf nun mal Zusammenhalt und eine gute Atmosphäre. An diesem Abend gab es »das wenige, was wir hier haben«: Brot, Aufschnitt, Käse, Marmelade, und aus dem Wohnzimmer schallte nicht Metal, sondern Kitty Wells, eine von Thor B. Haraldsens alten Platten und Jan Inges Lieblings-Countrymusik: *»I don't claim to be an angel, my life's too full of sin.«*

Rudi wetzte mit dem Hintern unruhig auf seinem Stuhl hin und her, ganz offensichtlich war da jetzt was Neues in die Heimatluft gewabert, diese merkwürdige Art zu sprechen, er konnte sich daran nicht beteiligen, verstand nicht, worum es dabei ging, kapierte nicht, wo es hinführen sollte, und er vermisste Chessi so schrecklich, dass sein Herz nur so heulte.

Rikki war genauso unruhig. Nichts von alledem fühlte sich nach einer guten Idee an, das Haus fand er spooky, die Art zu reden steif und eigenartig, den steinalten Country scheißverdächtig, und er vermisste seine Mutter und konnte nicht aufhören, an sie zu denken, ganz egal, wie krank, verrückt und düster sie war.

Ben aß langsam. Nach jedem Bissen tupfte er sich mit der bereitgelegten Serviette die Mundwinkel ab.

Nach ein paar einleitenden Phrasen über Gott und die Welt wollte Jan Inge wissen, was sie sich vorgestellt hatten.

»Bestimmt Scheiße«, blaffte Rudi, der sich von Jan Inge vergessen fühlte. Doch auch diesmal nahm der von ihm keine Notiz.

»Rikki und ich stehen an einer Art Endstation«, erklärte Ben mit weicher Stimme.

»An einer Endstation«, wiederholte Jan Inge, ja, ihm gefiel diese merkwürdige, leicht verträumte Art zu sprechen sehr.

»Ja«, sagte Ben. »Wir hatten bisher echt wenig Glück mit den Karten, die man uns ausgeteilt hatte, da musste einfach was passieren.«

»Und die Karten, die du erwähnst«, sagte Jan Inge, diese Ausdrucksweise gefiel ihm wirklich, »die meinen wohl …«

»Nicht den Namen!«, warnte Rudi und schlug auf den Tisch, dass die Teller und Gläser klirrten. »Scheiße auch!«, brach es aus ihm heraus, und er sah von Jan Inge zu Ben. »Was wird das hier? Ihr redet wie zwei alte Priester! Fuckfuckfuck und nochmals fuck!« Dann beugte er sich zu Jan Inge. »Benno und Rikki sind von zu Hause abgehauen, Mann. Sie haben ihre Rucksäcke gepackt und sich auf die Draisine geschwungen, sie kommen mit shit-loads von Geld an, und jetzt reicht's for this old cunt-licker hier, raus damit: Warum seid ihr hier? Woher habt ihr die Scheine? Ich möchte eine Antwort! Was ... was ... Ich ... Dschieses!«

Während Rudis Ausbruch schloss Jan Inge die Augen und ballte die Fäuste. Er seufzte tief, weil die bisher so anständige Luft jetzt von Rudis obszöner Ausdrucksweise verunreinigt wurde. Als seinem Freund die Worte ausgingen, drehte er sich langsam zu ihm um.

»Rudi«, sagte er ganz ruhig. »Was du gerade tust, jetzt gerade, diese unanständige Ausdrucksweise, diese Art, wie du dich aufführst, als wärst du so was wie ein Neandertaler, das mag ich nicht.«

»Ich kackscheiß so was von drauf, ob du das magst oder nicht.«

»Rudi«, wiederholte Jan Inge, »jetzt wirst du gerade kindisch.«

»Ich scheiß echt verf...«

»Rudi!«

»Ja! Hier!«

Jan Inge wandte sich an Ben. »Du musst deinen Onkel entschuldigen. Er ist momentan nicht ganz ausgeglichen.«

»Schon okay«, sagte Ben lächelnd, »niemand, der kurz davor steht, sein Kind zu verlieren, ist ganz ausgeglichen. Ist völlig in Ordnung, Rudi.«

»Aber ich ... ich ...« Rudi schloss die Augen. Gab auf.

»Ich kann gern erzählen, was passiert ist«, fuhr Ben fort. »Rikki und ich haben uns entschieden, unser Elternhaus zu verlassen. Für immer.«

»Zumindest für eine Wei...«, sagte Rikki.

»Für immer«, fiel Ben ihm ins Wort, »für immer. Wir haben ein bisschen Geld in die Finger gekriegt.«

»Das kann man wohl laut sagen.« Jan Inge reichte ihm das Brett mit dem Schinken. »Strandaschinken? Waldorf?«

»Danke«, sagte Ben und nahm sich eine Scheibe Stranda-schinken.

»Der ist unglaublich gut«, sagte Jan Inge, »wenn man sein Brot herzhaft mag.«

Ben lächelte. »Ich steh total auf herzhaft. Wie auch immer. Vor ein paar Tagen«, erzählte er weiter und legte die Schinkenscheibe auf sein Brot, »haben wir zusammen mit einem Bekannten einen Jahrmarkt überfallen.«

Rikki räusperte sich und stellte das Saftglas ab, aus dem er gerade trinken wollte. Er schwitzte unter den Armen. Was war so falsch daran, am Gravarslia rumzuhängen und Benzin zu schnüffeln?

»Ein Bekannter«, sagte Jan Inge und reichte die Schin-kenplatte weiter.

»Ein Typ, der sagt, er heiße Tødden«, erläuterte Ben.

»Tødden?« Rudi sprang auf und schlug mit der Faust gegen die Wand in seinem Rücken. »Jani! Doyoubelieve-thisshit! Tødden? Die haben mit Tødden einen Jahrmarkt überfallen!«

»Wir haben ihn nach Schließung des Jahrmarkts am Maxi-Markt getroffen«, fuhr Ben unbeeindruckt fort, während Rudi vor Erregung fast schon auf und ab hopste, »und nach ein paar Verhandlungsrunden wurden wir han-delseinig, haben gemeinsam die Jahrmarktkasse geleert und die Summe geteilt.«

Jan Inge machte den Mund auf und nickte bedächtig. Das waren kolossale, um nicht zu sagen erschütternde Neuigkeiten. Rudi hatte während Bens Ausführung beide Hände in die Luft gerissen, und die landeten jetzt inein-ander verschränkt auf seiner Schädeldecke, während er die Eckzähne aufeinanderschlug.

»Versteh ich dich richtig«, fragte Jan Inge und versuchte, sachlich zu bleiben, »du möchtest sagen, ihr habt Tødden getroffen, und er hat mit euch zusammengearbeitet?«

Ben nickte.

»Hm.« Jan Inge räusperte sich. »Könntest du mir bitte den Apfelsaft geben, Rikki?«

»Scheiße, das ist zu krass«, sagte Rudi und plumpste wieder auf den Stuhl. »Tødden.«

»Hm«, machte Jan Inge. »Danke, Rikki.« Er nahm den Apfelsaft entgegen, schenkte sich ein und leerte das Glas in einem Zug.

»Rikki«, wandte sich Rudi an seinen zweiten Neffen, der nur mehr ängstlich dasaß und sich nichts mehr zu sagen traute, seine fünfte Scheibe Brot aß und dabei gehetzt von einem zum anderen glotzte. »Rikki, guck mich an. Was verdammt noch mal habt ihr da gemacht? Ist euch eigentlich klar, mit wem ihr euch eingelassen habt?«

»Ähm … nein?«

»Tødden ist ein Gewalttäter!«

»Okay …«

»Er ist ein Psychopath.«

»Äh … Was ist das?«

»Psychose und Gewalt – soll ich euch mal erzählen, was Tødden …«

»Rudi! Nein, sollst du nicht!« Jan Inge stampfte auf.

Rudi riss die Arme hoch. »Gut«, blaffte er beleidigt, »jedenfalls wart ihr mit einem Verrückten in Kontakt. Einem Monster. Wenn mir hier irgendwer erzählen würde, er wär seinerzeit aus einem Schlangenei gekrochen, ich würd keine Sekunde daran zweifeln.«

»Rudi übertreibt. Wie immer. Tødden«, sagte Jan Inge trocken, »den kennen wir gut.«

»Da seid euch verdammt noch mal sicher.«

»Mit dem haben wir bei verschiedenen Gelegenheiten zusammengearbeitet. Er ist echt extrem fähig. Hat aber nicht ganz die gleichen Ansichten wie wir. Also haben wir die Zusammenarbeit beendet. Du verstehst doch, Ben.« Jan Inge beugte sich zu dem Jungen hinüber. »Wir haben hier Regeln. Wir haben Grundprinzipien, die wir befolgen.«

»Und die wären?«

»Keine Gewalt«, sagte Jan Inge.

Rikki räusperte sich.

»Keine Drogen«, sagte Jan Inge.

Rikki blickte zur Decke.

»Keine Pornos«, sagte Jan Inge.

Rikki scharrte mit den Füßen.

»Die Ruhe bewahren«, sagte Jan Inge.

Rikki schluckte und sah zu Rudi, der mit den Fingern auf den Tisch trommelte.

»Und eine ganze Reihe weiterer Regeln«, fuhr Jan Inge fort, »die uns verdammt wichtig sind. Ich kann wohl auch gleich sagen: Ich bin kein Fan davon, das Menschliche rauszulassen. Hippiezeit, so was schreckt mich ab. Frauen mit Haaren unter den Achseln. Begehren ohne Zähmung. Janis Joplin. Die glauben, das sei Freiheit, aber das ist Barbarei, denn das Menschliche enthält das Barbarische …«

»Oh lovely. Jetzt ist der Philosoph wieder on tour.«

»Und ein Mann wie Tødden«, schob Jan Inge eilig hinterher, »so qualifiziert er auch ist, mit seiner starken Persönlichkeit, seiner physischen Überlegenheit, seiner furchtlosen Art – ein Mann wie er passt nicht zu uns.«

»Ich kapier echt nicht, was ihr meint. Als wir ihn getroffen haben, hat er gerade einem Jungen das Leben gerettet«, sagte Rikki.

Jan Inge und Rudi starrten Rikki an.

»Einem aus Serbien.«

»Tschetschenien«, verbesserte ihn Ben.

»Was du echt kapieren musst«, ging Rudi dazwischen, »bei Tødden geht es in alle Richtungen. Es gibt keinerlei Konsequenz. Keinerlei System. Am einen Tag kann er das Leben eines Armeniers retten, und am nächsten zieht er ihm die Haut ab.«

Jan Inge neigte den Kopf. »Warte. Ein Tschetschene, hast du gesagt?«

»Menschenhandel«, sagte Ben.

»Menschenhandel! Menschenhandel mögen wir nicht! Mögen wir Menschenhandel, Jani?«

»Er hat bei einem Jungen mit blutender Bauchwunde Wache gehalten«, erklärte Ben. »Worum es da ganz genau ging, weiß ich natürlich nicht, aber was Rikki gesagt hat, stimmt. Soweit wir es erkennen konnten, hat er dem Jungen das Leben gerettet.«

Jan Inge und Rudi wechselten einen Blick.

»Whatstheworldcomingto.« Rudi seufzte.

»Und jetzt sitzen wir also bei euch«, sagte Ben, »und haben zehntausend Kronen dabei. Wir kehren nie wieder nach Hause zurück …«

»Zumindest fürs Erste nicht«, versuchte Rikki es erneut.

»… und wir möchten euch ein Angebot machen«, fuhr Ben unbeirrt fort und stand auf. Er rückte den Stuhl unter den Tisch und stemmte sich mit beiden Händen auf die Rückenlehne.

»Ben«, sagte Rudi, so ruhig er konnte, und verdrehte die Augen. »Ich glaub, jetzt ist das Ganze weit genug gegangen. Jetzt hör mal zu. Du redest wie ein Priester. Ihr habt jedes Maß weit überschritten. Ihr seid dreizehn, Herr im Himmel!«

»Fünfzehn und sechzehn.«

»Yeahright. Fünfzehn und sechzehn. Gut. Du bist ein Idiot, Ben. Ehre. Go your own way, wie schon Fleetwood Mac gesungen haben. Aber ihr müsst auch ein klitzekleines bisschen realistisch bleiben. Ihr seid von zu Hause abgehauen. Das ist oldschool. Hatten wir in den Achtzigern auch. Alte Songs, die ihr da singt, Kiddo. Und ich will noch nicht mal aussprechen, vor wem ihr da abgehauen seid, denn beim Namen dieses Schwertfischs muss ich mein Herz rauskotzen. Aber so ist es nun mal. Ihr seid zwei kleine Scheißer und von zu Hause abgehauen. Scheiße noch mal! Morgen ist Schule! Mathe und Sachkunde!«

»Das heißt nicht mehr Sachkunde«, wandte Rikki ein.

»Ach so? Na, dann hat sich ja sogar das verändert. War wohl nicht gut genug, ja. Wie heißt es denn jetzt? Ökologie?«

»Hab ich vergessen«, antwortete Rikki.

»Rudi«, flocht Ben ein, »kannst du so nett sein und dich ein bisschen beruhigen?«

»Hä? Scheißever… Jani!« Rudi schlug sich mit der flachen Hand an die Stirn. »Hörst du, wie dieses Meerschweinchen da mit mir spricht?«

»Ja. Lass ihn reden.«

»Ich soll ihn verd…«

»Red weiter, Ben.«

»Danke.« Ben lächelte die beiden freundlich an. Mit dem Zeigefinger zog er über den Ecken der Stuhllehne Kreise. »Es ist ganz einfach«, hob er an. »In unserer Familie herrscht immer Feindschaft bis aufs Blut und bis über den Tod hinaus. Zwischen sehr vielen. Zwischen fast allen. Zwischen unserem Vater und Rudi. Zwischen unserem Vater und seinen Eltern. Zwischen der Mutter unseres Vaters und ihrem Bruder. Zwischen unseren

Cousins und ihren Onkeln. Zwischen unseren Tanten und ihren Töchtern. Zwischen unserem Großonkel und seiner Schwester. Zwischen der Mutter unserer Mutter und ihrem Sohn. Zwischen unserer Nichte und ihrer Cousine zweiten Grades. Zwischen dem Vater unseres Vaters und seinem Bruder. Oder haben Edgar und Lars die Sache von 1964 in Ålgård geklärt?«

Er sah Rudi fragend an, der schüttelte den Kopf.

»Nein«, sagte Ben. »Und bald, nehm ich an, wird so eine Erzfeindschaft zwischen Kate und unserem Vater ausbrechen. Ach ja, und da ist ja noch die Feindschaft zwischen der Mutter unseres Vaters und dem Vater unseres Vaters.«

»Hör auf, die zu erwähnen! Diese ausgewanderten Feiglinge! Lass die mal schön bleiben, wo sie sind. In ihrem stinkenden Wohnmobil in Spanien. Ha! Costa del Sol. Sollen sie doch in Bacalao vermodern und von den Stieren aufgespießt werden.«

»In unserer Familie«, fuhr Ben fort, »war Feindschaft schon immer die Regel. Ja, so sind wir. Das können unsere Gene eben. Ich hab mal gehört, wie ein Großonkel gesagt hat, wenn es eine WM in Feindschaft gäbe, wäre unsere Familie haushoch Favorit. *Wir täten da das Rennen machen,* hat er immer gesagt, *und uns dann deswegen fetzen und aufm Treppchen noch abmurksen.* Früher oder später legt sich bei uns jeder mit jedem an. Außer«, sagte er und sah zu Rikki, »außer Rikki und mir.«

Rikki zuckte mit den Schultern.

»Wir haben uns davon distanziert.«

Rikkis Augen wurden ganz rund und sanft. Sein Blick ruhte auf seinem Bruder.

»Zwischen uns gibt's keine Feindschaft«, sagte Ben und legte Rikki die Hand auf die Schulter. »Zwischen uns hat es noch nie böses Blut gegeben, und zwischen uns soll niemals Krieg ausbrechen.«

Jan Inge registrierte, wie Rikki bei den Worten seines Bruders zusehends wie ein Teddybär aussah, und er bewertete Bens Methode als sowohl smart wie auch zielführend.

»Nur sind unsere Rahmenbedingungen nun mal folgende«, sprach Ben weiter, und noch immer kreisten seine Finger über die Stuhllehne. »Unsere Mutter ist krank. Sehr, sehr krank. Im Kopf. Sie hat sämtliche existierenden psychischen Diagnosen. Sie wird sich bald umbringen. Da führt kein Weg dran vorbei.«

Rikkis Mundwinkel zitterten.

»Ist leider so«, sagte Ben, »da kann niemand was tun. Was singt Bjørn Eidsvåg gleich wieder? He, Rikki, dieser Song, den Mama so gern mag. Genau: *Eg ser at du e trøtt, men eg kan ikkje gå alle skrittå for deg, du må gå di sjøl.* Hab 'nen Sinn dafür. Jammere nicht. Jeder für sich. Unsere Aufgabe ist es, uns selbst zu retten.« Dann wandte er sich an Jan Inge. »Und ich glaube, dass ihr uns braucht. Wir sind jung. Wir sind die Zukunft.«

»Die Zukunft sucks«, warf Rudi ein.

»Schhh«, sagte Jan Inge streng. »Du hast ein Einstellungsproblem, Rudi.«

»Ich! Ein *Einstellungsproblem?*«

»Ja.«

»Ich! *Ich?* Prinz Optimismus? Thebaronoflove? Ein Einstellungsproblem?!«

»Ja. Hast du. Du siehst alles so negativ.«

»Also, ich seh al… Also, nein, ich hätt… Nein, so was hab ich for cuntssake nie … JAN INGE!«

»Papa ist genauso«, kam es von Rikki. »Er sagt immer, dass alles nicht gut enden wird. Und dass früher alles besser war.«

Rudi schnappte sich zornig ein Stück Gurke. Hielt es zwischen seinen langen Fingern und schabte nach und nach die Schale ab. »Gut. Hab's geschnallt. Scheißt ruhig auf mich. Reißt mir die Erbinformationen aus dem Leib und spuckt darauf. Dschieses.« Er verschränkte die Arme. »Einstellungsproblem. Great. Bin ich vielleicht David Lee Roth? Ja, genau. Ich soll die Klappe halten. In Gottes Namen. Einstellungsproblem. Ha. Während mein Kind zwischen Leben und Tod schwebt, Scheiße verdammt. So 'nen Quatsch muss man sich anhören. To hell and back again.«

»Mach weiter, Ben«, sagte Jan Inge und zog seinen Inhalator aus der Tasche. Saugte die Luft ein.

Ben hörte mit der Fingerkreisbewegung auf. »Asthma?«

»Mhm.«

»Wie auch immer. Wir sind höchst arbeitsfähig. Wir sind loyal. Als Beweis haben wir ein Geschenk mitgebracht, und wir können euch außerdem einen Ort zeigen, wo noch mehr zu holen ist. Ihr müsst uns nur vertrauen. Uns einen Schlafplatz geben. Und Arbeit.«

Jan Inge stand auf und ging zum Fenster. Draußen war es jetzt dunkel. Bald würde der Nachtzug nach Oslo vorbeifahren. Langsam zog ein wunderbarer Sternenhimmel herauf.

»Weiter«, sagte er.

»Wir bieten euch an, mit uns Frank Martin Digervolds Haus auszurauben.«

Jan Inge wirbelte herum, und Rudi starrte den Jungen mit der glühenden Haut fassungslos an.

»Fra… Mart… Dig…«

»Es ist bis oben hin voll mit Geld. Cash. Wir sprechen wahrscheinlich von 'ner Million.«

Melancholisch einschmeichelnd wehten vom Wohnzimmer her Geigenklänge herüber, dann das Wabern einer Steelgitarre. Slacke Besenbeats, ein Honky-Tonk-Piano, ein steter Walking Bass. Kitty Wells' klare, vibrierende Stimme erfüllte die Küche. Rudi stand auf und marschierte hinaus.

Für eine halbe Minute hämmerte und donnerte es im Flur, als versuchte jemand, das Haus abzureißen. Jan Inge bedeutete sowohl Ben als auch Rikki mit einem Nicken, sie müssten sich keine Sorgen machen.

Dann kam Rudi zurück. Sein Kopf loderte, sein Blick war wild, und er rieb sich die tauben, geröteten Knöchel. Er nahm einen Lappen aus dem Spülbecken, ließ kaltes Wasser darüberlaufen und wickelte ihn sich um die Hand.

»Fuck«, sagte er. »Das Haus meines Bruders ausrauben? Das Leben meines Bruders zerstören? Das ist eine verdammt großartige Idee.«

Es wurde das Videozimmer. Jan Inge schluckte seinen Stolz und die Angst hinunter, dass in seinem Allerheiligsten etwas zerstört werden könnte, und ließ Rikki und Ben dort auf dem Boden campieren. Das Videozimmer sei sein Bunker, erklärte er, machte die Tür auf und zeigte den Jungen ein Zimmer mit so vielen Regalen voller Videos wie überhaupt nur möglich. VHS, Betamax, DVD. Achtzig Prozent davon, erklärte Jan Inge und wurde vor Freude ganz rot, sei Horror. Gut zehn Prozent Thriller und Action. Ein paar Prozent könne man als Komödien bezeichnen. Der Rest seien Familienfilme und Dokus. Falls die Jungen vorm Schlafen was sehen wollten, dann stehe dort ein alter Fernseher, sie sollten sich einfach bedienen.

Rudi schleppte ein paar alte Matratzen an und quetschte sie zwischen die Regalreihen, wo sie gerade Platz fanden. Es tue ihm leid, sagte er, dass sie gerade nicht mit sauberen Laken dienen könnten, aber Cecilie sei nun mal im Krankenhaus. Ben und Rikki erwiderten, dass sie sich mal keinen Kopf machen sollten, es sei schon alles tipptopp.

Beim Schlafengehen zeigte Rikki zur Decke und sagte: »Siehst du das, Ben?«

An der Decke hing ein riesiges Poster. Darauf das Bild eines schwarzhaarigen, vollbärtigen Manns. Er stürmte mit einem hoch über den Kopf erhobenen Hackebeil auf eine nackte Frau zu, die er ganz offensichtlich abschlachten wollte. Daneben stand direkt über dem Filmtitel *Blood Vengeance*: »TORTURED BY HIS LUST FOR TWO WOMEN«.

Rikki legte den Kopf schief.

»Zwei Frauen«, flüsterte er. »Der Typ liebt zwei Frauen. Und dann geht's für ihn den Bach runter.«

Ben nickte. »So was kann schon hart sein.«

»Vielleicht geht es ja trotzdem gut aus«, flüsterte Rikki und versuchte, Ben auf der anderen Seite der Doppelregalreihe zu sehen – vergebens. Er sah bloß endlose Kolonnen von Horrortiteln: *Kosmokiller, Don't Go in the Woods … Alone!, Die Herrscherin des Bösen, Man-Eater …*

»Hm«, kam es nach einer Weile von Rikki, »ich versteh das System hier nicht.«

»Was für ein System?«

»Tja, na ja, es gibt doch bestimmt ein System, nach dem er seine Filme sortiert. Hm. Sollen wir uns eigentlich noch 'nen Film ansehen?«

»Nicht heute Abend, glaub ich.«

»Nein, vielleicht sollten wir ein bisschen schlafen, ganz einfach.«

»Ich bin stolz auf dich, Rikki«, sagte Ben.

Rikki machte die Augen zu. »Ja?«

»Ja«, sagte Ben.

»Gute Nacht, mein Ben.«

»Nenn mich nicht so!«

15 Beverly und Jan Inge gehen ins Kino

Als Jan Inge am nächsten Nachmittag um kurz vor fünf durch die Türen des Kinos am Arneageren trat – in eine seiner zwei Anzugjacken gekleidet und Arm in Arm mit jenem amerikanischen Zirkus von einer Frau, die er über alles in der Welt bewunderte –, drehten sich drei junge Mädchen nach ihm um. Sie zeigten auf ihn, tuschelten und kicherten, und Jan Inge hörte sowohl *Loser* als auch *scheißfetter Tard*. Das verletzte ihn, immerhin meinte er, dass sowohl seine Elixia-Mitgliedschaft als auch die Diät allmählich sichtbar Wirkung zeigten. Jan Inge hatte sich ordentlich ins Zeug gelegt, und wenn man ihn fragte, waren die Spuren gestemmter Gewichte, gelaufener Meter und nicht verzehrter Butter deutlich sichtbar.

»Oh shoot«, zischte Beverly Hinna und schnaubte die Mädchen an. »Für mich jedenfalls bist du smoking hot«, wandte sie sich an Jan Inge. »Girls«, sagte sie mit einem Lächeln auf den feuchten Lippen, »die haben doch keine Ahnung davon, was ein Mann ist.«

Beverly straffte die Mundwinkel und verstärkte den Griff um Jan Inges Unterarm, als sie vor den Bildschirmen mit dem Kinoprogramm für den Abend stehen blieben. Jan Inge schwitzte in den Armbeugen und am Rücken, aber nicht vor Nervosität, sondern vor Freude. Freude, endlich, nach so vielen Jahren des Hofierens, einen sinnlichen

Fortschritt zu erleben. Bis vor wenigen Wochen hatte Beverly auf die Frage, ob sie nicht mal miteinander ausgehen könnten, vielleicht ins Restaurant oder ins Kino, bloß den Kopf geschüttelt. »No, no, boy«, hatte sie gesagt, mit der Zunge geschnalzt und gleichzeitig zur Ablenkung mit ihren molligen Fingern über seine Brust gestrichen oder ihm ungeniert die Hand in den Schritt gelegt. Die ganze Zeit über hatte er irgendwie den Eindruck gehabt, sie würde diesem Thema ausweichen. Sie wollte mit ihm nicht gesehen werden. Sie wollte ganz einfach nicht, dass ihr Verhältnis öffentlich wurde, oder ernster. Bis letzten Donnerstag – er hatte gerade in ihrem kuschligen Haus in Tasta mit ihr schlafen dürfen, in diesem weichen Bett zwischen all den pastellfarbenen Kissen, fluffy Teddybären, Decken voller Fransen und den drei Lagen Vorhängen vorm Fenster –, letzten Donnerstag also sagte Beverly ganz plötzlich, noch während sie am Schminktisch saß und sich nach der Séance wieder herrichtete: »Jan Inge, Darling, warum führst du mich eigentlich nie irgendwohin aus?«

Er angelte die Unterhose vom Fußende des Betts und schlüpfte hinein.

Hatte er richtig gehört?

Er richtete sich gerade auf, schluckte den angenehmen Geschmack ihrer Säfte hinunter und wollte schon rausplatzen, wenn er sie etwas gefragt hatte, und zwar Tausende Male, dann doch wohl das. Aber dann verstand er, worum es hierbei eigentlich ging – nämlich den faszinierenden Begriff von Integrität –, und sagte: »Das ist eine unglaublich gute Idee, und es tut mir aufrichtig leid. Wie wäre es in der kommenden Woche mit Kino?«

Beverly, die sich ihren lilafarbenen Seidenmorgenmantel angezogen und zum Spiegel vorgebeugt hatte, begutachtete ihre Lippen, die soeben die Farbe des tiefroten Lippenstifts annahmen, und sagte lächelnd: »The Movies. The Big Picture. Always the gentleman.«

Jan Inge entschied sich, das Ganze als Zeichen für das Anwachsen echter Liebe bei Beverly zu deuten, ihrer Liebe zu ihm. Den Verdacht, es könnte etwas mit Geld zu tun haben, schob er beiseite, obwohl ihm aufgefallen war, dass Beverly in letzter Zeit im Pekuniären, wie sie alles rund ums Geld bezeichnete, einen gewissen Mangel verzeichnete. Es lagen nicht mehr so viele neue Einrichtungszeitschriften herum, die meisten stammten von 2008 und 2009. Bei seinen Besuchen registrierte er, dass in den Schälchen noch dieselben belgischen Schokoladendrops lagen wie in der Woche zuvor. Und davon hielt er nichts. Eine stolze Frau ohne Geld – was für eine schreckliche Vorstellung! Eine Frau – so sah Jan Inge das – musste, um das volle Potenzial ihrer Weiblichkeit freisetzen zu können, über genügend Geld verfügen. Frau zu sein – meinte er – war kostspielig, und er hatte überhaupt kein Problem damit, sich selbst als Geldlieferanten zu sehen – als Lieferanten von massig viel Geld –, an dem sich Beverly unbeschwert bedienen konnte. Daher hatte er vor etwa einem Monat kommentarlos seine Beiträge erhöht. Wie er es bezeichnete. Das Geld, das er auf ihr Ecktischchen legte, ehe sie jeden Donnerstag in ihr Bett krabbelten. Ohne irgendwelchen fuss hatte er die Summe einfach verdoppelt, von tausendfünfhundert auf dreitausend Kronen, und Beverly war elegant genug, es nicht zu kommentieren.

All das liebte Jan Inge an Beverly.

Die Eleganz. Die Wendigkeit. Die Diskretion.

Und falls nun die Höhe des ökonomischen Beitrags sie ihm gegenüber freundlicher gestimmt hatte, blieb ja trotz allem der Fakt, dass Beverly Hinna ihn jetzt mit anderen Augen betrachtete. Der Fakt, dachte Jan Inge, dass er etwas hatte, was Businessmenschen als einen *Moment* bezeichneten.

Für ihre Verabredung heute hatte sie eine feuerrote todschicke Baumwollhose angezogen, die straff an ihrer fülligen Figur saß und Poplarvilles ausgewanderter Tochter bis zu den Knöcheln reichte, wo der Saum auf einem Paar weißer Schuhe mit Golddekor auflag. Obenherum kämpften die mächtigen Brüste dagegen an, aus der engen Jacke zu hüpfen, die mit einem Lilienmuster ebenfalls schön verziert war. Über der linken Brust prangte eine betörende Silbernadel, ein Hirsch im Sprung, der bei Jan Inge eine Reihe deutsch-österreichischer Empfindungen auslöste. Beverlys Gesicht glich wie immer einem Gemälde. Jede Make-up-Linie war so exakt gezogen, dass man schon Bergarbeiter sein musste, dachte Jan Inge, um das Ergebnis nicht zu bewundern.

»*Kon-Tiki?*«

Beverly rümpfte die kleine Nase. »A bunch of guys on a boat?«, entgegnete sie. »Ich bin für was Romantischeres.«

»Tja«, sagte Jan Inge und war stolz darauf, sich in der Öffentlichkeit mit dieser fast vierundfünfzigjährigen, so blendend aussehenden Frau zu zeigen. »Romantisch …«

Beverly kniff ihm in den noch immer reichlich vorhandenen Hüftspeck.

»Es laufen gerade nicht wirklich romantische Filme«, sagte Jan Inge, nachdem er das Programm einer Prüfung unterzogen hatte. »Es gibt Horror«, sagte er. »*Paranormal Activity 4*, ein Genre, das meines Erachtens nicht zu dir passt, und es gibt einen Thriller, *96 Hours – Taken 2*, animierte Kinderfilme, *Madagaskar 3*, und es gibt Science-Fiction, *Looper* …«

»Ja, ja, ja«, unterbrach ihn Beverly und zog ihn in die Ticketschlange, »kauf großes Popcorn for your woman, dann mach ich die Augen zu und träum von deinem Körper, während du dir *Kon-Tiki* ansiehst.«

War das der Himmel?

Wonne rauschte durch Jan Inges Leib. Sollte er etwa heute den großen Vorstoß wagen? Alle Karten auf den Tisch legen.

Ja, dachte er, auf alle Fragen ein Ja, und dann tat er, wovon er geträumt hatte, seit er klein gewesen war. Er griff in die hintere Hosentasche und zog sein Portemonnaie heraus. Machte es auf. Nahm ein paar Hunderter heraus. Lächelte die Frau an seiner Seite verschmitzt an. Bezahlte, als wäre es das Natürlichste auf der Welt.

»*Kon-Tiki*«, sagte Jan Inge, und ihre Brust streifte seinen Oberarm, »da geht es um Ambitionen, musst du wissen, und das ist nie verkehrt.«

Über weite Strecken des Films verschränkte Beverly die Finger mit denen von Jan Inge. Natürlich nahm er es wahr – was für ein wunderbares Gefühl, er empfand es wie einen Sieg –, aber gleichzeitig lenkte es ihn auch ab. Denn dieser Film, *Kon-Tiki*, war kein dummer Film. Jan Inge saß in Saal fünf in Reihe fünf und folgte mit steigendem Interesse der Geschichte eines großen Mannes und seiner Mannschaft, als sie die Weltmeere überquerten. War das nicht die Geschichte des Unternehmertums an sich? Ging ihn das denn nicht selbst etwas an – und seine Firma? War nicht er, Jan Inge Haraldsen, eine Art Thor Heyerdahl? Und seine Firma nicht eine Art Floß? Wagemut. Zu denen gehören, die Regeln definierten, die eine Pferdelänge voraus lagen. Worauf bezog sich das, übertragen auf seine Firma? Waren sie nicht in ihrem Business ganz einfach ins Hintertreffen geraten?

Beinahe lachhaft unmodern geworden? Vom Laster gefallene Ware?

Doch.

Und würden sie nicht in nur wenigen Jahren, vielleicht Monaten, keine Schlagkraft, keine Mittel, keine Kompetenz mehr haben?

Doch.

Jan Inge ließ sich von Beverly befummeln, zugleich von diesem Monumentalfilm bereichern, und alles stand glasklar vor ihm. Sein Hirn zog kühne Schlussfolgerungen. Zum Beispiel fehlte ihm ein IT-Chef. Ein Stich in der Brust. Mit einem Mal hatte Jan Inge Lust auf Limo, Chips, Snickers und den ganzen anderen Süßkram, wie immer, wenn er begeistert war.

Beverly zog ihre zärtlichen Finger aus seiner Hand und legte sie auf seinen Oberschenkel. So eine Situation hatte er sich sein ganzes Leben lang wieder und wieder vorgestellt: ein erotischer Klassiker in einem Kino, im Schutz der Dunkelheit die Finger einer Frau spüren. Trotzdem konnte Jan Inge nicht darauf eingehen. Er sah Thor Heyerdahl auf den Weltmeeren, und sein Gehirn arbeitete in munteren Analogien. Ein IT-Mensch. Dieses Konzept – ein analoger Mensch zu sein. Oder ein digitaler Mensch.

Daran liegt es, dachte Jan Inge.

Rudi. Cecilie. Beverly. Meine Leute sind so analog.

Ich muss einen digitalen Menschen finden.

Beverlys rechte Hand kroch langsam an Jan Inges Oberschenkel hoch. Jetzt, da seine Gedanken an Land gegangen waren, so was wie einen Hafen erreicht und sich zu einem Anker geformt hatten, konnte er sich auch darüber freuen, was sie in der Kinodunkelheit mit ihm machte.

Nachdem der Abspann vorbei und Jan Inge an diesem Tag schon zum zweiten Mal gekommen war, traten er und Beverly hinaus auf die Straßen von Stavanger. Sie spazierten über das Kopfsteinpflaster der Kirkegata, und Jan Inge schlug vor, noch ein bisschen am Kai entlangzuflanieren, jetzt, wo sich kein Lüftchen mehr regte und es so erstaunlich mild war. Beverlys Griff um Jan Inges Arm wurde wieder fester, und mit ihrem charakteristischen Akzent willigte sie ein – was für eine lovely Idee!

Sie gingen bis zum Ende der Kirkegata, am De Røde Sjøhus entlang den Berg hinunter und überquerten beim Ölmuseum die Straße. Es roch nach Salzwasser und war inzwischen dunkel geworden.

»Es gibt da einiges, was ich dir sagen will«, hob Jan Inge an.

»Oh?« Beverly sah ihn verunsichert an.

»Aber ich weiß nicht genau, wie ich es sagen soll.«

»Sag es einfach, Honey. Ich hab keine Angst.«

»Natürlich«, sagte Jan Inge nervös, »aber du bist eine Frau. Und ob einer Frau wie dir gefällt, was ich zu sagen habe«, er trat von einem Fuß auf den anderen, »ist alles andere als sicher.«

»Shoot«, sagte Beverly. »Vielleicht bin ich anders, als du denkst.«

Jan Inge sah sie an. »Hast du dich nie gefragt, was ich so mache?«

»Was du so machst? Du bist ein Geschäftsmann. Du hast ein Umzugsunternehmen.«

»Ja, das stimmt«, sagte Jan Inge. »Aber vielleicht mach ich ja auch noch was anderes. Vielleicht hab ich mehrere Standbeine, um es mal so zu sagen.«

»Well?«

Jan Inge versuchte, ihr in die Augen zu sehen. Was er da tat, war riskant. Widersprach allem, was er sonst predigte. Hätte man ihm über jemand anderen aus der Gang erzählt, dass der sich derart verplappert hätte, wie er es gleich tun würde, wäre er hart dagegen vorgegangen. Die Liste früherer Mitarbeiter, die rausgeflogen waren, weil sie geplaudert hatten, war lang.

»Beverly«, sagte er und stemmte die Hände in die Hüften. »Ich bin Chef einer kleinen, aber gut laufenden kriminellen Gang.«

Beverlys Lippen öffneten sich ein wenig.

»Wir sind nicht viele«, sprach Jan Inge weiter, »aber wir sind wie eine Familie.«

Beverlys Lippen öffneten sich weiter.

»Da ist meine Schwester Cecilie«, fuhr Jan Inge fort. »Sie liegt übrigens derzeit mit Schwangerschaftskomplikationen im Krankenhaus.«

Beverlys Gesicht bekam wieder etwas Farbe.

»Und dann ist da Rudi, mein bester und vielleicht einziger Freund. Er ist – so hoffen wir – der Vater von Cecilies Kind. Er ist ein bisschen anders, ein Kind des Regenbogens, könnte man sagen, aber er ist loyal, furchtlos und ein Mann der Liebe.«

Beverly legte den Kopf leicht schräg.

»Das ist sozusagen der Kern des Unternehmens. Aber irgendwie stehen wir gerade an. Und ich bin ein lösungsorientierter Mann. Ich glaube an Kopf hoch und aufstehen. Wie unser Volk nach dem Krieg. Wie das amerikanische Volk nach den Twin Towers. Die Sache ist nämlich die: Wir brauchen massig viel Geld.«

»*Massig* viel Geld?«

»*Massig* viel Geld. Ich werde eine starke Mannschaft mit hellen Köpfen rekrutieren, und ich werde mit meinen eigenen Grundprinzipien brechen, und ich will, dass wir massig viel Geld in die Hände kriegen.«

»Massig viel Geld.« Beverlys Lippen glänzten.

»Massig viel Geld.« Jan Inge nickte. Dann atmete er tief durch und schüttelte die Finger aus. »So, Beverly, das also bin ich, war ich und werde ich immer sein.«

Ihre Augen wurden feucht.

»Beverly«, flüsterte Jan Inge, »unser Verhältnis war bisher ein Verhältnis hinter Vorhängen. Ich wünsche mir dich an meiner Seite, ich wünsche mir, mit dir hier draußen in der Welt zu sein. Ich möchte mit dir im Supermarkt einkaufen gehen. Ich möchte deine Hand halten, während wir in der Tiefkühltruhe nach unserem Abendessen wühlen. Ich brauche dich, sowohl deinen Körper als auch deinen Kopf. Unser Haus braucht dich, und ich glaube fest daran, dass du in der Firma deinen natürlichen Platz findest.«

Jan Inge fasste sich an den Bauch.

»Und ich werde abnehmen«, sagte er und fügte hinzu: »Verabscheust du mich, Beverly? Verabscheust du mich und alles, wofür ich stehe? Zur Polizei ist es nicht weit. Möchtest du abhauen und denen erzählen, wen du getroffen hast und was er macht?«

16 Erzfeindschaft ist jetzt die beste Lösung

Frank Martin Digervold hatte zu seiner Frau seit Tagen kein Wort gesagt. Melissa nervte ihn so endlos, dass er das einfach nicht packte. Wenn sie wirklich vor die Hunde gehen – oder *rennen* – wollte, dann sollte sie das eben in vollem Scheißgalopp tun. Da lebten sie im reichsten Land der Welt, sie waren unfassbar privilegiert, und Melissa sollte sich zum Teufel noch mal allmählich zusammenreißen. Er hatte bestimmt nicht vor, sich mit runterziehen zu lassen in den Dreck, in dem sie sich ununterbrochen suhlte. Achverdammtescheiße. Kotzen könnte er. Warum er sie nicht schlichtweg rauswarf, mit dem Kopf voran, damit ihr Schädel auf dem Asphalt zerschellte wie eins ihrer japanischen eBay-Püppchen, war ihm ein Rätsel, dessen Antwort nur Jesus kannte, und von ihm aus durfte die ganze Welt liebend gern wissen, *wie* kurz davor er eigentlich jeden verfickten Morgen war, wenn er sie nach dem Aufstehen entdeckte, und sie lag am Boden und tat sich selbst leid oder hockte auf dem Klodeckel und heulte oder stand an der Kaffeemaschine und meckerte oder hing irgendwo im Haus rum wie die Deprikönigin schlechthin.

Ja, er hatte es gesagt.

Schon vor Jahren.

Am allerersten Tag, als Melissa erwähnt hatte, sie wolle zu einem Psychologen gehen.

Also, das, hatte er gesagt, *das wird nicht gut enden.*

Psychologen, hatte er gesagt, *sind die Ausgeburt der Hölle.*

Die Besserwisser der Hölle, hatte er gesagt, *verfluchte Quacksalber.*

Und wer hatte recht behalten?

Hm?

War sie denn jetzt *gesünder* oder *kränker?*

Und wie viel hatte das *gekostet?* Billionen.

Aus den kleinen Lautsprechern rauschte »Gangnam Style«, und Frank Martin schaltete das Autoradio ab. Schweiß durchtränkte sein altes Stabburet-Hemd, das er vor knapp fünfzehn Jahren von einem Kunden bekommen hatte – zusammen mit drei Stiegen Leberwurst, vier Stiegen Marmelade, fünf Stiegen Makrelen in Tomatensoße und einer kompletten Palette Konservendosen, die sie sich in den ersten Jahren der Jungs hatten schmecken lassen. Solche Kunden schätzte Frank Martin. Zur Hölle mit dieser Dreckssozialdemokratie, in der vernünftige, normale Leute keine eigenständigen Entscheidungen treffen durften, die wie ein Habicht auf deiner Schulter saß und dir in den Nacken hackte, wenn du es wagen solltest, den Bau eines Hundezwingers gegen eine Lieferung Lebensmittel einzutauschen.

Beim Kvadrat-Einkaufscenter fuhr er von der Schnellstraße ab. Er brodelte. Schon klar, warum. Sobald er sich dem verhexten Haus in Trones auch nur näherte, war es jedes Mal, als würde sein Körper zu einem Kochtopf. Zu einem Vulkan. Lava sickerte nur so aus ihm hinaus. Er könnte es so verflucht gut haben, aber er hatte es verflucht beschissen. Jetzt fuhr er also am Fahrradladen in Lura vorbei wie ein tollwütiger Hund, und dabei war es auch mal anders gewesen.

Denn spulte man dreißig Jahre zurück, sah man was ganz anderes. Wie jung er gewesen war. Wie unbeschwert. Sein Unglück war, in dieser verrückten Digervold-Familie aufzuwachsen, wo Feindschaft die Regel war, auch wenn er sich davon schon als kleiner Junge distanziert hatte. Verflucht sei er, hatte er sich gesagt, sollte er je so gierig werden wie seine ganze restliche Sippe, in der jeder jede noch so kleine Krone drehte und wendete und ableckte. Und verflucht sei er, hatte er sich gesagt und mit den Knöcheln gegen die Wand geschlagen, ja verflucht, sollte er je so wütend werden wie sein Vater und Großvater und sich mit der ganzen Welt anlegen. Er würde großzügig sein, und er würde gut Freund mit sämtlichen Leuten rundherum sein. Mit seinem Bruder Rudi, mit seiner Mutter, mit seinem Vater, mit allen.

Er war ein fröhlicher Junge gewesen, er hatte die Mods in der Giskehallen und Unit Five auf dem Jahrmarkt bei der Siddishallen gesehen, hatte für den FK Vidar gekickt, hatte Mechaniker, Mechatroniker, Bauarbeiter und dies und das gelernt und ein wenig hier und ein wenig dort gejobbt, war Fan von Arsenal und von Vidar, wurde Fan von den Cars, war maßgeblich an der Gründung des norwegischen The-Cars-Fanclubs beteiligt und leitete ihn von 1981 bis 1983. 1982 war er sogar mit drüben in L. A. und durfte die Band treffen – der Hammer, Ric Ocasek stand einfach mit einem FBI-mäßigen Grinsen und schwarzer Sonnenbrille herum, Greg Hawkes war total fertig, fix und alle, kaum zu glauben, dass er in dieser weltberühmten Band spielte, und Benjamin Orr war ganz ruhig und sanft, fast ängstlich, und Elliot Easton und David Robinson waren in etwa wie er selbst, gute Typen, und gaben Autogramme. Das waren noch Zeiten: ein bisschen jobben hier, ein bisschen jobben da, das

Geld strömte nur so in die Ölregion, und trotz Sozialdemokratie gab es in der Gesellschaft ein Mindestmaß an Flexibilität, und Frauen! Oh fuck, neunzehnhundertdreiundscheißachtzig, oh Mann, Tracey Ullman, Toto, Bonnie Tyler, gib's mir, ja, damals war er gerade mit Hilde Kommedal zusammen, Jesus, was für eine Frau, warum hatte er die nicht geheiratet, die hatte ihm doch auf dem Weg zum Håbetfestival auf dem Zugklo einen geblasen. Warum, Gott, warum? Warum macht ein Mann so viele kapitale Fehler? Den allerschlimmsten: sich für die falsche Frau zu entscheiden. Wie unkompliziert sie gewesen wäre. Hilde Kommedal. Was für eine Laune, wie unbekümmert. Sie war inzwischen mit einem Hockeyspieler der Oilers verheiratet, der einen Haufen Asche verdiente, und wenn Frank Martin ihr mal auf der Straße begegnete und versuchte, ihr in die Augen zu sehen, tat sie, als wäre er gar nicht da. Oh Gott, warum. Und wo war eigentlich diese luftballonleichte Ausgabe von Frank Martin Digervold abgeblieben? Dieser fröhliche Typ, dem Hilde Kommedal einen blies, der Chef des The-Cars-Fanclubs war, einen Job hier und einen da machte, einen tollen Bart und ein hübsches Lächeln hatte, der die Yuppiezeit mochte und seinen halbpsycho Bruder liebte?

Bei Melissa Dahle.

Da hast du die Antwort, dachte Frank Martin, bog vom Stavangerveien ab und fuhr beim Thon-Hotel den Postveien hoch.

You wear those eyes.

Da hast du die Antwort.

That never blink.

Wie Ric Ocasek sagte.

Melissa Dahle hatte einfach dagestanden. Da war keine Warnung mitgeliefert gewesen. Da hatte kein Zettel an ihr geklebt, zur Info, dass sie ein krankes Temperament hatte, dass ihre Laune hoch und runter sausen konnte wie bei einem Jo-Jo, dass sie so ungefähr jeden existierenden psychischen Galimathiasquatsch entwickeln sollte. Nichts davon war sichtbar gewesen, als sie sich begegnet waren. Er hatte einen Job im alten Posthaus in Sandnes gemacht, wo sie angestellt gewesen war. Das Einzige, was man damals sehen konnte, war, wie schön sie war, diese großen – wirklich großen –, nie blinzelnden Augen, die brennende Glut ihrer Haut, diese megaschönen Brüste und der wackelnde Po: all das, wovon Frank Martin Digervold immer geträumt hatte.

»Wie schön«, flüsterte er sarkastisch vor sich hin und bremste an seiner Straße ab. »Wie schön, Frank Scheißmartin, dass du dich für Melissa Dahle entschieden hast.«

Warum lässt du dich dann nicht scheiden?

Wahrscheinlich weil wir in unserer Familie an das Wort des Herrn glauben, dachte er. Wir glauben ans Durchhalten. Wenn wir einem anderen Menschen vor Gottes Anwesenheit – Angesicht? – etwas versprochen haben, dann muss dieses Versprechen gehalten werden.

Aber allmählich wird es anstrengend, dachte er.

So wahnsinnig anstrengend.

Mit Anfang zwanzig war Frank Martin nach Sandnes gezogen, wo Melissa herkam, und sie hatten drei Kinder in die Welt gesetzt. Kate. Und Rikki und Ben. Ihr erstes hatten sie nach Kate Pierson von den B-52's benannt. Die zwei nächsten nach Ric Ocasek und Benjamin Orr von den Cars. Na ja, ein bisschen dämlich, vielleicht nicht gerade die Namen, die sie heute aussuchen würden, aber scheiß drauf. Eine Geschichte zu haben tat den Jungs nicht weh. Bei Kate sah es nicht so schlecht aus. Vielleicht war sie ein wenig temperamentvoll, vielleicht hin und wieder ein bisschen aufbrausend, aber sie war ein anständiger Mensch. Hatte einen eigenen Salon in Bryne, trainierte viermal die Woche Taekwondo. Fuß-Hand-Methode bedeutete das, sagte sie. Zu Hause kam Kate nicht sehr häufig vorbei, schon wahr, vielleicht gab es ihr in Trones zu viel Streiterein, aber wie dem auch sei, sie war Frank Martins soft spot. Mit den Jungs hingegen ging es in voller Fahrt bergab. Er hatte sie mit *guten Regeln* und *echter Inziative* vollgepumpt, aber fiel das auf fruchtbaren Boden? No way. Die beiden Jungen, die waren kaputt gemacht worden. Von ihrer Mutter. Und, ja, von den Digervold-Genen. Tag für Tag, Sekunde für Sekunde konnte er nur eins tun: zusehen, wie seine Jungs immer dümmer und frecher wurden. Während seine Frau immer »kränker« wurde. Und er selbst immer reicher und immer wütender.

Und so brach irgendwann alles rund um Frank Martin auseinander. Ihm, der wild entschlossen gewesen war, mit dem Digervold-System zu brechen und ein fröhlicher, unbekümmerter Typ ohne diese gewissensbelastende Erzfeindschaft zu sein, ihm gelang es nicht, dagegen anzukämpfen. Er legte sich mit seinem Vater an. Mit seiner Mutter. Mit Onkeln und Tanten. Und mit Rudi.

Das war am allerschlimmsten.

Der kleine Bruder.

Er hatte seinen kleinen Bruder geliebt.

Doch irgendwo verlief die Grenze. Zuerst hatte er geglaubt, sie wäre erreicht gewesen, als Rudi auf dem Tjensvollfriedhof neunundzwanzig Grabsteine umgetreten hatte. Aber das hatte Frank Martin ihm vergeben können. Dann hatte er gemeint, da wäre sie jetzt, als Rudi des Überfalls von sechs Tankstellen in Stavanger überführt worden war. Frank Martin vergab ihm auch das.

Und so ging es weiter. Er vergab und vergab. Als er irgendwann begriff, dass sein Bruder praktisch ein Krimineller war, trübte das zwar ihre Beziehung, aber er vergab ihm – bis er das Video sah.

Ein Besuch in der Hölle.

Echt so abstrus, so abgefuckt, so schweinisch und schmuddlig, man konnte darüber gar nicht sprechen.

Rennt der da durch einen Wald, und der Schwanz klatscht ihm gegen die Schenkel.

Rennt der da durch einen Wald mit einer Wolfsmaske auf dem Gesicht.

Und ruft: »Wo biste, du dreckige Hure?«

Und ruft: »Wo biste, du miese Fotze?«

Und ruft: »Wenn ich dich krieg, spieß ich dich verdammt noch mal mit mei'm Schwanz auf!«

Ein Arbeitskollege von Frank Martin, Pedro aus Madrid, hatte es ihm gezeigt. Er habe einen derb psychomäßigen Porno in die Hände gekriegt, hatte Pedro lachend gesagt. Ach ja, hatte Frank Martin erwidert, inwiefern? Der sei irgendwo hier gemacht worden, hatte Pedro gesagt und sein iPhone gezückt. Wirst es gleich sehen. Und dann zeigte er ihm einen Clip aus *Wolfsjagd in Kvinesdal*.

Frank Martin glaubte, er müsste sich das Zäpfchen aus dem Leib kotzen.

Diesen Schwanz kannte er.

So einen Schwanz hatte nur einer.

Sein kleiner Bruder.

»Gut, hm?«, sagte Pedro aus Madrid und lachte, als die Hauptfigur, Ulf, die Frau nach der Verfolgung quer durch den Wald endlich erwischte.

»Hä? Gut?«, wiederholte Pedro, als Frank Martin nicht antwortete. »Siehst du, jetzt springt er über die Mauer da und auf die Frau.«

Na gut, dachte Frank Martin damals und fuhr sich mit den Fingern über die Lippen. Er hatte sich gerade erst den Bart abrasiert, aber mit dieser alten Gewohnheit noch nicht aufgehört. Na gut, dachte er noch mal. Da, glaub ich, ist die Grenze dann doch erreicht.

Erzfeindschaft ist jetzt die beste Lösung.

Und so war es gekommen. Die in Frank Martins Genen angelegte lauernde Feindschaft bis aufs Blut durfte ungehemmt hervorbrechen. Er hatte mit Hass, Gekläffe, Drohungen und Warnungen um sich geschlagen und all seinen Angehörigen klargemacht, wenn sie Rudi auch nur erwähnten, würde er sie windelweich prügeln und enterben.

»War das nicht eigentlich, wovon du dich immer distanziert hast?«, hatte Melissa gefragt. »War das nicht, was du immer gehasst hast? Hast du nicht immer gesagt, so hättet ihr das seit Jahrhunderten gemacht, aber du würdest mit dieser Tradition brechen und eine andere Digervold-Sippe erschaffen? Hast du nicht zur Abschreckung und Warnung wieder und immer wieder die alten Geschichten erzählt – von Onkel Ivar, der seine Schwester im Garten an die Hundeleine gelegt hat, während die Familie in den Sommerurlaub gefahren ist? Hast du mir das nicht erzählt, als wir zusammenkamen, als du gesagt hast, you drive me home tonight und würdest siebenmal pro Woche mit mir schlafen?«

»Doch«, hatte Frank Martin erwidert, »aber irgendwo verläuft eine Grenze. Wenn ein Mann seine Grenzen nicht kennt, dann wird das nicht gut enden.«

Frank Martin hielt an. Im Inneren seiner Tasche steckte ein Umschlag mit zweihundertachtzigtausend. Ein großes Haus in Eiganes. Komplettrenovierung. Stinkreiche Leute. Generalüberholung der ganzen Hütte. Sie hatten es schwarz gewollt, und Frank Martin garantierte die besten Fachleute. Leute aus Litauen und Griechenland und Spanien, topausgebildete Leute, mit Zwölf-Stunden-Arbeitstagen.

Das Geld strömte und strömte.

Wenn er richtig rechnete, dann lagen im Haus inzwischen achthundertsechzigtausend. Und das war nur die Sahne, die er abgeschöpft hatte, weil er nun mal die Aufträge anleierte. Weil er Norwegisch sprach. Alles klarmachte.

Das Geld strömte nur so rein.

Frank Martin zog den Schlüssel aus dem Zündschloss, zog die Handbremse, spürte an seiner Brust den Briefumschlag und stieg aus.

In Trones hatte es sich angestaut. Melissa und er waren ständig so heftig am Streiten, dass der ganze Stadtteil mittlerweile lieber wegsah. Letzte Nacht waren die Jungs nicht nach Hause gekommen. Am Morgen hatte seine Frau auf den Badezimmerboden gekotzt. Nach einem flüchtigen Blick und einem verächtlichen Schnauben hatte Frank Martin sie einfach dort liegen gelassen.

Soll sie meinetwegen so lange da liegen bleiben, wie sie nur will, hatte er gedacht.

Ist mir absolut total egal.

Er ging ins Haus. Blieb ein paar Sekunden auf der Fußmatte hinter der Türschwelle stehen. Zog die Tür ins Schloss. Im Haus war es still. Dunkel. Irgendetwas – was genau, konnte er nicht sagen – gab ihm das Gefühl, dass hier etwas nicht stimmte. Vor dem Spiegel blieb Frank Martin stehen und fuhr sich durchs Haar. Wird allmählich lang, verfilzt. Vielleicht sollte er es wie seine polnischen Leiharbeiter machen. Sich so eine Maschine kaufen und den ganzen Dreck abscheren. Dann würde er sich für den Rest seines Lebens das Geld für den Friseur sparen.

Was war das für ein Geruch?

Frank Martin schleuderte die Schuhe von sich, hängte die Jacke auf und sah vom Spiegel weg.

Scheiße, was war das nur für ein Geruch?

Was hatte diese Schlampe jetzt schon wieder angestellt?

Er ging ins Wohnzimmer.

17 Entschuldigung, Ben

»War es das, was du mit *irgendwas werden* gemeint hast?«

Rikki machte die Augen fest zu und fuhr sich mit dem schmutzigen Arm über die Stirn.

»Ben? War es das, was du mit *was machen* gemeint hast? Und wann werden wir eigentlich Papas Haus ausrauben? Und warum machen wir diese Drecksarbeit hier? Hä? Ben?«

Die Brüder standen im hintersten Zimmer von Jan Inges Keller. Ihr erster Tag als Ausreißer, ihr erster Tag in Hillevåg. Nach dem Aufstehen hatten sie ein gutes Frühstück bekommen, danach Metal und Country hören, sich Horror ansehen und rauchen dürfen, während Jan Inge wegen irgendwas unterwegs war. Rudi war mit dem Handy in der Hand auf und ab getigert, hatte alle drei Minuten im Krankenhaus angerufen und dazwischen zu Gott gebetet, sein Kind und sein Mädchen mögen überleben.

Rikki und Ben waren von Kopf bis Fuß mit Arbeitskleidung ausgestattet, ihre Hände steckten in dicken schwarzen Handschuhen. Durch die dünne Luft wirbelte modriger Staub, und auch wenn sie heute keine Sturmhauben aufhatten, sahen sie fast genauso aus wie bei dem Einbruch in die Villa in Nedre Vaulen: schwarze Gesichter, aus denen nur die Augen weiß leuchteten.

»Dass sich in einem Haus so viel Dreck ansammeln kann, Scheiße, das ist echt nicht normal«, redete Rikki weiter. »Und warum müssen eigentlich wir das machen? Kannst du mir das bitte sagen? Ist das jetzt dieses *würdig*? Scheiße, Ben, hätt ich Müllmann werden wollen, dann hätt ich mich direkt da beworben und würd Geld dafür kriegen.«

Genervt trat Rikki gegen den schwarzen Müllsack, und eine Dreckwolke pufftе heraus. Er setzte den Hammer neben dem widerspenstigen Nagelkopf ab, den er einfach nicht aus der Bodendiele herausbrachte. Auf einer kleinen Trittleiter neben ihm stand Ben und handwerkte methodisch mit einem kleinen Brecheisen, um die alten Tapeziernägel aus der Decke zu ziehen.

»Ach fuck.« Rikki seufzte. Er schüttelte den Kopf und sah zu seinem Bruder. »Von denen müssen da ja Tausende sein.«

Ein Quietschen im Holz, als sich ein Nagel löste.

»Und daraus soll mal ein Kinderzimmer werden?«

Rikki sah sich um. Drei Lagen alter Teppiche übereinander. Einige davon waren praktisch verschimmelt. Keine Chance, da noch Gewebe von Muster zu unterscheiden. Genauso viele Lagen alter Tapeten an den Wänden. Fleckig, faulig. Nägel über Nägel über Nägel. Ein Wasserschaden vom undichten Fenster bis zum Boden. Und dann dieser verfluchte Gestank, der brannte in der Nase. Hier drinnen auch nur zu putzen, nur mal so was wie annähernd sauber zu machen, würde Monate dauern.

»Ich würd niemals ein Kind hier reinstecken«, stellte Rikki fest. »Das würd nicht gut enden.«

Ben setzte das Brecheisen an den Rand des nächsten Nagelkopfs. Was für ein gutes, scharfes Werkzeug, mit einer eingekerbten Klinge. Es funktionierte ganz einfach, er musste es nur an die richtige Stelle hebeln, eine winzig kleine Vertiefung ins Holz drücken, dann nachspüren, ob die Kerbe griff, vermeiden, dass der Kopf absplitterte und der Nagel dadurch in der Wand zurückblieb. Ihn behutsam herausziehen.

Dieses Zimmer hier, das sollte mal strahlen.

Er ruckelte vorsichtig am Brecheisen. Es saß.

Wenn Jan Inge in ein paar Tagen hier reinkäme, sollte ihm die Kinnlade runterklappen. Wenn Rudi in ein paar Tagen hier reinkäme, sollte er schwer schluckend in der Tür stehen bleiben. Wenn Cecilie nach ihrer Entlassung aus dem Krankenhaus hier reinkäme und das hergerichtete Kinderzimmer erblickte, sollte sie sich umdrehen und sagen: »Ich bin sprachlos.«

Und Ben würde dann antworten: »Nicht der Rede wert. Sagt einfach, was wir tun sollen, und betrachtet es als getan.«

»Ben. Oh-ne-scheiß, ich pack das hier nicht.« Rikki plumpste auf einen der verrotteten Teppiche. »Ich mein, ich krieg davon echt Krebs.«

Er fummelte die Zigarettenschachtel aus der Brusttasche, zog den Deckel auf, angelte eine Prince heraus und schob sie sich zwischen die Lippen.

»Lighter?«

Ben setzte das Brecheisen unter einen weiteren Tapeziernagel.

»Hey, Stummfilmdude. Lighter? Sollen wir nicht einfach abhauen? Hä? Lass uns das Ganze einen Superversuch nennen, aber wir sind ja echt mal nicht gekommen, damit wir umsonst arbeiten und ein altes Haus in Ordnung bringen und so. Außerdem ist es doch unser Geld. Waren ja wir, die Tødden getroffen haben, und nicht Jani und Rudi.« Rikki trommelte mit den Fingern auf die Schenkel. »Wenigstens Musik könnten wir hier unten bekommen. Oder was zu trinken. Wenigstens Bier. Und das Ganze, von wegen unseren Vater ausrauben – ich hab das Gefühl, das wird nicht gut enden. Hä? Ben? Scheiße, wo ist denn unser Lighter? Hä? Ben?«

Ben spürte, das Brecheisen saß gut unter dem Nagel.

»Benno? Dschieses, echt. Redest du nicht mehr mit mir? Bist du jetzt wie Papa, oder was? Krieg ich den Lighter? Glaub, du hast den.«

Ben hebelte, der rostige Tapeziernagel quietschte und gab dann nach. Er wandte sich zu seinem Bruder um, der im Schneidersitz auf dem Boden saß und mit flachen Händen seine Hose ausklopfte. Ben stieg von der Trittleiter. Von oben hörte er ein Geräusch, vielleicht ein umgefallener Stuhl, er trat an das rechteckige Fenster, das über seinem Kopf zum Hauseingang hinausging. Kurz darauf tauchten dort Rudis Füße auf, spurteten den Weg entlang, dann erst wurde der Oberkörper sichtbar, Rudi rannte, hatte seine Jacke nur halb angezogen und wedelte wild mit den Armen, stürzte förmlich zum Bürgersteig und auf den parkenden Volvo zu. Der Onkel riss die Fahrertür auf, jumpte auf den Sitz, startete und rauschte davon.

»Hallo? Benno? Lighter?«

Das ist die Natur, dachte Ben. Wer etwas will. Der gewinnt.

Er drehte sich zu Rikki um.

»Lighter?«

Ben ging vor seinem Bruder in die Hocke, griff nach dem Hammer auf dem Boden und setzte den Tapeziernagel an Rikkis Stirn. Schlug ihn ein.

»Aaaaa! Was ... Fuck, Mann! AUUUU! BEN!«

Ben packte Rikki an den Schultern, setzte sich rittlings auf ihn drauf, presste ihn zu Boden.

»Rikki«, sagte er seelenruhig, »dieses Kinderzimmer wird strahlen. Und du wirst arbeiten, bis du umfällst. Verstanden?«

Das Gesicht seines Bruders bebte.

»Und hast du verstanden, was ich mit dir mache, wenn du das nicht verstehst?«

»Hä?«

»Und wann wir was machen, bestimmt Jan Inge. Oder ich. Verstanden?«

Rikki blinzelte, schluckte, räusperte sich, und kleinlaut kam aus ihm: »Entschuldigung, Ben.«

Ein dünner, blutiger Ring bildete sich, um den Tapeziernagel in seiner Stirn.

»Ich mach's nicht noch mal, Ben«, flüsterte er. »Please, Ben, du darfst nicht wütend auf mich sein, Ben.«

Ben kramte das Feuerzeug heraus. Er drehte das Rädchen, und die Flamme erhellte den staubigen, dunklen Raum. Dann nahm er Rikkis zu Boden gefallene Zigarette, schob sie dem Bruder in den Mundwinkel und hielt das Feuer an die Spitze.

»So. Zieh.«

Rikki zog.

»Ich bin nicht wütend auf dich«, sagte Ben, »ich helf dir nur.«

»Ja«, sagte Rikki und atmete sofort ruhiger. »Du hilfst mir.«

»Und na klar können wir hier unten Musik bekommen.«

18 Wie ist das eigentlich mit schwangeren Frauen und du weißt schon?

»Oh.«
»Oh.«
»Oh, uff.«
»Das war …«
»Ja.«
»Dacht schon …«
»Sag's nicht.«
»Nein.«
»Uff.«
»Du hast ja verdammt noch mal länger als …«
»Fühlt sich irgendwie falsch an, wenn du hier drinnen fluchst.«
»Ja. Sorry.«
»Schon okay.«
»Dacht nicht, dass man so lang schlafen kann.«
»Ja.«
»Die längsten Stunden meines Lebens, echt.«
»Uff, du Armer.«
»Nein, du tust mir leid.«
»Nein, du.«
»Nein, du mir mehr.«
»Psst. Du.«
»Uff. Arme Jambolena. Und armer Steven.«
»Denen geht's jetzt gut.«

»Ja.«

»Stell dir vor.«

»Ja, ja.«

»Wer hätte das gedacht.«

»Ja, uff.«

»Zwillinge.«

»Ja.«

»Gibt's oft bei so halb alten Eltern.«

»Alt? Findest du, wir sind alt?«

»Vielleicht so gerade an der Grenze.«

»Als ich klein war, fand ich Leute mit vierzig uralt.«

»Ich auch.«

»Und sterbenswiderlich. Fett, faltig, alt.«

»Bäh. Stimmt. Hach …«

»Was?«

»Nichts, hab grad nur so Lust auf Rauchen.«

»Ja. Aber hier im Krankenhaus kannst du nicht rauchen, oder?«

»Fand, er sah dir ähnlich.«

»Wer?«

»Steven.«

»Nein, jetzt quatschst du Blödsinn.«

»Nein. Hab's echt gesehen. Die gleichen wulstigen Lippen.«

»Dschieses, so ein blöder Ausrutscher! Typisch, die erbt er.«

»Du?«

»Mhm?«

»Also …«

»Woran denkst du?«

»Nein, also …«

»Was – heulst du?«

»Kommt sicher von den Hormonen.«

»Den Mormonen.«

»Quatschkopf!«

»Uff, ja. Ich immer mit meinen Witzen.«

»Nein, ich hab nur, also … Ich hatte gehofft, dass jetzt alles, also, ruhiger wird. Du weißt schon. Also, gut. Dass du …«

»Baby? Chessi? Fuck. Ich hab genau das Gleiche gedacht! Es wird Zeit. Ich und du. Und dein Arsch. Ohne Quatsch, den meld ich für *Norske Talenter* an.«

»Ru-di!«

»Hehe!«

»Du immer.«

»Sorry, keine Witze mehr. Du, ohne Quatsch. Und weißt du, was? Du müsstest grad echt daheim sein. Rikki und Ben beim Renovieren. Tolle Jungs. Sind von zu Hause abgehauen.«

»Ach was.«

»Du weißt schon. Der Teufel von Sandnes. Jan Inge sagt, wir müssen armherzig sein.«

»Armherzig?«

»Mhm.«

»Du weißt schon, das heißt barmherzig?«

»Hä?«

»Barmherzig.«

»Ach, B wie Busen?«

»Mhm.«

»Dschieses. Dacht immer, es heißt armherzig.«

»Ist doch mit vielen Worten so. Man glaubt, das ist so, aber dann ist es doch anders. Espresso. Expresso. Wehmutstropfen. Wermutstropfen.«

»Schwanz. Schwengel. Sorry.«

»Haha. Ich find dich ja lustig.«

»Nicht immer. Manchmal halt ich mich selbst kaum aus.«

»So geht's doch jedem. Mit sich selbst, mein ich.«

»Gut zu hören. Manchmal fühl ich mich irgendwie mit allem möglichen Dreck echt allein. Ja, ja. Wird zu Hause jetzt sowieso alles anders. Kinderzimmer. Jan Inge, der abnimmt. Alles wird jetzt so verdammt gut werden. Ich mein's ernst.«

»Ich liebe dich, Rudi.«

»Ich liebe dich, Chessi.«

»Ich liebe dich wirklich.«

»Megacool, dass du das sagst, Baby. Werd davon gleich ein bisschen gei…«

»Schön langsam!«

»Ja. Okay.«

»Braver Junge.«

»Und ihr zwei. Verdammt noch mal, euch zwei lieb ich auch.«

»Du sprichst jetzt aber mit meinen Brüsten.«

»Weiß ich, Baby, weiß ich.«

»Wie war das noch mal mit langsam?«

»Ja, ja. Ist echt scheißschwer, so scharf, wie du gerade aussiehst.«

»Sag lieber Jambolena und Steven Hallo.«

»Hallihallo da drinnen. Papa calling.«

»Hehe.«

»Sie antworten nicht.«

»Hehe. Du hast sie sicher zu Tode erschreckt.«

»Du?«

»Mhm?«

»Darfst du jetzt nach Hause?«

»Mhm.«

»Und, du? Nicht noch mehr so Krankenhaus, okay?«

»Nein.«

»Hört ihr? Jambo? Stevo? Ruhig liegen.«

»Hehe.«

»Fuck, jetzt wird alles so verdammt gut.«

»Du musst das Gefluche runterschrauben, Schatz, jetzt wo wir Eltern werden.«

»Und du das Rauchen.«

»Bäh. Als ob ich das schaff. Du dann aber auch.«

»Shit. Bescheuert, wieder anzufangen, nachdem man schon mal geschafft hat aufzuhören.«

»Mhm. Du. Hast du das aus England gehört?«

»Was?«

»Hab's in den Nachrichten gesehen. Dieser Typ von *Top of the Pops*, der es mit kleinen Mädchen getrieben hat.«

»Verfickte Scheiße. So was kann ich einfach nicht hören. *Top of the Pops*?«

»Mhm. Hat er moderiert.«

»Wir haben *Top of the Pops* nicht sehen können. Hatten ja nur NRK.«

»Mhm.«

»Dreh total durch, wenn ich so was hör. Das ist scheißwiderlich. Solche Leute will ich einfach nur umbringen.«

»Mhm.«

»Schade, dass es die Todesstrafe nicht mehr gibt.«

»Total absurd.«

»Ich bin soooooo was von für die Todesstrafe.«

»Ich auch. Meeeeega dafür.«

»Kann mich dran erinnern, wie total abgefahren das im Urlaub in England war, da war ich so zehn oder so.«

»Wie? Haben die da die Todesstrafe?«

»Nein, war jetzt wieder bei *Top of the Pops*.«

»Ach so.«

»Damals hatten die Motörhead in der Show.«

»Ach jaaaa, jaaa, genau.«

»Fuck, die haben ›Iron Fist‹ gespielt.«

»Ui!«

»Ähä. Urlaubs-Highlight.«

»Pfah. Machst du Witze?«

»Papa hat auch gesagt, er würd sich fragen, ob sein Sohn vielleicht mongo wär, weil mir dann der restliche Urlaub am Arsch vorbeigegangen ist.«

»Puh. So sollte ein Vater aber nicht mit seinem Kind reden.«

»Mein Vater ist ja auch krank im Kopf.«

»Trotzdem. Eltern können echt wenig Verständnis für die Gefühle ihres Kindes haben.«

»No kidding. Du? Was für ᾿ne Farbe willst du eigentlich im Kinderzimmer?«

»Rosa, dacht ich.«

»Ich kann mich mit Rosa ja anfreunden. Aber für Steven ist es vielleicht ein bisschen schwul.«

»Du mit deinem schwul immer. Musst da mal locker werden.«

»Ich weiß. Das sind auch Menschen.«

»Dann vielleicht grün?«

»Grün ist das Tal meiner Kindheit.«

»Hä?«

»Hat Großmutter immer gesagt.«

»Schön.«

»Oh, jetzt hab ich echt Lust auf Motörhead.«

»Gibt's hier im Krankenhaus nicht.«

»Nein. Die sind da angeblich ziemlich wählerisch.«

»Typisch.«

»In den USA kommt übrigens wohl ein Orkan.«

»Uff.«

»Die nennen den Sandra. Nein, Sandy.«

»Schöner Name.«

»Und sie wählen ihren Präsidenten. Wird entweder dieser Neger, Obama, oder ein weißer Typ.«

»Es heißt nicht mehr Neger.«

»Bei mir schon.«

»Du bist echt ganz schön kindisch.«

»Du bist echt ganz schön scharf.«

»Haha.«

»Uff, ich hab dich so vermisst.«

»Ich dich auch.«

»Shit, ziemlich viel Frau hier im Zimmer gerade.«

»Was meinst du?«

»Na ja, dich. Größere Titten als sonst und dieser Wahn-
sinnsbauch und alles. Na ja, ziemlich viel Frau überall,
wenn du mich fragst.«

»Ja, so werden wir, wir Frauen.«

»Abgefahren.«

»Mhm, frag mich mal. Krass, irgendwie, wie alles so ex-
plosionsartig mehr wird.«

»Aber. Du. Eine Sache frag ich mich schon immer.«

»Mhm?«

»Wie ist das eigentlich mit schwangeren Frauen und du
weißt schon?«

»Glaub, das ist okay.«

»Super. Hab mich nur gefragt. Na ja, was quasi Jambo
und Stevo davon halten, wenn da ein Schwanz ankommt.
Ey, shit, was ist denn das, Schwesterchen?«

»Aus!«

»Hehe.«

»Aus! Hehe!«

»Fuck! Sieht aus wie ein Baseballschläger! Schwesterchen, was ist das?«

»Aus! Du kitzelst!«

»Hehe.«

19 Tae Kwon Do

Als Rikki acht gewesen war, hatten er, Ben und Kate zu Weihnachten von Oma und Opa ein Aquarium bekommen. Am Morgen des 24. Dezember 2004 hatte es nach dem Aufwachen einfach vor ihrer Haustür gestanden, denn Frank Martin hatte seine Schwiegereltern nicht zu einem Weihnachtsessen eingeladen. Mit ihnen hatte er sich schon vor einer halben Ewigkeit angelegt. Und fast genauso lang hatten sich die Trones-Kinder ein Haustier gewünscht, einen Hund, eine Katze, ein Meerschweinchen, einen Wellensittich, aber was für ein Blödsinn sondergleichen, Zeit und Geld in ein Haustier zu investieren, wo Tiere doch nun mal in der Natur zu Hause waren, bis irgendwelche Schlauberger auf die Idee gekommen waren, damit wäre womöglich ein Geschäft zu machen, ganz einfach weil es sentimentale Eltern gab, die den ach so romantischen Gefühlen ihrer Kinder nachgaben.

Frank Martin hatte durch die Nase geschnaubt, nachdem er vor der Haustür fast über das Geschenk gestolpert war, und er schnaubte noch mehr, als er nach dem Weihnachtsessen zusah, wie das kostbare Aquarium ausgepackt wurde, wandte sich in angewiderter Gereiztheit ab, als die Fischlein eingesetzt wurden, und schüttelte fassungslos den Kopf, als seine Kinder mit sperrangelweit offenen Mündern den bunten Guppys beim unablässigen Im-Kreis-Schwimmen zusahen.

Mein Gott, hatte Frank Martin gesagt, *da könnt ihr ja auch gleich ausm Fenster glotzn, da wirbelt der Schnee durchn Wind, und das kost nix.*

Aber Rikki starrte nicht den Schnee an, er starrte die Fische an. In den folgenden Jahren wurde das Aquarium quasi seins. Ben und Kate verloren schnell das Interesse, Rikki nicht. Er liebte die Fische. Warum, konnte er nicht erklären, nicht sich und auch sonst niemandem, aber irgendwie hatte es wohl was mit Trost zu tun.

Als Frank Martin an diesem Oktobertag 2012 ins Wohnzimmer kam, hockte Melissa in einem hellblauen Morgenmantel, den sie bestimmt seit dem Aufstehen anhatte, vor Rikkis Aquarium und kotzte hinein. Ihre Haare glichen einem Vogelnest, die Schminke war übers ganze Gesicht verschmiert. Melissa rülpste und hustete, Schleim troff ihr vom Kinn, sie stopfte die Finger tief in die Kehle, und ihr gebeugter Nacken zuckte beim Würgen.

»Jawohl«, sagte Frank Martin und baute sich im Zimmer auf. »Da kommt der widerliche Geruch also her.«

Melissa drehte langsam den Kopf. Ihre Lippen glänzten von Spucke und Schleim. Reste von Erbrochenem färbten die Brust ihres Morgenmantels. Ihre Augen waren schwarz.

Sie knurrte.

»Du hörst dich an wie ein Hund«, sagte Frank Martin.

Melissa warf den Kopf in den Nacken und knurrte noch mal.

»Und du siehst aus wie ein Hund«, bemerkte Frank Martin.

Sie drehte sich zurück zum Aquarium, hielt den Kopf darüber, steckte sich erneut zwei Finger in den Hals und kotzte weiter.

»Und wofür soll das gut sein?«, fragte er.

Ein zorniger Knurrlaut stieg von Melissas Schädel auf.

»Ach«, sagte Frank Martin, »sprichst wohl nicht?«

Schwer atmend stützte Melissa sich jetzt mit beiden Händen auf das Sideboard, ihr Rücken hob und senkte sich wie ein träger Kolben.

»Du bist der Teufel«, flüsterte sie.

»Hm?«

Er machte zwei Schritte auf seine Frau zu.

»Kannst du das wiederholen? Ich bin mir nicht ganz sicher, ob ich verstanden hab, was du gesagt hast.«

Melissa öffnete den Mund und ließ die Zunge über die Unterlippe hängen, als sollte sie dort trocknen oder auslüften.

»Du bist der Teufel.«

Frank Martin machte vier weitere Schritte. Jetzt stand er direkt hinter ihr. Der Gestank aus dem Aquarium war nicht zum Aushalten.

»Die Jungs«, sagt er ruhig. »Wo sind die Jungs?«

»Rache«, flüsterte Melissa.

»Was hast du gesagt?«

»Rache«, flüsterte sie.

»Hast du *Rache* gesagt?«

Sie nickte.

»Ich versteh dich nicht ganz. Ich frag dich, wo die Jungs sind, und du sagst *Rache*?«

Wieder drehte sie den Kopf, jetzt liefen ihr Tränen übers Gesicht.

»Sie sind draußen und wetzen die Messer«, antwortete sie.

Frank Martin senkte langsam die Lider und atmete schwer durch.

»Ich weiß ehrlich gesagt nicht, was ich mit dir machen soll«, sagte er. »So kann ich dich ja nicht herzeigen. Was sollen denn die Leute sagen? Also, was soll ich tun? Wo sind Rikkis Fische hin?«

Mit einem tiefen, röchelnden Lachen hob Melissa die rechte Hand. Zeigte ins Aquarium. Zwei der Fische trieben mit dem Bauch nach oben in der Kotze.

»Das wird nicht gut enden«, stellte Frank Martin fest. »Ich war vom ersten Tag an gegen dieses Aquarium, aber dieser schwache Junge hängt mittlerweile an den Fischen, das ist so ungefähr der einzige Ort, an dem er Ruhe findet, und das weißt du ganz genau, es ist also nicht gerade nett gegenüber Rikki, okay?«

»Rache.«

»Ja, ich hab's gehört.«

»Rache.«

»Ja noch mal, ich hab's gehört.«

Melissa drehte sich wieder zu ihm um. Sie lächelte.

»Ich hab dich nie geliebt, Frank Martin«, sagte sie und klang wie sprechende Grütze. »Du warst schon immer das Widerlichste, was ich gekannt hab, dein Körper ist abstoßend, du bist ein schlechter Vater, ein grausamer Sohn und ein Drecksack von einem Bruder, und das Einzige, was du kannst, ist Geld verdienen, und das ist auch der einzige Grund, warum ich bei dir bleibe, aber in deiner Akte steht, dass du mich umgebracht hast.«

»Noch nicht«, antwortete Frank Martin, »aber vielleicht gleich.«

Und dann tat er, worauf er seit dem Betreten des Wohnzimmers Lust gehabt hatte. Er hob seine starke Rechte und packte mit unerbittlichem Griff ihren Nacken. Er sah, wie die Adern an seiner Hand unter der Haut anschwollen, und drückte ihren Kopf ins Aquarium. Anfangs widersetzte sie sich unnatürlich wenig, als wollte sie es sogar, als gäbe sie einfach nach und ließe sich ertränken, aber dann waren ihre physischen Grenzen erreicht, und im selben Moment überschwemmte existenzielle Panik ihr Gehirn. Sie zappelte und schlug um sich, und ein grollender, fremdartiger Klang stieg aus dem Wasser auf. Frank Martin war nicht klar gewesen, dass seine Frau so stark sein konnte. Um sie unten zu halten, brauchte er beide Hände, er klemmte die Knie um ihre Beine, fixierte sie damit und lehnte sich mit vollem Gewicht gegen ihren Rücken, sodass sie sich nicht mehr bewegen konnte.

»Und?«, trumphierte Frank Martin. »Kotzt du jetzt immer noch, du Schlampe? Kotzt du?«

Er grinste, und sein Griff wurde fester.

Für Gewalt hatte er nichts übrig. Das hatte sich Frank Martin immer gesagt: Gewalt ist echt nichts, wofür ich was übrighabe. Meine Kinder schlage ich nur als letzten Ausweg, und meine Frau schlage ich fast nie. Dass das die Lösung sein könnte, hatte er nicht einen einzigen Tag gedacht.

Doch jetzt schien es ihm der einzige Ausweg. Mit dieser Frau konnte man einfach nicht mehr leben. Auch da war jetzt die Grenze erreicht. Er konnte sich nicht mehr daran erinnern, wann er zuletzt auch nur ansatzweise ein warmes Gefühl für sie empfunden hatte. Er musste dem Ganzen ein Ende machen. Melissa, die Arme, lebte doch kein Leben mehr. Sie war nur mehr Zentimeter davon entfernt, ins Irrenhaus gesperrt zu werden. Sie war Millimeter davor, sich umzubringen. Oder das Haus anzuzünden. Sie war eine Gefahr für sich und die anderen. Früher mal war sie brennend schön und unwiderstehlich gewesen. Früher mal war sie liebenswürdig. Aber das war lange her.

Der Tod gehört zum Leben, sagte sich Frank Martin, lehnte sich extraschwer gegen ihren Rücken und verstärkte zugleich den Griff um ihren Nacken. Melissa wehrte sich. Ohne den Mund aufzumachen, versuchte sie, Laute hervorzupressen. Offenbar spürte sie, so sah es zumindest Frank Martin, dass ihr jetzt nur noch wenige Sekunden dieses sowieso missglückten Lebens blieben.

»Melissa, Melissa«, sagte er, »früher einmal waren das du und ich, weißt du.«

»Nnnnnnhhnnnhhggnnnn!«

»Früher einmal haben wir schöne Sachen gemacht.«

»Gnnnnngnmmmmgnn!«

»Wir haben die Mods in der Kuppelhallen gesehen, weißt du noch?«

»Nnnnnngnnnmmm!«

»Immer nur du und ich, sonst niemand. Ja. Wir sind mit der Suzuki rumgedüst, weißt du noch?«

Frank Martin war es, als landete auf seinem Rücken eine Riesenfledermaus. Begleitet von einem spitzen Schrei, donnerten zwei kräftige, kurze Arme gegen ihn, und scharfe Klauen bohrten sich tief in seine Schultern. Ein Körper klammerte sich mit Schenkeln und Knien an seinen Rumpf, Zähne bissen ihm in den Nacken, bissen sich so fest, dass ihm der Schmerz vom Kreuz in den Kopf hinaufraste.

Er ließ Melissa los, sofort schoss ihr Kopf spritzend aus dem Wasser, und sie japste hektisch nach Luft. Er schleppte sich schwerfällig rückwärts, noch immer hing ihm die Fledermaus am Rücken, und um das wütende Tier loszuwerden, schüttelte er sich, doch es ließ nicht los, blieb wild und kriegerisch. Drüben neben dem Aquarium kämpfte Melissa, kämpfte mit sich, rang nach Luft und konnte sich kaum auf den Beinen halten, und er wusste noch immer nicht, was da auf seinem Rücken saß.

Aber er ahnte es.

»Kate! Bist du das?«

Frank Martin wand sich hin und her, doch die Zähne bohrten sich nur umso tiefer in seinen Nacken und die Klauen in seine Schultern.

»Ja!«

»Scheiße! Kate! Hast du nicht heute Training?«

»Nein, Taekwondo wurde heute abgesagt.«

Drüben neben dem Aquarium sackte Melissa vor dem Sideboard in sich zusammen. Ihre Augen verdrehten sich, und sie rang weiter nach Luft.

»Du beißt mich! Scheiße, willst du deinen Vater totbeißen?«

»Ja.«

Die Zähne versenkten sich tiefer in sein Fleisch.

»Kate! Das ist doch total irre!«

»Ja!«

Er schüttelte sich, als stünde er in Flammen.

»Reiß dich jetzt zusammen!«, schrie er.

»Nein!«

Frank Martin hatte immer versucht, Kate zu schützen. Vor ihrer Mutter. Vor Rikki und Ben. Er hatte ihr hier und da ein paar Kronen zugesteckt, ihren Salon in Bryne teilfinanziert, ihr Hals- und Beinbruch gewünscht und gedacht, ein Mann mit einer so tüchtigen Tochter – die vielleicht ein wenig aufbrausend und vielleicht ein bisschen ungezügelt war, die aber nichts verschwendete und ihre Sachen ordentlich machte – konnte sich glücklich schätzen. Drei Angestellte hatte sie. Solide Finanzen. Schön war sie auch. Rabenschwarzes, dichtes Haar, markante Züge, gertenschlank. Superkräftig und gut trainiert. Jetzt konnte er allerdings nichts mehr tun, um sie zu beschützen. Er sprang rückwärts, donnerte Kate auf seinem Rücken gegen die Wand neben der Wohnzimmertür. Ein Aufschrei, die Zähne lösten sich aus seinem Nacken, und Kate plumpste zu Boden.

Schnell drehte er sich um, ging in die Hocke, griff nach ihrer Hand.

»Kate, Kate, Kate.«

Ihr Gesicht war verzerrt, und von ihrer Stirn tropfte ein wenig Blut.

»Uff, uff, uff«, sagte Frank Martin. »Das wollt ich nicht.«

Er hörte was von hinten und drehte sich um. Melissa hatte sich auf die Knie hochgerappelt und starrte ihren Mann und ihre Tochter an.

»Nein, nein, nein«, sagte Frank Martin und streichelte Kates Handrücken, ihr Gesicht glättete sich wie ein zusammengedrückter Wasserball, der wieder aufgeblasen wurde.

»Mein Schatz«, sagte er.

Kate machte sich von ihm los. Ihr Mund sah zusehends aus wie ein strammer Strich, und um aufzustehen, musste sie sich an der Wand abstützen. Frank Martin wollte ihr helfen, aber sie stieß ihn weg und brachte ihre Kleidung wieder in Ordnung. In ihrem Mundwinkel klebte Blut, und Blut tropfte von ihrer Stirn.

»Heute war also kein Training?«, fragte Frank Martin.

»Tae«, sagte Kate und trat ihrem Vater gegen den Kopf. Er ging zu Boden.

»Kwon«, sagte Kate und schlug ihm auf die Schulter.

Frank Martin neigte den Kopf und dachte an Natur.

»Do«, sagte Kate, hockte sich hin und kam mit den Lippen ganz dicht an sein Ohr. »Ich habe keinen Vater mehr.«

Dann stand sie auf, dehnte knackend Nacken, Hände und Glieder und marschierte zur Tür. Auf der Schwelle drehte sie sich zu ihrer Mutter um.

»Sieh zu, dass du hier wegkommst«, sagte sie. »Das geht jetzt zu weit.«

Von Melissas Kinn tropfte es.

»Wo sind Rikki und Ben?«

»Abgehauen«, sagte Melissa.

»Schlau von ihnen«, sagte Kate und machte die Tür auf. Die Sonne schoss ihre Strahlen ins Haus und erzeugte einen Korridor aus Licht auf dem Wohnzimmerfußboden. »Sag, wenn du mal Haare schneiden willst. Wir haben neue Farben reinbekommen, echt smashing. Da ist eine dabei, die lässt dich zwanzig Jahre jünger und dreißig Jahre fröhlicher aussehen. Kannst du brauchen, Mama.«

20   Your good girl's gonna go bad

Jan Inge spürte es im ganzen Körper kribbeln, während er neben Beverly stand und zu den Ryfylkøynene nördlich von Stavanger hinausblickte. Wie kleine Hütchen lagen die Inseln hübsch verstreut in der Dämmerung, und über dieser Szenerie, die ihn selbst miteinschloss, lag ein episches Schwirren.

Ein Kommewaswolle.

Ein Wendepunkt.

Die große Romantik oder die große Tragödie.

Jan Inge hatte sich Beverly offenbart. Jetzt wusste sie, dass da ein Krimineller um sie freite. Das konnte in beide Richtungen ausgehen. Einerseits war sie nah und liebevoll wie nie zuvor. Sie verströmte Wärme und war offensichtlich berührt. Ein Hinweis auf Jackpot und Kirchenglocken. Aber zugleich hatte Jan Inge Angst, dass jeden Augenblick die harte Realität einschlagen würde, immerhin konnte sie ihn ebenso gut einen widerlichen Unmenschen nennen und die Bullen rufen wie ihm um den Hals fallen und sagen, sie sei sein.

Er seufzte kaum hörbar.

Frauen.

Kleopatra.

Yoko Ono.

Nicole Kidman.

Bonnie Parker.

Salome.

Mutter Teresa.

Beyoncé Knowles.

Lita Ford.

Beverly Hinna.

Wo lagen die fundamentalen Gemeinsamkeiten? Worin das fundamental Weibliche? Ja, was *ist* eigentlich eine Frau?, fragte sich Jan Inge. Sie können dich liebkosen, bis du vor Begeisterung bebst, sie können dir die Nägel in die Haut schlagen, dass dein Blut nur so spritzt, – aber was *sind* sie?

Er verdrängte seine tiefenphilosophischen Überlegungen, wie er es oft tun musste, wenn sie in außergewöhnlichen Momenten seinen Geist überspülten, und konzentrierte sich stattdessen auf das epische Dilemma, in dessen Zentrum er sich an diesem Abend befand.

Es konnte nichtsdestotrotz das Ende bedeuten.

Über all die Jahre hinweg hatte er diesen Gedanken bereits viele Male durchgespielt, hatte mental Präventionsarbeit betrieben, um bestmöglich für jenen Tag gewappnet zu sein, da der Lagårdsveien ihn schnappte. Er war dafür gerüstet, glaubte er.

Das Netz um den Gauner zieht sich enger zusammen. Die Polizeikräfte, angeführt von einem Fahnder, stehen einsatzbereit vor einem Haus, und auf Kommando ihres Chefs stürmen sie das Gebäude, in dem die Ganoven sich verschanzt haben. Drinnen im Haus steht der Ganovenboss. Umringt von seinen engsten Leuten. Er weiß, er hat verloren. Seine Frau schluchzt in seinen Armen.

Ein Megafon. *Jan Inge Haraldsen, kommen Sie mit erhobenen Händen heraus.*

Diese Bilder erinnerten an die letzten zehn Minuten eines Monumentalfilms.

Ja.

Er hatte es sich viele Male vorgestellt.

Wie drüben im Lagårdsveien 6 irgendein Schlauberger von Fahnder anfängt, ungelöste Fälle von den Achtzigern bis heute neu aufzurollen. Wie dieser Schlauberger ein bisher unentdecktes Muster erkennt, den Kopf schräg legt und mit einem Mal den Durchblick hat.

Jan Inge Haraldsen.

Man hat ihn den Videojungen genannt.

Ja, der steckt hinter alledem.

Ja, der ist der Mastermind.

Ein heller, unbeschreiblicher Augenblick für den Fahnder.

Ein düsterer, aber ebenso unbeschreiblicher Augenblick für Jan Inge.

Auch die Überschriften hatte er sich vorgestellt.

Krimineller Drahtzieher geschnappt.

Eine zentrale Figur im kriminellen Netzwerk der Region wurde gestern gefangen genommen.

»Ich muss mich verabschieden«, sagt Jan Inge Haraldsen (43) und fügt hinzu: »Ich wollte doch immer nur ein guter Mitmensch sein.«

Was sich Jan Inge allerdings nie vorgestellt hatte, war, aufgrund seiner eigenen Fahrlässigkeit unterzugehen. Aber so weit war er jetzt gekommen. Aus Liebe.

Er musterte Beverly. Was für eine generöse Erscheinung, wie sie neben ihm die Stadtinseln betrachtete. Sicher, sie hatte Falten, sicher fanden sich da Spuren von Alter und Leben unter all den Schichten von Schminke. Aber das verlieh ihr nur Tiefe und Erfahrung. Er liebte diese

Frau. Er bewunderte sie. Sie füllte sein Leben mit Sinn. Und sie war die einzige Frau, die er wirklich begehrte.

Sollte er das verlieren?

Jetzt, da er es endlich bekommen hatte?

Er, der nur langsam zur Liebe fand?

Der so selten Verliebte, so Wählerische?

Im Lauf seines Lebens hatte Jan Inge den Blick seiner sanften Augen nicht auf viele Mädchen geworfen. So war er einfach nicht. Nur drei Mädchen hatte er geliebt. Drei in vierzig Jahren. Die Erste war Hege Dirdal gewesen. Sie war in seine Klasse gegangen und hatte ihn nie auch nur angesehen. Sie hatte zwischen sämtlichen Zähnen Lücken gehabt und war eine Pferdenärrin gewesen, und Jan Inge hatte sie vier Jahre lang vergöttert. Von elf bis fünfzehn. Sie hatte bei keinem Schulfest mit ihm getanzt, hatte weder Country noch Metal gemocht, sondern Irene Cara, hätte bestimmt kaum sagen können, wie Jan Inge mit Nachnamen hieß, und wahrscheinlich hatte sie allein beim Gedanken an ihn gekotzt. Die Nächste war dann Turid Gjertsen. Sie war in den Neunzigern die Postbotin in Hillevåg, und sie hinkte auf dem linken Bein. Wann immer sie bei ihnen Briefe und Werbung zustellte, sah sie Jan Inge aus ihren schmalen Augen mitleidig und fürsorglich an, und als er sich eines Tages einen Ruck gab und sie fragte, ob sie Dolly Parton möge, sagte sie mit einem Lächeln: *Nee, aber Mama und Papa fetzen sich endlos wegen der.* Das war ihr einziges Gespräch, aber Jan Inge bekam täglich Schweißausbrüche, wenn gegen zwölf die Post kam, hoffte täglich, sie würde klingeln, um nach einem Glas Wasser zu fragen. Eines Tages war sie dann weg, ab da trug ein schweigsamer Typ mit Pferdeschwanz und Discman die Post aus, und ein paar Monate später war Jan Inges Hoffnung erloschen.

Sie entzündete sich erst wieder, als er 2001 in der *Roga-land Avis* eine Kontaktanzeige las, eine erfrischende Anzeige in beschwingtem Schreibstil: Eine »vergnügte Frau mit Lebenserfahrung« war auf der Suche nach »einem *real man* für gemütliche, heimelige Stunden und warme Gespräche«. Auf diesen Ton sprang Jan Inge an, und er wählte die Nummer. Eine Woche später traf er die Frau hinter der weichen Stimme vom Telefon, die Norwegisch mit Akzent sprach, und nach nur wenigen Minuten lag er vor Beverly Hinnas spitzen Knien und vergötterte alles, was sie sagte und tat.

So war das viele Jahre lang gegangen. Seine Liebe war unerschütterlich. Er hatte sich nie nach etwas anderem umgesehen. Aber wollte sie sein werden – diese Frau mit der Freude Dolly Partons, der Klugheit Tammy Wynettes, glücklicherweise nicht ganz der Unverfrorenheit einer Loretta Lynn, dafür mit einem Gutteil der Mütterlichkeit von Kitty Wells, um nur ein paar Vergleiche mit Frauen anzustellen, die Jan Inge in unterschiedlicher Weise bewunderte oder fürchtete –, würde sie sein werden, nachdem er ihr enthüllt hatte, wer er eigentlich war?

Vor der Kulisse des Meeres hob und senkte sich Beverlys Busen. Ihre Augen schimmerten hell, der Mund war leicht geöffnet.

»Jan Inge«, hauchte sie, »wir Frauen mögen Männer mit Rückgrat.«

Eine offene Aussage, dachte er und schluckte verunsichert.

»Es gibt Liebe, die schnell kommt«, fuhr sie fort.

Er nickte.

»Und es gibt Liebe, die langsam kommt.«

Er nickte wieder.

»Und dieses Mädchen hier hat keine großen Vorbehalte gegen deinen Beruf«, flüsterte sie.

Jan Inge brachte kein Wort heraus.

»Genau genommen«, hauchte sie weiter, »genau genommen macht es mich sogar ein bisschen dizzy.«

»Ja?«

»Ein bisschen wie in Poplarville, als mir die Jungs nachhupten.«

»Hupten?«

»Mit der Autohupe, Honey.«

Was für filmische, sinnliche Vergleiche. Jan Inge liebte sie sofort noch mehr.

»And you know, darlin'«, sagte Beverly und zwinkerte ihm zu, »I might be of some assistance to that fine business of yours.«

Er wich einen Schritt zurück. Beverly wechselte meist dann in ihre Muttersprache, wenn sie von etwas richtig überzeugt war, das hier war also echt. Ihr Blick war fest. Der Ernst in ihrer Stimme deutlich.

»I just might know a thing or two about life that you could have use of, baby.«

Jan Inge schluckte. Er zog die Augenbrauen hoch, wie um zu sagen: *Du willst damit sagen, du hättest selbst … Du willst damit sagen, du hättest Erfahrung mit … Du willst damit sagen, du hast auch …*

Beverly tickerte mit der Zunge von innen gegen die Wange.

»Send me the pillow that you dream on, sugar«, flüsterte sie, und Jan Inge schossen Tränen in die Augen.

»Du zitierst Dolly Parton«, jubelte er.

»I sure do.«

»Ist das ein Ja?«

»Ja«, sie wechselte wieder ins Norwegische, und küsste ihn.

Seite an Seite spazierten sie die Promenade entlang, vorbei am Badedammen und an den Elendsvierteln des östlichen Stadtteils bis hinaus aufs alte Fabrikareal, wo Tou seinerzeit Bier gebraut hatte und jetzt ein Künstlerhaus für abseitig interessierte, linksorientierte Kulturmenschen stand, die auf kommunale Förderprogramme vertrauten. Vor den Eingangstoren stand eine glatzköpfige Frau in den Fünfzigern und schnitt einen Berg Kleidung in Stücke. Dabei machte jemand Fotos von ihr, und ein spitzlippiger Journalist interviewte sie für die Lokalpresse.

»Kunst«, merkte Jan Inge an, »so machen sie heutzutage Kunst.«

»Puh«, sagte Beverly, »eine echte Schande.«

Während ihres Spaziergangs legte Jan Inge alle Karten auf den Tisch. Er berichtete detailliert aus der Branche, er malte für Beverly Bilder von Rudi mit Brecheisen, von Chessi mit Dietrich, von sich selbst mit Handschuhen und Sturmhaube. Beverly schmiegte sich eng an ihn, nahm unvermittelt seine Hand und küsste sie und sah ihn bewundernd und stolz an. »Wow«, sagte sie. »I must say«, sagte sie. »Oh, Jan Inge, now that's what I call a man«, sagte sie und schmiegte sich mit ihrem fülligen Körper enger an ihn.

Nur zwei Details unterschlug Jan Inge, nämlich dass im Garten in Hillevåg eine Leiche begraben lag und dass sein Masterplan darin bestand, mit einem letzten genialen Einbruch die kriminelle Karriere zu beenden und, nachdem sie dabei ein paar Millionen eingesackt hatten, keine krummen Dinger mehr zu drehen.

Beverly blieb stehen und sah ihn an.

»Jan Inge«, sagte sie mit einer außergewöhnlichen Tiefe in der Stimme.

»Ja, meine Liebe?«

»Du hast mir deine Geschichte erzählt.«

»Ja.«

»Es ist an der Zeit, dass ich dir meine erzähle.«

»Ja?«

»Ja«, sagte sie. »Du bist von der ersten Sekunde an ein Gentleman gewesen, und das hat Joyce Newton geschätzt.«

»Hä?«

»Joyce Newton«, sagte Beverly Hinna.

»Ähm …«

»Mein eigentlicher Name«, erklärte sie.

»Oh.«

»Willst du mehr hören?«

»Du liebe Beverly oder Joyce«, sagte Jan Inge und fühlte sich, als müsste er vor Freude gleich zerspringen, »natürlich will ich mehr hören.«

Beverlys Stimme wurde sanft, als sie ihm schilderte, wie Joyce Newton 1959 in einer texanischen Vorstadt zur Welt gekommen war und schon Ende der Sechziger herausgefunden hatte, dass ihr wahres Talent im Lügen und Betrügen lag – oder im Erzählen, wie sie es lieber bezeichnete. Nachdem sich ihre Eltern getrennt hatten und es im Pekuniären wie auch im Emotionalen steil bergab gegangen war, hatte sich die junge, attraktive und intelligente Joyce dafür entschieden, schleunigst dort wegzukommen und jemand anderes zu werden. Sie nahm einen neuen Namen an – Amber Vivienne Westward – und log und betrog sich kreuz und quer durch die gesamten USA. Und man brauche nicht zu glauben, sagte sie zu Jan Inge, dass das nicht hard work sei. Sich Geld und einen anständigen Wohnort zu beschaffen, ohne jemals einen ordentlichen Lohn zu kassieren, sei beinhart. An einer Tankstelle in Utah die Hilflose zu geben und auf den nächstbesten Dodge zu warten, damit man dann eine Sekunde später für die nächsten vier Monate ein warmes Dach über dem Kopf hatte, now that takes skills. Jan Inge stimmte ihr zu und erfuhr, wie sie Identitäten gewechselt und die ganze Kunst der Schwindelei erlernt hatte. Als sich dann die Achtziger allmählich ihrem Ende zuneigten, wurde die Frau, die mittlerweile Charmaine Rooster hieß und unter zwanzig verschiedenen Namen in Erscheinung getreten war, in mehr als dreißig US-Bundesstaaten wegen Schwindels, Betrugs, Prostitution und minder schweren Diebstahls gesucht. Irgendwann sei ihr dann das Handling all dessen einfach zu viel geworden, meinte sie. Zu viele Namen. Auf der Flucht vor zu vielen Konstrukten. Meredith Tucker, die unter dem Deckmäntelchen, Spenden für hungerleidende Kinder im alten Osteuropa zu sammeln, eine knappe Million Dollar scheffelte; Hillary Allen, die mit dem Verkauf nicht existierender Kosmetik Karriere machte; Wendy Berlin, die Frau, die für eine nigelnagelneue Airline Urlaubsreisen nach Skandinavien vermittelte; Kacey Lambert, die ihren Wohnwagen anzündete und die Versicherungssumme einstrich.

Joyce Newton war erschöpft.

Sie wusste nicht mehr, wer sie war. Sie brauchte dringend etwas Stabilität. Sie war in ein gewisses Alter gekommen. Sie musste in ein anderes Land umziehen. Sie hörte sich um, was denn das reichste Land der Welt sei und ob man in diesem Land denn gutgläubig sei und nicht nachfragen und bohren würde, wer da eigentlich vor einem stand, vielleicht auch ein Land mit einem positiven Menschenbild. Die Antwort auf jede ihrer Fragen war immer: *I guess the country you're talking about is Norway.* «Also hab ich die Haare hochgesteckt«, erzählte sie weiter, »ein enges Kleid rausgekramt, mich Beverly genannt und bin zu einem Fest gegangen ... zu einem Fest für Menschen im Ölgeschäft.« Jan Inge zog die Nase kraus. Hatte sie nicht mal erzählt, sie habe den alten Hinna getroffen, als sie in einer Tankstelle in Poplarville gearbeitet hatte? Er dürfe nicht alles glauben, was er höre, meinte Beverly und fügte hinzu: »I ain't never worked at no gas station, Baby.«

»Hehe«, sagte Jan Inge, und allmählich dämmerte ihm, welcher Mut in ihr steckte.

»Nein, nein«, sprach sie weiter, »ich fand ihn in einer Ecke – stockbesoffen, auf einem Fest der norwegischen Ölbranche. In Houston. Ich hab wieder Leben in den Typen gebracht, hab ihn nach seinem Namen gefragt, ihm meine Brüste ins Gesicht gereckt und seinen Schwanz gepackt, und the rest is history.«

»Und dann ist er gestorben«, sagte Jan Inge und stand von der Bank auf. Ihm wurde langsam kalt, und er wollte gehen.

»Well«, erwiderte Beverly, stand ebenfalls auf und strich die Hose über ihrem Po glatt.

Jan Inge riss die Augen auf.

»Well ...«

»Willst du damit sagen, dass ...«

»Well«, sagte Beverly erneut.

»Oha.«

»Hier bin ich, Jan Inge«, sagte sie und nahm seine Hand. »In diesem Körper findest du alles, was du dir wünschst.«

In Jan Inges Kopf tauchte ein alter Countryklassiker auf, erfüllte ihn auf nie da gewesene Weise, und obwohl er dazu schon seit mehr als zwanzig Jahren ein tiefes, zärtliches Verhältnis hatte, bekam der Song, dieser fantastische Schlager von Tammy Wynette von 1967, jetzt eine frische, neue Bedeutung.

Your good girl's gonna go bad.

Damit kann ich leben, dachte Jan Inge, und vor ihm erstand eine neue, strahlende Beverly.

»Jetzt haben wir uns«, sagte sie und hakte sich bei ihm unter, »wir sind beide Banditen.«

»Da wäre noch etwas«, fing Jan Inge an.

»Aha?«

»Wir sind mitten in der Planung von …« Er zögerte, wie sollte er das ausdrücken? »Also, wir sind mitten in einer Art Umstrukturierung unserer …« Erneut überlegte er.

»Darlin'?«

»Die Zeiten ändern sich«, sagte Jan Inge. »Um es geradeheraus zu sagen, haben wir darüber nachgedacht, kein …«

Er sprach nicht weiter.

Beverly lächelte breit, und ihre gebleichten Zähne leuchteten in der Dunkelheit. »Oh«, sagte sie. »Ich kann kaum erwarten, deine Pläne zu hören. Was bist du doch für ein Kerl!«

»Na ja, Joyce«, sagte Jan Inge, »Menschen haben so viel zu bieten, wovon man nichts ahnt.«

»Nicht diesen Namen«, bat Beverly ihn, »der verwirrt mich ein bisschen.«

»Wir wollen ein Stückchen höher hinauf«, eröffnete Jan Inge ihr und räusperte sich.

Er sah Beverly tief in die Augen.

Nein, dachte er und gebot sich selbst Einhalt. Das hier ist nicht der Zeitpunkt, um davon zu sprechen, keine krummen Dinger mehr zu drehen. Jan Inge fühlte sich jetzt inspiriert. Vor Kurzem noch hatte er einen Plan gehabt. Und jetzt zog ein neuer in ihm auf. Er könnte der Mann werden, der er in seinen Träumen immer gewesen war, und mit einem Mal kribbelte es in ihm wie seit den Achtzigern bei ihren ersten Einbrüchen nicht mehr. War gesetzestreu zu werden vielleicht gar nicht so wichtig, wie er gedacht hatte?

»Wir expandieren«, sagte er und legte die Hand auf ihre. »Mit deiner Hilfe.«

»Finally«, sagte sie, »passiert etwas.«

Sie spazierten an der Tau-Fähre und dem alten Videoladen bei den Schnellbooten vorbei, ein für Jan Inge mit einer Armada an seligen Horrorerinnerungen behaftetes Geschäft. Sie sahen drei Jugendliche mit Hoodies, die Hasch dealten, ein besoffenes Mädchen, das heulte und fieberhaft auf sein Handy eintippte, einen Junkie, der auf dem Asphalt schlief, und erreichten zu guter Letzt das Parkhaus Jorenholmen.

Jan Inge machte seiner Freundin die Beifahrertür auf. »Melvin Gausel kennst du wahrscheinlich nicht, oder?«

»Nein, ich glaub nicht«, sagte Beverly und setzte sich ins Auto.

»Dagegen müssen wir etwas unternehmen«, verkündete Jan Inge und hatte das Gefühl, er könnte an diesem Tag gut noch ein drittes Mal kommen.

21 Was hast du für mich?

»Papa«, sagte Ulrik und streckte sich nach einem neuen Tortillafladen, »warum heißt das eigentlich Strafvollzugsfürsorge?«

»Hm?« Tommy schob die Gedanken an Melvin und die Hillevåg-Gang beiseite und sah in das neugierige Gesicht seines Sohns.

»Und warum essen wir so spät?«, fragte Kia und fuhr in ihrem Rollstuhl an den Tisch.

»Ist an Donnerstagen schwer anders hinzukriegen«, erklärte Ingrid mit sanfter Stimme.

Kia zuckte mit den Achseln. »Ich hass es, so spät zu essen«, motzte sie. »So fett, wie ich sowieso schon bin in diesem Scheißrollstuhl.«

»Ausdrucksweise, Kia«, sagte die Mutter streng, »bitte! Und sprich nicht so über dich. So was zu hören tut weh. Wir tun doch unser Bestes, okay?«

Tommy liebte Ingrid. Er liebte sie für ihren Einsatz, für ihre Fürsorge, für ihren wunderbaren Po, und er liebte sie dafür, dass sie klüger war als jeder andere Mensch, den er kannte. Aber in einer normalen Familiensituation wie dieser verhielt sie sich nicht immer gerade geschmeidig.

Tommy setzte einen ironischen Blick auf und lächelte den Konflikt weg. Sicher, es nervte Ingrid, wenn er ihre

Autorität ins Lächerliche zog, aber eine andere Waffe hatte er nicht zur Hand.

»Was an dieser Familie wirklich megacool ist«, sagte er in einem affektierten Tonfall: »dass wir immer unser Bestes tun.«

»Papa, please.«

»Boah. Papaaa.«

»Oldschool«, sagte Tommy und grinste, »mögt ihr ja so richtig gern.« Er strich Sauerrahm auf seinen Fladen und sah zu Ulrik. »Was meinst du damit?«

Ulrik zuckte mit den Achseln. »Na ja, ich mein nur, beziehungsweise es ist mir irgendwie aufgefallen ... Fürsorge?«

»Mhm«, sagte Tommy und zog die Augenbrauen in die Höhe. »Ingrid, gibst du mir bitte die Gurken? Fürsorge? Danke. Fürsorge. Und die Tomaten da. Was meinst du?«

Tommy nahm seiner Frau den Teller mit den Tomatenscheiben ab, blieb mit der Aufmerksamkeit aber ganz bei seinem Sohn.

»Na ja, Strafvollzugsfürsorge«, sagte Ulrik, »warum heißt das so?«

»Habt ihr das gerade in der Schule, oder was?« Ingrid vermischte die Salsa mit Sauerrahm und bestrich damit ihren Fladen.

»Ist nur das Handtuch«, sagte Kia, ohne aufzublicken. Sie fummelte an ihrem Handy herum.

»Das Handtuch?« Tommy belegte seinen Fladen mit Frühlingszwiebeln, Salat und Oliven. »Kia, kannst du wenigstens mal beim Essen ohne Facebook überleben?«

»Na, das Handtuch, das Papa in Åna geklaut hat«, raunzte Kia eingeschnappt und legte das Handy weg. »Hackfleisch, Mama.«

»Kia!« Tommy verdrehte die Augen.

»Ja? Was?«

»Ich hab mit Klauen nichts am Hut. Ich … Vergiss es. Gut, nenn es Diebstahl.«

»Tjensvoll-Gang, Tjensvoll-Gang, einmal Gangster, immer Gangster«, feixte Kia.

»Word.« Ulrik gab seiner Schwester ein High Five.

Die beiden waren ewig wie Hund und Katze gewesen, nie einer Meinung, ständig am Streiten, nicht so in letzter Zeit. Mit einem Mal betrachtete Ulrik seine Schwester mit so was wie Bewunderung. Tommy war der Meinung, dass der Junge allmählich kapierte, was seine Schwester durchgemacht hatte, während Ingrid eher die Ansicht vertrat, es gehe da um was anderes, was sie aber nicht genauer definieren konnte. Auch Kia sah in ihrem Bruder allmählich nicht mehr nur diesen Justin-Bieber-mäßigen Schönling, der Gitarre spielte und dem die Mädchen nachliefen.

»Hört auf«, sagte Tommy, konnte sich aber ein Grinsen nicht verkneifen. Aus dem Augenwinkel registrierte er, wie Ingrid die Augen verdrehte, und fühlte sich zurechtgewiesen. Ihr gefiel es ganz und gar nicht, dass er sich bei dem Geschäker über seine Vergangenheit nicht eindeutiger verhielt. Tommy nahm sich zusammen. »Sprich bitte nicht so mit deiner Mutter.«

Dann schüttelte er freundlich den Kopf und zwinkerte seiner Tochter zu. Puh, die Sache hatte er abgefedert. Ingrid – momentan die Zielscheibe sämtlicher Attacken von Kias Seite – reichte ihrer Tochter das Hackfleisch. Kia war nur dann so pingelig und aggressiv, wenn ihre Mutter im Raum war. Wahrscheinlich die Pubertät, dachte Tommy, eine Pubertät im Rollstuhl. Mach dir nichts draus, sagte er gelegentlich zu Ingrid. Hat nichts mit dir zu tun. Womöglich auch so ein Mutter-Tochter-Ding. Geht vorbei.

Am besten vermied man jegliche Konfrontation und ließ ihr Zeit, sich wieder einzukriegen. Der Unfall an sich war schon genug gewesen. Hatte ihnen jeder gesagt. Therapeuten, Psychologen. Tommy und Ingrid hatten, seit es passiert war, unzählige Stunden in diversen Institutionen verbracht, hatten in anonymen Büros gesessen und geredet und zugehört, und alle hatten das Gleiche gesagt. So was fordere einer Familie viel ab, und es bedürfe großer Geduld.

»Hm, zu deiner Frage …« Tommy dachte eine Weile nach.

Strafvollzugsfürsorge. Hatte er auf der Polizeischule gelernt. Oder? Wart mal … Nein, konnte er doch gar nicht, oder? Die Dienstbehörde war erst vor knapp zehn Jahren umbenannt worden, davor war es … »Gefängniswesen«. Er sah zu Ulrik. »Also, bis vor zehn Jahren hieß es noch Gefängniswesen. Dann wurde die Behörde umbenannt und umstrukturiert, und der Oberbegriff des Ganzen wurde Strafvollzugsfürsorge.«

»Whatever, Papa«, entgegnete Ulrik, »ich frag, warum es so heißt. Ich mein, okay. Also. Hör zu. Ein Typ killt 'nen andern …«

»Ulrik. Ausdrucksweise!«

»Mama, please. So reden wir eben.«

»Du kannst Norwegisch«, wies seine Mutter ihn zurecht. »Und du sprichst hier von Mord. Totschlag.«

»Whatever«, wiederholte Ulrik. »Ein Typ bringt also einen anderen Typen um. Und kommt dafür ins Gefängnis. Und wir nennen das dann Strafvollzugsfürsorge. Verstehst du?«

Kia nickte zustimmend. Ingrid neigte den Kopf leicht seitlich.

»Ich meine – warum nennen wir es Fürsorge? Was soll das? Ist Fürsorge nicht eigentlich was für kleine Kinder?«

»Ulrik, jetzt sprichst du über sehr schwierige Dinge ziemlich albern und unbeda…«

»Please, Mama.« Ulrik schüttelte den Kopf. »Mann, echt. Was, wenn's um mich gehen würde? Hm? Sagen wir, ein Dude kommt hier rein und knallt mich ab. Ballert mir in den Hinterkopf.«

»Ulrik!«

»Das ist die Wirklichkeit, Mama. Sorry! Gewalt hab ja nicht ich erfunden.«

Ingrid atmete tief ein und sagte lieber nichts.

Tommy lächelte. Er hatte gern Jugendliche im Haus. Er mochte Ulriks frühreife Penetranz. Zwar war sein Sohn nicht zwangsläufig begriffsfest, aber rein analytisch war er den meisten in seiner Klasse voraus. Ein eigener Kopf. Und ein Querdenker.

»Ich meine«, fuhr Ulrik fort, sprach jetzt nur noch mit Tommy, »warum denn nicht wie in der Bibel: Auge um Auge, Zahn um Zahn?«

»Altes Testament«, warf Ingrid ein.

»Auch die Bibel, soweit ich weiß«, kommentierte Kia.

Tommy verkniff sich einen Kommentar zu Kias Sarkasmus. »Wahrscheinlich weil …« Er verstummte. »Na ja«, hob er neu an, »weil wir in Norwegen es anders haben wollen.« Tommy sah Ulrik eindringlich an. »Wir glauben an Fürsorge. Wir glauben daran, dass Menschen sich ändern. Deshalb nennen wir es Strafvollzugsfürsorge.«

Tommy räusperte sich und lauschte seinen Worten nach. Keine Ahnung, ob es ganz stimmte, aber so was in der Art hätte der Chef vom Lagårdsveien bei einer Pressekonferenz auch sagen können. Sein Blick fiel auf seine Hände. Sie lagen zu Fäusten geballt in seinem Schoß, als wollte er gleich auf jemanden einschlagen. Er spreizte die Finger und griff nach seinem Taco.

»Ja«, sagte er, »und deshalb nennen wir es Strafvollzugsfürsorge. Weil wir an das Gute im Menschen glauben.«

Ulrik legte seinen Taco ab, hielt sich – ganz erwachsen – die Hand vor den Mund und sagte, gerade, als es an der Tür klingelte: »Okay, aber dann versteh ich noch immer nicht, was wir mit dem Bösen im Menschen machen.«

»Ich geh schon«, sagte Ingrid erleichtert, dass die Diskussion ein natürliches Ende fand, und stand auf. »Und dann bleiben noch zwanzig Minuten, bis wir zu Oma fahren, okay? Ulrik? Kia? Und kein Nein. Sie hat heute Geburtstag, und wir müssen bei ihr vorbeischauen, auch wenn es schon spät ist.«

»Ich muss dringend noch was für die Arbeit durchgehen«, rief Tommy ihr nach.

»Ich weiß, ich weiß«, murmelte Ingrid, »glaub kaum, dass Mama mit dir rechnet«, fügte sie etwas angesäuert hinzu und verschwand im Flur.

Tommy redete weiter mit den Kindern, versuchte aber, mit einem Ohr zu hören, was draußen vor sich ging. Eine Unart. Berufskrankheit vielleicht. Immer auf der Hut zu sein. Wer da wohl gekommen war? Ingrids unbekümmertes Lachen, ein paar Höflichkeitsfloskeln – »Was für eine Überraschung, kein Problem, kommen Sie rein!« Und da ein anderes Lachen, das er schon mal gehört hatte, aber nicht einordnen konnte, bis plötzlich Grace in der Tür stand.

Tommy war baff. Er schluckte. Sein Mund war mit einem Mal trocken. Schamesröte glitt über sein Gesicht wie Öl.

»Grace«, sagte er und versuchte, sich natürlich anzu-hören.

»Hast du ein paar Minuten?« Grace machte einen Schritt ins Zimmer. »Ich hab was für dich. Tut mir leid, wenn ich ...«

»Kein Problem«, sagte Ingrid und lächelte. »Wir müs-sen sowieso los.«

Tommy warf einen flüchtigen Blick zu seiner Frau. Ihre Stimme war fest, sie klang weder misstrauisch noch verstimmt. Er musste sich entspannen. Das war alles ganz normal. Selbst wenn es das nicht war. Da schaute je-mand von der Arbeit vorbei. Ingrid hatte Grace schon mal getroffen. Das Problem ist in mir, dachte er. Sonst nirgends.

Grace' Körper in seinem Haus.

Er rieb sich die Hände.

»Kia? Ulrik?« Ingrid drehte sich zu den Kindern um. »Startklar?«

»Sie fahren zu ihrer Oma, die hat Geburtstag.«

Seine Stimme klang alles andere als natürlich. Er bekam es einfach nicht hin. Schweiß trat ihm auf die Stirn.

»Was hast du? Lass uns schnell machen, ich hab noch ziemlich viel ...«

»Kia? Ulrik?«

Schnelle Schritte auf der Treppe. Ulrik. Reifen über dem Fußboden. Kia. Grace setzte sich Tommy gegenüber an den Esstisch. Sie trug eine eng sitzende Jeans und einen hellgrauen, dünnen Pullover.

Ingrid drehte sich noch mal um. Sah zu Tommy. Er machte die Augen zu. Scheiße, dachte er. Warum mach ich die Augen zu? Er griff sich ins Gesicht, legte sich den Zeigefinger in den Augenwinkel.

»Ich hab da was ...«

»Wir bleiben nicht lang. Machst du die Wäsche an, bist du so lieb?«

»Wäsche? Ja, sicher, ja, Wäsche, sicher. Okay, liebe Grüße und alles Gute.«

Ingrid kam zu ihm, lächelte breit, beugte sich zu ihm runter und gab ihm einen Kuss. Dann lief sie aus dem Zimmer. Tommy konnte sie einfach nicht deuten. Durchschaute sie ihn geradewegs? Hatte sie gesehen, dass Grace für ihn ein Problem darstellte? Hatte sie gesehen, dass er zitterte, sobald sie nur im selben Zimmer war? Sah sie das alles? *Alles*-alles? Das ganze verfluchte Begehren, das ihn zu zerreißen drohte, all das, wogegen er sich nicht wehren konnte? Sah sie es, und diese Überlegenheit war ihre Art dagegenzuhalten? Lächeln, ganz ruhig und souverän sprechen, ihm einen Kuss geben? Oder hatte sie gar nichts gesehen? Überhaupt nichts?

Er hörte Kias Rollstuhl über die Rampe durch die Haustür rollen. Ulriks Schritte. Seine Stimme. Ja gut, ja gut, Dschieses, Mama. Kias Stimme. Ja, kann ich jetzt nicht lieber bei Facebook sein? Die zufallende Tür. Die zuknallenden Autotüren. Das Anspringen des Motors.

Tommy sah zu Grace.

»Warum bist du hier?« Er lachte nervös, ließ sie gar nicht erst antworten. Griff nach einem Kugelschreiber und spielte damit herum. »Wir haben gerade über das Wort ›Strafvollzugsfürsorge‹ geredet, mein Sohn hatte da einen berechtigten Einwand, ist ein diskussionswürdiger Begriff.«

Grace schluckte.

»Ja, tja. Also, was hast du für mich, Grace? Was hast du beobachtet?«

Für einen Augenblick öffnete sich ihr Mund leicht, ein Spuckebläschen zerplatzte auf ihrer Lippe. Ihre Brust hob sich.

»Grace? Was hast du?«

Grace stand auf und kam zu ihm rüber. Schob den Küchentisch zur Seite und setzte sich rittlings auf seinen Schoß, drückte sich eng an ihn.

»Strafvollzugsfürsorge«, flüsterte sie.

22 Vietnamesisch

Draußen in Randaberg machte Melvin die Haustür auf, er hatte eine Kochschürze mit der Aufschrift »Ich bin der Boss« umgebunden, Größe XXL, und füllte fast die gesamte Türöffnung. Der Meisterdieb zog die Augenbrauen hoch, als er Jan Inge sah, der doch noch nie an seine Tür geklopft hatte, aber jetzt stand er da, flankiert von einer von Kopf bis Fuß mit Goldpailletten behängten Frau mit ellenlangen lackierten Fingernägeln, auftoupierter Dolly-Parton-Frisur und einem mit Schminke zugekleisterten Gesicht.

Melvin lockerte den Griff um den Baseballschläger hinter seinem Rücken.

»Ich glaub, ich seh nicht recht«, sagte er und nickte.

»Tja, kannst du mal laut sagen«, entgegnete Jan Inge und machte ein freundliches Gesicht.

»Damit hab ich echt nicht gerechnet.« Melvin verzog den Mund zu einem sichelförmigen Grinsen.

»Hat wohl keiner von uns«, stimmte Jan Inge zu.

Eine schmale Gestalt mit silbrigem Lächeln und Schlafzimmerblick erschien neben Melvin in der Tür. Mahima war so dünn, wie Melvin fett war, und so natürlich wie Beverly künstlich.

Beverly, unter Leuten immer sofort in ihrem Element, machte einen Schmollmund und streckte die Hand aus, an der mehr Ringe waren als Finger.

»Beverly«, sagte sie, knuffte dann Jan Inge in den Hüft-speck und fügte hinzu: »Ich bin seine Freundin.«

»Mahima«, sagte die schlanke Asiatin, knuffte dann ihrer-seits Melvin ins Bauchfleisch und fügte hinzu: »Ich bin seine Schlange.«

Melvin stellte den Baseballschläger wieder in die Ecke hinter der Tür und bat sie herein. In der Diele, in der überall gerahmte Reptilienbilder hingen, roch es nach stark gewürztem Hackfleisch. Sie waren gerade beim Abendessenmachen, erklärte Melvin – »unsere gemein-same Leidenschaft« – und legte seinen dicken Arm um Mahimas Schultern, während er Beverly und Jan Inge ins Wohnzimmer geleitete. Er musterte Jan Inge und suchte nach einem Hinweis, welche Art Besuch das wohl war.

Im Wohnzimmer lungerten zwei Jungen herum: Einer lag mit einem *Playboy* in der Hand auf dem Sofa, der an-dere saß vornübergebeugt und irgendwie nervös in einem Sessel und tippte auf einem iPad herum.

Der Junge im Sessel war brutal schön – wie ein jun-ger Elvis Presley, musste Beverly denken und schluchzte beim Anblick dieses fast schon provozierend sinnlichen Kerls unwillkürlich auf. Sein Mund war leicht geöffnet, während er mit langen Fingern über das Retinadisplay scrollte.

Sein Kumpel auf dem Sofa war nicht gerade ein Au-genschmaus. Er hatte unangenehm zusammengekniffene Augen und kalte graue Haut. In regelmäßigen Abstän-den schüttelte er mafialike die rechte Hand, warf Würfel auf den Tisch und sammelte sie gleich wieder ein.

»Daniel? Dejan? Sagt Hallo zu Jan Inge und Beverly«, forderte Melvin sie auf.

Daniel legte das iPad weg und setzte sich gerade auf. Als er Jan Inge erkannte, zuckte er leicht zusammen. Es war gerade erst ein paar Wochen her, als er vor der Tür der Hillevåg-Gang gestanden und ihnen seine Dienste angeboten hatte und sie ihm klar zu verstehen gegeben hatten, dass er sich fernhalten sollte. Daniel suchte fragend Melvins Blick. Was sollte er tun? Worum ging es hier? Um Strafe? Würde man ihn rauswerfen? Ging es um einen Job? Noch mehr mittelalte Schwänze lutschen?

Daniel hatte Melvin erzählt, was passiert war. Was er wusste. Bestimmt hatte er zu viel gesagt. War Jan Inge klar, dass Melvin Bescheid wusste? Schon nach wenigen Wochen als Rekrut im Milieu hatte Daniel eins kapiert: Es gibt hier Regeln. Fehler sind wahnsinnig schnell gemacht. Alles dreht sich um Informationen. Insofern drehen sich auch alle Fehler darum: Wer hat was zu wem gesagt.

Deshalb hält man besser die Klappe.

Deshalb nickt man, wenn man sich nicht sicher ist, was man sagen soll.

Seit er das kapiert hatte, hatte er Abend für Abend versucht, es Dejan zu erklären. Halt die Klappe, hatte er gesagt. Wirf deine Würfel. Lies deinen Porno. Tu, was Melvin dir sagt.

»He, Mann«, sagte er jetzt und stand auf. Er machte einen Schritt nach vorn und stellte sich so aufrecht wie möglich hin. Pustete unter den schon seit einer ganzen Weile nicht mehr geschnittenen und mittlerweile bis über die Augenbrauen reichenden Pony.

Dejan hob gerade mal das Kinn und fuhr mit der Zunge über die Schneidezähne.

»Ach, du bist das«, sagte Jan Inge. »Der Knabe, der Arbeit haben wollte.«

Okay, dachte Daniel, soll also kein Geheimnis sein. Er blickte von Jan Inge zu Melvin, hatte keine Ahnung, was da gerade abging. Melvin gab ihm noch immer keine Richtung vor. Daniels Blick streifte kurz die fette Frau, die bestimmt Mitte fünfzig war. Wie eine Puffmutter sah die aus.

Er versuchte, noch aufrechter zu stehen.

Dejan legte den *Playboy* weg, setzte sich im Sofa auf. Warf Würfel, sammelte sie wieder ein.

»So kann's gehen«, brach Melvin das Schweigen, »stattdessen durfte der Junge bei mir anheuern. Er wird von den Bullen gesucht.«

»Ach?« Jan Inge zog die Augenbrauen hoch.

»Mopedunfall. Hat 'ne Frau überfahren. Also halt ich ihm die Bullen vom Leib, und er hilft mir ein bisschen.«

Jan Inge nickte.

Daniel zuckte mit keiner Wimper, zeigte keinerlei Reaktion, verfolgte aber alles höchst aufmerksam. Zum ersten Mal hatte er gehört, wie Melvin seine Position hier definierte. Ich helfe ihm. Er hält mir die Bullen vom Leib.

Mahima setzte der Musterungsstimmung ein Ende, indem sie Beverly ihren Ellbogen anbot. »Wollen wir?«

Beverly hakte sich bei ihr unter. »Wollte gerade das Gleiche fragen«, stimmte sie zu und studierte Mahimas Gesicht. »An wen erinnerst du mich?«

Mahima zuckte mit den Schultern. »Hillary Clinton?«

Beverly schüttelte den Kopf. »Nein«, sagte sie, »jemand mehr funky.«

Die beiden Frauen verschwanden in der Küche, und Jan Inge sah ihnen voll Bewunderung nach.

»Jungs«, kommandierte Melvin und schnipste in Richtung Boden. »Keller. Playstation. Jetzt.«

Melvin und Jan Inge blieben im Wohnzimmer zurück. Dass sie einander zuletzt gesehen hatten, war gut und gerne ein Jahr her, es war auf einer Party bei Hansi gewesen, die damit geendet hatte, dass Cecilie in die Badewanne kotzte und Rudi im Wohnzimmer zu Mötley Crüe tanzte. Gemocht hatten sie sich nie. Zumindest darin waren sie sich einig. Vor zehn, zwölf Jahren hatten sie beim Versuch, die Hillevåg- und die Kvernevik-Gang zu fusionieren, zusammengearbeitet, aber das hatte ihr Verhältnis eher getrübt.

Jan Inge sah sich um und lächelte. »Darf ich?« Er deutete auf einen schwarzen Ledersessel.

Melvin nickte, ließ Jan Inge Platz nehmen und plumpste dann ebenfalls in einen Sessel.

»Melvin«, eröffnete Jan Inge und faltete die Hände, »wir waren uns ja nicht immer einig.«

»Stimmt«, sagte Melvin.

»Vielleicht haben wir uns gegenseitig die Hölle heißgemacht«, fuhr Jan Inge fort und lehnte sich vor. In einem Versuch, autoritär zu wirken, legte er seine Fingerkuppen aneinander, dann sah er zu einem Poster an der Wand, ein junges dunkelhäutiges Mädchen, über dessen Wange eine große Träne kullerte. »Die Zeiten ändern sich.«

»Das ist wohl wahr.«

»Ich weiß, wofür du stehst, und ich bin zu dir gekommen, weil ich das Geschäft umorganisiere, um es mal so zu sagen.«

Melvin lehnte sich vor. »Aha?«

»Ich will ehrlich zu dir sein«, sagte Jan Inge, »ich hab mir unsere Finanzen angesehen, hab die Entwicklung über einen längeren Zeitraum studiert, und sie weist nur in eine Richtung. Nach unten, Melvin. Und entweder bin ich dir für deinen Geschmack zu forsch, oder ich hab recht, und du weißt, wovon ich spreche. Bei dir läuft's nicht besser. Der Markt für Einbrüche ist ausgetrocknet.

Wer in unserer Branche noch was stemmen will, muss mit Litauern und Rumänen und was weiß ich zusammenarbeiten, und da ist dann nichts mehr sicher. Wir werden zerquetscht, Melvin.«

Melvins Gesichtsfarbe veränderte sich.

»Ist das nicht die Wahrheit, Melvin?«

Melvin antwortete nicht.

»Wenn ich da falschliege«, sprach Jan Inge weiter, »musst du es nur sagen, und ich nehm meinen Hut – beziehungsweise meine Frau – und gehe. Und dieser Besuch hier hat nie stattgefunden. Aber wenn es wahr ist, dann hör mir zu. Mir geht es darum, die Firma voranzubringen. Ich will mehr wie Thor Heyerdahl werden, um mal einen Vergleich anzustellen. Ich will rekrutieren. Ich will die Besten der Region, und ich werd aussieben. Auf die mit Spitzenkompetenzen. Und ich will ein grundsolides Team auf die Beine stellen. Für einen magischen Einbruch. Und – unterbrich mich bitte noch nicht – nicht ich will dabei der Boss sein. Heutzutage herrscht Demokratie, Melvin. Wir leben in Norwegen. Wir folgen dem skandinavischen Modell. Das hier ist nicht Sierra Leone. Die Initiative kommt zwar von mir, aber darüber hinaus dürfen alle Beteiligten mitsprechen. Ich will, dass die besten Köpfe zusammen denken.«

Melvin lehnte sich auf seinem Sessel zurück und sah sich Jan Inge genau an.

»Einer davon bist du, Melvin. So einfach ist das.«

Melvin legte die Hände auf die Armlehnen.

»Wenn das wirklich stattfinden sollte«, fuhr Jan Inge fort, »dann musst du dabei sein. Und zum Beweis, dass ich nicht nur daherquatsche, bin ich bereit, dich zu einem Einbruch einzuladen, der so wasserdicht ist, so idiotensicher und so einfach, dass ich den auch ohne dich leicht hinkriege. Wir sprechen von roughly einer Million. Du kriegst fünfundzwanzig Prozent zum Beweis, dass ich es ernst meine.«

Melvin stöhnte unwillkürlich auf.

»So, das war, was ich zu sagen hatte«, schloss Jan Inge und nickte in Richtung der Küchentür. »Hm, riecht gut. Indisch?«

»Vietnamesisch«, sagte Melvin und stand auf. Manövrierte seinen schweren Köper zum Fenster, das aufs Zentrum von Randaberg hinausging. Draußen war es dunkel. Ein paar wenige Autos fuhren vorbei, und vor dem Mix standen Jugendliche neben einem Traktor und rauchten.

Melvin dachte über Jan Inges Vorschlag nach. Mit der Hillevåg-Gang kollaborieren. Sein Treffen mit Pogo an der Trafostation war erst ein paar Tage her. Er hatte ihm Infos zugespielt. Er hatte einen Plan geschmiedet, um Jan Inge zur Strecke zu bringen. Und jetzt sollte er sich mit ihm zusammentun?

Melvins Mund verzog sich zu einem Grinsen.

Das ist brillant, dachte er.

Verdammte Scheiße, besser kann es gar nicht laufen.

Er wandte sich zu Jan Inge um. »Vietnamesisch«, wiederholte er. »Magst du Vietnamesisch? Weißt du, seit ich Mahima gefunden hab, ess ich nur noch asiatisch. Koreanisch. Vietnamesisch. Chinesisch. Japanisch. Thai. Die Küchen in diesen Kulturen sind uns um Lichtjahre voraus.«

»Ach ja?«

»Komm, dann essen wir.« Melvin wandte sich zur Kellertreppe. »Jungs!«, rief er. »Essen!«

Auf der Treppe waren Schritte zu hören. Jan Inge griff nach Melvins Arm und sah ihm in die Augen. »Du, deine Jungs. Melvin …«

»Was ist mit ihnen?«

»Verkauf mich nicht für blöd. Ich weiß, was du von kleinen Jungs willst. Kann man denen trauen?«

Daniel und Dejan tauchten am Treppenabsatz auf.

Melvin legte die Arme um die beiden, und Jan Inge meinte zu sehen, wie er besonders Daniel eng an sich drückte.

»Diese beiden hier tun alles, worum ich sie bitte«, sagte Melvin.

Jan Inge trat dicht vor Melvin.

»Und du«, sagte er leise, »kann man dir vertrauen?«

»Jan Inge.« Melvin lächelte. »Das weißt du doch.«

Er schürzte die Lippen, hob das Kinn leicht an und atmete durch die Nase.

»Schweinezunge? Seidenraupen?«

Die Schiebetüren zur Küche gingen auf, und da standen Mahima und Beverly, beide mit Schürze um die Taille. Beverly stemmte die Hände in die Hüften, Mahima verschränkte die Arme.

»Irgendwas sagt mir«, flötete Beverly, »nicht nur wir haben Pläne gemacht.«

Melvin zwinkerte, schob die Jungs vor sich her in die Küche, und Jan Inge glaubte zu sehen, dass der Blick des Meisterdiebes auf Daniels Hintern haftete.

»Dann lasst uns uns doch setzen«, sagte Melvin und wies mit ausladender Geste auf den großen Esstisch in der geräumigen Küche. Sein ganzer Körper kribbelte vor Aufregung. Dieses Dominogefühl hatte er schon ewig nicht mehr gehabt, dieses Gefühl, dass sich eine Sache löste und infolgedessen einfach auch alles andere.

Melvin sah zu Daniel, der ihm gegenüber Platz genommen hatte. Als er ihn vor ein paar Wochen aufgelesen hatte, war der Junge ein echtes Wrack gewesen. Er hatte seine Freundin überfahren. Sie war an den Verletzungen gestorben. Er war von seiner Pflegefamilie abgehauen. Jetzt waren Jugendamt und Polizei hinter ihm her. Der arme Junge war kurz davor gewesen, in tausend Stücke zerrissen zu werden. Ständig hatte er Nasenbluten. Seine Haut platzte auf. Er hatte chronischen Durchfall.

Es war also allerhöchste Eisenbahn gewesen, als Melvin ihn zu sich genommen hatte. Der Gauner hatte ihm einen Tag lang die Hand gehalten, ihm zu essen und zu trinken gegeben und ein Bett zum Schlafen. Dann hatte er allmählich angefangen, mit dem Jungen Zärtlichkeiten auszutauschen, wenn Mahima an den Stränden in Randaberg spazieren ging oder beim Training war und Dejan am Mix rumhing oder auf seinem Skateboard durch die Gegend düste. Er strich mit den Händen über die milchweiße Haut, bat Daniel, sich auszuziehen, bat Daniel, sich auf den Rücken zu legen, nahm die Hände des Jungen und führte sie über seinen eigenen Körper.

Daniel sagte kein Wort.

Aber er tat, was Melvin sagte.

Innerhalb weniger Wochen gelang es ihm, Daniel gefügig zu machen. Er funktionierte. Die Wunden heilten, der Durchfall hörte auf, das Nasenbluten versiegte. Er sprach ziemlich wenig. Blieb ein schweigsamer Junge. Aber er strahlte jetzt so was wie Ruhe aus, als gäbe Melvin ihm, was er brauchte, um zu vergessen, wer er war.

Daniel platzierte die Essstäbchen in die Kuhle zwischen Zeigefinger und Daumen, wie Mahima es ihm beigebracht hatte.

In den vergangenen Wochen hatte der Junge Melvin viele Freuden beschert.

Diese sinnlichen Freuden musste Melvin jetzt wohl für eine Weile opfern.

Es war einfach zu perfekt.

Ein Kameraauge bei Jan Inge.

Der bekam gerade von Beverly einen Kuss auf die Wange. »Kriegen wir denn jetzt in nächster Zeit diese Menschen hier öfter zu sehen?«

Jan Inge nickte und bemerkte, wie Melvin mit Daniel unter dem Tisch füßelte.

»Daniel?« Melvin sah den Jungen jetzt direkt an. »Jan Inge braucht Hilfe. Du und Dejan, ihr werdet für eine Weile bei ihm wohnen.«

Daniel atmete tief ein, hatte keine Ahnung, was abging, keine Ahnung, wohin man ihn diesmal schicken würde und was dort auf ihn wartete. Er war erschöpft, er wollte am liebsten aufstehen, den Tisch umstürzen und das Haus niederbrennen. Er wünschte sich eine Waffe, wollte allen in den Bauch schießen. Aber er hatte keine Kraft mehr. Er vermisste Sandra. Er vermisste seine Wut. Er sehnte sich nach einem anderen Leben.

Er rang sich ein Lächeln ab. »Aha?«

Dejan schnipste, und es klang wie ein Stepptanz.

»Gut«, sagte Melvin zu Jan Inge, »abgemacht. Ihr könnt sie ausleihen, als Dank für euer Vertrauen.«

Während sie sich an den Tisch gesetzt und das Besteck hochgenommen hatten und Essen auf Teller geschaufelt worden war, konnte Beverly die Augen nicht von dem jungen Griechengott nehmen. Ihr Mund öffnete sich leicht. Je länger sie ihn anstarrte, desto mehr offenbarte sich seine Schönheit, und nicht nur die, sondern auch dunkle Trauer und große Gefahr. Ein vorübergehend gezähmtes Tier, schoss es ihr durch den Kopf.

Als sie hörte, dass der Knabe nun bei Jan Inge wohnen sollte, setzte ihr gut fünfzigjähriges Herz für einen Schlag aus.

»Eine vietnamesische Mahlzeit«, ergriff Mahima das Wort, und alle sahen sie an, »besteht immer aus einem, zwei oder drei Gerichten.« Sie deutete auf den Tisch. Schüssel um Schüssel, Platte um Platte mit sonderbarem Essen. »Ihr müsst wissen, die Vietnamesen benutzen kein Salz, sondern eine Fischsoße, die aus Anchovis gewonnen wird. Die erzeugt den essenziellen Geschmack in jedem vietnamesischen Gericht.«

»Interessant«, sagte Jan Inge.

»Und jetzt wünsche ich mir, dass ihr versucht, in eurem Essen das Prinzip der fünf Elemente zu erkennen. Wu Xing: Holz, Feuer, Erde, Metall, Wasser.«

»Fuckdiesespsychohaus«, murmelte Dejan und seufzte tief. »Jebem ti seme i pleme.«

»Die Vietnamesen«, fuhr Mahima fort und ignorierte den Serben, »ehren jedes Teil eines Tiers, indem sie es essen. Befruchtete Enteneier, hier. Der Embryo ist fast fertig entwickelt. Schweinezunge, da. Seidenraupe. Hundefleisch.«

»Please«, seufzte Dejan. »Wir haben in Serbien unseren eigenen Hund geschlachtet. Und sollen wir dann jetzt auch mit den Fingern essen?«

Melvin stemmte seinen schweren Körper hoch. Er trat auf Dejan zu, legte ihm die Hand in den Nacken und drückte den Kopf in den Teller.

»Iss«, kommandierte Melvin.

»Wow«, hauchte Beverly.

Ohne Dejan loszulassen, sah Melvin zu Jan Inge. »Jan Inge, erzählst du uns jetzt, wobei wir mitmachen dürfen?«

Jan Inge legte sich die Serviette auf den Schoß. »Kann ich gern machen«, sagte er. »Ihr erinnert euch noch an Rudi?«

Bei Rudis Namen wurde Melvins Griff um Dejans Nacken fester.

»Ruhig«, sagte Jan Inge, dem Melvins Gereiztheit nicht entgangen war. »Rudi ist reifer geworden. Du wirst ihn kaum wiedererkennen. Er wird Vater, weißt du?«

»Cha ăn mặn, con khát nước«, sagte Mahima säuerlich.

»Hm?«

»Vater isst salziges Fleisch, Kinder werden Durst haben.«

»Von Sprichwörtern kann man viel lernen«, schulmeisterte Jan Inge. »Wie auch immer. Rudi mag kein salziges Fleisch. Aber er hat einen Bruder. Einen Faschisten. Einen habgierigen son of a bitch, wie Rudi sagen würde. Aber einen reichen son of a bitch.«

Mahima legte ihre Hand auf die von Melvin, strich sanft über die angeschwollenen Adern und verstärkte Melvins Druck auf Dejans Hinterkopf. Muskeln, konstatierte Jan Inge, als sich die Sehnen am Unterarm der schlanken Asiatin anspannten.

»Jane Fonda«, sagte Beverly und schnipste mit den Fingern. »Wusst ich's doch! An die erinnerst du mich! In her heyday.«

»Er heißt Frank Martin Digervold«, sagte Jan Inge. »Und wir werden sein Leben zerstören.«

23 Ein positives Mädchen

Rudi hatte die letzten Nächte schlecht geschlafen.

Die Angst war ihm neu. Sie war anders als dieses Zwicken im Bauch, an das er wegen der ganzen Feindschaften in der Familie gewohnt war. Und sie war auch anders als die Angst, Jani könnte Internet ins Haus bringen und Cecilie herausfinden, dass er einen Porno gedreht hatte und mit einer Wölfin aus Kvinesdal im Bett gewesen war.

Die Angst war heftiger, und sie saß tiefer. Sie saß in der Kehle und schnürte ihm den Atem ab. Als würde er seine Fußsohlen auf ausgedörrte, knirschende Erde setzen. Würde Cecilie verschwinden, würde sie das Handtuch werfen und die Zwillinge mitnehmen, dann wäre er nicht mehr zu retten. Den besten Freund der Welt zu haben würde dann nicht helfen. Weder Horror noch Heavy, noch Country würden dann helfen. Nichts würde mehr helfen.

Dann würde er nicht mehr leben wollen.

Genau das war Rudi durch den Kopf gegangen, während er allein im Doppelbett gelegen und die Kälte seines Zahnfleischs gespürt hatte: Verschwindet sie mit den Kindern, setz ich mich in den Volvo, dresch den Fuß aufs Gaspedal und fahr gegen die Betonwand im Ullandhaugtunnel.

Er schrieb in diesen Nächten Cecilie eine SMS nach der anderen.

Bist das übersexieste Licht in my life, Chessi, geh ja nich futsch, Baby!

Fuck fuck fuck, denk die GANZE Zeit an dich, please hau nich ab, wird alles sinnlos sonst.

Hey, Baby, sorry, was ich alle Jahre fürn Dreckscheiß gelabert hab, lieb dich, okay, von hier bis weit hoch in Himmel.

Werd SO VERDAMMT gut auf dich und die Kiddies aufpassen, kannste dir nich vorstellen, komm heim, komm heim, dann knutsch ich dich kugelrund.

Gestern hatten sie bis kurz vor Mitternacht auf der Terrasse gestanden, und Jan Inge hatte ihn in den Arm genommen. »Das waren jetzt echt ein paar harte Tage für dich.«

»Fuck, ja«, hatte Rudi erwidert.

»Aber die sind jetzt rum.«

»Wenn nicht, geb ich mir die Kugel.«

»Morgen«, hatte Jan Inge beschwichtigt und seinen Freund fester an sich gedrückt, »morgen holst du sie aus dem Krankenhaus. Für euch bricht jetzt eine neue Zeit an, für uns alle.«

»Du warst schon immer gut im Trösten, Jani.«

Jan Inge hatte in den Himmel hochgesehen und wie ein Hund geschnuppert, der Witterung aufnahm. »Spürst du das?«

»Hm?« Rudi, gedanklich bei Tod und Hölle, schüttelte den Kopf.

»Regen«, sagte Jan Inge. »Der Wind hat gedreht. Ich riech Regen. Schon wieder.«

»Du bist echt ein Indianer«, sagte Rudi und versuchte, das Bild zu verdrängen, das sich plötzlich in seinem Gehirn breitmachte. Ein Bild von ihm selbst auf einem morschen Boden in der Hölle, senkrecht an einen glühenden Eisenpfahl genagelt, während Hunderte mehlfarbener Krähen über seinem Kopf kreisen und Tausende zeitungspapierfarbener Leichenwürmer um seine Füße wimmeln.

Jan Inge lachte.

»War nicht als Witz gemeint«, sagte Rudi, mit den Gedanken noch immer in der Hölle.

»Nein«, sagte Jan Inge, »aber du bist komisch, ob du nun ernsthaft bist oder dich lustig machst.«

»Das Lot meines Lebens«, erklärte Rudi und vernahm jetzt sogar den Geruch von verkohltem Fleisch, und er wusste, dass der von ihm selbst kam, aus seinem eigenen, keifenden Inneren.

»Glaub übrigens, das heißt Los meines Lebens«, sagte Jan Inge.

»Sprache war noch nie mein Ding«, gab Rudi zu und fing an zu weinen.

Jan Inge öffnete den Mund, um etwas zu sagen, aber Rudi fiel ihm ins Wort. »Nein, sag jetzt nichts.«

Jan Inge sollte recht behalten. Nicht lange nachdem sie einander Gute Nacht gesagt hatten und Rudi ins Bett gekrochen war, war ein kolossaler Regen über der Stavanger-Halbinsel niedergegangen. Er war knatternd aufs Dach geprasselt, der kalte Geruch erweichender Erde war ins Haus geschwebt, und Rudi hatte endlich schlafen können.

Und heute schlug er vor allen anderen in diesem überbevölkerten Haus die Augen auf. Er stand auf, ging auf Zehenspitzen ins Bad, und beim Anblick der fremden Zahnbürsten, einer unbekannten Haarbürste, einer hingeschleuderten Jeans fühlte er sich wie in einem Landschulheim.

Echt seltsam, das Ganze. Im Keller schliefen Daniel und Dejan. Im Videozimmer Rikki und Ben. In Jan Inges Doppelbett Beverly. Zahnputzschlange vorm Bad. Ende des warmen Wassers nach dem Vierten unter der Dusche. Schweres Parfüm in der Luft. Jugendliche mit Kopfhörerstöpseln am Headbangen im Wohnzimmer, zu Kvelertak und Lamb of God und Purified in Blood.

Echt seltsam, das Ganze.

Rudi stieg in die Dusche.

Da lebst du. Jahraus, jahrein. Die Tage rauschen vorbei mit Heavy und Einbruch. Aber dann. Auf einmal ist alles auf den Kopf gestellt. Nichts ist mehr wie früher.

Er putzte sich die Zähne.

Deine Frau kriegt Kinder, dein bester Freund ist auf einmal besessen vom Gedanken an Veränderung, dein Haus ist plötzlich proppenvoll, und in den USA zieht ein Orkan auf.

Rudi spuckte die Zahnpasta aus und trocknete sich den Mund ab. Er betrachtete sich im Spiegel. Das grobe Gesicht. Starrte auf seine Haare. Er kannte an sich gar keine andere Frisur als diese langen Metal-Haare, die seit seinem ersten Mötley-Crüe-Video vor tausend Jahren hatten wachsen dürfen. Aber vielleicht war es an der Zeit? Zu sehen, wer hervortrat, wenn er das anging?

War womöglich doch nicht jede Veränderung grauenhaft?

Rudi verzichtete aufs Frühstück. Er war nicht hungrig. Seinem Gefühl nach musste er Cecilie quasi gereinigt abholen. Er wollte sich beeilen und aus dem Haus sein, bevor die anderen aufwachten. Mit irgendwem zu sprechen packte er gerade nicht. Seine eigene Stimme zu hören packte er nicht, als hätte er Angst davor, was sie aussprechen könnte, als könnte sie den Tag beschmutzen. Er trat an den Kleiderschrank. Zog ein Maiden-Shirt raus, *Killers*, irgendwie passte das aber nicht, also legte er es zurück. Unglaublich viele schwarze Klamotten in diesem Schrank, stellte er fest.

Am Ende zog er eine saubere Jeans und ein sauberes schwarzes T-Shirt an, ging in Jan Inges Büro, nahm sich achttausend Kronen aus dem Safe und verließ das Haus.

Die Straße war noch feucht vom nächtlichen Regen. Roch gut da draußen. Klar, dachte er und stieg in den Volvo. Fuhr durch die nass glänzenden Straßen von Stavanger, ja, für ihn brach ein wichtiger Tag an. Bald würden seine farblosen Augen wieder strahlen können. Geschmeidig glitt der Wagen bei der Polizei am Ende des Lagårdsveien vorüber. Er ließ den Kreisverkehr am Parkhaus Jernbanelokket und den am Theater hinter sich und schnurrte hoch in Richtung Løkkeveien. Dort war der Friseursalon, den er sich ausgesucht hatte: Elvis Frisør. Er hätte sich die Haare auch in Hillevåg schneiden lassen können, aber ihm behagte der Gedanke nicht, dass ein Bekannter von ihm draußen am Fenster vorbeigehen könnte, während ihm die Haare geschnitten wurden.

Allein das Sitzen auf so einem Stuhl war schon feminin genug, da sollte ihn dabei nicht auch noch jemand anglotzen.

Durch die engen Straßen in Kannik gelangte er hoch zum Friedhof, wo er umsonst parken konnte. In der Stadt unten verlangten sie Millionen, damit sie für ein paar Stunden dein Auto beherbergten. Nicht, dass er ein Geizkragen war, so wie Frank Martin, aber es den Behörden hinterherzuwerfen war verdammt noch mal wirklich sinnlos.

Der Salon lag etwa auf halber Höhe des Løkkeveien, nicht weit von dem neuen Hotel entfernt, das Jan Inge schon öfter für einen potenziellen Job vorgeschlagen hatte. Ihre Hoteljobs waren viele Jahre her, waren damals aber 'ne echte Goldgrube gewesen. Irgendwas hätten Hotels ja, sagte Jani immer, da könne man einfach reinmarschieren, und kein Schwein frage, wer man sei.

Drop in, stand im Fenster, daneben die Preisübersicht.

Herren: 190,– NOK

Rudi überlegte. Zuletzt war er vor ungefähr zwanzig Jahren beim Friseur gewesen. Das Haareschneiden hatte bei ihnen sonst immer Jan Inge übernommen, und der griff sich nur die Schere und »hielt die Länge«. 190 – das hörte sich nicht zu verrückt an, fand Rudi und trat ein.

Es roch sauber – ein intensiver Geruch nach Haarmitteln und jeder Menge Frauenzeug. Auf der Mac-betriebenen Anlage lief die letzte Single von Maroon 5, »Payphone«. Rudi kannte den Song aus dem Radio und musste einräumen, dass ihm der auf eine sonnenbankartige Weise einheizte, auch wenn er der Inbegriff von quasi allem war, was er hasste.

Hinter der Theke stand ein junger Mann mit langen Fingern. Rudi biss sich auf die Zähne, blieb auf dem Absatz stehen und inspizierte ihn. Ein junger Mann mit langen Fingern. Mitten in einer superschwulen Atmosphäre. Der junge Mann war dünn, braun gebrannt, schwarzhaarig und von der Abstammung her wenig norwegisch. Er hatte blendend weiße Zähne und trug Goldringe.

»Kann ich Ihnen helfen?«

Rudi beschloss, es zu nehmen, wie es kam. Er entschied sich, weniger voreingenommen zu sein, als er insgeheim war, und schlenderte auf den jungen Mann mit den langen Fingern zu.

»Ja, du«, sagte er und legte den Unterarm auf die Theke.

Der junge Mann legte ebenfalls den Unterarm auf die Theke.

Rudi nahm seinen Arm wieder weg. Räusperte sich.

»Hier werden also Haare geschnitten.«

»Sie wollen einen Termin?«

Ob er einen *Termin* wollte? Rudi schluckte, sah weg und dachte nach. Einen *Termin*? War das irgendein Codewort für ein Schwulenarrangement? Er war sich nicht ganz sicher, ob er überhaupt darauf eingehen sollte. Dann gab er sich einen Ruck. Er hatte doch entschieden, modern und weniger voreingenommen zu sein. Mit einem Lächeln auf den Lippen legte er den Unterarm zurück auf die Theke.

»Einen Termin?«, fragte er. »Und wie lang dauert der?«

Der junge Mann lachte. »Kommt darauf an, was wir machen.«

Rudi schnellte regelrecht in die Höhe und nahm den Unterarm wieder weg. »Was, kommst du mir frech?« Er sah ihn eindringlich an.

Der junge Mann machte einen Schritt rückwärts. »Äh ...«

»Du, komm mir nicht blöd«, sagte Rudi. »Sei professionell. Gib Gas. Rock on. Grad geht's nur darum, einen einfachen Dude aus Hillevåg zu empfangen und hier jetzt nicht Privat- und Arbeitsleben zu vermischen.«

»Äh ...«

Rudi streckte die Hand aus.

»Sei nicht so voreingenommen, Mann!«

»Was?«

Rudi hielt ihm die ausgestreckte Hand hin.

»Schau, ich *trau* mich, dich anzufassen. Ludvig Nilsen.«

»Robert Skappel«, sagte der junge Mann nervös und gab Rudi die Hand.

Weicher Händedruck.

»Du, Robbie, jetzt hör mal.«

Rudi ließ Roberts Hand los und beugte sich vor, als wollte er den Friseur mit einem Kopfstoß niedermähen.

»Take a good look«, sagte er. »Denn diese Haare sollen ab. Etwas davon jedenfalls. Ich arbeite bei der Gemeinde, weißt du. Fragst du dich, wer die Klagen der Leute entgegennimmt, die was am Verkehr in dieser Stadt auszusetzen haben? Hä? Zeig auf mich, Mister. Komm schon. Tu's. Zeig auf mich.«

Nervös zeigte Robert Skappel auf Rudi.

»Stimmt genau.« Rudi nickte. »Die Umgehung draußen in Hillevåg. Sehr wenige Beschwerden. Die Tjensvollkreuzung. Seeeehr viele Beschwerden. Ja, und in mein Ohr sollen die rein. Aber jetzt. Jetzt hör mal. Meine Frau ist schwanger. Und …« Rudi schluckte.

»Ja?«

»Also …« Rudi spürte Druck hinter seinen Augen. Scheiße. Heulanfall. Na, vielen Dank auch.

»Shit«, sagte er und schniefte, »jetzt hast du mich, Robbie.«

»Äh …«

»Komplikationen«, sagte Rudi.

»Oh neeeein, das tut mir leid!«

»Herr im Himmel« – Rudi schluckte –, »echt gut, das mal rauszulassen. Waren verdammt harte Tage. Sie hat im Krankenhaus gelegen, sie hat viel Blut verloren, und es war … fuck, ja … Sieht so aus, als würd es gut ausgehen, aber …«

»Ach« – der Friseur berührte Rudis Hand –, »ich weiß genau, was Sie meinen. Meine Schwester hat letztes Jahr ein Kind verloren.«

»Ach, verdammte Scheiße!« Rudi sah ihm in die Augen. »Hölle auf Erden! Shit – und wie geht's ihr jetzt? Ist ihr Mann ein Stayer? Passt ihr auf sie auf?«

Robert Skappel nickte.

Rudi wischte sich über die feuchten Augen.

»Ich hol Chessi und ihren dicken Bauch – Zwillinge! – nachher ab, okay. Du verstehst mich, Mann. Ab heute will ich ein anderer sein. Diese Vogelscheuche hier sieht seit mehr als zwanzig Jahren so aus. Aber jetzt ist Schluss, jetzt werd ich leuchten.«

»Okay, das werden wir …«

»Fuck. War gut, mit dir hier ein bisschen zu leveln«, sagte Rudi und seufzte. »Du bist ein Guter, Robert.«

Der junge Mann mit den langen Fingern atmete vorsichtig tief aus.

»Aber, du.« Rudi nahm sich wieder zusammen und beäugte den jungen Mann. »Da reden wir die ganze Zeit um den heißen Brei herum, und keiner von uns traut sich, es auszusprechen.«

»Hä?«

»The dick issue. Oder? Bist du schwul?«

»Ich …«

»Komm schon, Rupert. Bitte jetzt keine Lügen. Ich bin durch die Hölle gegangen, ich pack jetzt keinen Lügner.«

»Ich …«

»Komm schon, Ropert. Wovor hast du Angst? Ich hab doch Augen im Kopf. Ich werd Vater. Meine Kinder wer-

den vielleicht auch homosexuell. Ich muss mich da rein-
finden. Ich muss mich vorbereiten. Und damit kann ich
auch gleich hier und jetzt anfangen. Mit dir. Ich muss
wissen, mit wem ich es zu tun habe. Komm schon, Robbie. Du willst mit deinem Stil doch was vermitteln. Okay,
okay, ich vermittle mit meinem Stil auch was. Komm schon,
bekennst du dich dazu? Hast du dich geoutet? Hm? Du
musst verdammt noch mal schaffen, dich zu dem zu be-
kennen, was du bist, Robert. Du kannst doch nicht rum-
laufen und mit einer Lüge leben!«

»Ich lebe mit jemanden zusammen«, gestand Robert
kleinlaut.

»Ja? Und? Mann oder Frau? Komm schon, ich weiß,
wie es in deinem Beruf aussieht. Ihr und die Schauspieler – ein risky Business für uns homophobe Super-
heteros.«

»Mit einem Mann«, flüsterte Robert.

»Well, why didn't you say so, homo«, sagte Rudi und
gab ihm einen Klaps auf die Schulter. »Sei froh, dass du
in unserer Zeit lebst! Vor gar nicht so vielen Jahrzehnten
hätte man dich noch zur Sau gemacht, zur Sau gemacht
und wie einen Hund angespuckt. Aber jetzt, jetzt kannst
du frei und gut leben. Komm schon, Arschlecker, raus
mit der Schere, bearbeite diesen alten Metal-Hengst mal
so richtig real.«

Eine Dreiviertelstunde später marschierte Rudi vom Løkkeveien runter in Richtung Zentrum. Perplex griff er sich
ins Haar und betrachtete auf dem Weg in jedem Schaufenster sein Spiegelbild. Er war immer noch derselbe
Mann und trotzdem ein ganz anderer. Dass so viel Identität in einem Haarschnitt steckte, war schon überraschend. Seine neue Frisur, ein flotter, kurzer Herren-

schnitt, machte Rudi nervös und gleichzeitig froh. Nervös, weil er nicht genau wusste, wer er jetzt war, und froh, weil er Cecilie damit wahrscheinlich glücklich machen konnte.

Rudi überquerte den Domkirkeplassen, bog ab in die Laugmannsgate und blieb vor Jack & Jones stehen. Der Laden war ihm schon früher mal aufgefallen, und er hatte ihn wegen der extrem femininen Anmutung zu ewiger Verdammnis verurteilt, aber jetzt glaubte er, der Mann, den er gerade dabei war zu erfinden, könnte genau hier einkaufen.

Sowie er eingetreten war, fragte ihn eine winzig kleine Afrikanerin, ob sie ihm helfen könne. Von seinem neuen Selbstvertrauen und Selbstbild beflügelt, stellte er sich als Ludvig Nilsen vor, Verkehrsbeauftragter der Gemeinde, der ein Ohr für die einfachen Leute hatte, sah sich um und verlangte: »Was Frisches. Was Reife ausstrahlt. Was ein Vater tragen kann. Wonach sich Frauen umdrehen. So was, na ja, leicht Affiges, was der Mann von heute so anzieht. Von Kopf bis Fuß. Geld ist kein issue. Kriegst du das hin? Wie heißt du überhaupt?«

»Ähm … Tone«, sagte die Frau, und im selben Moment registrierte Rudi die großen Brüste und den knackigen Hintern.

»Gut. Tone. Kriegst du das hin?«

»Das schaffen wir schon«, sagte sie.

»Es werden Zwillinge«, sagte Rudi. »Steven und Jambolena. Und aus dem Gröbsten sind wir jetzt raus.«

Eine weitere Dreiviertelstunde später zog Rudi oben am Eiganesfriedhof die Fahrertür des Volvo auf. Er schleuderte die Tüte mit seinen alten Klamotten auf die Rückbank und sah an sich hinunter. Rot-weiße Schuhe. Helle Jeans. Schwarzer Gürtel mit Fransen an den Enden. Weißes Hemd mit roten Streifen über der Brust. Eine leichte Jacke in Metallicblau.

War er zu weit gegangen?

Rudi bückte sich, um sich im Außenspiegel zu begutachten.

Er erkannte sich selbst nicht wieder.

Er ähnelte Justin Bieber.

Und allem, was es sonst Widerliches auf Erden gab.

Rudi wurde übel. Als er vor ein paar Stunden an diesem regnerischen Tag in Hillevåg wach geworden war, hatte sich das alles noch so richtig angefühlt. Haareschneiden. Neue Klamotten kaufen. Ein anderer werden.

»Scheiße«, flüsterte er. »Echt scheißpeinlich.«

Er robbte auf den Rücksitz des Volvo, riss sich fluchend und wetternd die neuen Klamotten vom Leib, zog die alten aus der Tüte, schlüpfte ratzfatz hinein und stürmte runter Richtung Løkkeveien. Neben einem Kindergarten warf er die neuen Sachen in einen Mülleimer, spuckte noch mal darauf und betrat wenig später den Friseurladen.

»Sorry, Robert«, sagte er zu dem jungen Mann mit den langen Fingern.

Der starrte Rudi verwundert an.

»Das bin einfach nicht ich.« Rudi seufzte und stützte sich mit beiden Händen auf der Theke auf. »Ich hab verdammt noch mal keine Ahnung mehr, wer ich bin. Hast du so ein Gefühl schon mal gehabt?«

»Äh … ja, hatte ich tatsächlich …«

»Ja, klar, selbstverständlich«, murmelte Rudi und schlug sich an die Stirn, »ist ja quasi das Homogefühl überhaupt. Aufwachsen und nicht wissen, wer man ist. Fühl mit dir, Schwulenmann. Oder Frau in einem Männerkörper? Geht's dir so? Muss verdammt, verdammt, verdammt hart gewesen sein. Echt überhaupt kein Wunder, dass sich so viele von euch die Kehle durchschneiden. Verdammte Scheiße. So wie die Gesellschaft euch Schwule behandelt hat, wie die Zigeuner und Deutschenflittchen. Solltet echt Totalentschädigung vom Staat kriegen. Es müsste einen extra Schwulentag geben, an dem wir anderen alle für euch Schwule die Fahne schwenken. Sorry, heut dreht sich bei mir alles im Kreis. Vergiss alles, was ich gesagt hab, und denk einfach, Ludvig Nilsen ist auf deiner Seite. Hast du 'ne Maschine?«

»Hä?«

»Kannst du mir den Skalp abnehmen?«

Als Rudi Cecilie im Krankenhaus abholte, verlor er kein Wort darüber, was er hinter sich hatte. Sie war überrascht, ihn mit glatt rasiertem Schädel zu sehen, und Rudi zuckte bloß mit den Schultern und sagte, dass ihm das so eingefallen sei. Einfach so. Cecilie meinte, dass es ihr gefalle, und stellte sich auf die Zehenspitzen, um ihm einen Kuss zu geben. Ihr Gesicht hatte eine goldene Farbe, und aus den Augen strömte ein Leuchten, das er noch nie zuvor gesehen hatte.

Sie stiegen ins Auto, und sie nahm seine Hand, drückte zweimal fest zu, und Rudi wusste fast nicht, was er sagen sollte.

Waren das sie? Cecilie und Rudi?

Kein Geknatsche, kein Gejammer? Kein Geschrei, kein Streit, nicht mal seine eigene Stimme, mit der ständig dieser ganze Scheiß aus ihm strömte?

Sie legte ihm die Hand an die Wange. Strich vorsichtig über die Haut. Dann schob sie die Hand weiter hoch zu seinem frisch rasierten Kopf. Rudi neigte ihn eine Spur und schloss die Augen.

»Ich hab noch nie deine Kopfform gesehen«, sagte Cecilie.

»Ich auch nicht«, sagte Rudi.

»Du heulst ja.«

»Ja, ist wohl verdammt noch mal kein Wunder.«

»Und? Sollen wir für die Kinder shoppen gehen?« Sie stoppte mit den Fingern an einer Vertiefung an seinem Hinterkopf.

»Shoppen?«

»Mhm. Und außerdem, was hast du denn?«

»Da?« Er spürte ihren Fingerkuppen nach, die über seinem Hinterkopf einen Kreis zogen. »Ach, da. Eine Narbe. Glaub, von 'nem Sturz beim Turnen, bin mit dem Schädel gegen die Sprossenwand geknallt. In der Siebten. Aber was meinst du mit Shoppen?«

»Sachen für die Kinder.«

Rudi schlug die Augen wieder auf und sah sie an. »Ich liebe dich echt total wahnsinnig«, flüsterte er.

»Oh.«

»Ich hatte fest vor, mich umzubringen, falls du und Steven und Jambolena nicht zurückgekommen wärt.«

»Uff, sag so was nicht.«

»Ich hatte heute eine verdammt heftige Begegnung.«

»Ach ja?«

»Mit 'nem Schwulen.«

»Neeein.«

»Doch.«

»Ach was! Du überraschst mich immer wieder, echt.«

»Japp. Ich bin mittendrin, mich zu verändern.«

Cecilie sah ihn ernst an. »Vielleicht fängt für uns jetzt eine ganz neue Zeit an.«

Er nickte.

»Egal, wer Vater der Kinder ist?«

Rudi nickte wieder. »Scheiß ich drauf.«

»Kann ich nicht ganz glauben.«

»Ich mein's aber ernst.«

»Hm. Da gibt's ein Geschäft in Kilden«, sagte Cecilie. »Heißt Baby Miljø. Da haben sie alles Mögliche. Und wir brauchen alles Mögliche.«

»Dass es daheim jetzt so voll ist, stresst dich nicht?«

Rudi hatte Cecilie schon im Krankenhaus von den großen Veränderungen in Hillevåg erzählt. Als sie es verlassen hatte, hatten dort zwei Männer gewohnt, und jetzt, wo sie wieder heimkam, war der Haushalt um vier Jungs und eine Frau über fünfzig angewachsen. Und er hatte gesagt, dass große Veränderungen anstanden. Renovierungen und so manches andere. Cecilie hatte seelenruhig zugehört und nicht viel dazu gesagt, während sie auf dem Krankenhausbett ihre Sachen zusammengesammelt hatte, nicht mal als Rudi von dem geplanten Raub bei seinem Bruder erzählte.

»Nein«, antwortete sie. »Ich hatte in den letzten Tagen viel Zeit zum Nachdenken.«

»Okay?«

»Und ich hab mir überlegt, ich werd ab jetzt ein positives Mädchen sein.«

»Oha«, sagte Rudi. »Positiv?«

»Mhm.«

»Willst dich jetzt also auch verändern?«

»Mhm.«

»Glaubst du, du schaffst das?«

Es sah aus, als würde ein hitziges Blitzen über Cecilies Miene huschen, doch schon nach einer Sekunde war es wieder weg.

»Ja«, sagte sie und kraulte die Vertiefung an seinem Hinterkopf. »Du hast ja keine Ahnung, wozu ich imstande bin. Komm, los, wir kaufen jetzt Babybett, Babyhochstuhl, Babywagen, Babybjörn und Babyfon.«

»Und Schnuller«, sagte Rudi. »Weil du bei zu viel Geplärre total frauenmäßig ausflippst.«

»Jetzt vergisst du aber, dass ich ein positives Mädchen bin.«

24 Verlegenheit und Verlangen

Von seiner Tochter niedergestreckt, war Frank Martin neben der Wohnzimmertür liegen geblieben. Kate hatte ihn voll in die Rippen getroffen. Nicht auszuschließen, dass da ein paar gebrochen waren. Er spuckte Blut, zog Schleim hoch und konnte einfach nicht aufstehen.

Melissa hangelte sich, kaum dass Kate das Haus verlassen hatte, auf einen Stuhl am Esstisch hoch. Sie zog sich das Kleid über den Kopf und wischte sich damit die Kotze aus dem Gesicht. Dann schleuderte sie es ins Aquarium. Danach saß sie ein paar Minuten da und sah zu Frank Martin, der mit geschlossenen Augen neben der Tür lag und schwer atmete.

Sie war durchgefroren. Sie trug nur Unterwäsche, und sie konnte sich nicht daran erinnern, wann sie zum letzten Mal etwas gegessen hatte.

Sie stemmte sich vom Tisch hoch und ging in die Küche, öffnete einen Oberschrank und holte eine Schachtel Pall Mall heraus. Zündete sich eine Zigarette an. Versuchte, einen Batzen von Blut oder Kotze von ihrem BH zu kratzen. Das Denken fiel ihr schwer. Etwas zu fühlen auch. Melissa war irgendwie – was immer das wert war – komplett ruhig. Kein Tief. Kein Hoch.

Das war schon lange nicht mehr vorgekommen.

Gut, dass die Jungs nicht zu Hause sind, dachte sie und aschte ab. Das hier brauchen sie echt nicht zu sehen.

Wie tief konnte ein Mensch sinken?

Du bist tiefer und tiefer gesunken, dachte Melissa. Mit jedem Mal noch ein Stückchen. Und am Schluss war es dann passiert. Am Schluss bist du so tief unten gelandet, dass du keine Chance mehr hattest, jemals wieder hochzukommen. Am Schluss hattest du schon so viele Grenzen übertreten, dass nichts mehr zu machen war. So hatte es sich zumindest angefühlt. Dir war klar geworden, wozu du in der Lage bist. Zu welcher Niedrigkeit du fähig bist. Welche Bezeichnungen für deine Kinder dir einfallen können. Und welche für deinen Mann. Für dich selbst. Was du deinem Körper alles antun kannst. In welcher Dunkelheit du leben kannst. Und wie viel davon verbreiten. Wie laut du die anschreien kannst, die du liebst. Und dann, als du dort unten angekommen warst, hast du dich allmählich damit abgefunden. Dass das du warst. Dass das immer du sein wirst. So siehst du dich selbst. So sehen dich andere. So bist du.

Gut, dass die Jungs nicht zu Hause sind, dachte sie wieder und nahm einen tiefen Zug von der Zigarette. Spürte ein Stechen in der Brust.

Was sollte sie denn jetzt tun? Sich waschen? Staubsaugen? Aufräumen? Okay, und wenn sie das tat, was dann? Welchen Sinn hatte das? Sich waschen, staubsaugen, aufräumen, um dann doch nur wieder hinzufallen.

Oder aber, dachte sie und sah hinüber zu der Gestalt an der Tür, ich könnte Frank Martin Digervold umbringen.

Verdient hätte er es. Er hat aus meinem Leben eine Hölle gemacht. Ich war eine schöne Frau. Ich war eine intelligente Frau. Er ist auf mir rumgetrampelt und rumgestampft, Jahr für Jahr, und er hat es verdient, durch meine Hände zu sterben.

Melissa drückte die Zigarette in der Spüle aus und ging langsam auf ihren Ehemann zu. Wie ein tödlich verwundetes Pferd lag er auf dem Boden. Jetzt machte Frank Martin die Augen auf, drehte den Kopf und sah sie mit sanftem Blick an. Stand nicht auf. Bewegte weder Hände noch Füße.

»Hallo«, sagte er. »Ich glaub, das Mädchen hat mir die Rippen gebrochen.«

»Hast du verdient«, sagte Melissa.

Er zuckte mit den Schultern und verzog schmerzhaft das Gesicht. »Weißt du noch, wie wir die Mods in der Kuppelhallen gesehen haben?«

»Ja.«

»Und weißt du noch, wie wir mit der Suzuki nach Deutschland gefahren sind?«

Melissa nickte. »Düsseldorf. Köln. Bonn. Wiesbaden.«

»Mannheim.« Fast wie einen Seufzer stieß Frank Martin den Namen der Stadt aus, presste beide Hände auf den Boden, atmete trotz der Schmerzen in der Brust tief ein, und endlich schaffte er es, sich an der Wand aufzusetzen. »Krieg ich 'ne Zigarette von dir?«

»Du rauchst doch gar nicht.«

»Was weißt du schon.«

Melissa holte die Pall-Mall-Schachtel und hielt sie ihm hin. Er schob sich eine Zigarette zwischen die Lippen, und sie gab ihm Feuer.

»Danke«, sagte er und inhalierte. »Oh … Scheiße!«

Er sah zu ihr hoch. Die nackten Arme, der Rücken, die Beine, der Bauch – alles war blutbefleckt und mit Kotze besudelt, voll blauer Flecken und Schrammen. Darüber der alte weiße BH, die verwaschene Unterhose.

»Ich hatte überlegt, dich zu umzubringen«, sagte er.

»Ich auch«, sagte Melissa.

»Mich umzubringen, meinst du?«

Sie nickte.

»Hm. Ja. Weißt du, wo die Jungs sind?«

Sie schüttelte den Kopf. »Nein, ist aber wohl ganz gut, dass sie jetzt nicht hier sind.«

»Ja, wohl wahr«, sagte er und musterte ihr Gesicht. »Sollten wir sie als vermisst melden?«

»Tja. Weiß nicht?«

»Nein, vielleicht brauchen sie einfach ein bisschen Zeit ohne uns.«

»Wär nicht so unnatürlich.«

»Hm, nein. Sie haben bestimmt ein bisschen zu viel Scheiße mitgekriegt.« Er stützte sich am Boden auf und mühte sich weiter hoch. »Sollte vermutlich zu 'nem Arzt gehen.«

»Mhm«, sagte Melissa.

Er studierte sie. »Du wirkst ruhig.«

»Tja«, sagte sie. »Bin ich womöglich auch.«

»In den USA gibt's 'nen Orkan, schon gehört?«

»Ja, heißt Sandy.«

»Ziemlich seltsam.«

»Hm?«

»Katastrophen einen Namen zu geben.«

Frank Martin rauchte und sah aus dem Fenster. Draußen war es dunkel. »So haben wir nie miteinander geredet«, sagte er, ohne sie anzusehen. »So wie jetzt.«

»Nein«, flüsterte sie.

»Glaubst du, das hat was zu bedeuten?«

»Weiß nicht«, flüsterte sie.

»Und die Kinder?«

»Die kommen schon wieder«, sagte sie. »Die brauchen nur Zeit.«

»Glaubst du, wir können es noch mal drehen?«, fragte Frank Martin. »Alles? Alles drehen?«

»Weiß nicht«, flüsterte Melissa.

»Wollen wir's versuchen?«

Sie nickte.

»Findest du es krank, wenn ich jetzt sag, dass ich Lust hätte, dich zu vögeln?«

»Ja«, flüsterte sie.

»Aber hast du Lust?«

»Ja«, flüsterte sie.

In dieser Nacht schliefen Melissa und Frank Martin mehr als ein Mal miteinander, sie liebten einander mit einer Verzweiflung, wie sie beide es seit Jahren nicht mal ansatzweise erlebt hatten, vielleicht sogar noch nie. Am nächsten Vormittag rief Frank Martin bei der Arbeit an, meldete sich krank, und Melissa blieb morgens nicht im Bett liegen, ihr Kopf war klarer als seit Langem, und nachdem Frank Martin mit der Diagnose Rippenbruch vom Arzt zurückgekommen war, putzten sie gemeinsam das Haus, warfen das Aquarium und die verkotzten Kleider weg, und alle paar Minuten trafen sich ihre Blicke aus einer unbeholfenen Mischung aus Verlegenheit und Verlangen.

25 Tu nicht so, als gäbe es mich nicht

Tommys Augen waren ganz klein. Sein Bauch grummelte. Er hatte miserabel geschlafen.

Auf der Uhr oben am Präsidium in Stavanger war es kurz nach acht, als er zur Arbeit kam. Mit gesenktem Kopf nickte Tommy auf dem Gang den Kollegen zu und versuchte – ohne Erfolg –, sich nicht an seine gestrige Euphorie zu erinnern. Was er unbedingt hatte vermeiden wollen, war geschehen. Grace und Tommy waren hintereinanderher durchs Zimmer gestolpert, mit gierigen Händen, hungrigen Mündern. Sie waren in Ulriks Zimmer getaumelt. Der einzige halb vernünftige Gedanke, zu dem Tommy bei allem leidenschaftlichen Begehren noch fähig gewesen war: nicht das Ehebett! Scheiße, wo dann? Ulrik. Der interessiert sich nicht für sein Bettzeug. Und er lässt seine Mutter nicht mehr bei sich aufräumen. Ich kann in Ulriks Bett mit ihr schlafen.

Die Haustür war nicht abgeschlossen gewesen. Die Fenster hatten offen gestanden. Wären diese Verbrecher, hinter denen Tommy tagtäglich her war, genauso nachlässig wie Grace und er, als sie dabei gewesen waren, die Grenze zu überschreiten, wäre sein Job kinderleicht.

Grace hatte ihn ganz im Gleichtakt ihrer Persönlichkeit geliebt: intensiv, ungeduldig, mit ernsten, weit offenen Augen. Sie hatte ihre athletischen Beine gespreizt,

298

und Tommy durfte endlich die sehnigen Innenseiten ihrer goldbraunen Schenkel sehen. Grace' linker Fuß hatte auf dem Boden gestanden, den rechten hatte sie hoch gegen die Wand gelegt, und der Anblick ihrer Ferse an der Unterkante des Lana-Del-Rey-Posters, das Ulrik von Kia zum Geburtstag bekommen hatte, hatte ihm einen kleinen Stich versetzt. »Das hier hast du dir gewünscht, seit ich in die Stadt gekommen bin«, hatte Grace gewispert und sich auf den Bauch gedreht, damit er sie von hinten nahm. Er hatte nicht geantwortet. Sie hatte ihren Hintern in die Höhe gereckt, ein Hohlkreuz gemacht und ihre Worte noch mal wiederholt. »Das hier hast du dir gewünscht, seit ich in die Stadt gekommen bin.« In Tommys Schläfen hatte es geklickt, und durch seinen ganzen Körper waren Gefühle wie bei einer Achterbahnfahrt gesaust. »Ja!«, hatte er gekeucht und sich in ihr versenkt, ohne noch länger darüber nachzudenken, was er gerade tat, wozu das womöglich führte und welche Grenze jetzt eindeutig überschritten worden war.

Er sank auf seinen Bürostuhl hinter dem Schreibtisch und schloss die Augen. Seit die Kinder auf der Welt waren, war Tommy brav gewesen. Und das hatte ihm gutgetan. Er mochte, wer er war, er mochte das Gefühl, dass er ganz und gar ein anderer war als früher. Dass er Wort hielt. Er mochte es, dass er aufstehen, in den Spiegel gucken und für seine Gedanken geradestehen konnte. Er mochte es, dass er mit Fredrik aus der Spurensicherung auf ein Bier ins Cardinal gehen und achselzuckend Nein sagen konnte, niemals, wenn Fredrik ihn grinsend fragte, ob er seiner Frau schon mal untreu gewesen sei.

Nicht mal ein Kuss?

Nein.

Und Tommy hatte sich dabei so unendlich sicher gefühlt, weil es die Wahrheit gewesen war.

Er brauchte jetzt etwas Wasser. Sein Mund brauchte Flüssigkeit.

Er ging zum Trinkwasserspender auf dem Flur und sah sich verstohlen um, nahm einen Plastikbecher und stellte ihn unter den blauen Hahn. Nur schleunigst wieder zurück ins Büro. Irgendwelche Akten herausholen. Sich in etwas vertiefen. Allen signalisieren, dass er beschäftigt war. Sie zu Observationen rausschicken. Sie auf irgendwas ansetzen. Sie wegschaffen.

»Hallo, Tommy.«

Fast wäre ihm der Becher aus der Hand gefallen. Grace lächelte unanständig. Oder unbekümmert? Oder mühelos? Er konnte sie nicht lesen. Sie war neben ihm stehen geblieben, Wasser lief über den Becherrand und über seine Hand, und er sah, wie sie sich an die Wand lehnte, hörte ihr Lachen, über seiner Lippe bildete sich ein Schweißfilm, und Wut stieg in ihm hoch. Vor zwanzig Jahren noch hätte er sie jetzt windelweich geprügelt. Er hätte den Plastikbecher weggeschleudert, ihren Kopf gepackt und sie verdroschen bis aufs Blut. Nicht weil er sie nicht mochte, sondern weil sie ihm das antat.

»Hallo, Grace«, sagte er und schüttelte die nassen Finger aus.

Sie lachte. »Wenn das jetzt mal nicht unser Guten Morgen ist, was?«

Tommy hob den Becher zum Mund. »Grace, hör …«

Sie unterbrach ihn, indem sie die Hand hob. »Tommy, chill mal. Ich weiß. Du bist verheiratet. Du bist ein Mann. Du bist feige. Ich weiß.« Sie streckte ihre rosarote Zungenspitze raus und fuhr über ein Pustelchen auf der Lippe. »Aber du weißt es auch, Tommy.«

»Wir …«

»Du weißt es.«

»Grace.« Er leerte den Becher. »Wir müssen über die Arbeit sprechen.«

Sie lachte. »Ja«, sagte sie, beugte sich vor und küsste ihn auf die Wange. »Interessant, wo das noch enden wird, findest du nicht?«

Sie gingen in sein Büro, und Tommy ließ absichtlich die Tür zum Flur offen stehen. Sie waren bei der Arbeit, wollte er signalisieren, und er wünschte, gesehen zu werden. Am meisten wünschte er sich, sie schnurstracks aus dem Gebäude hinauskomplimentieren zu können, aus dem Land, und sie nie wiederzusehen. Aber das konnte er nicht. Tommy wusste, wenn er jetzt die Tür zumachte, wären seine Hände im Nu an jeder Stelle ihres Körpers.

»Kannst du mir ein Update aus Hillevåg geben?«, fragte er.

Grace setzte sich. Die Beine leicht gespreizt. Mit Absicht? Tommy verwarf den Gedanken als idiotisch.

»Kann ich«, sagte sie, und ihr Gesichtsausdruck wurde erlösend professionell. »Viel Bewegung da draußen, fraglich nur, ob das für uns irgendwelche Relevanz hat.«

»Erzähl es mir und lass es mich einschätzen.«

Sie nickte.

»Was für Bewegung gibt's da?«

»Vorgestern kamen zwei Jungs. Vierzehn. Fünfzehn. Vielleicht sechzehn.«

»Okay, wer sind sie?«

Grace nahm ihr iPad und klickte sich zu einem Foto. Das Bild war aus einiger Entfernung aufgenommen worden und aufgrund der Dunkelheit leicht schummrig, aber die Außenbeleuchtung über der Vordertreppe war auf zwei Jungs in Hoodies gefallen: einer rank und schlank, der andere kleiner und leicht vornübergebeugt.

»Rikki und Ben Dahle Digervold«, sagte Grace. »Sind beide in unserer Datenbank. Nichts Ernsthaftes. Kleindiebstahl vor einem Jahr in Sandnes. Die beiden sind Rudis Neffen.«

»Aha? Liegt also in der Familie. Weiter?«

»Tags darauf, also gestern, kam dann diese Person zusammen mit Jan Inge.«

Grace klickte ein weiteres Foto an: Jan Inge und Beverly auf dem Weg ins Haus.

»Eine Frau?« Tommy zuckte mit den Schultern.

»Mhm.«

»Frauen mit nach Hause zu bringen ist nicht illegal«, sagte Tommy und bemerkte sofort, was er gerade gesagt hatte.

Grace grinste.

Er erwiderte das Grinsen nicht. »Weißt du, wer das ist?«

»Nein, noch nicht.«

»Okay. Check das. Eine Frau. Muss nichts bedeuten.«

Tommy lehnte sich zurück. Der gestrige Tag war ein wenig in die Ferne gerückt. Über die Arbeit zu reden tat gut. Die Gedanken auf etwas anderes richten zu können. Er sah Grace an.

»Okay. Familienbesuch. Frauenbesuch. Da wird noch kein Schuh draus. Das ist, streng genommen, gar nichts.«

»Da stimm ich dir zu«, sagte sie triumphierend, »wenn ich dir dieses Bild hier nicht zeige.«

»Okay?«

Grace tippte erneut auf dem iPad herum und schob es dann zu ihm rüber. Drei Fotos. Etwas später aufgenommen. Dunkler. Ein fetter Typ steigt aus einem Auto.

Tommy beugte sich über das iPad. »Ist das Melvin?«

Sie klickte das nächste Bild an. Zwei Jungen neben dem fetten Typen. Grace wischte zum nächsten Bild. Vier Leute vor Jan Inges Haustür. Melvin Gausels Finger an der Klingel. Die zwei Jungen direkt hinter ihm, neben ihm eine dünne Frau.

Tommy nahm das iPad zur Hand und studierte die Fotos genau. Er wischte vor und zurück, und seine Gedanken nahmen Fahrt auf. Dass Rudi Besuch von seinen Neffen bekommt, lässt niemanden die Stirn runzeln. Dass Jan Inge eine Frau mit heimbringt, ist auch nicht weiter interessant. Aber eins ließ ihn dann doch aufmerken. Melvin. Was verdammt noch mal machte Melvin bei Jan Inge? Und wer waren die anderen?

»Ich …«

»Warte«, unterbrach Tommy sie.

Grace ahnte, was gleich kommen würde. Sie hatte ihn oft genug bei der Arbeit erlebt, um zu wissen, dass er an diese Methode glaubte. Noch bevor er alle Fakten erfuhr, wollte er das vorliegende Material mit quasi ungetrübtem Blick betrachten, er wollte die Möglichkeit haben, schnelle, intuitive Schlussfolgerungen zu ziehen. Schlüsse, auf die die Einschätzungen der anderen dann den Deckel draufmachen konnten.

Grace sah ihm dabei zu. Er war ein schöner Mann, ein sexy Mann. Am schönsten vielleicht genau eben jetzt. Hoch konzentriert, jeder Gesichtsmuskel in Bewegung. Sie wusste genau, dass sie ihn aus dem Lot gebracht hatte. Und ihr war klar, dass sich das für Tommy vielleicht unachtsam, ja sogar zynisch anfühlen mochte. War es aber nicht. Grace hatte es sorgfältig abgewogen. Sie wusste, was sie tat, und wollte es.

Nach ein paar Minuten hob Tommy den Blick und legte das iPad zur Seite.

»Okay«, sagte er. »Bevor du was sagst, willst du hören, was ich da sehe?«

Grace nickte.

»Ich sehe ankommende Leute, alle ziemlich zur selben Tageszeit, aber ich seh keine offensichtlichen Zeichen für eine Party, ein Abendessen oder eine Verabredung. Die haben keinen Kram dabei. Keiner hat Blumen, keiner 'ne Flasche, keiner hat sich rausgeputzt. Wann wurden die Bilder gemacht?«

»Zwischen elf und zwölf.«

»Genau.« Tommy stand auf. »Der Zeitpunkt.«

Er ging um den Schreibtisch herum zum Fenster.

»Also, was denkst du?«, fragte Grace. »Was könnte das sein?«

»Keine Ahnung.« Tommy sah auf die Straße. »Eine Besprechung?« Er wischte sich über den Mund. »Die Konstellation ist nicht klar lesbar. Diese Teenager. Die fette Frau. Melvin. Und wer ist überhaupt die Dünne?«

»Das kann ich dir sagen. Das ist Melvins Ehefrau.«

»Okay.« Tommy setzte sich wieder und wippte ein wenig mit seinem Stuhl vor und zurück. »Irgendwas stimmt da nicht.«

»Was meinst du?«

Er lehnte sich vor und stützte die Ellbogen auf den Tisch. »Ich hab Melvin doch vor ein paar Tagen getroffen. Er hat mir gesteckt, dass die Hillevåg-Gang womöglich an was Großem dran ist. Schön und gut. Du fährst raus und beschattest sie.« Tommy nahm das iPad und scrollte zu dem Bild, auf dem Melvin den Finger auf der Türklingel hat. »Und dann taucht das hier auf.« Er tippte mit dem Zeigefinger auf das Display. »Melvin.«

Grace nickte.

»Ich muss ihn anrufen«, sagte Tommy. »Er verarscht mich.« Er lehnte sich zurück und sah sie an. »Okay, ich hab genug geredet. Schieß los. Was denkst du?«

Grace setzte sich gerade hin.

»Im Grunde denk ich das Gleiche wie du«, sagte sie. »Das sind keine bekannten Konstellationen. Das Ganze hat den Zug von was Neuem. Neue Leute vor Jan Inges Tür. Dass es spätabends ist, müssen wir in diesem Milieu eventuell nicht ganz so stark gewichten. Trotzdem ist das Ganze unerwartet – nicht zuletzt, dass ausgerechnet Melvin da steht.«

Grace machte eine Pause, und ihr Blick flackerte leicht, als hinterfragte sie ihre eigenen Worte. Dann sah sie Tommy wieder direkt an.

»Also. Er kommt zu dir.«

»Mhm.«

»Was Großes, sagt er. In Hillevåg.«

»Ja. Worauf willst du hinaus?«

»Und als Nächstes taucht er selbst dort auf.«

»Ja.«

Grace schüttelte den Kopf und streckte sich. Der Stoff ihrer Bluse schmiegte sich an ihren Oberkörper, und Tommys Konzentration war kurz davor, sich in Nichts aufzulösen, aber er versuchte, den Fokus nicht zu verlieren.

»Nein, ich hab keine Ahnung«, gab sie schließlich auf und seufzte. »Ich komm nicht weiter. Ich weiß es nicht.«

Tommy grübelte weiter. Nahm das iPad wieder zur Hand. Sechs Personen. Die fette und die dünne Frau, die vier Jungen. Was war das?

»Irgendwie ist das gerade so, als würden wir was anderes sehen«, murmelte er.

»Was meinst du? Was anderes als was?«

»Ich weiß es nicht. Melvin spielt immer in jedem Team, das es gibt. Es könnte also alles möglich sein. Und nichts.« Dann tippte Tommy auf die zwei Jungen, die mit Melvin gekommen waren. »Wer sind die zwei?«

»Hab ich noch nicht rausfinden können«, sagte Grace, »von dem einen haben wir das Gesicht nicht, das wird wahrscheinlich schwer werden, aber von dem anderen kriegen wir sicher die ID. Gib mir ein paar Stunden, dann hab ich ihn – und die Mama ebenfalls.«

»Die Mama?«

»Jan Inges Molli. Später fahr ich dann raus und seh nach, was sie so treiben.«

»Aber du warst natürlich nicht allein dort?«, fragte Tommy.

»Was?«

»Du hast diese Bilder natürlich nicht allein geschossen, Grace, du hattest natürlich jemanden bei dir, oder?«

Grace zwinkerte ihm zu.

Er schüttelte den Kopf und griff zum Telefon.

»Ich muss Melvin anrufen«, sagte er. »Wir sprechen später, okay?«

Grace wandte sich zur Tür und schob sie mit dem Fuß zu. Lehnte sich über seinen Schreibtisch. »Tommy«, sagte sie. »Tu nicht so, als gäbe es mich nicht. Nicht noch mal. Okay?«

26 Spätes Frühstück in Hillevåg

Jan Inge stand auf der Terrasse und sah zu, wie der Rasen nach dem nächtlichen Regen trocknete. Die Tropfen zersprangen im rar gewordenen Sonnenlicht, das Wasser verdampfte, die grünen Halme richteten sich wieder gen Himmel auf. Von Osten her zog frische, salzige Meeresluft heran.

Er hatte lange, tief und gut geschlafen. Mit Beverly neben sich. Bettfreuden und Bettschwere. Beim Schlafengehen hatte sie zu ihm gesagt, sie sei froh, bei ihm zu sein, und bald müssten sie das eine oder andere in Angriff nehmen, nicht zuletzt die Planung eines Raubüberfalls. Abgesehen davon wolle sie ihm auch noch sagen, dass sie ein B-Mensch sei, dass sie viel tiefen Schlaf brauche, wenn er also so freundlich sein könne, sie am nächsten Morgen und an allen anderen Morgen ausschlafen zu lassen, bekomme er für diese Großmut eine Menge zurück. Kein Problem, hatte er sie beruhigt, er sei raus mit den Vögeln. Great, hatte Beverly geantwortet und ihm einen feuchten Kuss auf die Wange gegeben, you do the mornings, I do the evenings.

Jan Inge hatte bereits ein spätes Frühstück klargemacht und die Esstischerweiterung unter der Tischplatte rausgezogen. Die hatten sie nicht mehr benutzt, seit ihr Vater in die USA gegangen war. Rudi war unterwegs, um

Cecilie aus dem Krankenhaus abzuholen und um irgendwas zu erledigen, und gerade war eine SMS von ihm eingetrudelt.

In zwanzig Minuten da, Maestro.

Rikki, Ben, Dejan und Daniel waren aus ihren Schlafzimmern gekrochen, Dejan und Rikki wirsch und zerzaust, Ben und Daniel, wenn auch auf sehr unterschiedliche Weise sauber, klug und schön, der eine mit goldener Glut und grenzenloser Sicherheit, der andere mit eingefallenen Wangen und erschreckender Gedankentiefe.

Die Jugendlichen hatten Anweisungen bekommen, was zu tun war. Oberste Priorität hatte das Kinderzimmer. Dicht gefolgt vom Rest des Hauses. Alles sollte renoviert werden.

»Alles?«, hatte Rikki ungläubig gefragt.

»Alles«, hatte Ben geantwortet, noch bevor Jan Inge das Gleiche hatte sagen können.

Also galt es, die Ärmel hochzukrempeln. Sie hatten eine lange Einkaufsliste bekommen und damit bei Coop Obs! Bygg eingekauft – alle außer Daniel, der polizeilich gesucht wurde, der sollte bei Tageslicht im Haus bleiben und sich so wenig wie nur möglich an öffentlichen Orten aufhalten. Dejan war der Fahrer, der Einzige von ihnen mit Führerschein. Sie dürften den Umzugswagen nehmen, hatte Jan Inge gesagt und hinzugefügt, sie sollten ihn wie ihre eigene Mutter behandeln, eine Metapher, die im Kopf sämtlicher Jungs heftig eingeschlagen war, ohne dass Jan Inge es bemerkt hatte, war doch Dejans Mutter in Serbien vergewaltigt und ermordet worden, Daniels Mutter war ein so schwieriges Thema, dass er mit keinem Menschen je darüber gesprochen hatte, nicht mal mit Sandra, und Rikkis und Bens Mutter war psychotisch und verloren.

»Was, wenn jemand fragt, wer wir sind und was wir treiben?«, fragte Dejan.

»Ihr seid bei mir beschäftigt«, hatte Jan Inge geantwortet, sie könnten einfach auf Jan Inge Haraldsen und Mariero Moving verweisen. Dann gab er ihnen seine Karte.

Als sie gefahren waren, schickte Jan Inge Daniel runter zum Abschleifen der alten Mauer im Waschkeller. Mit dem Mopedjungen in einem Raum fühlte er sich nicht wohl. Daniel war ruhig, allerdings nicht beruhigend ruhig, sondern beunruhigend ruhig. Der Junge hatte etwas Explosives an sich, als wüsste er selbst nicht, wer er war oder zu welcher Tat er eines Tages imstande sein würde.

Jan Inge selbst ging in die Küche, wo er die Teller der Jungen in die Spülmaschine einräumte. Er hatte sich gerade darübergebeugt, als ein aufregender Duft von Seife und Kosmetika den Raum einnahm und sich zwei mollige Arme um seine Taille legten. Er drehte sich um. Mit ihrem fülligen Körper schmiegte Beverly sich an ihn und lächelte. Sie sah fantastisch aus. Stichwort Morgenmantel, Hausschuhe, frisch geschminkt.

»Hey, Honey.«

Da, ein Motorengeräusch, dann das Knallen der Haustür. Ein Haus voller Leben, dachte Jan Inge und gab Beverly einen Kuss. »Gut geschlafen?«

Sie klimperte mit den Augenlidern. »Besser denn je.«

Schritte im Flur, leichte, schöne Schritte, und wenige Sekunden später erschien Cecilie in der Tür wie das Licht nach einer langen Nacht, und Jan Inge fiel ein Stein vom Herzen. Sie war kaum wiederzuerkennen mit ihrem frisierten Haar und so rundum sanft. Sie kam zu ihm und umarmte ihn lange, sie roch irgendwie noch nach Krankenhaus.

Jan Inge sah zu Rudi, der gleich hinter Cecilie die Küche betreten hatte. »Na, da schau einer an«, platzte es aus ihm heraus, und er zeigte auf den Kopf seines Kumpels. »Was ist das denn für ein Nazistyle?«

»Halt die Klappe, mein Führer«, wieherte Rudi, »ein bisschen Veränderung musst du doch abkönnen.«

»Veränderung ist brillant«, stellte Jan Inge fest, drehte sich zu seiner Schwester um und nahm ihre Hände. »Du musst Beverly kennenlernen«, sagte er gerührt.

»Ja«, sagte Cecilie mit einem warmen Lächeln, das in ihrem Gesicht fast fremd wirkte, »hab schon gehört.« Sie drehte sich zu Beverly um. »Du hast ja keine Ahnung, wie froh mich das macht.«

»Oh, what a house«, sagte Beverly und umarmte sie.

Kurz darauf kamen die Jungen nach Hause. Daniel durfte mit der Arbeit im Keller pausieren, und sie setzten sich gemeinsam an den erweiterten Esstisch. Das Gefühl von Landschulheim, von Veränderung, davon, an einem schier unwirklichen Ort zu sein, machte sich bei der gesamten Hausgemeinschaft breit. Wenn auch für jeden von ihnen anders. Dejan ließ die Würfel in der Tasche stecken und fragte sich, wo er hier nur gelandet war, und spähte zu Jan Inge, der ihm am Vorabend in einem vertraulichen Gespräch eine Spezialaufgabe übertragen hatte. Daniel ließ den Blick langsam über alles und jeden schweifen, und irgendwas an dieser beinahe schon aufdringlichen Freundlichkeit erinnerte ihn an Sandra. An sie hatte er in letzter Zeit wenig gedacht, er hatte getan, was er am besten konnte: in seinem Kopf ein Loch graben, alles Unangenehme hineinwerfen und mit Steinen und Erde beladen, so schwer beladen, bis es nicht mehr existierte. Er hatte die Erinnerung an das Mädchen mit dem Silberkreuz im Halsgrübchen weggezwungen, das Mädchen, das er überfahren und getötet hatte, und alles, was mit ihr zusammenhing, war verschwunden, ihr Licht, ihr Leben und ihr Tod. Die Vergangenheit tief in der Erde begraben. Dafür sorgen, dass sie nicht mehr existierte. Aber jetzt drängte sie sich wieder hoch, wie Frostschäden, und Daniels Hände wurden nervös.

Auch Rikki war unruhig. Ängstlich zappelten seine Füße unter dem Tisch, er vermisste seine Mutter und fühlte sich unwohl. Ben dagegen hatte einen sternklaren Blick und konnte von diesem ganzen Geschehen gar nicht genug kriegen, seine Muskeln und Glieder schmerzten herrlich, und er konnte es kaum erwarten, dass sie endlich angingen, was bald geschehen sollte: die Demolierung seines Elternhauses.

Rudi war zum Platzen glücklich. Er fühlte sich wie eine Seifenblase. Das ganze Frühstück hindurch hielt er Cecilies Hand und war wieder ganz er selbst. *Fuck, is das alles verdammt 1 a, und tschuldigung, wenn ich das so sag, Tante Amerika, aber du siehst aus wie hundert Millionen Dollar mit juicy loooooove! Joke, Janibruder.* Cecilie grinste nur, verdrängte den Gedanken an Zigaretten, in ihrem Bauch taten sich neue, unbekannte Empfindungen auf, und sie flüsterte sich zu, dass sie ein positives Mädchen war und es sonst keinen zulässigen Gedanken gab.

Und Beverly?

Die saugte alles auf. Sie wusste, dass sie hier an einen schrägen Ort geraten war. Sie wusste, wenn sie ihre Karten nur richtig ausspielte, würde es perfekt für sie laufen. Sie wusste, wenn sie sich einfach geschmeidig verhielte, könnte sie ganz oben ankommen statt ganz unten. Jedes von ihr sorgfältig studierte Gesicht, jedes noch so kleine registrierte Detail verhieß ihr, dass alles in allem hier das

Potenzial zu etwas Großem lag, denn gerade jetzt strotzte dieses Haus nur so vor Veränderungswillen. Und alles ruhte in den Händen dieses Mannes, dachte sie und sah zu Jan Inge, der nach drei Scheiben Brot und zwei Tassen Kaffee aufstand.

»Ich hab so ein Gefühl«, sagte er und bedachte nacheinander jeden am Tisch mit einem sanften Blick.

»Ein Gefühl!«, rief Rudi, der an diesem Morgen richtig gut drauf war. »Der war gut! Du hast *immer* Gefühle, du softer Dickie!«

»Du musst wahrscheinlich bald aufhören, mich so zu nennen«, erwiderte Jan Inge und fasste sich an den Bauch. Dann zeigte er auf Rudis nackten Schädel. »Ich hab angefangen zu trainieren, Rudi, und wart nur, du, bald bin ich genau wie du nicht mehr wiederzuerkennen.«

»Haha, you wish, Onkel Goebbels.«

»Ich hab jedenfalls so ein Gefühl«, wiederholte Jan Inge, »dass wir, die wir hier sitzen, dass wir eine Chance bekommen haben. Und die werden wir ergreifen.«

»Ich liebe es, wenn er so redet«, flüsterte Rudi, lehnte sich an Cecilie, und sie drückte seine Hand.

»Viel ist uns widerfahren«, fuhr Jan Inge fort.

»Lass es raus, Sokrates«, rief Rudi. »Hat er nicht so geheißen? Sokrates?«

»Ja, das hab ich dir erzählt. Der Mann des Dialogs. Der griechische Philosoph.«

»Yeah!« Rudi klopfte sich selbst auf die Schulter. »Der Mongo lernt!« Dann beugte er seinen Kopf zu Cecilies Bauch hinunter und rief: »Hört ihr, Kinder? Bald kennt Papa die ganze Philosophiegeschichte!«

»Rudi?«

»Ja, ja, sorry, sorry, aber ab und zu musst du mir einen Gefühlsausbruch erlauben.«

»Schon gut. Also: Cecilie ist wieder zu Hause. Allein das ist ein so riesengroßes Wunder, dass ich kaum darüber sprechen kann.«

»Klar bin ich da«, sagte Cecilie.

»Unser Haus ist voller guter Leute«, sagte Jan Inge jetzt und sah sich am Tisch um. »Aber selbst am kleinsten Ort finden viele gute Menschen Platz«, fügte er hinzu. »Ein ungarisches Sprichwort, das ihr euch merken solltet.«

Blinzelnd machte Rudi den Mund auf. Er verstand nicht ganz, worauf Jan Inge da hinauswollte, machte den Mund dann aber wieder zu und dachte, ach, lassen wir das.

»In den nächsten Wochen wird einiges passieren«, fuhr Jan Inge fort. »Das Haus soll eine Rundumveränderung erleben. Und damit meine ich: rundum. Sämtliche Zimmer werden renoviert. Alles wird geputzt. Gewohnheiten werden verändert. Wir sitzen hier nicht mehr rum und stumpfen ab und hören Heavy und versinken in der Welt des Horrors. Alles wird leuchten.«

»Leuchten!«

»Wir haben arbeitswillige Leute unter uns.« Er zeigte auf die Jungen. »Starke, junge Männer.«

Beverly machte ein freundliches Gesicht und zwinkerte ihnen zu, besonders dem ausnehmend schönen Daniel. Aber der erwiderte ihren Blick nicht, wie sie feststellte. In Daniels Innerem schien alles in Bewegung, und er wirkte fast abwesend.

»Während die Jungen ein heruntergekommenes Zuhause in ein schickes Gemeinschaftshaus verwandeln, rüsten wir die Firma auf«, sagte Jan Inge und ging zum Fenster, hinter dem der Himmel mittlerweile überraschend blau geworden war. »Raus mit allem Alten, rein mit Neuem. Mariero Moving soll ein beachtliches Stückchen höher hinauf.« Dann drehte er sich um und zeigte auf Dejan.

313

»Ich hab mit Dejan gesprochen, und wie sich herausgestellt hat, kennt er sich mit Computern aus.«

Rudi runzelte die Stirn. »Mit Computern?«

Dejan nickte. Rudi sah Jan Inge anklagend an. »Ernsthaft, Jani. Ist das notw…«

»Ja«, fiel Jan Inge ihm ins Wort.

»Sollen wir quasi ans Intern…«

»Ja«, unterbrach Jan Inge ihn erneut. »Und keine Diskussion. Stichwort *Kon-Tiki.*«

»Hä?«

»Mut und Innovation«, sagte Jan Inge. »Wir werden eine Homepage haben, wir werden einen E-Mail-Account haben, wir brechen auf in Richtung Gegenwart. Ins soziale Netzwerk. Dejan?«

»Mhm?«

»Du besorgst alles, was wir brauchen. Computer. Netzzugang. Was eben nötig ist. Das ganze Datenzeugs, Datenverkehr, wie auch immer das heißt, Speichersticks und Bluetooth, das alles läuft über dich. Du designst die Seite. Das ist dein Ressort. Wenn du Geld für was brauchst, kommst du zu mir.«

»Nema problema.«

Rudi lief es kalt den Rücken hinunter. Er ließ Cecilies Hand los und rieb sich die Oberschenkel. Internet. Irgendwo dort draußen gab es einen Film. Einen Kultfilm, den er gedreht hatte. Einen Film, den Cecilie, nie, niemals sehen durfte.

»Geschäftsführerin bei Mariero Moving, das Gesicht der Firma nach draußen, wird Beverly«, sagte Jan Inge. »Jemand muss für die Homepage ein Foto von ihr machen. Daniel? Hast du ein gutes Auge? Kannst du Fotos machen? Daniel? Kannst du Fotos machen? Hallo? Hey? Daniel?«

Langsam drehte Daniel den Kopf zu Jan Inge. Seine Augen waren gerötet. »Was? Entschuldigung, bin ausgestiegen.«

»Ob du Fotos machen kannst.«

»Fotos?«

»Ein Foto. Eine Fotografie. Von Beverly. Für die Homepage. Ich empfinde übrigens Leute, die nicht zuhören, als ziemliche Provokation. Das solltest du besser gleich wissen.«

»Sorry«, sagte Daniel. »Ein Foto.« Er sah zu Beverly. Mit ihrem eindringlichen Blick konnte er nur schwer umgehen. »Ja, ich kann ein Foto von ihr machen.«

»Gut«, sagte Jan Inge. »Wir brauchen eine Kamera. Die besorgt Dejan. Du kriegst Geld von mir, Serbe. Beverly nimmt sämtliche Anrufe entgegen, sie managt alle Aufträge.«

»Oh, honey«, sagte Beverly.

»Und genau das wirst du jedes Mal sagen, wenn jemand anruft.« Jan Inge lachte. »Was mich angeht, bin ich bei der Planung von allem dabei, trete aber gleichzeitig eine Stufe zurück und arbeite zusammen mit Rudi und euch anderen an der Basis. Als Umzugsmann. Ich brauch jedes Training, das ich kriegen kann. Und – und das ist jetzt wichtig: Alles läuft regelkonform. Alles ist hundertprozentig gesetzestreu. Keine Steuerhinterziehung. Es läuft alles übers Bankkonto. Wir zeigen dem Lagårdsveien, dass wir es ernst meinen. Je offensichtlicher, umso besser. Wir werden sichtbar, und wir werden gut.«

Nicken und Murmeln am Tisch.

Nach einer Weile hob Ben die Hand, was Jan Inge ziemlich gut gefiel, sowohl dass Ben die Hand hob, als auch dass er das Wort ergriff.

»Ja, Ben?« Jan Inge zog seinen Inhalator aus der Tasche, saugte die Luft ein und sah Rudis Neffen an.

»Wo stehen wir eigentlich in Sachen Raubüberfall auf Rikkis und mein Elternhaus?«

»Da stehen wir gut«, antwortete Jan Inge. »Heute Nachmittag treffen wir Melvin und Mahima. Im Harbour Café & Bowl. Dort sprechen wir alles durch. Das Haus deines Vaters und deiner Mutter wird noch vor Ende der Woche angegriffen.«

»Gut«, sagte Ben und streckte sich nach einer Scheibe Brot.

»*Nema problema*«, sagte Dejan.

Daniel hob sein Kinn, und für Beverly hatte es fast den Anschein, als wollte er damit so lange weitermachen, bis sich der Kopf vom Hals löste.

»Oh Scheiße«, flüsterte Rikki.

27 Brønngata 96

Ingrids Blick zu begegnen war am Morgen schwer gewesen. Tommy war ihr so gut wie möglich aus dem Weg gegangen, erst im Bad, dann beim Frühstück, und zum Glück war sie vollauf damit beschäftigt, die Kinder aus dem Haus zu kriegen und es selbst zur Arbeit zu schaffen. Sie schien ihn nicht im Visier zu haben, denn bevor sie das Haus verlassen und sich in ihren himmelblauen Citroën gesetzt hatte, hatte sie ihm mit einem breiten Lächeln einen Abschiedskuss gegeben und ihm einen guten Tag gewünscht.

Dieses Lächeln brannte in seinem Bauch wie ein Holzofen. Das zu verkacken war das Letzte, was Tommy Pogo wollte. Er liebte sein jetziges Leben, und er schämte sich wie ein Hund.

Grace hatte gerade Tommys Büro verlassen, und sein erster Impuls war es, Ingrid anzurufen, sie zu bitten, sich freizunehmen, und sich selbst ebenfalls freizunehmen, komplett ohne Vorwarnung. Mit ihr essen zu gehen. Mit ihr spazieren zu gehen. Ihr Blumen zu kaufen. Er war drauf und dran, es zu tun – im Krankenhaus anzurufen mit der Bitte, man solle bitte Ingrid Myrvold Pogo ausrufen, sie ans Telefon holen zu lassen, um sie zu fragen, ob sie nicht ihre Vorgesetzten anlügen könne, ihr Kind sei krank geworden. Aber er ließ es bleiben. Ihm war klar, dass er das am allerwenigsten tun durfte. Unnatürlich die Aufmerksamkeit auf sich ziehen. Da konnte er auch gleich mit dem Finger auf das zeigen, was er getan hatte.

Ja, eine Schandtat. Und die rumorte in Tommy, angefüttert mit der alten Schlacke. Mit Elisabeth aus dem Springarstien, mit dem Mann, der er nicht sein wollte: der Dreckskerl Tommy Pogo.

Er nahm den Hörer vom Telefon auf seinem Schreibtisch, verscheuchte vorerst die bösen Geister und suchte unter den gespeicherten Nummern nach M.

»Ja, Melvin hier.«

»Ich bin's, Pogo.«

»Seh ich.«

Tommy versuchte herauszuhören, ob in Melvins Stimme irgendwas von Verstellung lag. Er schloss die Augen, war ganz Konzentration. Wenn ein Informant log, gab es dafür einen Grund. Und zwei Arten, das anzupacken. Entweder ging man ihm mit dem, was man wusste, an die Gurgel. *Du warst gestern bei Jan Inge.* Oder man wartete ab, ob Melvin als Erster redete.

»Wollt dich heute sowieso anrufen«, sagte Melvin und würgte damit Tommys Überlegungen ab.

»Okay?«

»Und warum rufst du an?«

»Ich ...«

»Pogo, verarsch mich nicht.«

»Nur eine Frage«, schwindelte Tommy, weil Melvin offenbar auf der Hut war. »Christer.«

»Fuckmannweghier?«

»Mhm. Wann hast du ihn zuletzt gesehen?«

»Hm, kann ich mich nicht dran erinnern. Wieso?«

»Wir versuchen gerade herauszufinden, wo er in letzter Zeit war. An seiner Aussage stimmt was nicht. Wenn du was weißt, wär ich froh, wenn du es mir sagst.«

»Lieber Gott, ich arbeite doch nicht bei dir.«

Tommy hörte genau hin. Unklar, ob Melvin ihm die Frage mit Christer abgekauft hatte. War womöglich ein bisschen zu billig gewesen.

»Warte kurz«, kam es von Melvin, und Tommy hörte Verkehrslärm und so was wie einen Kolbenhub. Kurz darauf war damit Schluss. »Okay, hör zu. Ich hab Folgendes gemacht«, sagte Melvin. »Ich hab wen bei Jan Inge eingeschleust.«

Das ging jetzt aber schnell. Wer griff da wem voraus?

»Okay«, sagte Tommy und tat so, als hätte Melvin ihm etwas Neues erzählt.

»Leute, die mir unterstehen. Frag gar nicht erst, um wen es geht.«

»Okay.«

»Und ich weiß, du kannst das rausfinden, in no time.«

»Ja. Gut.«

»Wär clever von dir, das über mich laufen zu lassen, wenn es dir was bringen soll.«

»Ich …«

»Pogo«, sagte Melvin streng. »Denk dran, ich hab genauso viel im Kopf wie du.«

»Aber wie hängt das mit dem zusammen, was du …«

»Hast du mir nicht zugehört, Tommy?«

Tommy ertappte sich dabei, dass er mit einem Kugelschreiber auf der Schreibtischunterlage vor sich hin gekritzelt hatte. Er hatte etwas aufgeschrieben. *Grace.* Er strich ihren Namen mehrmals durch.

»Schön«, sagte er bestimmt. »Weiter.«

»Nach unserem letzten Gespräch bin ich zu ihnen rausgefahren. Ich will ja auch wissen, was da abgeht. Aber ich weiß nicht …«

»Was weißt du nicht?«

»Ob das wahr ist, was Geggi gesagt hat.«

»Aha?«

»Jan Inge braucht Leute, um sein Haus auf Vordermann zu bringen«, sagte Melvin. »Seine Schwester ist schwanger. Er will den Umsatz seines Umzugsunternehmens steigern, und er will den baufälligen Kasten, in dem sie da leben, renovieren. Ich hab ihm einen meiner Männer dagelassen ... zwei.«

Tommy stand auf. Er musste Melvin stärker zusetzen. »Und warum hast du das gemacht?«

Melvin stieß einen resignierten Seufzer aus. »Hör zu, Tommy. Ich hab für dich eine Chance ergriffen. Ich hab wen bei Jan Inge eingeschleust. Ich hab meine Leute da eingeschleust, um zu sehen, ob an dem, was Geggi erzählt hat, was dran ist. Du erfährst, was ich erfahre. Ich kann diese Idioten nicht ausstehen. Ich will sie weghaben. Aber ganz wie du willst. Wir können das auch anders machen, wenn du nicht zufrieden bist. Ich kann die Leute, die ich eingeschleust hab, auf der Stelle wieder abziehen, wenn du in ihnen keinen Wert sehen kannst.«

»Ich hör dir doch zu.«

»Solltest du verdammt noch mal auch.«

»Hör ich dann von dir?«

»Ja. Aber wenn ich falschliege«, sagte Melvin, »wenn da überhaupt nichts ist, wenn es stimmt, was Jan Inge sagt, dass sie nur das Haus renovieren und ab sofort mit weißer Weste unterwegs sein wollen, dann ist das nicht mein Fehler.«

»Ist nicht dein Fehler?« Die Wortwahl machte Tommy stutzig.

»Jaa ...«, sagte Melvin, als wüsste er nicht, was er sagen sollte. »Whatever. Du verstehst schon. Ich sag's ja nur. Jan Inge will mit weißer Weste arbeiten, womöglich geht's ja nur darum.«

»Kann ich kaum glauben«, entgegnete Tommy.

»Mir egal, was du glaubst und was nicht«, sagte Melvin. »Ich hab das jetzt für dich gemacht. Meine Leute bleiben ein paar Wochen dort. Vielleicht kommt dabei ein bewaffneter Überfall oder ein Serienmord ans Licht«, sagte Melvin. »Oder nur eine Gang, die aussteigt. Soll schon vorgekommen sein.«

»Ach ja?«

»Haha. Bis dann, Pogo.«

Tommy legte auf, ließ die Hand aber noch kurz auf dem Telefonhörer liegen. Dieser Scheißmelvin. Er war intelligent, der Dicke. Noch vor wenigen Sekunden hatte Tommy das Gefühl gehabt, sowohl Melvin als auch die Hillevåg-Gang stünden vor einem Scherbenhaufen, aber im Handumdrehen war alles wieder zusammengeleimt.

Tommy machte das Fenster zum Lagårdsveien auf. Er blickte über das Dach des Stavanger-Museums zum Rogalandtheater, wo vor einiger Zeit dieses Stück aus dem schrägen Universum von Kaizers Orchestra aufgeführt worden war, das Ulrik und Kia unfassbar genial gefunden hatten. *Sonny.*

Er atmete tief ein.

Ein Gefühl wie früher. Jeden Morgen mit einer so schwerwiegenden Scham aufzuwachen, dass man schon meinte, man hätte Blei in den Schuhen.

Und er wollte nur eins. Mehr davon.

Von Grace.

Er wählte ihre Nummer.

»Ja? Grace hier.«

»Ich bin's«, sagte er mit leicht bebender Stimme. »Tommy.«

»Ja?«

»Hast du was rausgefunden?«

»Jan Inges Frau heißt Beverly Hinna. Eine Witwe aus Tasta. Amerikanerin. Sieht in Ordnung aus. Aber wir machen noch einen Datencheck. Die Jungen haben wir noch nicht, aber du kriegst Bescheid, sobald ich was weiß.«

»Okay, danke«, sagte er, »ist gut. Hör zu, Grace. Du musst an ihnen dranbleiben. Ich hatte gerade Melvin in der Leitung. Die Jungs, die du gesehen hast, sind Melvins Leute. Er hat sie dort eingeschleust.«

»Was?«

Tommy hörte, wie ihre Stimme eine Spur höher wurde.

»Für uns, behauptet Melvin. Damit wir uns von ihm fernhalten.«

»Okay? Wirklich? Glauben wir das?«

»Keine Ahnung. Ja. Nein. Ja. Nein«, sagte Tommy. »Genau das sollst du ja herausfinden.«

Es entstand eine kurze Pause. Beide warteten darauf, dass der andere etwas sagte. Tommy schloss die Augen. Er konnte kaum atmen. Er sah Grace' Fuß vor sich, ihre Ferse an der Wand in Ulriks Zimmer, die Ferse, die den Rand des Lana-Del-Rey-Posters berührte.

»Wo bist du jetzt?«, fragte sie, und ihre Stimme klang auf einmal ganz anders.

»Wo du bist«, sagte Tommy und machte die Augen auf.

»In fünfzehn Minuten«, sagte Grace, »bei mir zu Hause. Brønngata 96.«

28 Harbour Café & Bowl

Im Bus in Richtung Stadtzentrum stellte sich heraus, sowohl Dejan als auch Rikki waren Fußballfans. Beide waren Anhänger einer norwegischen Mannschaft, einer englischen Mannschaft und einer Mannschaft aus einer anderen Liga. Bei Dejan waren das Sandnes Ulf, Manchester United und Barcelona. Und obwohl Rikki in Sandnes aufgewachsen war, waren es bei ihm Viking Stavanger, in England Liverpool, die einen richtig schlechten Saisonstart hingelegt hatten, und wie bei Dejan Barcelona. Die Einigkeit in Sachen spanische Liga brachte sie zusammen, und dass es für beide auf der ganzen Welt keinen einzigen Spieler gab, der Messi auch nur annähernd ans Knie reichte, aber die Uneinigkeit hinsichtlich der ewigen Erzfeindschaft in Nordengland und zwischen den Nachbarstädten Stavanger und Sandnes führte dazu, dass sie ununterbrochen aufeinander rumhackten. Rikki lasse sich blenden, stichelte Dejan und spielte mit seinen Würfeln. Alle neuen Trainer machten ihren Job am Anfang gut, aber Jonevret würde schon bald auf die Schnauze fallen. Dejan solle lieber sein serbisches Maul halten, hielt Rikki dagegen, denn er spreche ja immerhin als Anhänger einer Mannschaft aus Scheißsandnes – einer Mannschaft, die um den Relegationsplatz herumkrebste, die aus der ersten Liga absteigen und diese auch nie wieder zu Gesicht bekommen würde. Fuck it, erwiderte Dejan, denn Sandnes war gar nicht mehr die kleine Drecksstadt, die niemand kannte. Sandnes war die am schnellsten wachsende Stadt des Landes, ob Rikki das nicht wusste? Pöh, schnaubte Rikki und glaubte nichts von dem, was Dejan sagte. Scheißesicher, meinte Dejan, und dass er ihm noch was erzählen könne, wenn man nämlich auf der Suche nach einer Stadt mit schnellem Geld sei, dann sei das Sandnes. Neeein, entgegnete Rikki und konnte einfach nicht glauben, dass die kleine Drecksstadt, in der er aufgewachsen war, dieselbe sein sollte, von der Dejan sprach.

»Yup«, sagte Dejan und schnipste mit seinen serbischen Fingern. »Stavanger ist gleich altes Geld. Sandnes ist gleich neues Geld.«

Ungeachtet ihrer Meinungsverschiedenheiten, führte ihr gemeinsames Interesse für Fußball – und noch etwas anderes, worüber sie tuschelten – letztlich dazu, dass sie im Bus nebeneinandersaßen und ununterbrochen quatschten. Rikki interessierte sich für Dejans Würfel, und Dejan grinste über etwas, das ihm Rikki mit gesenkter Stimme zuraunte.

Während Rikki und Dejan also in derselben Erde Wurzeln schlugen, wurden auch Ben und Daniel voneinander angezogen. Daniel trug auf Jan Inges Befehl einen großen Hoodie, denn so laufe es nun mal, wenn man jemanden umfahre und sich nicht stelle. Dann müsse man fortan im Verborgenen leben.

Ben und Daniel redeten nicht viel, sahen einander nicht in die Augen, öffneten sich nicht. Eher maßen sie sich mit prüfender Skepsis und langsam aufkommender Akzeptanz. Sie saßen nebeneinander, nur ein paar Sitzreihen vor Rikki und Dejan. Der eine konnte eine kurze

Frage stellen und der andere ebenso kurz antworten. Sie schienen über etwas anderes zu sprechen, als was ausgesprochen wurde.

»Deine Eltern«, sagte Ben zum Beispiel.

»Red ich nicht drüber«, antwortete Daniel dann nur.

Und dann nickten beide. Dann starrten beide aus dem Fenster und bemerkten, wie die Welt einfach vorüberzog, ohne in ihnen irgendein warmes oder kaltes Gefühl zu erzeugen.

»Und deine Eltern?«, fragte Daniel dann zurück, worauf Ben antwortete: »Sind raus aus meinem Leben.«

Beverly saß neben Jan Inge, mit einem Lächeln vertröstete sie ihn auf später und beobachtete unterdessen, wie zwischen den vier jungen Männern Verbindungen entstanden. Das zu verfolgen würde noch interessant werden, besonders bei Daniel und Ben. Sie waren grundverschieden, der eine gewissermaßen total aufgeschnitten, dachte sie, der andere wie eine Klinge, aber beide selten schön – schön, wie nur junge Männer es sein konnten –, wenn auch auf ziemlich unterschiedliche Weise. Und beide waren gefährlich. Und gerade wurden sie zueinander hingezogen. So was hatte sie schon einmal zwischen jungen Männern erlebt. Eine Art Verliebtheit, dachte sie. Die brachte meist noch was anderes mit sich. Die führte meist noch zu was anderem. Ins Verderben oder ins Vermögen. Oft in beides, nur ungleich verteilt.

Am Breiavannet stiegen sie aus und liefen am Kongsgård vorüber. In der Stadt war einiges los, an der Haltestelle vor der Domkirken stand eine Gruppe quatschender Schüler, Erwachsene waren auf dem Heimweg von der Arbeit. Jan Inge und die anderen überquerten den neu angelegten Platz und steuerten direkt in das Licht der tief stehenden, orangefarbenen Sonne, rechter Hand lag die Skagen-Stiftung, links Dolly Dimple's. Zusammen wirkten die acht wie eine wundersame Zirkustruppe oder eine Familie aus einem Abenteuerroman. Jan Inge kommentierte halb nach hinten gewandt, wie ungeschickt es gewesen sei, den alten, schönen Platz durch diese lebensgefährliche, hässlich abschüssige Piste zu ersetzen, von der die Marktleute flohen, die von den Bewohnern Stavangers wie die Pest gehasst wurde und für die niemand irgendeine Verwendung hatte. Ja, stimmte Rudi mit ein, da habe man ein gutes Beispiel dafür, was passieren könne, wenn Leute zu viel Ausbildung bekämen.

»Du denkst jetzt an die Architekten?«, fragte Jan Inge.

»Ja«, antwortete Rudi und legte den Arm enger um Cecilie, »an die denk ich.«

Vom Platz aus bogen sie in die Straße zwischen Peppes Pizza und Hauge ein, dem über hundert Jahre alten Traditionsgeschäft für Mode, das im September dann doch die Segel gestrichen hatte. Rudi spuckte im Vorbeigehen vor dem Eckhaus auf den Boden. Beverly wunderte sich darüber, und Rudi erklärte, dass er spucke, weil das einfach ein toller Laden gewesen sei und der Besitzer ihn an den Teufel verkauft habe. Aha, und wer genau war dieser Teufel, wollte Beverly wissen. Burger King, antwortete Rudi, und Jan Inge lachte auf und meinte, Rudi hasse eben jede Veränderung, aber Cecilie verteidigte ihren Freund, wenn jeder an den erstbesten Geldwedler verkaufen würde, dann würde es hier bald wie in einem Schweinestall aussehen. Beverly strich Cecilie über die Wange und stellte fest, dass sie das gut ausgedrückt hatte, rückte den Schulterriemen ihrer goldverzierten Tasche zurecht und sagte dann zu Rudi, dass Veränderung so natürlich sei wie ein Samenerguss. Alle, auch die Jungs, lachten über diese schlagfertige Replik. Beverly schmatzte und erzählte, dass sie bei ihrem ersten Besuch in Stavanger die Stadt unordentlich und steif gefunden habe, doch jetzt fand sie, dass es nur wenig auf der Welt gab, was so schön war wie diese verwinkelten Kopfsteinpflastergassen, die Meeresluft, das unbeständige Wetter, das Gefühl von Provinz und Großstadt in einem. Ja, sagte sie, sogar die Bettler, von denen in den letzten Jahren so viele aufgetaucht seien, möge sie, und selbst die nigerianischen Nutten hätten das Stadtbild bereichert. Also, da müsse sie dann jetzt doch mal einen Punkt machen, wandte Rudi ein, aber ansonsten war er tausendmillionenprozentig ihrer Meinung.

»Na, das ist ja ganz schön viel«, sagte Cecilie und lachte.

»Du kennst doch deinen Hengst«, sagte Rudi, als sie am Spielwarenladen Veslefrikk vorbeikamen, »bei mir geht's immer um Länge und Menge.«

»Less is more, Rudi«, klinkte sich Beverly lachend ein, und auch Rudi lachte.

»Less is more? Weißt du, was der Paganini des Metal dazu sagt?«

»Wer?«

»Yngwie. Malmsteen.«

»Oh, mit Heavy Metal kenn ich mich nicht aus«, sagte Beverly und zuckte mit den Schulterpolsterschultern.

»Okay. Also der hat gesagt: ›Less is more? How can that be? How can *less* be more? It's impossible. *More* is more.‹«

Das Harbour Café & Bowl, gegenüber vom Hexagon-Nachtclub am Sundtebakken, war an diesem Mittwochnachmittag halb leer. Schummriges Licht im Eingangsbereich, wo die Regale mit den aufgereihten blauen, weißen und roten Bowlingschuhen standen, nach Größen sortiert. Passt ein bisschen auf, warnte Rudi, die Größe täusche da. Sie fielen viel größer aus als normale Schuhe.

Linker Hand befanden sich eine Bar, in der auf roten Ledersesseln fünf, sechs Leute miteinander am Trinken waren und außerdem auf Barhockern an der Theke noch zwei Einzelpersonen. Geradeaus ging die Beleuchtung in grelles Neonlicht über. Dort lagen die Bowlingbahnen. Jeweils am Bahnende hing ein großer Bildschirm, auf dem Musikvideos liefen, und gerade als Jan Inge & Co. reinkamen, lief LMFAOs »Party Rock Anthem«, und Rudi meinte, wenn das den ganzen Abend so gehen würde, könnten sie ihn auch gleich in die Hölle schicken. Rikki und Dejan lachten lauthals über den coolen großen Typen, aber Beverly erwiderte, Rudi dürfe da jetzt nicht rumquengeln, das sei positive, energetische Musik, sagte sie, er solle sich mal entspannen. Dann zwinkerte sie den Jungen zu. »Mädchen gefällt das, wisst ihr? Und euch gefällt, was Mädchen gefällt.«

»Da sagst du was Wahres, Mama«, sagte Rikki.

Beverly blieb abrupt vor einer der Bahnen stehen. »Wer hat dir erlaubt, mich Mama zu nennen?«

Rikki schluckte und ruderte zurück. »Ähm ... also, ich hab nur ...«

Beverly lächelte säuerlich und tätschelte ihm kräftig die Wange. »Das tust du nie wieder.«

Sie bildeten zwei Teams, denn auf jeder Bahn war nur für fünf Spieler Platz. Jan Inge erklärte, dass sie jetzt erst mal eine Stunde spielten, dann gebe es in der Bar das Meeting, und danach könnten sie weiterbowlen. Er hatte alles genauestens geplant – zusammen mit seiner neuen rechten Hand, Beverly. Hierbei ging es um Teambuilding. Um Positivität. Darum, so viel zu geben, dass sich alle sicher fühlten, glücklich waren und Lust bekamen zu produzieren und zu performen, wie Beverly es genannt hatte. Umwerfend gesagt, hatte Jan Inge erwidert und sich das Wortpaar sofort hinter die Ohren geschrieben.

Rudi hatte die Diskussionen zwischen Jan Inge und Beverly zwar mitbekommen, aber seit Cecilies Heimkehr befand er sich in einem euphorischen Rausch, der seinen natürlichen Hang zum Beleidigtsein dämpfte. Die Feststellung, die sonst enorme Unruhe in ihm ausgelöst hätte, war diesmal nur ein vorbeihuschender Gedanke: Etwas hat sich verändert. Jan Inge kommt jetzt nicht mehr zu mir. Sondern zu ihr, zu Beverly.

Auf der einen Bahn spielten Jan Inge, Beverly, Daniel und Ben. Auf der anderen schrieb sich der Rest ein: Rudi, Rikki, Dejan und Cecilie. Ihre richtigen Namen auf das Punktedisplay zu schreiben war ihnen zu »verstaubt«, »behindert« und »boring«, also gaben sie beim Kassentypen lustige erfundene Spitznamen an. Rudi nannte sich »Dick«, Rikki hieß »Gas«, Dejan hieß »Dice« und Cecilie »Hips«. Darüber lachten sie heftig, alle, mit Ausnahme von Ben, in dem eine silbrige Gereiztheit hochkochte. Die war vor einer guten halben Stunde in seinem Bauch entstanden, als sein kleiner Bruder im Bus nonstop mit Dejan gewispert und getuschelt hatte, hatte bereits in der Brust gesimmert, als die beiden feixend wie zwei Teenies über das Kopfsteinpflaster zum Harbour getrabt waren, und stand ihm jetzt brodelnd bis zu den Ohren, als sie sich an der Bowlingbahn High Fives gaben, während Rikki eine grüne Kugel Größe elf hochhob und sagte: »Okay, ich fang an, watch out for Mister Gas!«

Jan Inge war kurz weg gewesen, um eine Runde Getränke zu besorgen, kein Problem, sogar für die drei Minderjährigen, sagte er, und halbwegs beeindruckt wollte Rikki wissen, wie Jan Inge das angestellt habe. Der sah ihn bloß streng an und erwiderte, wenn er so weiterfrage, sei es mit diesem Privileg auch gleich wieder vorbei. Und so standen da jetzt sechs große Bier, eine Cola für Cecilie und ein sprudelnder Gin Tonic für Beverly.

Rikki leerte sein Bier beinahe in einem Zug, genau wie Dejan und Rudi.

Ein neuer Song, ein neues Video auf den Bildschirmen über den Bowlingbahnen. Maroon 5 mit »Payphone«. Rudi nahm eine Bowlingkugel hoch und sang leise mit. Sein Kopf wippte, während er die Kugel in der Hand wog.

»Was, stehst du jetzt etwa auf Schwulenmusik?«, wunderte sich Jan Inge.

Rudi presste schnell die Lippen aufeinander und wurde rot. »Herr im Himmel, nein, Dschieses!«

Wer von ihnen Talent hatte, sah man bereits nach wenigen Bowlingrunden. Beverly erwies sich ihnen allen als souverän überlegen. Jan Inge – selbst ohne jeglichen Bewegungsrhythmus und ohne Treffsicherheit – klatschte laut in die Hände und fragte, ob sie auf einer Bowlingbahn aufgewachsen sei. »Almost, honey, almost«, antwortete sie und klapste ihm auf den Hintern. Im Ranking ihres Teams kamen nach ihr Ben und Daniel und fighteten um den zweiten Platz. Sie spielten beide mit großem Ernst, beide mit einer Zwölferkugel. Im anderen Team stellte sich Dejan als der Spitzenbowler heraus. Der narbige Serbe bowlte ebenso sexy und mafiös, wie er die Würfel warf. Er hob die Kugel in die Höhe, spitzte die Lippen, blinzelte und strich ihr kräftig über den Scheitel. Dann ging er ein paar Schritte vor, platzierte sich breitbeinig so vor der Bahn, dass er den Pin an der Spitze direkt anvisierte, lief anschließend in drei Schritten an und zog, ohne zu stocken, den Wurf durch. Dice landete gleich beim ersten Versuch einen Strike, da konnte weder Dick noch Hips oder Gas mithalten, auch wenn Cecilie überraschendes Talent an den Tag legte, sodass Rudi schon witzelte, dass sie bestimmt heimlich Bowlingstunden nehme, wenn er nicht da sei, und welche Bälle sie in ihrer Freizeit denn sonst so jongliere.

Rikki fand alles wahnsinnig lustig. Auf dem letzten Platz zu liegen machte ihm nichts aus. Solange Ben nicht sauer auf ihn war, solange er mit seinem neuen Homie und seinem Lieblingsonkel Spaß hatte und er kostenlos jede Menge Bier trinken durfte, war für ihn alles super.

Bis zur Hälfte der ersten Bowlingrunde hatte er zwei halbe Liter geleert und benahm sich zusehends daneben. Der schlaksige Junge mit der Raspelstimme nahm mehr und mehr Raum ein. Melvin und Mahima waren noch nicht gekommen, sie verspäteten sich und würden sicher nicht vor dem Meeting in der Bar auftauchen. Mit einem Blick auf die Jungs wies Beverly Jan Inge darauf hin, dass er den Bierhahn abdrehen musste, wenn er hier kein Spektakel haben wollte. Gut beobachtet, erwiderte Jan Inge und sah zu Rikki, der mit hoch erhobenen Armen zu Katy Perrys »Hot N Cold« sang und tanzte.

»Fuck, ich steh auf die Titten dieser Frau!«, grölte er.

»Junges Glück«, sagte Beverly und drückte Jan Inges Hand.

»Dummes Glück«, verbesserte Jan Inge.

»Das beste.« Beverly lächelte. »Braucht nur ein bisschen Hege und Pflege.«

Jan Inge sah sie an. Wie schnell sich die Dinge doch verändert hatten. Er kannte diese Frau seit fast zehn Jahren, er hatte ihrer Anziehungskraft noch nie widerstehen können und sie schon immer als ursexy, intelligent und stark wahrgenommen, aber was sie in den letzten

Tagen an Talent offenbart hatte, hatte er im Leben nicht vorausgesehen.

»Was liest du in den Jungs?«, fragte er, als Ben gerade zur Bahn ging, um eine Bowlingkugel zu nehmen, während Daniel ihn dabei mit vor der Brust verschränkten Armen beobachtete.

Beverly verlagerte das Gewicht von einem Fuß auf den anderen und stemmte die Hand in die Hüfte. »Das sind verschiedene Welten«, sagte sie leise.

Er nickte.

»Die zwei da« – sie deutete auf Daniel und Ben –, »sind erste Garnitur. Erschreckend viel Talent. Ben ist wahrscheinlich der Brillantere der beiden. Der Intelligentere. Daniel der Schönere. Gleichzeitig wirkt er wie eine Landmine. Ihm ein Dach über dem Kopf zu geben erscheint mir persönlich ein bisschen riskant. Die Polizei ist hinter ihm her. Aber das hast du sicher sorgfältig durchdacht.«

Jan Inge verzog keine Miene.

»Hast du ganz bestimmt«, sprach Beverly weiter und sah wieder zu den Jungen. »Ich kann dich auch verstehen. Sie sind zu viel zu gebrauchen. Beide.« Erneut verlagerte sie das Gewicht. »Aber keine Ahnung, wie lange sie sich deinem Kommando beugen.«

»Was meinst du?«

»Individualisten. Im Augenblick wirken sie gefügig. Aber wahrscheinlich wollen sie mehr. Ben auf jeden Fall. Und sie sind gefährlich. Beide. Man hat sie lieber nicht gegen sich. Zumindest nicht Ben.«

»Und was ist mit den anderen?«

Beverlys Blick wanderte hinüber zu Dejan und Rikki. Rikki tanzte die ganze Zeit herum und warf die Arme in alle Richtungen. Dejan grinste. Mit einem Zahnstocher im Mundwinkel und den Händen tief in den Taschen rief er gerade, sie müssten jetzt Scheiße noch mal bald raus eine rauchen.

»Bei dem Serben bin ich mir unsicher«, antwortete sie. »Das Computerzeugs und so ist gut, das brauchen wir. Aber zu lesen ist er am schwersten.«

»Seh ich auch so«, sagte Jan Inge. »Fühlt sich an, als könnte er jeden Moment einfach abhauen. Oder was Unvorsichtiges tun. Ohne es später zu bereuen.«

»Genau.« Beverly sah zu Rikki.

»Und der?«

Sie seufzte. »Der ist hoffnungslos. Der Arme. Und der Ort hier?«, fügte sie hinzu.

»Was meinst du?«

»Dass wir hier sind. Dass wir hier ein Meeting haben. Dass die Jungs hier was zu trinken bekommen.«

»Untreue Diener gibt's überall, Beverly. Ich hab das geregelt.«

Beverly lächelte voll Stolz. Sie senkte die Stimme und sah Jan Inge tief in die Augen. »An der Bar sitzt eine Frau.«

Jan Inge sah sie fragend an und wollte sich schon umdrehen, da legte Beverly ihm die Hand auf den Arm. »Nein«, hielt sie ihn zurück. »Nicht hinsehen. Nicht hinsehen, solange ich rede. Eine junge Frau, kurze Haare. Hast du die auch geregelt?«

Jan Inge rümpfte die Nase. »Was meinst du?«

Wie aus dem Nichts stand plötzlich Daniel vor ihnen. Das flackernde Bildschirmlicht spiegelte sich in der glänzenden Bowlingbahn, und ein wenig davon schmiegte sich wie bei einem Tanz an Daniels Wangen. Der Junge stand eine ganze Weile mit offenem Gesichtsausdruck vor ihnen, als könnte er sie einfach durchschauen, dachte Beverly.

Jan Inge musterte ihn, konnte aber nicht lesen, was hinter seiner ganzen Schönheit vor sich ging oder in ihr, ob es darin dunkel war oder hell.

»Ist was, Daniel?«

Der Achtzehnjährige nickte.

Jan Inge erwiderte das Nicken. »Und was?«

Daniel lächelte leicht schief.

»Du bist dran«, sagte er zu Beverly.

»Oh.« Beverly lachte und stand auf. »Da haben wir uns hier wohl ganz schön verquatscht.«

Daniel ging wieder zurück und plumpste mit seinem Bier in der Hand neben Ben, der nachdenklich wirkte. Mit dem Zeigefinger kreiste er über das kalte Bierglas und ließ Rikki nicht aus den Augen.

»Er da …« Jan Inge starrte Daniel hinterher, brachte den Gedankengang aber nicht zu Ende.

»Konzentrier dich jetzt«, sagte Beverly und nickte Richtung Bar. »Kann sein, dass überhaupt nichts ist«, erklärte sie und nahm sich eine Bowlingkugel, um wahrscheinlich auch mit dem nächsten Wurf wieder einen Strike zu landen. »Aber diese Frau an der Bar … irgendwie hab ich da so ein Gefühl. Schlank. Stramme Haltung. So ein Gefühl. Sie trinkt sehr langsam. Sieh sie dir an. Als würde sie nicht hierhergehören.«

Jan Inge sah, wie Beverly die rosafarbene Bowlingkugel jetzt vor sich in die Höhe hob. Sie war heute Abend wieder wahnsinnig stylish: weißer Overall mit goldenen Schmucknähten. Die Brüste drohten jeden Moment aus dem Ausschnitt zu quellen. Das getaftete Haar hatte sie hochgesteckt. Ihr Anblick beim Bowlen, dachte er, war ein Geschenk.

Nachdem sie geworfen hatte, stand er langsam auf und ging aus der Bowlingzone an die Bar. Zur Theke, wo zwei junge Männer darüber diskutierten, ob Usain Bolt oder Michael Johnson besser sei. Am Ende, drüben am Fenster, saß die Frau. Sie war schlank, die Haltung stramm – wie Beverly gesagt hatte. Und sie wirkte nicht so, als gehörte sie hierher – wie Beverly gesagt hatte.

Jan Inge winkte Svenni zu sich.

»Jani, schön, dich zu sehen, geht's gut? Und? Ein Strike nach dem anderen?«

Jan Inge grinste den alten Klassenkameraden hinter der Theke an. »Nein, du, ich bin beim Bowlen so schlecht wie beim Schwanzlutschen.«

»Schon mal ausprobiert?«

»Idiot. Du, wir kommen bald rüber und brauchen 'nen Tisch hier.«

»Klar«, sagte Svenni, »gar kein Problem.«

»Wir feiern, weißt du«, sagte Jan Inge, »ich hab ein paar Jungs angestellt, um das Haus zu renovieren, weil wir was Kleines kriegen oder, na ja, genau genommen zwei …«

»Wow.« Svenni grinste und klopfte Jan Inge auf die Schulter. »Du?«

»Nein, Rudi und Chessi.«

»Scheiße«, sagte Svenni, »wie schön! War aber auch Zeit.«

»Und wir fahren die Umzüge rauf. Neuer Wagen, dacht ich. Vielleicht zwei. Mehr Leute. Also, wenn du deinen alten Job zurückwillst, weißt du, wo d…«

»Hehe, danke, aber nein danke, du, ich hab genug Stunden beim Chiropraktiker für ein ganzes Leben gehabt. Mach du mal den Rücken von wem anderen kaputt.«

»Okay«, sagte Jan Inge und beugte sich zu Svenni, umarmte ihn und flüsterte: »Wenn du die Frau kennst, die allein da drüben an der Wand sitzt, klopf mir zweimal auf den Rücken. Wenn nicht, einmal.«

Svenni klopfte ihm einmal auf den Rücken.

»Okay. Schau mal, ob du was aufschnappen kannst«, flüsterte Jan Inge. »Komm rüber zur Bahn, wenn es was zu erzählen gibt. Bring sechs, nein, fünf Bier mit. Und einen Gin Tonic. Und eine Cola.« Und wieder lauter sagte er: »Echt toll, dich zu sehen, Mann. Bis bald.«

Jan Inge ging zurück zur Bowlingbahn. Er war sich nicht sicher, was jetzt zu tun war. Ziemlich unwahrscheinlich, dass da jemand einen Spitzel auf sie angesetzt hatte. Der Lagårdsveien 6 hatte tausend bessere Sachen zu tun, Unmengen an dringlicheren Sachen. Pogo? Jetzt? Das passte nicht. Er schüttelte den Gedanken ab. Er reagierte bestimmt nur über.

Zurück bei den Bowlingbahnen, fing Jan Inge Beverlys Blick auf. Er lächelte sie entwaffnend an, ohne etwas zu sagen. Sie lächelte zurück. Kurz darauf kam Svenni mit einem vollen Tablett an. Die dünnen Haare wehten ihm um den Kopf.

»Sie wartet auf zwei Freundinnen«, sagte Svenni und stellte das Tablett ab. »Hat sie mehrmals angerufen, sie sind auf dem Weg. Ich glaub, über die muss man sich keine Gedanken machen.«

»Gut. Danke, Mann«, sagte Jan Inge. »Ich schulde dir was.«

Dann drehte er sich um und grinste breit. »Bier!«, rief er den beiden Teams zu.

Rikki sprang als Erster auf und reckte beide Daumen hoch: »Biiiiiiiier!«

»Nein«, sagte Jan Inge. »Für dich nicht.«

»Whatdafuck?«

»Du hast gehört, was ich gesagt hab.«

Rikki hob die Hände zum Himmel und ließ sie gleich wieder sinken. »Mein Gott«, sagte er. »Das ist echt scheißungerecht. Ben!«

»Jetzt beruhigst du dich mal«, sagte Rudi, »du hast gehört, was der Mann gesagt hat. Da mussten wir alle mal durch.«

»Ben! Scheiße, ich halt das alles nicht mehr aus. Ich will nach Hause.«

Ben stand auf und ging langsam auf seinen Bruder zu. Stellte sich vor ihn, starrte ihm in die Augen, dann packte er ihn im Genick und zog ihn von der Bowlingbahn weg, über den Flur und zu den Toiletten. Rikki plärrte und lärmte, aber dann schloss sich auch schon die Tür hinter ihnen, und sein Gezeter verstummte.

Die anderen sahen sich an, und nach und nach richteten sich alle Blicke auf Jan Inge. Der schloss bedächtig die Augenlider. Nickte zweimal.

Als er die Augen wieder aufmachte, war er gespannt, ob es gewirkt hatte. Hatte es. Vor ihm standen alle fünf und nickten ebenfalls.

Dann ging die Klotür wieder auf. Ein kleinlauter Rikki dackelte an, Ben folgte ihm direkt auf dem Fuß. Rikkis Haare waren nass, er massierte sich das Handgelenk und dehnte den Nacken. Mit gesenktem Kopf trat er vor Jan Inge.

»Tut mir leid«, murmelte er, »ich bin jung, und ich …« Er guckte zu Ben. »Ich bin jung, und ich hab noch viel zu lernen«, stammelte er. »Wird nicht wieder vorkommen. Trink den restlichen Abend jetzt Wasser.«

»Ach, Gottchen«, sagte Jan Inge, klopfte Rikki auf die Schulter und sah Ben eindringlich an. »Jeder macht mal Fehler. Wasser? Hör sich einer diesen Quatsch an. Nur mal 'ne Pause. Hast du gehört? Eine Pause, Rikki. Mehr sag ich doch gar nicht.«

Jan Inge bedachte jetzt Daniel mit einem kurzen eindringlichen Blick. »Mehr hab ich doch nicht gesagt, oder, Daniel?«

Noch ehe Daniel antworten konnte, kamen zwei junge hellblonde, langhaarige Mädchen Arm in Arm zur Tür herein. Sie sahen sich um und kreischten laut, als sie ihre Freundin an der Bar entdeckten. *Ey, sorry, echt, tut uns echt irre leid, is alles so was von danebengelaufen, weißt schon, ich vorm Spiegel vorm Ausgehen und so.*

Gut, dachte Jan Inge. Sobald Melvin und Mahima da sind, können wir anfangen.

Im selben Moment heulte Cecilie auf. Jan Inge wirbelte panisch herum. Seine Schwester hüpfte auf und ab und zeigte auf den Bildschirm, wo »Jump« von Van Halen lief.

»Guckt mal!«, rief Cecilie. »Guckt da hin! Jetzt geht er runter in den Spagat! Oh, David Lee Roth, ich liebe dich einfach, du geiler Drecksack!«

Svenni wies ihnen einen Ecktisch zu, an dem sie ungestört sprechen konnten. Direkt darüber waren Lautsprecher angebracht, die vom Tisch weggedreht waren, sodass die Musik eine Wand zwischen ihnen und dem restlichen Lokal bildete. Es war beinahe zehn Uhr, und sie hatten sich gerade gesetzt, da trotteten Melvin und Mahima ins Harbour. Die beiden entschuldigten sich tausendmal, aber an diesem Tag sei einfach alles scheiße gelaufen: das Auto in der Werkstatt, Mahima zu spät zurück vom Training, Schwierigkeiten beim Einkauf der Zutaten für ihr koreanisches Abendessen, ein mehr als dreistündiger Anruf von Mahimas Onkel – nennt mir ein Problem, und und wir haben es, sagte Melvin.

»Aber jetzt haben wir es ja geschafft«, fügte Mahima hinzu und umarmte Beverly zur Begrüßung.

Jan Inge dehnte seinen vom Bowlen steifen Rücken, legte die Hände flach auf den Tisch und begann zu sprechen. Mit einer wunderbaren Sicherheit erklärte er, wie sie die Sache angehen würden. Cecilie bemerkte die Tiefe in seiner Stimme und den Ernst in seinen Augen. Die klugen Gedanken und Pläne ihres dicken Bruders, den die Leute so träge, hoffnungslos, dumm und nerdig fanden, hatten sie schon immer beeindruckt, aber heute Abend schien er noch ein Level höher zu klettern. Stolz schwellte ihre Brust, und in ihrem Bauch kribbelte es wunderbar. In der vergangenen Stunde hatte sie gleich fünfmal pinkeln müssen, aber so ging es angeblich vielen Schwangeren, das hieß also nichts.

»Wir starten am Montagvormittag«, sagte Jan Inge.

»Wir gehen mit einer Million nach Hause«, sagte Jan Inge.

»Es ist der beste Zeitpunkt für diesen Job«, sagte Jan Inge.

»Wir müssen dafür sorgen, dass Rikkis und Bens Eltern aus dem Haus sind«, sagte Jan Inge.

»Frank Martin geht zur Arbeit«, sagte Jan Inge.

»Der Mann, der noch nie einen Krankentag hatte«, sagte Jan Inge.

»Aber wir müssen uns versichern, dass er auch bei der Arbeit bleibt«, sagte Jan Inge.

»Das wird deine Aufgabe, Rudi«, sagte Jan Inge.

»Du behältst ihn im Blick, und wenn er sich bewegt, hältst du ihn auf«, sagte Jan Inge.

»Kein Widerspruch«, sagte Jan Inge.

»Frank Martin wird also aus dem Haus sein«, sagte Jan Inge.

»Zwischen zehn und zwei«, sagte Jan Inge.

»Für vier Stunden«, sagte Jan Inge.

»Ich will genug Zeit haben«, sagte Jan Inge.

»Das Gleiche gilt für Melissa«, sagte Jan Inge.

»Die wird deine Aufgabe, Rikki«, sagte Jan Inge.

»Du gehst nach Hause zu deiner Mama«, sagte Jan Inge.

»Und nimmst sie mit in eine Konditorei«, sagte Jan Inge.

»Oder in ein Café«, sagte Jan Inge.

»Vielleicht das IKEA-Café«, sagte Jan Inge.

»Jedenfalls irgendein Café oder eine Konditorei«, sagte Jan Inge.

»Für vier Stunden«, sagte Jan Inge.

»Im Haus brauchen wir drei Mann«, sagte Jan Inge.

»Das sind du, Ben, du, Melvin, und ich selbst«, sagte Jan Inge.

»Draußen brauchen wir drei als Wache«, sagte Jan Inge.

»Das sind du, Dejan, Mahima und du, Cecilie«, sagte Jan Inge.

»Und dann brauchen wir noch zwei, die zu Hause in Hillevåg die Stellung halten«, sagte Jan Inge.

»Das sind du, Daniel, und du, Beverly«, sagte Jan Inge.

»Wenn wir das so durchziehen, ist uns die Million sicher«, sagte Jan Inge.

Beverly legte die Hände an Jan Inges Wangen, spreizte die beringten Finger und sagte: »Ich totally liebe this man.«

Daniel renkte mit einem Knacken seine Nackenwirbel ein. »Warum muss ich zu Hause bleiben?«

»Dumme Frage,« antwortete Jan Inge mit einem Lächeln. »Dieses Bett hast du dir selbst bereitet, Daniel.«

Rikki räusperte sich.

»Ja?« Jan Inge atmete hörbar durch die Nase ein, genervt, dass er einfach nicht das letzte Wort haben konnte. »Was?«

»Äh …« Rikki schluckte. »Also, äh, aber was, wenn … na ja … es nicht gut endet?«

Grace glaubte, im Spiegel hinter den Schnapsflaschen an der Bar für einen kurzen Moment Jan Inges Blick begegnet zu sein. Sicher war sie sich aber nicht. Sie registrierte, wie in der Ecke die Gläser gehoben wurden und man sich zuprostete, und meinte zu hören, wie einer von ihnen – dieser Große, Ungehobelte – »Mariero Moving!« rief, aber mehr konnte sie nicht aufschnappen, dafür war die Musik zu laut.

Sie wandte den Blick vom Spiegel ab und drehte sich zu einer der zwei Polizeischülerinnen um. Noch ganz am Anfang und arbeitseifrig, wie die beiden waren, waren sie leicht zu überzeugen gewesen. Ein unbezahlter Beschattungsauftrag, ein Abend in einer Bar, Grace' Freundinnen spielen, übers Fitnesstraining und Fernsehserien quatschen? Kein Problem.

Grace tätschelte Iselins Oberschenkel und machte einen Kommentar über den Typen, den sie dreimal gedatet hatte, ohne dass es irgendwo hingeführt hätte. Iselins Mund bewegte sich, Grace nickte mitfühlend, folgte aber dem Gespräch nicht.

Jan Inge war fähiger, als sie geglaubt hatte. Viel fähiger. Er mutete unachtsam und ein wenig einfältig an, schräg wie sein Milieu, aber er war weder unachtsam und schon gar nicht einfältig. Er war clever, er war analytisch, er war schnell. Seine Deckung war gut. Grace war Tommys Vermutungen nachgegangen. Hatte observiert und reflektiert. Aber sie war sich wirklich nicht sicher, ob da überhaupt etwas lief. Allmählich beschlich sie das Gefühl, ihre Zeit zu vergeuden.

Wieder vibrierte das Handy an Grace' Oberschenkel. Sie holte es raus, grinste ihren Freundinnen ins Gesicht und schob sie ein Stück von sich weg, um die Nachricht zu öffnen.

Muss dich haben. Jetzt.

29 Der ganze Mist, den wir rundherum angerichtet haben

Frank Martin legte eine Großzügigkeit an den Tag, die Melissa sich fragen ließ, ob das noch derselbe Mann war. Er lächelte mit einer Wärme, die sein Gesicht förmlich zum Leuchten brachte, wie sie es nicht mehr gesehen hatte, seit er noch als junger Kerl in kurzen Adidas-Shorts rumgelaufen war und *»You are the giiirl«* gesungen hatte. Jetzt zog er ein paar Tausender aus der Hosentasche, legte sie in ihre ungläubigen Hände und sagte, dass sie damit machen konnte, was sie mochte.

Ohne dass er dafür etwas haben wollte?

Ja, sagte er.

Ohne dass ihr das beim nächsten Streit um die Ohren geschleudert wurde?

Ja, sagte Frank Martin und küsste sie. Allerdings, räumte er ein, falle es ihm nicht gerade leicht, dabei zuzusehen, wie das Geld durch die Tür hinausspaziere, aber er musste es sagen, wie es bei Gott nun mal war: *Ich war so'n verdammter Idiot, und das soll jetzt anders werden.*

Frank Martin, nahm sich den Rest der Woche frei, er sprach Kate ein weiteres Mal auf den Anrufbeantworter, dass zwischen ihm und Mama jetzt alles in Ordnung sei und er hoffe, sie komme eines Tages längs. Abwechselnd probierten es seine Frau und er bei Rikki und Ben, aber die beiden gingen nicht an ihre Handys, und die Angst des Ehepaars wurde mit jeder weiteren Stunde, die verstrich, größer. Sie polierten indes das Haus auf, fuhren zu Plantasjen und kauften ein paar Pflanzen, fuhren zu IKEA und kauften irgendwelches Zeug, um die Zimmer zu dekorieren, und Frank Martin sah nicht auf die Rechnungen, nicht ein einziges Mal, im Gegenteil, er kaufte sich und Melissa noch ein Eis.

Am Donnerstag dann meinte Melissa, sie sollten vielleicht doch die Polizei oder das Jugendamt anrufen und sich erkundigen.

»Glaubst du, das ist wirklich klug?«, fragte Frank Martin unsicher.

»Was meinst du?«

Frank Martin zuckte mit den Schultern. »Sie sind ja nicht zum ersten Mal für ein paar Tage verschwunden. Bestimmt sitzen sie hinterm Pfadfinderhaus und machen blau.«

»Vielleicht, ja, aber trotzdem«, sagte Melissa.

»Und, ähm«, stammelte er, »es ist ja so, also, wenn unsere Jungs gegen uns vorgehen würden, also, wir haben ja mehr als genug Scheiße gebaut, dass wir sie womöglich verlieren könnten.«

Melissa senkte den Kopf, und Frank Martin starrte auf den Ansatz ihrer gefärbten Haare. »Ja«, stimmte sie leise zu. »So ist es wohl.«

»Vielleicht sollten wir stattdessen besser in der Schule anrufen, um sie krankzumelden, damit es da keinen Ärger gibt.«

»Vielleicht, ja.«

Er legte den Arm um sie. »Schatz, es wird schon werden. Das sind Jungs. Ich weiß, wie Jungs sind. Wenn sie frieren und Hunger haben, kommen sie zurück.«

»Glaubst du?« Sie sah wieder hoch. Ihre Mundwinkel zitterten.

»Ich weiß es«, sagte er.

»Okay«, sagte sie und nahm seine Hand. »Tun die Rippen noch immer weh?«

Er atmete tief in den Brustkorb. »Ja, doch, ein bisschen«, sagte er dann und grinste wegen des Gedankens, den er hinter der Frage vermutete. »Aber das wird schon werden. Du willst nicht vielleicht mal auf eBay gehen und dir ein paar japanische Püppchen kaufen?«

Melissa schluchzte auf. »Das hast du noch nie zu mir gesagt!«

»Nein«, sagte Frank Martin und holte seine Visa-Karte heraus, »war aber höchste Zeit.«

Am Freitagnachmittag schien die Sonne. Prangte wie ein starrendes saftgelbes Auge am Himmel. Nicht eine Wolke war zu sehen. Frank Martin und Melissa waren im Garten. Frank Martin mähte den Rasen, zum letzten Mal für diese Saison, wie er meinte. Melissa band ein paar viel zu lange vernachlässigte Rosen hoch, und durch ihren Körper strömte dieses bizarre Gefühl, dass der Mann, den sie so viele Jahre lang gehasst hatte, der Mann war, den sie liebte.

Frank Martin schob den Rasenmäher im Viereck durch den Garten. Runde um Runde. Es waren nur noch ein paar Längen übrig, da sah er, wie sich auf dem weißen Gartentisch an der Hauswand das Handy seiner Frau bewegte. Er stellte den Rasenmäher ab und wartete, bis der Motor vollends verstummt war. »Melissa?«

Seine Frau drehte sich zu ihm um. Schön sah sie aus, dachte er, und es haute ihn fast um, wie schnell ein Mensch in der Lage war, sich zu verändern, wie schnell sich ein Körper, der wieder Willenskraft hatte, berappeln konnte. Gesunde Farbe auf den Wangen, Lebenslust im Blick.

»Ja?«

»Dein Telefon.«

»Oh.«

Melissa stieg von der Trittleiter. Sie lächelte Frank Martin an – nicht ohne den Gedanken, wie gut es doch war, das tun zu können, seinen Mann anzulächeln, anstatt ihn anzukeifen –, zog sich mithilfe ihrer niedlichen Schneidezähne die Gartenhandschuhe von den Fingern und eilte zu der Gartensitzecke. Sie griff nach dem Handy. Warf einen Blick aufs Display. Für eine Sekunde huschte ein Schatten über ihr Gesicht, und damit Frank Martin es nicht mitkriegte, wandte sie sich ab.

Melissa dachte fieberhaft nach.

»Ist Kate«, sagte sie dann, ohne ihren Ehemann anzusehen.

»Kate?«

»Mhm.«

»Gut.« Frank Martin fasste sich an die Rippen, räusperte sich.

Sie atmete aus und atmete ein. Rudi. Warum ruft der denn jetzt an? Zwischen Sandnes und Stavanger gab es doch schon seit der Beerdigung der Großmutter keinen Kontakt mehr. Wenn Frank Martin Wind davon bekam, dass sie mit Rudi sprach, ging er sofort an die Decke. Aber wollte sie keinen Verdacht erregen, musste sie rangehen. Und schon stand sie wieder komplett unter Stress, schon schien wieder der Sauerstoff aus ihrem Kopf zu verschwinden, und alles wurde eng, alles an ihr erschlaffte, und das Gefühl von Freiheit, das sie die vergangenen Tage geatmet hatte, wurde erstickt. Sie drückte auf die grüne Taste und hob das Handy ans Ohr.

»Ja? Melissa hier?«

Sie hörte ein nervöses Atmen. Und so was wie Wind und schnelle Schritte.

»Mama?«

Melissa blinzelte und schnappte nach Luft.

»Hallo? Mama?«

Frank Martin beobachtete sie, sie drehte ihm den Rücken zu.

»Mama? Kannst du sprechen?«

Melissa ging ein paar Schritte durch den Garten, nicht zu viele. Nur ja kein Misstrauen erwecken!

»Mama, ich bin's, Rikki. Ich hab nicht viel Zeit, ich hab mir Rudis Telefon geliehen, oder, na ja, er weiß nichts davon, und ich hab nicht viel Zeit. Mama? Hallo? Bist du da?«

Seine Stimme.

»Mama?«

Rikkis aufgeriebene, erbärmliche Stimme.

»Hallo, Kate! Schön, dass du anrufst.«

»Kate?«

Sie schluckte und drehte sich zu Frank Martin herum. Der war an der Hecke zur Straße stehen geblieben, seine Hände lagen auf dem Rasenmähergriff, sein Blick war prüfend.

Melissa nickte ihm beruhigend zu, wandte sich dann wieder ab, schob sich den freien Arm unter die Brust.

»Mhm, ach so, nein, nein, wir sind draußen im Garten, Papa und ich. Was gibt's?«

»Oh, ah, aha, ach so«, sagte Rikki, und Melissa konnte sich direkt vorstellen, wie seine Augen für eine halbe Sekunde glücklich aufflackerten, wie immer, wenn er etwas begriff. »Kapiert.«

»Was brauchst du, Kate?«

Schniefen. Die Schritte hörten auf. Das Geräusch von möglicherweise Wind verebbte.

»Keine Ahnung.«

Mehr Schniefen.

»Dich vielleicht.«

Melissa wollte am liebsten zu Boden sinken. Wo war er nur? Und wo war Ben? Und was hatte sie diesen armen Kindern angetan? Was hatte die Melissa, die sie selbst nicht kannte, diesen Jungen angetan? Sie wünschte sich nichts sehnlicher als die Chance, Rikki sagen zu können, dass er begreifen musste, dass die Frau, die ihn zusammengestaucht hatte, die ihm die allerschlimmsten Sachen an den Kopf geworfen hatte, die sich an jenem Morgen, als sie abgehauen waren, die Seele aus dem Leib gekotzt hatte, ein anderer Mensch war. Ein Mensch, der sie jetzt nicht mehr war.

Ein hastiger Blick zu Frank Martin, der den Rasenmäher noch nicht wieder angelassen hatte. Melissa räusperte sich, machte noch ein paar Schritte weiter von ihm weg.

»Ich hab dich vermisst«, sagte sie leise.

»Ich … Mama …«

»Zwölf mal zwölf?«, flüsterte sie so leise wie möglich.

»Hä? Zwölf mal … Hehe, ach ja, du meinst, wo ich doch so ein super Kopfrechner bin, haha! Hundertvierundvierzig.«

Melissas Mundwinkel zitterten. Kleiner Rikki. Mein kleiner Kopfrechner. Meine kleine Schnüffelnase.

»Ja«, sagte sie und spürte Frank Martins Blicke in ihrem Rücken.

»Passt du auf die Fische auf?«

»Ja«, sagte sie, »hier läuft's richtig gut.«

»Und, Mama …«

»Ja?«

»Ich … Am Montag … Du darfst nichts sagen.«

»Wie bitte? Ich versteh dich jetzt nicht mehr so gut, Kate. Wo bist du denn?«

Rikkis Stimme klang nun angestrengt, und er sprach schneller. »Ich komm am Montag zu dir, Mama. Um zehn. Sag nichts zu Papa. Und versucht nicht, uns hinterherzutelefonieren. Okay? Hörst du?«

»Nein, aber sicher …«

»Okay?«

»Okay …«

»Scheiße! Shit! Ich muss auflegen, sorry.«

Im nächsten Moment war die Leitung tot.

»Okay, Kate, das ist toll, doch wirklich, keine Sorge, Papa und ich, wir werden es hinkriegen. Was passiert ist, tut uns beiden leid. Ja. Ja. Dann mach's mal gut, Liebling, und viel Glück bei der Meisterschaft.«

Melissa war wacklig auf den Beinen. Ihr Hals schnürte sich zu, und ihr wurde schwindlig. Mit dem Handy in der Hand ließ sie sich auf einem der weißen Gartenstühle nieder.

Am Himmel war ein Flugzeug auf dem Weg nach Süden.

Die Nachbarskatze flitzte über den Rasen.

Ihr Rücken bebte, Tränen liefen ihr übers Gesicht.

Frank Martin ließ den Rasenmäher stehen und kam langsam durch den Garten. Er strich ihr über den Rücken.

»Ja, ja«, sagte er.

»Ist gerade einfach alles zu viel«, flüsterte sie.

»Versteh ich«, sagte er.

»Der ganze Mist, den wir rundherum angerichtet haben.«

»Ja«, sagt er.

»Seltsam«, sagte sie. »Ich fühl mich ganz klar. Total im Gleichgewicht. Als wär ich nie krank gewesen.«

»Ja«, sagte er, »das kann ich sehen. Und was wollte Kate?«

Melissa zuckte mit den Schultern und wischte sich mit einem Finger Schminke und Tränen von den Augen. »Ach«, sagte sie, »eigentlich nichts. Nur Hallo sagen. Reden. Das renkt sich mit der Zeit schon wieder ein. Am Wochenende hat sie einen Wettkampf. In der Drammenshallen.«

30 Lass den Moment mal kurz andauern

»Nett?«

Rudi stand in der Küche. Es war Sonntagvormittag, ein milder Oktobertag mit dichtem Regen. Über seiner Schulter hing ein weißes Geschirrtuch mit roten Streifen. Aus dem Spülbecken dampfte das kochend heiße Wasser, Rudi vertraute nämlich nicht darauf, dass die Sachen sauber wurden, wenn das Wasser nicht dampfte. Das hatte seine Großmutter immer gesagt. Seine Hände steckten in gelben Gummihandschuhen, und Rudi war glänzender Laune. Er drehte sich zu Cecilie um, die in der Ecke unter dem Fenster hockte und Eis aus einer Dreiliterpackung in sich hineinschaufelte und noch immer ihr weißes Lindex-Nachthemd anhatte, das mit den kurzen Ärmeln und dem Rothirsch darauf, obwohl es inzwischen schon nach zwölf war.

»Du weißt, was Großmutter über nette Leute gesagt hat?«

Sie leckte mit der Zunge um ihren Nagermund, steckte sich einen Löffel voll Schokoladeneis in den Mund, ließ es langsam schmelzen und schüttelte den Kopf.

»Wenn du wissen willst, ob ein Mann nett ist, musst du seinen Hund fragen.«

Cecilie lachte. »Und weil du keinen Hund hast«, sagte sie, »musst du wohl mir glauben. Und ich find, du bist nett.«

Rudi hielt die Hände ins Wasser, spürte die Wärme durch die Handschuhe. Es war so, dass er es selbst auch spürte. Dass er von Grund auf nett war. Dass er es geschafft hatte, seine issues in den Griff zu kriegen, dass er sein Maul weniger weit aufriss und seltener fluchte als noch vor Kurzem, dass er also drauf und dran war, eine Vaterfigur zu werden.

»Kurz davor, in Pantoffeln rumzuschlurfen und die Sozis zu wählen«, feixte Rudi, »wie mein Vater immer sagte, dieser Hurenbock.«

»So weit wird's wohl nie kommen, Schatz«, sagte Cecilie.

»Und danke dafür verdammt noch mal«, brummte Rudi. »Einmal Christliche Volkspartei, immer Christliche Volkspartei.«

Aus dem Keller schallte Hämmern und Schaben. Die vier Jungs waren seit dem frühen Morgen am Werkeln. Der Freitag war allenthalben verkatert verstrichen, der Samstag mit einer groß angelegten Planungssitzung in Sachen Renovierung, Umzugsunternehmen und Überfall, und abends hatten sie Tacos gegessen und sich den Film der Woche angesehen. Jan Inge hatte das im Vorhinein gründlich durchdacht. Ausgeschlossen, mit den Horrorabenden weiterzumachen, jetzt, wo eine Schwangere im Haus war. Familienfilme waren vielleicht aber auch nicht mehr richtig, jetzt, wo so viele Teenager rumhingen. Ganz schön schwierig, etwas zu finden, was für alle passte. Er musste über seinen Tellerrand hinausschauen, wie man so sagte.

Jan Inge war letztlich bei dem weiten Feld der Klassiker gelandet. Er betrachtete sich selbst als Dozent oder Rektor des Hauses und war der Meinung, gute Klassiker würden sowohl zur Bildung als auch zur Unterhaltung beitragen. Da war eine Menge zu holen. *Ben Hur. So weit die Kräfte* reichen. *Die Kanonen von Navarone. Fame. Agenten sterben einsam. Rocky. Raiders of the Lost Ark. Vom Winde verweht. Star Wars. Zwölf Uhr mittags. Kramer gegen Kramer.* Konnte auch für ihn ein Spaß werden, eine Möglichkeit, seine DVD-Sammlung in eine unerwartete Richtung zu erweitern. Weil ihm diese Idee aber sehr plötzlich gekommen war, hatte Jan Inge keine Zeit mehr gehabt, sich eingehend über die Anschaffung der Filme Gedanken zu machen. Er hatte der Auswahl an Kauf-DVDs bei Videoverden vertrauen müssen, die weder besonders gut noch wahnsinnig schlecht war. Nette Leute standen da hinterm Tresen. Maren, Johnny und diese Neue, Linn. Als Stammkunde seit Jahrzehnten wurde Jan Inge gut behandelt, brauchte keine Überziehungsgebühren zu zahlen und war jederzeit für einen kleinen Plausch willkommen. Eine traditionsreiche Videothek, die einem ständig dichteren Markt standhielt. Bald würde die digitale Gegenwart Kulturinstitutionen wie Videotheken in Grund und Boden gestampft haben.

Am Ende wurde es *Einer flog über das Kuckucksnest.* Drama. Mit einer Prise Humor. Jack Nicholson. Die großen Siebziger. Damit konnte nichts schiefgehen. Die Gang in Hillevåg fand *Einer flog über das Kuckucksnest* großartig, sie schlugen sich auf die Schenkel, deuteten auf die Verrückten im Film und grinsten, und Jan Inge fand seine Wahl brillant. Zwei Filme mehr wären aber besser gewesen, meinte Dejan und argumentierte außerdem, dass es total bescheuert sei, sich Filme zu leihen. Wenn er erst mal den Maschinenpark in diesem Haus eingerichtet hätte, könnten sie sich sämtliche Filme der Welt runterladen und umsonst ansehen, denn wo genau würde denn bitte die Scheißlogik liegen, für was zu bezahlen, was man umsonst bekommen könnte? Bekloppt, meinte Rudi, und ein kalter Schauder lief ihm über den Rücken, dieses ganze Gerede von wegen, das Internet war die Lösung aller Probleme. Diebstahl von geistigem Eigentum, meinte Jan Inge und mochte überhaupt nicht, was er da hörte. Mehr Filme? Hatten sie samstags sonst nie, entgegnete Jan Inge. Na jaaa, meinte Rudi, er könne sich schon an den einen oder anderen Samstag mit Marathonglotzen erinnern. Wie auch immer, entgegnete Jan Inge, seiner Meinung nach sei aber bei nur einem Film die Konzentration am größten. Gäbe es zwei oder drei Filme, stünde das Ganze seinem Empfinden nach in Gefahr, zu einem ordinären Filmabend zu verkommen, wie sie ihn auch den Rest der Woche über hätten, und wäre nicht mehr dieser Filmclub, dieses Bildungsprojekt, das er sich ausgemalt habe. »Und der Maschinenpark«, fügte er noch hinzu, »den du nächste Woche zum Laufen bringen wirst, Dejan, der wird für arbeitsrelevante Dinge benutzt.«

»Genau«, sagte Rudi und nickte eifrig. »Ha. Filme runterladen. Tsch.«

»Whatever«, sagte Dejan resigniert, »hab ja nur Bock, Filme zu sehen.«

»Das ist ein ziemlich arbeiterklassenmäßiges Benehmen«, sagte Jan Inge, und bei dieser merkwürdigen Formulierung richteten sich sofort mehrere Blicke auf ihn. »Hab ich irgendwo gelesen«, erklärte er. »Die Arbeiterklasse arbeitet so viel, dass sie allmählich Opfer der Konsumgesellschaft wird.«

Rudi verdrehte die Augen. »Jetzt werd dir mal darüber klar, dass kein Einziger in diesem Zimmer kapiert, was du da brabbelst«, sagte er. »Und ich find, du ziehst die Stimmung runter, wenn du mit so was anfängst.«

»Ich find, in vielerlei Hinsicht zieht er die Stimmung hoch«, stieg Cecilie in die Diskussion ein. »Und ich glaub außerdem, ich weiß schon, wovon er redet.«

»Das bezweifle ich«, hielt Rudi dagegen.

»Ich versteh sogar ganz gut, wovon er spricht«, sagte Beverly.

»Ja, gut, meinetwegen, dann ist das eben irgend so ein Feminismuskram«, sagte Rudi. »WhatdoIknow. Aber wir normalen Leute, wir haben nicht so lange Arme. Wir haben nur so lange Schwänze«, fügte er hinzu und zeigte auf seinen Unterarm.

Die Jungs lachten, und Rikki gab Rudi ein High Five.

Ermutigt wandte sich Rudi wieder an Jan Inge.»Ich mein, wenn du nicht so reden kannst, dass man dich versteht, bist du mal wieder Typ Zuvielstudierer. Und in letzter Zeit hast du deine Nase ganz schön tief in Bücher gesteckt. Das hat hier jeder mitgekriegt. Ich für meinen Teil mag dich am liebsten, wenn du ein bisschen weniger studierst. Ist wie beim Bier. Zu viel?« Rudi schnalzte mit der Zunge und schüttelte den Kopf. »Zu wenig?« Noch ein Zungenschnalzen und ein Kopfschütteln, und dann fügte er hinzu: »Gleichgewicht.«

»Dschieses«, kam es von Dejan. »Ging doch eigentlich nur darum, noch einen Film anzuschauen, und ihr macht gleich einen totalen Scheißschultag daraus. *U bulju ti ga zaboravim.*«

»So sind sie, die beiden«, sagte Cecilie und streichelte ihren Bauch. »Sie keifen sich an wie ein altes Ehepaar.«

Einen Großteil des Sonntags hatte Jan Inge für die Arbeit im Haus vorgesehen. Danach sollten sie sich ausruhen und auf den Montag in Trones vorbereiten. Beverly war von der Schwerstarbeit freigestellt, sie hatte an diesem Morgen lange geschlafen und war jetzt mit Mahima am Borestranden spazieren. Sich selbst hatte Jan Inge ebenfalls freigestellt und war zum Training ins Elixia gegangen.

»Er meint es wirklich ernst«, sagte Cecilie und stellte die Eispackung ab. »So wie er momentan Gas gibt mit dem Training und allem.«

Aus dem Wohnzimmer strömte ruhige Musik. Eine der alten Platten ihres Vaters. *Bookends* von Simon & Garfunkel. Warme, sanfte Musik aus den Sechzigern. »*They've all gone to look for America*«, sang ein noch junger Paul Simon. Jetzt, da Cecilie schwanger war, herrschte Heavy-Verbot im Haus, und Rudi stand hinter dieser Maßnahme, auch wenn sie ihm fehlten: der harte Bass, das vibrierende Falsett und die einfache Freude, die es bedeutete, to kick ass classic rock. Nichtsdestotrotz hatte er wie die anderen das Gefühl, zu viel Heavy könnte den Embryos in Cecilies Bauch schaden. Also gab es jetzt viel softes Zeug. Simon & Garfunkel und jede Menge kuschliges Liedermachergedudel, und so hatte Rudi Zeit, darüber nachzudenken, welch starken Einfluss doch Musik auf die Atmosphäre in einem Haus hatte, die Böden fühlten sich auf einmal an wie aus Watte. Am Samstag hatte er Jan Inge gefragt, ob es zum Thema Schwangerschaft und Musik irgendwelche Forschung gebe, und Jan Inge hatte bloß erwidert, »keine Ahnung, aber wenn wir hier Internet hätten, würden wir das in null Komma nichts herausfinden«. Für Rudi war das Betrug. Purer Betrug. »Internet kommt«, hatte Jan Inge geantwortet, »ob du nun willst oder nicht«, woraufhin Rudi nur entgegnet hatte: »Tut der Tod auch.«

»Wer?«, fragte Rudi und stellte ein frisch gespültes Frühstücksglas auf die Küchenablage. »Jani?«

»Hm.«

»Mit dem Haus und Moving und allem, meinst du?«

»Mhm.«

»Ja«, sagte Rudi, »tut er echt.«

»Ich hab eigentlich immer gedacht, wir würden eines Tages untergehen.«

»Untergehen?« Rudi sah Cecilie erschrocken an. »Wie denn untergehen?«

»Na ja … dass einfach alles den Bach runtergeht und wir alle im Gefängnis landen oder uns gegenseitig umbringen oder so.«

»Shit«, sagte Rudi, »so was hast du die ganze Zeit gedacht?«

Cecilie nickte.

»So was darfst du nicht denken, Baby.«

»Jetzt denk ich das auch nicht mehr«, entgegnete sie. »Jetzt passiert ja was.«

Sie stand auf und schlenderte langsam zu ihm rüber. Die kleine Frau, aus der man in Gedanken so schnell wieder ein Mädchen machte, legte die Arme um Rudis Taille. Seine Hände steckten im heißen Spülwasser, und sein Gesicht war von einem Film aus Kondenswasser überzogen. Er schluckte. Das habe ich in meinem Leben noch nicht oft erlebt, schoss es ihm durch den Kopf.

»Ich hab dich noch nie so geliebt wie jetzt«, flüsterte sie.

Rudi schluchzte.

»Du hast mich so sehr geliebt«, flüsterte sie, »dass es kaum Raum für mich gab, dich zu lieben.«

»Uff.«

»Kein Uff jetzt.«

»Trotzdem uff.«

»Es kann jetzt besser werden als je zuvor, glaubst du nicht?«

»Fuck, wenn du das sagst, krieg ich echt Lust, dich so was von durchzuvögeln«, flüsterte Rudi.

»Red nicht so«, sagte Cecilie.

»Okay.«

»Versuch mal, ob du auch anders antworten kannst.«

»Sorry. Okay.«

»Wir versuchen es noch mal«, flüsterte sie.

»Okay«, sagte er.

»Ich hab dich noch nie so geliebt wie jetzt«, flüsterte Cecilie.

»Lass den Moment mal kurz andauern«, flüsterte Rudi.

»Ob ich vögeln gerade packe, weiß ich nicht«, flüsterte sie, »aber ich kann dir einen blasen.«

Im Keller waren Rikki und Dejan gerade in der Waschküche am Werk. Sie hatten sich Cecilies alten Kassettenrekorder ausleihen dürfen, den ohne Bass, und hörten *The Final Countdown* von Europe, und wenn man sie fragte, war das Album mit einem Metal-Hit nach dem anderen einfach nur awesome. Ben und Daniel arbeiteten am Kinderzimmer. Am Samstag war Melvin da gewesen, der sich mit Schreinerarbeiten, Bauen und Isolation besser auskannte als Jan Inge & Co. Er war durch den Keller gegangen und hatte an nichts ein gutes Haar gelassen. Es bringe null, hatte er gesagt, die Teppiche und ein paar Tapeten zu entfernen, Farbe draufzukleckern und zu glauben, das regele sich dann von selbst. Alles müsse runter, sonst würden sich Schimmel und Pilz zu lebendigen Wesen materialisieren, durch Bretter und Beton brechen und sie im Schlaf angreifen. Gute Idee für einen Horrorfilm, hatte Jan Inge gemeint und sich umgesehen. Das schon, hatte Melvin entgegnet, aber sie wollten schließlich keinen Horrorfilm drehen, sie wollten ihre Ruine renovieren. Na gut, hatte Jan Inge zugestimmt, dann eben so. »Alles muss runter«, hatte Melvin wiederholt. Alles. Bis auf die Knochen. Noch so eine Assoziation für Horrorgedanken, hatte Jan Inge angemerkt, aber, na gut. Neue Isolation. Außendränage.

Und so standen jetzt zwei Container vor dem Haus in Hillevåg, und die Jungs führten Abrissarbeiten im großen Stil durch.

Ben hatte schlechte Laune. Was mit Rikki abging, gefiel ihm gar nicht. Alles hatte so vielversprechend begonnen, als sie vor ein paar Tagen von Trones abgehauen waren. Er hatte das Gefühl gehabt, Kontrolle über seinen Bruder zu haben, auch über die Richtung, in die er sich entwickelte, aber jetzt entglitt ihm das alles immer mehr. Ständig hing Rikki mit diesem Primitivling Dejan rum, und auch wenn er sich am Riemen gerissen und sich bei Jan Inge entschuldigt hatte, nachdem Ben ihm im Harbour den Kopf in der Kloschüssel abgekühlt hatte, schien Ben die Arbeit an seinem Bruder irgendwie vergeblich. Als wäre er ein Zweig, der sich unter Druck zwar verbiegen ließ, sich nach dem Loslassen aber schnell wieder aufrichtete.

Und Rikki, so wie Rikki von Natur aus war, war nicht viel wert.

Er war zu nichts zu gebrauchen. Er würde Unglück über sie bringen.

Und Dejan, dachte Ben, beschleunigte und verstärkte dieses Unglück noch. Ben traute dem Serben nicht über den Weg. Diese zusammengekniffenen Augen, der freche Mund, die Würfel. Ben hatte bemerkt, wie Dejan Rikki ständig beiseitenahm, knappe Kommentare machte, gern mit gesenkter Stimme, und wie Rikki dann grinsend nickte. In nur wenigen Tagen war zwischen seinem Bruder und Dejan etwas entstanden, und das gefiel Ben ganz und gar nicht.

Er riss ein stinkendes, grau geflecktes Stück Isolierung zwischen den alten Stützbalken heraus, schleuderte es hinter sich auf den Boden und sah zu Daniel. Mit Baseballkappe auf dem Kopf und in einem von Rudis blauen Overalls war der gerade mit einem schweren, viel benutzten Brecheisen zugange und riss einen alten Bretterverschlag ab. Einen Haufen rostiger Nägel und verrotteter Bohlen.

»Hey«, sagte Ben.

Der Achtzehnjährige drehte sich um. Sein Gesicht war irgendwie rußig. Er streifte einen Arbeitshandschuh ab und fuhr sich mit dem Handrücken unter der Nase entlang.

»Scheiße«, sagte er, »sieht beim Schnäuzen aus wie Teer.«

Er suchte nach seinen Zigaretten und zündete sich eine an. Hielt Ben die Schachtel hin, der sich eine nahm und anmachte.

»Dejan.« Ben zog an seiner Zigarette.

»Was ist mit Dejan?«

Ben lehnte sich mit dem Rücken an die Wand. Blies Rauch aus.

»Ich trau ihm nicht«, sagte er.

Daniel kniff die Augen zusammen.

»Du kennst ihn«, sagte Ben und versuchte, es nicht wie einen Vorwurf klingen zu lassen.

»Na ja, kennen …« Daniel aschte ab, und wie grauer Schnee segelte die Asche zu Boden. »Wir haben miteinander in einer Band gespielt. Mach dir keinen Kopf. Der ist bloß ein twisted fucker. Okay? Seine Eltern wurden verschleppt und gefoltert. Er ist mit seinem Onkel hierhergekommen. Solcher Scheiß eben. Er denkt nicht so viel.«

»Hm. Das glaub ich nicht.«

»Dejan ist nur ein Mitläufer«, sagte Daniel. »Aber von ein paar Sachen hat er echt Ahnung. Und er ist ein echter Crack, wenn's um Computer geht. Und Elektrozeugs. Ein Naturtalent. Der Kopf macht's wett. Hast du ihn mal im Kopf rechnen lassen? Da ist er der Wahnsinn.«

»Ich hab 'nen Bruder, der Wahnsinn ist im Kopfrechnen«, sagte Ben, der Daniel aufmerksam zugehört hatte. »Hat ihm nie was geholfen. Er hat nie verstanden, wie er das einsetzen kann.«

Ben versuchte, Daniels Gesichtsausdruck, den Blick, die Stimmfarbe einzuordnen.

»Und du?«

»Was, ich?« Daniel wich Bens Blick aus. Zum ersten Mal.

»Verarsch mich nicht«, sagte Ben. »Du läufst hier rum und lässt dich rumkommandieren, genau wie ich. Du lutschst Melvins Schwanz, wenn Mahima beim Karate ist, du tust alles, was Jani dir sagt. Aber das ist doch Quatsch. Du spielst doch nur, Daniel. Du läufst hier rum und lächelst, sagst nichts und flirtest mit Jan Inges Nutte. Vögelst du die? In dir rumort ein scheißgroßer Haufen Dreck – dicht unter deiner Haut. Ich weiß, dass du vor Kurzem von deiner Pflegefamilie abgehauen bist. Ich weiß, dass dir irgendwas Scheißkrasses passiert ist, als du noch klein warst. Und außerdem kann ich sehen, dass du hier bist und gleichzeitig ganz weit weg.«

Ben machte eine Pause und musterte Daniel. Dann fuhr er sich mit dem Zeigefinger über die Kehle.

»Und ich weiß, was mit deiner Freundin passiert ist«, sagte er leise. »Mit Sandra.«

Bei ihrem Namen zuckte Daniel zusammen.

»Hast du sie mit Absicht umgebracht? Versteckst du dich deshalb hinter Melvins Rockzipfel?«

Daniels Kiefer spannten sich an, der Puls hämmerte sichtbar am Hals.

»Ich höre zu«, sagte Ben. »Ich sehe, was vor sich geht.«

Daniel ballte die Fäuste. Ben konnte ihm anmerken, dass er sich nur noch mit größter Mühe beherrschen konnte.

Und Ben beschloss, den Druck zu erhöhen.

»Das darf dich auf keinen Fall bestimmen«, flüsterte er. »Das darf dich nicht verfolgen.«

»Verdammte Scheiße, ich lass mich von überhaupt nichts verfolgen«, fauchte Daniel und war nur mehr einen Wimpernschlag davor, Bens Kopf zu packen und gegen die Mauer zu knallen.

»Ich glaub, jetzt sind wir mal dran«, sagte Ben. »Und ich glaub, das denkst du auch.«

Daniel sah Ben plötzlich direkt in die Augen. Dann packte er ihn und presste ihn hart gegen die Wand. »Pass bloß auf«, drohte er, »dass du nicht Teil des *Drecks* unter meiner Haut wirst. Und erwähn *sie* nie wieder, sonst lass ich es frei.«

Ben blieb bewegungslos stehen. Er verzog keine Miene. »Es?«

»Ja, *es*«, antwortete Daniel und ließ Ben los.

Ben räusperte sich. »Wir verstehen uns. Und wir haben vielleicht – vielleicht auch nicht – jeder ein Problem. Ich hab Rikki. Du hast Dejan. Wir haben sie hierhergebracht. Wir haben Jani versprochen, sie im Griff zu haben. Nur bin ich mir nicht so ganz sicher, ob wir dieses Versprechen halten können. Du?«

Daniel warf seine Zigarette zu Boden und trat sie mit der Schuhspitze aus. Er war wütend, zum ersten Mal seit vielen Wochen wütend, aber wütend auf eine vertraute Art. Er war zwar gerade aus dem Gleichgewicht geraten, aber die Wahrheit war, er mochte Ben. So einen Typen hatte er noch nie getroffen. Wie Ben, ja, so wollte er sein. Furchtlos. Intelligent wie sonst was. Ausgeglichen. In der Lage, eine Situation erst einzuschätzen und dann zu handeln. Daniels Meinung nach war das sein eigener Schwachpunkt. Er handelte vorschnell. Er haute zu schnell ab. Hielt nicht lang genug aus. Aber er war darin besser geworden. Allein im Lauf der letzten Wochen war es ihm gelungen, sich endlich zu beherrschen. Die Zähne zusammenzubeißen und alles zu schlucken, Melvins Sperma, Janis Kommandos, Rudis Idiotie. Zu warten, bis seine Stunde kam.

Welche Stunde?

Welche Stunde sollte denn kommen?

Das wusste er nicht. Aber sie stand bevor.

»Woher hast du das alles über mich?«, fragte er.

»Ach, denk dir einfach, Ben weiß alles. Und misch dich da ja nicht ein.«

Aus der Waschküche am Ende des Flurs, wo Rikki und Dejan arbeiteten, schallte lautes Lachen. Daniel und Ben stapften über den ganzen Müll, der auf dem Kinderzimmerboden herumlag, und traten hinaus in den Flur. Das Gelächter wurde lauter. Wasser rieselte auf den Beton.

»*Die, MoFo! Die!*«

Dann spritzte ein Wasserstrahl durch die offene Tür, das Lachen vermischte sich mit den Gitarren von Europe, Wasser platschte auf die gegenüberliegende Wand. Gleich darauf stürzte Rikki auf den Flur, hatte seine zwei linken Hände über dem Kopf erhoben, das Gesicht strahlte vor purem Glück, und er lachte schallend. *Scheiße, fuck, ich werd ja klitschnass, Mann!* Hinter ihm tauchte Dejan auf, er war bereits nass von Kopf bis Fuß und richtete den pistolenförmigen Schlauchaufsatz auf Rikki, der in die Knie ging, die Hände faltete und Tränen lachte.

»Gnade!«

Dejan schoss ihm in die Brust.

»Siehst du?«, fragte Daniel.

Ben nickte.

»Lass sie machen«, sagte Daniel. »Ist alles, wie es sein soll. Kapiert?«

Ben nickte.

»Liegt da wirklich eine Million bei deinem Vater rum?«, flüsterte Daniel.

Ben nickte.

Daniel fuhr sich über die unrasierten Wangen.

»Sicher, dass du das nicht nur glaubst?«, flüsterte er.

»Wahrscheinlich sogar mehr«, flüsterte Ben und sah Daniel mit seinen ozeangrünen Augen an. »Und etwas davon könnte dir gehören.«

»Hey, Dude, machste mit?« Rikki stemmte sich hoch und stolperte auf Ben zu. Er war pitschnass.

»Scheiße, ich brauch jetzt 'ne Kippe. Haste eine? Hey, Dejan, jetzt kein Spritzen mehr, hehe, kapiert? Rikki raucht jetzt.«

Ein lautes Stampfen von oben, dann eine grimmige, raue Stimme: »Jungs! Dschieseschrist, dieser Lärm! Dieser Lärm! Easethefuckdown! Im Haus gibt's Schwangere!«

31 Verlegenheit und Unwürdigkeit

»Ich fahr mal schnell tanken.«

»Okay.«

»Schau dann noch bei Fredrik vorbei.«

»Gut.«

»Gucken vielleicht noch das Fußballspiel.«

»Gegen wen?«

»Lillestrøm.«

»Schöne Grüße.«

»Richt ich aus.«

»Ich hol dann Kia.«

»Gut.«

»Ich liebe dich.«

»Ich liebe dich.«

Vorsichtig ließ er die Haustür hinter sich zuschnappen, sie durfte ja nicht knallen, jetzt Lärm zu machen gehörte sich irgendwie nicht.

Dafür gab es keine, gar keine, überhaupt gar keine Entschuldigung, dachte Tommy und lief über den Kies zu seinem schwarzen Mercedes, zog die Fahrertür auf, stieg ein und sah lieber nicht in den Rückspiegel. Sah nicht hinauf zum Küchenfenster, zu Ingrid. Ihrem Blick konnte er gerade nicht begegnen.

Sobald er aus seiner Straße raus war, griff er nach seinem Handy und wählte Grace' Nummer.

»Ja?«

»Bin unterwegs.«

Ein paar Minuten später stellte er in Eiganes den Motor ab. Parkte ein gutes Stück von ihrem Haus entfernt. Der Puls wummerte in seinem ganzen Körper, im Kiefer, in den Beinen, in den Fingern, und zwar richtig heftig, er konnte kaum noch atmen.

Kurz darauf rannte er atemlos die Treppen in der Brønngata 96 hinauf. Die Haustür war angelehnt. Er schlüpfte hinein, machte hinter sich zu, war in Sicherheit. Die Schlafzimmertür stand offen. Das Blut wallte durch seinen Körper. Tommy hasste sich selbst, im Gegensatz zu dem, was jetzt auf ihn wartete.

Eine Welle der Verlegenheit spülte über ihn hinweg.

»Ähm«, raunte er unbeholfen und blieb vor ihrem Bett stehen. »Hab ich eigentlich erwähnt, dass wir das mit der Hillevåg-Gang lassen? Ist zu ruhig. Da ist nichts am Laufen. Wir können darauf nicht noch mehr Zeit verwenden. Hab ich gesagt, oder? Dass wir die Beschattung einstellen?«

»Komm, Tommy Pogo.« Grace schlug die Decke zurück.

»Okay«, sagte er mit heiserer Stimme und zog sich aus.

32 Morgen

Jan Inge kam gegen vier mit hochrotem Kopf vom Training. Nicht viel später rauschte auch Beverly, mit gesun-
der Farbe im Gesicht, fröhlich und gut gelaunt zur Tür
herein. Im Haus herrschte Hochstimmung, man wuselte
herum, um die eine Ecke bog ein Siebzehnjähriger im
Overall, um die nächste eine schwangere Vierzigjährige
mit einer Packung Eis in den Händen, und niemand fand
es seltsam, dass Beverly und Jan Inge vor dem Abendessen noch schnell miteinander duschen gingen. Beverly
merkte an, dass sie eine größere Duschkabine bräuch-
ten, sollte das so weitergehen, und Jan Inge erwiderte,
das könne sie als erledigt betrachten, und fand es himmlisch, dass ihm zum ersten Mal in seinem Leben eine Frau
in der Dusche einen runterholte.

Nach dem Abendessen – es gab im Ofen gebacke-
nen Lachs mit Lorbeerblättern und Sauce hollandaise –
gingen sie die Pläne für den morgigen Tag durch. Drei
Mal. Das war Jan Inges Ritual: Jeder musste seine Auf-
gaben wiederholen, jeder musste sie drei Mal runter-
beten, während draußen vor den Fenstern die Dunkelheit über Hillevåg rasch heraufzog. »Ich will es aus
eurem eigenen Mund hören«, erklärte er, als Dejan rum-
nörgelte, sie würden wie ein Gemeindesaal voll Freaks
klingen.

Dann nahmen sie im Wohnzimmer ihren Kaffee ein –
mit einem Kekschen dazu –, und Jan Inge stellte die seines Erachtens vor jedem Job obligatorische Frage: »Okay,
was kann schiefgehen?«

Rudi nickte den Jungs zu. »Ist seine Methode«, erklärte
er. »Er will, dass ihr eine Vorstellung kriegt von so was
wie einem … ähm …«

»Worst-Case-Szenario«, führte Ben den Satz zu Ende.

»Richtig«, sagte Rudi.

»Man muss die Leute selbst denken lassen«, sagte Jan
Inge und nahm sich einen Keks, legte ihn dann aber der
Kalorienreduktion wegen schnell wieder zurück. »Keiner
kommt weiter, wenn er immer nur gedrängt, gelenkt und
angewiesen wird.«

Rudi verdrehte die Augen und lehnte sich in seinem
Stuhl zurück. »Schon gut. Dschieses.«

»Der unsicherste Faktor«, sagte Ben, »sind unsere Eltern,
wie mir scheint.«

»Okay.« Jan Inge hörte aufmerksam zu.

Ben sah auf die Uhr. »Rudi soll unseren Vater bewachen.
Ihn aufhalten, falls er sich bewegt. Irgendwas daran macht
mich nervös.«

»Warum?«, hakte Jan Inge nach. »Erklär es mir.«

»Na ja«, sagte Ben. »Mehr kann ich dazu nicht sagen.
Irgendwas an diesem Arrangement bereitet mir Bauch-
schmerzen. Dasselbe gilt für Rikki und meine Mutter. Hab
da so ein unbestimmbares Gefühl.«

»Das ist ein bisschen sehr abstrakt, Ben.«

»So ist er immer«, mischte sich Rikki ein, der seinen
dritten Keks mampfte und Jan Inge irgendwie auf seiner
Seite glaubte. »Er läuft immer rum, weiß irgendwas einfach und fühlt was, so ist das einfach.«

Ben durchbohrte seinen großen Bruder mit einem Blick.

»Aber er weiß dann ja auch shit«, fügte Rikki eilig hinzu.

Dass er schon mit seiner Mutter gesprochen hatte, hatte Rikki niemandem erzählt. Er hatte sich Rudis Handy gegrapscht, das in der Küche rumgelegen hatte, war raus auf die Straße gelaufen und hatte sie angerufen. Sein Herz hatte ihm bis zum Hals geschlagen. Plan hatte er keinen. Er wollte sie nur treffen. Er würde ihr natürlich nicht erzählen, dass, während sie gemeinsam im Café saßen, ihr Haus ausgeraubt wurde. Darum ging es echt nicht. Würde seine Mutter nach dem Raub bettelarm sein, dann könnte er ihr einfach irgendwann etwas von seinem Anteil abgeben, hatte er sich überlegt. Oder ihr einen Platz in einem guten Irrenhaus bezahlen. Oder so was.

»Ich seh da gar kein Problem«, sagt Rudi genervt. »Ich weiß auch shit. Und ich weiß, dass ich meinen Bruder regeln kann. Ich weiß, dass Rikki mit seiner Mutter sprechen kann. Stress dich nicht deswegen, Jani. Wir haben's geschluckt. Es geht um eine Million. Aber was sagt Rikki eigentlich, wenn Melissa nach Ben fragt?«

»Hast du nicht aufgepasst?«

»Sorry«, sagte Rudi verwirrt, »wart kurz … Rikki ist in Trones. Er ist wieder zu Hause. Yes. *Ben kommt auch bald, Mama.* Okay, so war's. Capisco, Maestro. Niemand glaubt, hier hätte es 'nen Raubüberfall gegeben. Sorry. Hab das Gefühl, wir reden so viel, dass es bei mir total kreuz und quer schießt.«

»Nachdem wir uns das Geld geholt haben«, sagte Jani, »bleibt Ben dort. Und wenn Frank Martin heimkommt, sagt er, und zwar ganz zufällig und unbekümmert, dass oben im Dachboden ein Fenster offen steht. Und dann entdeckt Frank Martin, dass er ausgeraubt worden ist. Und Ben und Rikki sagen, sie wissen von nichts, muss letzte

Nacht passiert sein, zucken mit den Schultern und sagen, hä, was haben die denn genommen, sieht doch gar nicht so aus, als würd hier was fehlen.« Jan Inge lächelte. »Hä? Was fehlt denn hier? Papa? Hä? Warum bist du denn so sauer? Fehlt doch gar nichts hier?«

Gelächter rund um den Tisch.

»Und dann können die Jungs am selben Abend wieder abhauen, zu Melvin fahren und sich dort verstecken.«

»Scheiße verdammt, das ist echt ein sauguter Plan«, gab Rudi grinsend zu.

Jan Inge wurde wieder ernsthaft. Er verschränkte die Arme vor der Brust. »Wittert sonst noch jemand eine Klippe, die umschifft werden muss?«

Kopfschütteln rundherum, und niemand, nicht mal Ben, bemerkte, wie Daniels Augen ihre Farbe veränderten, wie sie schilfgrün wurden und wie in seinem Kopf eine Art Licht anging.

»Niemand?«

»Nein«, antwortete Daniel und hörte, wie seine Stimme im Zimmer verhallte.

»Keine Drogen – von keinem! –, damit wir uns da verstehen«, ordnete Jan Inge an, stand auf und holte die Sporttasche, die in der Ecke auf dem Boden lag. Zog den Reißverschluss auf und nahm ein Handy nach dem anderen heraus. »Ich war heute auch nicht untätig«, sagte er und legte die Telefone auf den Tisch. »Klassische Nokias von Clas Ohlson. Prepaidkarten. Unsere eigenen lassen wir hier. Nicht, dass man unsere Bewegungen noch orten kann.« Jan Inge sah zu den Jungen. »Die Polizei kann nämlich eine Funkzellenabfrage durchführen und sämtliche Telefongespräche in einer bestimmten Gegend zu einem bestimmten Zeitpunkt nachvollziehen. Die können sehen, welche Nummern Kontakt hatten und auch die Dauer der Gespräche. Die können verschickte SMS mitlesen. Verstanden?«

Die Jungen nickten.

»Tja, und falls was schieflaufen sollte und es zu einer Ermittlung kommt ...«

»Da läuft nichts schief«, sagte Ben.

»Nein, denk ich auch«, sagte Jan Inge. »Trotzdem, lieber keine Verbindungen zwischen irgendwelchen SIM-Karten und uns. Sollte was schieflaufen, hat die Polizei keine Indizien, die auf uns hindeuten.«

»Es wird nichts schieflaufen«, wiederholte Ben.

»Ja, wir haben's gehört«, murrte Rudi und kassierte von Cecilie einen tadelnden Blick.

Jan Inge wandte sich an Ben. »Ich mag, wie du denkst.«

»Haben die Bullen die Chance zu hören, was gesagt wird?«, wollte Daniel wissen.

»Angeblich nicht«, sagte Jan Inge.

»Angeblich?«

»Haben sie nicht, sagen sie. So ist das Gesetz. Aber ganz getraut hab ich dem nie. Man kann nie vorsichtig genug sein. Die Telefone benutzen wir also nur im Notfall, und wir kommunizieren in Codes. Und danach ab damit ins Meer.«

Damit waren alle einverstanden.

»Okay, dann ist für den Rest des Tages frei«, sagte Jan Inge. »Zeit zur freien Verfügung. Fernsehen. Schlafen. Sportradio hören. Spazieren gehen. Tun, was für morgen Arbeitseifer erzeugt.«

»Benzin. Beeeeenzin. Beeeeeeeeenzin.«

»Be-e-e-enzin.«

»Be-e-e-enzin.«

»This is my church.«

»O Lord.«

»Mit Benzin aufhören. Ha und scheiße noch mal ha, nenn mir einen einzigen guten Grund dafür. Ja, man sagt, Benzin ist 'ne Armenfotze, well, dann sind das wohl die Fotzen, auf die ich steh.«

Rikki und Dejan saßen im Schutz der alten Trafostation hinter dem Spielplatz der Kvalebergschule. Dort konnte sie niemand sehen. Sie teilten sich Kopfhörer, das weiße Kabel aus Dejans iPhone lag zwischen ihnen im Gras neben einer Limoflasche mit Benzin.

Rikki war rundum zufrieden. Morgen würde er seine Mutter treffen, er hatte Benzin geschnüffelt, er fühlte sich wieder wie er selbst.

Bereits am Abend ihrer ersten Begegnung hatten sie über die verschiedenen Arten von Schnüffelstoffen geredet. Sie hatten einander in die Augen gesehen und sofort gewusst: Du und ich, wir sind gleich. Wir wollen das Gleiche. Seit Tagen hatten sie jetzt heimlich Pläne geschmiedet. Wie sie sich Benzin beschafften. Wie sie die Möglichkeit kriegten, sich ein wenig abzuseilen. Aber da war so viel Stress gewesen, dieser Jani ließ einen ja keine Sekunde lang entspannen, ein einziges Gemache und Getue rund ums Renovieren und den Maschinenpark, aber fast noch schlimmer waren Ben und Daniel mit ihrer Rundumbewachung.

Dejan war eigentlich kein großer Benzinfan, ihm war das gute altmodische Feuerzeuggas lieber, aber daraus hatte er keine große Sache machen wollen. Wenn Rikki von Benzin träumte, dann war Dejan dabei.

»Und von wegen Sportradio hören«, murmelte Rikki, während er den rausrutschenden Kopfhörer zurück ins Ohr schob, »das war eine beschissen gute Idee.«

»Er ist echt verdammt voller Ideen, dieser Jani«, murmelte Dejan und schnüffelte mit geschlossenen Augen.

»Mhm. So ein Ideeling, ja.«

»Ideeling, ja.«

»Hä?«

»Ideeling.«

»Was meinst du?

»Du hast Ideeling gesagt.«

»Jani.«

»Ideeling.«

»Ben ist irgendwie auch ein Ideeling«, sagte Rikki und rief sich das Gesicht seines Bruders in Erinnerung. Diese megaprüfenden Augen. In seiner Kindheit hatte er oft gedacht, dass Ben ein Superheld war. Mit irgendwelchen Superkräften. Nicht so Muskelzeug, also nicht so, dass Ben die Kraft hatte, einen Truck hochzuheben und über die Straße zu schleudern, sondern vom Hirn her. Dass Ben mit seinem Kopf übernatürliche Dinge anstellen konnte. Mit seinen Augen.

»Daniel auch«, sagte Dejan. »Der hat auch so Eingebungen.«

»Ich bin kein Ideeling«, sagte Rikki und seufzte. »Ich bin ein Benzinling.«

»Hehe. S\u0161ím ti u pupak.«

»Hehe. Ich hab die halbe Zeit keinen blassen Schimmer, was du sagst, aber das klang scheißlustig. Pupak.«

Dejan stemmte sich ein Stück hoch, und sein Blick wurde grimmig. »Liegt Sandnes Ulf gegen Molde jetzt zurück?«

»Nein, ich glaub, sie führen«, sagte Rikki. »Aber gegen Lillestrøm.«

»Cool.« Dejan entspannte sich und sank wieder ins Gras.

»Und Viking?«

»Ich hasse Viking.«

»Arsch.«

»Selber Arsch.«

Dejan sah Rikki mit leerem Blick an. »Dass wir deine Eltern ausrauben, geht das klar?«

»Weiß nicht«, sagte Rikki. »Muss einfach versuchen zu denken, ist wer anders.«

»Hä?«

»Na ja, also, würdest du deine Eltern ausrauben? Ist doch endkrank.«

»Ich hab keine Eltern«, sagte Dejan.

»Ja, gut, aber wenn du welche hättest.«

»Irgendwer hat ihnen die Haut abgezogen.«

»Ja, ja, ich weiß. Aber worum es mir geht – shit, zwei null jetzt bei Odds gegen Sandnes Ulf. Dachte, die spielen gegen Molde?«

»Lillestrøm.«

Rikki blinzelte mehrmals schnell und sah Dejan an. Der Serbe legte sich einen Kaugummi auf die trockene Zunge und kaute ungeheuer langsam mit offenem Mund darauf herum.

»Wenn du Eltern hättest«, fing Rikki noch mal an, »dann würdest du es bestimmt auch krank finden, sie auszurauben. Also, wenn du dabei mitmachen würdest, nur weil dein Bruder und dein Onkel und alle das wollen, da müsstest du das in deinem Schädel auch irgendwie klarkriegen, und am besten würdest du dann denken, es wär jemand anderes. Dann geht es dir nicht so nah.«

»Mir geht nichts nah«, entgegnete Dejan und machte eine Kaugummiblase.

»Ja, klar«, sagte Rikki. »Aber mir.«

Am Ende des Gesprächs, das von langen Pausen zwischen jedem Satz geprägt war und bei dem Rikki sich quasi wieder nüchtern reden musste, steckte sich Rikki auch einen von Dejans Kaugummis in den Mund, dann machten beide die Augen zu. An die Trafostation gelehnt, hörten sie die Halbzeitpausenmusik der Tippeliga-Übertragung – erst ein Song von Springsteen, dann einer von den Dire Straits –, ihre Körper waren so müde, ein pulsierender Schmerz erinnerte sie an Muskeln, die sonst nie zum Einsatz kamen, jetzt aber seit Tagen strapaziert worden waren.

Rikki wurde davon wach, dass ihm jemand die Benzinflasche gegen den Kopf donnerte.

Er machte die Augen auf. Über ihm stand Ben. Seine Zeigefinger waren auf ihn gerichet, sein Blick blitzte strafend und böse. Rikki sah sich um. Von Dejan keine Spur. Kein Kopfhörer mehr in seinem Ohr. Kein Sportradio. Es war jetzt stockfinster, und er konnte sich nicht genau daran erinnern, was eigentlich passiert war und warum er hier saß, allein, und wer aus der Tippeliga gewonnen hatte oder wo der Serbe abgeblieben war.

Ihm war kalt im Bauch. Er zitterte. Er schluckte.

Ben war jetzt sauer. Tat weh, wenn Ben sauer war.

Rikki schlug den Blick nieder und schniefte. Er konnte es nicht zurückhalten. Er weinte.

»Ich könnt kotzen«, sagte Ben. Seine Stimme klang irgendwie maschinell.

»Warum, Ben?«, fragte Rikki.

»Weil ich einen Bruder wie dich habe«, sagte Ben und hob die Benzinflasche vom Boden auf. Dann schlug er Rikki damit erneut ins Gesicht, zweimal. Und härter als vorher.

Zu Hause kleckerten der Nachmittag und der Abend indes ruhig dahin. Jan Inge hatte die Brille auf der Nase und studierte ein Buch über Führung. *21 Irrefutable Laws of Leadership: Follow Them and People Will Follow You*, seiner Ansicht nach ein sehr vernünftiges Buch, und als er darin folgendes Zitat von Mutter Teresa fand, musste er sich einen Stift holen und es unterstreichen: *You can do what I cannot do. I can do what you cannot do. Together we can do great things.*

Im Büro blätterte Beverly durch Ordner um Ordner, um sich einen Überblick über die Geschäfte zu verschaffen. Belege, Rechnungen, Bestellungen, Korrespondenzen, Steuerangelegenheiten. Rudi trug in seiner Funktion als Ausrüstungschef Gerätschaften für Montag zusammen. Cecilie sah mit Ben und Daniel im Wohnzimmer fern. Um kurz nach acht kam Dejan nach Hause, warf sich aufs Sofa hinter den anderen und glotzte mit halbem Auge mit.

Keiner nahm Notiz davon, dass Ben irgendwann aufstand und rausging. Und auch als er zwanzig Minuten später zurückkam, interessierte das niemanden.

Gegen neun ging erneut die Haustür. Diesmal kam Rikki herein. Im Gang traf er auf Rudi, der mit dem Staubroller über acht Paar Arbeitshandschuhe strich.

»Wo warst du?«

Rikki wollte Rudi nicht in die Augen sehen und ging zum Schuheausziehen in die Hocke. »Nichts, ich mein, nirgends. Nur draußen. Spazieren.«

»Gut.« Rudi wuschelte seinem Neffen durchs Haar. »Spazieren ist gut.«

»Ääh«, sagte Rikki kleinlaut. »Ich hau mich heut lieber früh hin.«

»Sehr, sehr, sehr, *sehr* gut«, sagte Rudi, »das ist sehr gut.«

Rikki war wacklig auf den Beinen, er warf nur einen flüchtigen Blick ins Wohnzimmer zu den anderen. Rudi war nicht sauer gewesen, also hatte Ben wahrscheinlich nichts erzählt. Er hatte ihm zwar die Benzinflasche ins Gesicht geschlagen, aber er war so nett gewesen, ihn nicht auszuliefern. Rikki hätte seinen Bruder dafür am liebsten fest umarmt und ihm gesagt, wie dankbar er war, so einen lieben Bruder zu haben, aber er wusste, das ging nicht.

Dejan wollte er hingegen alles andere als umarmen. Der war einfach gegangen. Hatte ihn einfach allein hinter der Trafostation sitzen gelassen. Hatte er ihn bei Ben verpetzt? Oder bei Daniel?

Der Serbe lag auf dem Sofa. Er grinste Rikki an, der schnell den Blick abwandte.

Rikki schlich sich aufs Klo. Pisste so lautlos wie nur möglich. Mit geschlossenen Augen, passte aber darauf auf, dass er die Schüssel traf. Dann ging er so leise wie möglich ins Videozimmer. Setzte sich auf die Matratze und begann, sich auszuziehen.

»Hey«, hörte er draußen vom Gang Jan Inges dünne Stimme. »Hey, hat jemand Daniel gesehen?« Rikki zog Schuhe und Hose aus und kroch unter die Bettdecke. »Hey«, hörte er wieder, »keiner, der Daniel gesehen hat?« Dann schaute Jan Inges Kopf durch die Tür. »Rikki, du hast nicht zufällig Daniel gesehen?«

»Nein«, antwortete Rikki. »Wahrscheinlich ist der draußen oder so. War doch Zeit zur freien Verfügung.«

Jan Inge nickte und machte die Tür zu.

Rikki atmete aus und zog sich die Decke bis unters Kinn. Sein Blick glitt über die Horrortitel in den Regalen, Kassette um Kassette. Dann schloss er die Augen.

Morgen, dachte er und biss sich auf die Unterlippe, um nicht erneut loszuheulen.

Morgen rauben wir Papas Haus aus.

Morgen treffe ich Mama.

33 Sandra und Daniel

Seit er Ende September Sandra überfahren hatte, konnte Daniel einfach nicht mehr aufs Moped steigen. Melvin hatte die Suzuki nach Randaberg geholt und sich nur gewundert, warum der Junge sie nie benutzte. Jan Inge hatte sie dann nach Hillevåg überführt, und als Rudi Daniel gefragt hatte, warum er nicht damit fahre, hatte Daniel gelogen und gesagt, das Moped sei ihm irgendwie zu doof. Hehe, hatte Rudi in seiner typischen Art gelacht und hinzugefügt, wenn sie erst mal Frank Martins Haus geschröpft hätten, könnte Daniel das Moped gegen jedes eintauschen, das er sich wünschte. Daniel hatte höhnisch gegrinst und den Blick abgewendet, vom Moped und von sich selbst, und er hatte versucht, die Augen vor dem zu verschließen, was geschehen war.

Aber das ging einfach nicht. Sandra brannte in ihm, tagaus, tagein, Nacht für Nacht. Wenn irgendwer drauf und dran war, das Päckchen, das er da trug, zu berühren, machte er dicht. Ließ die Rollläden runter. Tat weh, oder? Ja, viel zu weh.

Die Wahrheit war, dass sich bisher in Daniels ganzem Leben nur ein einziger Mensch ihm vorbehaltlos verschrieben hatte, nur ein einziger Mensch hatte ihm geschenkt, was er für sich im Stillen Zuneigung nannte, und das war Sandra Vikadal. Ein fünfzehn-, in wenigen

Monaten sechzehnjähriges Mädchen aus Madla im Westen von Stavanger, mit einem Silberkreuz im Halsgrübchen und drei Sommersprossen auf der Nase, einer der seltenen Menschen, die das Gute in sich trugen, ein Mensch, den es nicht mehr gab.

Das ging ihm durch den Kopf, als er sich an diesem Sonntagabend aus dem Haus in Hillevåg schlich, unbemerkt, rüber in die Garage, sich die Suzuki schnappte, zum ersten Mal, seit Sandra vor seinen Augen durch die Luft gesegelt und dann auf dem Asphalt aufgeschlagen war. *Sie trug das Gute in sich.*

Daniel setzte den Helm auf und klappte das Visier nach unten. Er verschränkte die Hände, presste sich die Handschuhe eng um die Finger. Stieg auf.

»Das Gute tragen«, flüsterte er und schob den Schlüssel in die Zündung.

Er fuhr in die Stadt, die Kälte biss sich durch seine Jeans, aber sein Ziel war nicht weit. Die Route führte vorbei am Varmesenteret, an der Kvalebergschule, am Kildencenter und an Montér, auf Höhe der Strømsbrua gelangte er in den Lagårdsveien, passierte die Straßenverkehrsbehörde und die Feuerwehr. Beim Anblick des Polizeipräsidiums versuchte er, sich einzureden, dass dieses Gefühl, keine Chance mehr zu haben, nicht real war. Dass das Gefühl, das ihn immer häufiger ganz und gar vereinnahmte, falsch war, das Gefühl, dass, ganz egal, was er auch tun würde, es genau hier enden würde, erst in einem Vernehmungsraum im Lagårdsveien 6, dann in einer Zelle in Åna.

Für ein paar Sekunden schloss Daniel die Augen und fuhr blind am Präsidium vorbei, ehe er aus dem Kreisverkehr rechts auf den Kirkegårdsveien abbog. Dort, nicht weit entfernt von den Toren zum Lagårdfriedhof, stellte er das Moped ab.

Erst vor ein paar Wochen hatte er ein paar Meter weiter, verborgen von einem der krummen Bäume auf dem Friedhof, auf seine Weise Sandras Beerdigung beigewohnt. Er hatte in der Zeitung die Todesanzeige gefunden, sich den Beerdigungstermin notiert und daran teilgenommen – aus der Entfernung. Während sich Familie und Freunde in der Kapelle versammelt hatten, hatte Daniel an der Mauer gehockt und die Orgel gehört, ganz leise, von drinnen. Als Familie und Freunde schluchzend über den Kies auf den schmalen Wegen zu dem frischen Grab der Fünfzehnjährigen geschritten waren, hatte er sich versteckt. Aber er hatte sie gesehen. Die gesenkten Köpfe. Die aus Verzweiflung hängenden Schultern. Beine, die drohten nachzugeben. Er hatte gehört, wie Sandras Mutter herzzerreißend geschluchzt hatte. Er hatte den Wunsch verspürt, zu ihr zu laufen, den Priester zu unterbrechen, der am offenen Grab eine schlichte Rede hielt, hatte es aber bleiben lassen, denn es war an der Zeit gewesen, nicht noch mehr Schmerzen zu verursachen.

Dieser Gedanke trieb ihn jetzt schon länger um. Nicht noch mehr Schmerzen verursachen. Wenn er Melvin einen blies, wenn Jan Inge und Rudi über den Bruch am Montag sprachen, wenn er seine Umgebung beobachtete. Die ganze Zeit über war er nur teils anwesend. Nichts konnte ihm Sandra zurückgeben, nichts den Eltern ihre Tochter. Es war ein Unfall gewesen. Sie war auf die Straße gerannt, und das Moped hatte sie erwischt. Daniel traf rechtlich gesehen zwar keine Schuld, aber er wusste, dass er der Auslöser gewesen war. Was konnte er jetzt noch tun?

Das Gute in sich tragen. Es wie eine Lanze über den Kopf heben und durch die teerfinstere Nacht schleudern, sehen, wie es lebendigem Silber gleich die Dunkelheit zerfetzte, vor seinen Augen alles durchbohrte, Häupter,

Gliedmaßen spaltete, auf einen Felsen traf und Flammen daraus emporschossen.

Er trat durch das Friedhofstor. Ließ den Blick im Halbkreis schweifen, wachsam, wie er es gewohnt war. Gewohnt von klein auf, gewohnt aus der Zeit, als Sandra und er sich heimlich im Wald getroffen hatten, um zusammen zu sein, einander zu berühren und von einem besseren Ort zu träumen. Gewohnt von den Wochen mit Melvin und der Hillevåg-Gang, wo sich alles darum drehte, sich umzuschauen.

Menschenleer.

Daniel bog nach links ab und lief an der Außenmauer entlang, zwischen alten und neuen Gräbern hindurch, den sanft abfallenden Hügel hinunter. Hier lagen die Leute aus dem Vestlandet in geweihter Erde. Bei der Gießkannenstation bog er rechts ab und wurde langsamer, als er sich dem Grab näherte.

Einen Grabstein hatte Sandra noch nicht bekommen. In der Erde steckte nur ein einfaches weißes Holzkreuz mit einer Messingplakette, auf der stand: »Sandra Vikadal, 14.1.1997 – 28.9.2012. Über alles geliebt.«

Daniel setzte sich vor dem Grab in den Kies und rang nach Atem. In seinem Kopf wurde es neblig, sein Mund war staubtrocken.

Noch immer lagen rund um das Kreuz Blumen, und in kleinen Gläsern brannten Kerzen.

Daniel wischte sich über die Stirn und räusperte sich. »Hallo«, sagte er nach einer Weile. »Sandra. Ich bin dein Verderben geworden. Ich bin einfach in all dem aufgewirbelt worden, und ich hasse es. Ich hasse alles, was ich gesagt habe, und ich hasse alles, was ich gedacht habe, und ich hasse mich selbst, und eines Tages wird mir irgendwer den Kopf auf die Erde schlagen, und das hab ich verdient. Du hättest dich nie mit mir einlassen dürfen. Ich habe dich geliebt. Ich habe dich scheißverdammt geliebt.«

Dann schniefte er und kam wieder auf die Beine. Er nickte dem Grab zu, als könnte sie ihn von dort sehen, und griff in die Hosentasche. Holte sein Handy raus.

»Okay«, sagte er. »Das ist für dich. Weil du das Gute in dir getragen hast und weil ich keine Schmerzen mehr verursachen werde.«

Dann wählte er eine Nummer. Er legte den Kopf in den Nacken, versuchte, durch die Baumwipfel etwas zu sehen, einen Stern, ein Flugzeug, irgendwas, aber die Dunkelheit war zu dicht. Am anderen Ende klingelte es. Dann nahm jemand ab.

»Ja, hallo?«

Daniel hielt den Atem an.

»Hallo, wer ist da?«

»Kann ich nicht sagen.«

»Dann haben Sie sich wohl verwählt.«

Daniel schüttelte den Kopf. »Nein«, sagte er eilig. »Ich möchte ja mit Ihnen sprechen.«

»Und wer bin ich?«

»Sie sind Tommy Pogo«, sagte Daniel.

Für einen Augenblick herrschte Stille. Dann sprach die Stimme am anderen Ende weiter: »Sie müssen mir schon sagen, wer Sie sind.«

»Nein«, entgegnete Daniel. »Sie müssen mir aber zuhören.«

»Na schön. Dann mal los.«

»Morgen«, begann Daniel, ging in die Hocke und streckte die freie Hand in Richtung von Sandras Grab aus. »Morgen ...«

Da. Schritte in der Dunkelheit. Daniel hielt abrupt inne. Schaltete das Handy aus, komplett aus, und ließ es hastig in der Tasche verschwinden. Dann riss er den Kopf herum. Ein paar Meter entfernt tauchte eine Gestalt zwischen den Grabsteinen auf, eine schwarze Gestalt, die fast mit der Dunkelheit verschmolz.

»Daniel«, sagte Ben.

Wo war der hergekommen? War er schon lange hier? Zwischen den Gräbern?

Als könnte er schweben, kam Ben durch die Dunkelheit auf ihn zu. Er bewegte sich unheimlich langsam und wirkte überhaupt wie ein unheimliches Monster, seine Finger bewegten sich durch die Luft, streichelten mit ihren langen, krummen Nägeln über die Grabsteine, sein Mund glitt langsam auf und zu, seine Haut schien jeden Moment aufzureißen, damit dann dunkelgrünes Blut aus seinem Leib strömen konnte.

»Ich bin auch gern hier«, sagte Ben, als er vor Daniel stand.

Was sollte er antworten? Soweit Daniel wusste, hatte Ben alles mitgekriegt und alles begriffen.

»Ist schön hier«, fuhr Ben fort und sah sich um, »hoffnungslos schön.« Dann sah er Daniel an und nickte in Richtung der Tasche, in der das Handy verschwunden war. »Mit wem hast du gesprochen?«

»Mit niemandem«, sagte Daniel schnell. »Beziehungsweise …«, er stand auf und rang sich ein Lächeln ab, »mit niemandem, den du kennst.« Daniel deutete auf das Grab. »Ich … hab ihre Eltern angerufen. Musste ich einfach.«

Ben musterte Daniel mit zusammengekniffenen Augen. »Und jetzt hast du es getan.«

Ben zog seine Schachtel Prince aus der Tasche und schnipste gegen die Unterseite. Zwei Zigaretten schossen heraus, und Ben streckte Daniel die Packung hin.

Der zuckte mit den Schultern und nahm sich eine. Dann suchte Ben nach seinem Feuerzeug und zündete beide Zigaretten an. Vom Rauchen wurde ihnen wärmer.

»Und warum bist du hier?«, wollte Daniel wissen.

Ben ging vor Sandras Grab in die Hocke. Seine Zigarette hing ihm im Mundwinkel, er legte die Unterarme auf den Knien ab, wippte leicht auf den Zehenspitzen und studierte die Messingplakette.

»Ich bin immer überall«, sagte er.

Tommy Pogo drehte sich zu Grace um, die nackt neben ihm im Bett lag. Sie kannte keine Scham, sie deckte sich nicht zu, sie zeigte sich. Er studierte ihren Köper, ließ den Blick über ihre Kurven gleiten, über ihre feurige Haut, während er das Telefon in der Hand hin und her drehte und versuchte, sich zu sammeln, die Gedanken von dem Begehren loszureißen, das einfach nicht nachließ, nicht mal eine Minute, nachdem er sich aus ihr herausgezogen hatte.

»Er hat einfach aufgelegt«, sagte Tommy.

Noch immer ohne Verlegenheit setzte Grace sich auf.

»Wer war das?«

Tommy schüttelte den Kopf. Kälte kroch in seinen Körper. »Ich weiß es nicht.«

»Kanntest du die Stimme?«

Er schüttelte wieder den Kopf, zum einen, um das heranrasende Bild von Ingrid, Kia und Ulrik loszuwerden, und zum anderen, weil er die Antwort nicht kannte. »Nein, keine Ahnung.«

Grace stand auf, ging ans Bettende und suchte ihre Klamotten zusammen, die sie sich eine halbe Stunde zuvor ausgezogen hatte.

»Weißt du, wo mein BH ist?«

Ohne sich umzudrehen, zeigte Tommy zur anderen Seite des Zimmers. Das wusste er. Er wusste, wo er ihn aufgehakt hatte, damit seine Hände tun konnten, was sie so gerne taten: sich um ihre Brüste schmiegen.

»Morgen«, sagte er.

»Was meinst du damit?«

Grace sah Tommy an, aber er drehte sich nicht zu ihr, zeigte ihr immer weiter den Rücken.

»Das hat der Anrufer gesagt. Morgen.«

»Aha. Und was glaubst du, was das bedeutet?«

Tommy sah sie an. Ihm war übel. Ihm wurde übel von ihrem Gesicht. Ihrem Schlafzimmer. Ihrem nackten Körper. Er bückte sich und griff nach T-Shirt und Hose.

»Ich muss nach Hause«, sagte er und wich Graces Blick aus.

»Sagen sie immer«, flüsterte Grace.

»Was hast du gesagt?«

Grace verschwand im Bad. »Natürlich musst du nach Hause«, sagte sie.

34 Dass ich das wirklich noch erleben darf

Rudi stand in aller Frühe auf. Er musste raus nach Sandnes, um seinen Bruder zu beschatten. Frank Martin war ein A-Mensch, so viel wusste er noch von früher. Sein Bruder schlug am Morgen die Augen auf, und jeder einzelne Muskel war sofort einsatzbereit. Sogar während der Teenagerzeit, in der die meisten ja eher mit Stumpfsinn geschlagen waren und bis mittags schliefen, war Frank Martin mit der Sonne aufgestanden. So war dieser Fucker einfach gemacht, dachte Rudi und fuhr in der morgendlichen Dunkelheit über die Autobahn an Forus vorbei. Hätte Soldat werden sollen. An irgendeinem Psychoort oben in den Bergen stationiert, wo er aus seinem Versteck heraus Guerillasoldaten abknallen konnte, wo er jede Nacht nur drei Stunden schlief, immer alarmbereit war und auf den Feind losdreschen durfte.

Rudi schlug mit beiden Händen aufs Lenkrad.

Das haute aber auch verdammt rein. In der einen Sekunde läufst du herum und fühlst dich wie eine Vaterfigur, und in der nächsten fühlst du dich von allen Seiten angegriffen. Ist es nicht das Internet, das installiert werden soll, dann wirst du als Bewacher deines bösen Bruders eingesetzt.

Rudi drehte den Rückspiegel weg, damit er nicht die ganze Zeit in sein eigenes Gesicht starren musste, und versuchte, an Steven, Jambolena und Chessi zu denken. Unsere kleine Familie, flüsterte er vor sich hin, und in seinem Kopf entstand das Bild von einem kleinen Jungen und einem kleinen Mädchen, die auf einen Geburtstagskuchen zustolperten und drei Kerzen ausbliesen: *Ja, toll macht ihr das, schön die Kerzlein auspusten und feste pusten.* Er freute sich wahnsinnig darauf. Die kindliche, einfache Welt mit kleinen Kindern. Passte ganz gut zu 'nem tollen Macker wie ihm. Um in Stimmung zu kommen, kramte er eine von Chessis Aerosmith-Kassetten heraus. Der Mix war schon uralt.

Es half.

You're my angel.

Richtig, Baby.

Come and save me tonight.

Steven Tyler, der wusste, wie man so was sagte.

Rudi kurbelte das Fenster herunter, die slicke Musik beruhigte seine Nerven. Er zündete sich eine Zigarette an und inhalierte bis hinab in die Zehenspitzen. So früh am Morgen war er nicht oft unterwegs, die Morgendämmerung erlebte er selten. Was für eine Schande eigentlich, vierzig geworden zu sein und so viel natürliche Schönheit verpasst zu haben. Es war kurz nach sechs. Alles roch frisch. Mit jeder erwartungsfrohen Minute wurde der Himmel weiter. Die Sonne krabbelte über den Horizont. Fast keine Autos auf den Straßen. Würde wohl ein schöner Tag werden.

Gut, jetzt Vater zu werden.

Da gibt's frühe Morgen.

Raus und mit Rasseln und Brei rumhopsen.

Da gibt's dann viel natürliche Natur.

»Ja«, sagte er halblaut und ließ die Nackenwirbel knacken, als wollte er sich selbst wieder einrenken. »Wird schon gut gehen. Denk einfach, der Typ wär irgendein geiziger Loser, der seine Familie wie Dreck und Scheiße behandelt. Jemand, den ich nicht kenne. Und nicht mein Bruder.«

Ein paar Minuten später bog Rudi vom Stavangerveien ab und fuhr am Thon-Hotel Sandnes vorbei und bei der Pizzeria in Lura rechts in den Postveien. In Trones angekommen, parkte er den Volvo ein paar Autolängen vor der Abzweigung zu Frank Martins und Melissas Straße. Im Rückspiegel wie auch in den Außenspiegeln hatte er gute Sicht.

Er rutschte so tief wie nur möglich im Sitz hinunter. Sah auf die Uhr. Zehn vor halb sieben. Er machte Aerosmith leiser.

Familie ist manchmal schon echt so'n mess.

Du hast einen Bruder. Ihr schnitzt Pfeil und Bogen, spielt Commodore 64 und teilt euch die ganzen Achtziger hindurch dieselben Pornohefte. Die Zeit vergeht, und dann will er dir den Kopf abreißen, nur weil du dich für einen anderen Weg entscheidest als er.

Dreizehn Minuten später tauchte in Rudis Außenspiegel die Schnauze von Frank Martins grauem Transporter auf. Schnell zog Rudi sich die Baseballkappe tiefer ins Gesicht und setzte sich die Sonnenbrille auf, ließ den Volvo so diskret wie möglich an, blieb aber weiterhin auf dem Sitz weit nach unten gerutscht. Der Transporter bog ab. Nach Süden. Blieb zu hoffen, dass Frank Martin heute nur an einem Ort arbeiten musste. Und nicht in ganz Scheißrogaland rumdüste. Und zu hoffen blieb auch, dass sie ein ganzes Stück fahren würden. Je weiter weg von Trones, desto besser.

Rudi blieb so weit hinter Frank Martin, wie es ging, ohne ihn aus den Augen zu verlieren. Er konnte ihn regelrecht vor sich sehen, wie er in seinem Wagen auf dem ruckelnden, zuckelnden Fahrersitz thronte, mit seinen kräftigen Unterarmen und dem breiten Kiefer.

Sie hatten es miteinander echt unglaublich toll gehabt.

Jajedermöglichespaßscheißunddreckinihrerkindheitverdammtnochmal.

Ja, das war die Wahrheit.

Rudi ballte die Faust und boxte dem sentimentalen Gedanken direkt in die freche Schnauze.

Frank Martin fuhr den Postveien bis zum Ende, dann raus auf die Oalsgata und runter in Richtung Innenstadt.

Als Rikki ein paar Minuten nach acht im Videozimmer die Augen aufschlug, blickte er direkt in Bens Gesicht.

Sein Bruder saß im Schneidersitz wie eine Art Mönch, und seine Hände lagen gefaltet im Schoß. Die Augen leuchteten wie kleine grüne Teufel. Hinter Ben erstreckten sich die Gänge aus Videoregalen, und das war direkt nach dem Aufwachen schon ein ziemlich psychounheimlicher Anblick, fand Rikki. Er räusperte sich und rieb sich die Augen. Seine Zunge war pelzig, der Mund komplett ausgedörrt, als hätten sie am Vorabend ordentlich abgeschädelt.

Ben saß reglos vor ihm. Rikki hievte sich auf die Ellbogen.

»Hallo, Ben. Früh dran?«

Ben nickte.

Rikki gähnte und fuhr sich mit beiden Händen übers Gesicht, als könnte er sich die Müdigkeit abwischen. »Scheiße. Meditiert, oder was?«

Ben nickte.

Rikki sah sich nach einem Glas Wasser um. Er fand keins, sah wieder zu seinem schweigenden Bruder und rieb sich den Schlaf aus den Augenwinkeln. Jetzt fiel Rikki der gestrige Abend wieder ein. Wie er mit dem Benzin und alledem Scheiße gebaut hatte, und er erinnerte sich wieder an Bens Gesichtsausdruck. Er hatte gehofft, es wäre vorbei, Ben würde ihn wieder mögen, aber womöglich war das nicht der Fall.

»Rikki«, sagte Ben nach einer Weile. Das hörte sich nicht sauer an, seine Stimme war ganz ruhig.

Ein Hoffnungsschimmer. Rikki war erleichtert. »Ja?«

»Das ist heute ein wichtiger Tag.«

»Mhm. Megawichtig.«

»Für mich ist wichtig, dass du da nichts verbockst.«

»Ja, Mann«, sagte Rikki. »Ich bau schon keinen Scheiß. Bombensicher.«

Ben lächelte, und er schien tatsächlich darauf zu vertrauen, dass Rikki die Wahrheit sagte. Dann stand er auf, streckte Nacken und Beine und trat ans Fenster hinter einem der Videoregale. Er ließ Rikki nur noch seinen Rücken sehen.

»Ich weiß, wir waren uns nicht ganz einig.«

»Kein Problem, echt, Ben«, versuchte Rikki, mit klarer Stimme das Richtige zu sagen.

»Gut.«

»Ich denk nicht mal mehr dran, Ben«, sagte Rikki ebenso klar.

»Das ist gut.«

Ben schob die Fensterriegel zurück und drückte das Fenster auf. Kalte, frische Luft strömte ins Zimmer.

»Das Einzige, was du heute zu tun hast«, sagte er, »ist, Mama zu treffen.«

Rikki schluckte. »Mama. Ja.«

»Das ist deine einzige – *einzige* – Aufgabe heute.«

»Ja.«

»Mit ihr zusammen sein. Über alte Zeiten reden. Du weißt, was du zu sagen hast.«

»Ja.«

Ben zog das Fenster wieder zu und kehrte zu Rikki zurück. Er blieb vor ihm stehen und sah ihm unangenehm lang in die Augen.

»Du weißt, dass Zusammenhalt das Wichtigste ist, Rikki.«

»Hä? Oder … Ja, ja, das weiß ich, hab es nur gerade erst nicht richtig verstanden. Ja.«

»Schön.«

»Entschuldigung, Ben.«

»Schon in Ordnung, Rikki. Und was also hast du zu sagen?«

»Zu wem?«

»Zu unserer Mutter.«

Rikki setzte sich auf. Er räusperte sich und drückte den Rücken durch. Um Ben nicht die ganze Zeit anstarren zu müssen, nahm er sein T-Shirt, das neben der Matratze rumlag, und zog es sich während seiner Antwort über den Kopf und die Arme.

»Dass wir ein paar Tage bei Onkel Rudi waren«, sagte er.

»Gut. Noch was?«

»Ja. Also. Was du gesagt hast. Dass wir ein bisschen Zeit für uns gebraucht haben.«

»Gut.«

Das T-Shirt war angezogen. Nichts mehr da zum Verstecken.

»Noch was?«

»Ähm, ja, und dann sag ich noch, dass wir es uns jetzt überlegt haben und wieder nach Hause kommen.«

»Gut. Das, und nicht mehr, hast du zu sagen.«

»Ja, mein Ben.«

Die Morgensonne stand hinter den Vorhängen und tat gerade so, als wollte sie ins Zimmer. Allmählich erwachte das Haus hörbar zum Leben. Ein Sausen in der Spülung. Wasser, das durch Rohre lief. Schritte. Musik aus dem Wohnzimmer – dieser Odd Nordstoga mit »Bestevenn«, einem von Jan Inges Lieblingssongs. Türen gingen auf und fielen ins Schloss.

Ben beugte sich vor und zog Rikkis Kopf zu sich heran. Rikki atmete tief aus, und Ben fuhr ihm mit dem Zeigefinger in Kreisen, Bogen und Strichen über den Rücken. Nach einer Weile begriff Rikki, was er da tat: Ben schrieb ein »B«, nur diesmal nicht mit einem Messer.

Rikki kamen die Tränen.

»Nicht weinen«, beruhigte ihn Ben und legte ihm die Hand auf den Hinterkopf.

»Ich kann nicht anders …«

Ben drückte Rikkis Kopf fester an sich.

»Du kannst.«

»Nein …«

»Doch.«

Rikki biss die Zähne aufeinander und rang das Weinen nieder.

»Du hast in deinem Leben schon zu viel geweint.«

Rikki nickte.

»Du kannst damit nicht mehr weitermachen.«

Rikki nickte wieder.

»Du musst damit aufhören, hast du verstanden?«

Rikki schniefte.

»Weinst du?

»Nein, Ben, jetzt nicht mehr.«

Er schob Rikki von sich weg und betrachtete ihn. Sein Gesicht sah aus wie ein Stück nasse Rinde.

»Gut«, sagte Ben, stand auf und reichte Rikki die Jeans von einem Stuhl neben der Tür. »Zieh dich jetzt an. Wir sind jetzt bereit, um zu den anderen zu gehen.«

Eine Wolke aus Effektivität ballte sich um Jan Inges Kopf. »Det er et ljos der ute«, trällerte er mit Odd Nordstoga, und »ein farfar i livet skulle alle ha«, machte dabei Frühstück und brachte den Tag ins Rollen, als hätte er nie etwas anderes gemacht. Mit fester Stimme dirigierte er jeden an seinen Platz, hielt die Laune stabil hoch, zeigte gute Führungsqualitäten.

Irgendwann ging die Badezimmertür auf, und heraus trat eine funkelnde Beverly in einem jugendlich-gewagten Outfit mit einem knappen, engen Jeansrock über weißen Nylons. Obenrum trug sie eine helle, weit ausgeschnittene Bluse, die sie am Saum zusammengeknotet hatte, was die Erwachsenen im Haus auf der Stelle an *Grease* und Dolly Parton denken ließ.

»Na, wie geht's heute Morgen?«, flötete sie und gab Jan Inge einen feuchten Kuss auf die Wange.

»Ganz fantastisch geht's«, antwortete Jan Inge, strahlte sie an und musste schwer schlucken, als er bemerkte, wie sehr seine Freundin den ganzen Raum mit ihrer Drive-in-Atmosphärenausstrahlung einfärbte. Und das ganz bewusst, dachte er, sie hat sich ganz genau ausgemalt, welche Signale sie aussenden will.

Zusammen mit den restlichen Hausbewohnern frühstückten sie, und Jan Inge nahm zur Kenntnis, dass alle hoch konzentriert zu sein schienen. Insbesondere Daniel beobachtete er genau. Der Junge war gestern einfach verschwunden, und Jan Inge hatte Ben losgeschickt, um ihn aufzuspüren. Als Ben mit ihm nach Hause gekommen war, hatte Jan Inge Daniels Handy konfisziert, es in den Safe gelegt und gesagt, dass das reine Routine sei, keiner dürfe heute sein eigenes Telefon benutzen. Sicherheit, Daniel. Sicherheit.

Dann wurde der Tisch abgeräumt, und Jan Inge ging ins Bad, um zu duschen. Beverly begleitete ihn, sie war verlockend, drall und zum Anbeißen wie immer, aber diesmal durfte Jan Inge sich nicht bedienen. Sie lachte nur, wackelte mit dem Hintern, fasste ihn an, als er sich auszog, und hauchte ihm ins Ohr, für einen Mann sei es immer besser, in Bereitschaft zu sein und zu wissen, beim Nachhausekommen gebe es was richtig Gutes.

»Oh, wirklich«, sagte Jan Inge und frottierte sich das schüttere Haar, »dass ich das wirklich noch erleben darf.«

Sie musterte seinen Körper. »Ich sehe Ergebnisse.«

»Was meinst du?«

»Trainingsergebnisse. Du bist schon straffer geworden.«

»Nicht wahr?« Jan Inge sah an sich hinunter. »Immer noch fett, aber schon ein bisschen fester.«

Von Rudi tickerten keine beunruhigenden Meldungen herein. Auch zwischen Hillevåg und Randaberg, wo Melvin und Mahima eine Viertelstunde früher als sie aufbrechen mussten, flossen keinerlei Nachrichten. Der Tag verlief wie geplant, in der Luft lag gespannte Konzentration. Die Jungs wirkten fokussiert. Sogar Dejan und Rikki konnten sich heute beherrschen, weder sprachen sie über Fußball, noch wisperten und tuschelten sie miteinander.

Das Auto hatte eine Weile Anlass zur Diskussion gegeben. Am Ende hatten sie beschlossen, Rudi den Volvo zu überlassen, während sie selbst sich eins von Melvins Autos liehen. Mit dem Umzugswagen rauszufahren erschien ihnen sowohl riskant als auch dumm.

Um ein bei Helligkeit auffälliges Gewusel am Auto zu vermeiden, hatten Dejan und Ben den Kofferraum bereits vor sechs Uhr gepackt. Drei Taschen. Eine mit Waffen. Eine mit Kleidung. Eine mit Ausrüstung. Davon würden sie nur sehr wenig brauchen, hatte Jan Inge gesagt, denn dieser Job würde flutschen wie ein Messer durch Fett. Rein, Geld finden, raus.

Um fünf nach halb zehn standen alle im Flur bereit.

»Hat noch jemand was zu sagen?«, fragte Jan Inge und blickte jedem und jeder direkt in die Augen.

Kopfschütteln. Keiner sagte was.

»Pinkeln? Muss noch jemand pinkeln? Oder Nummer zwei?«

Kopfschütteln.

»Oder … wo du gerade fragst«, sagte Rikki, »vielleicht ein kleiner Spritzer mit der Kobra. Zwei Sekunden!«

Um zehn nach halb zehn verließen Jan Inge, Cecilie, Dejan, Ben und Rikki das Haus in Hillevåg. Sie hatten nicht viele Lagen Klamotten an. T-Shirt, Jacke darüber, das war's. Sobald sie sich versichert hätten, dass Rikki auch wirklich mit Melissa bei Charles & De in der Langgate säße, und sie in Frank Martins Garage angekommen wären, sollten sie in Overall, Handschuhe, Schuhüberzieher und Haarnetz schlüpfen.

Und dann von der Garage aus weiter ins Haus: Ben durch die Vordertür, zu der er den Schlüssel hatte, die anderen durch die Garage in den Garten und dann durch die Terrassentür, um zu vermeiden, dass irgendwelche Störenfriede sie von der Straße aus sahen.

In der Küche in Hillevåg sah Daniel durchs Fenster dem Honda hinterher. Er war zwar fürs Erste davongekommen, verstand aber ganz genau, was los war. Jan Inge

und Ben hatten ihn auf dem Kieker. Sie hatten etwas ge-
wittert. Seine Qualen. Seine Ausflüchte. Hatten ihm das
Handy abgenommen.

Daniel latschte ins Wohnzimmer, schnappte sich eins von
Rudis Donald-Duck-Heften und ließ sich in Janis Stress-
less-Sessel fallen.

Von seinem Anteil am Raub konnte er sich eine Granate von einer Suzuki kaufen, er konnte abhauen, weit
weg. Australien. Singapur. In die USA. Schon ganz gut,
dass er am Abend zuvor nicht dazu gekommen war, die
Polizei zu informieren. Er musste sich zusammenreißen
und diese Fühlerei abstellen.

Sandra war weg.

Da war nichts mehr zu machen.

Als Beverly mit dem Staubsauger um ihn herumschwän-
zelte, hob Daniel kurz die Füße für sie an. Mein Gott, die
war drauf. Läuft rum wie 'ne Achtzehnjährige.

»'preciate it, young man«, flötete sie und bückte sich,
um unter der Eckkommode zu staubsaugen. Riesenarsch,
dachte Daniel. American Size.

Während der Autofahrt sagte Rikki kein Wort. Er sah aus
dem Fenster, Autos, Bäume und Gebäude zogen an ihm
vorbei, aber er registrierte nicht, wo sie gerade langfuhren.
Ben hatte ihm den gütigen Blick geschenkt, und Rikki
spürte, es würde gut enden. Das Geld, das sie klauten,
konnte Papa ja aufs Neue verdienen. Und Mama, die
konnte von seinem Anteil was abbekommen. Und Ben,
der war sein lieber Bruder. Und jetzt würde er Mama treffen, sagte er sich und entschied, diesen Tag genau so zu
sehen: als einen Tag, an dem er mit Mama ins Café ging.

Kaum dass Rikki es so sah, schlug sein Herz ruhiger.
Er hatte von Jan Inge tausend Kronen bekommen. Das

Wichtigste war, hatte Jan Inge ihm erläutert, dass sich seine Mutter wohlfühlte. Dass es lang genug dauerte. Wenn sie nach Hause wollte, sollte er mit ihr noch in einen Laden gehen.

»Mädchen mögen Läden«, sagte Jan Inge.

»Spendier ihr was«, sagte Ben.

In Sandnes angekommen, ging Jan Inge vom Gas. Einen Block vom Charles & De entfernt am Asia News in der Kirkegata hielt er den Honda an, drehte sich nach hinten um und sah Rikki in die Augen. »Ich vertrau dir.«

»Cool«, sagte Rikki.

Cecilie lehnte sich zu ihm und drückte ihm die Hand.

»Bin stolz auf dich«, sagte sie leise.

»Cool«, sagte Rikki erneut, schob die Wagentür auf und schritt in den Tag, und ohne dass er selbst so genau verstand, warum, fühlte er sich für einen Augenblick wie ein Stück Plastik.

Sobald er gegangen war, stupste Jan Inge Dejan an.

»Hä?« Der Serbe sah Jan Inge verdattert an.

»Du folgst ihm.«

»Okay …«

»Tu, was Jan Inge sagt«, herrschte Cecilie Dejan an und gab ihm einen Klaps auf den Hinterkopf.

»Dschieses, Mom«, murmelte Dejan.

»Und lass dich nicht erwischen«, sagte Jan Inge. »Du gehst rechter Hand an dem Café vorbei und versicherst dich, dass Rikki da drinnen mit einer erwachsenen Frau sitzt.«

Dejan schlenderte vom Auto aus Richtung Langgata. In gleichmäßigem Tempo lief er an dem Szeneladen vorbei, in dem sich Melissa mit ihrem Sohn hatte treffen wollen. Charles & De. So ein Schuppen, wo ein Schnittlauchhalm mit ein paar indischen Samen drauf den Namen *Indian Field Number 1* bekam und für vierhundertneunundfünfzig Kronen serviert wurde. Typisch Norwegen. Bald würde irgendwer hier noch Luft in eine Schachtel packen, das Ganze *Rogaland Air* nennen und für neunhundertneunundneunzig verkaufen. Total abgefuckt. Der Jahreslohn dieser Leute könnte wahrscheinlich die komplette Finanzkrise beheben.

Der Serbe drehte den Kopf. Durch die Glasfassade entdeckte er sie. Rikki saß mit dem Rücken zum Fenster und ihm gegenüber eine Frau mit schmalen Schultern, die schluchzte.

Dejan ging noch ein Stück die Langgata weiter und bog dann links in die Olav Kyrres gate, wo er von Jan Inge in Melvins Honda wieder aufgelesen wurde. Er hüpfte auf den Rücksitz.

»Und?« Jan Inge sah ihn fragend an.

Er nickte. »Auf seinem Platz. Die Mutter ist volle Pulle am Heulen. Hehe.«

Jan Inge legte die Hand auf den Schalthebel. »Wir lachen nicht über den Kummer anderer Leute.«

»Ich schon«, sagte Dejan.

»Nicht nett«, tadelte ihn Cecilie. »Was dir fehlt, ist ein bisschen Erziehung.«

»Ich hab überhaupt keine Erziehung«, konterte Dejan.

Jan Inge blickte zu Ben. »Dann fahren wir jetzt zu euch nach Trones. Und ich hoffe schwer, dass es so leicht wird, das Geld zu finden, wie du meinst.«

»Wird es«, sagte Ben überzeugt.

Jan Inge sah kurz zu Cecilie auf dem Beifahrersitz. Sofort wurden seine Augen ganz sanft. »Wie geht's dir?«

»Mir?« Sie reckte das Kinn. Ihr Anblick war einfach smashing. Bemerkenswert, fast schon an der Grenze zu unwirklich, dass dieses Mädchen noch vor wenigen Wochen wie ein aschgrauer Zombie ausgesehen hatte. »Was meinst du?«, fragte sie.

»Na ja, dir, meine ich«, sagte Jan Inge, »dir und Steven und Jambolena.«

»Ach so, ja.« Sie zog eine Schnute, legte den Kopf leicht schief, warf die Stirn in Falten, schob sich dann den langen Fingernagel des kleinen Fingers zwischen die Schneidezähne und stocherte suchend herum, sodass sie klang, als würde sie lispeln. »Sie haben es so was von gut da drinnen. Sie sind im Badeland, weißt du.« Sie streichelte ihren Bauch. »Ihr seid mit Mami bei der Arbeit, nicht wahr?«

Rudi hielt sich so viele Autolängen hinter Frank Martin wie notwendig. Er versuchte, nicht an die Kindheit mit seinem Bruder zu denken, was ihm aber nur teilweise glückte. Er sah Frank Martin beim Warten vor der Ampel an der Oalsgata Ecke St. Olavs gate mit dem Kopf nicken und mit dem rechten Arm wippen und kapierte, dass sein Bruder jetzt auf voller Lautstärke eine Musik angemacht hatte, die er mochte, und sofort wurde es noch schwerer, irgendwelche Erinnerungen an diesen über alles in der Welt verhassten Menschen zu unterbinden. Er sah sich in ihrem Elternhaus die Treppen hochgehen und vor der keksfarbenen Teakholztür seines großen Bruders stehen und auf den Aufkleber starren: »Kein Zutritt! Besonders für Mädchen!« Sah sich ein paar Sekunden zögern, bevor er mit der Faust gegen die Tür hämmerte. Sah sich warten. Und warten. Zu guter Letzt hatte Rudi, nachdem keine Antwort gekommen war, die Tür aufgeschoben, und da hatte er gesessen, Frank Martin, mit der Hose um die Knöchel, dem Kopfhörer auf dem Kopf, den Cars in den Ohren, dem Schwanz in der Hand, am Wichsen: *Fuck, Brother, lass mich allein mit mei'm Schwanz!*

Schöne Zeiten.

Die Ampel sprang auf Grün, und Frank Martin bog rechts ab. Weiter nach Süden. Der Transporter tuckerte vorbei am Rathaus und an der Gemeindeverwaltung, an der Kapelle und der langen Reihe von … na ja, Rudi wagte mal die Bezeichnung Zypressen. Schön in Wellenformationen zugeschnitten, dahinter der Friedhof. Frank Martin fuhr weiter den Jærveien entlang, ließ den Sandvedparken links liegen, und je tiefer sie ins Jæren vordrangen, umso mehr öffnete sich der Himmel. Und Frank Martins Transporter fuhr weiter und weiter: vorbei an HS:VAGLE Elektro, dann Richtung Bryne, vorbei an der Feuerwehr Sandnes, der Autowerkstatt, der Shell-Tankstelle am tiefsten Punkt der Senke, der Statoil-Tankstelle an der Abzweigung Richtung Ganddal und über den Kreisverkehr zwischen dem Ganddal-Ärztehaus, einem Rema 1000 und Rørheim Auto, einem Gebrauchtwagenhändler, an den Rudi ein paar gute alte Erinnerungen hatte, dort hatten sie nämlich sieben, acht Jahre zuvor erfolgreich einen Autodiebstahl durchgezogen.

Bei der Konditorei Klepp und der Pizzeria, in deren Ladenlokal es früher ein Comic-Antiquariat gegeben hatte, bemerkte Rudi erstmals eine Veränderung an Frank Martins Fahrmuster. Der Transporter hatte die Geschwindigkeit verändert. War jetzt langsamer unterwegs. Rudi richtete sich im Sitz auf und erhöhte die Aufmerksamkeit. Zufrieden stellte er fest, dass seine Intuition richtig war: Nachdem sie an der Ganddalschule und am Gemeinschaftshaus vorbeigefahren waren, blinkte der Wagen am Olsokveien rechts. Rudi lehnte sich vor. Ein dicht bebautes Areal an den Hängen längs der Hauptstraße. Womöglich ein Neubaugebiet.

Er folgte seinem Bruder den Hügel hinauf. Kurvige Straßen, unübersichtlich, fast wie ein Labyrinth. Kleine Gärtchen, das eine oder andere geparkte Auto.

Norwegisches Alltagsleben. Mütter. Väter. Kinder.

Wie bei mir, dachte Rudi.

Nein, geht heut auf keinsten Fall, muss mit Steven zu 'ner Elternsprechstunde.

Nope, geht heut nicht, Jambolena is beim Turnen.

Haha, Dienstag kannste gleich knicken, da is Steven beim Fußball, Jambolena beim Cheerleading, meine Frau beim Yoga, und ich am Putzen.

Der Wagen vor ihm hielt urplötzlich an. Mitten auf der Straße.

Rudi bremste ab. War er aufgeflogen? Frank Martin war aufmerksam wie ein Luchs. Hatte Augen am Hinterkopf und Ohren unter den Füßen. Er konnte einen wittern, selbst wenn man kilometerweit entfernt war.

Rudi rutschte so tief im Sitz nach unten wie möglich.

Der Wagen stand einfach nur da. Mitten auf der Straße.

Dann fuhr er wieder weiter. Jetzt aber langsamer. Sehr langsam. Rudi atmete einmal tief durch. Er kniff die Augen zusammen und versuchte, die Bewegungen seines Bruders auszumachen, aber der Wagen war zu weit entfernt.

Dann stoppte er wieder. Rudi bremste ebenfalls.

Jetzt setzte Frank Martin zurück.

Shit.

Rudi reagierte blitzschnell, blinkte rechts, bog an der nächstbesten Ecke ab, um nicht gesehen zu werden, und holperte ein kurvige, schmale Straße zwischen lauter Einfamilienhäusern hügelabwärts. Er hatte keine Ahnung, wo er war, aber auch keine andere Option. Wäre er auf demselben Straßenstück wie Frank Martin geblieben, hätte sich der rückwärtsfahrende Transporter dem Volvo genähert, und er wäre entdeckt worden.

Tja, ein Auto zu verstecken, dachte Rudi, und der Schweiß lief an ihm herunter, ist echt eine Scheißkunst.

Rudi legte so viele Meter zurück, wie er für notwendig erachtete, dann fuhr er an einer dicht gewachsenen Hecke an die Seite und hielt an. Er griff nach der Zigarettenschachtel auf dem Beifahrersitz und zündete sich eine Zigarette an. Eine Minute lang rauchte Rudi nur, sah sich um, dann erst traute er sich, wieder zu der Straße hochzufahren, auf der sein Bruder zurückgesetzt hatte. Er fuhr in Schrittgeschwindigkeit, und entsprechend langsam schob sich die Schnauze des Volvo auf den Olsokveien.

Die Straße war leer.

Ein schätzungsweise zehnjähriges Mädchen mit Rucksack auf den Schultern und verschwitztem Pony kam den Hügel rauf. Ihre Lippen war geöffnet, wahrscheinlich sang sie.

Wo war er? Rudis Puls wurde schneller. Wo war dieser Dreckskerl? Hatte Rudi ihn wirklich verloren? Oder war er jetzt direkt hinter ihm, bereit, ihm ins Genick zu hacken?

Der Honda fuhr bis zum Ende der Langgata, wo früher mal Videoverden gewesen war. Dort bog Jan Inge auf den Parkplatz ein und rollte vor zu Melvins Mercedes. Er nickte Cecilie, Dejan und Ben zu, sie sollten nichts sagen, er würde sprechen.

Im Mercedes neben ihnen wurde das Fenster runtergelassen, und der Kopf des Meisterdiebs aus Randaberg kam zum Vorschein. Goldkettchen um den Hals. Frisch rasiert.

»Melvin?«

»Super drauf«, sagte der Dicke und knackte mit den Fingern. »Megagut geschlafen. Freu mich, auf 'nen Job zu gehen. Lang her. Alles roger?«

»Rikki ist bei seiner Mutter, Daniel und Beverly sind zu Hause in Hillevåg, Rudi hängt Frank Martin an den Fersen.«

»Stabil.«

Jan Inge beugte sich vor. Neben Melvin saß die Schlange aus Asien, Mahima, die Jan Inge irgendwie immer verunsicherte. Er nickte ihr förmlich zu und empfing ein eisiges Lächeln als Antwort.

»Schick Cecilie und Dejan jetzt rüber«, sagte Jan Inge.

»Passt«, sagte Melvin.

»Und du kommst im Honda mit«, sprach er weiter.

»Yes.«

»Mahima?«

Die Schlange drehte schlangengleich wirbellos den Kopf und sah ihn kalt an.

»Du wartest fünf Minuten, bis ihr mit dem Mercedes hoch nach Trones fahrt und Wache schiebt. Dort parkt ihr mit gutem Blick aufs Haus, aber in sicherem Abstand. Okay?«

Mahima hob die Hand und machte eine merkwürdige Fingerbewegung. »Schhhhhh!«, zischelte sie.

Melvin presste die Lippen aufeinander und verdrehte die Augen. Dann beugte er sich zu Jan Inge hinüber. »Ihre Tage«, sagte er leise.

Mahima schnappte sich Melvins rechte Hand, führte sie blitzschnell an ihren Mund und biss ihm fest in den Finger.

Melvin verzog das Gesicht, sie lockerte den Biss, und er zuckte mit den Schultern. »So läuft das bei uns«, sagte er, »manchmal fahr ich dann einfach auf die Hütte und lass sie sich abregen.«

Dejan und Melvin tauschten also Plätze, weil Melvin ja bei dem Raub an sich dabei sein sollte. Cecilie, die ähnlich wie Ben still dagesessen und die überraschende Beißszene beobachtet hatte, dachte bloß, wie gut, dass sie beschlossen hatte, ein positives Mädchen zu werden.

Sie stieg mit Dejan aus dem Honda und kommandierte ihn auf den Rücksitz des Mercedes, wo er die Klappe halten sollte, zog die Beifahrertür auf und stieg ein.

Warum die Zeit mit Small Talk verschwenden?

»Na dann los«, sagte Cecilie knapp. »Fernglas«, verlangte sie, ohne Mahima anzusehen.

Entgeistert zog die Schlange ihre kohlrabenschwarzen Augenbrauen in die Höhe.

»Muss das fragen«, erklärte Cecilie freundlich, aber bestimmt. »Ist mein Job.«

Mahimas Kiefer zuckte, dann kramte sie zwei leistungsstarke Bushnell-Ferngläser heraus. Reichte eins davon Dejan, ohne ihn auch nur eines Blickes zu würdigen, der es wie ein Mafioso nickend entgegennahm und liebevoll in den Händen wog.

»Haben echt Glück mit dem Wetter«, sagte Cecilie, um ein bisschen normale Stimmung zu verbreiten.

Mahima sagte nichts.

»Kein großer Spaß, bei Dreckswetter zu 'nem Job zu gehen«, versuchte Cecilie es noch mal.

Mahima hielt weiter den Mund.

»Dreckswetter haben wir hier ja genug«, brachte Cecilie zu Ende, was sie begonnen hatte, und um irgendwie Kontakt mit dem Reptil neben sich aufzunehmen.

Jetzt drehte sich Mahimas Kopf.

Shit, dachte Dejan bei dem Anblick. Die sieht ja scheißverdammt aus wie so 'ne Monsterpuppe.

»Sprich mich nicht an«, sagte sie kalt und ließ den Motor an. »Lass es besser.«

»Okay, Ben«, sagte Jan Inge im Honda. »Jetzt bist du dran.«

»Ich bin bereit«, sagte Ben.

»Gut«, sagte Jan Inge. »Du gehst zu Fuß rauf nach Trones. Besser, wenn dich kein Nachbar in einem fremden Auto nach Hause kommen sieht.«

»Hört sich korrekt an«, sagte Ben.

»Wir fahren hoch und parken den Honda ein paar Blocks von eurem Haus entfernt«, sagte Jan Inge, »wenn du an uns vorbeigekommen bist, warten wir noch fünf Minuten, dann folgen wir dir. Du gehst nach Hause, gehst rein, machst die Terrassentür auf, dann von innen das Garagentor, damit Melvin und ich reinfahren können. Alles klar? Ben?«

»Klar«, sagte Ben.

»Du knickst doch nicht ein?«, mischte sich Melvin in das Gespräch.

Ben sah mit kühlem Blick zu Melvin. »Was meinst du damit?«

»Na ja, sind immerhin deine Eltern. Na ja, dein Haus. Ich frag nur, ob du Nerven aus Stahl hast und nicht einknickst.«

Unter Bens Gesichtshaut zuckten die Muskeln.

»Ich bin absolut Herr der Lage«, stellte er klar, schob die Tür auf und stieg aus.

Einknicken.

Ha!

Ben marschierte den Hügel hinauf.

Einknicken.

Ha!

Zehn Minuten später lief er an dem Honda vorbei. Weitere fünf Minuten später schloss er die Tür zu seinem Elternhaus auf. Es roch sauber und war aufgeräumt. Im Flur schlüpfte Ben aus seinen Schuhen, dabei fiel sein Blick auf ein Foto neben dem Spiegel. Darauf waren Rikki und er. Aufgenommen irgendwann Anfang der 2000er. Die beiden Jungs saßen in zwei windschiefen Liegestühlen vor einem Wohnwagen in der Telemark. Ben trat näher an das Bild heran. Er starrte es an, als wollte er es einschüchtern. Nahm es schließlich vom Haken, zog die Kommodenschublade auf und legte es hinein.

Durchs Wohnzimmer lief er zur Terrassentür. Schob sie auf. Ging weiter in die Garage und schloss von innen das Tor auf.

Zu seiner großen Freude löste dieses Haus keinerlei Gefühle in ihm aus.

Ben stand in der dämmrigen Garage und wartete. Um zehn nach zehn hörte er vor dem Haus einen Motor. Er bückte sich, zog das Tor hoch, und der Honda rollte herein.

Eilig zog Ben das Garagentor hinter dem Wagen wieder zu.

»Alles in Ordnung da drin?« Jan Inge sprach so leise, wie er konnte, während er sich aus dem Auto schälte.

»Ja. Keiner da«, antwortete Ben.

Ben, Melvin und Jan Inge verhielten sich so still wie irgend möglich. Sie zogen sich rasch um. Ben registrierte dabei, wie fett die beiden Einbrecher waren. Er versuchte, sich auszumalen, wie er selbst mafiamariniert mit Fett und Speck in zwanzig Jahren aussehen würde, aber es wollte ihm nicht gelingen.

Nach anderthalb Minuten trugen sie dunkelblaue Overalls. Saubere, leichte Arbeitsschuhe ohne Profil. Haarnetze. Kopfbedeckungen. Fusselfreie Handschuhe.

Jan Inge und Melvin nickten einander zu. Sahen Ben an. Zogen noch Sturmhauben übers Gesicht. Melvin zückte eine große Taperolle und klebte den Übergang zwischen Ärmeln und Handschuhen und zwischen Hosenbeinen und Socken ab.

Dann machte Melvin bei Ben weiter, und als Ben Melvins Hände an seinen Knöcheln spürte, schloss er die Augen. Presste die Zähne aufeinander. Das Blut in seinem ganzen Körper entfesselte sich, hüpfte herum wie eine wuselige Schar kleiner, glücklicher Kinder.

»Zu eng?«

Ben schüttelte den Kopf.

Mann, war das toll.

Er machte die Augen wieder auf und sah die beiden gut Vierzigjährigen an. Sie hielten jeder eine Pistole in der Hand, und dann überreichte Jan Inge Ben ebenfalls eine. Eine Glock 17. Erhabener Ernst ergriff von Ben Besitz. Er nahm die Pistole entgegen und hielt sie fest, versuchte, sich nichts von seiner kindlichen Begeisterung anmerken zu lassen, und hakte sie sich wie die zwei anderen innen in den Overall.

Ben ging voraus durch die Tür in den Garten. Den hatte er ihnen im Vorhinein beschrieben. Er war halbwegs gut abgeschirmt von den Nachbarn, »denn unser Vater mag nicht, wenn die Leute uns anstarren können«, hatte Ben gesagt, »er meint, man müsste verdammt noch mal ein bisschen Privatleben haben dürfen«. »Dein Vater da«, hatte Melvin erwidert, »der klingt mir wie ein vernünftiger Mann«, und Ben hatte geantwortet, »vieles würde anders klingen, als es ist«.

Sie liefen über den Rasen. Trocken, dachte Jan Inge. Gut. Frisch gemäht? Im Oktober? Er ließ den Blick über das Grün schweifen. Ben führte sie durch die Terrassentür. Die Fenster zum Garten hin waren groß, und sie beeilten sich, in den Flur zu kommen, wo man sie nicht mehr sehen konnte.

»Okay«, sagte Jan Inge und reichte Schuhüberzieher herum. »Jetzt muss es schnell gehen. Wir haben theoretisch«, er sah auf die Uhr, »drei Stunden und fünfundvierzig Minuten, aber je zügiger wir fertig sind, desto besser.«

»Und du weißt nicht, wo das Geld ist?«, fragte Melvin Ben, während er sich die Schuhüberzieher überstreifte.

Ben schüttelte den Kopf. »Würd ich es wissen, hätt ich es gesagt. Und ich wohn hier seit bald sechzehn Jahren.«

»Hört sich irgendwie unwahrscheinlich an«, sagte Melvin.

»Da hat das System meines Vaters wohl funktioniert«, erwiderte Ben trocken.

»Diese Diskussion ist komplett unnötig«, ging Jan Inge dazwischen. »Das Haus hat drei Stockwerke. Jeder nimmt eins. Wir arbeiten uns von Zimmer zu Zimmer vor. Bens Vermutung, sein Vater könnte das Geld im ganzen Haus verteilt haben, kann richtig sein. Aber auch ebenso gut falsch. Vielleicht hat er auch alles an einem Ort versteckt. Melvin, du übernimmst den Keller. Ich das Erdgeschoss. Ben, du das Obergeschoss.« Jan Inge dachte kurz nach und fügte dann hinzu: »Hat jeder sein Handy?«

Mit einem Seufzer zog Melvin das Handy heraus. Hielt es Jan Inge genervt hin.

»Ihr könnt euch an den Code erinnern? Mahima schickt eine Nachricht: *heute Thai zum Abendessen, supi, oder?*, wenn sich zu Hause in Hillevåg was rührt, *heute Koreanisch, ja?*, wenn sich von Rudis Ecke her was tut, und *Sushi heute, okay?*, wenn hier was vor sich geht und wir umgehend abhauen müssen. Stellt euch einfach vor, Thai gleich Hille-våg, Korea gleich Rudi und Sushi gleich Sandnes, falls ihr einen Aufhänger braucht.«

Melvin räusperte sich. »Du, Jani, wenn du so redest, dann stresst mich das leicht.«

»Was meinst du mit *so*?«, fragte Jan Inge.

»Du verstehst schon, was ich meine.«

»Nein, versteh ich nicht.«

»Ich weiß allmählich wieder, warum wir nicht zusammen-arbeiten konnten.«

»Melvin …«

»Hör zu, ich bin fünfundvierzig, bald sechsundvierzig. Ich brech seit 1978 in Häuser ein.«

»Wow«, platzte Ben heraus und zog eine anerkennende Schnute. »Du hast schon mit elf angefangen?«

Melvin drehte sich zu Ben um und sah dessen ozean-grüne Augen durch den Sehschlitz der Sturmhaube leuch-ten. Er zuckte mit den Schultern. »Scheint so.«

»Prahlhans«, raunzte Jan Inge. »Aber was meinst du dann?«

»Vergiss es«, sagte Melvin. »Holen wir uns einfach das Geld und verschwinden von hier.«

»Und wir geben keinen Schuss ab«, sagte Jan Inge, »wenn es nicht absolut sein muss.«

Melvin seufzte. »Du verstehst es wirklich nicht, was?«

»Ich versteh es«, sagte Ben ruhig und ging ins Ober-geschoss. An seiner Hüfte scheuerte sanft die Pistole.

Nachdem sie das Erdgeschoss gesaugt hatte, kochte Beverly Kaffee und legte eine von Thor B. Haraldsens alten Plat-ten auf: eine knisternde LP der Countrylegende George Jones, von dem Beverly wusste, dass er mit einer anderen großen Countrylegende aus ihrem Heimatland verheiratet gewesen war, mit Tammy Wynette. Einen guten Musik-geschmack hatte er, der Vater von Jan Inge und Cecilie.

Mit einer Tasse Kaffee für sich selbst und mit einer für Daniel lief sie ins Wohnzimmer, wo dieser schöne Kerl auf dem Sofa saß. Seine Haare waren lang wie bei einem Mädchen, dachte Beverly und fragte sich, ob er sich wohl über seine Wirkung im Klaren war. Man konnte die Augen einfach nicht von ihm lassen.

Heute hatte er also einen Blick, der nach innen gerich-tet war, in sein tiefstes Inneres.

»Gefällt euch Teenagern das?«, fragte sie ihn und streckte ihm dabei eine Tasse hin.

»Hm?« Daniel nahm die Tasse entgegen.

»Country und Western«, sagte Beverly und setzte sich neben ihn. Vielleicht ein bisschen zu nah, dachte sie, blieb aber sitzen, wo sie war.

»Mir gefällt's jedenfalls«, antwortete Daniel jetzt und setzte sich gerade auf. Wärmte die Hände an der Tasse. »Metal, Classic Rock und Country, das gefällt mir.«

»Now that's what I call a man«, sagte Beverly und nippte an ihrem Kaffee.

Nach so vielen Jahren auf der Flucht, nachdem sie ständig ihre Identität ändern und neu verinnerlichen hatte müssen, war Beverly ganz gut daran gewöhnt, in ein neues Setting hineinzugleiten und es zu ihrem zu machen. Irgendwann jedoch hatte ihr dieser rastlose Le-bensstil bis oben hin gestanden, und sie war froh über ihr Single-Dasein draußen in Tasta gewesen. Nachdem sie aber jetzt den Schritt gemacht und Ja zu Jan Inge ge-sagt hatte, musste sie feststellen, dass es ihr noch immer im Blut lag. Beverly mochte, was gerade geschah. Sie mochte das Gefühl, bei etwas dabei zu sein, das gerade aufgebaut wurde, und auch wenn sie nicht für sie alle eine Zukunft in diesem Haus sah, konnte sie diesen bunt gescheckten Haufen an Menschen doch ziemlich gut leiden. Alle am Rand der Gesellschaft, genau wie sie.

Als Jan Inge vor vielen Jahren in ihr Leben getreten war, hatte er sie genervt. So ein Dickie mit Mutterkomplex. Aber mit den Jahren hatte sie ihn mögen gelernt, und als er dann seine gesetzlosen Talente offenbarte, hatte sie sich in ihn verliebt. Genau das war für Beverly schon immer das Schönste an einem Menschen, das Schönste und auch das Stärkste: das Wagnis, außerhalb der Gesellschaft zu leben. Frei. Selbstständig.

Aber mit Daniel war noch irgendwas anderes los.

Fast schien es, als wollte sie vergessen, wer sie war, und ihn in die Arme nehmen.

Stattdessen stellte sie die Kaffeetasse ab und beugte sich vor, während George Jones' warme Stimme durchs Zimmer wehte: *I can hardly bear the sight of lipstick on the cigarettes there in the ashtray.*

Daniel dehnte seinen weißen Nacken und betrachtete sie.

Sie war eine füllige Frau. Nicht fett, aber füllig. An Hüften, Arsch und Titten. Sie verwendete eine Menge Zeit darauf, gut auszusehen. Widmete sich ihren Haaren, ihrem Gesicht und ihrer Kleidung. Heute hatte sie sich in eine Art amerikanischen Girlielook geworfen. Bei ihrer ersten Begegnung hatte er noch gedacht: *Shit, was ist das denn?* Aber allmählich fand er Gefallen an Beverly. Supercorny und supermerkwürdig, aber sonst … Sie betrachtete alles wie durch eine rosarote Brille, und doch war absolut klar, dass sie verdammt intelligent war. Und verdammt weiblich. Und das Schöne war, sie stresste nicht rum. Sie lief durchs Haus, machte dies und das, im Büro, in der Küche, überall, aber anders als alle Frauen, in deren

Nähe er sich jemals aufgehalten hatte, stresste sie nicht. Sogar wenn sie sich nach etwas erkundigte, stresste sie nicht.

Beverly lächelte. »Du? Daniel?«

»Ja?«

Sie legte ihre Hand auf seine. Mit einem Mal vernahm er den schweren Geruch ihres Parfüms.

»Ich dachte, wir könnten heute vielleicht dieses Foto für die Homepage machen.«

Er zuckte mit den Schultern. Irgendwie saß sie ziemlich nah neben ihm. »Äh, ja, können wir gern.«

Beverly hob die Hand zum Mund, und ein Runzeln huschte über ihre Stirn. »Aber erst … Oh, wie heißt das bei euch, ähm … Da gibt es diese … Oh, shoot …«

Sie stand auf, machte eine kurze auffordernde Handbewegung und ging ein paar Schritte in Richtung Flur.

»Könntest du mitkommen und mir ein bisschen zur Hand gehen?«

Daniels Blick flackerte. Er schluckte und stand auf. Beverly lächelte ihn an, ihre Lider flatterten, und er folgte ihr auf den Flur und weiter zu Jan Inges Schlafzimmer. Sie machte die Tür auf.

»Siehst du das da?«

Er sah in die Richtung, wohin ihr Finger zeigte.

»It just ain't no good«, sagte sie.

Daniel neigte den Kopf zur Seite. »Nein, ist es nicht.«

»Das ist echt nichts für eine Frau.«

Er schüttelte den Kopf. »Nein, Scheiße, sicher nicht.«

»Kein Fluchen, mein Lieber.« Beverly tippte ihm mit zwei molligen Fingern auf die Lippen. »Die Ausdrucksweise in diesem Haus ist viel zu schmutzig. The man upstairs don't appreciate it, you know.«

Daniel sah sich in dem Zimmer um. Die komplette Wand hinter dem gepolsterten Kopfteil des Betts war bis zur Decke hinauf mit dem weit aufgerissenen Maul des *Weißen Hais* tapeziert.

»Jan Inge behauptet, die habe sein Vater für ihn da hingemacht. Eine Horrortapete! Möglicherweise ist er deswegen ein wenig sentimental«, erklärte Beverly, »aber ich kann einfach nicht mit einem Haimaul über meinem Kopf schlafen.«

»Nein, echt nicht«, pflichtete Daniel ihr bei.

Beverly drehte sich zu ihm um. Sie hob die Hände an sein Gesicht, streichelte ihm über die Wangen. »Was hast du nur erlebt, mein Kleiner?«

Daniel schreckte zurück. Doch der gewohnte Reflex – jemand kommt ihm zu nah, er schlägt zu, er haut ab – blieb aus. Er war so gewohnt zu spüren, wie die Aggression ihn überspülte, dass er für ein paar Sekunden fast darauf wartete. Darauf, dass er sie krankenhausreif prügelte, sie in ihrem Bett zusammenschlug, zur Tür rausraste, die Suzuki nahm und nie mehr zurückkam. Aber nichts geschah.

»Was hast du nur erlebt, mein Kleiner?«

Bei Daniel haute das richtig rein. Beverly ließ die Hände an seinem Gesicht, und er wünschte sich, es würde nie aufhören.

»Weinst du?«

Er schloss die Augen und legte den Kopf an ihre Schulter.

»Musst du an dein Mädchen denken?« Beverly sank auf die Bettkante und zog ihn mit hinunter. »Das wird schon wieder«, sagte sie leise. »Wein nur. Die *Weiße-Hai*-Tapete reißen wir später runter.«

Daniel presste sein Gesicht gegen ihre Schulter. Legte eine Hand auf Beverlys Brust.

Sie klopfte ihm auf die Finger.

»Boy«, sagte sie streng, »crying is okay. But my tits are another man's, even if you do look like James Dean.«

»Okay«, schniefte Daniel und zog die Hand zurück.

Beverly wriggelte sich ein paar Zentimeter rückwärts von ihm weg und sah ihn an. »Alles gut?«

Er nickte.

Noch nie war er so nah dran gewesen, von seiner Vergangenheit zu erzählen.

Er war froh, dass er dem jetzt entkam. Das Letzte, was er sich wünschte, war das Gefühl, dass es ihm den Kopf sprengte.

»Passiert uns oft«, sagte sie, »uns Frauen. Da wollen wir Trost und Verständnis spenden, und die Jungs glauben, dass wir ihnen einen blasen.« Sie stand auf und stellte sich vor den Spiegel. Richtete ihre Haare. »Mit der Zeit lernt man, die Natur zu kennen, Daniel.«

Dann bückte sie sich und zog die Schublade an Jan Inges Nachttisch auf. Nahm eine Pistole heraus. Eine Glock 17. Wog sie in der Hand, und Daniel konnte sehen, dass sie nicht zum ersten Mal eine Pistole in der Hand hatte. Dann seufzte sie wie über eine alte Erinnerung, legte die Waffe auf Jan Inges Kopfkissen und warf einen Blick auf die Uhr an ihrem Handgelenk.

»Tja, dann sind sie wohl gerade dabei, diese Million zu suchen«, sagte sie. »Reißen wir jetzt die Tapete runter?«

Zittrig stand Rudis Fuß auf der Bremse. Kalter Schweiß bedeckte seinen ganzen Körper. Er hatte es verbockt. Hatte Frank Martin verloren. Für diesen Fall lautete Janis Anweisung – Anruf. Über den Volvo reden. *He, Jani, wie geht's? Ja, ja, alles gut hier. Du, es geht um den Volvo. Ja, aha? Was mit dem Volvo ist? Na ja, ich weiß nicht mehr, wo wir ihn geparkt haben. Kann ihn nicht finden.* Usw. Usw.

Er hatte das Telefon schon in der Hand und sah sich nervös in Ganddal um, aber er konnte einfach nicht anrufen. Was für eine verdammte Niederlage. Natürlich war er derjenige, der hier Scheiße bauen musste. Von Frank Martin keine Spur. Womöglich war er in diesem Moment auf dem Weg zurück nach Trones, und alles würde ihnen um die Ohren fliegen. Wegen Rudi.

Typisch ich.

Bau immer Scheiße. Schaffe Chaos mit Cecilie. Zettle Streit an und gib nicht nach. Fahr nach Kvinesdal und dreh 'nen Porno. Krieg es nicht hin, ein Auto zu verfolgen. Wie dumm kann man eigentlich sein?

»So dumm wie ich«, flüsterte Rudi.

Von der Kreuzung aus spähte Rudi den Olsokveien hoch, auf dem er Frank Martins Transporter zuletzt gesehen hatte. Er versuchte nachzudenken. Der Typ hält an. Er setzt zurück. Was kann das bedeuten? Jemand hat ihn angerufen. Jemand hat ihn irgendwohin bestellt. Und da setzt er zurück? Nein. Er hat Rudi entdeckt, er schaltet, drückt im Rückwärtsgang volle Pulle aufs Gas. Oder: Er hat sich verfahren.

Rudi nickte heftig.

Genau.

Du fährst eine Straße entlang. Suchst nach einer Hausnummer, findest die Sechsundvierzig nicht, du hältst an und überlegst, du setzt zurück.

Genau.

Rudi ließ seinen Blick die Straße hinauf und hinunter schweifen. Geparkte Autos. Ein paar Schulkinder mit bunten Rucksäcken. Diese Jugend von heute wuchs wirklich farbenfroh auf. Farbenfrohe Rucksäcke, farbenfrohe Menschen. Früher war alles farbloser. Schulranzen waren haselnussbraun. Mehr als zwei Einwanderer hatten sie in ganz Tjensvoll nicht gehabt. Jambolena und Steven würden in einer bunten Welt aufwachsen.

Was sollte er jetzt tun? Sich von hier wegzubewegen, ohne zu wissen, wo Frank Martin war, erschien ihm riskant. Hier stehen zu bleiben, ohne zu wissen, von wo der Typ auftauchen könnte, ebenso. Zeit zu verlieren, während Frank Martin das ganze liebe Bundesland durchkreuzte oder womöglich gar nach Hause fuhr!, war ein hochgradiges Risiko.

Ein Blick in die Außenspiegel. Ein Blick in den Rückspiegel.

Der Atem stockte ihm. Keine fünfzig Meter entfernt entdeckte er Frank Martins Transporter. Der fuhr. Ganz langsam. Direkt auf Rudi zu.

Rudi klappte das Handschuhfach auf. Die Sonne blendete, mit zitternder Hand tastete er nach der schwarzen Glock. Fünf Stück hatten sie davon. Neun Millimeter Luger. Leichte, schöne Waffen. Siebzehner Magazin. Gekauft 2004, von Halldór auf Fogn. Fantastische Pistolen, hatte der Hehler gesagt. *Klassískur.* Zu was anderem als zum Übungsschießen tief im Wald hatten sie die nie benutzt.

Frank Martins Auto kam näher.

»Das wird nicht gut enden«, flüsterte Rudi und legte die Hand fester um den Pistolengriff.

35 Das hast du nicht kommen sehen

In Trones war es kurz vor elf. Bisher hatte niemand auch nur einen Geldschnipsel gefunden. Melvin stellte im Keller alles auf den Kopf. Mit jeder Minute wurde er angefressener. Dass er sich darauf eingelassen hatte, dass er zwei Jungs geglaubt hatte, die behauptet hatten, ihr Haus sei voller Geld! Lächerlich! Auch Jan Inge – eigentlich voll des unerschütterlichsten Vertrauens in Ben – verspürte allmählich leichtes Unbehagen, nachdem er sämtliche Schränke und Schubladen im Erdgeschoss durchsucht hatte. Er klopfte die Wände ab, um Hohlräume oder lose Bretter auszumachen, er stieg auf Hocker und Stühle und wischte über Schränke und Regale, hob Teppiche hoch, schob Kühlschrank und Kommoden beiseite, alles ohne Ergebnis.

Im Obergeschoss nahm Ben sich Zimmer für Zimmer vor. Das Bad. Den Flur. Das Elternschlafzimmer.

Nichts.

Er ging in Rikkis und sein Zimmer. Schob jegliche Gefühlsregung beiseite und durchforstete es, als würde nicht er hier wohnen. Ziemlich unwahrscheinlich, dass das Geld hier irgendwo war. Das passte nicht zu Frank Martin.

Das Jungenzimmer sah noch immer aus wie zu der Zeit, als sie klein gewesen waren. Nur Poster von damals. Nichts zeugte von der Gegenwart. Alles von der Vergangenheit. Das alte Liverpool-Poster. Fifa 9 – das hatten die Jungen Weihnachten 2009 von ihrem Vater in einem seiner seltenen Anflüge von Großzügigkeit bekommen. Die Schreibtische, die sie seit der Grundschule hatten.

Ben setzte sich auf die Bettkante und sah sich um. Nach ein paar Minuten witterten seine Sensoren etwas. Ein paar Details. Eine Veränderung im Zimmer. Er rutschte ein paar Zentimeter vor. Stützte die Hände auf die Oberschenkel und drückte den Rücken durch. Schärfte Augen und Sinne.

Es war geputzt und aufgeräumt.

Sachen waren verschoben worden.

In einem normalen Zuhause wäre das etwas Natürliches. Aber nicht bei ihnen. Hier konnten Monate vergehen, ehe jemand aufräumte oder putzte. Doch jetzt sah er es. Und er kapierte, was er schon im restlichen Haus gespürt hatte. Alles war geputzt und aufgeräumt. Er ärgerte sich, dass er so unaufmerksam gewesen war.

Mama.

Da waren die Hände seiner Mutter am Werk gewesen. So wie sie manchmal sein konnte, wie sie vor vielen Jahren gewesen war.

Ein Tropfen Sentimentalität sickerte langsam in seinen Körper. Er schüttelte ihn ab und stand auf.

Keine Ahnung, was genau es zu bedeuten hatte, aber es war bedeutungsvoll. In ihrer Abwesenheit war im Haus etwas geschehen.

Das machte ihn nervös. Sein Hirn begann zu rotieren. Er musste versuchen zu denken wie Frank Martin. Er musste wie ein Mann denken, der in seinem Haus etwas verstecken wollte. Ben schnipste mit den Fingern. Er versteckt es dort, wo niemand hingeht. Zwischen Sachen, die niemals benutzt werden. Wo seine Kinder und seine Frau nie sind. Wo nie Licht angemacht wird.

Ben eilte hinaus auf den Flur und steuerte die kleine Abstellkammer gegenüber vom Bad an. Dort drinnen verstaubte der Staubsauger. Der Putzeimer. Da hingen Putzlumpen, und da stand der alte Wischmopp.

Eigentlich wird in diesem Haus nie geputzt, dachte Ben. Da drinnen ist das Geld.

Hinter ihm kam Jan Inge die Treppe herauf.

»Nichts«, sagte er. »Ich hab im Erdgeschoss nicht mal ein Fünfzigörestück gefunden.«

Ben drehte sich zu ihm um. Er deutete auf die Abstellkammer.

Rudi wagte nicht, durchs Autofenster zu sehen. Er umklammerte die Glock und hielt den Atem an. Der riesige Mann kauerte sich zusammen, so gut er konnte, und wartete darauf, dass jeden Augenblick die Fahrertür aufgerissen werden würde. Und dann würde Frank Martin dastehen – rechtschaffen und zornig –, und Rudi hätte keine andere Wahl, als ihm ins Gesicht zu schießen und so schnell wie möglich aus Ganddal zu verschwinden.

Doch nichts geschah.

Rudi hielt seinen viel zu lauten Atem an und horchte. Keine Geräusche. Nichts. Nach einer Weile robbte er vorsichtig im Sitz hoch. Wandte den Kopf nach links und spähte hinaus. Frank Martins Wagen parkte auf der anderen Straßenseite, nur ein paar Meter vom Volvo entfernt. Frank Martin war nirgends zu sehen.

Hatte er ihn wirklich nicht entdeckt? Hatte er tatsächlich hier angehalten und Rudi nicht bemerkt? Er kannte doch den Volvo, konnte das also möglich sein? Rudi hievte sich noch weiter hoch und traf dann schnell eine riskante Entscheidung. Er drückte die Tür auf und schlüpfte aus dem Auto, ohne selbst ganz zu wissen, was er da tat. Er trabte über die Straße, schlich sich an den Transporter heran, spähte durchs Fenster zum Fahrersitz. Leer. Rudi hielt sich dicht am Auto, bückte sich und umrundete mit der Pistole im Anschlag so lautlos wie nur möglich das Fahrzeug.

Stimmen.

Er blieb stehen.

Die Stimme seines Bruders. Die Stimme eines anderen Manns.

Das Herz schlug ihm bis zum Hals. Rudi spitzte die Ohren.

»Nein«, hörte er die fremde Stimme sagen, »das war echt klasse.«

Das Lachen seines Bruders.

»Wirklich«, hörte er erneut die fremde Stimme, »die arbeiten wie der Teufel.«

Wieder das Lachen seines Bruders. Dieses hässliche, selbstzufriedene Lachen.

»Krieg keinen Norweger dazu, zu arbeiten wie die«, sagte Frank Martin. »Tschechen. Sind die Besten. Diese Jungs arbeiten jetzt seit 'nem halben Jahr für mich. Nur zufriedene Kunden.«

»Ja, auf der Liste unterschreib ich sofort«, sagte die fremde Stimme.

Rudi, der die zwei Männer nicht sehen konnte, spähte zu der Ecke des Hauses, hinter der sie stehen mussten. Soweit er es beurteilen konnte, war es frisch gestrichen. Neue Fenster. Obwohl er nur ein paar Meter entfernt stand, quasi auf offener Straße, mit einer erhobenen Waffe in der Hand, atmete er jetzt ruhiger. Gut. Frank Martins Leute hatten hier gearbeitet.

»Na dann, sollen wir …«

»Ja, kommen Sie rein.«

Die Bezahlung. Rudi hörte, wie eine Tür ins Schloss fiel. Er ließ die Pistole sinken und atmete lang aus. Dann spurtete er über die Straße zurück zum Volvo, riss die Tür auf, stieg ein, sah weder nach links noch nach rechts, zog den Choke und startete. Er fuhr ein paar Hundert Meter die Straße hinunter und parkte dann außer Sichtweite des Transporters. Holte das Fernglas heraus.

»Bau jetzt ja keinen Scheiß, Rudilein«, flüsterte er.

Knapp vier Minuten später erschien Frank Martin vor dem frisch renovierten Haus. Steckte sich einen Umschlag in die Innentasche seiner Jacke. Setzte sich in den Transporter und fuhr los.

Es war ein paar Minuten vor elf. Rudi ließ den Motor an und folgte Frank Martin über den Olsokveien zurück zum Jærveien, wo sein Bruder wieder in Richtung Süden abbog.

»Wo willst du hin, Kain?«, murmelte Rudi. »Oder Abel«, fügte er hinzu und war sich nicht ganz sicher, wie die alte Bibelgeschichte eigentlich ging, wer eigentlich wen umgebracht hatte und warum sie überhaupt in diesem Schlamassel gelandet waren. Adams Söhne.

Melvin hatte im Keller Zimmer für Zimmer genau inspiziert und ärgerte sich maßlos, dass er sich auf das hier eingelassen hatte. Er war bereit, das ganze Unternehmen abzublasen. Offensichtlich war er ein Volltrottel. Warum nur hatte er an jenem Abend Jan Inge in sein Haus gelassen, und damit diese ganze Meute aus Kröten, Zwergen, Echsen und Huren? Gefühlsduselei, sagte er sich, Wunschdenken, wie bei Verheirateten, die immer noch glaubten, die Krise meistern zu können, wo doch beide insgeheim wussten, dass es vorbei war.

Fakt: Es gab hier schlicht und ergreifend kein Geld.

Fakt: Er arbeitete mit Dummköpfen zusammen.

Fakt: Diese Dummköpfe hatten sich von zwei Bengeln reinlegen lassen.

Melvin atmete tief durch die Nase ein und warf einen letzten Blick in das bereits durchforstete Zimmer. Das Kellerfernsehzimmer. Nichts deutete darauf hin, dass er hier gewesen war. Die Kissen auf dem Ecksofa hatten vorher genauso dagelegen. Er hatte keine Spuren hinterlassen. Er schloss die Tür und trat in den Flur hinaus.

Blieb stehen.

Was, wenn er jetzt einfach Pogo anrufen würde?

Ein Knistern in Melvins rechtem Ohr.

Er schob die Hand in die Tasche und tastete nach dem Telefon.

Was, wenn er das tun würde? Und Jan Inge sagen, er habe einen dummen Fehler gemacht. Er wäre raus aus der Sache. Und dann nichts wie raus aus der Tür.

Und Pogo anrufen.

Im Haus war es still. Melvin schob die Gedanken beiseite. Er zog die Hand wieder aus der Tasche. Berufskrankheit – sich aus Sachen herauspetzen. Er hob den Kopf etwas. Es war still. Zu still? Melvin sah zur Decke. Er ging zur Treppe und horchte. Leise Schritte in einem der oberen Stockwerke. Leise Stimmen. Er runzelte die Stirn. So was hatte er schon mal erlebt. Dass sich während eines Jobs Fraktionen bildeten. Leute, die miteinander paktierten und anderen in den Rücken fielen.

Melvin ging zur Treppe. Nahm jede Stufe ganz vorsichtig. Im Erdgeschoss, wo Jan Inge sein sollte, blieb er stehen. Er horchte. Sah sich um. Jan Inge war nicht da. Die Schritte, die Stimmen kamen aus dem Obergeschoss. Ben. Und Jan Inge.

Ben und Jan Inge?

Was war hier los? Melvins Gedanken überstürzten sich. Wollte ihn da jemand übers Ohr hauen? Verblüffend oft war das der Fall: Da plant man gerade noch, jemanden zu verpfeifen, und da verpfeift einen dieser Jemand. War hier was ganz anderes am Laufen, als Melvin dachte? Hatte Jan Inge schlicht und ergreifend kapiert, was Melvin für ein Spielchen trieb? War Melvin in eine Falle getappt?

Er machte ein paar lautlose Schritte über den Teppich. Blieb an der ersten Stufe zum Obergeschoss stehen. Horchte.

»Bist du dir sicher?«

Jan Inge.

»Ja.«

Ben.

»Ich muss wissen, dass du dir ganz sicher bist. Verstehst du?«

Jan Inge.

»Ja, ich verstehe.«

Ben.

»Okay.«

Jan Inge.

»Gut. Was ist mit Melvin?«

Ben, Ben, Ben.

»Melvin?«

Jan Inge.

»Ja. Was ist mit Melvin?«

Ben, Ben, Ben.

»Ich hol ihn«, sagte Jan Inge.

Melvin atmete aus und spürte, wie sich zuvor seine ganze Nackenpartie verkrampft hatte. Er lächelte in sich hinein. Natürlich. Jan Inge war vieles, aber er war ein ehrlicher Trottel. Das war seine Schwäche.

Melvin ging nach oben. Auf der Treppe begegnete er Jan Inge. Sie blieben knapp voreinander stehen.

»Was ist?«

»Der Junge weiß, wo das Geld ist«, sagte Jan Inge mit einem roten Leuchten auf den molligen Wangen.

Mein Junge.

»Also, es ist einfach so«, sagte Rikki und schlug die Augen nieder, »dass Ben und ich das Gefühl hatten, also … irgendwie … wegzumüssen.«

»Ja«, sagte Melissa kleinlaut, »das versteh ich.«

Sie saß ihrem sensiblen Sohn im Charles & De in der Langgata gegenüber. Er sah vernachlässigt und erschöpft aus. Sie wünschte, sie könnte mit ihm zum Friseur gehen, ihn in die Badewanne setzen oder mit ihm einfach verreisen – weit weit weg – und nie mehr zurückkommen. Einerseits fühlte es sich an, als hätte sie Rikki noch nie zuvor gesehen, also ihn wirklich gesehen, bis jetzt. Andererseits wusste sie genau, wie sie ihn all die Jahre behandelt hatte. Aber diese beiden Seiten in ihr hatten nicht viel oder vielmehr gar nichts miteinander zu tun, und jetzt, wo sie hier war, hier bei Rikki, da für Rikki, verstand sie überhaupt nicht mehr, wer sie gewesen war.

Melissa schob den Teller mit der halb aufgegessenen Focaccia zur Seite und streckte die Hand über den Tisch. Sie nahm die Hand ihres Sohns, strich über seine blassen Finger. Wie lang die Nägel waren, Dreck klebte darunter. Offensichtlich schämte sich Rikki für die Berührung, er zog die Hand weg, fuhr sich über den ungepflegten Schopf.

»Aber jetzt kommt ihr doch wieder nach Hause, oder?«

Melissa hob die Kaffeetasse an die Lippen. Der Kaffee war nur mehr lauwarm und Rikki nicht gut genug erzogen, als dass er ihr einen Refill besorgt hätte.

An Lokale dieser Art waren sie beide nicht gewöhnt: mit weißen Stofftischdecken und Regalen voller Wein- und Ölflaschen, bunten Boxen mit Tee und merkwürdigen Schachteln voller Kräuter oder Cremes oder was immer das war. So was hatte in den letzten Jahren immer mehr den Weg nach Sandnes gefunden. Neue Zeiten und jede Menge Geld und alles in allem ziemlich merkwürdig. Es roch sauber, die Gespräche der Gäste erzeugten ein monotones Sirren, ein paar Tische weiter saßen drei Mädchen mit Kinderwagen und diskutierten über *Fifty Shades of Grey*, an einem der Fenstertische unterhielten sich zwei Männer und zwei Frauen in schicker Kleidung, einer von ihnen redete und lachte ununterbrochen, fuchtelte nonstop herum und zog ein Papier nach dem anderen aus einer schwarzen Dokumentenmappe. Drüben am Tresen saßen drei gut gekleidete Frauen um die sechzig, alle stark geschminkt, alle lächelnd, die in einem fort kommentierten, wie unglaublich gut das Essen und wie schön es hier bei Charles & De sei und wie hübsch dieser Fernando Torres und wie düster dieser Karl Ove Knausgård und wie glücklich die Frau sein müsse, die eines Tages George Clooney abbekäme.

Ihr Sohn trommelte mit den Fingern auf seinen Schenkeln rum.

»Nach Hause? Mhm. Ja.«

»Du musst mir glauben, wenn ich es dir sage«, sagte sie.

»Hä? Was?«

Melissa lächelte tapfer. »Dass es zu Hause jetzt anders ist. Papa und ich haben da was für uns geklärt.«

Er sah sie an. Seine Augen waren ängstlich und unsicher. Nicht, dass das was Neues gewesen wäre. Melissa war an diesen Anblick gewöhnt. Furchtsam, wenn er vor Ben stand und auf die Gunst seines strengen Bruders hoffte.

426

Verängstigt, wenn er vor Frank Martin stand und eine Standpauke erwartete. Traurig, wenn er vor ihr stand und sich Liebe wünschte.

Rikki rutschte auf dem Stuhl herum.

»Wär super, wenn wir mal in Urlaub fahren würden, Mama.«

»Ja«, seufzte Melissa. »Ja, das wäre es, Rikki.«

Er rutschte weiter auf seinem Stuhl herum.

»In die USA oder so«, sagte Rikki.

»Ja«, sagte sie. »Müssen wir eines Tages mal machen.« Melissa lächelte. »Vielleicht nur du und ich?«

»Und Ben«, sagte Rikki.

»Ja«, sagte sie. »Und Ben.«

»Vielleicht will Papa auch mitkommen«, sagte Rikki.

»Ja. Vielleicht.«

»Wenn wir doch nur einfach jetzt fahren könnten. Jetzt sofort.«

»Ja.«

Rikki wetzte immer noch auf seinem Stuhl herum. Melissa stellte fest, dass es ihm sehr schwerfiel, ihrem Blick zu begegnen.

»Zweiunddreißig mal acht?«

Rikki rang sich ein Lächeln ab. Immer beruhigend, wenn ihm seine Mutter zum Durchschnaufen eine Rechenaufgabe stellte.

»Zweihundertundsechsundfünfzig«, antwortete er.

Sie nickte. »Was überlegst du, Rikki?«

Rikki schluckte. »Ach, keine Ahnung.«

»Du kannst mir alles sagen, das weißt du.«

Vor lauter Unbehagen rieb er sich jetzt die Augen. »Es ist so, dass …« Rikki sprach nicht weiter. Dann schien er innerlich eine Hürde zu nehmen, als würde er sich in dem Moment gerade zu etwas entscheiden, ging es

Melissa durch den Kopf. Seine Brust hob und senkte sich schnell. Dann lehnte er sich über den Tisch. »Okay, Mama, also …«

Rikki schnappte nach Luft.

»Ja?«

»Okay, also, wenn ich dir jetzt was erzähle, versprichst du mir, dass du es nie, niemals irgendwem sagst? Nicht Papa und nie, niemals Ben? Wenn ich dir das erzähle – dass das dann nur du und ich wissen, und damit mein ich, egal, ganz egal, was ich dir erzähle?«

Melissas Mundwinkel zitterten, und sie spürte, wie es sich in ihrem Kopf zuzog. Sie nahm die Serviette und presste sie an die Nase. Dann lächelte sie und streckte ihm die Hand hin. Drückte seine.

»Rikki. Natürlich versprech ich dir das. Du kannst deiner Mama alles sagen.«

Er wirkte aufgeregt. Erneut zog er die Hand weg, diesmal aber aus anderen Gründen. Sein Atem ging immer härter.

»Weil, also, was ich dir erzähle, ist richtig gefährlich.«

Unwillkürlich faltete Melissa die Hände. »Ich bin deine Mutter, Rikki, ganz egal, was es ist: Du kannst es mir erzählen.«

»Ja, ja, ja«, sagte Rikki viel zu laut, fast schrie er jetzt, »aber der Punkt ist, du sagst es nicht weiter, egal, was es ist! Wenn du mir das nicht versprechen kannst oder wenn du das Versprechen brichst, dann kann ich dich nie mehr wiedersehen, Mama. Nie, niemals. Dann darfst du mich nicht besuchen, nicht mal at death row, kapiert? Ich muss mir einfach sicher sein können, kapiert?«

Melissa suchte nach der richtigen Antwort, während sie beobachten konnte, wie sich in seinem jungen Körper

Panik ausbreitete, und sie zugleich selbst versuchte, ihre Angst in Schach zu halten.

»Rikki«, sagte sie so gelassen wie nur möglich, »ich verspreche es dir.«

»Okay«, sagte Rikki und atmete aus. »Scheiße, kann ich noch 'ne Cola haben?«

»Na klar.«

Rikki drehte sich um. »Muss man hier zur Theke gehen, oder kommen die?«

»Ich glaub, wir gehen besser zur Theke«, sagte Melissa.

»Mir gefällt es hier nicht«, sagte Rikki.

»Nein.«

»Hab echt nicht das Gefühl, hier reinzupassen.«

»Nein, Rikki, wir passen hier echt nicht rein.«

»Okay«, sagte Rikki, »eine Cola, und dann erzähl ich dir, was gerade passiert, während wir hier miteinander reden.«

Frank Martins Transporter hielt Kurs gen Süden. Er fuhr an Voll, Øksnevad und Kvernaland vorbei. Die Landschaft, die schon zuvor offen und weit gewirkt hatte, öffnete sich immer mehr, und wer an so einen Anblick nicht gewöhnt ist, dachte Rudi, für den muss es sich ziemlich krank anfühlen, wie weit der Himmel eigentlich werden kann. Wäre Jan Inge jetzt hier, würde er sagen, ja, was für ein veritabler Horrorhimmel.

Statt in Richtung Klepp abzubiegen, nahm Frank Martin die neue Straße hinauf nach Jærhaugen und zum Kleppetunnel, und als sie den Tunnel verließen, geschah es ein weiteres Mal: *Alles wurde noch weiter, noch offener.* Unten im Westen war jetzt das Meer zu sehen, hinter einer Reihe von Bauernhöfen und Feldern, hinter niedrigen Steinwällen, die sich massenweise kreuz und quer durch die Landschaft zogen wie granitfarbene Riesenschlangen. Und es ging noch immer weiter hinauf, und da tauchte im Augenwinkel das Hochhaus von Bryne auf, es thronte gleichsam über dem altehrwürdigen Jæren, und Rudi hatte plötzlich das seltsame Gefühl, irgendein Typ aus dem 18. Jahrhundert zu sein, der eine irre Zukunftswelt erblickte.

Als sie oben bei Kåsen ankamen und auf Bryne hinuntersehen konnten, schlug er sich gegen die Stirn – da war er aber mal wieder ganz schön schwer von Begriff gewesen. Er nickte lange und nachdrücklich und fuhr dabei in den Arne Garborgsvei, der am Kulturhaus von Jæren vorbei zu dem Kreisverkehr vor der Esso-Tankstelle führte, aber sie bogen bereits am Mølledammen rechts ab. Was war er doch für ein Idiot! Ihm fehlte ganz einfach das Talent von Leuten wie Jani, die in die Zukunft schauen konnten. Aber sei's drum. Was hier gerade los war, vermasselte jedenfalls nichts. Im Gegenteil. Hiermit konnte er sogar besser umgehen als mit dieser Fahrerei nach Ost und West, um Schwarzgeld einzusammeln. Und abgesehen davon war der Abstand zu Sandnes jetzt quasi komfortabeler als zuvor. Je weiter weg, desto besser. Je mehr Zeit Frank Martin brauchte, desto besser.

Rudi hatte Kate immer gemocht. Wenn er aus seiner Familie jemanden vermisste, dann seine Nichte. Eine forsche junge Frau. Kate war in jeder Hinsicht umwerfend. Lange schwarze Haare. Friseurin und Karateka und bis in den frühen Morgen auf Partys unterwegs, ohne dass ihr das auch nur eine Sekunde was ausmachte – *also ich hab's noch nie kapiert, also was die alle da endlos rumjammern, von wegen immer müde und so,* wunderte sich Kate nur. Sie schlief vier Stunden und wachte trotzdem wie eine geschliffene Sichel auf. Zwischen Kate und ihm hatte es noch nie böses Blut gegeben, im Gegenteil, sie hatten immer einen funky Ton miteinander. Aber hast du erst mal einen Feind, sind plötzlich alle um ihn herum auch deine Feinde. Kate war in diesem Kielwassersog einfach verschwunden.

Frank Martin hielt in einer der Querstraßen der Storgata. Rudi blieb auf Abstand und wartete mit dem Parken, bis sein Bruder ausgestiegen und den Hügel in Richtung Fußgängerzone hinuntergegangen war. Er beschloss, im Einrichtungsgeschäft gegenüber vom *Kate's* Stellung zu beziehen und von dort aus seinen Bruder zu observieren. Sollte keine größeren Probleme bereiten. Höchstwahrscheinlich war Frank Martin nur auf einen Plausch bei ihr. Vielleicht um was vorbeizubringen. Oder, na klar, zum Haareschneiden. Rudi trabte hügelabwärts in Richtung Storgata. Natürlich. Er ließ sich die Haare schneiden. Der gnädige Dachs, bestimmt zahlte er nicht mal dafür.

Rudi schlüpfte schnell in den Einrichtungsladen. Eine mollige Fünfzigjährige mit Schal und einer Art flatterndem Kostüm obenrum fragte ihn, ob sie helfen könne. Er lehnte dankend ab, trat ans Fenster, verbarg sich hinter einer Menge Krimskrams, blieb dort des Blicks wegen und spielte an einem blumenverzierten Kleiderbügel herum, während er über die Straße spähte.

Er holte das Telefon aus der Innentasche und checkte den Status.

Keine Nachrichten, keine Anrufe.

Bei Kate drüben sah er erst mal gar nichts, und er wurde schon unsicher, ob sein Bruder vielleicht doch woandershin gegangen sein könnte, aber da tauchten Frank Martin und Kate auf. Sie sprachen angeregt miteinander. Sah nicht so aus, als dächte Kate daran, ihrem Vater die

Haare zu schneiden. Sie hatte die Arme vor der Brust verschränkt, und auch wenn Rudi ihr Gesicht nicht besonders gut erkennen konnte, war deutlich, dass sie nicht freundlich gestimmt war. Sie fuchtelte mit den Armen. Sie schüttelte den Kopf. Frank Martin machte einen Schritt auf sie zu. Sie wich zurück. Nur um postwendend wieder auf ihn zuzugehen. Jetzt wich er seinerseits zurück. Immer weiter. Rudi spitzte die Ohren, als könnte er irgendwas hören, und schärfte den Blick.

»Wollen Sie den haben?«

Die Mollige stand plötzlich neben ihm. Sie sah Rudi höflich, aber bestimmt an.

»Nein, verdammt, für wen hältst du mich«, fauchte Rudi, ohne ihr den Blick zuzuwenden.

Frank Martin wich noch immer vor Kate zurück. Fast als würde sie ihn zurückdrängen. Dann hatten sie die Ladentür erreicht, und jetzt konnte Rudi sehen, dass Kate am Reden war. Oder vielmehr Schimpfen. Sie riss die Tür auf und komplimentierte ihren Vater hinaus, und endlich konnte Rudi die ganze Szene klar überblicken. Kate schien rasend vor Wut zu sein. Sie bewegte mehrmals ihre Hand in einer verscheuchenden Geste, als wäre Frank Martin ein Bettler, den sie vor die Tür jagte.

»Kannst du die Tür da kurz mal aufmachen?«, fragte Rudi die Frau neben sich.

»Die Tür?«

»Ja, nur 'nen Spalt.«

»Ich, äh …«

»Was, sind das die Wechseljahre, hä? Ist das so ein Erschöpfungssyndrom, hä? Mach die Tür 'nen Spalt auf!«

Die Frau tat, wie geheißen. Rudi hielt den Atem an.

»Nein!«

Kates Stimme.

»Nein, hab ich gesagt! Bist du taub? Ich will dich nicht hier haben, Papa! Ich hab keine Ahnung, wo sie sind! Hau ab, bevor ich was tue, was mir hinterher leidtut.«

Frank Martin ließ die Schultern hängen. Sackte in sich zusammen. Kate verschränkte wieder die Arme. Die beiden wurden beobachtet. Von der Molligen aus dem Einrichtungsgeschäft. Von Bryner Passanten. Von 'nem Typen mit John-Deere-Kappe. Frank Martin nickte, zweimal, drehte sich dann um und marschierte zurück zu seinem Wagen.

»Ich glaub, ich muss Sie jetzt bitten zu gehen«, sagte die Mollige und hielt ihm die Tür auf.

»Mein Gott«, sagte Rudi, »glaubst du, ich bin gern hier? Hm? Denkst du echt, du und ich könnten irgendwas gemeinsam haben? Glaubst du, dass ich, Ludvig Nilsen, der sich bei der Gemeinde Stavanger um Verkehrs- und Straßenangelegenheiten kümmert, ein Stayer von einem Metal-Fan, ein Mann, der bald Vater wird, ein Mann mit einer fantastischen Frau, die in wenigen Wochen unsere Kinder zur Welt bringt, glaubst du, dass ich mit dir überhaupt irgendeine Gemeinsamkeit haben? Krieg deine Menopause in den Griff, Mutti! Geh zur Gesprächstherapie. See you in hell, GILF!«

Rudi flitzte durch die Tür. Am liebsten wäre er zu Kate rübergerannt, um herauszufinden, ob sie irgendwas wusste. Aber dafür war keine Zeit. Er musste sich an Frank Martins Fersen heften, denn das sah jetzt gar nicht gut aus.

Sein Bruder war nämlich nicht bei der Arbeit.

Sein Bruder war unterwegs und suchte nach Rikki und Ben.

»In der Abstellkammer?«

Melvin, Ben und Jan Inge standen vor der Tür. Jan Inges Magen knurrte, demnach war inzwischen Zeit fürs Mittagessen. Er verlagerte das Gewicht auf den anderen Fuß und räusperte sich, um die Geräusche der Natur zu übertönen.

»Ich weiß es einfach«, sagte Ben zu Melvin.

»Lass diese Ich-weiß-es-einfach-Nummer.« Melvin fuchtelte mit der flachen Hand durch die Luft. »Funktioniert bei mir nicht.«

»Das nennt sich Intuition«, kommentierte Jan Inge. »Ich glaub an Intuition.«

»Gut, ich glaub nicht daran«, entgegnete Melvin. »Mach die Scheißtür auf und zeig mir das Geld.«

Ben zog die Tür zu der fensterlosen Abstellkammer auf. Ein stickiger Muff strömte ihnen entgegen. Sauerstoffarme, staubige Luft. Groß war die Kammer nicht, aber voll: Eimer, Lumpen, Lappen, ein Wischmopp, ein Staubsauger, Rollen mit Plastiktüten. Ein altes Paar Pantoffeln am Boden.

»Irgendwo hier drinnen ist es«, sagte Ben ohne eine Spur von Unsicherheit.

»Na schön, Edison, dann holen wir hier wohl mal alles raus«, antwortete Melvin und schubste Ben weg, »und sehen nach, ob die Million dabei auftaucht.«

»Edison?«

Melvin ging in die Hocke. Der dunkelblaue Overall spannte über den Speckrollen. Nacheinander zerrte er die Putzsachen aus der Abstellkammer. »Thor Heyerdahl, Benjamin Watt, Ivan Pawlow …«

»Pawlow?«

»Der mit den Hunden«, erklärte Melvin und zog sich den Staubsauger vor die Füße, ein burgunderrotes Miele-Modell.

»Stimmt«, sagte Jan Inge, »ach der. Und du möchtest damit sagen, dass diese Leute alle keine Intuition hatten?«

Melvin machte sich kopfschüttelnd daran, den Staubsauger auseinanderzunehmen. »Glaub nicht daran. Einfach harte Arbeit.«

»Und das soll auch für Benjamin Franklin gelten – und für Alexander Graham Bell, für William Cullen ...«

»Cullen?« Melvin entfernte den Staubsaugerbeutel und drückte ihn zusammen, eine Wolke vermoderten Staubs stob auf.

»Hat den Kühlschrank erfunden«, sagte Jan Inge und nieste.

»Ja, für den auch«, sagte Melvin, legte den Staubsaugerbeutel weg und rupfte dann den Filter heraus.

»Okay, und was ist mit Leo Fender und Jim Marshall?«

»Hä?« Melvin hielt den Staubsauger in die Höhe und schüttelte ihn.

Jan Inge nieste wieder und rieb sich die Nase. »Leichte Milbenallergie«, sagte er. »Wurde getestet. Nichts, worüber man sich Sorgen machen müsste. Fender hat die Fender-Gitarre gebaut, Marshall den Marshall-Verstärker. Du meinst also, keiner von denen hätte Intuition gehabt, einfach nur harte Arbeit?«

»Ich meine«, sagte Melvin genervt, »was du Intuition nennst, was ihr beide, du und Ben, immer einfach wisst, ist in Wahrheit harte Arbeit.«

Er schüttelte den Kopf, stellte den Staubsauger wieder hin und sah hoch. Ben hatte ihnen den Rücken zugekehrt. Er stand absolut regungslos in der Abstellkammer. Fast wie versteinert. Jan Inge ließ von diesem für ihn höchst interessanten Gesprächsthema ab und wandte sich an Ben.

»Und?«

Ben bewegte sich nicht.

»Hallo, Ben ...«, flüsterte Melvin, »die Uhr tickt, es ist schon nach zwölf, meine Geduld ist bald am Ende.«

Ben drehte sich zu ihnen um.

»Ich hab falschgelegen«, sagte er. »Hier ist das Geld nicht.«

In Melvins Kopf löste sich eine altbekannte Serie metallischer Klicks, sie begannen im Mund, schossen dann hoch durch die Nase, und in seinem Hirn spreizten sie sich wie ein Fächer. Dort erhöhten sie Tempo und Intensität, bis sie sich vollends entfesselten, in seine Arme strömten und in den Händen endeten. Melvin griff nach Bens Kehle und rammte ihn gegen die Wand neben der Abstellkammer.

»Das ist total unnötig«, flüsterte Ben.

Melvin donnerte seinen Kopf gegen Bens Nase. Blut strömte.

Für Cecilie, Dejan und Mahima wurde es ein langer Vormittag im Auto. Cecilie hatte mit derlei Arbeit eine Menge Erfahrung, sie konnte kaum zählen, wie oft sie schon ein paar Blocks von einem Haus entfernt, in dem Jan Inge und Rudi zugange waren, im Volvo rumgehangen und Powerballaden gehört hatte. Aber dass sie jetzt die Zeit mit einer superangefressenen Frau aus Asien verbringen musste, darauf war sie überhaupt nicht eingestellt gewesen, und auch nicht darauf, dass sie, jetzt, wo sie mit Jambolena und Steven schwanger war, viermal so oft aufs Klo musste.

Schon gegen elf wurde der Drang echt riesig, und sie sagte zu Mahima, dass sie das nie im Leben aushalten könne. Auf dem Rücksitz war Dejan mit der Baseball-Kappe über den Augen eingeschlafen. Mahima zeigte keinerlei Verständnis. Das Auto würde bleiben, wo es war. Schon klar, sagte Cecilie und sah sich um. Dann gäbe es also nur eine Lösung – und zwar im Freien zu pinkeln.

»Du klopfst bei niemandem«, sagte Mahima hart.

Cecilie wollte schon erwidern, was das denn für ein idiotischer Fotzenkommentar sei, aber dann fiel ihr ein, dass sie kein solches Mädchen mehr war, also lächelte sie und antwortete: »Nein, natürlich nicht.«

Sie stahl sich aus dem Auto und lief ein paar Blocks bergab. Dort unten lag der Gandsfjord. Oben hing leuchtend und hell die Sonne. Sie fand einen abgeschirmten Garten hinter einem menschenleeren Haus und hockte sich hin.

»Ja, ja«, flüsterte sie, und der Wind kitzelte sie am Hintern, »da soll noch mal einer behaupten, Mami wüsste sich nicht zu helfen.«

Ohne irgendwelche Komplikationen gelangte sie zum Auto zurück, aber eine gute halbe Stunde später ging es wieder los. Der Druck in der Blase stieg, und es war unvermeidbar. Mahima meckerte, wenn sie ihre Tröpfchen nicht halten könne, dann hätte sie zu Hause bleiben müssen, und Cecilie sagte sich ein weiteres Mal, dass sie jetzt ein positives Mädchen war, und ging auf das Rumgepisse nicht ein. Lieber ging sie noch mal Pipi machen.

Inzwischen war es kurz nach zwölf und Cecilies Blase anscheinend leer. Wie lange Dejan dort hinten schlafen konnte, fanden beide eingermaßen erstaunlich.

»Drinnen sind sie jetzt sicher hungrig«, sagte Cecilie und nickte in Richtung des Einbruchshauses.

»Die schaffen das«, sagte Mahima.

»Bist du eigentlich 'ne Feministin?«, fragte Cecilie.

Mahima rollte mit den Augen, als hätte Cecilie etwas total Idiotisches gesagt.

»Ich auch«, sagte Cecilie. »Aber irgendwie, wenn man es so, na ja, weiß nicht, betrachtet … Was ist das eigentlich?«

»Fähig zu sein, 'nem Mann den Schwanz abzubeißen«, antwortete Mahima.

»Hm. Ganz so weit bin ich wohl noch nicht«, sagte Cecilie. »Ich glaub, ich kann noch ein wenig mehr Feministin werden«, fügte sie hinzu. Dann sah sie Mahima an. »Liebst du ihn?«

»Wen?«

»Melvin.«

Mahimas Gesichtsausdruck war schwer zu deuten. Sie legte die Hände in den Schoß und spreizte die starken, dünnen Finger.

»Ich bin nicht so der Liebetyp«, sagte sie.

»Oh«, sagte Cecilie erstaunt. »Und warum nicht?«

»Ich esse«, sagte Mahima. »Ich schlafe. Ich arbeite. Ich ficke.«

»Hat das was mit dem Land zu tun, aus dem du kommst?«, wollte Cecilie wissen. »Ist dort das Denken so, sozusagen Tradition für Frauen?«

»Nein«, sagte Mahima, »das hat mit meinem Vater zu tun, glaub ich. Der hat mich von meinem achten bis zu meinem vierzehnten Lebensjahr gevögelt.«

»Puh.« Cecilie verzog das Gesicht. »Schrecklich. Tut mir echt leid.«

Mahima zuckte mit den Schultern. »Bist du nicht als Nutte benutzt worden, seit du dreizehn warst? Von deinem Bruder?«

»Doch«, sagte Cecilie, »aber wir waren damals echt jung. Und dann hab ich zum Glück ja auf diese Weise Rudi kennengelernt. Und hab außerdem 'ne Menge soziales Training bekommen.«

Mahima pfiff durch die Zähne. »Ich hab meinen Vater umgebracht, als ich alt genug war, einem Menschen das Genick zu brechen.«

»Ui, ja, aha«, stotterte Cecilie. »Und dann bist du von zu Hause weg?«

Mahima nickte.

»Ha. Hast ganz schön was durchgemacht.«

»Ja, jedem seine Schüssel Reis«, sagte Mahima und sah auf die Uhr. »Jetzt hat der Serbe schon mehr als zwei Stunden geschlafen. So einen gesunden Schlaf hätt ich auch gern. Ich schaff maximal drei Stunden pro Nacht.«

»Kriegst du, wenn du schwanger wirst«, sagte Cecilie lächelnd. »Ich könnt schlafen und schlafen und schlafen. Ich interpretier das mal so, dass mich Steven und Jambolena quasi mit Schlaf anstecken.«

»Ich krieg ganz sicher kein so'n verficktes Kind«, entgegnete Mahima, und Cecilie nahm wahr, wie sich die Oberschenkel der Frau anspannten. Dann zog sie die Augenbraue hoch, die linke, und rollte den Kopf.

»Was?« Cecilie wollte sich schon umdrehen.

»Nicht bewegen!«, fauchte Mahima.

»Was ist los?«

»Nicht in den Spiegel sehen.«

»Was ist denn?«

»Hinter uns steht ein Auto. Schon seit einer ganzen Weile. Drinnen sitzen ein Mann und eine Frau. Mit einem Fernglas.«

Rikki bekam eine Cola, Melissa ihren Refill, und es schien ihr fast, als würde der Junge mit jeder weiteren Sekunde um Tage, Wochen, Monate jünger werden. Als würde alles an ihm zusammenschrumpfen, wie er so vor ihr saß, so voller Todesangst.

»Also, Rudi und Jan Inge und die …«, begann er, »also die sind kriminell.«

Melissa rieb die Fingerspitzen aneinander. »Das wissen wir«, sagte sie leise. »War nicht leicht für uns. Oder. Ist nicht leicht für uns. Noch immer nicht.«

»Aber sie sind echt in Ordnung«, fügte Rikki eilig hinzu.

Melissa räusperte sich.

»Und wir sind jetzt ein paar Tage bei ihnen gewesen.«

»Ja«, sagte Melissa.

»Und Rudi hat auf uns aufgepasst. Und Jan Inge. Und die anderen.«

Melissa rutschte auf ihrem Stuhl hin und her. »Die anderen?«

»Irgend so Leute«, sagte Rikki und zögerte. »Nur irgend so Leute.«

»Habt ihr ...« Melissa riss sich zusammen. Fast wäre ihre Miene, ihre Stimme streng geworden. Das wollte sie nicht. Sie wollte jetzt für ihren Sohn da sein, egal in was er da reingeraten war.

Er senkte die Stimme und blickte sie zum ersten Mal seit Langem an. Einen kurzen Augenblick, dann sah er wieder nach unten.

»Wir machen bei etwas mit«, sagte er leise, »Ben und ich.«

Melissa fuhr sich mit der Zunge über die Lippen.

»Es ist so, dass Jan Inge und seine Leute gerade Geld brauchen, für Cecilie ... also, das ist Rudis Frau, Jan Inges Schwester ... Anyhoo. Sie brauchen Geld. Viel Geld. Und dann sind wir gekommen, und Ben, er ...«

»Ruhig, Rikki«, sagte seine Mutter. »Ich versteh schon. Ben. Ist gut.«

»Verfickte Scheiße.« Rikki fuhr sich durchs Haar. »Das wird dir gar nicht gefallen. Du wirst dich damit so big-fuckingtime abquälen. Echt, Mama. Die Sache ist nämlich so, dass Ben in Janis Gang reinwill, also hat er ihm einen Vorschlag gemacht.«

Melissa schluckte. »Einen Vorschlag?«

»Ja, das ist Ben. Echt voll Ben. Er kommt zu Jani und macht ihm einen Vorschlag, wie sie sich eine Menge Geld beschaffen könnten. Mit uns zusammen. Ja, das ist *total* Ben, Mama. Du kennst ja Ben.«

Rikki lachte. Sein Lachen trillerte ganz wunderbar, klang wie früher, wenn sie sich *Dick und Doof* angeschaut hatten. Vor ein paar Jahren hatten sie sich die DVD gekauft, und über Monate hatte sich Rikki die Filme zweimal täglich angesehen und von Mal zu Mal mehr gelacht. Was er soeben erzählt hatte, fühlte sich schlagartig leicht an, wog plötzlich gar nichts mehr, als ginge es dabei um einen witzigen Kumpel von ihm, um einen Typen, über den er coole Geschichten erzählen konnte.

»Ja, das ist *so was von Ben*, das Ganze«, sagte Rikki und grinste, »einfach *so was von Ben*, Mama!«

Melissa kniff die Augen zusammen. Zu Ben war sie nie durchgedrungen. So einen Eigenbrötler zum Sohn zu haben war ihr oft unheimlich gewesen, und sollte er sich jetzt als dräuendes Unglück erweisen, wäre das für sie keine Überraschung.

»So unglaublich Ben«, sagte Rikki zum dritten Mal, aber die Freude war verschwunden. Der Ernst war zurück, und Rikki hatte keine Lust mehr auf diesen Dauerstress. Er legte die Hände flach auf den Tisch, dachte, dass irgendwie genau hier sein Leben aufhörte, denn jetzt bin ich wie dieser Verräter aus der Bibel, Peter oder Johannes oder Moses oder wie der hieß, ich halt ja nicht mal meinem Bruder gegenüber Wort.

»Also«, und jetzt sagte er es einfach, »wir rauben unser Haus aus.«

Melissa spürte ein Stechen hinter den Augen.

»Beziehungsweise dein Haus.«

Ihr Kinn schob sich vor.

»Beziehungsweise Papas Haus. Jetzt in dem Moment.«

»Was?«

Rikki nahm den Strohhalm zwischen die Lippen. »Das hast du nicht kommen sehen, hm?«

Melissa stand auf. Der Stuhl schnarrte über den Boden, und das Geräusch hallte von den Wänden wider. Sie schnappte nach Luft, stützte beide Hände auf den Tisch.

»Rikki? Ihr tut bitte *was?*«

36 Natürliches Benehmen

Eine gute Stunde lang beobachteten Tommy und Grace nun schon das parkende Auto. Grace war am Morgen früh aufgewacht, und mit einem Mal hatte ihr geschwant, dass der Anruf vom Vorabend etwas mit der Hillevåg-Gang zu tun hatte. Dafür hatte sie keinen Beweis, nur ihre Intuition, aber die war gut. Um halb fünf waren schlagartig ihre Augenlider aufgeklappt, und der Gedanke war schon da gewesen, klar umrissen und zu Ende gedacht.

Morgen, hatte jemand zu Tommy gesagt.

Es ging um die Hillevåg-Gang.

Und heute war morgen.

Danach hatte sie mehrmals versucht, bei Tommy anzurufen, und als er endlich rangegangen war, hatte sie gehört, dass er in seiner Küche in Madla stand, bei seiner Frau und den Kindern. Sie hatte auch gehört, wie er damit kämpfte, wer er geworden war und auf was er sich da eingelassen hatte, und dass das Allerletzte, was er sich an diesem Morgen wünschte, ein Anruf von Grace war. Der gestrige Tag hatte mit brennendem Verlangen begonnen und war mit fummelndem Unbehagen in dem Schlafzimmer in der Brønngata 96 zu Ende gegangen. Und während Grace in der Lage war, ihre Gefühle zu dosieren, ihr Unbehagen in eine Schublade zu legen und diese dann zuzuschieben, konnte Tommy das nicht. Ihn drückte das schlechte Gewissen.

»Du musst mir zuhören«, sagte sie.

»Ich hab jetzt keine Zeit, Grace«, sagte er, »wir reden, wenn ich im Büro bin.«

»Heute passiert was«, sagte sie. »Bei der Hillevåg-Gang. Alles deutet darauf hin. Ich hol dich ab.«

Tommy sagte, wenn auch widerwillig, »Okay« und spürte dabei Ingrids Blick im Nacken. Zwanzig Minuten später hupte es vor dem Haus, etwas befangen verabschiedete er sich von seiner Frau und den Kindern, und kurz darauf hängten sie sich an die Wagenkolonne, die in der Morgendämmerung aus Hillevåg hinausträpfelte.

Sie hielten sich bedeckt, forderten keine Verstärkung an und beobachteten jetzt schon seit Ewigkeiten das in Trones abgestellte Auto. Sie sahen Cecilie, die ständig raussprang, um in einem Garten in der Nähe zu pinkeln. Die Person auf dem Rücksitz war noch immer nicht identifiziert, aber das war wohl einer der Jungen von Graces Fotos. Auch die Frau neben Cecilie hatten sie schon mal gesehen.

»Also, mich überzeugt das nicht«, sagte Tommy. »Ich glaube nicht, dass es bei dem Anruf von gestern hierum ging. Ich glaube weder, dass da vor unseren Augen etwas vor sich geht, noch dort drüben im Haus.«

Grace sah ihn an. Er war unangenehm streng, arbeitete gegen sie, nicht mit ihr zusammen. Er wich ihrem Blick aus, seine Hände klebten am Lenkrad, als wollte er jeden Moment den Motor anlassen und losfahren, und egal, was sie zu ihm sagte, er widersprach, er bemühte sich regelrecht, anderer Meinung zu sein als sie.

»Ja, tja«, sagte sie. »Aber ich bin überzeugt. Du hast gesehen, was ich auch gesehen habe: Ein Auto, ein Honda, ist in eine Garage gefahren. Und ein Mercedes steht ein paar Meter weiter.«

»Na und?«

»Na und?«

»Ja – na und?«

Grace versuchte, ruhig zu bleiben. Sie versuchte, sich einzureden, dass sie gerade mit einem schwer beladenen Mann sprach, aber ihre Stimme klang hart und gereizt, als sie sagte: »Komm schon, Tommy. Sei nicht bescheuert. Was du da gerade treibst – da geht es doch um meinen Körper.«

Fassungslos riss Tommy die Hände in die Höhe, kam aber nicht dazu, etwas zu sagen, und auch Grace kam nicht dazu, darauf einzugehen, denn vor ihnen startete jetzt der Mercedes. Er setzte zurück, die Räder schlugen voll ein, der Blinker ging an. Doch dann blieb er stehen.

Tommy und Grace sahen einander an.

»Was ist da los?«

Tommy zuckte mit den Schultern. »Weiß ich das?«

Er wirkt auf einmal wie ein gefallener Mann, dachte Grace. Unfähig, irgendwelche Entscheidungen zu treffen. Ziemlich unsexy, dachte sie, und im selben Moment ging der Blinker vor ihnen wieder an. Die Räder drehten sich, und dann stoppte das Auto erneut.

Grace sah mit zusammengekniffenen Augen durch die Windschutzscheibe.

»Was in aller Welt geht da vor?«

Fuck, wo war das verfickte Handy?

Rudi musste rasend schnell eine Nachricht an Jan Inge schreiben. Mit einer Hand am Lenker multitaskte er, was das Zeug hielt, behielt Frank Martins Transporter im

Blick, hielt sich aber zugleich vor ebendiesem Wagen verborgen, tastete über den Beifahrersitz, zwischen den Sitzen, rund um den Schalthebel, hinter seinen Füßen, unterm Beifahrersitz, unter den Fußmatten … Wo zum Teufel hatte er das Handy gelassen?

Hatte er …

Dschieseslord.

Rudi hämmerte den Hinterkopf gegen die Nackenstütze. Er hatte es doch Scheiße noch mal tatsächlich hingekriegt, sein Handy im Einrichtungsladen wegzulegen!

Oh lovely.

Da war nichts zu machen. Höchstwahrscheinlich würde er, Prinz Rudi, alles ruinieren. Ja, er würde ihnen eine Reihe von Einzelzellen in Åna bescheren.

Rudi holte die Glock aus dem Handschuhfach.

Er wusste, wie traurig es für Häftlinge mit Kindern war, während sie einsaßen. Bist du im Knast, darfst du zwei Sachen nicht haben. Eine Frau. Das ist scheiße. Rumhocken und sich fragen, was deine Frau so treibt, während du einsitzt. Auf was für Partys sie geht. Was für Leute sie trifft. Was für ein scheißverdammter Stress. Aber noch schlimmer waren Kinder. Mit ansehen, wie sie Papa im Knast besuchen müssen.

Wie bei Even aus der Telemark. Mit dem hatte Rudi beim letzten Mal gesessen. Even war Geldeintreiber und hatte so viele Leute verprügelt, dass er irgendwann zu zählen aufgehört hatte. Irgendwo hatte er eine Frau und zwei Jungen gehabt. Und irgendwann hatte er seine Kinder nicht mehr empfangen können. Jedes Mal, wenn sie zu Besuch kommen sollten, wurde er krank. Bekam Ausschlag im Gesicht und Hämorrhoiden und allen möglichen Scheiß. Pack das einfach nicht, hatte er ihm erklärt, wenn ich sie auf dem Boden mit dem Gefängnisspielzeug spielen seh, werd ich verrückt, hatte Even gesagt. Und sich in seiner Zelle erhängt.

»Steven«, flüsterte Rudi. »Jambolena«, flüsterte Rudi. »Papa wird sich nicht erhängen.«

Frank Martins Transporter jagte durch den Auglendstunnel. Unverkennbar war er auf dem Weg nach Hillevåg. Rudi hatte keine Ahnung, was er tun sollte. Gab es irgendeine andere Route, die er nehmen konnte, um vor Frank Martin in Hillevåg anzukommen, die Zuhausegebliebenen zu warnen und Jani anzurufen?

Nein.

Rudi legte einen anderen Gang ein.

Er musste etwas tun. Und zwar jetzt.

Er stieg aufs Gas. Trat das Pedal ganz durch. Er näherte sich dem Transporter, der auf der linken Spur unterwegs war. Sekunde um Sekunde holte er auf. War jetzt neben ihm.

Rudi fuchtelte mit den Armen. Sah zu Frank Martin hinüber. Hupte.

»Hallo!«, rief er. »Bruder!«, rief er. »Kain!«, rief er. »Abel!«, rief er.

Frank Martin reagierte nicht.

Rudi seufzte. »Na gut.« Er lenkte nach links. »Dass es mal so weit kommen würde.« Er fuhr den Volvo ganz dicht an Frank Martins Transporter heran.

Sein Bruder wirbelte mit dem Kopf herum und sah entgeistert zu der alten Rostlaube, die nur mehr Zentimeter davon entfernt war, ihm auf der Schnellstraße in die Seite zu donnern. »Scheiße, was …«

Rudi ließ das Fenster runter. »Halt an!«, brüllte er.

Auch Frank Martin ließ das Fenster runter. »Bist du verdammt noch mal total übergeschnappt?!«

»Geht dich 'nen Scheißdreck an«, brüllte Rudi und hob die Glock. Und während sie weiter in Richtung Stadt rasten, richtete er die Waffe auf seinen Bruder. »Halt die verdammte Karre an! Jetzt! Sonst schieß ich dir den Kopf runter!«

»Scheiße, nein«, schrie Frank Martin. »Für dich halt ich verdammt noch mal bestimmt nicht an, du drogenabhängiger Mörder!«

»Mörder?!«, brüllte Rudi beleidigt. »Ich bin kein Mörder, du geiziger Nazi! Halt jetzt an!«

»Nazi? Dschieses, ich bin doch ein Christ!«

»Haha! Verdammt christlich, ja! Halt an jetzt!«

»Niemals!«, schrie Frank Martin.

Scheiße, dachte Rudi, aber dann kam ihm eine Idee, und dann schrie er: »Halt jetzt verdammt noch mal an! Es geht um deine Kinder! Sie sind tot!«

Bens dunkelblauer Overall wurde noch dunkler, als das Blut in den Stoff einsickerte. Es lief ihm über Mund und Kinn, runter zur Kehle, und Jan Inge musste zugeben, dass es faszinierend realistisch aussah. Bens Brust hob und senkte sich schwer, er ballte die Fäuste, aber er klagte nicht, er schrie nicht. Die Nase war höchstwahrscheinlich gebrochen, wirkte irgendwie matschig.

»Mein Gott, Melvin …«

Jan Inge holte seinen Inhalator raus, in erster Linie aus Gewohnheit, und zog die Luft ein, spürte das vertraute Reißen im Hals.

Ben sah Melvin lange nur an. Der Dicke riss beide Arme hoch und drehte sich zur Wand, und um sich zu sammeln, legte er die behandschuhten Hände flach gegen die Tapete. Jan Inge hatte nach Melvins Kopfstoß blitzschnell und geistesgegenwärtig reagiert. Er hatte die Hände des

Jungen gepackt und sie ihm ins Gesicht gelegt und war ins Bad gesprintet und mit einem großen Badehandtuch wieder zurückgekommen. Blutflecken waren das Letzte, was sie brauchen konnten, selbst wenn vor Gericht Spuren vom Sohn des Hauses wohl eher nicht zu einem Urteilsspruch qualifizieren würden.

»Tut mir leid«, sagte Ben und schluckte Blut.

»Scheiße«, sagte Melvin.

»Und was machen wir jetzt?«, fragte Ben, und der Geschmack von Eisen nahm ihn komplett ein.

Jan Inge studierte Bens Nase. Lief jetzt weniger, tropfte nicht auf den Teppich. »Gut abtrocknen«, befahl er ihm, ging in die Abstellkammer und riss eine schwarze Plastiktüte von einer Rolle. »Da legst du das Handtuch rein.«

Ben tat, was Jan Inge sagte.

»Sorry«, murmelte Melvin.

»Lass es uns vergessen«, sagte Ben, ohne sich umzudrehen. »My bad.«

»Sehr großzügig«, lobte Jan Inge und klopfte Ben auf den Rücken.

Melvin betrachtete den Jungen. So eine Stärke hatte er schon lange nicht mehr gesehen. Solche Jungen waren selten. Ben erinnerte ihn an die ganz Großen. Die weiter als andere gingen, die sich durch den härtesten Winter schleppen konnten. Solchen war Melvin im Lauf seiner Karriere in der Region nicht oft begegnet. Er konnte sie an einer Hand abzählen. Frode Haudireinerein Tasta. Gefallen 89 – Motorradunfall im Suff. Bei seiner Beerdigung hatte sich das ganze Milieu versammelt und dem Froddi Lob gezollt. Keiner hatte ihn je einem Blick ausweichen sehen, keiner hatte ihn je wen verpfeifen hören. Froddi hatte nur aus einem einzigen Grund gesessen, nämlich weil ihn dieser Obertrottel Donald 88 für die Geldautomatensache angeschwärzt hatte. Dann hatte es noch Kjell Ingvar Bryne gegeben. Von dem hatte es immer geheißen, der Kjelli, der sei nicht von einer Frau zur Welt gebracht, sondern in Gloppedalsura aus einem Stein gehauen worden, und als er sich 2007 im Alter von achtundsechzig erschoss, weil sein Sohn in Thailand wegen Pädophilie verurteilt worden war, war das fast schon natürlich gewesen, denn keiner hätte je geglaubt, jemand anderes würde dem Kjelli den Garaus machen – ihm, der in der Region bis heute den Einbruchsrekord hielt und einen Blick aus Stahl und ein Herz aus Kohle gehabt hatte. Und dann war da noch Ken-Ove Vikeså gewesen. Fuck, dachte Melvin und lächelte bei der Erinnerung an den Großbetrüger aus Egersund – wie viele schmuckbehangene Frauen hatte dieses Schlitzohr nicht abgeschleppt und ihnen restlos sämtliche Kronen abgeknöpft. Scheiße echt, das mussten Millionen gewesen sein. Und nicht ein einziges Mal war er eingefahren. Saß jetzt bestimmt in einer Badewanne voll Champagner, der Ken-Ove, bestimmt irgendwo in der Schweiz, wo Frauen seinen Schwanz mit belgischem Putzleder polierten, während er sich zu Tode lachte.

Ben ließ Melvin sich an diese Legenden erinnern. Ungewöhnlich an ihm waren nicht sein alarmierender Zynismus, seine Intelligenz oder der absolute Mangel an Gewissen, nein, ungewöhnlich an Ben war, dass er das Rundumpaket hatte: Entschlossenheit, Ruhe und Nerven aus Stahl. Und der Typ war gerade mal fünfzehn. Wenn er nicht zu früh zu weit ginge, würde er es weit bringen. Ben hatte internationales Format.

Melvin ließ die Hände sinken und trat auf Ben zu. »Hey, du …«

Ben drehte sich um und richtete sich gerade auf. Melvin hielt ihm die Hand hin.

»Hab dich falsch eingeschätzt, Junge«, sagte er.

»Kein Problem«, erwiderte Ben, »jetzt weißt du, wer ich bin. Ist besser so.«

Melvin grinste. Und sprechen konnte er auch noch, dieser Ben.

»Aber«, schob Ben höflich hinterher, »ich bin nicht gerade begeistert davon, wenn man mich Junge nennt. Wenn ich das so sagen darf.«

»Hm«, machte Melvin. »Bist schon etwas Eigenes, du, Ben.«

»Okay«, ging Jan Inge dazwischen, hielt einen Finger in die Luft und wippte ihn wie einen Metronomzeiger hin und her. »Die Zeit läuft. Ben. Entweder müssen wir bald weg hier, oder wir müssen das Geld finden. Du bist dir immer noch sicher, dass es nicht in der Garage ist und nicht im Garten?«

Ben nickte. »Kommt mit in Rikki und mein Zimmer.«

»Okay …« Melvin zog die Augenbrauen hoch und ging Ben nach, der bereits in Richtung des Jungenzimmers unterwegs war. Jan Inge schloss sich ihnen eilig an.

Ben machte die Tür auf, und sie traten ein.

»Als ich vorhin hier drinnen war, hab ich was gespürt …«

»Schon wieder Fühlen?«, unterbrach ihn Melvin. »Mein Gott.«

»Und dann hab ich einen falschen Schluss gezogen«, sprach Ben weiter, ohne Notiz von Melvin zu nehmen. Er lief langsam an den Wänden entlang. Strich mit der Hand über die Paneele. »Aber ich spür es noch immer.«

Melvin setzte sich auf den alten Holzschreibtischstuhl, der unter seinem Gewicht bedenklich knackte. »Ist nicht sehr wahrscheinlich«, sagte er, »also, dass das Geld dein ganzes Leben lang in deinem Zimmer liegt, ohne dass einer von euch Brüdern das bemerkt hätte. Oder auch, dass dein Vater das Geld im Zimmer seiner Kinder liegen lassen würde. Eher unwahrscheinlich. Wär einfach zu bescheuert.«

Ben trat an das Etagenbett. Das hatten sie schon, seit er denken konnte. Und gebaut hatte es sein Vater.

»Das wär schon ein bisschen bescheuert, ja«, kam es von Jan Inge.

Ben betrachtete das Bett. Die untere Etage war etwa zwanzig Zentimeter breiter als die obere. Unter dem Bett befanden sich zwei breite Schubladen auf Rollen, damit man sie vorziehen konnte. In ihnen lagen alte Spiele und allerhand Schrott. Ein stabiles, kräftiges Etagenbett – seine Mutter hatte es zwischendurch mal gestrichen. Vielleicht zweimal? Ja, zweimal. Erst war es weiß gewesen, dann dunkelblau wie jetzt. Die Jungen hatten es vollgeklebt und von ihrem Vater dafür einen Anschiss bekommen: Seit dem Augenblick, in dem sie aufgetaucht waren, würden sie alles von Wert in diesem Haus zerstören.

Ben trat näher an das Bett heran. Studierte die Konstruktion.

Ein guter Schreiner, dieser Frank Martin.

Was immer er baute, war stabil und für die Ewigkeit gemacht.

»Und was spürst du jetzt?«, seufzte Melvin. »Liegt das Geld in deinem Bett?«

Ben griff unten, wo Rikki lag, ans Ende des an der Wand liegenden Querbalkens. Dick war der. Dicker, als er hätte sein müssen. Ben fuhr mit den Fingernägeln bis zu der Unbraco-Zylinderschraube, mit der der Balken befestigt war. Er tastete um das Ende. Um die Kante verlief ein schmaler Schlitz.

»Ja«, sagte Ben.

Jan Inge und Melvin standen dicht hinter ihm und sahen ihm zu, wie er das Endstück ablöste. Ein kaum hörbares Klicken, und Ben hielt eine viereckige Platte in der Größe einer CD-Hülle in der Hand. An der Innenseite der Platte war eine Schnur befestigt.

»Fuck«, flüsterte Melvin.

»Wir versuchen gerade, das Fluchen zu reduzieren«, flüsterte Jan Inge.

»Meinetwegen«, flüsterte Melvin, als Ben an der Schnur zog. Daran war eine Rolle Tausender nach der anderen aufgefädelt, und sie nahm und nahm kein Ende.

»Hör mal«, sagte Cecilie streng und schlug Mahimas Hand weg, die zum dritten Mal zum Blinker griff, »hör mir jet...«

Mahima stieg aufs Gaspedal. »Mir gefällt die Art nicht, wie du mit mi...«

»Kannst du das bitte lassen?« Cecilie legte sämtliche Gedanken hinsichtlich des positiven Mädchens und so weiter kurzerhand ad acta und funkelte Mahima wütend an. »Hörst du mir jetzt bitte mal zu und lässt das da für zwei Sekündchen bleiben? Hör einfach auf damit, fünf Stunden lang beleidigt zu sein, nur weil dich jemand fragt, ob du das Fernglas auch dabeihast.«

»Mir gefällt die Art nicht, wie du mit m...«

»Wir fahren nicht«, sagte Cecilie resolut und legte zwei Finger wie Krallen um Mahimas rechten Oberschenkel.

Die Asiatin reagierte reflexhaft: Sie fuhr drei ihrer blitzscharfen Fingernägel aus und schlug sie in Cecilies Wange.

»Dschieses!«, kam es vom Rücksitz. »Wir haben die Bullen im Nacken, die haben ein Fernglas, und, fuck, ihr sitzt da rum und verdammt...«

»Dejan!«

»Fuck Lord, dieses Muschibenehmen! *Moj hoverkraft je pun jegulja.*«

Cecilie zog eine Schnute und griff sich an die Wange. Aus einem der Kratzer sickerte frisches Blut. Sie strich vorsichtig über die Wunde, spürte das Blut auf der Haut, sah es an, schob sich die Finger in den Mund und lutschte es ab. Dann nahm sie die Krallenhand von Mahimas Oberschenkel und öffnete die Beifahrertür.

»Scheiße, wa…«

Cecilie trat auf die Straße und durchbohrte Mahima mit dem Blick. »Du hörst mir jetzt zu. Frank Martin hat bei sich eine Million rumliegen. Eine *Million*. In seinem Haus. Schwarzgeld. Glaubst du, er wird losgehen und die Million als gestohlen melden?«

»Nein, ab…«

»Pass auf, was eine Schwangere nicht alles tun kann«, fuhr Cecilie fort, »und dann möchte ich dir noch eins sagen, gegen deine Laune da, ja, da gibt es Medikamente, du bist nicht die Einzige, die für ein paar Tage im Monat sauer wie 'ne Zitrone wird. Reiß dich zusammen und werd ein positives Mädchen!«

Sie schmetterte die Tür hinter sich zu.

So.

Sie richtete sich ihre Klamotten.

Dann hob sie den Kopf und sah zu dem Auto, das ein paar Längen hinter ihrem stand.

Ach, sieh einer an.

Die zwei beobachteten Cecilie. Sie ging los.

Die beiden Wagen standen schräg auf dem Grasstreifen neben der Schnellstraße, als hätte es einen Unfall gegeben. Frank Martins Gesicht erinnerte an ein einziges riesiges Loch. Er lief nicht, nein, er drillte sich durch die

Luft. Mit erhobenen Händen stürzte er auf seinen Bruder zu, packte ihn am Kragen und schleuderte ihn gegen die Rückseite des Transporters.

»Was hast du getan, verdammte Scheiße?«

»Entspann dich mal, ruhig, Dschieses, ich hab nichts …«

Frank Martin legte die eine Hand um Rudis Hals und richtete den Zeigefinger der anderen wie einen Pistolenlauf auf ihn. »Was hast du getan, verdammte Scheiße?«

»Hör zu«, stieß Rudi hervor, »wenn du mich mal reden lassen würdest … Ich hab ni…«

Frank Martin versagten auf einen Schlag sämtliche Muskeln. Er fing an zu zittern.

»He, Frankie«, sagte Rudi, und fast tat ihm der Ziegenbock leid. »Du, Frankie. Shit ist passiert. Es geht um deine Kinder. Es ist nicht meine Schuld.«

Frank Martin ging in die Knie, biss sich auf die Unterlippe, und Kopf und Körper sackten nach unten. »Bring mich zu ihnen«, flüsterte er.

»Das werd ich«, versprach Rudi ganz ruhig. »Wenn du mich einfach mal reden lässt. Ich war den ganzen Tag unterwegs und hab nach dir gesucht.«

Frank Martins Rücken bebte.

»Wie ist es passiert?«, flüsterte er.

»Sie …« Rudi räusperte sich. Er wusste nicht, was er sagen sollte. Normalerweise war er im Improvisieren ganz gut, normalerweise war es für ihn ganz leicht, einfach den Mund aufzumachen und gespannt zu verfolgen, was so alles rauskullerte, aber jetzt schien das irgendwie nicht zu wollen. Ein Unfall? Mord? Seine Gedanken galoppierten. Er musste was sagen, und zwar schnell. »Äh … sie … Scheiße, Bruder, ich weiß nicht, wie ich es sagen soll …«

Am Boden kauernd, hob Frank Martin den Kopf. Er wirkte klein. Die Sonne stand hoch über der Schnellstraße, und Autos rasten mit neunzig Sachen an ihnen vorbei. Das Gesicht seines Bruders war nur mehr Wasser und fließende Haut. Bald würde es sich auflösen.

»Sag es.«

Rudi schluckte.

»Sag es einfach.«

»Sie sind ertrunken«, flüsterte Rudi.

»Ertrunken ...«

»Ja«, sagte Rudi und entschied sich dann um: »Bildlich gesprochen.«

»Bildlich?« Zwischen Frank Martins Augenbrauen entstand eine Falte. Er setzte sich mit dem Hintern auf seine Unterschenkel und richtete mühsam den Oberkörper auf. »Wenn das ...«

»Frankie«, sagte Rudi und legte ihm die Hand auf die Schulter. »Drogen.«

Frank Martins Augen wurden schmal und gelb. »Fuck, ich hab's gewusst – hast du ihnen den Dreck verkauft?«

»Frankie«, sagte Rudi und nahm resigniert die Hände hoch, »du kannst mich nennen, wie du willst, nenn mich Leichenwurm oder Ilsa, She-Wolf of the SS, zwischen uns ist so viel böses Blut geflossen, wir könnten eine Blutbank voll Bosheit aufmachen, aber eins weißt du, wenn ich was wirklich nie gemacht hab, dann ist das dealen.«

Sein Bruder nickte.

»Deine Söhne sind in der Hölle ertrunken.«

Frank Martin schloss die Augen. Er konnte sich wirklich jede Art von Unglück ausmalen, aber zwei Söhne in der Drogenhölle war schon immer seine schrecklichste Fantasie gewesen.

»Komm«, flüsterte Rudi sanft. »Komm, Frankie. Komm mit. Dann bring ich dich zu … ihren sterblichen Überresten. Ich hab wirklich versucht, sie zu retten. Aber da war nichts zu machen. Sie steckten zu tief drin.«

Frank Martin riss die Augen auf und sah seinen Bruder an. »Heroin?«

Rudi nickte.

»Spritzen?«

Rudi machte betont langsam die Augen zu. Frank Martin ballte so fest die Fäuste, dass Rudi meinte, sie würden sich bestimmt gleich zu pumpenden Blutklumpen verwandeln.

»Ist es ein sehr hässlicher Anblick?«

Rudi nickte. »Du musst dich aufs Allerschlimmste vorbereiten.«

Frank Martin hämmerte mit den Fäusten auf die Erde, und Rudi meinte zu spüren, wie sie erbebte.

»Jan Inge wird darüber bestimmt nicht erfreut sein«, mutmaßte Beverly, als sich die *Weiße-Hai*-Tapete unter Daniels Spachtel wie zerflossener Lack ablöste. Sie bewunderte seine sicheren, weichen Bewegungen, seine Finger hatten offensichtlich viel Gefühl. Außerdem war sie froh, dass ein bisschen handfeste Arbeit den Kopf des Jungen von seinen brennenden alten und womöglich auch neuen Qualen zu befreien schien. Entsprach genau der Erfahrung, die Beverly mit Männern gemacht hatte: Tat ihnen was weh, gab es zwei, und zwar *genau* zwei Dinge, die dagegen halfen. Mit ihnen schlafen. Oder ihnen was Handfestes zu arbeiten geben.

»Aber das ist ja wirklich klasse«, fuhr sie fort und betrachtete die Flasche Pattex-Tapetenentferner in ihrer Hand. »Und dass es nicht mal stinkt … da kann man ja fast schon misstrauisch werden.«

Sie seufzte und verfolgte weiter Daniels gleichmäßige Bewegungen. Das Doppelbett hatten sie von der Wand weggerückt, und Daniel hatte sich bei Rudi ein altes T-Shirt und eine alte Jogginghose gesucht. Er stand auf einem Hocker und arbeitete über Kopf an der Decke entlang. Das halbe Haimaul war schon verschwunden.

»Und dass es so wenig kleckert«, sagte Beverly zufrieden. Ihr Job bestand darin, ihm anzureichen, was er gerade brauchte: Lappen, Werkzeug. »Nein«, seufzte sie, »Jan Inge wird bestimmt nicht erfreut sein. Er ist much more sentimental als ich, hast du gehört, wie er über die alten Zeiten redet? Ich mein, überleg mal, dieser Junge ist durch die Hölle and back again und so, und trotzdem überschwemmt Liebe seine Augen, wenn er von seinem Vater, den Achtzigern, dem Sodastream und dem ganzen Zeug spricht, das ihm sonst noch im Kopf rumschwirrt.«

Daniel schob den Spachtel vorsichtig unter ein neues Stück Tapete.

»Und du, Honey?«

»Hm?«

»Wenn du eines Tages mal das Gefühl haben solltest, es sei für dich an der Zeit, die Tür zur Vergangenheit aufzumachen und jemandem davon zu erzählen, dann musst du wissen, dass ich für dich da bin, okay?«

Daniel schabte mit dem Spatel ein paar große Haizähne von der Decke. Dann wischte er sich mit dem Unterarm über die Stirn. Ganz schön heiß hier oben.

»Beverly«, antwortete er, »wenn ich das eines Tages tun sollte, dann wird dir der Kopf platzen, und kleine Tierchen mit roten Augen kriechen daraus hervor. Kannst du mir mal ein Glas Wasser bringen?«

»Sure«, sagte Beverly und lief Richtung Küche.

Sie blieb jäh im Flur stehen, als zwei Autos in ihre Straße einbogen: ein grauer Transporter und Jan Inges Volvo. Wie so viele Male zuvor in ihrem Leben schlüpfte Beverly instinktiv in ein Versteck. Vom Vorhang verborgen, sah sie weiter aus dem Fenster.

»Was ist jetzt mit dem Wasser?«

»Honey, irgendwas geht hier vor sich«, rief Beverly, als die Autos vorm Haus hielten und die Autotüren aufgestoßen wurden. »Kannst du dir bitte die Glock neben dem Bett nehmen und sie dir hinten in den Hosenbund stecken, und wenn ich die Tür aufmache, bleibst du in Deckung?«

»Was?«

»Daniel! You heard me! Now!«

Beverly hörte Daniels Schritte hinter sich, während Rudi und ein Mann, den sie nicht im Geringsten kannte, aufs Haus zumarschierten. Rudi wirkte kontrolliert, ganz im Gegensatz zu dem anderen Kerl. Sein ganzer Körper schien regelrecht zu pumpen, während er mit schweren Laufschritten vor Rudi aufs Haus zustürmte.

Jetzt stand Daniel hinter ihr.

»Was ist denn verdammt noch mal los?«

»Hast du die Glock?«

»Ja.«

Beverly zog Daniel zu sich hinter die Küchengardine und zeigte auf die zwei Männer. »Da ist Rudi«, sagte sie, »aber ich hab keine Ahnung, wer der andere ist oder was hier los ist.«

»Und was tun wir jetzt?«, fragte Daniel und bemerkte auf einmal, wie nah er ihr war und dass er ihre Nähe seltsamerweise sowohl beruhigend als auch erregend fand, obwohl sie seine Großmutter hätte sein können.

»Uns natürlich benehmen, you fool«, antwortete Beverly und zog ihn ins Wohnzimmer. Sie zeigte auf den Sessel und das Donald-Duck-Heft. »Setz dich hin und lies«, befahl sie ihm. »Und hab die Pistole parat.«

»Fuck«, sagte Daniel.

»Aber nicht mich«, entgegnete Beverly und nahm den Staubsauger, trat ihn an, zog ihn über den Boden. Das Dröhnen war trotzdem nicht laut genug, um das Zuschlagen der Haustür und das Trampeln im Flur zu übertönen.

»Wo sind sie, verdammte Scheiße?«

Der Unbekannte stürmte ins Wohnzimmer. Er hatte eine breite Kieferpartie, Schweißflecken unter den Armen und am Bauch, aus seinen Augen starrte ein schreiend irrer Blick. Rudi folgte ihm ins Zimmer.

»Entschuldigung?« Beverly drehte sich mit gespielt verständnislosem Blick zu ihnen um.

Der fremde Mann war am Wanken. Er sah sich um, nahm das Zimmer in Augenschein. Betrachtete die Frau, die in Seelenruhe staubsaugte. Betrachtete den Jugendlichen, der in der Ecke saß und Donald Duck las. Beverly konnte sehen, wie er die Augen zusammenkniff, wie der Blick hin und her jagte.

»Wo sind …« Er brachte den Satz nicht zu Ende. Leckte sich über die Schneidezähne. Nickte. Dann drehte er sich zu Rudi um. »Oh du, du verfickter krimineller Pornoschausp…«

Rudi hatte die Glock auf seinen Bruder gerichtet. Und drückte ab.

37 AAAA-AAAAAAAAAA-AAAAAA-UUUUU

Wie wunderbar ihre Absätze auf dem Asphalt klackerten, als Cecilie mit schnellen Schritten vorwärtsmarschierte. Ihr Blick war fest auf den Wagen gerichtet, der immer größer zu werden schien, je näher sie kam. Na klar, Pogo, das hatte sie sich schon gedacht. Jetzt sahen sie einander an, er fühlte sich offensichtlich nicht ganz wohl. Neben ihm saß eine kurzhaarige, relativ junge Frau mit strengem Aussehen, so der Typ Studentin, mit dem kannte Cecilie sich nicht aus. Aber irgendwo hatte sie die doch schon mal gesehen.

Vor dem Auto blieb sie stehen. Tommy Pogo machte ein ganz schön dummes Gesicht, und Cecilie nickte ihm zu. Sie schlenderte zur Fahrerseite und wartete, bis er das Fenster runtergelassen hatte.

»Hallo, Tommy«, sagte sie.

Er nickte. »Cecilie. Hallo.«

Cecilie reckte das Kinn, beugte sich leicht vor und sah hinüber zu der Frau. »Irgendwo haben wir uns schon mal gesehen, glaube ich. Ich bin Cecilie Haraldsen, und ich bin schwanger. Zwillinge. Im Mai.«

Die Wangen der Frau zuckten kurz, dann sagte sie mit einem leichten dänischen Akzent: »Grace. Grace Myrtle Bangsgaard.«

»Myrtle?«

»Ja.«

»Schräger Name.«

»Ja.«

»Tommy, weißt du, was?« Cecilie sah wieder zu ihm.

»Nein, Cecilie, tu ich nicht.«

»Ich find es verdammt traurig, womit ihr euch so beschäftigt. Misstrauen und immer nur Misstrauen, Tag für Tag. Jan Inge und ich sprechen viel darüber. Was das für ein Leben ist, das ihr führt, und was für Gedanken ihr so im Kopf habt. Und wir sind der Meinung, das muss ein verflucht engstirniges Leben sein. Und echt ermüdende Gedanken. Ihr seht einen Kindergärtner, und ihr denkt: Pädo. Ihr seht einen Einwanderer, und ihr denkt: Krimineller. Soll ich dir sagen, was los ist? Hier und jetzt? Tommy?«

Tommy zuckte mit den Achseln. »Ich kann dich wohl nicht aufhalten.«

Cecilie wies hinüber zum Haus der Familie aus Trones. »Das da, da drüben, das ist ein zutiefst beklagenswertes Haus. Ein Familienschicksal der schlimmsten Sorte. Rudi – ja, du kennst meinen Typen – hat einen Bruder. Und der wohnt dort. Mit seiner Frau. Melissa. Und den Kindern. Rikki und Ben. Und dieses Haus da, Tommy, das ist ein verfluchtes Haus, nichts, was du je in deinem Job gesehen hast, kann es damit aufnehmen. Nur Höllenqualen, Tommy. Geiz. Eine gescheiterte Ehe. Ein erbärmliches Leben. Alkohol und Schnüffeln. Häusliche Gewalt. Und dann, Tommy … bist du bei mir?«

Er seufzte. Seine Brust hob sich resigniert, offensichtlich war ihm klar, dass er verloren hatte, und Cecilie bemerkte im Blick der Frau neben ihm jetzt eine Spur von Eisblau, und sie fragte sich allmählich, ob das wohl Tommys Geliebte war.

»Ja«, sagte Tommy Pogo, »ja, Cecilie, ich bin bei dir, und ich denke gerade das, was ich immer denke, wenn ich dich sehe.«

»Und das wäre?«

»Dass du viel zu helle bist, um zu wohnen, wo du wohnst, und um zu tun, was du tust, und die Freundin von Ru…«

»Du sagst kein Wort über den Mann, den ich liebe.«

»Sorry.«

Cecilie nickte in Grace' Richtung. »Ist das deine Freundin?«

»Was?«

»Upsi, 'tschuldigung. Ich mach dann mal weiter. Vor ein paar Tagen stand plötzlich Besuch vor unserer Tür. Zwei Jungs, von zu Hause abgehauen. Fünfzehn und sechzehn Jahre alt. Sie haben kaum Kontakt mehr zu sich selbst, Tommy. Sie sind kurz davor, total abzudrehen. Nur Kummer. Also nehmen wir sie bei uns auf. Immerhin sind sie Familie. Wir geben ihnen was zu essen, ein Bett, und weil wir gerade sowohl renovieren – ach ja, ich bin schwanger, hab ich das schon erwähnt? – als auch die Firma aufrüsten, können wir ihnen sogar was zum Arbeiten geben. Und jetzt ist Montag. Und wir sind hier. Ziemlich emotionsgeladen, das Ganze, Tommy, diese Kinder haben ihr Elternhaus verlassen. Verstehst du, was das bedeutet? Ich hab mein Elternhaus nie verlassen, und weiß Gott, ich hätte dafür tausend Millionen gute Gründe gehabt. Ja, aber die beiden haben es gemacht, und jetzt wollten sie herkommen, um zu sehen, ob ihre Mutter zu Hause ist. Um mit ihr zu sprechen. Oder vielleicht mit ihrem Vater. Ein paar Sachen holen. Und was macht ihr?«

Tommys Brust hob und senkte sich erneut.

»Was macht ihr?«

»Cecilie, wir …«

»Ihr schleift und feilt weiter an eurem Misstrauen. Während wir versuchen, das Leben von zwei Jungs, zwei verstörten Jungs, wieder halbwegs zu kitten.« Cecilie schüttelte empört den Kopf. »Fahrt bitte nach Hause. Zeigt ein wenig Mitleid. Seid einmal ein bisschen empathisch. Hier spielen sich Familientragödien ab, ja? Hier klaut niemand was.«

Dann spuckte sie auf die Straße und machte auf dem Absatz kehrt.

»Gut«, sagte Jan Inge, nachdem sich die erste Erleichterung darüber, dass endlich das Geld gefunden worden war, gelegt hatte. Er wandte sich an Ben. »Holst du die Tasche?«

Ben nickte und lief die Treppe runter und raus in die Garage. Jan Inge riss sich das Tape vom Handschuh, angelte das Handy hervor und schrieb Cecilie eine SMS: *Einkauf gemacht, alles da. Bis um fünf. Bei euch alles paletti? Schmatz vom großen Bruder J.*

Melvin hatte das Geld auf Rikkis und Bens Schreibtischen ausgebreitet und überschlug eben die Summe – mit kerzengeradem Rücken, konzentriertem Gesichtsausdruck, Brille auf der Nase. Er murmelte und bewegte beim Zählen den Kopf; die Handschuhe zog er dazu nicht aus. Nach ein paar Minuten war er fertig.

»Ja, ganz schön roughly, echt«, sagte er.

»Klar«, sagte Jan Inge und betrachtete die zahllosen vor Melvin aufgereihten Geldbündel.

»Da liegen wir also bei ungefähr eins Komma zwei«, teilte Melvin mit.

»Scheiße.«

»Mhm.«

»Ach du Scheiße.«

464

»Mhm.

»Ach du dicke Scheiße.«

»Dachte, ihr hättet das Fluchen reduziert.«

»Ich versuch es ja«, sagte Jan Inge und konnte das Geld nicht aus den Augen lassen. Was für ein herrlicher Anblick. Geld, Geld, viel Geld, fantastisches Geld. Wie himmlisch schön es da lag. Und merkwürdigerweise – oder vielleicht auch nicht – war Jan Inges erster Gedanke: Wie kriegen wir noch mehr davon?

»Ach du Scheiße«, sagte er noch mal und riss sich zusammen.

Ben kam mit der schwarzen Tasche die Treppe herauf, stellte sie auf die Bettkante, und die drei legten die Geldbündel hinein. Jan Inge setzte ihn von der Summe in Kenntnis, und Ben nickte. Wie er es sich gedacht hatte. Sein Vater hatte Geld.

»Okay«, sagte Jan Inge. »Ich bin ein bisschen nervös, was den Flur und das Blut angeht, und ich bin ein wenig nervös wegen dieses Zimmers hier.«

Melvin sah sich um. »Sieht doch gut aus.«

»Papa kann keinen Einbruch anzeigen, den es nicht gibt«, stellte Ben fest.

»So darfst du niemals denken«, sagte Jan Inge streng. »Wenn du so denkst, verlierst du.«

Ben sah ihn verständnislos an. »Was meinst du?«

»Du bist dir sicher, dass dein Vater das nicht anzeigen wird?«

»Ja«, sagte Ben.

»Und genau da liegt dein Fehler.«

»Wo?«

»Dass du glaubst zu wissen, was andere Menschen tun werden.«

Ben schwieg.

»Nicht Wind und Wetter sind der Faktor X«, sagte Jan Inge. »Sondern Menschen. Menschen sind das Allerunvorhersehbarste.«

Ben sah in Jan Inges kleine Blaubeeraugen. Er hatte schon lang niemanden mehr etwas sagen hören, das er nicht vorher selbst bereits gedacht hatte.

Jan Inge klopfte ihm auf die Schulter. »Ich sag ja nicht, dass du unrecht hast. Kaum vorstellbar, dass Frank Martin einen Diebstahl von Schwarzgeld anzeigt, dessen Besitz er ja wohl schlecht zugeben kann. Dein Blut bei dir zu Hause ist an sich auch keine Katastrophe. Kaum vorstellbar, dass da was schiefgehen kann. Was aber nicht bedeutet, dass wir nicht hinter uns aufräumen.«

Melvin brachte den Staubsauger herein. Er zog das Kabel heraus und schob den Stecker in die Steckdose.

Auf Jan Inges Handy tickerte eine Nachricht ein. *Wie schön, Schatzi! Hier alles paletti. Grad warn zwei Bekannte von uns da, aber die haun jetzt wieder ab. Sonst nich viel los, schönes Wetter. Dann also Tacos heut Abend! C.*

Jan Inge stutzte. »Bekannte?«

»Hä?« Melvin blickte ihn an.

»Ach egal«, sagte Jan Inge. »Cecilie ist einer der intelligentesten Menschen, die ich kenne. Sie hat alles im Griff. In ein paar Minuten sind wir hier raus.«

Bei Charles & De wankte Melissa zur Klotür, ihre Tasche baumelte an einem der Riemen über ihrem Arm. Rikki lief ihr hinterher. »Was ist denn, Mama, Dschieses, was ist los?«

Das Essen kam ihr hoch, ihr Kopf brannte. Sie konnte ihren Sohn nicht ansehen und griff nach der Türklinke.

»Ich hab nur … was in den Hals bekommen, Rikki, ich … ich bin gleich zurück«, presste sie hervor, stemmte die Tür auf und drückte sie hinter sich wieder zu.

Melissa kniete sich vor die Toilettenschüssel und kotzte. Essensreste und Schleim. Mein Gott. Fehlte ihm was? Dass Ben etwas fehlte beziehungsweise zu viel von etwas hatte, war für sie kein Geheimnis. Und dass Rikki nicht der Hellste war, darüber war sie sich im Klaren. Die ganze Zeit über Zeuge seiner Trägheit zu sein war zum Verzweifeln gewesen. Der einzige Lichtblick war sein unfassbares Kopfrechentalent. Wenn im Kindergarten oder später in der Schule irgendwas erklärt worden war, hatte Rikki immer wie ein lebendiges Fragezeichen ausgesehen. Zuckelte ständig mit seiner langsamen Auffassungsgabe hinterher. Aber Melissa hatte immer geglaubt, dass er ein guter Junge war. Ein verletzlicher Junge, ein schwacher Junge, aber ein guter Junge.

Sie stemmte sich wieder hoch und streckte sich nach einem Stück Klopapier.

Fehlte ihm etwas?

»Mama?«

Rikki vor der Tür.

»Geht schon, Rikki«, rief sie mit möglichst heller Stimme. »Geh und setz dich wieder hin, ich komme gleich.«

»Okay«, hörte sie den Jungen sagen.

Sie wischte sich mit dem Papier über den Mund, warf es in die Schüssel, riss weitere Blätter ab, trocknete sich das Gesicht. Dann rappelte sie sich hoch und trat ans Waschbecken. Ihr Anblick im Spiegel – schnell sah sie wieder weg. Drehte kaltes Wasser auf, beugte sich vor und trank.

Nachdem sie sich die Hände abgetrocknet hatte, holte sie ihr Schminkzeug aus der Tasche. Brachte ihr Gesicht in Ordnung, eine beruhigende Tätigkeit, und versuchte dabei, ihre Gedanken zu sammeln. Ben und Rudis Leute raubten gerade ihr Haus aus. Sie hatten Rikki dazu ge-

bracht mitzumachen. Und sie suchten nicht nach irgendwas – sie waren auf Geld aus, auf Schwarzgeld, das Ben
im Haus vermutete. Diesen Gedanken hatte Melissa schon
eine Million Mal gehabt, hatte manchmal nach solchem
Geld gesucht, aber nie welches gefunden und den Gedanken dann wieder verworfen. Dieses Geld gab es einfach nicht.

Oder doch?

Rikki hatte unerbittlich gewirkt. Wenn sie jetzt jemandem Bescheid sagen würde, würde er auf der Stelle abhauen. Er würde sich gegen sie wenden. Kein Zweifel. Rikki
sah immer nur einen Schritt voraus – maximal –, und er
hatte wenig bis kein Bewusstsein für Konsequenzen.

Melissa spitzte die Lippen und trug Lippenstift auf.

Was sollte sie also tun?

Sie zog den Rock hoch, schob den Slip runter, setzte
sich auf die Klobrille. Pinkelte, riss Klopapier ab, wischte
sich trocken, stand auf. Wusch sich die Hände, suchte in
ihrer Tasche nach einem Kaugummi. Sie fuhr sich durch
die Haare und zog die Tür auf.

Sanfte, fast abstrakte Musik strömte durch das Lokal,
als sie es durchquerte. Ihr Sohn saß windschief und breitbeinig in seiner verschlissenen schwarzen Jeans an ihrem
Tisch und trommelte mit seinen langen Fingern nervös
auf die Tischplatte.

»Rikki«, sagte sie und ließ sich nieder.

»Mhm?« Er reckte den Hals, als würde er sie unter die
Lupe nehmen. »Shit. Geht's dir gut? Hast du gekotzt?«

»Ja«, sagte sie. »Du weißt doch, ich war krank, nur noch
ein paar Nachwehen.«

»Versteh schon. Dir steckt noch was in den Knochen.«

»Es geht mir gut, Rikki. Mach dir keinen Kopf.«

»Gut«, sagte Rikki. »Also. Was machen wir jetzt?«

Sie legte eine Hand auf seine.

»Mama? Was machen wir?«

»Wir lassen es geschehen«, antwortete Melissa. »Wir lassen sie unser Haus ausrauben.«

»Shit, Mama!« Rikki drückte ihre Hand. »Du bist so was von scheißcool.« Die Nervosität fiel von ihm ab, und er wurde ganz weich und gelöst und erinnerte sie damit wieder wie üblich an einen Tintenfisch. Er leuchtete und glühte und lehnte sich über den Tisch, streckte das rechte Bein aus und kramte gleichzeitig in der engen Hosentasche. Sekunden später hielt er grinsend ein kleines Bündel Geld hoch. »Ich hab von Jani Geld bekommen, er meint, ich soll es für dich ausgeben – da siehst du, wie scheißnett er ist –, also, warum gehen wir nicht einfach ins Kino oder so? Hm? Du und ich, Mama?«

»AAAA-AAAAAAAAAA-AAAAAA-UUUUU!«

Das Neun-Millimeter-Geschoss hatte sich in Frank Martins Schulter gedrillt und das Schlüsselbein zertrümmert. Er lag am Boden und krümmte sich vor Schmerzen. Eigentlich hatte Rudi seinem Bruder in den Schädel oder ins Herz schießen wollen. Er fühlte sich zum Brudermord aufgelegt, es schien ihm einfach richtig, diese unglückselige Welt von diesem Menschen zu befreien. Aber in der Sekunde des Abdrückens hatte die Pistole gewissermaßen einen eigenen Muskelwillen aufgebracht, hatte nach rechts gezogen, und der Schuss hatte Frank Martin weder im Schädel noch im Herz getroffen.

»AAAA-AAAAAAAAAA-AAAAAA-UUUUU!«

War das Gott gewesen?

Oder er selbst?

Traf sein Körper etwa Entscheidungen, über die Rudi keine Kontrolle hatte?

»Verdammte Scheiße!« Frank Martin hörte auf, vor Schmerz zu schreien, und fauchte die ersten Worte, seit sich die Kugel in ihn hineingebohrt hatte. Er hielt sich die Schulter, Blut floss zwischen seinen Fingern hindurch, und er hob den Blick zu Rudi, der mit der Pistole in der Hand direkt vor ihm stand. »Scheiße! Wo sind … Scheiße … Wo sind sie? Rikki und Ben!«

Beverly riss ein Küchentuch in Fetzen, während sie sich zu Frank Martin vorarbeitete. Sie schubste Rudi zur Seite, ging neben seinem Bruder in die Hocke, zurrte das Handtuch gekonnt straff um Frank Martins Schulter und wies ihn an: »Sei still jetzt. This is gonna hurt.«

»Wer zur Hölle bist du?« Frank Martin starrte die mollige Amerikanerin skeptisch an. »AAAUUU! … Wo … wo sind Rikki und Ben?«

»Daniel?« Beverly drehte sich zu dem Jungen um. »Hol Seil und Tape.«

»Seil und Tape?« Daniel war irgendwie verwirrt.

»Hast du mich nicht gehört? Seil und Tape!«

Daniel lief aus dem Zimmer und in den Keller, und Rudi wankte in die Küche, drehte den Wasserhahn auf und trank ein paar Schluck kaltes Wasser. Er versuchte, einen Gedanken zu fassen, einen Gedanken, der irgendwie irgendwas lösen würde, schaffte es aber nicht. Als er zurückkam, reichte Daniel Beverly gerade eine große Rolle Tape und ein blaues Seil.

»Ich muss Jan Inge anrufen«, sagte Rudi leise. »Er muss sich darum kümmern.«

Beverly sah ihn scharf an. »No phones«, sagte sie. »Halt ihn.« Sie deutete auf Frank Martin, der mit geschlossenen Augen dalag und sich vergeblich zu wehren versuchte.

Rudi ging neben Beverly in die Hocke und hielt Frank Martin fest.

»Bind ihm die Hände hinter dem Rücken zusammen«, trug sie ihm auf.

»Ist das denn notwendig?«, fragte Rudi fast gegen seinen Willen. »Er kann ja nun nicht gera…«

»Du hast mich gehört. Bind ihm die Hände hinter dem Rücken zusammen.« Dann wandte Beverly sich an Frank Martin. »This is gonna hurt«, sagte sie erneut und packte ihn am Schultergelenk. Dann wuchteten die beiden ihn auf die Seite und drehten ihm die Arme auf den Rücken.

»AAAAAA!«

»Ich weiß«, sagte Beverly. »Aber das Geflenne wird dir nicht helfen.«

»AAAAAAA-UUUUUU-AAAA! Außerdem sind meine Rippen gebrochen, falls dich das interessiert! Wo sind Rikki und Ben?!«

»Uffda, this is gonna hurt even more then«, sagte Beverly und schnipste in Daniels Richtung: »Kleb ihm den Mund zu, damit das Generve endlich ein Ende hat.«

Daniel gehorchte.

Die Amerikanerin handelte mit völliger Souveränität und Autorität. Als hätte sie das schon öfter gemacht, dachte Rudi und presste die Hände seines Bruders aneinander, während sie ihm das Seil um die Handgelenke wickelte und verknotete.

»AAAAAA!«

»Brüllen hilft dir auch nicht«, sagte Beverly, und Daniel zurrte Tape über Frank Martins Mund.

Dann hievten sie ihn auf die schwankenden Beine und schleppten ihn rüber zu Jan Inges Lieblingssessel, in dem er in sich zusammensinken durfte.

Beverly strich sich mit drei Fingern über die erhitzte Stirn und studierte den Mann. Nicht gerade ansprechend. Rattenaugen, Morasthaut. Erinnerte sie an jede

Menge Männer, die sie im Lauf ihres Lebens nicht gemocht hatte.

»Okay«, sagte sie und stemmte über dem Bund ihres Jeansrocks die Hände in die Hüften, »sieht aus, als hätte die Blutung aufgehört. So halbwegs.« Sie sah zu Rudi. »Ich nehm an, das ist dein Bruder?«

Rudi nickte. »Es gab ein paar Komplik…«

»Völlig egal«, erwiderte Beverly und winkte mit ihren schwer beringten Fingern ab. Sah in Richtung Küche, zum Fenster, das auf die Straße hinausging.

Daniel folgte ihrem Blick. »Der Transporter sollte wohl besser nicht hier stehen«, stellte er fest.

»Nein«, sagte Beverly. »Wir manövrieren Rudis Bruder raus in den Transporter und fahren nach Sandnes, das kann alles nicht hier sein, weder er noch sein Wagen.«

»Aber …« Rudi zögerte und machte einen Schritt vor. »Aber ich hab das Gefühl, Jan Inge sollte …«

»Du hast für heute genug Gefühle gehabt«, sagte Beverly. Bestimmte sie jetzt etwa in diesem Haus? Rudi machte den Mund auf, wollte noch mal Einspruch erheben, aber irgendwas an ihrem Gesichtsausdruck schien das ausdrücklich zu verbieten, und sein Mund klappte stumm wieder zu.

»Trust me«, sagte Beverly. »Mit so was kenn ich mich aus.« Sie drehte sich zu Daniel um. »Erinnert mich an alte Zeiten«, sagte sie. »Und jetzt brauch *ich* ein Glas Wasser.«

Ja, dachte Daniel, alte Zeiten.

Mahima räumte, wenn auch widerwillig, ein, dass Cecilie das Richtige getan hatte, spielte aber weiter die Beleidigte. Und so herrschte im Mercedes nicht gerade Superstimmung, obwohl Tommy und Grace gerade das Gesicht und – vorläufig – ihren Fall verloren hatten und abgezogen waren. Dejan hatte die zwei Frauen vor sich aufgegeben. Er saß auf der Rückbank, sah aus dem Fenster und knetete seine Würfel.

Nach einer Viertelstunde schob Cecilie den Kopf vor und starrte in den Rückspiegel. Mit zusammengekniffenen Augen hob sie das Kinn etwas an, denn hinter dem Mercedes rollte ein grauer Transporter heran. Sie tippte Mahima auf die Schulter.

Mahima sah in den Spiegel. Der Wagen parkte ein – das waren doch Beverly und Daniel! Sie lehnte sich nach hinten und verpasste Dejan einen Klaps. Er schreckte hoch.

»*Bog te jebo!*«

Mahima und Cecilie sahen einander an.

»Was ist los?«, fragte Dejan.

»Keine Ahnung«, sagte Mahima. Unter ihrer Haut pumpte das Blut sichtlich durch die Adern.

Die Tür des Transporters glitt auf, und Daniel stieg aus.

»Dejan«, sagte Mahima. »Lass Daniel rein. Schnell.«

Der Serbe schob die Autotür auf, und Daniel ließ sich auf den Rücksitz fallen.

»Wir haben hier eine Situation«, sagte Daniel ohne große Umschweife, aber irgendwie waren das nicht seine eigenen Worte. Beverly hatte es so genannt. Eine Situation. »Also, hinten im Transporter liegt Rudis Bruder …«

»Frank Martin?« Cecilie zuckte zusammen.

»Ja. Er ist angeschossen und …«

»Angeschossen?«

»Angeschossen, ja, total fucked-up.«

»Oh mein Gott.«

»*Jeb'o ti pas mater.*«

»Wir konnten ihn nicht in Hillev…«

Mahima drückte sich die abgespreizten Zeigefinger an die Schläfen.

»Wie geht es Rudi?« Cecilies Mundwinkel zitterten. »Ist er verletzt?«

»Nein«, antwortete Daniel, »aber er hat auf seinen Bruder geschossen.«

Cecilie sah hinab auf ihren Bauch. »Ohren zu, Kinder!«

»Er muss ins Haus«, sagte Daniel. »Wir müssen ihn da reinschaffen und das regeln. Mahima, du …«

»Okay«, fiel sie ihm ins Wort und sah zu Cecilie. »Wir brauchen eine Verbindung da rein. Die Telefone können wir nicht benutzen. Nicht jetzt.« Mahima dachte laut. »Wir müssen ins Haus.« Sie sah zu Dejan. »Okay, du klingelst.«

Dejan setzte sich gerade auf. »Ich?«

»Ja.«

»Warum ich?«

»Weil du aussiehst, als könntest du mit diesen Idioten rumhängen.«

»Dschieses.«

Mahima sah Dejan direkt ins Gesicht. »Dir wird wer aufmachen, du siehst denjenigen an und sagst: ›Ist Rikki da?‹ Sie werden dich reinlassen. Du erklärst ihnen alles. Du sagst ihnen, dass sie mit dem Auto aus der Garage rausmüssen, sie sollen es hier oben parken, und sobald wir es sehen, fahren wir den Transporter rein. Okay?«

Dejan, der seit Stunden geschlafen und von einem Serbien geträumt hatte, das es nicht gab, rekelte sich. Hatte er die Würfel noch in der Hand? Ja, hatte er.

»Okay«, sagte er, »das krieg ich hin.«

Als es an der Tür klingelte, waren Ben, Jan Inge und Melvin gerade auf dem Weg zur Terrasse. Sie reagierten professionell, blieben stehen, griffen nach ihren Pistolen und bezogen Stellung, sodass man sie von der Haustür aus nicht sehen konnte. Jan Inge nickte Ben zu, hielt zwei Finger in die Höhe und deutete in Richtung Haustür. Ben ging hin und machte auf.

Als sie sahen, dass es Dejan war, ließen sie die Pistolen sinken.

»Shit«, sagte Melvin. »Okay. Was ist?«

Dejan klärte sie darüber auf, was geschehen war. Jan Inge gab sich nüchtern, als ihm der Serbe von Pogo und der Dänin erzählte. Dann drehte sich Dejan zu Ben.

»Ähm …« Er kratzte sich an der Stirn. »Tja, und dann ist da dein Vater.«

»Was ist mit ihm?«

»Na ja, also, Rudi hat auf ihn geschossen.«

Ben nickte. »Ist er tot?«

»Äh, nein, die Kugel steckt in seiner Schulter. Er liegt draußen im Transporter.«

»Hm.« Ben holte tief Luft. Und seufzte.

»Wär es dir lieber gewesen, er wäre tot?«, wollte Jan Inge wissen.

»Ja, das wär mir am liebsten«, antwortete Ben. »Absolut.«

Jan Inge klopfte dem Jungen auf die Schulter. »Ich weiß, wie's dir gerade geht.«

»Nein«, entgegnete Ben. »Das tut wirklich nie jemand.«

»Großmaul«, kommentierte Jan Inge und nahm die Tasche mit dem Geld in die Hand. »Gut, wir machen hier mal besser schnell.«

Eins Komma zwei Millionen.

Er sah zu Melvin.

Ließ seinen Gedanken freien Lauf. Sie sprinteten.

»Melvin«, sagte Jan Inge nach Kurzem. »Ich werd dir jetzt vertrauen.«

»Du weißt, dass du das kannst«, sagte Melvin. Er hatte so riesige Lust, sich die Tasche zu schnappen, zum Auto zu rennen und sich davonzumachen, aber er wusste, das ging nicht. Dann hätte er für den Rest seines Lebens die Hillevåg-Gang im Nacken.

Jan Inge hob die Tasche vor Melvin in die Höhe. Der Meisterdieb sah ihn fragend an. Jan Inge trat ein Stück näher.

»Du wirst mich nicht verarschen«, sagte er leise und hielt Melvin die Tasche hin.

»Werd ich nicht«, sagte Melvin und legte die Hand an die Tasche.

»Ich vertrau dir«, sagte Jan Inge und ließ die Tasche los. »Und du weißt, was das bedeutet.«

»Ich bin kein Dummkopf, Jan Inge.«

»Du nimmst die Beute mit«, sagte Jan Inge. »Du redest mit denen draußen, schickst sie zu uns rein, schnappst dir Mahima, und dann fahrt ihr mit dem Geld zu euch nach Randaberg. In den nächsten acht Tagen nimmst du keinen Kontakt zu uns auf. Okay?«

Melvin nickte. Ben wechselte einen Blick mit Jan Inge, griff aber nicht ein.

»Du verstehst hoffentlich, was ich dir anvertraue.«

»Ja«, sagte Melvin.

»Du verstehst, was passiert, wenn du mich bescheißt?«

»Du schießt mir in die Nieren und versenkst mich im Gandsfjord«, antwortete Melvin. Dann machte er zwei Schritte auf Jan Inge zu, umarmte ihn und klopfte ihm auf den Rücken, wandte sich zur Terrassentür und lief hinaus.

»*Tobdija*«, sagte Dejan. »Ganz schön viel Action hier. Krass, dass Rudi einfach abgedrückt hat, direkt in die Schul...«

Jan Inge hob die Hand. »Kannst du bitte den Mund halten? Ich muss denken. Wie spät ist es?«

»Halb zwei«, sagte Dejan.

»Okay. Eine halbe Stunde noch, dann kommen Rikki und Melissa. Ben?«

»Mhm?«

»Wie reagiert Rikki, wenn er erfährt, dass auf euren Vater geschossen wurde?«

Ben überlegte. »Er wird wackeln. Aber wenn ich da bin und ihn in die richtige Richtung lenke, ist das kein Problem.«

»Okay«, sagte Jan Inge, »das reicht. Und deine Mutter?«

Zum ersten Mal wurde Bens Blick unsicher. »Das ist unberechenbar.«

»Scheiße.« Jan Inge lief unruhig auf und ab. »Ich muss mal denken, verflucht. Ich glaub nicht, dass Pogo zurückkommt, aber ich hab das Gefühl, wir haben nicht wahnsinnig viel Zeit. Gebt mir mal kurz zwei Minuten. Ich geh aufs Klo.« Er sah die Jungen an. »Nehmt die anderen in Empfang. Holt alle rein. Runter in den Keller. In irgendeinen Raum, den man nicht einsehen kann, einen Raum ohne Teppiche. Waschküche oder so. Habt ihr eine Waschküche?«

Ben nickte.

»Bringt Frank Martin da runter. Bringt alle da rein. Dann sehen wir von da aus weiter. Aber jetzt muss ich echt dringend aufs Klo, und ich muss denken.«

»Denken ist gut«, sagte Ben.

»Ist das Beste«, sagte Jan Inge und ging den Flur entlang zum Klo im Erdgeschoss. Er schloss die Tür hinter sich ab, knöpfte vorsichtig seinen Overall auf, löste das Tape an den Handgelenken. Setzte sich aufs Klo. Sein Kopf war beunruhigend leer. Und viel zu langsam. Sein Bauch grummelte nervös. Kurz darauf hörte er, wie eine Tür ins Schloss fiel. Schritte. Knarzende Treppenstufen. Stimmen, die sich im Haus verloren.

Die anderen waren jetzt im Keller versammelt. Zusammen mit Frank Martin, der eine Kugel abgekriegt hatte. Und hier saß der Chef.

Jan Inge musste nachdenken. Er musste sein Hirn anfeuern, es war höchste Zeit für eine Lösung.

Drei Minuten später war Jan Inge auf dem Klo fertig. Auch wenn ihm zwar nicht gerade die Lösung seines Lebens eingefallen war, so hatte er doch nachgedacht und einen Beschluss gefasst. Er zog den Overall hoch, wusch sich die Hände und betrachtete dabei sein Gesicht im Spiegel über dem Waschbecken. Dann befestigte er wieder das Tape um beide Handgelenke, verließ die Toilette und ging in den Keller.

Sie waren alle in der Waschküche versammelt. Rudis Arm lag um Cecilie, sie waren beide unfähig, etwas zu sagen. Daniel stand neben Ben. Dejan saß mit baumelnden Beinen auf der Waschmaschine. Beverly stand kerzengerade in der Mitte des Raums, ihre Frisur war von den Strapazen des Tages komplett zerzaust, aber der Blusenknoten über der Taille war noch immer intakt. Zu ihren Füßen lag Frank Martin. Er wand sich vor Schmerzen, und breiige Geräusche sickerten aus seinem Mund.

Jan Inge blieb in der Tür stehen.

»Sorry, Jani, ich …«

Jan Inge unterbrach Rudi, indem er den Raum betrat. »Warum das passiert ist«, sagte er, »also, was genau da falsch gelaufen ist, darüber können wir ein andermal sprechen. Jetzt haben wir ein anderes Problem.« Er sah zu Frank Martin. »Beziehungsweise mehrere. Melissa und Rikki kommen bald heim. Wir wissen, was hier passiert ist, aber wir können nicht wissen, was sie dazu sagen werden.«

»Müssen sie das denn sehen?«, fragte Daniel.

»Ein völlig richtiger Gedanke, Daniel«, sagte Jan Inge.

»Nein, das müssen sie sicher nicht.«

»Und wir, warum sind wir dann da?«, fragte Dejan.

»Weil wir nirgends sonst sein können, du Idiot«, wies Jan Inge ihn zurecht.

Er wandte sich an Rudi.

»Was für Gefühle hast du für ihn?«, fragte er.

»Für wen?« Rudi wirkte verunsichert.

Jan Inge zeigte in Richtung Boden.

»Oh, für ihn.«

»Ja, für ihn.«

»Tja, er …«

»Ja, er.«

»Tja. Was für Gefühle ich für ihn hab?«

»Ja.«

Rudi schluckte. »Na jaa …« Er antwortete nur zögernd. »Also, klar hab ich ein paar alte Gefühle wie vielleicht, na ja …«, er fasste sich an den glatt rasierten Schädel, »fuck, weiß nicht, wie ich es sagen soll …«

Beverly strich ihm voll Anteilnahme über den Rücken.

»Ah«, seufzte Rudi. »So ein paar alte Erinnerungen halt. Die Cars. Der eine oder andere Angelausflug zum Håelva. Ein bisschen Randale im Kongeparken. So was.«

»Ach, du Schnucki«, sagte Cecilie und schniefte.

»Ansonsten steht's nicht so gut um diese Gefühle«, fuhr Rudi fort. »Frankie ist ein Monster. Er ist kein guter Mensch. Schau dir seine Kinder an.« Er sah zu Ben. »Er hat sie wie Hunde behandelt. Das ist echt mal kein daddy-mäßiges Benehmen.«

Eine Serie undeutlicher Schimpfworte drang aus dem geknebelten Mann am Betonfußboden.

Jan Inge ließ den Blick durch den Raum schweifen. »Na gut. Ich möchte euch jetzt alle bitten rauszugehen.«

Man warf sich Blicke zu, man murmelte verhalten. Jan Inge stand nur da und demonstrierte damit Entschlossenheit. Er meinte es ernst. Also setzte man sich in Bewegung. Vom Boden her ein Gurgeln aus Frank Martins Kehle. Er versuchte, etwas zu sagen, aber da kam nicht mehr heraus als Gegrunze, Geschnaufe und Gekeuche.

»Ihr geht ins Wohnzimmer hoch«, ordnete Jan Inge an. »Ihr haltet euch von den Fenstern fern. Und ihr fasst nichts an.«

Jan Inge trat zu Ben. »Einverstanden? Alles klar?«

Ben nickte, ohne mit der Wimper zu zucken.

Jan Inge sah jetzt die anderen an und erwartete auch von ihnen eine Antwort.

Cecilie nickte. Daniel nickte. Dejan sprang mit einem Seufzer von der Waschmaschine.

»Keine Fragen«, sagte Jan Inge, als er sah, dass Dejan Einspruch erheben wollte. Dann legte er eine Hand auf Beverlys Arm, die ihn fest anlächelte und anschließend die anderen quasi aus dem Raum geleitete.

»Du nicht, Rudi«, sagte Jan Inge.

Rudi blieb in der Tür stehen, während die anderen hinaus auf den Flur verschwanden und ihre Schritte auf der Treppe verklangen.

Jan Inge zog seine Pistole heraus.

Rudi entfuhr ein tiefer, langer Seufzer.

»Ja, ja«, sagte er.

»Ja«, sagte Jan Inge achselzuckend.

»Was …«, kam es undeutlich zwischen Sabbern und Gurgeln vom Fußboden.

Jan Inge und Rudi sahen Frank Martin an. Sie hatten beide nicht das Gefühl, ihm etwas erklären zu müssen. Seine Haut war käsig, ebenso seine Hände. Vor Angst, dachte Jan Inge.

Es wurde still um sie, so still, dass Rudi spürte, wie selbst der Staub den Atem anhielt. Jan Inge zog Rudi zu sich heran. Sie drehten sich von Frank Martin weg.

»Frank Martin kann nicht mehr weiter bei uns bleiben«, sagte Jan Inge. Er ließ seinen besten Freund nicht aus den Augen. »Verstehst du das?«

Rudis Mundwinkel zitterten.

»Ich muss mir sicher sein, dass du das verstehst.«

Rudi nickte halbherzig.

»Was flüstert ihr da?«, versuchte Frank Martin, durch das Tape hervorzupressen.

Jan Inge antwortete nicht.

»Verstehst du das?«, wiederholte er flüsternd in Richtung Rudi.

Rudis Blick sank langsam Richtung Boden. Er nickte.

»Hey, worüber flüstert ihr da?! Antwortet mir!«, kam von Frank Martin, dem es in seiner Panik gelungen war, sich mit der Schulter das Tape vom Mund zu schubbern.

»Gut«, sagte Jan Inge ruhig. »Wären wir darüber nicht einer Meinung, wär das nicht so besonders. Na dann. Wer tut es?«

Rudi räusperte sich fast tonlos.

Jan Inge trat noch dichter an seinen besten Freund heran. »Entweder du oder ich, verstehst du?«

Rudi schniefte. »Verstehe, Bruder.« Er streckte die Hand aus. »Ist nicht richtig, wenn du es tun musst«, sagte er.

»Ja, das Gefühl hab ich auch.«

»Hey! Jan Inge! Rudi!« Frank Martin wand sich schreiend auf dem Boden, aber niemand antwortete ihm.

Jan Inge legte die Glock in Rudis flache, zitternde Hand. Musste schon länger her sein, dass er sich die Fingernägel geschnitten hatte, so lang und gebogen, wie sie waren – wie bei einer Echse. Rudi legte die Finger um die Waffe und versuchte, das Zittern zu unterdrücken, er schloss die Augen und umarmte Jan Inge lange. Dann machte er einen Schritt zur Seite, drehte sich um, und zum zweiten Mal an diesem Vormittag richtete er eine Waffe auf seinen Bruder.

»Sei stark«, flüsterte Jan Inge.

Unten am Boden öffnete sich Frank Martins Mund. Seine Augen waren gelb, weiß und rot, und irgendwas daran erinnerte Rudi an Spiegelei mit Ketchup, an eine explodierte Sonne, an Filme, die er im Wohnzimmer von Hillevåg gesehen hatte.

»Rune«, flehte Frank Martin und versuchte, den Oberkörper aufzurichten, »bitte, das kannst du doch nicht tun. Ich und du, Rune. Die Cars. Die Achtziger. Etagenbett. Alte Zeiten.«

»Sei stark«, wiederholte Jan Inge und sah, wie die Pistole in Rudis Hand zitterte.

38 B.

Oben im Wohnzimmer sagte keiner ein Wort. Sie standen eng beieinander in der Mitte des Raums: Cecilie, Beverly, Daniel, Dejan und Ben, wie Leute im Aufzug. Keiner begegnete dem Blick des anderen. Man schluckte. Man schniefte. Ein leises Räuspern. Man trat von einem Fuß auf den anderen. Man fuhr sich vorsichtig durchs Haar. Man ließ den Blick durchs Wohnzimmer schweifen, über Möbel und Kram, über alte Familienfotos. Zwei kleine Jungs im Sandkasten, eine Frau vor einer Suzuki. Überreste eines Lebens in Trones.

Als ein heftiger Knall aus dem Keller schallte, zuckte Cecilie zusammen und fasste sich an den Bauch. Beverly schloss kurz die Augen, als sie sie wieder aufschlug, war ihr Blick klar. Ben nickte in sich hinein. Dejan verschränkte die Hände und drehte sie nach außen, sodass die Gelenke und Knorpel knackten. Daniels Blick verschwand in seinem Kopf.

Das Echo des Schusses verhallte, und die Gruppe löste sich voneinander. Man wurde freier, bewegte sich wieder, als wäre das, was im Keller geschehen war – der Mord an Frank Martin Digervold –, eine echte Erlösung. Das Räuspern wurde lauter, immer mehr Töne entschlüpften den Mündern. Ben und Beverly sahen einander an und hielten gemeinsam den Raum in Schach.

Kurz darauf hörten sie Schritte auf der Treppe.

Jan Inge und Rudi tauchten auf. Jan Inge wirkte gefestigt, sein Körper zeichnete sich deutlich im Raum ab. Rudi hingegen schien geradewegs aus der Hölle zu kommen. Er steuerte direkt auf Cecilie zu, die ihre Arme weit für ihn geöffnet hatte. Beverly legte ihrerseits die Arme um Jan Inges Hals und flüsterte ihm etwas ins Ohr, was sonst keiner hören konnte.

Nach diesem fast göttlichen Augenblick – wie Ben dachte – trat Jan Inge vor und versammelte alle im Kreis um sich.

»Ihr versteht, was passiert ist«, sagte er leise. »Das, was Rudi heute getan hat, erfordert ganz enorme Stärke.«

Sie nickten.

»Eine enorme Stärke«, wiederholte Jan Inge und legte den Arm um Rudi, sah dann wieder zu den anderen. »Und das bedeutet, ihr werdet Rudi den Respekt entgegenbringen, den er jetzt braucht, nachdem er etwas so Schwieriges durchgezogen hat, wie seinen Bruder zu erschießen.«

»Ja, klar doch«, sagte Dejan.

»Ihr müsst ihm Respekt entgegenbringen«, sagte Jan Inge, »und Unterstützung.«

»Machen wir.« Cecilie hatte feuchte Augen.

»Und was passiert ist«, sagte Jan Inge nun etwas lauter, »das erzählt ihr keiner lebenden Seele.« Er legte eine Pause ein und musterte alle nacheinander. »Sonst«, sprach er weiter, »seid ihr selbst bald nicht mehr unter den Lebenden. Das verspreche ich euch.«

Er blickte in lauter ernste Gesichter.

Jan Inge wandte sich an Ben. »Was fühlst du jetzt?«

»Befreiung«, antwortete Ben.

»Gut«, sagte Jan Inge, und sein Körper entspannte sich, »dann hat es ja was Gutes.« Er trat ans Fenster, das auf die Straße rausging, und zog die Vorhänge ein paar Zentimeter zur Seite. Ein kurzer Blick hinaus, dann zog er sie wieder zu. Er sah auf die Uhr. »Okay. Bald kommen Melissa und Rikki. Damit das hier funktioniert, damit keiner von uns heute Abend in einer Zelle auf dem Präsidium landet, ist es notwendig, dass ihr jede meiner Instruktionen bis ins kleinste Detail befolgt.«

»Ja, selbstverständlich«, sagte Cecilie und klang ehrlich optimistisch.

»Versteht sich von selbst«, sagte Beverly ganz ähnlich zuversichtlich.

Jan Inge sah die Jungen an. Alle erklärten sich einverstanden.

»Am meisten wird das von dir fordern«, sagte er und zeigte auf Ben.

»Hatte schon so ein Gefühl.«

Jan Inge trat vor und legte ihm die Hand auf die Schulter. Ben hob sie höflich weg. »Ich brauch keinen Trost.«

»Das hab ich längst verstanden«, sagte Jan Inge, »gehört vielleicht mit zum Aufsehenerregendsten an dir.«

»Ich brauch nur Informationen«, sagte Ben.

»Gut«, sagte Jan Inge und begriff, alles andere war Schnickschnack für Ben. »Also, geschehen wird Folgendes«, hob Jan Inge an. »Sobald Rikki und Melissa eintreffen, nimmst du, Ben, Rikki mit hoch in euer Zimmer. Dort bleibt ihr, bis ich zu euch komme. Du sprichst mit ihm über eure Mutter. Zeig Interesse – wie's im Café war und so.«

»Okay«, sagte Ben.

»Währenddessen«, sagte Jan Inge, »also, während das passiert, nehmt ihr, Cecilie und Beverly, Melissa mit in ihr Schlafzimmer.«

»Okay?«

»Sure, honey.«

»Dort erfährt sie von euch, dass im Keller Frank Martin liegt. Tot. Ihr erzählt ihr, dass er im Kampf gefallen ist, was ja gewissermaßen der Wahrheit entspricht. Wenn sich Melissa dann wieder etwas beruhigt hat, erklärt ihr ihr, dass sie – Melissa Dahle – ihren Ehemann erschossen hat.«

»Hä?«

»Was?«

»Sorry?«

Dejan entkam ein kurzer Lacher. Ben brachte den Serben mit einem schneidenden Blick zum Schweigen.

»Ha«, sagte Beverly mit hochgezogenen Augenbrauen.

»Ihr sagt ihr«, fuhr Jan Inge mit fester Stimme und ermutigt fort, denn seine Anweisungen schienen Beverly offensichtlich zu gefallen, »sie hat keine andere Wahl.«

Die Menschen im Zimmer hörten Jan Inge gespannt zu. Beverly hatte den Plan ihres immer brillanteren Liebsten längst begriffen, und auch Cecilie dämmerte es allmählich. Daniel ebenso. Dejan grübelte und grübelte, aber kam nicht ganz dahinter. So wenig wie Rudi, der obendrein damit beschäftigt war, das Bild seines toten Bruders aus dem Kopf zu bekommen.

Und Ben?

Ben verstand genau, was Jan Inge da vorher auf dem Klo eingefallen war. Er begriff es bis ins kleinste Detail. Und er fand es fantastisch. Bens Haut leuchtete, sein Gesicht glühte.

»Bist du dir sicher«, warf Cecilie ein, »dass wir ihr das sagen sollten und nicht du? Ich hab irgendwie das Gefühl, du hast mehr Autorität und so.«

»Schön gesagt«, sagte Jan Inge, »aber ich denke, hier müssen Frauen ans Steuer.«

»Agree«, sagte Beverly.

»Mein Gott«, sagte Dejan kopfschüttelnd, »sorry, also: Man kann doch nicht zu einer Frau gehen und sagen, sie soll einen Mord auf sich nehmen, und glauben, das funktioniert forever.«

»Dejan«, sagte Jan Inge, »halt den Mund.«

»*Bog te jebo*«, fluchte Dejan.

»Sie hat keine andere Wahl«, machte Jan Inge weiter, ohne weiter auf den Serben einzugehen. »Und ihr sagt ihr Folgendes: Wenn sie diesen Mord nicht auf sich nimmt, bringen wir Rikki und Ben um.«

Dejan klatschte in die Hände. »Fuck!«, brach es aus ihm heraus. »Ein Klassiker!«

»Halt den Mund«, sagte Jan Inge wieder und drehte sich zu Ben um. »Ja, so müssen wir es machen.«

»Ja«, pflichtete Ben ihm bei.

»Du verstehst das?«, versicherte sich Jan Inge.

»Ja«, antwortete Ben.

»Sobald wir hier raus sind, muss Melissa die Polizei anrufen«, sprach Jan Inge an Cecilie und Beverly gerichtet weiter. »Wenn sie will, dass ihre Söhne am Leben bleiben, muss sie denen erzählen, dass sie ihren Mann im Streit erschossen hat.« Er drehte sich erneut zu Ben. »Wenn man dich später um eine Aussage bittet, bestätigst du die Streitereien deiner Eltern. Das lief schon jahrelang so bei den beiden, sagst du. Und Rikki wird das ebenfalls tun. Sogar all eure Nachbarn werden sagen, sie könnten sich an nichts anderes erinnern, als dass Frank Martin und Melissa stritten. Alle werden das Gleiche erzählen, nämlich dass diese Eheleute seit Jahren damit gedroht hätten, einander umzubringen. Sie haben alle gesehen, wie es um dieses Höllenhaus stand. Du und dein Bruder, Ben, ihr werdet ihnen leidtun, und es wird sie nicht überraschen, dass das Ganze in einer Tragödie geendet hat. Und auf diese Weise«, beschloss Jan Inge seinen Vortrag, »wird Melissa wegen Mordes verurteilt, allerdings wird man ihr für den Tatzeitpunkt eine psychische Erkrankung bescheinigen, sodass sie höchstwahrscheinlich in der Geschlossenen landet. Mit einem Geheimnis, das sie niemals verraten wird, weil sie weiß, dann wäre es um ihre Söhne geschehen.«

Es wurde still im Zimmer.

Dazu wusste keiner etwas zu sagen. Jan Inge hatte nachgedacht, und er hatte gut nachgedacht.

Er wandte sich langsam an Ben.

»Ben«, sagte er ruhig.

»Ja?«

»Kannst du damit leben?«

»Damit kann ich leben.«

Jan Inge nickte zufrieden.

Cecilie und Rudi umarmten einander und sahen ihn bewundernd an. Dejan schnalzte mit der Zunge. Daniels Blick war nicht zu deuten.

Beverly ergriff das Wort: »Hat noch jemand anderes etwas zu sagen?«

Nein, keiner.

Sie gab Jan Inge einen Kuss, dann beugte sie sich an sein Ohr und flüsterte ihm erneut etwas zu, was sonst niemand hören konnte.

»Ja, richtig«, rief Jan Inge. »Das hätte ich beinahe vergessen.«

Er schob die Hand in die Tasche und fischte die Glock heraus.

»Eins muss noch passieren«, sagte er. »Dafür müssen wir nur noch auf Melissa und Rikki warten.«

Melissas Schrei gellte durchs ganze Haus.

Jan Inge stand mit Rudi, Dejan und Daniel in der Küche. Die Frauen hatten Melissa mit ins Schlafzimmer genommen, Ben war mit Rikki hoch ins Kinderzimmer gegangen.

Dieser Schrei schneidet einem echt wie eine Säge durch den Körper, dachte Jan Inge, und ihm fiel auf, wie realistisch die Wirklichkeit manchmal im Vergleich zu den vielen Horrorfilmen sein konnte, die er in seinem Leben gesehen hatte.

»Ja, ja …« Er räusperte sich kurz, und sein Blick fiel auf zwei leere Kaffeetassen auf der Küchenanrichte.

»Na dann«, sagte Rudi und starrte auf die Einkaufsliste an der Kühlschranktür. Eine Frauenhandschrift: *Tomaten, Gurken, Marmelade, Spülmittel. Abendessen, was für die Kinder.*

»So« – Jan Inge seufzte –, »da hat sie wahrscheinlich die Nachricht erhalten.«

»Anzunehmen, ja«, sagte Rudi und wandte den Blick von der Einkaufsliste ab.

»Dann muss man ihr jetzt wohl ein bisschen Zeit lassen.«

»Natürlich, klar.«

Dejan stieß Daniel den Ellbogen in die Seite, aber Daniel sagte nichts.

»Okay.« Jan Inge drehte die Glock in seiner Hand. »Tja, dann geh ich mal in den Keller.«

»Sicher, dass nicht ich das machen sollte?«, wollte Rudi wissen.

»Ich kann es auch machen«, sagte Dejan eifrig.

»Nein.« Jan Inge schaute zu Daniel, der in der letzten Stunde kein einziges Wort gesagt hatte und irgendwo weit, weit weg von Trones zu sein schien. Dieser Junge könnte zu einem Problem werden, dachte er, schob den

Gedanken wieder beiseite und konzentrierte sich auf das, was jetzt zu tun war.

»Nein«, wiederholte er. »Du hast deinen Bruder für heute genug umgebracht, Rudi, und du bist zu jung für einen Mord, Dejan.«

»Ist ja kein Mord«, widersprach Dejan eilig, »wenn man 'nem Toten 'ne Kugel verpasst, und außerdem: Was weißt du denn über meine Erfahrungen mit Waffen und Mord?«

»Da hab ich ein paar ziemlich bange Ahnungen«, sagte Jan Inge und ging die Treppe runter. »Gebt mir einen Moment«, rief er über die Schulter, »dann kriegen wir dieses Chaos hier in Griff.«

Das Schreien schwoll weiter an. Klang jetzt noch realistischer, dachte Jan Inge.

Frank Martin lag verlassen auf dem Betonfußboden. Seine Wangen waren noch rosig, noch war Flüssigkeit in seinen Augen, und er sah überhaupt noch ziemlich lebendig aus. Unter seinem Oberkörper sammelte sich Blut in einer Lache.

Jan Inge blieb stehen und seufzte.

Da lebst du erst an die vierzig Jahre lang, und das Leben holpert so auf seine schräge Weise dahin, aber Mörder bist du keiner, du nicht und auch nicht dein bester Freund. Und dann, in nur wenigen Wochen, habt ihr Blut an euren Händen. Erst ein abgedrehter Koreaner. Ein Kamerad. Und dann eine geizige Elster aus Sandnes.

Verwunderlich ist jedoch, dachte Jan Inge und stellte erneut fest, wie wenig tot Frank Martin aussah, verwunderlich ist, wie schnell man in diesem Leben abhärtet. Sachen, die man sich nie hatte vorstellen können, gehen einem rasend schnell in Fleisch und Blut über.

Er richtete die Waffe auf Frank Martin.

Es musste getan werden. Rikki musste jetzt einen Schuss hören, wenn in dem dummen Kopf dieses Jungen kein Verdacht aufkommen sollte.

»Wenn ihr den Schuss hört«, hatte er zu Ben gesagt, »dann wirst du Rikki zurückhalten und sagen, er soll sich ruhig verhalten. Du tust so, als hättest du keine Ahnung, was da gerade passiert. Verhaltet euch ruhig. Damit ich Zeit hab, wieder raufzugehen, Melissa die Waffe zu bringen und zu überprüfen, ob alles ist, wie es sein soll.«

Ben hatte dagegen keine Einwände gehabt.

Ah.

Familienleben.

Jan Inge hob die Hand mit der Glock und trat einen Schritt auf Frank Martin zu.

Einen Mann zu erschießen, der bereits tot ist.

Fühlte sich unnötig an.

Es ihm so reinzureiben.

Jan Inge zielte auf Frank Martin, dem bereits eine Kugel in der Brust steckte. Und drückte ab. Der Schuss hallte vom Beton und in Jan Inges Schädel gellend wider.

Er seufzte tief und setzte sich auf den Boden.

»Puh«, sagte er und schüttelte den Kopf.

Jan Inge nahm die Hand des Toten und zog sie auf seinen Schoß.

»Das war wirklich nicht gerade toll«, flüsterte er.

Jan Inge drückte Frank Martins Hand.

»Aber du hast dir das selbst eingebrockt, so wie du dich verhalten hast«, flüsterte er.

Jan Inge strich dem Toten über die Adern auf dem Handrücken. Es fühlte sich kalt und fremd an.

Cecilie und Beverly saßen auf der Bettkante. Als der Schuss zu hören war, umarmten sie Melissa, so fest sie konnten.

Die Frau schrie und schrie und schrie, versuchte, sich aus den Armen der Frauen zu winden, und brüllte hysterisch, dass sie doch alle krank seien, die ganze Gang.

»Ja, ja«, sagte Cecilie und hielt sie fester, »ist ja gut, aber jetzt musst du dich zusammenreißen, wenn du deine Kinder lebendig wiedersehen willst.«

»Du musst jetzt rational denken«, sagte Beverly streng.

»Rational?!«, fauchte Melissa und atmete schwer durch die Nase.

»Ja«, sagte Cecilie, die sich mit diesem Wort nicht recht auskannte.

»Ja, in der Tat«, sagte Beverly.

Sie hielten sie weiter im Arm, dann ging die Tür auf. Jan Inge kam herein. Er sah die drei Frauen, und sein erster Gedanke war, dass er hier eine Urszene der Menschheitsgeschichte erblickte: zwei reife Frauen beim Trösten einer krisengebeutelten Schwester. Was für ein wunderbarer Anblick, dachte Jan Inge, und es dämmerte ihm, dass Güte anscheinend mit jeder tragischen Situation einen Tritt in den Arsch bekam und aufs Neue wirkte, ihre Schleusen öffnete, ja, wie eine Blume zu wachsen begann.

»Sind wir auf Kurs?«, fragte er.

»So Halbkurs«, antwortete Cecilie.

»As good as it gets«, meinte Beverly.

»Gut.« Er näherte sich dem Bett, wischte die Glock mit dem Laken ab und legte sie auf den Nachttisch. »Was mich angeht, haben wir das Ziel erreicht«, sagte er. »Ihr gebt ihr dann die Pistole, wenn sie bereit ist. Wir brauchen ihre Fingerabdrücke darauf, und dann bittet ihr sie, nachher die Polizei zu rufen, wenn sie so weit ist.«

»Ihr seid verflucht noch mal die kränksten Scheißmenschen, die ich je getroffen hab!«, kreischte Melissa und sah Jan Inge an, als wäre er der Teufel höchstpersönlich.

»Ja, ja«, sagte er, »ich kann verstehen, dass du aufgewühlt bist, Melissa, und ich verstehe auch, dass du ein bisschen Frust rauslassen musst. Aber ich finde eigentlich, du solltest jetzt ein klein bisschen Konstruktivität zeigen und in Betracht ziehen, dich zusammenzureißen, damit sich das hier nicht in die Länge und Breite zieht.«

»Und wenn ich damit zur Polizei gehe, dann« – sie schluchzte –, »dann …«

»Ja«, antwortete Jan Inge. »Da kannst du dir sicher sein.«

Melissa antwortete nicht. Sie schüttelte nur den Kopf und sah Jan Inge an, als wäre er nicht real.

»Wir regeln das hier«, sagte Beverly.

Jan Inge war zufrieden.

So oft hatte er in letzter Zeit daran gedacht. Seit Beverly ganz Teil seines Lebens geworden war. Seit Cecilie schwanger war. Er konnte auf diese Frauen vertrauen. Sie waren aus dem richtigen Eisen gegossen. Sie waren anders als er selbst. Und wenn das mal nicht Empathie und Liebe war, dann wusste Jan Inge nicht, was Empathie und Liebe sonst sein sollten. Keine der beiden hatte Melissa je zuvor getroffen, sie hatten keine Ahnung, wer die Frau war, aber sie handelten instinktiv, und – dachte Jani – sie handelten richtig. Moralisch. Gemäß dem höchsten Gesetz. Gemäß Gottes Gesetz. Cecilies bleiche Hand bearbeitete die Schultern dieser verlorenen Sandnes-Frau, und Beverlys mollige Hand kreiste ihr über den Rücken, während die Arme schluchzte und schrie, wie Ehefrauen im Lauf der Geschichte schon so oft geschrien hatten, dachte Jan Inge, wenn ihre Ehemänner im Krieg gefallen waren.

»Stark«, hörte Jan Inge sich selbst sagen.

»Halt jetzt den Mund, Jan Inge«, sagte Cecilie und holte Jan Inge aus seinem Ausflug in die Welt der tiefen Reflexionen zurück.

»Gut.« Er hatte den Wink verstanden. »Ich geh dann mal schnell hoch zu Ben und Rikki und überbringe die tragische Nachricht.«

Melissa sah ihn hasserfüllt an. »Und was für eine Nachricht soll das sein?«

»Dass du deinen Mann erschossen hast«, antwortete Jan Inge.

»Was war das?«

Rikki stand mit verkrampftem Nacken in der Mitte des Zimmers.

»Ben?«

Er schluckte und versuchte, den Blick seines Bruders aufzufangen, der am Fenster stand.

»Ernsthaft? He, Ben? Ein Schuss? Hört sich so ein Schuss aus 'ner Knarre an? Ben?«

Ben legte einen Finger an seine glatten Lippen, aber Rikki konnte den Mund nicht halten.

»Wo ist Mama? Hörst du nicht, dass sie schreit? Sollen wir nicht runtergehen? Ben?«

Ben schüttelte den Kopf.

»Wir sollten die Polizei rufen«, sagte Rikki und tigerte ängstlich im Kreis rum, »ich hab doch gesagt, dass es nicht klug ist, nach Stavanger zu gehen und sich bei Onkel Rudi zu erwürdigen, und ich hatte das unbestimmte Gefühl, Ben, ich hatte das Gefühl, dass das nicht gut enden wird … Ben? Warum sagst du nichts? Was passiert denn hier? Ben?«

Ben bewegte sich nicht. Er ließ seinen Bruder reden und es sich von der Seele laufen. Unmöglich, Rikki jetzt auf die Spur von Zuverlässigkeit und Todesverachtung zu bringen. Er musste erst seine Panik loswerden dürfen.

Ben drehte sich zum Liverpool-Poster an der Kleiderschranktür um. Sein Blick glitt von Spieler zu Spieler. Als sie noch jünger gewesen waren, waren Ben und Rikki verrückt nach Fußball gewesen. Für Rikki galt das immer noch, bei Ben regte sich da nichts mehr. Keine Anziehung, keine Ambition – nichts daran hatte mit seinem Leben zu tun. Daniel Agger. Sami Hyypiä. John Arne Riise. Allein dass ein Norweger in der Startelf gespielt hatte, war total krass. Zusammen mit jemandem wie Steven Gerrard und Xabi Alonso und Dirk Kuyt und Robbie Fowler und Luis García. Damals hatten beide Brüder davon Gänsehaut bekommen, und auch wenn ihr Vater sie nie nach Anfield mitgenommen hatte, auch wenn Anfield für sie so weit entfernt gewesen war wie für normale Leute der Mars, waren ihre Träume doch lebendig gewesen.

»Ben? Hast du den Knall gehört? Was war das? Ben?«

Ben riss den Blick vom Poster los und sah aus dem Fenster. Hörte Rikkis Stimme, den ununterbrochenen Redefluss.

An diesem Fenster hatte er sein ganzes Leben lang unfassbar oft gestanden. Erst auf einem Hocker, dann hatte er irgendwann das Kinn übers Fensterbrett strecken können, und schließlich war er groß genug gewesen, um alles selbst zu sehen: die Berge dort drüben. Die Wolken dort oben. Den Ort, der irgendwo in der Ferne lag.

Ben kniff ein Auge zusammen, fixierte den höchsten Berg am Horizont hinter dem Fjord.

»Ben?«

Rikki stand jetzt neben seinem Bruder. Er hatte Tränen in den Augen. Er spürte, er könnte jede Sekunde zusammenklappen und nie mehr aufwachen.

»Was passiert denn hier, Ben?«

»Liverpool«, murmelte Ben.

»Hä?« Rikki schniefte und sah zu den Reds.

»Ich überleg nur, wie unglaublich gut die mal waren«, sagte Ben, »und wie tief sie gefallen sind.«

Dann riss er sich zusammen und drehte sich zu Rikki um. »Du«, sagte er, nahm ihn mit sich zum Stockbett, und sie setzten sich. »Ich weiß doch nicht mehr als du. Verstanden? Aber wir bleiben mal lieber hier. Falls irgendwer da unten im Haus rumballert, dann gehen wir lieber nicht raus und bringen uns selbst ins Schussfeld.«

Er legte Rikki die Hand auf den Kopf

»Das verstehst du doch.«

Rikki schniefte. Wie gut sich Bens Hand auf seinem Kopf anfühlte.

»Ich und du, weißt du«, sagte Ben und sah ihn mit den schönsten Augen der Welt an. »Mein Rikki.« Er legte die Arme um seinen Bruder, hielt ihn fest, umarmte ihn.

Die Tür ging auf. Jan Inge kam herein. Noch ehe die Jungs etwas sagen konnten, bevor Rikki noch schreien oder weinen und Ben den Überraschten spielen konnte, sagte Jan Inge: »Jungs, bereitet euch auf das denkbar Schlimmste vor. Oder, nein, das denkbar Fastschlimmste. Nein, euer Vater hat nicht eure Mutter erschossen. Eure Mutter hat euren Vater erschossen.«

Sie standen alle im Keller.

Jan Inge sah auf Frank Martins Leiche hinab und schwieg. Dejan ließ die Würfel in der Tasche stecken, wie viele auf diese Weise erschossene Männer hatte er nicht schon gesehen. Daniel drückte sich an die Wand und glaubte, sein Leben verlief wohl immer nur in Kreisen, und er fragte sich, ob man sich am Ende an solche Dinge gewöhnte.

Rudis Hand zitterte, und er wünschte sich, dass bald Sommer wäre oder dass sie auf eine Party gingen, sich volllaufen ließen und Ozzy Osbourne hörten.

Rikki kniete weinend vor Frank Martin. Ben stand direkt hinter ihm, neben Melissa. Zum ersten Mal seit vielen Jahren umarmte er seine Mutter.

»Rikki?«

Rikki sah hoch. Wer hier hatte seinen Namen gesagt? Er sah sich um. Seine Mama? Ben? Jan Inge? Irgendwer hatte seinen Namen gesagt. Aber er wusste nicht, wer.

»Da ist nichts mehr zu machen, Buddy«, sagte Ben.

Rikki wischte sich die Tränen aus dem Gesicht und sah seinen Bruder an. Der hatte die Arme um ihre Mutter gelegt, und das sah schön aus, und Rikki hoffte, das würde jetzt für immer so bleiben, auch wenn er wusste, dass das unmöglich war.

»Mama?«

»Ja, Rikki«, flüsterte Melissa.

»Mama, warum hast du das getan?«

Melissa machte sich von Ben los und kniete sich neben ihren Ältesten.

»Ich hatte keine andere Wahl«, flüsterte sie und konnte den Blick nicht von Frank Martin losreißen.

»Oh«, kam es von Rikki.

»Er wollte mich umbringen, Rikki.« Melissa strich eine Falte im T-Shirt ihres Ehemanns glatt.

»Wie so oft«, flüsterte Rikki und strich eine andere Falte im T-Shirt des Vaters glatt.

»Ja«, flüsterte Melissa.

Sie standen auf.

»Kommst du jetzt ins Gefängnis?«, fragte Rikki.

»Ja, wahrscheinlich«, antwortete Melissa.

»Aber …« Rikki schluckte. »Darf ich … Dürfen wir dich da besuchen?«

»Na klar«, warf Cecilie mit einer schön hauchigen Stimmfarbe ein. »Norwegische Gefängnisse haben super Besuchsregelungen.«

Melissa nickte, und Rikki schien das zu trösten.

»Du hast sicher schon die Polizei gerufen, oder?«

»Mach ich noch«, sagte Melissa und strich ihm mit zwei Fingern über die Wange. »Bald, Rikki.«

»Puh«, machte Beverly, »können wir nicht eine Decke über den Mann legen? Der Anblick ist … so … so … indecent. Ben? Hast du eine Decke, die wir über deinen Vater legen könnten?«

Sie hatte sich in Richtung von Melissas jüngerem Sohn gewandt, der vor der Waschmaschine stand, in der finstersten Ecke des Raums.

Aus dieser Kellerdunkelheit trat Ben jetzt ins Licht der Glühbirne an der Decke.

»Ich such eine«, sagte er

Durch Rikkis Kopf bohrten sich auf einmal Splitter. Seine Kiefer verkrampften, und hinter seinen Schläfen spürte er einen heftigen Druck, als wollte sein Schädel jeden Moment bersten. Etwas Fremdes, eine Art mechanisches Tier bewegte sich stoßweise durch seinen Körper.

Und mit einem Mal aus einem wütenden Nichts heraus stand er vor Ben und starrte ihm in die Augen. Er verstand es selbst nicht. Seine Fäuste ballten sich. Das Blut rauschte in seinen Kopf, und womöglich schoss es gleich schwallartig aus seinem Mund. Rikki verstand gerade irgendwas, das er nicht verstand, aber er verstand, dass es um Ben ging, es war immer um Ben gegangen, und es würde immer um Ben gehen.

»Rikki?«

Was war da los?

Jeder im Raum konnte es sehen, alle hatten beobachtet, wie Rikki sich binnen weniger Sekunden in einen tollwütigen Hund verwandelt hatte, und wenn er jetzt völlig überschnappte, würde er Ben anspringen und zerfleischen. Wenn Rikki jetzt die Kontrolle verlor, hatte Ben keine Chance.

Rikkis Lippen öffneten sich. Spucke tropfte aus seinem Mundwinkel.

»Ich und du, Rikki«, sagte Ben, der genau kapierte, was los war. Er stand mitten im Raum, direkt unter der Glühbirne, er war der Jüngste im Haus, gerade erst fünfzehn Jahre alt, und ja, genau hierauf hatte er lange gewartet.

Rikkis Brust hob und senkte sich, und in seiner Kehle grollte es rau, als risse dort jemand an einer Säge.

»Rikki?«

Ben schluckte.

Das Blut zog sich aus Rikkis Schädel zurück.

Der Druck gegen die Schläfen ließ nach. Die Kiefer lösten sich voneinander.

Rikki lächelte.

Er sah, was er immer gesehen hatte.

Ben war auserwählt. Ben war heilig.

»Mein Ben«, sagte er.

Lächelnd legte Ben seinem Bruder die Hand auf die Schulter.

»Ja, nenn mich nur so«, sagte er. »Komm. Diese zwei grauen Decken in der Garage. Wir holen die mal. Komm schon, Buddy.«

Rikki nickte. »Die alten, meinst du? Die wir für den Hund nehmen wollten, den Papa uns nicht erlaubt hat, weil er zu viel gekostet hätte?«

»Ja«, sagte Ben, »genau die.«

Rikki drehte sich um und rannte die Treppe hoch.

Ben drehte sich zu den anderen um, die ihn erstaunt und irgendwie ehrfurchtsvoll ansahen.

»Rikki ist ein guter Junge«, sagte Ben. »Er braucht nur … wie sagt man …«

»Betreuung«, schlug Jan Inge vor.

»Trost«, schlug Daniel vor.

»Einen neuen Vater«, schlug Rudi vor.

»Benzin«, schlug Dejan vor.

»Dich«, schlug Beverly vor.

»Eine Freundin«, schlug Cecilie vor.

»Die Hand Gottes«, sagte Ben und fuhr mit der Hand durch den Staub, der im Licht der Lampe waberte, dann ging er Rikki hinterher.

Melissa saß im Wohnzimmersessel und sank zurück in den wohlbekannten Sumpf, aus dem sie erst vor Kurzem in der Hoffnung auf ein besseres Leben gekrochen war.

Sie sah zu, wie diese Verrückten aus Hillevåg so gut wie möglich hinter sich aufräumten. Jan Inge instruierte seine kranken Freunde, dem höchsten Branchenstandard zu folgen, denn auch wenn ihr Plan wasserdicht zu sein schien – ein jahrzehntelanger Ehestreit, eine Frau, die es nicht länger ausgehalten und ihren Mann erschossen hatte, eine gute, belastbare Geschichte also, deren Realitätsgehalt nur schwer infrage zu stellen war –, konnte man doch nie wissen, wer in den nächsten Wochen dieses Haus untersuchen würde.

Es hieß also, sämtliche Spuren zu tilgen, die nicht dem entsprachen, was Cecilie Pogo erzählt hatte. Es musste so aussehen, als wären sie mit Rikki und Ben hier gewesen. Und wären danach gemeinsam von hier wegfahren. Ein

Mord? Keine Ahnung. Melissa und Frank Martin waren ganz allein, als der Tod eintraf.

Rudi, der, was Spurenentfernung anging, gut im Training war, legte sich mächtig ins Zeug. Etwas Handfestes zu tun zu haben erleichterte wohl sein Gewissen, dachte Jan Inge. Beverly und Cecilie arbeiteten ebenfalls systematisch und zuverlässig. Sogar die Jugendlichen, ja sogar Rikki, der sich dicht an seinen Bruder hielt und einem verwahrlosten Hund glich.

Melissa verfolgte von ihrem Sessel aus, was um sie herum in ihrem Haus vor sich ging. Sie betrachtete die zwei Frauen, die aufräumten und putzten. Sie betrachtete Jan Inge und Rudi, diese kaputten Menschen, die hier reingewalzt waren und alles niedergerissen hatten. Sie betrachtete diese angeknacksten Jugendlichen, die sie dabeihatten, den gefährlichen Serben und den schweigenden, unglaublich schönen, langgliedrigen Jungen, der dem ganzen Geschehen dem Anschein nach völlig emotionslos gegenüberstand. Und sie betrachtete ihre armen Söhne.

Eisengott Ben. Buschwindröschen Rikki.

»Es wird alles gut.« Rikki stand plötzlich vor ihr. Mit einem alten Fußball in der Hand.

»Den nehm ich mit«, sagte er und warf den Ball hin und her.

»Mach das«, sagte Ben.

Auch er stand plötzlich vor ihr.

»Rikki hat recht, Mama«, sagte er, »alles wird gut.«

Gut? Hatte sie richtig gehört? Standen die beiden wirklich vor ihr, nachdem sie ihr Haus ausgeraubt hatten, nachdem jemand – wer eigentlich? – Frank Martin umgebracht hatte, und behaupteten, alles würde gut werden?

Melissas Blick flackerte zwischen den beiden hin und her, und sie versuchte zu begreifen, wie genau der Weg seit dem Moment ihrer Geburt bis heute verlaufen war. War sie überhaupt wach? Geschah das gerade wirklich?

»Mama«, sagte Ben und nahm ihre Hände.

»Nein«, flüsterte sie.

Er ging vor ihr in die Hocke und hielt ihre Hände fest. Sie richtete ihren Blick nach innen, es war an der Zeit, von hier zu verschwinden.

»Mama«, sagte Ben wieder.

»Was ist, Ben?«

»Wir passen auf dich auf, Mama.«

»Warum weinst du eigentlich nie, Ben?«

»Weiß nicht«, flüsterte er und machte die Augen zu.

»Manchmal frag ich mich, ob du ein Mensch bist«, flüsterte Melissa.

»Ich mich auch«, sagte Ben.

Melissa hörte in ihrem Kopf Stimmen, die Stimmen zweier kleiner Jungen, sie riefen etwas, einer von ihnen lachte los, der andere heulte schier vor Lachen, und dann sah sie die beiden: Sie standen auf dem Teppich im Wohnzimmer, zwei Kleinkinder, und direkt hinter ihnen stand eine Frau mit einer Schürze um die Hüften und lachte, dass die Tränen nur so kullerten, und sagte: *Rikki, Rikki, Ben, Ben, oh, hört auf, Mama lacht sich noch kaputt.*

Ben und Rikki sahen es beide: Nässe stieg ihr in die Augen, strömte über die Lidränder und über das ganze Gesicht.

Auf dem Flur, durch die offene Tür nicht sichtbar, lehnte Jan Inge an der Wand. Er war beeindruckt, und er war glücklich.

Ihr seid echt grundlegend kaputt, dachte Melissa.

Eine Viertelstunde später ließen Ben und Rikki mit den anderen Trones hinter sich. Nach ein paar Minuten wählte Melissa die Nummer der Polizei, und kurz darauf sahen die Nachbarn, wie zwei Streifenwagen und ein Krankenwagen mit Blaulicht vorfuhren.

Zurück in Hillevåg, hatte niemand ein großes Redebedürfnis. Jan Inge gab knappe Anweisungen und versicherte sich, dass auch alle verstanden, in welcher Situation sie sich befanden. Er bläute allen ein, was sie erzählen sollten, wo sie heute gewesen waren, für den Fall, dass irgendwer fragte, und dann zogen er und Beverly sich ins Schlafzimmer zurück. Sie zeigte ihm die halb abgerupfte *Weiße-Hai*-Tapete und bat ihn um Verständnis für die Entscheidung, die sie da so eigenmächtig getroffen hatte. Also, so weit kommt's noch, sagte er und legte seinen Kopf in ihren Schoß.

Auch Cecilie und Rudi zogen sich zurück. Mit ineinander verschränkten Händen lagen sie nebeneinander, und Rudi gestand, dass es schon hart war, sich selbst als Mörder zu sehen, woraufhin Cecilie erwiderte, dass sie das verstehen konnte, aber dass er jetzt nach vorn und nicht zurück schauen musste.

Dejan, Daniel, Rikki und Ben ließen sich im Wohnzimmer aufs Sofa fallen, sahen sich auf Jan Inges Empfehlung hin *Kramer gegen Kramer* an und aßen Tiefkühlpizza.

Gegen acht senkte sich zusammen mit dem Nebel und einem leichten Nieselregen die Dunkelheit über sie herab.

Ein paar Stunden später waren alle im Bett.

Jan Inge war klar, dass früh am Morgen die Polizei kommen und Rikki und Ben zur Vernehmung holen würde. Wahrscheinlich auch ihn, Cecilie und Rudi. Vielleicht sogar Beverly.

Aber es würde gut enden.

Denn die Geschichte war gut, sie war traurig, und sie war menschlich.

An diesem Abend schlief Rikki sofort ein, kaum dass sein Kopf das Kissen berührte.

Ben lag lange wach und starrte in die Dunkelheit.

Als er sicher war, dass alle im Haus schliefen, richtete er sich auf und kroch aus dem Bett. Lautlos verließ er das Zimmer und ging in die Küche. Ohne das Licht anzumachen, fand er den Weg zur Küchenschublade. Er zog sie auf. Das Besteck schimmerte. Die Messer glänzten. Er nahm eins heraus. Hob es hoch, drehte es und sah, wie sich der Mond darin spiegelte. Er legte das Messer an seinen Handteller. Zog es darüber und schrieb: B.

39 Du siehst mich nie wieder

Es hatte sich in ihrem Kopf aufgestaut. Tröpfelnd. Der erste Tropfen, noch ganz schwach, unhörbar, kaum spürbar, unmöglich wahrzunehmen. Dann noch einer, ein, zwei Tage später, ein winziges bisschen stärker, gerade so zu hören. Und dann ein nächster, noch am selben Abend, diesmal wahrnehmbar, wie ein Regentropfen, der einem auf der Stirn landet. Mit jedem weiteren Tag war die Unruhe gestiegen, aber sie hatte sie beiseitegeschoben. Lass niemals das Misstrauen Wurzeln schlagen. Lass niemals die Eifersucht aufleben. Wer das tut, malt sein Innerstes schwarz. So hatte sie immer gedacht, und so wollte sie denken. Ja, großartig und großzügig wollte sie sein. Niemand verrät jemanden, der mit schier ansteckendem Vertrauen durchs Leben geht.

Doch jetzt war sich Ingrid sicher.

Es waren diese kleinen Anzeichen. Kleine Bewegungen. Kleine Blicke. Eine ihr bis dahin unbekannte Geste mit der Hand. Eine ihr fremde Schattierung in seinem Gesicht. Eine Farbe in seinen Augen. Eine Schwingung in der Stimme, wenn das Telefon klingelte.

Sie war sich sicher.

Ingrid Pogo gehörte zu denen, die alles aushielten. Ihre Familie hatte es hart getroffen. Noch in derselben Sekunde, als die Nachricht von Kias Unfall auf der Piste sie ereilt hatte, war ihr Herz irgendwie röter und ihr Rückgrat stählern geworden. Sie hatte ungeheuer rational agiert, während Tommy nur heulend herumgesessen hatte. Ingrid hatte staatliche und kommunale Behörden und den Sozialdienst kontaktiert und sich im Netz in die Thematik eingelesen. Als sie dann erfahren hatten, dass Kia behindert war, dass sie nur noch den Kopf und die Finger bewegen können würde, hatte sie die Zähne zusammengebissen und das Haus umbauen lassen. Hatte Gelder beantragt, hatte alles geregelt. Und sie hatte Kia an sich gezogen und ihr gesagt, eine Sache sei immer gewiss, ihre Mama sei für sie da, ihr Papa sei für sie da, Ulrik sei für sie da, und in diesem Haus gebe es genügend Liebe, um was auch immer auszuhalten.

Verstehst du das, mein Schatz?

Ja.

Immer, mein Schatz.

Ja, Mama.

Und jetzt verriet er sie. Tommy Pogo verriet sie, er verriet Kia, und er verriet Ulrik. Er lag zwischen den Beinen einer anderen Frau. Er begehrte eine andere. Er berührte die Brüste einer anderen. Er leckte eine andere. Und Ingrid wusste sogar, wen.

»Ich geh kurz spazieren«, rief sie in Richtung Wohnzimmer, wo Ulrik und Kia mit ihren Schüsseln Branflakes in der Hand fernsahen. »Nur ein Stündchen.«

»Okay.«

Die Tür fiel hinter ihr ins Schloss. Vom Meer zog Nebel auf. Nach einem sonnigen, schönen Montag regnete es jetzt sanft.

Gegen sechs hatte Tommy eine SMS geschickt, er brauche heute länger. Daheim gegen neun, hatte er geschrieben.

Sie setzte sich in ihren Citroën. Fuhr über den Ullandhaug runter zur Tjensvollkreuzung, durch Eiganes, vorbei an Helgø und in den Stokkaveien, bevor sie auf die
Brønngate abbog.

Sein Auto stand ein paar Straßen vom Haus entfernt.
Ingrid presste die Zähne aufeinander und verstärkte den
Griff ums Lenkrad.

Eine halbe Minute später hielt sie vor der Hausnummer 96. Sie zog die Handbremse und stieg aus. Nicht das
geringste Zögern, als sie über den Kiesweg schritt, kein
Zögern, als sie die Treppe zur Haustür hochging, auch
nicht, als sie klingelte. Wie vermutet machte ihr niemand
auf. Sie wartete einen Moment und klingelte noch mal.
Auch diesmal keine Reaktion.

Sie wartete wieder, dann klingelte sie ein drittes Mal.

Schritte im Flur. Schritte auf der Treppe. Die Tür ging
auf.

Grace Myrtle Bangsgaard stand vor ihr. Sie trug ein
schwarzes T-Shirt mit Kaizers-Orchestra-Aufdruck. Die
Haare waren verstrubbelt, der Blick fest. Alles an ihr schrie
regelrecht, dass sie soeben aus dem Bett gehechtet war,
sich flugs was übergezogen hatte, ins Bad gerannt war,
um schnell ihr frisch geficktes Gesicht notdürftig herzu-
richten.

»Ingrid? Hallo … Was … was machen Sie denn hier?«

»Ich hab eine Nachricht für Tommy«, sagte Ingrid.

»Ach ja? Aber er … Ich meine, warum sind Sie hier
und …«

»Grace«, unterbrach Ingrid sie.

»Ja?«

Und dann konnte sie sich einfach nicht mehr beherrschen. Ihre Hand schnellte vor, und die Fingernägel
bohrten sich in Grace' Gesicht, sie packte zu und sagte:

»Du hast mein Leben zerstört. Grüß Tommy Pogo von mir und sag ihm, er wird weder mich noch die Kinder je wiedersehen.«

40 Ein ganz normaler Tag

»Willst du 'ne Essiggurke?«

Rudi stand mit dem Glas in der Hand im bläulichen Licht des offenen Kühlschranks. Weil Jan Inge schon früh am Morgen zum Training gefahren war – was anderes machte er ja jetzt nicht mehr – und Beverly so lange schlief, ja weil das ganze Haus den halben Tag verschlief und keiner mit ihr aufstand, hatte Cecilie fürs Frühstück gedeckt.

Sie wusste, in nicht allzu langer Zeit würde die Polizei vor der Tür stehen. Aber wie alle anderen Bewohner hatte auch Cecilie eine klare Ansage von Jan Inge bekommen: »Das ist ein ganz normaler Tag. Wir tun, was wir an jedem anderen Tag auch tun würden. Wir trainieren. Wir renovieren das Haus. Wir arbeiten für Mariero Moving. Haus haben wir keines ausgeraubt. Von irgendeinem Mord ahnt keiner von uns was. Die Jungs waren gestern eine Runde in Trones, haben aber weder ihre Mutter noch ihren Vater angetroffen und sind wieder zu uns gekommen. Das ist alles, was passiert ist, und alles, was wir wissen. Wenn ihr das durchzieht, haben wir kein Problem.«

Cecilie sah dem Dampf nach, der aus der Teekanne stieg, betrachtete die Eier, das Grünzeug, Bacon und Aufstrich und durchs Fenster die höher steigende Sonne, die sich mit emsigen Wolken einen Wettkampf lieferte, und im Mund hatte sie noch immer den Geschmack von Rudis Schwanz. Am Vorabend war sie zu Hochform aufgelaufen, sie hatte hinter ihnen die Badezimmertür zugemacht und ihn nach allen Regeln der Kunst gelutscht und ihm einen runtergeholt. Sie hatte ein riesiges warmes und zärtliches Gefühl für Rudi, der seinen Bruder hatte erschießen müssen, der Arme. Ihr Schatz war weit gepusht worden und hatte einem heftigen Sturm getrotzt, und als sie nach der Rückkehr aus Trones gesehen hatte, wie müde sein Blick war und wie grau seine Haut, hatte sie gedacht, wenn er jetzt etwas verdient hatte, dann sauguten Sex mit seiner Frau. Also behandelte sie sein gewaltiges Glied mit Fürsorge und mit Liebe. Sie strich ihm über den Schwanz, als wäre er aus Gold und sie Dagobert Duck, sie zeichnete Kreise und Linien entlang des steifen Schafts und über die Eichel, sodass Rudi vor Wonne jammerte, sie wartete lange damit, sehr lange, die Vorhaut über die Eichel zu jagen, bis Rudi es kaum mehr aushielt, sie leckte ihn bis zum Wahnsinn, und am Schluss durfte er tun, was er am allerliebsten tat: ihr ins Gesicht abspritzen, während er mit bebenden Händen ihren Arsch packte und eine lange, ekstatische Tirade losließ: *Oh Scheiße verdaaaaaaamt, ich lieb dich so, oh du geliebte herrliche heiße holde Maria Magdalena – hört mal, Steven und Jambolena! Ich lieb verfickt noch mal diesen pornstar von Mama wie eurer, und passt mal auf, was die mit ihrm Arsch so anstellen kann, und wehe, ich hör von euch nur'n single gemeines Wort zu ihr, dann kommt Papa und zieht euch die Haut ab, oh, ups … okay … da kommt … shit … musseinfachaufdichkommen …* und so weiter.

Cecilie mochte das.

Die Augen schließen und spüren, wie das Sperma auf ihr Gesicht pumpte. In der letzten Zeit – in vielerlei Hinsicht womöglich die beste zwischen ihr und Rudi seit Jahren, ja vielleicht seit jeher – hatte sie sich darüber Gedanken gemacht, wie manche Dinge doch schöner werden, wenn man sie immer wieder tat. Während andere Dinge mit jeder Wiederholung nur schrecklicher werden. Diese Vorliebe von Rudi, ihr ins Gesicht abzuspritzen zum Beispiel, wurde mit den Jahren einfach nur schöner. Was bedeutete das? Sie konnte dafür nur schwer die richtigen Worte finden, aber es gab ihr ein Gefühl von Geborgenheit. Von Gewichtigkeit. Rudi und ihr waren Geborgenheit und Gewichtigkeit geschenkt worden, weil sie das so oft gemacht hatten und deshalb frei waren, wie es nur Menschen mit einer echten Verbindung sein konnten.

Sie mochte es, mit Schwanzgeschmack im Mund und getrocknetem Sperma auf der Wange oder im Haar aufzuwachen. Fühlte sich gut an, geborgen, echt und intim. Ja, und solche Dinge mochte Cecilie.

Aber nicht heute.

Das positive Mädchen hatte einen schlechten Tag.

Heute folgte alles der Schwerkraft. Warum, wusste sie nicht genau, aber so war es manchmal einfach, und dann war das unmöglich abzuschütteln. So eine Pissundscheiß-laune. Alles zog Cecilie runter, als wäre sie selbst die Schwerkraft. Die Hausgemeinschaft nervte sie, dass Jan Inge einfach vor allen anderen zum Training gefahren war und in Bad und Küche Chaos hinterlassen hatte, dass Beverly bis spät in den Vormittag hinein schlief und nach ein paar Tagen hier schon dachte, das Haus gehöre ihr, dass es voller unachtsamer, dummer Jungen war, dass gleich die Bullen kommen würden, um hier rumzusto-chern und rumzuwühlen, und dass ihr superverquerer Mörder von einem Mann aufstand, zum Kühlschrank ging und das Scheiße noch mal Einzige herausholte, was sie nicht auf den Frühstückstisch gestellt hatte.

Tat er das mit Absicht?

War er heute nur aus dem Bett gekrochen, um sie zu quälen?

»Ich halt das nicht aus«, sagte Cecilie und stand auf, schnappte sich ihre Zigarettenschachtel und lief in Richtung Tür. »Das halt ich verdammt noch mal nicht aus«, wiederholte sie und stürzte aus dem Zimmer. »So wie du dich aufführst, kannst du allein frühstücken. Und du kannst die Bullen allein in Empfang nehmen.«

Und noch bevor Rudi sich sammeln oder antworten konnte, war Cecilie aus dem Haus. Mit den Essiggurken in der Hand stand er vorm Kühlschrank und fragte sich, was da gerade passiert war.

Cecilie trabte hinaus ins Sonnenlicht und drehte die Runde von früher. Bevor sie schwanger und ein positives Mädchen geworden war, war sie hier täglich unterwegs gewesen, aus Langeweile und am Zweifeln. Den Hügel hinauf in Richtung Hillevågsveien, über die Straße zu Romsøes Konditorei, um sich einen Vanilleboller zu kaufen, dann weiter zum Tipshjørnet wegen der Kippen, wieder zurück über die Straße und an der Kvalebergschule vorbei runter über den Spielplatz beim Deutschenbunker, dann weiter über die Wiese auf die Flintegate um die Silokurven und bis hinaus zu dem Felsvorsprung am Meer, wo sie über den Fjord Li, Storhaug, das Hillevågsvannet und ein Fitzelchen von Hommersåk sehen konnte, und hier hatte sie ihren Vanilleboller gegessen, ein, zwei, manchmal auch drei Zigaretten geraucht und aufs Wasser geglotzt, wie es wogte und glitzerte.

Immer nur fröhlich zu sein war echt nicht so leicht.

Cecilie drückte schniefend die erste Zigarette aus und kramte nach ihrem Handy. In Amerika war es jetzt mitten in der Nacht. Dann schlief er wohl, Thor B. Haraldsen. Trotzdem wählte sie wie so viele Male zuvor seine Nummer, um wahrscheinlich mal wieder nur eine Nachricht zu hinterlassen.

Es klingelte ein paarmal, und dann ging seine Mailbox ran. »Hi, you've reached Thor and Southern Oil, I'm not here at the moment, please leave a message and I'll be sure to call you back.«

Ein Vogelschwarm flog über Cecilies Kopf hinweg Richtung Süden, vielleicht in ein wärmeres Land. Wolken zogen über den Himmel, und sie sagte: »Hallo, Papa. Hier ist Cecilie ... ja ... Geht's gut? Du? Hab ich dir eigentlich schon erzählt, dass du Opa wirst? Glaub nicht. Ähm. Ja. Dachte, ich sollte dir das sagen. Zwillinge.« Sie lachte, als säße er vor ihr, ihr leichtlebiger, fröhlicher Vater, er lebte sich so leicht, dass sie oft gedacht hatte, eines Tages würde er wohl zum Himmel aufsteigen wie ein Ballon und nie wieder landen. »Ja. Zwillinge. Steven und Jambolena. Und ...« Sie zündete sich eine neue Zigarette an und zog daran. »Tja, ich werd dann auch mit dem Rauchen aufhören. Ähm ... Ich bin jetzt glücklich, Papa. Hier ist einiger Shit passiert, darüber red ich vielleicht besser nicht so viel, aber ... ich bin glücklich, obwohl ich heut echt 'ne badass Scheißlaune gehabt hab und jetzt heim muss, um mich bei Rudi zu entschuldigen. Bis bald!«

Cecilie legte auf. Die Sonne splitterte durch eine Wolke, was richtig toll aussah.

»Vergiss es einfach«, sagte Rudi, als Cecilie die Arme um ihn schlang. Mit der Wange an seinem Rücken teilte sie ihm mit, dass sie nicht aufgehört hatte, ein positives Mädchen zu sein, das war nur ein dummer Rückfall gewesen.

»Iss du nur so viele Essiggurken, wie du willst«, meinte sie, wippte auf den Zehenspitzen und drehte Rudi dann zu sich herum, um an seinen Mund ranzukommen.

»Wird schon, Sexy«, sagte er und küsste sie.

Cecilie schmiegte sich an Rudi. Sie brachte die Fersen wieder auf den Boden und legte den Kopf an seine Brust. »Ich hab Papa angerufen«, sagte sie leise.

»Oh?«

»Mhm.«

»Jetzt?«

»Mhm.«

»Und was hat er gesagt?«

»Nur die Mailbox«, sagte sie. »Drüben ist ja gerade Nacht.«

»Oh, ja, ja klar.«

»Hab ihm erzählt, dass er Opa wird«, sagte Cecilie.

Rudi umarmte sein Mädchen fester. »Shit«, sagte er. »Scheißstark.«

»Ausdrucksweise«, flüsterte Cecilie.

»Sorry«, sagte Rudi, »die Hebamme hätte bei mir mal besser die Kehle statt der Nabelschnur durchgeschnitten.«

»Hä?«

»Ungarisches Sprichwort. Hat Jan Inge gesagt. Über Frank Martin.«

»Hm. Der mit seinen Sprichwörtern.«

»Du kennst doch deinen Bruder.«

»Ja, ich kenn ihn«, sagte Cecilie. »So wie du deinen.«

»Uff«, flüsterte Rudi.

»'tschuldigung«, flüsterte Cecilie. »Wollt dich nicht daran erinnern.«

»Ach was.«

»Glaubst du, das mit Melissa, das läuft?«

»Tja, weiß nicht«, sagte Rudi. »Ist ja nicht so ein besonderes Leben, ich meine, in Sicherungsverwahrung zu sitzen, oder ...«

»Das heißt ›Fürsorgliche Unterbringung‹.«

»Mir egal, wie das heißt, solange sie sich an das hält, was wir abgemacht haben.«

»Wird sie«, erwiderte Cecilie ruhig, »das weiß ich. Sie ist eine Mutter. Wie ich auch bald.«

»Ja, bald«, sagte Rudi. Er machte sich aus Cecilies Armen frei, schob sie ein Stück von sich weg und griff um ihre schlanken Handgelenke. »Ha.«

»Was?«

»Puh, ach, nur so, fuck, ich find dich so verdammt schön.«

Cecilie lächelte.

»Ich muss dir was sagen«, sagte Rudi.

Cecilie konnte den Druck hinter seinen Augen sehen. Rudi wirkte insgesamt, als würde er gleich explodieren. Sie nickte.

»Was ich dir sagen muss, ist nicht gerade nett«, flüsterte er.

»Ist okay, Schatz.«

»Ich ...«

Er schlug die Augen nieder und atmete ein paarmal durch den offenen Mund.

»Es hat mir gefallen«, flüsterte er.

Sie sah ihn an.

»Es hat mir gefallen, ihn zu erschießen.«

»Hast ja auch lange darauf gewartet«, sagte sie.

»Ja«, seufzte Rudi, »hab ich wohl.«

»So läuft's eben manchmal.«

»Ich bereue es nicht.«

»Musst du auch nicht.« Cecilie strich ihm über den Rücken.

»Aber ich hab ein verdammt schlechtes Gewissen, weil ich es nicht bereue«, flüsterte Rudi.

»Ganz schönes Gefühlschaos.«

»Stell dir vor«, sagte Rudi und lächelte, als ein Gedankenblitz bei ihm einschlug, »stell dir vor«, wiederholte er, »eines Tages ruft Jambolena – oder auch Steven – bei mir oder bei dir an und erzählt, dass wir Großeltern werden.«

»So ist das Leben«, sagte Cecilie. »Immer im Kreis. Ja, wenn man älter wird, versteht man das. Solange man jung ist, versteht man das nicht.«

»Shit«, sagte Rudi, »du bist so verdammt klug. Hab das Gefühl, du wirst immer klüger und klüger.«

»Ja, ich auch«, sagte Cecilie.

»Wenn nur Steven nicht eines Tages anruft und sagt, er hat seiner Schwester den Kopf weggepustet«, sagte Rudi leise.

Cecilie schloss die Augen und schüttelte angesichts dieser schrecklichen Vorstellung den Kopf.

Mit einem Schlag machte sie die Augen wieder auf. »Es ist so ruhig. Wo sind die Jungs?«

»Die Polizei war da«, erklärte Rudi und wirkte dabei fast stolz. »Die haben sie mitgenommen. Wollen dann später zurückkommen, um mit uns zu sprechen. *Oh,* hab ich zu denen gesagt, *okay?*« Rudi lachte. »*Und worüber?,* hab ich gesagt. Hehe.«

Cecilie lächelte. »Sehr gut, Rudi, kluger Mann!«

»Hehe.«

»Bin stolz auf dich.«

»Kein Problem«, antwortete Rudi und spürte, dass jetzt noch jemand im Raum war, also erhob er die Stimme:

»Hab 'nen kurzen Plausch mit ihnen gehalten, während du unterwegs warst. Die beiden waren komplett auf Spur. Ben ist sowieso ein Heller, weißt du, da gibt's kein Problem, und Rikki hat anscheinend gut geschlafen und im Schädel Klarschiff gemacht, ja, das wird also schon gut gehen.«

»Oha«, sagte Cecilie. »Jetzt hörst du dich fast an wie Jani.«

»Ja, in diesem Haus hier kann nicht nur er denken«, sagte Rudi und machte Cecilie auf Beverly aufmerksam, die im Flur stand und alles hören konnte.

Später am selben Abend ging es mit Rudi steil bergab.

Gegen sieben kehrten Rikki und Ben nach einem Tag im Vernehmungsraum nach Hause zurück. Es war gut gelaufen, sagten sie und erklärten Jan Inge wieder und wieder, was sie gesagt und dass sie sich an die Geschichte gehalten hatten.

»Ich hab das jetzt scheißsatt«, sagte Rudi und trat an den Eckschrank. »Scheißscheißscheißsatt.« Er zog den Schrank auf. »Scheißscheißscheißsatt«, murmelte er, fischte eine Flasche Jack Daniel's heraus, zog den Korken ab und hob sie an die Lippen.

»Hältst du's für klug, so viel zu trinken, Schatz?«, fragte Cecilie, doch Jan Inge hob blitzschnell die Hand, wie um ihr zu sagen, dass sie gegenüber Rudi, der viel durchgemacht hatte, jetzt großzügig sein musste.

»Sorry, Baby«, sagte Rudi, nachdem er einen ordentlichen Schluck runtergestürzt hatte. »Klug oder nicht. Das Ganze hat mich echt ganz schön mitgenommen, das hat echt krass echt verdammt alte Gefühle aufgeweckt und verdammt viele neue Gefühle erzeugt, und deshalb trink ich jetzt.«

Probleme spülte Rudi nur selten mit Alkohol runter. Wenn er trank, dann um sich beim Metal-Hören den Kopf wegzudonnern. Aber jetzt konnte er nicht anders. Es war zu viel. Und das konnte die ganze Gang auch gleich wissen. Nicht alle waren nun mal in der Lage, wie stumme Mumien herumzulaufen, so wie Daniel, sagte er und deutete auf den geistesabwesenden Jungen. Nicht alle fanden es einfach nur koscher, wenn das ganze Haus auf einmal voll mit anstrengenden Jugendlichen war, sagte er zu Jan Inge. Möglicherweise war für sie das alles ein piece of cake oder a walk in the park, sagte er zu Beverly, aber das war es für ihn verdammte Scheiße nun mal nicht. Er war ein Mensch, sagte er und drehte sich jetzt in Bens Richtung, ein verdammt sensibler Mensch, und jetzt war es voll, dieses Glas. Dieser Bullenbesuch habe ihn echt mitgenommen, sagte er zu Cecilie und suchte bei ihr Trost, ja wirklich, das konnte er ihnen aber sagen, allen miteinander, wie verfickt es ihn mitgenommen hatte, da vor den Polizisten den Überraschten zu spielen und dabei ganz genau zu wissen, dass er der Mörder war.

Während aus Rudi das und noch eine Menge anderes Zeug nur so sprudelte, leerte er nach und nach die Flasche aus dem Schnapsschrank.

Jan Inge forderte die anderen auf, nicht zu vergessen, was gestern geschehen war, und Rudi brabbeln zu lassen. Respekt und Unterstützung, sagte er, das brauche der Junge jetzt, sie sollten also nicht so eng sehen, was er während seines momentanen himmlischen Besäufnisses eventuell sage oder tue.

Etwas später am Abend torkelte Rudi durch den Garten.

Fuuuuck, Frankie, warum hast'n du nur sterben gemusst!

Noch etwas später hüpfte er – mit Flasche zwei in der Hand – auf Tongs Grab auf und ab.

Und du da, hä, du King Kong der Hölle, warum hast'n du verdammt noch mal sterben gemusst!

Kurz darauf stand er grölend da.

I can feel it coming in the air tonight, o Lord!

Dann drehte er Motörhead so laut auf, dass Beverly das Gefühl hatte, gleich werde das Haus explodieren.

Dann wollte er unbedingt was essen – »Mann, essen ist so verdammt nice« –, er stieß den Küchentisch dabei um, zerbrach zwei Gläser, kotzte sich voll und trank dann weiter.

»Lass ihn«, sagte Jan Inge, als Beverly meinte, es sei dann vielleicht jetzt doch genug.

»Lass ihn«, sagte er, als Cecilie ihn ins Bett bringen wollte.

Gegen elf lehnte sich Rudi auf Rikki und wankte mit ihm zum Sofa. Rikki würde jetzt verdammt stark sein müssen, beschwor er ihn, denn jetzt hatte er eine Mutter im Psychoknast und einen Vater unter der Erde.

»Ja«, flüsterte Rikki.

»Du hast das heut gut hingekriegt«, sagte Rudi und stieß Rikki mit dem Ellbogen in die Seite. »Hab's gesehen, als die Bu… Bu… Bullen gekommen sind. Schhhhhh… Hehe. Mannomann. Schpitzenschtil, Neffe«, sagte er und trank noch mehr.

Nicht weit von Rikki und Rudi entfernt saß Ben und beobachtete die beiden. Irgendwie schienen sie einander immer mehr zu ähneln.

»Na dann«, nuschelte Rudi, »hier werden wir jetzt gut tsssusammen leben, die ganze Gang.«

»Ja«, sagte Rikki.

»Niemand wird hier wen verpfeifen«, rief Rudi und setzte die Flasche wieder an.

Rikki schluckte. »Nein«, stimmte er zu und spürte Bens Blick im Nacken.

»Weil du hast tsssu deiner Mama nichts gesagt, hä, Rikki? Und auch nicht tsssu den Bu... Bullen, hä, Rikki?«

»Nein«, sagte Rikki.

»Gut«, sagte Rudi und gab Rikki einen Klaps auf den Hinterkopf. »Du weißt, was Großmutter immer gesagt hat?«

»Ähm ... nein, oder ... nein?«

»Lebt wohl und lebt voll Freude und ... und ... tut Gutes, dann werden Berge und Hügel euch tsssu... Scheiße, was tun die ... tsssu... tsssuhujuuhubeln, und alle Bäume der Erde werden euch beklatschen.«

Um Mitternacht war Rudi so sturzbesoffen, dass er nicht mehr stehen konnte. Aber noch immer hatte keiner ein Wort darüber verloren, dass ein Mann, der durchgemacht hatte, was er durchgemacht hatte, Trost im Alkohol suchte.

»Ah«, sagte Rudi und wandte sich an Jan Inge, der in seinem Sessel saß und ein Buch über Demokratie las. »Was ... hast du tsssu sagen ... Brüderchen.«

»Ich weiß nicht genau, Rudi, ich finde, der Tag ist gut gelaufen, viel mehr hab ich im Grunde nicht zu sagen.«

»Bah«, sagte Rudi und winkte ab. »Na klar ... hast du das. Du fetter Fucker. Hör tsssu. Schpecki. Da sitzen wir ... Scheiße ... und wir, du und ich, gehen waaaaayback, Brüderlein ... Fuck ... Und jetzt ist vieeeeel Sch... Shit den Fluss runtergeflossen ...«

»Rudi?« Cecilie setzte sich neben ihn und strich ihm über den Rücken.

»Baby, Baby, Baby, stimmst du mir nicht ts... tsssu? Vieeeel Sch... Sch... Shit den Fluss runter, und da sitzen wir, ich mein ... Brüderlein und ich, ich schprech von DEINEM BRUDER, denn ich hab MEINEN BRUDER

ERSCHOSSEN, und DIE BULLEN haben mit den Jungs gequatscht, und der Orkan Schhandy ...«

»Sandy«, sagte Beverly ernst.

»Schhandy, whatever ... hat in deinem Heimatland neunundtssswantssig Menschenleben gefordert, alte Schachtel« – er drehte sich zu Beverly, die versuchte, einer amerikanischen Serie im Fernsehen zu folgen –, »und du, Chessi, du hast deinen BRUDER noch, und fuck, was für scheißraue Tssseiten, Baby ... Und auch wenn ich es nicht bereue, nooooo way, hab ich doch das Gefühl, dass ich – FUCK! – EIN PAAR WORTE verdient hab! Von meinem BRÜDERLEIN!«

Rudi stampfte auf den Boden.

»Ich mein«, setzte er erneut an und hob die Flasche noch mal an den Mund, leerte sie in einem Zug und schleuderte sie zu Boden, »was ich mein ... ist, dass du jetzt, Jani, BRÜDERLEIN, du musst jetzt ... ehrlich sein ... und du musst sagen, dass all unsere Prin... Prin... tsssipien, dieses Ganze, wir sind ja so printsssipiell – ha! –, is' jetzt im Arsch! Mann! Brüderlein! Oh Mann, erdlich! Ähm, ehrlich!«

Jan Inge ließ das Buch sinken und sah Rudi an.

»Rudi«, sagte er, »du hast recht.«

»Ein einziges verficktes Mal«, sagte Rudi und grinste.

Jan Inge legte das Buch weg und trat ans Fenster. Sah in die Dunkelheit hinaus.

»Alles hat sich verändert«, sagte er und drehte sich wieder um. Sein flackernder Blick stoppte bei Cecilies Bauch, ruhte dort eine Weile.

»Jetzt muss es einfach gut werden«, sagte sie. »Glaubst du nicht, Jan Inge?«

Jan Inges Augen wurden feucht, und Cecilie wusste, was jetzt los war. So lief das bei ihrem Bruder. So war er.

»Jan Inge«, sagte sie. »Wir schaffen das. Wir werden uns aufschwingen, wie du gesagt hast: das Haus, die Kinder, die Firma. Du darfst diese Idee jetzt nicht verlieren, Bruderherz.«

»Hör auf deine Schwester«, sagte Beverly und legte die Fernbedienung beiseite.

Rudi war auf dem Sofa eingeschlafen. Endlich.

»Pogo«, flüsterte Jan Inge mit feuchten Augen. »Eine Leiche im Garten. Melissa im Irrenhaus. Ein Orkan in den USA. Frank Martin erschossen. Melvin, der unser Geld hat. Vernehmung im Lagårdsveien. Gut?«

Er sah zu Beverly. Fühlte sich wie ein Verräter

»Vergib mir«, sagte er, »wenn ich gerade etwas zusammenbreche.«

Beverly stand auf. Trat langsam auf Jan Inge zu. Blieb vor ihm stehen und sah ihn lange an. Dann schmiegte sie sich an ihn.

»Solange du wieder aufstehst«, sagte sie streng, »können wir mit ein bisschen Gefühligkeit leben. Alle Männer gehen von Zeit zu Zeit mal in die Knie. Ist nicht gerade sexy, aber damit können wir leben, solange du morgen wieder wie ein Mann aus dem Bett steigst.«

Jan Inges Blick schweifte über die Menschen. Sie erinnerten ihn an lebende Tote, alle miteinander.

»Vergebt mir«, sagte er im unverändert selbstmitleidigen Ton, »falls ich den Überblick etwas verloren hab.«

»Das hab ich nicht«, sagte Ben und tauchte quasi aus dem Nichts auf.

Kurz danach lagen die Brüder im Videozimmer wie in einer barocken Kammer auf zwei alten Matratzen links und rechts neben einem Regal voller Videokassetten und DVDs.

Ben lag auf dem Rücken, wie immer, und hatte die Hände über der Bettdecke.

Rikki wälzte sich wie so oft gequält hin und her. Ob es wohl ein Fehler wäre, Ben etwas zu fragen? Gut möglich, dass Ben nach diesem langen Tag erschöpft war, und das müsste er eigentlich respektieren.

»Du, Ben?«

Rikki riskierte es, sprach aber so leise wie nur möglich, so leise, dass er es selbst kaum hörte. So leise, dass Ben, falls er schon schliefe, nicht aufwachen würde. Vielleicht sogar so leise, dass man es unmöglich überhaupt hören konnte.

»Ben?«

Er hob die Stimme minimal, nahm den Kopf ein paar Zentimeter vom Kissen, spannte die Nackenmuskeln an, spitzte die Ohren.

»Mein Ben?«

Noch ein winziges bisschen lauter. Nur ein bisschen. Nicht so laut, dass Ben richtig gestört würde, aber gerade so laut, dass Ben, wenn er noch wach wäre oder nur sehr leicht schliefe, es hören würde.

»Mein Ben? Glaubst du nicht, dass wir vielleicht einen Fehler gemacht haben?«

Keine Antwort.

»Ich meine, vielleicht war das Ganze ein Fehler, so total falsch … Ich mein, es ist doch falsch, dass Mama im Gefängnis landet … Also, ich mein ja nicht, dass jemand anders ins Gefängnis soll, ich mein nur, dass … Ben?«

Keine Antwort.

»Wie findest du denn, wie es bei der Polizei war?«

Keine Antwort.

»Total wie im Fernsehen, dieser Verhörraum. Hä, Ben? Mit diesen Spiegeln, und man weiß, dass da Polizisten dahinterstehen und alles verfolgen. Ben?«

Keine Antwort.

»War total seltsam. Allein das Dortsein und das Reden. Und es hat sich ja alles total wahr angefühlt, auch wenn es gelogen war. Ben?«

Keine Antwort.

»Aber irgendwie auch cool, oder, Ben, ein bisschen cool? So richtiger Verhörtechnikstil und so, oder?«

Keine Antwort.

»Ja, du schläfst wohl, Ben.«

Rikkis Kopf sank zurück aufs Kissen.

»Ja, du schläfst jetzt, mein Ben.«

Rikki griff nach der Ecke seiner Bettdecke und zwirbelte sie zwischen Zeigefinger und Daumen.

»Ich glaub das vielleicht, Ben«, flüsterte er. »Dass das alles ein Fehler sein könnte. Dass wir vielleicht lieber zurückfahren sollten und der Polizei erzählen, was passiert ist, um aus dem Ganzen rauszukommen.«

Rikki knetete die Bettdecke immer heftiger.

»Ja. Fühl mich irgendwie, als hätten wir wo mitgemacht, wo wir nicht hätten mitmachen sollen.«

Im Zimmer war es still. Bens Atem ging gleichmäßig.

»Ja, du schläfst, mein Ben«, flüsterte Rikki. »Du hörst nicht, was ich sage. Wir können morgen darüber sprechen. Ja, ja. Egal. Ich denk bloß, wenn alles schiefgeht, dann ist es gut, dass wir uns haben.«

41 Rikki und Ben

Es war Ende Oktober, fast schon November, und bald wäre das Jahr vorbei. Bald würden die Temperaturen noch weiter nach unten kriechen, die Dunkelheit ihren Mantel noch enger um die Tage legen und immer weniger Licht hindurchlassen. Zeit, Handschuhe und Mützen rauszuholen, und noch ehe man sich wieder an das Wort dafür erinnerte, sah man morgens den Raureif wie einen Gespensterschleier über den Wiesen beim Ullandhaugturm ruhen oder den Frostnebel wie ein teuflisches Gas über die Wasseroberfläche des Gandsfjord treiben. Beim Freikratzen der Autofenster tanzte einem der Kältedampf vor dem Mund.

Es sollte ein langer und harter norwegischer Winter werden. Der schlimmste seit vielen Jahren.

Rikki hatte keinen Spaß an der beißenden Jahreszeit, er war ein Sonnenkind. Hätte Rikki die Wahl, wäre er auf einem Breitengrad geboren worden, wo es nicht jedes Jahr so scheißhart und scheißkalt wurde.

»Schon jetzt«, sagte er und schob die Hände so tief wie nur möglich in die Taschen. »Schon jetzt ist es fucking kalt.«

Ben nickte und lächelte schief. Sie standen in Jan Inges Garten und rauchten ihre Prince, denn im Haus war Rauchen nicht mehr erlaubt. Dem hatte Beverly einen

Riegel vorgeschoben. Die Frauen waren herumgeschwänzelt, hatten sämtliche Aschenbecher entfernt und gemeint, es sei ja wohl an der Zeit, dass der Nichtraucherschutz auch in Hillevåg ankomme. Es sei an der Zeit, Teil dieser gesundheitsfokussierten Gegenwart zu werden, da würden sie doch wohl alle zustimmen. Außerdem, sagten sie, gebe es hier bald kleine Kinder.

»Worüber grinst du denn so?«, fragte Rikki und tippelte, um sich irgendwie warm zu halten, mit den Füßen.

»Nichts«, sagte Ben.

Aber er hörte mit seinem schiefen Grinsen nicht auf. Rauchte und grinste, als dächte er an irgendwas Scheißlustiges. Und Ben fror nicht. Das fand Rikki schon immer krank. Ben wurde quasi nie kalt. Es konnte, wenn es sein musste, sogar im Winter im T-Shirt raus. An der Grenze zum Übernatürlichen.

Rikki lachte. Lang her, dass Ben so gewesen war. Albern, blödelnd und frotzelig. So lange, dass Rikki fast schon vergessen hatte, wie Ben sein konnte, mit schöner, freier, unbekümmerter Miene. Vielleicht kommen jetzt gute Tage, dachte Rikki. Vielleicht sollte er lieber nicht über die Polizei und all das sprechen.

»Etwas ist«, feixte er und zeigte dann auf Bens nicht ganz bis oben geknöpftes Hemd. »Scheiße, echt, dass du nicht frierst. Ich frier mir 'nen Ast, und es ist gerade mal Oktober. Bald kannst du mir den Schwanz einfach abschlagen, weil er ein Eiszapfen ist.«

Ben grinste. Immer noch dieser funky Gesichtsausdruck. Immer noch dieser verschmitzte Blick.

»Etwas ist«, ließ Rikki nicht locker. »Das seh ich. Das seh ich, verdammte Scheiße.«

»Hehe. Nichts ist.«

»Haha. Blödfuck.«

»Ja, okay.« Ben nahm einen letzten tiefen Zug von seiner Zigarette, dann schnipste er den Stummel auf den Boden und drückte ihn mit der Schuhspitze aus. Er spuckte aus und schob die Hände in die Taschen. Machte ein paar Schritte auf Rikki zu. »Du und ich.«

»Ja«, sagte Rikki glücklich.

»Du und ich, weißt du, und dieses Haus.«

»Ja«, sagte Rikki und wollte weiterhin glücklich bleiben.

Ben sah sich bedächtig um. Sein Kopf sah aus, als würde er segeln, fand Rikki, als würde er ihn gleich bitten mitzusegeln.

»Der Jahrmarkt ist jetzt in Stavanger«, sagte Ben und bewegte den Kopf nicht weiter. Sah seinen Bruder an.

Rikkis Gesicht leuchtete auf. »Ja? Du meinst – derselbe Jahrmarkt?«

»Mhm. Du weißt schon. So arbeiten sie, diese Leute. Ziehen von Stadt zu Stadt.«

»Cool.«

»Mhm.«

»Sicher ein schönes Leben. Von Stadt zu Stadt zu ziehen.«

Ben nickte.

»Scheiße, Ben«, sagte Rikki, und das Strahlen in seinem Gesicht wurde stärker, »vielleicht können wir mal auf so 'nem Jahrmarkt arbeiten?«

»Ja, vielleicht«, sagte Ben, »vielleicht.«

»Ach«, seufzte Rikki, »sicher ein fett schönes Leben.«

Ben legte lächelnd den Arm um seinen Bruder. »Letzte Woche war ja nicht gerade viel Jahrmarkt«, stellte er fest, »also wie wär's, wenn wir losziehen, du und ich, nur wir zwei, heute Abend, und mal richtig auf den Jahrmarkt gehen?«

»Das würd ich wahnsinnig gerne«, sagte Rikki gerührt.

Ben wandte den Blick von seinem Bruder ab, und sie gingen ein paar Schritte durch den Garten. Zu dem Flecken, wo die Hillevåg-Gang Tong begraben hatte. Ben blieb stehen und stupste mit der Fußspitze gegen die festgetrampelte Erde.

»Gut, dass Papa nicht hier liegen muss«, sagte Ben.

»Mhm«, sagte Rikki. »Das wär echt ziemlich krass.«

Dann wandte sich Ben wieder zu Rikki um. Er blinzelte. Mit dem rechten Auge.

Rikki schluckte. »Was?«

Ben zwinkerte noch mal.

»Was …« Rikki wagte kaum zu sagen, was er glaubte, dass dieses Zwinkern bedeutete. »Meinst du …«

»Ja«, sagte Ben, »und Benzin.«

»Fuck«, sagte Rikki, warf sich seinem Bruder um den Hals und fand es jetzt gar nicht mehr so kalt draußen. »Du bist echt der scheißbeste Bruder der Welt.«

»So viel Benzin, wie du willst, Rikki.« Ben strich seinem Bruder über den Rücken. »Benzin für ein ganzes Leben.«

Vom höchsten Punkt der gemauerten Einfahrt in den Storhaugtunnel aus hatten die Brüder im Schutz von Büschen und Bäumen den Jahrmarkt perfekt im Blick. Er war direkt unter der Strømsbrua aufgebaut worden, auf dem leeren Kai, wo das Hillevågsvannet in Richtung der Bootsanlegestellen in Paradis schmaler wurde. Nachts hingen dort sonst junge Leute ab und jagten ihre auffrisierten Autos über die Freifläche hinter der Straßenbaubehörde, bis die Motoren aufheulten und die Reifen quietschten, aber jetzt war dem Jahrmarkt Platz gemacht worden, der noch eine Woche zuvor seine bunte Freude beim Maxi-Markt in Sandnes versprüht hatte.

Ben reichte seinem Bruder die Benzinflasche. Rikki nahm sie begeistert entgegen. Er ging in die Hocke, schraubte den Deckel ab und kippte ein bisschen Benzin in seine Rema-Tüte.

»Check echt nicht, warum jemand Benzin disst«, sagte Rikki, während ihm der strenge Geruch in die Nase stieg. »Ich find's pyro.«

»Keiner kann dir vorschreiben, was du magst und was nicht«, sagte Ben und ging neben seinem Bruder in die Hocke.

»Genau das mein ich«, stimmte Rikki zu, stellte die Flasche ab und raffte die Tüte oben zusammen. »Genau das mein ich«, wiederholte er und machte die Augen zu. Legte die Lippen an die Tüte und inhalierte.

Das knallte im Kopf, und Rikki wippte mit einem genüsslichen »Hmmm« auf den Füßen vor und zurück und hockte sich dann ins Gras. Er klimperte mit den Augenlidern und sah seinen Bruder an. »Du nicht?«

»Ich wart noch«, sagte Ben.

Da auf dem Storhaugtunnel zu sitzen war schön. Echt mal ein scheißguter Platz, hatte Rikki gesagt, als sie gegen fünf Uhr nachmittags dort angekommen waren. Langes Gras, krumme Bäume, ein bisschen Gestrüpp und ein paar Büsche, aber keine Menschenseele. Bester Platz der Welt, fand Rikki, wenn man mal ungestört nur zu zweit chillen wollte.

Rikki kam es fast so vor, als ob er – quasi in seinem Hintern – die Autos spüren könnte, die sich unten durch den Tunnel schoben, während er hier oben im Gras saß. Und als ob er – quasi im tiefsten Inneren seines Schädels – den Himmel fühlen könnte, während er von hier aus die ganze Welt überblickte: den Gandsfjord, die sich quasi bis Japan erstreckenden Berge, die Haltestellen Paradis und Vålandtårnet, das Hillevågsvannet, Godalen und die Boote und dort im Norden Stavanger, diese bisher verhasste Stadt, die für die beiden Jungs jetzt der erste Schritt in die große Welt geworden war. Wie Ben am ersten Tag hier gesagt hatte: *Erst verlassen wir Sandnes. Dann gehen wir nach Stavanger. Und eines Tages verlassen wir Stavanger. Dann gehen wir …*

Wohin denn, Ben?

In die Welt, Rikki.

Und wie weit?

Fantastisch weit.

Und was machen wir?

Wir besitzen sie, Rikki.

Wen besitzen wir?

Die Welt.

Hehe.

Wir übernehmen sie.

Ich und du, Ben.

»Glaubst du, Melvin wird das Geld bringen?«, fragte Rikki, während das Benzin wie auf Eroberungsfeldzug sein Gehirn durchströmte.

Ben nickte. »Ja, das glaub ich. Wir haben gezeigt, dass wir würdig sind, weißt du.«

Rikki wiegte zufrieden den Kopf hin und her. »War schon scheißgut, dieses ganze Rumgewürdige«, sagte er. »Du hast schon gewusst, was du da treibst, echt. Würdigen, würdigen, würdigen.« Mit einem Schlag überkam den Jungen eine Düsterheit, und er brach diese Gedanken ab. Sah zu seinem Bruder. »Glaubst du, du wirst Papa vermissen?«

»Nein«, antwortete Ben, wie aus der Pistole geschossen. »Ich hab meine letzten Gedanken an ihn gedacht.«

Rikki kniff die Augen zusammen und versuchte, Bens Worte zu verstehen, versuchte, wie Ben zu denken, schaffte es aber nicht. Er sank langsam rücklings ins Gras.

»Ja.« Er machte die Augen zu. »Ist bestimmt das Klügste«, flunkerte er. »Du und ich, Ben.«

»Du und ich, Rikki.«

Ein paar Minuten vergingen. Ben ließ Rikki auf der Wiese liegen, stand selbst auf, zündete sich eine Zigarette an und machte auf dem Plateau ein paar Schritte nach vorne. Sein Blick schweifte über die Stadt, rundherum wurden allmählich Lichter angemacht, die Dunkelheit zog herauf. Mit der schwindenden Helligkeit wurde der Jahrmarkt gleichsam stärker, jetzt übernahmen seine Lichter die Macht. Ben sah Kaffeetassen im Kreis wirbeln, sah riesige menschenverschlingende Schleuderapparate, sah, wie sich das Riesenrad drehte.

Er wandte sich wieder um und ging vor seinem Bruder in die Hocke. Strich ihm eine Strähne aus dem Gesicht.

»Hörst du Musik, Rikki?«

Rikki blinzelte. Über ihm hing Bens Gesicht, es lag im Dunkeln, wurde aber von einem Heiligenschein aus Abendlicht eingefasst, und dahinter erstreckte sich ein Himmel voller Wolken, der bald der Dunkelheit zum Opfer fallen würde.

Rikki lächelte. »Bald«, sagte er. »God is a DJ.«

»Ja, ist er.«

»Shit, du siehst aus wie … so … ein Engel.«

»Willst du noch mehr Benzin, Rikki?«

Rikki antwortete nicht. Alle Farbe, von der er schon von Natur aus nicht allzu viel hatte, wich aus seinem Gesicht, und sein Körper legte sich zur Ruhe. Nur die Augenlider zitterten noch leicht. Nach ein paar Augenblicken murmelte er leise, mit einer Kinderstimme, die Ben bestimmt seit Jahren nicht mehr gehört hatte: »Jetzt ist die Musik da, Ben. Aber es spielt nicht Faithless.«

»Wer denn dann?«

»Das hab ich noch nie gehört, Ben. Ist megaschön. Ich glaub, die hab ich selbst gemacht.«

Beim Abstieg zur Straße legte sich die Dunkelheit mit jeder Minute mehr um die Brüder. Rikki hatte so viel Benzin gehabt wie nie zuvor, seine Haut vibrierte prickelnd, sein Hirn war komplett weggeknallt, aber er mochte das. Er hatte schon vor Ewigkeiten kapiert, dass Benzin einfach sein Ding war, so wie der Geiz für seinen Vater, das Fluchen für Rudi und Schminke für Beverly, Würfel für Dejan, die Dunkelheit für Daniel, das Chefsein für Jan Inge, das Nettsein für Cecilie und das Besterbrudersein für Ben.

Direkt neben dem klaffenden Maul des Storhaugtunnels sprangen sie runter auf die Straße. Auto um Auto um Auto verschwand in dem Schlund, und Rikki fand den Anblick echt fett, der Tunnel schlug quasi seine Monsterzähne in die Autos, zermalmte und verschluckte sie.

Die Brüder überquerten die Straße und liefen über die Strømsbrua. Rikki konnte spüren, wie der Wind, vor dem sie dort oben stundenlang geschützt gewesen waren, ihm in die Glieder fuhr. Er jagte von Westen heran wie ein wütender Hund. Rikki verkroch sich tiefer in seiner Jacke. Ben spürte denselben Wind, tat aber nichts dagegen, er ließ den Hund einfach gegen sich anstürmen.

Rikki zeigte in Richtung Jahrmarkt. »Stimmt, ist der gleiche«, stellte er fest. »Glaubst du, dieser Tøddentyp ist immer noch da?«

Ben zuckte mit den Schultern. »Eigentlich nicht.«

»Crazy Typ, dieser Tødden.«

»Kommt darauf an, wie man es sieht«, sagte Ben.

Sie liefen den kurvenreichen Hügel bis zu der Freifläche hinunter. Bald konnten sie das Jahrmarktareal einsehen. Das verhältnismäßig gute Wetter hatte an diesem Abend ziemlich viele Menschen angelockt, Familien mit kleinen Kindern machten sich auf den Weg nach Hause, und Jugendliche waren auf dem Weg hinein. Laute Musik wummerte über den Platz.

»Ach, und wie, glaubst du, ist es mit diesem Albaner ausgegangen?«

»Darüber denken wir, glaub ich, besser nicht nach«, antwortete Ben.

Rikki kapierte sofort, was sein Bruder meinte. Ganz so langsam war er nun auch wieder nicht. Was Ben gesagt hatte, bedeutete, dass es diesem Albaner wahrscheinlich immer noch schlecht ging, höchstwahrscheinlich fürchterlich schlecht, allerhöchster Wahrscheinlichkeit nach war er wohl tot.

»Er war kein Albaner«, sagte Ben auf dem Weg zum Eingang und zur Kasse.

»Hä?«

»Tschetschene«, sagte Ben und schob die Hand in die Hosentasche. »Er war aus Tschetschenien.« Dann zog er ein Bündel Geldscheine heraus und schob zwei davon durch die Luke unter der Glasscheibe, hinter der eine Frau mit Strähnchen in den Haaren und zugeknöpfter Fleecejacke saß. »Zwei Rabattheftchen«, sagte er.

»Oh«, sagte Rikki.

»Tschetschenien«, wiederholte Ben und inspizierte dabei die Gegend, als suchte er etwas, als wäre er nicht hergekommen, um mit seinem Bruder auf den Jahrmarkt zu gehen, sondern wegen etwas anderem.

»Du weißt«, sagte Rikki leicht verunsichert, »ich kann mich an so was nie erinnern. Albanien, Tschetschenien, Atlantis, Slowenien und so, in meinem Schädel vermatscht sich das alles, ein einziger Brei.«

»Ich weiß.« Ben zeigte geradeaus.

Wie bunt der Jahrmarkt war! Fast märchenhaft, fand Rikki.

»Bereit fürs Riesenrad?«

»Shit«, sagte Rikki und blickte zu dem mächtigen Rad am Ende des Platzes. Er erschauderte. »Das ist megahoch. Und ich bin megabereit.«

Der Aufpasser am Riesenrad – dem Aussehen nach irgendein Osteuropäer – hatte sich gut in eine warme Jacke eingepackt, trug aber sommerliche Joggingschuhe und eine verschlissene Jeans. Er riss je zwei Tickets aus dem Rabattheft, und Rikki wollte schon protestieren, denn so leicht sollte Bescheißen nun auch wieder nicht gehen, aber dann kapierte er, darum ging es gar nicht. Nein, die kassierten hier doppelt, weil das Riesenrad so groß war.

»Ist quasi das Chefding hier«, sagte Rikki, als sie über die Metallplatten am Fuß der gigantischen Konstruktion liefen. »Das Riesenrad.« Rikki sah nach oben zu den meterhoch über ihren Köpfen schaukelnden Gondeln. »Jep«, bekräftigte er. »Der Chef. Das Riesenrad, hä, Ben?«

Ben nickte. »Ja, der Chef, Rikki.«

»Steht gewissermaßen in der Ecke des Jahrmarkts und regiert«, sagte Rikki, »wie ein Opa, hä? Während der ganze Rest hier so wirbelt und wegschwirrt, dreht es sich einfach nur cool und dreht und dreht und dreht sich.« Rikki nickte in sich hinein und war megastolz darauf, dass er gerade so gesprochen und gedacht hatte, wie Ben manchmal sprach und dachte. »Jep«, sagte er gleich noch mal und folgte seinem Bruder, der eine gelb-blaue Gondel ansteuerte. »Der Opa hier, genau.«

Die Jungen setzten sich auf die kalten, schmalen Bänke in der Gondel, Rikki bewegte die Augenbrauen auf und ab und grinste Ben erwartungsvoll an. Ben erwiderte das Lächeln.

Der Riesenradaufpasser kam, nahm den eisernen Sicherheitsbügel und zog ihn nach unten vor die Bäuche der Jungen.

»Ist echt so scheißcool«, sagte Rikki, packte aber, direkt nachdem der Aufpasser gegangen war, den Bügel und rüttelte daran, um sicherzustellen, dass er auch hielt. »Ist echt so cool, dass wir so was hier machen können. Nicht alle Brüder können das. Schau dir Rudi und Papa an. Nur Höllenscheißdreck. Wette, die sind nie auf 'nen Jahrmarkt oder haben sich gemeinsam Benzin reingezogen oder sind Riesenrad gefahren.«

»Nein«, sagte Ben, »da hast du wohl recht«, und im selben Moment ging ein Zittern durch die Gondel. In der Maschinerie krachte es, und das Riesenrad setzte sich in Bewegung.

Sie stiegen nach oben.

Die Kräfte des riesigen Rads waren träge, aber mächtig. Rikki fühlte sich, als würde ein behäbiges Riesentier ihn in die Luft heben, ein Monster aus ferner Vergangenheit, eine Echse, ein Dinosaurier. Je höher sie kamen, desto schneidender und kälter wurde die Luft. Bald waren sie auf Höhe der Strømsbrua, dann höher als der Storhaugtunnel, und schließlich hatten sie freie Sicht in alle Himmelsrichtungen. Ab und an stoppte das Riesenrad, um den Passagieren die Möglichkeit zu geben, sich umzusehen, oder vielleicht auch, um sie zu erschrecken.

Beim ersten Halt hatte Rikki einen Blick über den Rand nach unten gewagt. Die Menschen am Boden hatten wie kleine Legomännchen ausgesehen, und ihm war in Kopf und Bauch ganz anders geworden.

»Shit, geht ganz schön tief runter.«

»Du hattest schon immer Höhenangst«, hatte Ben gesagt.

»Echt?«

Ben nickte. »Deshalb liegst du im Stockbett ja auch unten.«

»Echt?«

»Mhm.«

»Dschieses.« Rikki drehte den Kopf und sah nach Süden zum Horizont. »Das hatte ich ganz vergessen.«

»Deine Erinnerung war noch nie die beste.«

»Nein, noch nie.« Rikki fuhr sich mit der Zungenspitze über die aufgesprungenen Lippen. »Hab irgendwie immer das Gefühl, das ganze Zeug läuft einfach so durch meinen Schädel durch.«

Ben beugte sich vor, lehnte sich gegen die Haltestange und sah Rikki tief in die Augen. »Macht gar nichts, ich erinnere mich für dich mit.«

»Ha.« Rikki deutete gen Süden. »Kann Sandnes von hier aus sehen. Ben, hast du gewusst, dass Sandnes jetzt angeblich genauso reich wird wie Stavanger?«

Ben nickte.

»Alles wird jetzt einfach immer reicher«, sagte Rikki und grinste.

»Ja.«

»Hehe, immer reicher und reicher, nur Geld und noch mehr Geld überall, hehe.«

Dünne elektrische Leitungen schienen unter Bens Haut entlangzulaufen.

»Ja«, sagte er.

Rikki lachte. »Das ist so cool«, jubelte er, »alles wird einfach immer reicher, und wir sind total dabei. Und Beverly wohnt jetzt bei uns.« Ein Glücksgefühl breitete sich in seinem Körper aus, weil Ben so gut zu ihm war. Er lächelte. »Und Rudi und Cecilie kriegen ihre Kinder.«

»Ja, so wird das«, sagte Ben.

»Und wir machen jede Menge gute Jobs, und Moving wird immer größer.«

»Wird dir guttun«, sagte Ben, »da kriegst du ein paar Muskeln.«

»Und …« Rikki hielt für ein paar Sekunden die Luft an, dann atmete er aus und sagte: »Und … Mama?«

Keinerlei Regung in Bens Gesicht. Er blinzelte nicht mal.

»Was ist mit ihr?«, fragte er nach einer Weile.

»Na ja, bloß … Ich … Was glaubst du, wie es ihr geht?«

»Es wird gut«, sagte Ben. »Wir werden sie besuchen. Wir kümmern uns um sie, okay?«

»Ja.« Wieder breitete sich die alte Geborgenheitswärme in seiner Brust aus, die er noch von früher kannte, als sie im Windschatten des alten Pfadfinderheims an der Roald Amundsens gate gesessen hatten, auf dem Heimweg von der Schule, oder im Stockbett in ihrem Zimmer, wenn sein Blick auf dem Liverpool-Poster von Spieler zu Spieler geglitten war und er gewusst hatte, dass er einen Bruder hatte, der für immer auf ihn aufpasste.

Als Rikkis und Bens Gondel den höchsten Punkt erreicht hatte, stoppte das Riesenrad zum dritten Mal. Hier oben blies der Wind heftig, und Rikki griff zu beiden Seiten ans Geländer. Er lehnte sich zurück und hielt sich gut fest, seine Zähne klapperten, was seinen Unterbiss betonte.

»Wow«, sagte er, »das ist so was von meine Kirche, Ben. Du? Glaubst du, wir sollten noch mal zur Polizei gehen? Ich meine, also, dass wir denen vielleicht erzählen sollten, dass ... oder ... Ich weiß nicht. Denken wir einfach mal drüber nach?«

Ben hatte seine Hände nicht am Geländer. Er führte eine Hand an die Brust, ließ sie in die Jacke gleiten, suchte nach irgendwas. Rikki verfolgte mit den Augen die Bewegung. Kurz darauf zog Ben die Hand wieder aus der Jacke.

»Ach, das!« Rikki lächelte. »Das hatte ich schon ganz vergessen!«

Zwischen Zeigefinger, Mittelfinger und Daumen hielt Ben das verzierte Butterfly. Sah es sich an. Drehte es herum. Ein wunderschönes Messer.

»Wir hatten nicht viel Verwendung dafür«, stellte Rikki mit einem Lächeln fest und sah über die Reling. Er konzentrierte sich darauf, nicht nach unten zu sehen, denn da würde ihm wieder schlecht werden wie eben schon. Stattdessen richtete er den Blick auf den Horizont, wie Ben es immer tat. Richtung Ryfylke, aufs Meer, auf irgendeinen völlig unsichtbaren Ort.

Dann hörte er plötzlich ein Klicken, ein scharfes Klicken, Ben schob die Haltestange vor seinem Bauch nach oben.

»Ben?«

Jetzt stand er in der Gondel auf, und Rikki kam es vor, als hinge sie im Himmel.

»Ben, wie hast du ... Du kannst doch nicht ... Du darfst hier oben nicht stehen.«

Ben stellte sich über den kleinen Spalt der sanft im Wind schwankenden Gondel. Das Messer ruhte zwischen seinen Fingern.

»Ben, du musst dich wieder hinsetzen ...«

Ben machte eine Art Wurfbewegung aus dem Handgelenk, und das Messerblatt entfaltete sich in der Luft.

»Hehe, Ben, du darfst da nicht stehen.« Ben atmete scharf ein und kniff die Augen zusammen.

»Ben?«

Er beugte sich zu seinem Bruder, der schlagartig blass um die Nase wurde, und packte dessen Haar wie Schnittlauch.

»Mein Ben?«

Ben legte das Messer an Rikkis Kehle. An den Fingerspitzen spürte er den Puls seines Bruders wie das Ticken einer Uhr.

»Ben? Was machst du?«

Er ließ den Kopf seines Bruders wieder los. Für einen Augenblick stellte er sich vor, wie er ihn wie einen Ball hielt und in Richtung Boden fallen ließ.

»Zieh die Jacke aus«, befahl er ihm.

»Aber ... Ben ...«

»Zieh die Jacke aus, Rikki!«

Ben war auf einmal ganz anders. Er war dunkel wie Erde, und seine Stimme klang maschinell.

»Aber warum soll ich die Jacke ausziehen?«

»Rikki.«

»Ja?«

»Tu, was ich sage.«

Rikki bebte und fror und griff nach einem Jackenärmel. Zog den Arm heraus, griff nach dem zweiten Ärmel und kapierte jetzt überhaupt nicht, was eigentlich los war.

Ben stand direkt vor ihm, der Wind fuhr ihm durch die Haare, zerrte an seinem Körper, die Gondel schwankte, aber Ben stand felsenfest. In der Hand hielt er das Messer.

»Oh, Ben.«

»Ja.«

»Warum, Ben?«

»Willst du es wissen, Rikki?«

»Ja.«

»Willst du das wirklich wissen?«

Rikki senkte den Blick. »Nein«, flüsterte er, aber der Wind verschluckte seine Antwort.

Ben beugte sich vor und griff nach Rikkis Pulloverärmel. Schob ihn hoch.

Er setzte das Messer auf die Haut. Schnitt hinein. Bis aufs Fleisch. Blut tropfte aus dem Schnitt. Rikki riss die Augen auf, spürte die Klinge, spürte, wie sie in seinen Körper drang, aber er schaffte es nicht, den Mund zu öffnen. Seine Kehle war wie zugeschnürt, seine Augen wurden riesengroß, sie füllten sich mit Tränen.

Ben schnitt sich durch seinen Bruder.

Als er fertig war, zog er ein Taschentuch aus der Jacke und wischte das Messer sauber. Faltete das Taschentuch und klappte das Messer zusammen und steckte beides in die Tasche.

»Rikki?«

»Ja.«

»Du liebst mich.«

»Ja.«

»Du wirst tun, was ich sage.«

Rikki schniefte und wischte sich über die Augen.

»Ja«, sagte er und sah auf seinen Arm hinab.

Ben hatte ihm ein B in die Haut geritzt.

Ein Knacken in der Konstruktion, und das Riesenrad drehte sich wieder weiter. Während sie zurück in Richtung Erde sanken, blickte Ben nach Süden. Sandnes. Der Emporkömmling, das neue, geile Geld. Dann wandte er den Blick in Richtung Stavanger. Die Schiffe am Vagen am Kai, die Skagen-Stiftung, das Ölmeer. Die reichste Stadt der Welt. Wie ein funkelnder Fressnapf lag sie vor ihm. Immer heller strahlten die Lichter von Straßenlaternen und Fenstern durch die Dunkelheit, immer mehr, sie verdoppelten sich, wurden zu Tausenden, zu Millionen.

Auf Bens Zunge prickelte es verheißungsvoll.

Angriff von allen Seiten.

Inhalt